KB150571

불순한 동정

불순한 동정

1판 1쇄 찍음 2021년 2월 18일
1판 1쇄 펴냄 2021년 2월 25일

지은이 | 정은동
펴낸이 | 정 필
펴낸곳 | (주)뿔미디어

기획 · 편집 | 이영은, 심은지, 배지은
표지 · 디자인 | 우 물

출판등록 | 2002년 9월 11일 (제1081-1-132호)
주소 | 경기도 부천시 원미구 소향로17, 303(두성프라자)
전화 | (032)651-6513 팩스 | (032)651-6094
E-mail | dahyangs@naver.com
블로그 | http://blog.naver.com/dahyangs
비북스 | http://b-books.co.kr

값 13,000원

ISBN 979-11-6565-917-2 03810

DAHYANG
ROMANCE STORY

불순한 동정

정은동 장편 소설

목차

[혹시 알고도 정제민이랑 사는 거예요? 그런 거면 조강지처 둔 놈이랑 바람피운다는 죄책감이라든가, 당신 동정하는 거 그만둘게요.]

[누구세요.]

[말하자면, 일종의 은인이죠. 당신한테는.]

[증거는요.]

[직접 보고 확인해요.]

뭉근한 두통이 관자놀이를 찔렀다. 수연은 잠시 멈춰 서 눈썹을 찡그렸다.

음악 소리가 조금 큰가 했더니 그렇지도 않았다. 오히려 잔잔한 클래식이 흐르고 있는 중이었다. 수연은 방금 발견한 익숙한 뒷모습이 앉아 있는 바 쪽으로 다시 발걸음을 옮겼다.

바에는 두 사람이 나란히 앉아 있었다. 바에 걸쳐 올린 손을 서로 마주 잡고 있었다. 수연이 조금 더 다가가자, 이쪽을 향해 앉아 있던 남자와 일순 시선이 마주쳤다. 그 얼굴에 찰나의 반가움이 스쳤다.

얼마 전부터 이따금씩 저장되지 않은 전화번호로부터 알 수 없는 메시지가 들어왔다. 제민과 만난단다. 우리가 보통 '이성적 만남'이라고 말하는 그 의미의 만남. 처음엔 전혀 믿지 않았다. 제민은 자신이 제일 잘 아는 사람이니까.

친구로 4년, 연인으로 8년, 그런 제민이 여자와 바람이 났다고 했다면 오히려 신뢰가 갔을 것이다. 그런데 남자를 만난다니, 믿을 수 있을 리가.

바쁜 나날의 연속이었다. 갑작스러운 인사이동과 새로운 상사. 업무 파악과 까탈스러운 상사의 뒤치다꺼리로 심신이 지칠 대로 지쳐 있었다. 꾸준히 이어지는 무명의 메시지가 만들어 놓은 미세한 실금을 애써 무시했다.

야근으로 지친 몸을 겨우 실은 복잡한 전철 안에서, 마치 저를 놀리는 것처럼 찬란하게 반짝거리는 핸드폰 메시지를 보고 수연은 문득 깨달았다. 미세한 균열인 줄 알았는데, 착각이었다. 둑이 터지듯 와르르 무너져 내렸다.

메시지가 전한 장소로 찾아온 건 순전히 충동적이었다. 수연의 등장을 확인한 남자의 몸이 제민에게로 기울어졌다.

수연은 흠칫 그 자리에 멈춰 섰다. 아무리 '확인'을 하러 왔다지만, 공개된 장소에서 키스를 할 줄이야.

정말 내가 아는 너 맞아?

수연은 한 걸음을 다시 내디뎠다. 남자 둘의 뜨거운 스킨십에도 그다지 동요하지 않는 이 공간의 차분한 분위기가 놀라웠다.

달라진 대한민국이네.

그 와중에 지난 선거 때 본 캐치프레이즈를 떠올리는 자신이 우스워 헛웃음이 흘러나왔다. 한 걸음 떨어진 뒤에 다다를 때까지도 그들은 입술을 비비는 걸 멈추지 않았다.

똑똑—

수연이 바를 노크하듯 두드리자 그제야 두 사람의 몸이 떨어졌다. 돌아본 제민의 눈이 떨어질 듯이 커졌다. 정말 수연이 아는 그 익숙한 얼굴이었다.

12년을 함께한 유사 가족.

그 뒤에 앉은 상대 남자는 수연을 향해 기대감에 반짝이는 눈을 깜빡였다. 심지어 윙크를 날린 남자는 턱을 괴고 수연을 물끄러미 바라보았다. 좋은 구경났다는 듯이.

"수연아……. 네가 여길 어떻게…… 왔어?"

마뜩지 않은 상대의 기대감을 채워 줄 생각은 없었다. 어떤 장면을 기대하는지 모르겠지만, 뺨을 올려붙이거나 머리 위에 찬물을 부어 버리는 것으로도 이 공허함이 채워질 것 같지는 않았다.

수연은 손가락에 끼우고 있던 반지를 빼, 남자 둘 사이로 손을 뻗었다. 연노란 액체가 채워진 술잔 옆에 반지를 내려놓았다.

이런 상황에서도 그럭저럭 차분한 태도를 유지하는 건 그다지 어렵지 않았다. 4년 넘게 비서로 일하면서 자연히 터득한 능력이었다. 하루에도 스물네 번쯤 시시각각 바뀌는 상사의 감정 변화를 예민하게 살피는 일을 주 업무로 하는데, 정작 가장 가까운 사람의 변심을 짐작조차 하지 못했던 것을 보면 비서 자격 실격일지도.

"수연아, 잠시만. 이거 오해야."

제민은 수연이 내려놓은 반지를 집어 들고 다급하게 자리에서 일어났다. 이미 수연은 뒤돌아 멀어지고 있었다.

이곳의 차분하게 가라앉은 공기가 너무 갑갑했다. 차라리 머리가 쾅쾅 울리는 시끄러운 음악이나 쏟아졌으면. 발걸음이 갯벌에 질척거리는 것처럼 몹시 무겁게 느껴졌다. 지금 이 순간, 너무나도 피곤했다.

인사이동 후 3주째 야근이 이어졌고 예민한 상사의 눈 밖에 나지 않으려고 온 신경을 곤두세웠다. 상사는 늘 형형한 눈빛으로 수연을 감시했다. 공식적으로 그의 세 번째 비서인 수연을 최단 시간 내에 갈아 치우는 신기록을 세우고 싶은 게 분명해 보였다.

그렇게 고군분투했건만. 애초에 내가 왜 한국에 왔더라……?

"수연아, 잠깐 나 봐 봐. 내가 다 설명할 수 있어."

수연이 지하에서 1층으로 이어지는 층계참에 다다른 순간, 뒤쫓아 온 제민이 수연의 손목을 억세게 붙잡아 세웠다.

"이거 놔."

"너 나 못 믿어? 나야. 수연이 너 나 알잖아."

안다고 생각했는데, 이젠 전혀 모르겠어.

수연은 낯선 듯 낯익은 제민의 얼굴을 담담한 표정으로 바라보았다. 자신의 입에서 흘러나오는 음성에서도 아무런 감정이 실리지 않도록 애를 썼다.

"이거 놔. 가서 하던 거 마저 해."

"수연아…… 아니야. 네가 생각하는 그런 거 아니야. 내가 다 설명할 수 있어."

"내가 생각하는 게 뭔데? 8년을 넘게 만난 내 남자 친구가 바람을 피우고 있었다는 거? 아니면 네가 게이라는 거?"

제민이 말문이 막혀 벌어진 입을 뻐끔거렸다. 고요한 공간에서 그들이 일으킨 작은 소란에 호기심 섞인 시선이 사방에서 쏟아졌다.

동성 간의 키스에는 관대하지만 치정극은 흥미로운 걸까. 이해할 수 없는 기준의 선별적 관심에 입속이 껄끄러웠다. 수연의 매끄러운 입매가 굳어져 내려갔다.

마른 장밋빛의 입술이 천천히 열렸다. 업무 보고를 읊듯 높낮이가 일정한 차분한 목소리가 흘러나왔다.

"낮에 나 회사 간 사이에 짐 비워 줘. 최대한 빨리."

"수연아! 짐을 비우라니. 당장 나더러 어디로 가라고. 내가 우리 집 말고 갈 곳이 어디 있어. 나 집 아닌 데서는 잠도 잘 못 자는 거 알면서 이래?"

"지금 내가 네 사정까지 생각해야 돼?"

"한수연! 내 말 좀 들어!"

수연이 망설임 없이 돌아서자, 제민이 잡아챈 수연의 손목을 거칠게 끌어당겼다. 그 탓에 수연의 몸이 덜컥 뒤쪽으로 기울어졌다. 바닥에 나자빠지는 그림을 예상하며, 수연은 본능적으로 눈을 질끈 감았다.

치정극 끝에 볼썽사나운 몸싸움이라니. 결국 메시지를 보내온 주인이 기대한 장면을 모두 보여 주게 된 것이다. 여전히 턱을 괴고 이쪽을 쳐다보고 있겠지. 재미있다는 표정으로.

10

뒤로 넘어간 몸의 무게 중심에 수연이 휘청거리던 찰나, 어디에서 튀어나왔는지 모를 단단한 팔이 수연의 등허리를 받친 건 바로 그 순간이었다. 볼썽사납게 허공을 휘젓던 손 또한 눈앞에 나타난 무언가를 본능적으로 움켜잡았다.

"위험할 뻔했잖아."

낮고 깊은, 묘하게 낯익은 음성에 수연의 눈썹이 찌푸려졌다. 쿵쿵 자신의 심장 소리가 귓가에 울렸다. 수연은 발을 뒤로 디디며 지면을 밟고 기울어진 몸을 똑바로 세웠다.

절박하게 휘두른 손이 붙잡은 것은 갑자기 끼어든 사람의 어깨였다. 자신의 손이 짚은 이 단단한 어깨. 그 어깨의 주인과 눈이 마주치자 수연의 몸이 움찔 굳어졌다.

오늘 하루 종일 쳐다본 그 어깨였다. 아니, 지난 3주간 내내.

"내가 너무 일찍 퇴근시켰나?"

상무님이 왜 여기……?

도성전자 경영기획실 도지헌 상무. 모기업인 도성그룹의 황태자. 올해 1월 2일 자로 서른하나라는 젊은 나이에 도성전자 상무로 충격적인 데뷔를 하기까지 베일 속에 철저히 감춰져 있던 남자.

신년식 때 회사 전체를 들썩이게 만들었던 그의 등장은 사내 방송뿐만 아니라 외부 방송 매체에서도 떠들썩했다. 도성그룹 도재호 회장에서 도성전자 도종윤 사장, 그리고 그의 아들 도지호 상무로 이어지는 기존의 후계자 구도가 지헌의 등장으로 비틀린 것이었다.

비단 앞으로의 그룹 행로를 점치는 뉴스들로만 시끄러운 것이 아니었다. 배우처럼 수려한 그의 외모를 다루는 뉴스가 연예란을 연일 뜨겁게 달궜다. 그러한 인물이 왜 이제껏 미국에서 숨은 듯이 조용히 살았는지, 그리고 왜 갑자기 나타나게 되었는지에 대한 소문들이 무성했다.

뒤에서 떠도는 그에 대한 소문만 주고받아도 하루는 족히 걸릴 만큼 온갖 가십의 중심. 그리고 호시탐탐 수연의 비서 자리를 언제 바꿔치기할지 노리는 그녀의 악독한 직속 상사이기도 했다.

일절 모르는 관계에 있는 타인의 관심 어린 시선조차 버거운 지금의 상황에서 마주치기에는 그야말로 최악의 상대였다. 수연을 내려다보는 갈색 눈동자가 이채로 번쩍였다.

먹이를 눈앞에 둔 포식자, 혹은 방아쇠를 당기기 직전의 포수.

당장 내일이라도 비서의 사생활 추문을 문제 삼아, 네 번째 비서를 새로이 맞아 보겠다는 표정. 먹음직스러운 떡밥을 입에 문 얼굴이었다.

산소 부족을 일으킨 듯 머리가 아득해졌다. 지금의 상황을 어떻게 설명해야 할지 불분명했다.

아니, 애초에 눈치도 없이 끼어드는 무신경함이 싫다. 사실은 눈치가 없는 게 아니라, 일부러 절묘한 시점에 자신의 존재를 드러낸 게 분명했다.

"넌 뭐야!"

수연이 자신이 처한 해명 불가한 상황에 대해 그 어떠한 대꾸를 내뱉기도 전이었다. 성격 급한 제민의 행동이 한발 더 빨랐다. 제민은 제 앞에 갑자기 나타난 낯선 방해꾼의 큰 덩치를 퍽 밀어 냈다.

양손으로 힘껏 밀친 것치고는 낯선 방해꾼에겐 아무런 타격감도 미치지 않은 듯 꿈쩍도 하지 않았다. 그도 그럴 것이 둘 사이의 몸집 차이가 유의미한 수준이었다.

대한민국 성인 남자 평균 키를 훌쩍 상회하는 제민은 자신의 키 183센티에 보통은 꽤 만족했다. 그런 그의 머리 꼭대기보다 한 뼘은 더 큰 키를 제민이 못마땅한 눈초리로 흘끔거렸다.

키는 차치하고, 몸통의 굵기 차이는 그보다 더 심했다. 성벽처럼 버티고 선 커다란 몸을 제민이 날카롭게 훑어보았다. 그리고 이 체격 차이에 대하여 재빨리 분석하여, 자신이 하반기 시나리오를 받아 들고 지난 몇 주간 체중 조절에 들어간 결과일 뿐이라고 위안했다.

두 다리를 땅에 박고 서서 절대 움직일 것 같지 않던 지헌이 이윽고 제민에게 한 걸음 가까워졌다. 제민의 얼굴에 어두운 그림자가 드리워졌다. 완벽하게 균형을 이룬 지헌의 입술 끝이 비틀어져 올라갔다.

"나? 지나가던. 선량한. 호모포비아."

수연은 눈을 질끈 감았다. 지헌의 입에서 '호모'까지 나온 것을 보면 처음부터 다 보고 들은 게 틀림없었다. 관자놀이를 찌르는 지끈한 두통에 수연은 손으로 이마를 감싸 쥐었다.

그와 동시에 제민의 주먹이 뻗어 나갔다. 퍽 하는 소리와 함께 주먹이 지헌의 턱끝에 닿았다. 주먹이 내지른 방향으로 그의 얼굴이 설핏 돌아갔다. 지헌은 고개를 옆으로 갸웃하며 턱을 문질렀다.

"지나가던 사람 이렇게 쳐도 되나? 지금부터 이쪽은 정당방위. 맞죠?"

지헌이 수연을 짧게 응시했다. 그 눈빛이 말했다.

네가 증인이야.

불길한 기운이 수연의 뇌리에 스쳤다. 내일부터 더 바빠질 것 같은 불길한 예감.

무어라 말할 틈도 없이 지헌이 제민의 얼굴을 내리쳤다.

제민의 악, 하는 비명과 우당탕 집기 무너지는 소리가 퍼졌다. 제민이 가장 입구에 위치한 테이블 쪽으로 요란하게 쓰러지자, 병과 잔, 접시가 바닥에 떨어져 깨지고 나뒹굴었다. 테이블에 앉아 구경하던 커플이 비명을 지르며 자리에서 일어났다.

제민이 아끼는, 구입한 지 얼마 안 된 명품 재킷이 뭔지 모를 액체로 흠뻑 젖었다. 테이블에 부딪힌 배가 욱신거렸다. 얻어맞은 얼굴은 비교도 할 수 없을 만큼 아팠다. 입가를 스윽 훔치니 제민의 손등에 붉은 피가 묻어 나왔다. 제민은 얼굴을 왈칵 일그러뜨린 채 이를 악물고 중얼거렸다.

"이 새끼가…… 죽을라고."

"나 주먹도 안 쥐었는데. 따귀 한 대 맞고 나가떨어지는 그쪽이 등신 아닌가?"

지헌이 피식 웃으며 펼친 손바닥을 제민 쪽으로 내밀고 산뜻하게 흔들었다.

어디 저 무식하게 큰 손바닥으로 이 귀한 얼굴을…….

제민이 지헌을 노려보며 부들거렸다. 지헌의 매끄러운 입매엔 짐짓 고상한 미소가 피어올랐으나 전혀 웃지 않는 그의 눈은 오싹한 기운을 자아냈다. 언제라도 서로에게 다시 달려들어도 놀랍지 않을 분위기였다.

감전된 사람처럼 서 있던 수연은 뒤늦게 퍼뜩 정신을 차리고 중재를 위해 둘 사이에 끼어들었다.

"그만하세요, 상무님. 뒤로…… 뒤로 물러나 주세요."

수연은 눈앞의 비현실적인 광경에, 상황 파악이 늦어도 너무 늦은 자신을 자책했다.

지헌은 매일 신문을 장식하는 국내 굴지의 기업인 도성전자의 임원이자, 도성그룹의 로열패밀리에 속하는 인물이다. 더군다나 그는 수년간 베일 속에 감춰져 있다가 갑자기 나타나, 그룹 후계자 자리를 놓고 다투는 양 구도의 한 축, 그야말로 화제의 인물이었다.

그에 대해 떠도는 수많은 의혹과 추측 속에 주먹다짐을 즐긴다는 이야기는 없었기에, 이런 상황을 미처 예상하지 못한 자신의 실책이었다. 도지헌이란 인물이 폭행 사건에 휘말렸다는 기사가 한 줄이라도 흘러 나갔다가는. 심지어 임원 수행비서가 옆에 있었음에도 방임했다는 사실이 알려졌다가는…….

도성그룹 미래전략실에 불려 가는 것만으로 간단히 끝나지 않을 일이었다. 일개 대리에 불과한 수연으로서는 상상만으로도 끔찍했다.

더군다나 상대인 제민 역시 배우와 배우 지망생 사이 그 어디쯤에 있는 인물이다. 이목을 끌기에 너무 좋은 그림이었다. 제민이 그렇게나 아끼는 얼굴에서 피가 한 줄기 흘러내리는 모습을 보니, 가슴 한구석을 시원하게 긁어 주는 기분이 들기도 하지만.

그런 일시적인 심상은 미뤄 두고. 더 시끄러워지기 전에 빨리 이곳을 벗어나야 한다는 생각에, 수연은 테이블에 반쯤 기대어 있는 제민 쪽으로 몸을 돌려 그를 일으켜 세우며 말했다.

"정제민. 일어나."

둘의 모습을 본 지헌의 얼굴이 미묘하게 굳어졌다.

지금 내가. 누구 때문에 이 지저분한 상황에 끼어들었는데.

"이봐요. 한 실장님. 한 실장이 이쪽에 등을 보이면 안 되지. 한 실장은 내 사람 아닌가?"

수연은 제민의 팔을 붙잡아 일으키던 어중간한 자세 그대로 굳어졌다. 방금 지헌의 발언에는 두 가지 중대한 오류가 있었다.

첫째는 지난 3주간 지헌이 수연을 제 측근의 발끝만치도 취급하지 않았던 데에 있다. 지헌의 첫 번째 비서는 두 달, 두 번째 비서는 한 달 만에 비서 자리에서 물러났다. 그리고 세 번째 비서인 수연은 그보다 더 짧은 시간 안에 처리하겠다는 의지가 물씬 느껴졌었다.

그런 그가 자신더러 '내 사람'이라니, 얏껏 놀리는 기분마저 들었다.

둘째로 수연은 실장이 아니라 일개 대리였다. 지헌이 갈아 치운 첫 번째, 두 번째 비서가 실장급이었던 것은 분명했다.

도성전자에서 보통 상무급 임원의 비서는 대리나 사원으로 지정되는 것이 통례였지만 지헌은 통례가 통하지 않는 그룹 회장의 장손답게 즉시 비서실장이 배치되었다. 그리고 그는 남다른 인성을 발휘하여, 경력이 화려한 실장급 인사 두 명을 단숨에 갈아 치웠다.

도성전자 사장이자, 도성그룹 도재호 회장의 둘째 아들인 종윤의 노기가 대단히 높았다는 소문이 파다했다. 방음 효과가 뛰어난 사장실 문틈으로 고성이 넘나들 정도였다고 한다. 애먼 비서실 인재 굴리지 말라는 도종윤 사장의 지시에 따라, 지헌의 차기 비서는 대리급에서 물색 작업을 거쳐, CS센터장 전무를 보필하고 있던 수연이 하루아침에 인사이동 되었다.

지헌은 감히 자신의 비서로 겨우, 고작, '대리'가 배치되었다는 사실에 불만을 표시하기라도 하듯, 수연을 대리가 아닌 실장이라고 제멋대로 불렀다. 처음 며칠은 순진하게도 자신의 직급이 대리라는 사실을 지헌에게 일일이 짚어 주었으나, 그가 꾸준히 자신을 한 실장으로 부르는 것을 보고 알았다.

일부러 비꼬는 것임을.

왜 애먼 사람을 비꼬는 걸까, 진지하게 고민한 결과 수연은 깨달았다.

그저 비서 바꿔치기 놀이에 가속도를 붙이기 위한 질 낮은 소소한 장난에 불과한 것이 분명했다. 실장이라 불릴 때마다 움찔거리는 수연의 반응을 집요하게 관찰하는 시선이 그렇게 말하고 있었다.

그럼에도 불구하고, 그가 자신이 모시는 상사임은 변하지 않는 사실이었다. 수연은 소리 없이 얕은 한숨을 내쉬고 지헌을 돌아보았다. 그의 얼굴에 미묘하게 미소가 떠오르는 찰나, 이번에도 역시 제민의 손이 성급하게 수연을 앞서 나갔다.

제민의 손에 병이나 잔, 접시 중 무언가로 추정되는 깨진 조각이 쥐여 있었다. 이제껏 어느 정도 차분함을 유지해 오던 수연의 얼굴이 일순 새파랗게 질렸다.

설마 찌르는 거 아니지……? 그렇게까지 막무가내는 아니잖아…….

눈앞의 광경이 슬로 모션처럼 느껴지는 순간은 인생에 많지 않으나 수연에겐 지금이 바로 그런 순간이었다. 그리고 적어도 이번만큼은 수연의 예상이 적중했다. 그렇게까지 막무가내는 아닌 제민은 찌르는 대신, 던지는 쪽을 택했다. 깨진 조각이 천천히 허공을 가르고, 클래식이 흐르는 공간에 비명 소리가 채워졌다.

◻ ◆ ◻

수연의 책상 위 전화기가 정확히 두 번 울리고 끊어졌다. 지헌이 비서를 호출하는 신호였다. 수연은 즉시 자리에서 일어나 지헌의 집무실로 향했다.

수연의 책상은 6평 큐비클 사무실 안에서 지헌의 집무실을 바라보는 방향으로 홀로 세워져 있다. 경영기획실 도지헌 상무의 집무실을 찾는 이는 이 공간을 무조건 거치는 구조로 되어 있다. 그리고 지헌이 호출하면 수연은 30초 내에 집무실의 문을 열고 들어갈 수 있도록 동선을 정리했다.

지난 3주간의 생체 반응 데이터를 분석한 결과, 호출 후 30초 이상 지체가 되면 지헌은 대놓고 기분 나쁜 티를 내보였다. 손가락으로 책상 위를 톡톡톡 두드리고 있다거나, 아예 손목시계를 내려다보며 시간을 재고 있기도 했다.

가장 최악의 사례는 지헌이 집무실에서 직접 나와 수연의 책상 앞까지 마중 나온 것이었다. 잠시 화장실에 다녀오느라 호출 신호를 놓친 수연은 사무실로 서둘러 돌아오다가, 자신의 책상에 걸터앉아 있는 지헌을 보고 까무러칠 뻔했다. 그날 이후 수연은 회사에서 사랑하는 아이스아메리카노를 끊었다.

집무실의 거대한 나무 문을 열자, 모니터에 집중한 지헌의 옆얼굴이 보였다. 시간 내에 들어가면 저렇듯 눈길조차 주지 않는 것이 예사였다. 수연은 출입구로부터 가장 먼 창가에 배치되어 있는 지헌의 책상까지 한참을 걸어갔다.

지헌은 현재 공석으로 있는 도성전자 전임 부사장의 집무실을 이용했다. 부임한 첫날 지헌은 미리 준비되어 있던 상무 직급 집무실엔 발길조차 하지 않고 당연한 듯 이곳으로 향했다. 상무가 부사장 집무실을 차지한 것이 특혜라면 특혜였지만, 아무도 그것을 문제 삼지 못했다.

도재호 회장은 지헌을 부사장 자리에 앉히기를 원했다. 그러나 서른하나의 나이, 그룹 내 실무 경력이 전무한 지헌을 즉시 부사장에 임명하는 것에 대해 반발이 따랐다. 그 선봉에 선 자가 도종윤 사장이었다.

종윤이 도재호 회장의 집무실이며 사가인 도고재를 번갈아 방문하며 재차 읍소하였다. 결국 여론을 의식하여 회장이 한발 물러났다. 대학을 졸업하자마자 도성전자에 입사하여 오너 일가치고는 차근차근 실무 경력을 다지고 있는 도종윤 사장의 아들이자, 도성전자 제조센터장 도지호 상무와 직급을 맞추는 것으로 결정되었다.

지헌의 책상 앞에 다다른 수연은 두 손을 가지런히 모으고 섰다. 지헌이 모니터에 붙박은 시선을 떼지 않은 채 짧게 지시했다.

"화분."

".....네, 화분이요. 상무님."

수연은 어리둥절한 기색을 감추고, 시간을 벌 목적으로 지헌의 말을 반복해 되뇌며 머리를 굴렸다. 수연이 상사의 뜻을 가늠하는 동안, 지헌의 시선이 흘끗 그녀에게 머물렀다.

"화분 좀 돌려놔요. 저대로 두면 한쪽만 햇볕을 받으니까. 예민한 애들이라."

"네, 상무님."

수연은 반사적으로 즉답하며 그로부터 몸을 돌려세웠다. 그러곤 널찍한 사무실을 온통 초록색으로 보이게 할 만큼 가득 채운 화분들을 눈으로 훑었다. 흡사 잘 꾸며 놓은 식물원처럼 보이는 집무실 안엔 대충 세어 봐도 수연의 몸집보다 커다란 대형 화분들만 족히 열다섯 개. 작은 화분들은 더욱 많았다.

수연은 절로 흘러나오려는 한숨을 겨우 참아 삼켰다. 대형 화분들은 죄다 지헌이 개인적으로 주문하여 배치하고 키우는 것들이었다. 수연이 몰래 지은 상사의 별명 백 개쯤 중에서 하나가 여기서 나왔다.

식물변태.

"일주일에 한 번씩, 알아서 챙겨 줬으면 하는데."

엄연히 회사 내 조경 관리를 담당하시는 여사님이 계신데도 불구하고, 지헌은 꼭 비서에게 화분 관리를 지시했다. 아마 그 망할 놈의 '비서 교체 계획'의 일부일 테지.

아가베 아테누아타, 올리브나무, 드라코, 아레카야자, 여인초, 알로카시아, 레몬나무, 극락조 등등…… 지헌은 특정 화분에 물을 주라고 지시할 때에도 꼭 식물의 이름으로 불러 수연을 어리둥절하게 만들었다.

뭐가 뭔지 알 게 뭐람. 마음속으로 투덜거리면서도 화분마다 이름을 찾아내 일일이 외울 때에는 전임 비서의 그만둔 심정을 수연은 십분 이해할 수 있었다.

"네, 알겠습니다. 상무님."

지헌이 무표정한 얼굴을 다시 모니터로 향하며 심드렁히 말했다.

"허리 조심하시고. 무겁습니다."

병 주고, 약은 말로만 주고 있네.

수연이 속으로 마음껏 비아냥거리며, 가장 가까이에 있는 화분으로 다가갔다. 두 팔로 에둘러도 넘칠 만큼 크고 두꺼운 화분의 양 끝을 잡았다.

수연의 키보다 훌쩍 큰 나무, 가득 찬 흙, 고급 도기 재질의 화분. 보통 힘으로는 꼼짝도 하지 않았다. 수연은 끙 하는 작은 기합과 함께 온 힘을 손끝에 모으며 허리를 반쯤 숙였다.

수연이 허리를 앞으로 구부리자 에이치라인 스커트가 몸에 달라붙으며 허리에서 엉덩이로 떨어지는 라인이 드러났다. 마른 체형과는 달리, 골반의 라인이 꽤 굴곡졌다. 빠듯하게 당겨진 스커트 위로 눈부신 햇살이 창문을 통해 내리쬐었다.

모니터에 붙어 있던 지헌의 시선이 옮겨 갔다. 끙끙거리며 힘주는 소리가 미세하게 귀에 날아와 박혔다.

지헌의 매끄러운 미간에 미세한 실금이 패었다. 힘든 기색이 역력한 신음 소리가 듣기 좋으면서도 묘하게 심기를 거슬렀다. 언제부터 시작된 기묘한 양가감정인지 알 수 없었다.

화분 한 개 돌리기를 겨우 완수한 수연이 바로 옆의 화분으로 발걸음을 옮겼다. 스커트를 바짝 죄며 벌어진 다리가 한데 모인다. 길고 새하얀 종아리. 또다시 나지막한 신음 소리가 이어지며, 종아리의 매끈한 근육이 움칠거렸다.

"허……."

헛웃음과 비슷한 바람 소리가 지헌의 입에서 흘러나왔다. 화분 돌리기에 온 신경을 그러모은 수연은 미처 듣지 못했지만.

늘 허리를 꼿꼿하게 세우고 흐트러짐 따위 모를 것 같은 바른 자세의 여자가 꽤나 열심히 몸을 쓰고 있었다. 엉성하게 허리를 숙인 뒷모습이 우습기는커녕, 이상할 정도로 계속 시선이 갔다.

진주색 실크 블라우스를 뒤덮은 긴 머리카락이 도드라진 날개뼈 근처에서 물결쳤다. 무거운 화분을 돌리려 애쓰는 몸짓이 이어지자, 부러질 듯 얇은 발목이 비틀거렸다.

한 손아귀 안에 잡힐 듯 가녀린 발목. 하얀 발목 뒷부분의 뼈대가 곤두서 있었다. 지헌이 고개를 삐딱하게 옆으로 기울였다.

좋지 않은데…….

발목 아래로 이어진 단정한 무광 블랙의 펌프스 힐이 아슬아슬해 보였다. 저렇게 비틀거리다가 금세 발목이 꺾일 듯한 위태로운 광경이었다. 저 얇은 발목이 애처롭게 꺾이는 모습이 문득 궁금증을 자극했지만, 그런 어이없는 생각은 금세 머릿속에서 떨쳐 버렸다.

이상하게 목이 탔다. 물을 가져오라 지시할까 했지만 다시 허리를 숙여 화분을 잡는 수연의 모습에 지헌은 그마저도 그만두었다.

지헌은 무의식적으로 마른침을 삼켰다. 그의 강인한 목에 도드라진 목울대가 느릿하게 오르내렸다. 먹음직스러운 먹이를 한입에 꿀꺽 집어삼킨 그런 모양새로.

또 한 번 귓전을 달구는 미세한 신음 소리에 지헌의 눈썹이 거칠게 꿈틀거렸다.

명백히 비서 업무에서 벗어난 유치하고 심술궂은 지시 사항임을 모르지 않았다.

월례회 자료랍시고 형편없는 수준의 보고서가 올라왔기에 짜증이 치솟았던 참이었다. 지헌은 보고서를 띄워 놓고 직접 수정을 가하고 싶은 격렬한 욕구를 내리누르고 모니터를 노려보다가 수연을 호출한 것이었다. 종로에서 뺨 맞고 한강에서 눈 흘긴다고 해도 좋을 명백한 화풀이였지만 상관없었다.

어차피 한수연도 마음에 안 들기는 마찬가지였기 때문이다. 유치하게 굴릴수록 모멸감은 커질 테고, 감정을 꾹꾹 참아 내는 그 얼굴을 구경하는 것은 꽤나 재미가 있었으니까.

이전에 지헌이 갈아 치운 두 명의 비서는 도종윤 사장의 비서실에서 나온 정보원이었다. 끊임없이 지헌의 일거수일투족을 사장 라인에다가 흘려 넘겼다.

세 번째 비서로 수연이 들어왔다. 이력 카드에 따르면, 어학과 의전 능력이 좋고 일 처리가 빠르며 깔끔하다는 평이었다. 입사 이후 임원 한 사람을 4년 꼬박 보필하고 올해 막 대리로 승진. 승진과 함께 전무 비서로 인사 발령 난 지한 달도 되지 않아, 지헌의 비서로 인사이동이 이루어진 것이었다.

미리 받아 본 이력 카드에서 이미 수상한 냄새를 피운다 싶었다. 정식 자리 이동 전날, 수연이 인사차 지헌의 집무실에 들어오는 순간 그의 미간이 찌푸려졌다.

'상무님, 여기 내일부터 상무님을 모시게 된 한수연 대리입니다. 품질팀 오인석 상무님을 쭉 보필해 온 아주 충성스러운 친구입니다. 보시다시피 사내 비서 인력들 중에서 제일 뛰어난 미인인 데다 능력도 출중해서, 원하시는 임원분들이 아주 많으신데 제가 특별히 상무님께 배치했습니다. 자, 한 대리님. 도 상무님께 인사드리세요.'

'안녕하세요, 상무님. 한수연 대리입니다.'

수연과 함께 들어온 인사과 담당자의 소개에 지헌의 기분이 더욱 바닥으로 가라앉았다. 불순한 의도가 물씬 느껴졌다. 첩보원 공작이 불가하니, 미인계라도 써 보겠다는 건가.

혹은 무언가를 가늠해 보려는 종윤의 의도일 것이다. 버려진 도성그룹의 망나니 장남, 도정원의 유일한 아들인 도지헌이 지 애비를 닮았는지 안 닮았는지.

부디 그 더럽고 추잡한 취미 생활이 유전되어, 지헌 역시 정원의 길을 걸어가 소리 없이 사라지기를. 사회적 체면 때문에 물 받아 놓고 기도만 안 했을 뿐, 그것이 종윤이 오매불망 바라는 염원일 것이었다.

5분도 채 되지 않는 첫 대면이 지나고 다음 날, 여느 때와 같이 아침 7시 55분에 집무실 문을 여니 수연이 그의 책상 앞에 서 있었다. 거쳐 들어온 비서실이 비어 있기에 출근 전인가 했는데, 수연은 책상 위에 김이 피어오르는 커피잔을 내려놓고 있었다.

'안녕하세요, 상무님. 좋은 아침입니다.'

'……네.'

'상무님 일정과 주요 기호는 전임자께 전달받아서 숙지했습니다. 그 외에 필요하시거나 변동된 사항이 있으면 언제든 말씀해 주세요.'

지헌은 별다른 대꾸 없이 고개를 까딱였다. 그러곤 코트를 벗어 수연 쪽으로 건넸다. 그녀로선 분명 당황했을 법한 행동이었지만 지헌의 태도를 미리 예상했다는 듯, 수연은 의연하게 코트를 받아 들어 옷걸이에 걸었다.

지헌이 커피 잔을 입가로 가져가자, 수연은 조용히 숨소리를 낮추었다. 제가 내린 커피에 대한 그의 반응이 궁금한지 지헌을 관찰하는 진중한 눈빛에서 미처 감추지 못한 기대감이 느껴졌다. 맛이 없다는 듯 그의 잘생긴 눈썹이 확 찌푸려지는 것으로, 그들의 첫 아침이 시작되었었다.

"하아."

수연이 무심결에 내쉰 나지막한 한숨 소리에 지헌은 얕은 상념에서 벗어났다. 지헌은 수연의 뒷모습과 드레싱 된 제 오른손을 번갈아 보며, 제 손을 천천히 쓰다듬었다. 전날 술집에서의 해프닝으로 입은 창상이었다.

□ ◆ □

지헌이나, 제민이나, 양쪽 모두 시끄러워지면 좋을 게 없는 사람들이었다. 가게 안이 소란스러워진 탓에, 지헌은 가게 주인에게 명함을 건네고 바깥으로 나왔다.

지헌의 오른손에서 피가 뚝뚝 떨어지고 있었기 때문에 곧장 응급실로 이동했다. 다만 그때 당연히 그를 따라올 것이라고 생각했던 수연이 취한 행동은 지헌의 예상을 가볍게 비웃는 종류의 것이었다. 수연은 지헌과 함께 있던 동행에게 '도 상무님을 잘 부탁드린'다고 말하곤 어느새 눈앞에서 사라져 버렸다.

그 게이 새끼를 챙기러 갔나. 그쪽은 따귀 한 대 맞고 겨우 입술이나 터진 것뿐인데.

"많이 아프냐?"

응급실에 동행한 윤형이 지헌에게 물었다. 그는 지헌의 대학 동문이자, 몇 안 되는 친구였다. 무심하게 자신의 상처를 봉합하고 있는 장면을 쳐다보고 있던 지헌이 짧게 대답했다.

"아니."

겨우 세 바늘 꿰매는 건데 아프긴.

"짜식. 센 척하기는. 근데 얼굴은 왜 그래. 엄청 아픈 표정인데?"

지헌이 고개를 들어 윤형을 바라보았다. 윤형이 자신의 눈썹 사이를 검지로 톡톡 두드리며 지헌에게 눈짓했다. 그제야 지헌의 구겨져 있던 미간의 주름이 사라졌다.

"아프진 않은데. 더럽네. 기분이."

제게 심어진 의도가 다분히 의심스럽다 해도, 한수연은 꽤 쓸 만한 비서였다.

전임자들에 비해 직급도, 경력도 떨어지는데 오히려 더 유용했다. 치고 빠지는 눈치, 효율적이고 꼼꼼한 일정 관리. 몸은 가볍고, 머리는 빠릿빠릿하다. 쓸데없이 자존심을 부리지도 않는다. 그런 점이 마음에 들다가도 묘하게 거슬렸다.

제 발로 지쳐서 나가떨어지게 만드는 작업이 귀찮고 어려워지게 만드는, 인내심 좋은 타입.

얼토당토않거나 선을 넘어선 지시를 내려 보기도 했다. 그러면 한수연은 그다지 표정의 큰 변화 없이 참을성 있게 한 타이밍 묵묵히 그를 바라본다. '정말 저한테 이런 일까지 시키시는 거 맞아요?' 라고 되묻는 것처럼. 건방지게.

반쯤은 오기로, 지헌 역시 조용히 그 얼굴을 마주 보면 한수연은 순순하게 대답했다. '네, 알겠습니다. 상무님.' 하고.

조곤조곤 조용하고 상냥한 목소리. 언제든 금세 휘어지는 눈꼬리. 고작 3주 된 상사를 향해 깊은 충심을 담은 것같이 꾸며 낸 선선한 눈동자. 한수연은 꽤나 훌륭한 비서의 얼굴을 가장하고 있었다.

"기껏 도와줬더니……."

달아나 버렸잖아.

충신의 낯을 한 주제에. 상사의 지시라면 간이라도 빼 줄 것처럼 굴더니. 다친 상사를 방치하고 내빼다니.

명백한 업무 태만이다.

지현의 기다랗게 뻗은 손가락이 책상 위를 툭툭 두드리고 있었다. 수연이 끙끙거리는 소리조차 목 안으로 애써 삼키며 군말 없이 육체노동을 하고 있는 것도 어언 30분째였다. 책상 위 모니터에는 스크린 세이버가 작동되고 있었다.

드르륵—

지현이 불현듯 리모컨을 뻗어 집무실 입구의 창문 자동 블라인드를 조작하자, 블라인드가 스르르 내려가며 작은 소음이 발생했다. 지현은 손에 들고 있던 리모컨을 책상 위로 던지듯 휙 내려놓았다. 묘하게 짜증이 섞인 몸짓이었다.

허리를 굽혀 다음 화분을 옮겨잡던 수연은 갑작스러운 소리에 무의식적으로 고개를 돌려 그를 돌아보았다. 어느새 손에 턱을 괴고 물끄러미 지켜보고 있던 지헌과 시선이 마주쳤다. 언제부터 보고 있었던 거지?

하긴. 골탕 먹이려는 의도로 막노동을 시켰으니, 마음껏 감상하셨다 이거지.

멈칫 굳어서 멈춰 선 수연에게 지헌이 심드렁하게 말했다.

"그건 그쯤 해 두시고."

"아…… . 몇 개 안 남았으니까 마저—"

"됐습니다."

의자에 앉아 있던 지헌이 느릿한 몸짓으로 자리에서 일어났다. 거대한 가죽 리클라이닝 체어에 느슨하게 기대앉아 있는 모습에서도 충분히 그 존재감을 내뿜지만, 그가 천천히 몸을 일으킴에 따라 존재감은 더욱 크게 몸집을 키웠다.

170센티의 작지 않은 키를 가진 수연이 그렇게까지 고개를 쳐들고 상대를 올려다봐야 하는 경우는 흔치 않았다. 하지만 그가 풍기는 압도적인 분위기가 비단 그의 키에서 오는 것만은 아니었다. 그저 흘러가듯 보내는 찰나의 시선만으로도 사람을 위에서 아래로 짓누르는 듯한, 꼼짝할 수 없는 묵직한 공기를 형성하는 식이었다.

창문을 등지고 역광을 받은 지헌이 유유히 걷는 모습은 마치 순식간에 먹구름이 들이치는 것처럼 위압적이나, 한편으론 쓸데없는 움직임이 배제된 몹시 깔끔한 걸음걸이였다.

"잠깐 앉아요."

지헌은 수연을 스쳐 지나며 소파에 앉았다. 집무실에는 4인용 소파와 1인용 소파가 기역 자로 배치되어 있었다. 지헌이 4인용 소파에 앉아 긴 다리를 꼬았다.

수연은 잠시 어느 쪽에 앉아야 할지 망설였다. 1인용 소파는 상석이고, 4인용 소파에 앉으려면 지헌이 꼬고 있는 다리를 넘어가는 꼴사나운 장면을 연출해야 했다. 찰나의 고민을 마치고, 수연이 1인용 소파에 조용히 앉았다.

지헌의 시선이 무릎 위에 두 손을 가지런히 모으고 앉은 수연을 향했다. 깍듯하게 상사를 받드는 상냥한 얼굴을 훑고, 공손하게 겹친 손을 응시했다. 왼손의 가느다란 네 번째 손가락에 남아 있는 희미한 반지 자국이 그의 시선을 사로잡았다.

'내가 생각하는 게 뭔데? 8년을 넘게 만난 내 남자 친구가 바람을 피우고 있었다는 거? 아니면 네가 게이라는 거?'

수연의 흰 손가락에 퍽 어울리지 않는, 밋밋한 은반지 따위가 자리 잡고 있던 모습이 떠올랐다. 지헌이 픽 하고 실소를 뱉자, 다소곳한 수연의 얼굴이 움찔했지만 금세 평온을 찾았다. 지헌은 웃음기가 사라진 얼굴로 여상하게 말했다.

"어제 이 손에 상해를 입히고 도망간 사람 말인데……."

"아……."

수연의 고요한 눈동자가 일순 일렁거렸다. 지헌이 붕대를 감은 오른손을 느릿하게 매만지는 모습에 수연의 시선이 닿았다.

수연은 틀림없이 아침에 집무실이든, 그룹 미전실이든, 어제의 일로 불려 가 사정없이 깨질 거라고 생각했었다. 그러나 수연의 예상은 얼마간 빗나갔다.

지헌은 손에 붕대를 감고 나타났을 뿐, 오전 내내 그 일에 대하여 딱히 언급하지 않았다. 상처가 크지 않아 그냥 넘어가시는 걸까 생각했는데……. 수연의 마음속에 다소 희미해졌던 걱정이 단숨에 휘몰아쳤다.

"죄송합니다. 상무님. 괜한 일에 휘말리셔서……. 저의 불찰입니다."

수연이 의자에 앉은 상태에서 깊숙이 허리를 숙였다. 어깨 뒤로 걸쳐 있던 수연의 머리카락이 일제히 앞쪽으로 쏟아져 내렸다. 수연이 숙였던 고개를 들자, 지헌은 그다지 상쾌하지 않은 표정이었다.

사과를 원한 게 아니었다면…….

"그리고 저를 도와주시려고 하신 점 감사합니다. 덕분에……."

일이 더 꼬였네요.

삐뚤어진 속마음은 꾹 눌러 삼키고 수연은 태연하게 뒷말을 이어 갔다.

"정리가 되었습니다."

"……."

"손은…… 많이 다치셨어요?"

"보시다시피."

"아……. 어제는 동행분이 있으셔서 불편하실까 봐 자리를 비켜 드렸어요. 병원에서는 뭐라고 하던가요?"

"다친 건 내가 알아서 할 테니, 한 실장은 신경 쓰지 않아도 됩니다."

지헌은 여전히 묘하게 불만스러운 표정이었다. 그의 미려한 입꼬리가 한쪽만 비틀어져 올라가 있는 것을 보니, 수연의 발언이 마음에 들지 않는 것이 분명했다.

감사 인사 쪽도 아니라면…… 배상 쪽인가?

"아. 어제 가게에 상무님 명함 남기셨죠? 혹시 가게에서 핸드폰으로 연락이 오면 저한테 말씀해 주세요. 사무실 번호로 연락 오면 제가 알아서 처리하겠습니다. 아무쪼록 이런 일로 신경 쓰이게 해 드려서 죄송합―"

쓸데없는 소리를 늘어놓는 수연의 말을 중간에 뚝 끊으며, 지헌이 대뜸 물었다.

"헤어졌습니까?"

앞뒤 없이 묻는 말에 수연이 멍한 얼굴로 되물었다.

"……네?"

"한 실장님 그 호모 남자 친구 말입니다."

수연의 단정한 얼굴이 눈에 띄게 굳어졌다. 처음 감상하는 수연의 동요에 묘한 쾌감이 느껴지면서도, 이상하리만치 불쾌했다. 지헌은 빈정거리듯 혀를 쯧 찼다.

비아냥거림의 정점을 찍는 노골적인 혀 차는 소리에 수연의 얼굴에 더운 기운이 훅 몰려들었다. 머리끝에서 모멸감이 스멀스멀 피어올랐다. 손끝이 찌릿거려서 수연은 스커트 위에 가지런히 모으고 있던 손을 펴서 무릎을 꾸욱 감싸 쥐었다. 경직된 입꼬리가 미세하게 떨리는 게 느껴졌다.

그냥 지나가면 될 상황에 굳이 끼어들어서 일을 더 키워 놓고는, 실컷 유치한 육체노동을 시키더니 대뜸 저를 불러다 앉혀 놓고 호모니 뭐니 하는 적나라한 단어를 사용해 가며 빈정거리는 이유가 도무지 이해가 되지 않았지만. 그간의 그 성격 나쁜 행동들을 종합해 보면 그리 놀라울 일도 아니었다.

당장 자리에서 일어나 집무실을 박차고 나가고 싶은 충동이 발끝까지 울렁거렸지만, 그럴수록 수연은 허리를 더 꼿꼿하게 세우고 자세를 바르게 했다.

그래. 귀한 몸에 흠집이 났으니 화풀이할 상대를 찾는 거겠지.

어쩌면 사생활 추문을 들먹이면서 비서 자리에서 내쫓아 보겠다는 음흉한 심산일 수도 있다. 수연이 예상하지 못한 일도 아니었다. 꼴사납게 말려들고 싶지 않았다. 제민의 문제만으로도 수연은 이미 너덜거리고 있는 상태에 가까웠으니까.

불쑥 이렇게까지 이 비서 자리를 유지하는 게 무슨 의미가 있나 하는 허망한 체념이 들기도 했지만 곧바로 마음을 다잡았다. 수연은 적어도 이 문제가 자신의 인생에 유의미한 것으로 작용하게 두고 싶지 않았다.

언젠가는 자리를 옮기게 되더라도. 천년만년 이 일을 하지는 않을지언정, 그 원인이 제민의 문제에서 기인한 것이 아니길 바랄 뿐이었다.

철저하게 아무 일도 아닌 것처럼 흘려보내고 지나갈 생각이다. 일상을 뒤집어 놓고 제민의 부재를 곱씹으며 완벽하게 혼자가 된 자신의 처지를 동정하고 싶지 않았다. 그러니까 별일 아니야……

수연은 스스로를 다독이며 울컥이는 마음을 가라앉혔다. 무릎을 꽉 움켜쥐고 하얗게 질렸던 수연의 손등이 천천히 제 색을 되찾았다. 길고 가녀린 손가락이 동그란 무릎뼈를 느릿하게 문질렀다.

지헌은 그런 수연을 집요하게 좇았다. 한 장면도 놓치지 않겠다는 듯이.

"헤어졌냐고, 물었는데."

"죄송하지만, 상무님. 제가 굳이 대답해야 할 필요성이 있는 질문인지 잘 모르겠습니다."

이번에는 확실한 오답이었다. 수연의 대답에 지헌의 반듯한 눈썹이 꿈틀 치솟았다. 잘못 보았을 리 없지만 그 변화는 금세 사라지는 바람에, 순간 착각이었나 싶을 정도로 순식간이었다. 지헌이 다시 무심한 얼굴로 물었다.

"왜죠?"

"제 사생활이고, 상무님께서 관여하실 영역이 아닌 것 같습니다. 죄송합니다. 상무님."

"꼬박꼬박 그 상무님 소리는 집어치우시고."

"……!"

수연의 단정하게 뜬 눈이 일순 커졌다.

말투만 깍듯하게 하고 시건방지게 묻는 말에 토를 다는 주제에, 고운 말이라도 나갈 줄 알았는지, 지헌은 그의 비틀린 말투에 꽤 놀란 얼굴의 수연을 빤히 응시하며 고개를 설레설레 흔들었다.

"그게 뭐 어려운 질문인가? 단순한 확인 사살 차원이었는데, 대답을 피하니까 이상하네요."

지헌의 눈매가 가늘어졌다. 속을 관통하듯 따갑게 와 박히는 눈빛이었다.

아니. 그쪽이 뭘, 왜, 확인을 하고 사살을 하는데.

수연은 입술을 질끈 깨물었다. 왜 그와 마주 보고 앉아서 이런 불편한 질문에 대답을 하고 있어야 하는 건지, 불쑥 짜증이 치솟았다. 동시에 자신이 직접 그의 코앞에 맛 좋은 떡밥을 제공했다는 사실에 자괴감이 일었다.

그 이상한 메시지 따위 무시했어야 했는데……. 무슨 좋은 꼴을 기대하고 현장까지 부득부득 쫓아갔는지…….

지헌은 마치 수연이 대답을 내놓을 때까지 기다릴 법한 기세로 가만히 앉아, 그녀를 물끄러미 응시했다. 그의 형형한 눈빛을 피해 수연은 눈을 아래로 내리깔았다.

두 번 생각을 해 봐도, 굳이 자신이 그의 질문에 대답을 해야 할 의무는 없는 게 분명했다. 그럼에도 불구하고, 아찔한 침묵 속에 수연의 가슴이 조마조마, 볼썽사납게 두근거렸다.

하늘 같은 상사 앞에서 하극상을 저지르고 있는 것 같은 불안감이 일었다. 게다가 눈앞의 도지헌 상무는 성격이 특히 나쁜 상사이지 않은가.

이윽고, 지헌이 꼬고 있던 긴 다리를 느릿하게 펴 내렸다. 그는 보란 듯이 붕대를 감은 오른손을 수연을 향해 들어 보이며 말했다.

"그럼 이건 어떻습니까. 한 실장이 보필하는 상사로서가 아니고. 지나가던 길에 데이트 폭력 현장을 목격하고 피해 여성을 돕다가 '상처'를 입은 선량한 시민으로서 대답을 듣고 싶은데."

엄밀히 말하자면, 수연의 입장에서 그는 선량한 시민이라기보다는 눈치 없이 끼어들어 일을 키운 달갑지 않은 방해꾼에 가까웠지만, 굳이 정정할 의지도 들지 않았다.

수연은 체념하듯 작게 한숨을 내쉬었다. 여전히 지헌이 입은 저 상처는 그가 스스로 자초한 것에 지나지 않다고 여기지만, 제 대답 하나 듣자고 저렇게까지 나온다면야…….

"네. 헤어졌어요. 그리고 다시 한번. 어제는 도와주셔서 감사했습니다."

수연이 깍듯하게 고개를 숙여 인사했다. 수연의 시선이 여전히 아래를 향하고 있었기에 지헌의 표정을 확인할 수 없었다. 단지, 숨 막히는 침묵이 길게 이어졌다.

이왕 고분고분한 노선을 벗어난 김에, 수연은 조심스럽게 자리 피하기를 시도했다.

"더 시키실 일 없으시면, 이만 나가 봐도 될까요. 상무님?"

함께 일하게 된 이래로, 지헌이 물리기도 전에 수연이 먼저 나가 보기를 청한 것은 처음 있는 일이었다. 자신의 목소리가 꼴사납게 떨리지 않았기를 바라며, 수연이 시선을 올려 지헌을 마주 보았다.

지헌은 천천히 소파의 등받이에 몸을 기대었다. 큰 키만큼이나 기나긴 팔을 양쪽으로 뻗어 등받이에 걸쳐 올리자, 거대한 4인용 소파가 작아 보일 정도였다.

"나가 봐요."

지헌이 무표정한 얼굴로 고개를 까딱이며 짧게 대답했다. 그의 마음이 바뀔세라 수연은 재빨리 자리에서 몸을 일으켰다.

수연은 지헌의 심기를 거스르지 않을 만큼, 하지만 충분히 서둘러서 종종걸음으로 소파를 벗어났다. 마음만큼은 이미 문을 향해 내달리고 있었다. 수연이 집무실을 나서는 문손잡이를 움켜쥘 무렵, 무심한 그의 목소리가 수연의 뒤통수를 쿡 찔렀다.

"내일 아침 일정은?"

수연은 반사적으로 머릿속의 스케줄표를 떠올리며 재빨리 대답했다.

"도고재 조찬이 8시로 예정되어 있습니다."

"7시 반까지 집으로 와요."

수연이 저도 모르게 뒤를 돌아보았다. 지헌은 여전히 소파 위에 팔을 길게 걸쳐 올린 채 왜, 뭐? 하는 표정이었다.

"공식 일정인데 비서가 동행 안 합니까? 다 하나씩 달고 오는데."

"아아……."

수연은 입사 이래 비서로서 거의 한 분을 4년 가까이 모셨다. 그는 박사 출신으로 회사에 입사하여 차근차근 출세의 계단을 밟아 올라간 임원이었다.

그렇기에 수연의 직무는 임원 수행비서로서 공적인 업무에 한정되어 있었다. 기껏해야 임원 사모님과 따님의 생일 선물을 골라서 댁으로 보내는 일 정도가 사적인 업무의 전부였다. 그러니까, 수연이 오너 일가를 모시게 된 것은 처음이라는 말이었다.

오너 일가의 비서로서 사적인 부가 업무가 따르는 것은 당연시되는 일이다. 도성전자에서 보통 상무급 임원의 비서는 대리나 사원으로 지정되는 것이 통례이나, 예외적으로 오너 일가를 모시는 수행원은 두어 단계 높은 실장급으로 배치되는 것도 그러한 이유에서였다. 그룹 미래전략실과의 소통에서, 도 회장의 사가인 '도고재'와의 사적인 일정을 조율하는 것에 이르기까지 깊숙이 관여하게 되기 때문이다.

냉랭하고 나직한 목소리가 수연의 귓등을 때렸다.

"참고로 어떤 치는 비서를 둘씩 데리고 다니는데, 한 실장이 두 명 몫은 충분히 해 줄 거라고 믿습니다."

□　◆　□

수연은 현관 거울 앞에 서서 마지막으로 자신의 모습을 점검했다. 블랙 투피스에 상아색 블라우스.

최근 들어 갑작스러운 인사이동과 업무 파악으로 제대로 끼니를 챙길 여유가 없어서 그런지, 허리가 약간 헐렁해졌지만 옷매무새를 헤칠 정도는 아니었다. 수연은 머리카락은 단정하게 하나로 묶고, 흘러내린 옆머리는 머리색과 똑같은 헤어핀으로 고정시켜 깔끔하게 정리했다.

수연은 의식적으로 거울 속 자신의 눈을 들여다보는 것을 피했다. 그러니 그럭저럭 아무렇지 않은 행세를 하고 있는 자신이 거울 안에 있었다.

문득 수연의 뒤편으로 영화 포스터가 눈에 들어왔다. 수연은 몸을 돌려 포스터를 물끄러미 응시했다.

곧 개봉이 예정된 영화의 포스터라며, 얼마 전 제민이 액자에 넣어 그곳에 세워 놓은 것이었다. 처음으로 비중 있는 역할을 맡은 영화라, 잔뜩 상기된 표정이었다.

천진하게 웃는 눈매. 수연을 위해서 시사회 때 가장 좋은 자리의 표를 구해 놓겠다면서 해맑게 웃던 입가. 살짝 삐죽하게 내려온 제민의 송곳니까지 생생하게 기억이 났다.

제민은 수연에게 연인이기 이전에 유일한 친구이자, 가족이었다. 아니, 최소한 수연은 그렇게 생각했다. 이제 보니 그는 아니었던 것 같지만.

그러니 12년 동안 그렇게 철저하게 자신을 숨겼겠지……. 껌뻑 속아 넘어간 이 멍청한 얼굴을 감상하며 웃기다고 업신여겼을까.

아니, 사실 그날 그렇게 공개된 장소에서까지 조심성 없이 행동하던 것을 생각해 보면, 그다지 철저하게 속인 것 같지도 않았다. 애초에 그럴 깜냥도 안 되는 사람이었다. 제민은.

단지, 자신이 너무 많이 믿었던 것뿐이다. 그러니 남들 눈에 바보 천치로 보일 수밖에.

'한 실장님 그 호모 남자 친구 말입니다.'

그날 이후로 제민으로부터는 아무런 연락도 오지 않았다. 그날 제민의 입가에 흐르던 피 한 줄기는 금세 멈추었고, 수연은 그가 씩씩거리며 홀로 사라지도록 놔두었다.

짐을 가져가지도 않았다. 모든 흔적들을 이곳에 남겨 두고, 그저 사람만 홀연히 사라졌다.

갑자기 눈가가 뜨거워지는 느낌에, 수연은 서둘러 고개를 천장을 향해 들어 올리며 눈물을 참았다. 지헌의 운전기사가 수연을 픽업하기 위해 집 앞으로 오기로 한 시간이 가까워져 있었다. 수연은 혹시라도 또 눈물이 나올 것에 대비하여 티슈를 가방에 챙겨 넣고 서둘러 집을 나섰다.

"안녕하세요. 번거롭게 여기까지 와 주셔서 감사합니다."

"네, 굿모닝입니다. 한 대리님. 아침부터 고생하시네요."

수연이 차의 조수석에 올라타며, 운전기사를 향해 인사를 건넸다. 약속된 시간은 7시 반이지만, 출근 시간 정체를 대비해 여유 있게 출발하였다. 골목을 빠져나간 대형 세단이 아직 어스름하게 어두운 새벽녘의 공기를 갈랐다.

"한 대리님, 상무님 자택에는 처음 가시는 거죠?"

"네."

"정문에 내려 드릴까요, 아니면 후문으로 들어가실 건가요? 차고는 후문에 있습니다."

"아, 괜찮으시면 정문에 내려 주시겠어요?"

"알겠습니다."

차가 이태원의 경사진 골목을 올라, 남산 자락 가까이까지 다다랐다. 세단은 거대한 한옥 대문 앞에 멈추어 섰다. 수연은 잠시 뒤 보자는 인사와 함께 차에서 내려섰다.

주변의 회색 건물들 사이에 유일한 다갈색의 목재 건축물이었다. 목재의 따스한 기운에도 불구하고, 한옥의 크기가 어마어마해 압도적인 존재감을 내뿜고 있었다. 마치 이 블록에서 오직 이 공간만 시간이 외따로 흐르는 듯한 이색적인 분위기였다.

도회적인 취향을 가졌을 것 같은 지헌이 사는 집이라고는 보이지 않아, 수연은 커다란 대문의 계단 앞에서 잠시 머뭇거렸다. 그녀를 내려 준 차는 이미 골목을 돌아 기다란 몸체가 담장 뒤로 사라져 버린 지 오래였다.

수연이 다시 대문을 올려다보았다. 무어라 적힌 유려한 글씨의 현판이 붙어 있었다. 스무 살에 한국으로 오기 전까지 덴마크에서 자란 탓에, 한자 교육을 받은 적이 없는 수연으로서는 전혀 해석할 수 없는 글자였다.

숨을 길게 내쉰 수연이 대문의 계단에 올라, 미리 전달받은 도어 록 비밀번호를 입력했다. 망설일 새 없이 경쾌한 소리와 함께 도어 록이 해제되며, 거대한 문이 툭 하고 열렸다.

수연은 조심히 대문을 열고 그 안으로 발을 내디뎠다. 고즈넉한 산책 길처럼 이어진 입구에선 라일락 향기가 짙었다.

등 뒤쪽에서 무거운 대문이 닫히는 소리가 쾅, 하고 울리자, 수연이 저도 모르게 어깨를 움츠렸다. 디딤돌을 따라 발걸음을 옮기자, 대나무 사이사이에 차가운 봄바람이 스치는 소리가 스스스 울렸다.

ㅁ ◆ ㅁ

지헌은 침실의 창문 앞에 서 있었다. 한쪽 벽면을 가득 채운 널찍한 창문은 블라인드가 천장까지 걷혀 있어, 이제 막 밝아져 오는 아침 햇살에 방 안이 어슴푸레했다.

새벽과 아침의 경계, 예상했던 시간에서 크게 벗어나지 않게 집 안에 벨 소리가 울렸다. 지헌은 샤워를 마친 후 아직 맨몸에 샤워 가운만을 걸친 채였다.

한옥 건축물의 기단을 높게 지은 탓에, 대문에서 현관까지 디딤돌로 이어지는 길이 훤히 내려다보였다. 지헌의 시선이 대문을 열고 들어온 가느다란 인영을 따라 움직였다.

앞을 보고 또박또박 걸어오던 수연이 갑자기 멈추어 섰다. 허리를 숙이더니 무언가 집어 든다. 바닥에 떨어져 있던 목련이었다. 수연이 하얀 꽃잎을 손바닥에 올리고 가만히 들여다본다.

지헌은 피식 웃음을 터뜨렸다.

이 와중에 꽃잎이나 감상할 여유도 부리고.

이윽고 수연의 모습이 현관 처마 아래로 사라졌다. 곧이어 또 한 번의 벨 소리가 들려왔다. 지헌은 샤워 가운의 허리 매듭을 느슨하게 풀면서, 침실에 연결된 드레스 룸으로 향했다.

ㅁ ◆ ㅁ

거실 소파에 허리를 꼿꼿하게 세우고 앉은 수연은 벌써 다섯 번째 시계를 들여다보았다.

외관은 전통적인 한옥 건축물이지만, 집의 내부는 편의에 맞게 동서양의 인테리어가 조화를 이루고 있었다. 슬라이딩 도어를 모두 열면, 전통 한옥의 대청마루가 됨 직한 구조의 거실이었다.

거실의 전면 창을 통해서 정원이 훤히 내려다보였다. 넓은 창을 통해 들어오는 햇볕은 이미 아침의 밝은 햇살을 담고 있었다.

수연은 초조한 마음을 다스리며, 다시 한번 시간을 확인했다. 한남동에 위치한 본가 도고재까지는 차로 10분 내로 갈 수 있는 거리이다. 아직까지는 시간적 여유가 있지만, 수연이 집 안에 들어선 이후로 여태껏 지헌이 코빼기도 비치지 않았다는 점이 수연을 불안하게 했다.

수연은 대문을 열기 전에 한 번, 현관문을 열기 전에 한 번, 일부러 벨을 눌러 자신의 등장을 알렸다. 7시 반까지 오라고 했으나 30분 일찍 도착하였고, 지금은 7시 20분.

수연이 초조한 마음을 가라앉히려 소파에서 일어나 창문가로 다가가 서성였다. '식물변태'의 집답게 정원에도 각종 정원수와 키 작은 꽃나무가 가득했다. 문득 대문 안으로 발을 디뎠을 때 코끝을 짙게 스쳤던 라일락 향기가 떠올랐다.

집 안에는 촉촉한 숲속에 머무는 것 같은 그윽한 우드 향이 은은하게 맴돌았다. 집의 내부는 바깥에서 보는 것과 또 다른 묘한 분위기의 공간이었다.

세련된 가구, 벽마다 걸려 있는 동서양풍의 작품들. 거실의 두 개 면은 천장에서 바닥까지 창문으로 이루어져 있어 탁 트인 개방감이 느껴졌다. 창을 통해 한눈에 들어오는 나무 정원이 벽에 걸린 여러 작품들과 어우러져, 자연 친화적인 분위기의 갤러리를 연상케 했다.

천장에는 거대한 꽃송이를 걸어 놓은 것처럼 하얗게 흐드러진 조명이 몸을 넓게 펴고 있었다. 수연은 하나의 예술 작품 같은 조명의 자태를 저도 모르게 한참 동안 올려다보았다. 그러고는 누가 볼세라 천장을 향했던 고개를 내리고 자세를 바르게 했다. 실제로는 아무도 보지 않은 게 문제라면 문제였지만…….

대체 이 집 주인은 언제쯤 나오실는지.

그야말로 감각적인 공간이다. 한옥 특유의 따뜻하면서 고즈넉한 인상을 주기도 했다. 수연은 지헌의 냉소적인 얼굴을 떠올리며, 이 집 주인의 분위기와는 다소 어울리지 않는다는 생각을 했다.

하기야 올해 초 도성전자 신년식에서 극적인 등장을 하기 전까지, 지헌은 미국에서 살았다고 들었다. 그가 이곳에 살기 시작한 것은 길어 봐야 반년도 되지 않았을 것이다.

이런 곳에 한 10년쯤 살다 보면, 그 사람도 조금은 이 따스한 분위기에 동화될지도 모르지. 그러면 그를 보필하는 일도 조금은 편안해지려나.

수연은 문득 자신의 머릿속에 떠오른 생각에 놀랐다가, 이내 자조적인 웃음을 터뜨렸다. 10년이라니……. 큰 의미 없이 떠오른 생각일지라도, 이곳에서의 미래를 그리고 있는 자신이 우스웠다.

애초에 한국이라는 나라에 특별한 애착이 있어서 온 것도 아니었다. 그저, 이제는 그곳에도 아무도 없으니까. 혼자서는 외로울 것 같으니까. 유일한 벗을 따라서 오게 된 것뿐이었다.

그것이, 가족이 사라져 막 혼자가 된 어린 한수연의 선택이었는데, 이제 와 어렴풋한 후회가 일었다. 그냥 아무도 없는 채로 살아가는 것도 괜찮았을 텐데. 어차피 이렇게 다시 혼자가 될 바에야…….

수연은 곤두박질치는 기분을 환기하려 숨을 깊게 들이마셨다. 축축한 시더우드 향이 몸 안에 흘러들었다. 허브의 효과로 잠시나마 긴장감이 잦아드는 듯했지만 얼마 지나지 않아 또다시 초조해졌다. 수연은 다시 한번 시계를 확인했다.

7시 32분.

도고재 조찬에 지각할 수는 없다. 지헌을 찾아 나서기로 결심한 수연은 자리에서 일어났다. 수연은 방들의 구조를 파악한 끝에, 지헌이 있을 확률이 높아 보이는 문 앞에 섰다. 어깨가 솟았다 가라앉을 정도로 크게 숨을 들이쉬었다.

똑똑—

손가락을 구부려 노크를 했으나, 안에서는 대답이 없었다.

뭐야, 설마 자는 건 아니겠지?

그가 조금 늦장을 부리고 있을 뿐이라고 생각했는데, 아직 자고 있을 최악의 가능성을 떠올리니 머릿속이 아찔해졌다.

도고재 조찬, 각 계열사 사장단을 포함해 오너 일가들이 모이는 자리.

오랜 기간 그룹 내에서 기득권을 차지하며 후계자 구도를 굳힌 도성전자의 도종윤 사장. 그런데 조카인 지헌이 갑자기 등장하여 후계자 자리를 위협하고 있는 상황이었다. 모두의 관심이 지헌에게 향하고 있는 이때.

더군다나 두 번 연속 사장 라인의 비서를 내쫓고, 세 번째로 맞이한 새로운 비서가 처음 함께하는 자리였다. 그런 자리에 새 비서가 스케줄 관리 하나 제대로 하지 못해서, 헐레벌떡 뛰어 들어가는 그림을 만들어 낼 수는 없다.

수연은 초조한 기색을 숨기고 목소리를 가다듬은 후 문 안쪽을 향해 말했다.

"상무님. 저 한수연입니다. 들어가도 될까요?"

"들어와요."

문 안쪽에서 멀쩡하게 지헌의 목소리가 들려왔다. 조심히 문고리를 잡아 열자, 방 한가운데에 침대가 보였다. 다행스럽게도 하얀색 침구가 흐트러져 있을 뿐, 침대 위는 이미 비어 있었다.

그가 이 시간까지 잠에 취해 뒹굴거리고 있는 최악의 상황까지는 아니었으나, 아직 문 바깥에 서 있는 수연의 시야에는 여전히 지헌이 보이지 않았다. 그의 목소리가 방 안쪽에서 흘러나왔다.

"이쪽이에요."

수연은 목소리를 따라 방 안으로 한 걸음 들어섰다. 넓은 침실의 끝 쪽에 이어진 드레스 룸에서 움직임이 느껴졌다.

"상무님, 시간이 지체되어서요. 죄송하지만 조금 서둘러서……."

조심스럽게 그를 재촉하며 방 안쪽으로 걸어가던 수연의 발걸음이 중간에 우뚝 멈추어 섰다. 지헌이 수연 쪽으로 고개를 기울이며 말했다.

"늦었네요."

늦긴 누가. 30분 넘게 기다렸는데. 아니, 그보다 왜 아직 그러고 있는 건데.

옷을 입기는 입었는데……. 지헌은 드레스 셔츠의 단추를 하나도 채우지 않고 서 있었다. 셔츠 안이 훤히 내보였다. 그의 느슨하게 풀어진 모습에, 수연은 황급히 시선을 옆으로 돌렸다.

"아니. 왜. 아직 그러고 계시면 어떻게 해요."

불퉁하게 튀어 나간 목소리와는 달리. 문득 몸을 돌리고 선 스스로가 왕을 똑바로 쳐다보지 못하도록 잘 교육된 무수리의 모습과 비슷하다는 생각이 스쳤다.

"3분."

"……네?"

"늦었다고요, 3분."

"바깥에서 기다렸어요."

순간 억울한 마음에 수연이 다시 시선을 돌려 지헌을 바라보았다. 지헌은 여전히 셔츠의 단추를 채울 생각이 없어 보이는 태평한 얼굴로 비뚜름하게 웃으며 말했다.

"왔으면 들어와서 할 일을 해야지. 왜 바깥에서 기다립니까."

"무슨…… 일이요?"

"옷 입는 것 좀 도와줘요."

지헌은 수연의 단정한 얼굴에서 '뭐래, 이 미친놈이.' 하는 표정이 떠올랐다가, 순식간에 사라지는 광경을 감상했다. 아침부터 불편한 자리에 가서, 불쾌한 얼굴들을 보며 꾸역꾸역 식사를 해야 하는 마뜩잖은 기분이 조금 풀어졌다.

수연은 뻣뻣하게 굳은 얼굴에 가까스로 난감한 미소를 띠운 채 억누른 목소리로 말했다.

"상무님. 제가 그런 일까지 도와드리는 건 좀……."

"그 전 실장님들은 도와주시던데."

지헌이 빙긋 웃으며 말했다.

물론 거짓말이었다. 혼자서 단추 하나 못 채울 정도의 상처도 아니고. 냄새 나는 사내놈이 반경 1미터 이내로 들어와서 자신의 몸에 손을 대게 둘 이유도, 비위도 없으니.

수연은 지헌의 뻔뻔하도록 태연한 얼굴을 물끄러미 바라보았다. 평소답지 않게 빙글거리는 미소까지 짓고 있는 것을 보면, 놀리는 의도가 분명했다. 이런 식으로 사람을 가지고 노는 게 일상적이니. 그녀의 앞을 거쳐 간 경력 빵빵한 프로페셔널 비서실장들이 연이어 그만둔 것이 놀라운 일도 아니었다.

"아무래도 그건 부당한 요구신데요. 솔직히 좀 불쾌하네요."

"불쾌하게 했다면 미안합니다. 하지만 보시다시피 손을 다쳐서요. 누구 때문에."

정중한 얼굴로 선선하게 사과부터 건넨 지헌이 덤덤한 말투로 말했다. 붕대를 감은 오른손을 수연을 향해 보란 듯이 흔들며.

"……."

그가 누구를 지칭하는지는 뻔했다. 애써 차분함을 유지하던 수연의 얼굴에 동요의 기색이 떠올랐다.

다친 것에 대한 책임 소재를 따지자면, 첫 번째는 대책 없이 위험한 물건을 휘두른 정제민이고, 두 번째는 갑자기 끼어들어서 도발한 본인 쪽 아닌가?

수연은 역시 억울했지만, 엄밀히 말하자면 아주 남의 일인 척 무시할 수만은 없는 입장이긴 했다.

지헌은 타인의 일에 그다지 쉽게 상관할 사람으로는 보이지 않았다. 어쨌든 그도 아는 사람이 치정극에 휩쓸려 곤란해하고 있으니 나서게 되었을 터였다. 수연의 입장에서는 끼어들지 않고 모르는 척 지나가 주는 편이 훨씬 더 고마웠을 사정은 차치하더라도.

적어도 처음 그의 목적만큼은 수연을 도와주려는 선량한 의도였을 수도 있다. 그 뒤의 사람을 빈정거리는 못된 언행이 좋은 의도를 다 깎아 먹고 있긴 하지만.

결과적으로 지헌은 그 일로 상해를 입었다. 가해자인 제민에게 별도로 문제 삼고 있지도 않았다. 물론 경찰이 얽혀 시끄러워지면 곤란하게 될, 지헌의 사회적 지위 때문에 그럴 것이니 이걸 자신이 고맙게 여겨야 할 이유는 없다.

하지만 결국 사고를 야기한 당사자로서, 도의상 책임을 느끼는 '척'이라도 해 주는 게 맞겠지만…….

"어제는 제대로 잘 입고 오셨던데요."

수연은 책임 소재는 슬쩍 모른 척 넘기고, 그가 괜한 '엄살'을 부리고 있는 부분에 대해서 지적하기로 했다. 전날 회사에서 볼 때까지만 해도, 그렇게 크게 다친 것 같지는 않았으니까.

"어제는 다른 사람이 도와줬고."

역시 거짓말이다.

"그나저나 말이 많네요. 이러다 늦겠는데."

허. 이제는 지각에 대한 책임 전가까지.

수연은 떨리는 입꼬리를 진정시키려 입술을 깨물고, 지헌에게 다가갔다.

이렇게 나올 줄 알았다면, 집에 들어오자마자 도지헌이 어디 처박혀 있는지부터 알아냈어야 했는데. 시간에 쫓겨 제대로 된 반항을 하지 못할 때까지 제 방에 처박혀서 똬리를 틀고 앉아 있었을 것을 생각하니, 음흉하기 짝이 없다.

별거 아니야. 나 때문에 다친 사람 도와주는 거라고 생각하자. 아니. 그래, 독거노인 수발드는 자원봉사 중인 것으로 하자.

수연이 한 발자국 앞까지 다가가 서자, 지헌은 다친 오른손의 붕대 위를 연극적으로 매만졌다. 잘 보라는 듯이.

왜. 이따가 밥숟가락도 들어서 떠먹여 달라고 해 보시지.

수연은 지헌의 손을 흘끗 쳐다보고, 깊은 한숨을 내쉬었다. 보통이라면 직속 상사의 면전에다 대고 일부러 한숨을 흘리는 일이야 없었겠지만. '이렇게까지 하는 건 부하 직원으로서가 아니라, 다친 사람에 대한 일말의 책임감 때문이야.'라는 비언어적 표현이었다.

"한 손으로 단추를 끼울 수가 있어야죠. 하필 또 다친 게 오른손이라."

"……."

내려다보는 지헌의 시선이 따갑게 느껴졌다. 수연은 그의 셔츠 단추에 시선을 고정시켰다. 빤히 관찰해 오는 눈빛을 피할 길이 없었다. 수연은 죄진 사람처럼 눈을 내리깐 자신의 모습이 스스로도 마음에 들지 않았지만, 그의 시선을 마주할 만큼 대담하지도 않았다.

수연은 빠른 속도로 지헌의 드레스 셔츠 단추를 채워 내렸다.

그의 몸에 딱 맞게 제작된 드레스 셔츠는 두꺼운 몸의 라인을 그대로 드러냈다. 지헌의 들숨 날숨에 따라 솟아올랐다 가라앉는 고요한 몸의 변화도 고스란히 느껴졌다.

괜스레 목구멍이 간질거렸다. 헛기침이 튀어나오려는 감각을 겨우 참아 누르며, 수연은 단숨에 맨 아래 단추까지 재빨리 채우고 셔츠를 툭 내려놓았다.

"타이는 저쪽에 있어요."

수연은 드레스 룸 안의 지헌이 가리킨 쪽으로 발걸음을 옮겨 타이를 골라서 가져왔다. 타이를 매는 것은 그다지 익숙하지 않지만, 침착하게 매듭을 지어 올리자 흠잡히지 않을 정도는 되었다.

"시계도."

그가 가리킨 유리 수납장 안에는 저 같은 회사원 연봉의 열 배는 됨 직한 가격의 휘황찬란한 시계 컬렉션이 가지런히 디스플레이 되어 있었다. 수연은 그 중에서 메탈 시계를 하나 고르고, 옆에 정리되어 있는 커프스 링크 중에서도 하나를 골랐다.

지헌에게 다가가니, 그가 수연을 향해 손목을 내밀었다. 왼쪽 손목에 시계를 채워 주고, 양 소매에 커프스 링크를 끼웠다. 일련의 동작들을 단숨에 해치우고, 수연은 한 발자국 뒤로 물러났다.

수연이 그의 머리끝부터 발끝까지를 점검하듯 지헌을 위아래로 훑어보았다. 대체로 보기 좋았지만, 드레스 셔츠의 끝자락이 여전히 바지 바깥으로 느슨하게 빠져나와 있어 깔끔한 인상을 주기에는 한참 부족했다.

수연은 타이를 고를 때 봐 놓았던 수납장으로 다가가, 벨트마저 챙겨 왔다. 지헌에게 벨트를 내밀자, 그는 수연을 물끄러미 응시했다. 지헌은 벨트를 건네받을 의사가 없어 보였다. 앞으로 내민 수연의 손이 허공에서 표류했다.

왜. 뭐. 설마. 벨트까지 채워 달라고 할 정도로 정신 나간 사람은 아니겠지.

수연은 자신의 상사가 가진 이 악취미의 끝이 어디일지에 대한 궁금증이 일었다. 아마도 수연 스스로 제풀에 지쳐 나가떨어질 때까지 계속될 기세였다. 더 이상 그 악취미에 장단을 맞춰 줄 자신이 없었다.

"제가 도와드릴 수 있는 만큼 다 도와드린 것 같은데. 전 이만 나가서 밖에서 기다리겠습니다. 마무리하고 나오세요."

수연은 다소 짜증 난 기분을 반영하여 벨트를 쥔 손을 내밀어 지헌의 뒤쪽 서랍장 위에 던지듯 툭 내려놓았다. 그리고 한 발자국 뒤로 물러나려는 순간.

"도와준 건 고마운데 말이죠……."

무슨 말을 하나 싶어 그를 올려다보는 찰나, 지헌의 커다란 손이 수연의 등허리를 부드럽게 감싸며 끌어당겼다. 손끝에 이렇다 할 힘도 주지 않고, 아주 자연스러운 흐름으로.

"……!"

무슨 일이 일어난 건지 깨달을 새도 없이 순식간에 몸이 빨려 들어가듯 그와 맞부딪히며 턱, 하는 소리가 났다. 바로 앞까지 가까워진 지헌의 다갈색 눈동자가 여전히 수연을 꿰뚫을 듯 주시했다.

"궁금해서. 참을 수가 있어야 말이지……."

허리가 당겨지는 순간, 그를 밀어 냈어야 했다. 머리로는 당연히 알고 있는데, 번개 맞은 사람처럼 이상하게 몸이 움직이지 않았다. 뇌가 내리는 명령 신호가 누군가 중간에서 차단기를 철컥 내려 버린 것처럼, 까맣게 멈추었다. 순식간에 고장 난 깡통 로봇이 되어 버린 것 같았다.

마주친 시선이 견딜 수 없을 만치 뜨거웠다. 동시에 손끝을 저릿하게 만드는 노골적인 눈빛이었다. 냉소적이고, 시리도록 냉랭하기만 한 눈빛인데. 그럴 리가 없는데. 수연을 담고 있는 눈동자 안엔 감춰 둔 욕망이 뜨겁게 넘실거렸다.

그 눈이 무얼 의미하는지, 모를 수 없었다.

왜…….

눈 깜짝할 새에 허리를 끌어당긴 손길과는 다르게, 지헌은 몹시 느릿하게 가까워졌다. 그 장면이 마치 대형 스크린 속의 영화를 보고 있는 것처럼 비현실적으로 느껴졌다. 1열에 앉아 고개를 꺾고 올려다보는 관객의 시선처럼.

그저 상사의 사적인 면모를 제삼자의 시선에서 몰래 훔쳐보고 있는 듯한 그런 이상한, 관음적인 기분이 들었다. 그래서일까. 수연은 가까워지는 지헌과 시선을 마주한 채 숨조차 내쉴 수 없었다.

코끝이 스치고, 지헌이 내쉬는 숨이 느껴질 만큼 그가 가까이 다가왔다. 어느덧 그의 시선은 수연의 눈에서 코를 지나 입술에 내려가 있었다.

다음으로 이어질 행동이 그 무엇보다 명백한데, 겨우 속눈썹이나 바르르 떨뿐이었다. 오히려 무언가 기다리고 있다는 오해를 사도 어쩔 수 없을 만큼, 멍청하기 짝이 없는 반응이었다.

지헌은 그것이 이상하다는 듯 고개를 갸웃하고 옆으로 기울였다.

그래, 이상하지. 이상하고말고.

수연이 속으로 이상하다는 말을 백 번쯤 반복했다고 생각했을 무렵. 머릿속의 소란이 일순 잦아들었다.

따뜻한 입술이 맞닿은 순간이었다.

"......."

조심스럽다고 봐도 좋을 만큼 가볍게 와 닿은 그의 입술이 탐색하듯 느리게 수연의 입술을 빨아 당겼다. 수연의 내리감은 눈꺼풀이 바르르 진동했다.

가늠하듯 느릿하게 움직이던 입술이 짧게 떨어졌다. 수연의 젖은 입술에 서늘한 공기가 맴도는 순간, 피할 새 없이 아주 거칠게 지헌의 입술이 겹쳐졌다.

물어서 잘근거리고, 또 뜨겁게 빨아들인다. 벌어진 입술 사이로 혀가 파고들어 정신없이 헤집었다. 깊숙한 물속에 급격한 속도로 빨려드는 것처럼 귀가 멍멍해졌다. 거센 물살에 일렁이듯 온몸이 흔들거렸다. 혈액 속에 산소 부족을 호소하듯 몸에 힘이 아득하게 빠져나갔다.

집어삼키는 격렬한 키스에 무릎에 힘이 빠져 맥없이 휘청였다. 그러자 수연의 등허리를 받치듯 덮고 있던 손이 거칠게 허리를 휘어 감았다. 수연의 몸이 반쯤 들어 올려질 정도의 강한 힘으로 빠듯하게 몸이 겹쳐졌다.

그의 혀가 깊숙이 들어왔다. 얼어붙은 듯 경직되어 있는 수연의 혀에 맞대고 뭉근하게 훑었다. 뿌리까지 강하게 얽혀 들자 흐으, 앓는 듯한 신음이 입안을 맴돌았다.

어지럽게 휘둘리는 기분이 단순히 심리적인 것인지, 물리적인 것인지 분간할 수 없었다. 그저 확실한 것은 저도 모르게 흘러나오는 신음을 삼키려면, 정신을 차려야 한다는 것이었다.

"하아……."

젖은 살갗이 부딪히는 소리와 함께 수연의 입술을 빨아 당긴 그의 입술이 잠시 떨어졌다. 그 짧은 틈을 타 수연이 가쁜 숨을 내쉬었다. 하지만 그 뜨거운 숨은 또다시 지헌의 입안으로 빨려 들어갔다.

지헌이 고개의 각도를 비틀어 더 깊숙이 파고들었다. 덕분에 수연의 고개가 꺾여 올라갔다. 입술이 뭉개지고, 겹쳐진 두 사람의 옷이 짓이겨졌다. 격정적으로 끌어당겼다가 놓아 주었다가를 여러 번 반복하는 동안, 수연은 발끝으로 섰다가 내려앉으며 정신없이 끌려갔다.

이윽고 지헌은 끌어안고 있던 수연의 몸을 가볍게 들어 올려 서랍장 위에 앉혔다. 갑자기 몸이 들린 수연이 놀란 숨을 가쁘게 내쉬었다. 수연의 두 발이 공중에서 달랑거렸다.

"잠깐……!"

미약하게나마 정신 줄을 붙잡고 내뱉은 말조차 지헌의 입속으로 삼켜졌다. 오히려 그는 더 흥분한 몸짓으로 거칠게 파고들었다.

수연의 상체가 떠밀리며 뒤로 기울어졌다. 수연이 일종의 생존 본능처럼 움켜잡은 그의 어깨가 거세게 꿈틀거리며 그녀를 몰아붙였다. 지헌은 고개의 방향을 달리하며 몸을 숙였다. 목 끝까지 차오른 숨을 갈구하는 입술을 놓아 주고 눈꼬리를 따라서 귓바퀴, 귓불을 차례로 핥자, 수연의 입에서 달뜬 신음이 흘러나왔다.

"하아……."

그 낯설기만 한 자신의 음성이 수연으로 하여금, 불현듯 현실을 자각하게 만들었다.

집주인과 영 어울리지 않는 고즈넉한 한옥채. 정원을 맴돌던 라일락의 향기. 스스스 몸을 떠는 대나무 잎새. 무거운 목련 꽃잎. 꽃 같은 천장 조명. 흐트러진 침구. 깔보는 눈빛. 비뚜름하게 올라간 입술. 욕망하는 갈색 눈동자. 억센 손아귀. 도고재. 도고재…….

지금…… 몇 시…….

수연은 몽롱한 두 눈을 흐리게 떴다. 혼란에 잠긴 시선이 방 안을 표류했다. 어둑한 드레스 룸에 비해, 침실에는 아침 햇살이 내리쬐어 오크 재질의 바닥재가 매끄럽게 반짝거렸다. 가느다랗게 뜬 수연의 눈이 일순 커다래졌다.

"상무님. 잠깐. 그만……하세요."

수연이 고개를 옆으로 돌려 피하자, 아랑곳 않고 지헌의 입술이 따라왔다. 그는 수연의 입술을 찾다가 여의치 않자 그대로 목덜미를 물고 거침없이 빨아들였다.

수연은 씨근덕거리는 그의 두툼한 몸통을 힘껏 밀어 냈다. 그다지 물러나지는 않았지만, 뒷말을 이을 수 있을 정도의 틈이 생겼다.

"도고재요. 지금 가서야 돼요."

'도고재'라는 단어에 뒤늦게 반응하듯, 그제야 지헌이 움직임을 뚝 멈추었다. 뜨겁게 끓어올랐던 열기에 찬물을 끼얹은 것처럼 급격한 반응이었다. 잠시간 지헌은 수연의 목덜미에 얼굴을 처박은 채 그렇게 멈추어 있었다.

수연이 다시 한번 힘주어 밀자, 지헌이 수연을 뒤덮고 있던 몸을 천천히 일으켜 세웠다. 언제 달려들었냐는 듯이 차갑게 가라앉은 눈빛. 수연에겐 오히려 익숙한 서늘한 눈빛이 그녀를 가만히 응시했다. 푸스스 김이라도 올라올 것 같은 급격한 온도 차.

"나가요."

눈빛만큼이나, 사람을 멸시하는 차가운 목소리였다.

□　◆　□

고요한 정적 속에서 대형 세단이 한남동으로 미끄러지듯 빠르게 움직였다. 조수석에 앉은 수연은 평소답지 않게 입술을 잘근잘근 깨물고 있었다.

나가서 기다려요. 나가 줄래요. 나가 주시겠어요. 밖에서 기다리는 게 어때요. 혼자 있고 싶어요……. 에둘러 말할 수 있는 수많은 표현 방식들이 있다. 그런데 뭐? 나가요?

어이가 없어서 헛웃음이 하염없이 흘러나오려고 했지만 수연은 꾹 참아 삼켰다. 그러기 위해 더 세게 입술을 깨물었다.

나가라는 세 글자 말 한마디에 얼뜨기처럼 방에서 빠져나왔다. 그 와중에도 무수리처럼 최대한 발걸음을 죽이고 소리가 나지 않게 천천히 방문을 닫은 다음에서야, 수연은 엉망이 되어 버린 자신의 꼴을 발견했다.

투피스의 재킷 단추가 어디론가 날아가 사라져 버린 채 실밥이 덜렁거리고, 슬랙스 안으로 단정히 밀어 넣었던 블라우스가 무참히 빠져나와 흐트러져 있었다. 헤어핀으로 고정해 놓았던 옆머리 역시 군데군데 흘러내려 누군가에게 머리채라도 잡힌 듯 볼썽사나운 꼴이었다.

수연은 거실 소파 위에 올려놓았던 자신의 가방을 잡아채고, 서둘러 거실에 연결된 화장실을 찾았다. 눈부시게 밝은 조명 아래서 수연이 거울 속의 자신을 바라보았다.

재빨리 옷매무새를 정리하고, 눈가의 화장을 수정했다. 흘러내린 잔머리를 정리하며 헤어핀을 다시 꽂아 넣다가, 수연이 문득 손을 멈췄다. 거울에 한 걸음 더 다가가 들여다보니, 귀 아래로 흐르듯 붉은 자국이 희미하게 이어져 있었다.

제정신이 아니었다.

구차한 변명 같지만 그 말밖에는 설명할 길이 없었다.

늘 트집 잡을 구석을 찾는 사람처럼, 느릿하게 훑어보는 지헌의 차가운 시선에는 이골이 난지라. 불편한 감정과는 상관없이, 그럼에도 꽤 능숙하게 방어할 수 있었다.

하지만 그 눈, 수연을 직시하는 그 눈동자 안에 낯선 열기가 넘실거리는 것을 마주한 순간. 단단하게 구축한 방어선이 속절없이 무너졌다. 덧없이 마구 휘둘렸다.

수연은 굳어진 입술을 치아 사이에 두고 아프도록 깨물었다. 일부러 스스로에게 물리적인 아픔을 가해 보았지만, 자괴감이 휘몰아치는 정신적 타격감에 비하면 턱없이 부족했다. 기분이 처참하게 가라앉았다.

비서라는 직업에 자부심을 가질 정도로 큰 의미를 두는 것은 아니었지만, 적어도 자기 존중은 있었다. 주어진 업무에 충실하고, 그에 대한 대가로 받는 월급은 수연에게 유의미한 것이었다.

지헌이 오만한 태도로 자존감을 깎아내리고, 비서를 하인처럼 부려 먹어도 수연은 그럴듯하게 버렸다.

늘 그랬던 것처럼, 그에게는 선을 넘은 단순한 유희에 불과했을 텐데. 그 질 낮은 장난에 나란히 손을 맞잡고 놀아나다니…….

온몸을 적시는 싸늘한 자괴감에, 수연은 두 눈을 꾹 내리감았다.

중요한 일정조차 머릿속에서 하얗게 사라져 버렸었다. 그 대가로, 엉망이 된 꼴을 임시 보수 하고, 도고재에 헐레벌떡 달려가야 한다. 무너진 정신 상태와 무능력을 널리 알리는 것으로 그 값을 치러야 했다.

수연은 머리를 하나로 묶어 올렸던 머리끈을 풀어 내렸다. 풍성한 머리카락이 구불구불 흘러내려 가슴 아래로 흩어졌다. 그럭저럭 목 부근의 붉은 자국을 가릴 수 있었다.

수연이 다시 한번 거울 속의 자신을 최종 점검 하고 서둘러 바깥으로 나갔다. 마침 지헌도 침실 문을 열고 걸어 나오고 있었다. 머리끝부터 발끝까지 완벽하게 세팅된 모습으로.

언제 다쳤냐는 듯이 그 손으로 혼자서 잘도…….

2

불과 며칠 전, 지방자치단체별로 전국 개별 단독 주택의 공시 가격이 공개되었다. 지난해에 이어 올해 역시 전국 최고가 주택으로 공시 예정 가격이 공개된, 한남동 '도고재'의 높은 담벼락은 쥐 죽은 듯 고요하기만 했다. 약 30분 전까지 도성그룹 각 계열사 사장단의 대형 세단들로 줄줄이 이어졌던 행렬은 도고재의 거대한 대문 앞에 제 주인들을 내려 주고 샅샅이 흩어져 근처에 대기 중이었다.

지헌의 차는 미끄러지듯 차고로 들어갔다. 묵직한 차의 뒤꼬리가 차고 안으로 사라지자마자 육중한 차고 문이 소리 없이 내려갔다. 차고의 문이 자동으로 열리도록 사전에 등록된 차량은 몇 되지 않았다. 도성전자 도종윤 사장의 아들인 도지호 상무에게조차 그것이 허락되지 않았다. 모양 빠지게 대문 앞에 내려서서, 문간을 넘을 때마다 지호의 자존심에 금이 갔다.

지헌과 수연이 차고에서 대기 중이던 엘리베이터에 올라탔다. 차 안에서부터 숨 막히는 정적이 이어졌지만, 엘리베이터에 둘만 남게 되자 수연은 숨 쉬는 소리를 내는 것조차 조심스러웠다. 한껏 당겨진 팽팽한 줄 같은 긴장감이 두 사람 사이를 감돌았다. 뻣뻣하게 굳은 수연의 몸에 단단한 어깨가 스쳤다.

수연의 어깨를 스치며 팔을 뻗은 지헌은 사뭇 무심한 손길로 툭, 엘리베이터의 1층과 2층 버튼을 모두 눌렀다.

"내려요."

엘리베이터가 금세 1층에 멈춰 서자, 지헌이 냉랭한 목소리로 말했다.

수연이 군말 없이 내려서자, 등 뒤로 엘리베이터 문이 소리도 없이 스르르 닫혔다. 어디로 가야 할지 고민할 필요도 없이 즉시 직원이 다가와 수연을 비서진의 조찬 장소로 안내했다.

지헌은 가느다란 수연의 뒷모습이 사라진 자리에서 시선을 떼지 않았다. 걸음걸음마다 등허리에서 흔들거리던 풍성한 머리카락, 살랑살랑 조용히 걷는 뒷모습의 잔상이 새겨진 자리에, 엘리베이터 문이 닫히자 짐짓 화가 난 것처럼 보이는 남자의 모습이 비쳤다.

곧이어 문이 열리며 남자의 인영이 사라지고, 넓은 공간이 드러났다. 지헌은 망설임 없는 발걸음으로 2층의 다이닝 룸으로 향했다. 없는 사람 취급 할 때는 언제고, 시도 때도 없이 불러내는 바람에 제집처럼 익숙한 곳이었다.

다이닝 룸의 슬라이딩 도어 옆에 그림처럼 서 있던 직원이 지헌을 발견하고는 허리를 깊숙이 숙여 인사했다. 직원이 유려한 연결 동작으로 도어를 옆으로 밀어 열었다. 지헌은 멈춤 없이 성큼성큼 안쪽으로 걸음을 이었다.

다이닝 룸의 넓은 창밖으로 한강의 전경이 한눈에 펼쳐졌다. 강의 고요한 물결이 햇볕을 받아 금빛 표면이 눈부시게 반짝거렸다. 창가를 따라 배치된 기다란 테이블을 채우고 앉은 머리통들이 일제히 지헌을 향했다. 가장 상석에 앉은 도재호 회장만이 여유 있게 테이블의 율무죽을 뜨고 있었다.

회장이 앉은 상석의 가장 가까운 자리가 비어 있었다. 그 맞은편 자리에 도종윤 사장, 그리고 그 옆에는 도지호 상무가 앉았다. 도 회장은 이런 식으로 자신의 총애를 표현했다. 유치하기 짝이 없는 방식으로.

반년 전까지만 해도, 이 테이블 위에서 지헌은 세상에 존재하지도 않는 사람이었다. 그것에 대하여, 지헌의 어머니인 윤희연 여사는 늘 분통을 터뜨렸다. 그리하여 홀로 꾸준히 도고재의 문지방을 닳도록 넘으며, 도 회장에게 장손의 존재를 끊임없이 어필하였다 들었다.

지헌이 피식 웃으며 비어 있던 자리에 앉았다. 기다렸다는 듯이 직원이 다가와 뜨끈한 김이 피어오르는 다기들을 테이블 위에 내려놓았다.

"늦었구나."

도 회장의 낮고 굵직한 음성이 정적을 깨뜨렸다. 여든을 넘긴 나이에도 묵직한 음성에 담긴 위압감은 열다섯 개 계열사를 거느린 거대 기업을 호령하기에 충분했다.

백호를 닮은 기백. 노년에도 전혀 구부러지지 않은 허리, 그 키는 180센티에 달했다. 그가 도성그룹을 세울 당시 대한민국 성인 남자의 평균 키는 불과 170센티도 채 되지 않았기에, 범인(凡人)들의 눈에 도재호 회장은 흡사 높은 산처럼 보였다. 현재에도 물론 그를 낮게 보는 사람은 존재하지 않았다.

윤희연 여사는 길게 쭉 뻗고 잘 빚어진 자신의 아들을 볼 때마다, 죄 자신에게서 물려받은 아름다운 유산이라고 주장했다. 지저분한 피를 가진, 허울뿐인 남편의 모습은 눈을 씻고 봐도 찾을 수 없다고.

그러나 사실 지헌의 190센티에 가까운 키, 깎아 놓은 듯 벌어진 어깨, 태생적으로 두툼한 몸의 두께, 뚜렷한 얼굴의 골격은 모두 도재호 회장에서 그의 장남으로, 그리고 그의 장손으로 이어진 것이었다.

"예, 죄송합니다."

지헌이 그다지 죄송하지 않은 얼굴로 대답했다. 회장을 옆에 두고, 지헌의 맞은편에 앉은 종윤이 못마땅한 표정으로 눈썹을 찌푸렸다가 금세 무표정을 되찾았다. 옆자리의 지호는 얼굴을 왈칵 구긴 채로 눈을 부라리다가 회장의 눈치를 살폈다.

정작 도재호 회장은 그런 지헌의 호연지기가 퍽 마음에 든다는 듯, 흐뭇한 얼굴로 지헌을 바라보았다. 회장의 눈길이 붕대를 감은 그의 손에서 멈췄다.

"그건 뭐냐."

도 회장의 시선을 따라 지헌이 자신의 오른손을 슬쩍 내려다보았다. 그리고 그 손으로 아무렇지 않게 수저를 집어 들었다.

"별거 아닙니다."

"귀한 몸이니, 간수를 잘하거라."

니 애비처럼 아무렇게나 놀리지 말고.

지헌의 귀에 비뚤어진 경고가 들리는 것 같았다.

도재호 회장의 장남이자, 지헌의 아버지인 정원은 도 회장의 막대한 사랑과 기대를 한 몸에 받았다. 한때. 그러니까 그가 고귀한 몸을 아무렇게나 굴리기 전까지는.

대학을 졸업하고 대한민국 육군 장교로 전역하자마자, 도 회장은 정원을 도성 전자 사장 자리에 앉혔다. 얕은수처럼 보이더라도 최소한 일정 기간 동안 경영 능력 검증을 거쳐야 한다는 그룹 내외부의 반발을 가볍게 무시한 결정이었다.

도성전자는 도성그룹 시가 총액의 70%를 육박하는, 말 그대로 그룹의 핵심. 그렇게 도재호 회장은, 장남 정원이 자신의 유일한 후계자임을 공표하였다.

그러나 정원이 재계에 화려하게 진출하자마자, 달갑지 않은 소문들이 알음 알음 퍼져 나갔다. 엉덩이가 가벼운 난륜아 도정원이 정재계는 물론 연예계의 여자들로 모자라, 남자까지 취하기를 즐긴다는 낯 뜨거운 추문이.

그 지저분한 소문이 결국 도재호 회장의 귀에까지 흘러들었고, 노기충천한 도 회장은 정원을 집무실로 불러들였다. 뒤이어 비서진에게 골프채를 대령하라 지시했다는 풍문이 전설처럼 남았다.

곧바로 도성전자 후계자의 결혼식 날짜가 잡혔다. 상대는 윤슬그룹의 장녀 윤희연. 희연은 당시 해외에서 유학 중이었으나 갑작스러운 결혼을 위해 긴급 히 귀국했다. 정재계에 파다한 정원에 대한 소문을 희연 역시 듣지 못한 바는 아니었다. 그야말로 '정략' 결혼이었다.

종합 유통 사업을 하는 윤슬그룹은 역사가 깊은 기업이었으나, 내부적으로 현금 흐름이 좋지 않아 도산 위기에 놓여 있었다. 윤슬그룹은 역사의 뒤안길로 사라질 고비를 정략결혼으로써 극복하였다.

결혼식 후 1년도 지나지 않아 그룹의 황태손이 태어났다. 지헌이란 이름은 도재호 회장이 직접 지었다.

아이의 탄생과 함께 정원을 뒤따르던 추문도 어느덧 꼬리도 남기지 않고 사라졌다. 평온이 이어졌다. IMF 경제 위기 상황에서도 도성그룹은 건재하였고, 더욱 승승장구하고 사업을 확장시켰다.

어린 지헌은 아버지 정원을 사랑하고 존경하며 자랐다. 바쁜 일정으로 많은 시간을 함께할 수는 없는 부자였지만, 함께할 때만큼은 지헌에게 충실했던 아버지였다. 정신적으로, 물리적으로 모두 풍족했던 시간.

'지헌아, 아버지는 일이 많아서 집에 있는 시간이 적으니까, 네가 네 엄마를 외롭지 않게 해 드려야 해. 알았지?'

'엄마가 외롭대요? 우리가 있는데 왜 외로워요? 엄마는 나한테 맨날 지헌이가 있어서 행복하다고 말하는데.'

'그래…… 그러실 거다……'

그런 지헌이 열세 살이 되던 해에, 시련이라고는 남의 것으로만 보고 자란 지헌의 세상이 우르르 무너졌다.

그것은 마치 도미노처럼 밀려들었다. 열네 살의 나이에 지헌은 도망치듯 홀로 미국 유학을 떠났다. 그리고 1년 후, 아버지가 사라졌다는 소식을 전해 들었다.

대한민국 역사상 유례없는 스캔들이었다. 국내 굴지 기업의 사장과 유명 배우의 밀회, 그리고 사랑의 도피. 유명 배우는 지난해 유명 영화제에서 남우 주연상을 수상한 사람이었다. 기업의 사활을 걸고 막은 스캔들은 소리도 자취도 없이 곧바로 사그라졌다.

갑자기 사장의 자리가 공석이 된 도성전자는 도재호 회장이 직접 총괄했다. 그룹 내에서 도정원이라는 이름은 금기어가 되었고 그는 족보에서조차 지워졌다. 자연스럽게 지헌의 이름도 사라졌다. 10년 후, 도 회장의 차남인 종윤이 도성전자의 사장으로 취임했다.

"왜 음식이 줄지를 않아. 입에 안 맞는 게냐?"

지헌이 지루한 상념에서 벗어나 목소리가 들린 쪽으로 고개를 돌렸다. 도재호 회장이 지헌의 앞에 놓인, 줄지 않는 음식들을 쳐다보고 있었다. 여상한 말투였다.

그래, 저 말투. 15년 만에 지헌을 도성그룹으로 불러들일 때에도 도 회장은 똑같은 말투로 말했다.

'이제 들어와야지. 니 애비도 그렇게 의미 없이 살다 갔는데, 똑같이 살면 쓰나. 와서 네 존재의 가치를 증명해 보거라.'

6개월 전, 정원의 부고를 접했다. 지헌은 미국에서 대학원을 졸업한 후, 갤러리와 블록체인 소프트웨어 스타트업을 공동 창업 해서 운영하고 있었다. 지헌이 장례식에 참석하기 위해 한국에 들어왔을 때, 장례식장에서 정원은 죽은 후에야 도 회장의 가장 총애하는 아들로 회귀하여, 영정 사진 안에서 해사하게 웃고 있었다.

정원이 사라지기 전, 15년 전에 찍은 젊은 시절의 사진이었다. 그 사진 속의 인자하고 고고한 미소를 보고, 지헌은 치미는 구토감을 삼켜야 했다.

"예, 별로네요."

지헌이 무감한 얼굴로 대답했다. 다이닝 룸의 끄트머리에 멀찍이 서 있던 조리장의 얼굴이 사색이 되었다. 그 공간에서 허허 웃는 것은 도 회장뿐이었다.

"그럼 다음 조찬 때는 지헌이 네가 좋아하는 음식으로 준비하라고 해야겠다. 그래, 좋아하는 게 뭔지 말해 봐라."

"대체로 다 잘 먹습니다."

이 집에서 나오는 음식은 뭘 먹든 다 똑같이 맛이 느껴지지 않는다.

"뭘 하나 말을 해야 조찬 메뉴로 정하지."

"메뉴는 조리장이 알아서 정할 일이죠. 입맛에 맞게."

도 회장이 더 크게 웃음을 터뜨렸다.

"지헌이 네 그 성정은 네 애비를 꼭 닮았어."

도 회장과 지헌의 눈이 마주쳤다. 한쪽은 웃고 한쪽은 전혀 웃지 않았다.

"그래서 더 마음에 든다."

"예, 압니다."

지헌이 회장을 향해 돌렸던 고개를 똑바로 했다. 그러자 테이블 맞은편에 앉아 있는 종윤과 눈이 마주쳤다. 종윤의 얼굴에는 어떠한 감정도 드러나지 않았다. 그 역시 허투루 지금의 자리에 오른 사람은 아니었다.

지헌은 손도 대지 않은 갈비찜 그릇 옆으로 젓가락을 툭 던지듯 내려놓았다. 그러고는 종윤을 향해 짐짓 여유로운 미소를 지어 보였다. 나긋하기 그지없으나, 어딘지 비틀린 미소. 종윤의 옆에 앉은 지호의 얼굴에는 '이 미친놈이 돌았나?' 하는 표정이 여실히 드러나 있었다.

□　◆　□

지헌은 2층의 응접실에서 양손을 바지 주머니에 꽂은 채 창문을 내려다보고 있었다. 창문을 통해 훤히 내다보이는 도고재의 잘 관리된 정원에는 비서진들이 서서 대화를 나누고 있었다. 자신들의 상사에게 더 많은 정보를 물어다 주기 위해 부단히 발버둥 치고 있는 모습이었다.

지헌의 고요한 눈이 그 안에서 금세 수연을 찾았다. 처음 참석한 자리가 어색한지 평소보다 다소 굳어 있었지만, 아마 다른 사람들 눈에는 꽤 능숙하게 보일 만큼 침착한 얼굴이었다.

도고재 식음 직원이 커피를 담은 테이크아웃 잔을 들고 비서진 사이를 종횡했다. 직원이 수연의 옆에 서서 무언가 말을 건네자, 수연이 살짝 묵례하며 그로부터 커피 잔을 건네받았다.

수연은 희미하게 미소 지으며, 지헌에게도 낯이 익은 남자와 이야기하고 있었다. 지호의 뒤에 붙어서 허리를 굽혀 인사하는 모습을 몇 번 본 적이 있는 남자였다. 남자의 옆에 키가 작은 여자도 한 명 함께 서 있는 것을 보면, 도지호의 비서진 두 명이 확실할 것이다. 도지호는 대체로 저렇게 세트로 움직이며 멍청한 그림을 자아냈다.

어깨를 덮고 있던 수연의 머리카락이 초봄의 매서운 바람에 휙 날리며, 하얗고 가느다란 목덜미가 설핏 드러났다. 수연이 자연스럽게 고개를 살짝 숙이자, 금세 머리카락이 물 흐르듯 물결치며 가슴 위를 뒤덮었다.

그래. 그게 낫겠어.

수연이 머리를 하나로 묶어 올린 모습은 시선을 어지럽게 만들어 영 마음에 들지 않았다. 아니. 몹시 거슬렸다. 다분히 주관적이고 이기적인 판단이 아닐 수 없지만 지금 지헌에게는 고작 그런 것 따위에 신경 쓸 여유가 없었다.

목에서 어깨로 이어지는 얇은 선과 하얀 피부, 매끄러운 살결 위에 그림처럼 흐르는 푸른 핏줄, 목덜미가 서늘해질 정도로 부드러운 촉감, 숨을 삼킬 때마다 작게 일렁거리는 목울대가. 콱 물어뜯어 망쳐 놓고 싶은 가학적인 본능을 자극했다.

실제로는 정신없이 빨아 먹었지.

지헌은 창밖의 수연에게 못 박힌 시선을 떼지 않은 채 픽 실소했다.

기대 이상이라고 할 수 있었다. 어느 날부터인가 불현듯 묘하게 그의 신경을 긁어 대던 그 실체를 비로소 마주한 기분이었다.

너절한 시선의 끝에 들러붙어 좀처럼 떨어질 줄 몰라 짜증을 자아내던 그 실체. 그것을 제 눈 안에 자발적으로 담아 넣고 있었다는 사실은 지헌에게 그다지 중요치 않았다. 그저 상당히 언짢았다.

선선한 얼굴로 재미없는 '상무님' 소리나 읊는 그 입에서 가느다란 신음 소리가 달뜨게 흘러나왔을 때에는 뒤통수에 뜨거운 물을 끼얹은 것처럼 뻐근해졌다. 무엇인가 자신의 내부에서 트리거를 당긴 듯 무념무상의 상태에 빠져들어, 여자에게 거칠게 파고드는 것만이 뇌에서 내린 유일한 명령인 것처럼 짐승같이 달려들었다.

여자가 '도고재' 따위의 찬물 끼얹는 소리만 하지 않았더라면, 그대로 움켜잡고 침대에 내던져서 곧바로 올라탔을지 모를 일이었다. 창밖을 내려다보는 지헌의 얼굴에 자조적인 미소가 스쳤다.

'제 사생활이고, 상무님께서 관여하실 영역이 아닌 것 같습니다. 죄송합니다. 상무님.'

사생활 운운하며 선을 긋던 한수연의 선선한 얼굴이 떠올랐다. 공손함으로 가장한 태도가 신경을 자극했다. 가증스럽다고 해야 할지, 깜찍하다고 해야 할지…….

충직한 부하 직원의 가면을 쓴 채, 건방지고 괘씸한 발언을 나불거리는 단호한 입매. 속삭이는 것처럼 묘하게 울림이 있는 목소리. 높낮이가 있는 듯 없는 듯 미묘한 음률. 도톰하게 부푼 입술. 이상하게도 그 입술에 눈길이 닿는 순간, 여자가 무슨 말을 떠드는지 하나도 귀에 들어오지 않았다. 그렇게 한참 동안이나 시선이 붙잡혔다.

'죄송합니다. 상무님. 괜한 일에 휘말리셔서……. 저의 불찰입니다.'

양심은 개나 준 그 게이 새끼의 불찰이지 그게 왜 그쪽 탓이 되는 건지. 등신 같은 놈한테 속아 넘어갈 정도로 덜떨어져서 죄송합니다, 라고 말했다면 차라리 기분이 좀 나았을 것이다. 묘하게 두둔하는 듯한 정신 나간 언행에 지헌의 심사가 뒤틀렸다. 뒤틀린 심상이 해갈되지 않아 짜증이 났다. 재고 따지고 계산 똑바로 할 것 같은 멀쩡한 얼굴을 해서는…….

지헌은 미려한 입술 끝을 비틀어 올리며 쯧, 하고 혀를 찼다. 그러곤 바지 주머니에 꽂고 있던 손을 꺼내 거칠게 머리를 쓸어 올렸다.

물론 가장 이해가 가지 않는 건 지금 이따위 기억이나 곱씹고 앉아 있는 자기 자신이었다. 연신 실소 비슷한 게 새어 나오던 잇새에선 더 이상 웃음조차 나오지 않았다. 지헌의 입매가 차갑게 경직되었다.

푸른 정원을 뒤로하고 사람들과 마주 본 채 테이크아웃 잔을 입에 가져다 대는 수연의 차분하기만 한 모습에, 그의 아래에서 받은 숨을 가쁘게 몰아쉬던 여자의 사뭇 풀어진 모습이 선명하게 겹쳐졌다.

지헌은 손을 뻗어 유리창에 가져다 댔다. 손가락을 여자의 가느다란 인영이 비치고 있는 유리창에 맞대고 거칠게 짓눌렀다.

□　◆　□

　대형 세단이 한강을 건너 경부고속도로에 올라탔다. 도성전자 본사가 위치
한 서울 외곽의 도시까지 가려면 30분 남짓 더 달려야 한다. 차 안에는 적막만
이 흘렀다. 도성전자 소속 운전기사로 일한 지 15년째인 베테랑 기사는 차 안
의 심상치 않은 분위기에도 내색하지 않고 운전에 집중하려 노력했다.
　그럴 법도 한 게, 비서는 제시간보다 훨씬 여유 있게 집 안으로 올라갔는데, 두
사람은 한참이 지나서야 차고로 내려왔다. 그 바람에 영락없이 지각을 해 버리고
말았다. 그 일정이 어디 보통 일정인가, 무려 회장님 산하 조찬 모임이었는데.
　'아이고, 이번에도 한 달은 못 채우겠네.'
　김 기사는 슬쩍 시선을 들어 백미러를 확인했다. 성격 나쁜 오너 일가의 젊
은 임원이 '저걸 언제, 어떻게 자를까.' 하는 살벌한 표정으로 자신의 비서가
앉아 있는 조수석의 헤드레스트를 뚫어져라 바라보고 있었다.
　김 기사는 시선을 옆으로 돌려 안쓰러울 정도로 한껏 긴장한 채 얼굴을 굳
히고 앉아 있는 비서를 흘끗 바라보았다. 등 뒤에서 찌르듯이 노려보는 상사의
따가운 시선이 느껴지는지, 등을 뻣뻣하게 곧추세우고 앉은 비서의 얼굴이 눈
에 띄게 창백했다.
　필요 이상으로 지나치게 미인인 그 얼굴을 처음 보았을 때, 이번엔 어쩌면
좀 오래 붙어 있지 않을까 하고 김 기사는 생각했었다.
　하지만 역시 필요 이상으로 지나치게 잘생긴 그의 젊은 상사는 미인계가 통
하지 않는 박정한 사내인 모양이었다. 미인계가 통하기는커녕, 도리어 지금 당
장 잡아먹지 못해 안달이 난 것처럼 무시무시한 기운을 내뿜고 있어 제 등골이
다 시린 느낌이었다. 그 냉랭한 시선을 감내하고 앉아 있는 비서의 가련한 모
습에 같은 피고용인으로서 동정심을 느끼며 김 기사는 얕은 한숨을 소리 없이
내쉬었다. 그러곤 다시 시선을 바로 하여 운전에 집중했다.

일주일이 더디게 흘러, 수연이 도지헌 상무의 비서로 배치된 지 한 달을 가득 채웠다. 모니터의 하단에서 사내 메신저의 알람이 반짝거리자, 수연이 커서를 움직여 메신저를 클릭했다.

[축하해, 오늘로써 딱 한 달 된 거지?]

도고재에서의 조찬 모임에서 만난 이후로, 급격하게 친해진 제조센터 도지호 상무의 비서, 미주로부터 온 메시지였다.

다른 비서실장 한 명과 함께 도지호 상무를 보필하는 미주는 지헌의 유일한 비서인 수연에게 연민의 눈빛을 보냈다. 지헌의 비서 교체 취미가 사내에 유명하니, 같은 비서로서 내비치는 일종의 동지 의식의 표현이었다.

미주는 통성명을 하자마자 나이도 같으니 편하게 지내자며, 수연에게 말을 놓았다. 갑작스러운 친밀감의 표현이 아직은 어색한 수연은 몇 번이고 그녀로부터 너도 반말로 하라는 채근을 들었다.

수연은 메신저에 '고마워요.'라고 적다가 백스페이스를 두드려 글자를 지우고, '땡큐.'라고 새로 쓴 메시지를 회신했다.

[나 솔직히, 우리 박 실장님이랑 내기도 하려고 했거든. 근데 둘 다 한 달 못 채운다 쪽에 걸겠다고 해서 내기는 이루어지지 못했지. 우리 회사 비서 애들 지금 다 초긴장 상태인 거 알지? 네가 두 손 두 발 들고 물러나면, 다음 도지헌 상무님 비서 타자로 지목될까 봐 다들 몸 사리는 중. 그러니까 공익을 위해서 부디 오래 버텨 줘!]

수연은 농담인 듯 농담 아닌 미주의 메시지를 보면서 살포시 웃었다. 이상한 자존심일지도 모르지만, 적어도 한 달은 버티고 싶었다. 그리고 바란 대로 한 달이 지났으니, 어깨를 좀 가볍게 여겨도 되려나.

수연은 책상 위 모니터 옆에 세워져 있는 캘린더를 들어 종이를 한 장 뒤로 넘겼다. 5월의 빈 달력에 몇 가지 일정들을 손으로 적어 채웠다. 주로 사내 인트라넷에서 제공하는 전자 스케줄러로 일정을 관리하지만, 특별히 챙길 게 많은 중요한 일정들은 이렇게 별도로 캘린더에 표시해 놓는 편이 마음이 편했다.

수연은 2분기 마지막 주로 예정된 후원 행사 날짜에 일정을 적어 넣다가 손을 뻗어 책상 서랍을 열었다. 정확한 시간을 다시 한번 체크하기 위해, VIP 대상으로 사전 발송 된 후원 행사 초대장을 찾았다. 서랍 안을 뒤적거리던 수연의 손이 멈칫 멈추었다.

손끝을 스친 것은 일주일 전쯤 수연의 앞으로 도착한 등기였다. 문서수발실 직원이 가져다준 서류 안에 섞여 있던 그것의 발신인은 네모엑터스. 제민이 소속된 연예 기획사였다.

수연은 봉투의 끝을 가위로 자르고 그 안에 손가락을 집어넣었다. 손가락에 만져지는 도톰한 종이를 집어서 밖으로 꺼냈다. 프리미엄 시사회 티켓이었다.

티켓의 중앙에는 여전히 수연의 집 현관 탁상 위에 놓여 있는 포스터와 동일한 영화 이름이 적혀 있었다. 제민의 다른 짐도 마찬가지였다. 그날 이후로 제민은 아무런 연락도, 자신의 물건들을 가져가지도 않았다.

그냥 다 버릴까…….

수연은 집에 고스란히 자취를 남기고 있는 제민의 흔적을 떠올렸다. 물론 단연코 미련이 남아서 그대로 남겨 둔 것은 아니었다. 남겨진 짐들을 곱씹으며 분통을 터뜨리지도 않았다.

도합 12년을 이어 온 인연의 배신과 갑작스러운 부재가 이토록 희미하게 느껴지는 게 신기하기도 우습기도 했다. 한때는 세상과의 유일한 매개체라 여겼던 제민의 존재가 사실은 그냥 이 정도의 가벼운 존재감이었다니.

가벼운 상념을 깨고 불쑥 떠오르는 기억에 수연은 긴 한숨을 내쉬었다. 아니. 실은 내내 습관처럼 떠올리고 있는 기억이었다. 다만 잊어버린 척 자신을 속이고 싶은데 쉽지 않아 괴로운 기억이기도 하다.

의미도, 이유도 이해하지 못할 그 갑작스러운 키스에 대하여, 지헌은 아무런 설명도 하지 않았다.

수연 역시 언급하지 않았다. 왜 그랬냐고 따져 묻기엔……. 손바닥도 마주쳐야 소리가 난다 따위의 속담과 함께 견디기 어려운 자괴감만 다시 고개를 들 뿐이었으니.

일탈. 혹은 가벼운 호기심. 아마 그런 것이리라 적당히 정의했다.

그리고 제민의 문제를 처리했던 방식으로, 한구석으로 조용히 치워 버리고 잊어버리면 되리라 여겼다. 12년의 인연도 우습게 만들어 버리는 그 효과적인 방식으로.

"오늘이네……."

멍하니 혼잣말을 중얼거린 수연은 손가락으로 시사회 티켓을 집어 들고 있지만, 실은 전혀 눈에 들어오지 않았다.

'궁금해서. 참을 수가 있어야 말이지…….'

그래. 사실은 궁금했다. 그 눈을 보는 순간, 그의 체온에 휩싸이는 순간. 순간의 호기심을 이기지 못했다. 그리고 그 나약한 충동의 대가를 혹독히 치르는 중이었다.

수연은 더없이 일에 몰두하려 애를 썼다. 쏟아지는 업무를 처리하고 스케줄을 조정하고. 간간이 지헌이 시키는 괴롭힘에 가까운 시답지 않은 지시 사항에도 별다른 반발심 없이 몸을 움직였다. 화분에 영양제 꽂아 주기, 소파 구조 바꾸기, 차에 껌 채워 놓기…….

지헌보다 늦게 퇴근하고, 빨리 출근했다. 늦은 밤이 되어서야 들어간 집에서도 마찬가지였다. 게으르게 미뤄 뒀던 집안일도 일부러 찾아 가며 몸을 혹사시켰다. 하지만 그런 가상한 노력들이 무색할 정도로 자주, 지긋지긋하게, 머릿속에 생생하게 툭툭 튀어나왔다.

그러니까 '그' 기억이…….

"한 실장."

머릿속에서 무의식적으로 되뇌던 낮고 뜨거운 목소리, 그 목소리가 어느덧 형체를 가지고 수연의 귓가로 파고들고 있었다.

"한 실장님."

"네? 아……. 죄송합니다. 상무님. 뭐 필요하신 거 있으세요?"

지헌이 집무실 문간에 기대서서 수연을 물끄러미 바라보고 있었다. 화들짝 놀란 수연의 손가락 사이에서 시사회 티켓이 빠져나갔다. 지헌은 수연의 손에서 흘러내려 컴퓨터 자판 위에 툭 하고 떨어진 티켓을 뚫어지게 응시했다.

□ ◆ □

지헌의 기다랗고 마디가 두드러진 손가락이 책상을 툭툭 두드렸다. 넋이 나간 것처럼 총기가 사라진 여자의 눈동자를 떠올린다. 한 마디쯤 벌어진 멍한 입매.

얼마나 깊은 생각에 빠져 있는지, 세 번을 연이어 불렀을 때에야 겨우 맹한 대답이 돌아왔다. 그리고 그 손가락 사이에 아련하게 끼우고 있던 영화 티켓.

지헌은 티켓에 적혀 있던 글자를 검색창에 입력했다. 화면에 떠오른 영화의 출연자 정보를 살피자, 눈에 익은 얼굴이 보였다. 사진 아래에 적힌 남자의 이름을 응시하며, 지헌이 핸드폰을 집어 들었다.

신호음이 세 번 이어진 후 통화가 연결되자, 지헌은 의자 등받이에 느슨하게 상체를 기댔다.

— ……도종윤 사장 비서실이나 기타 라인과 접촉하는 정황은 확인되지 않았습니다. AD 기록도 깨끗하고요. 이상이 지난 한 달간 조사한 결과입니다.

"……."

지헌은 의자 깊숙이 몸을 묻은 채로 가죽 팔걸이의 차가운 표면을 규칙적으로 두드렸다. 잠자코 지헌의 반응을 기다리던 전화기 너머의 남자가 넌지시 물었다.

— 한수연 씨 팔로우 계속할까요?

한수연이 지난 두 명의 비서처럼 함부로 정보를 흘리고 다니지 않는다는 사실을 확인한 지금, 도리어 입맛이 썼다. 언제부터인가 그것이 자신의 관심사에서 한참 비켜 있었다는 사실을 비로소 깨달았기 때문이었다. 잠시 생각에 잠겨 있던 지헌은 이내 상체를 곧게 일으켜 세우고 말했다.

"됐습니다. 그보다 해 줘야 할 일이 있습니다."

잊기가 어려우시다면, 도와드려야지.

지헌은 여전히 모니터에 띄워져 있는 제민의 사진을 뚫어지게 응시한 채로 전화 너머에 지시 사항을 전달했다.

▫ ◆ ▫

"MOU 체결식은 차주 화요일 오후 3시로 예정되어 있습니다. 체결식에 사장님은 참석 불가하다는 연락이시고요. 미전실 보고 자료 건, 납기는 차주 수요일입니다. 초안 리뷰 회의는 언제로 잡을까요?"

"월요일 오전에 빈 시간으로."

"네, 그럼 오전 10시로 일정 통보하겠습니다."

"회의에 쓸데없이 많이 들어오지 말고 그룹장들만 참석하라고 하세요."

"네, 전달하겠습니다. 이번 주 남은 주요 일정은 여기까지입니다. 세부 일정은 캘린더 확인 부탁드립니다."

일정 보고를 이것으로 마치고 이만 나가 보겠습니다, 라는 뜻에서 수연이 고개를 살짝 숙여 지헌에게 묵례했다. 고개를 들자, 지헌과 시선이 마주쳤다.

그는 아예 책상에서 의자를 돌리고 몸을 수연 쪽으로 향하고 있었다. 뜨뜻미지근하던 업무적인 분위기가 순식간에 일변했다. 드넓은 집무실이 갑자기 좁아지는 것처럼 수연의 몸이 죄어들었다.

지헌이 손을 책상 위에 걸쳐 올린 채 엄지로 검지 위를 둥글게 문질렀다. 마치 시선에 둔 것을 만지듯 야릇한 모양새로.

"……"

"……"

지헌은 이따금씩 저런 눈으로 수연을 물끄러미 바라보았다. 잊으려고 하면 할수록 더욱 생생하게 떠오르는 불편한 기억 속에서와 똑같은 그런 눈.

그것을 마주하고 있으면 수연의 어깨가 저절로 굳어지고, 시선이 비스듬하게 내려갔다. 그 따끔따끔한 시선이 싫은 건지, 싫지 않은지……. 스스로도 분간할 수 없을 만큼 애매모호했다. 이럴 땐 빨리 자리를 뜨는 게 상책.

"그럼 이만 나가 보겠―"

"어디 아픕니까?"

"네? ……아니요."

"얼굴이 빨간데."

가슴이 덜컹거렸다. 수연은 반사적으로 손을 올려 자신의 볼을 감쌌다.

미지근한 체온. 지헌이 던진 말의 진위와는 상관없이, 얼굴이 점점 붉게 달아오르는 것이 확실히 느껴졌다.

"아닙니다. 괜찮습니다."

"요즘 퇴근이 늦던데, 근태 관리 좀 해야겠어요. 인사과에서 연락 올라."

"아……. 네, 죄송합니다. 관리하도록 하겠습니다."

"아니면 뭐 힘든 일이라도 있습니까?"

친히 부하 직원의 고충을 들어 줄 의향이 있다는 듯, 지헌이 태평하게 웃으며 말했다.

또 시작이다. 도지헌의 악취미, 비서 가지고 놀기. 지가 언제 부하 직원의 컨디션을 걱정했다고…….

수연은 볼을 감싸고 있던 손을 내리고, 두 손을 몸 앞에 가지런히 모았다. 지금이야말로 확실히 자리를 뜰 타이밍이다.

수연은 최대한 침착함을 가장한 목소리로 말했다. 걱정해 주서서 감사하다는 뜻의 미소도 함께.

"아니요. 전혀요. 그럼 이만 나가 보겠습니다. 상무님."

수연은 허리를 확실히 숙이며, 대화의 끝을 향한 의지를 표명했다. 구부렸던 허리를 다시 꼿꼿이 세우고 몸을 돌리는 찰나, 지헌이 태연한 말투로 수연을 붙잡았다.

"어딜 나가."

"……네?"

"누가 나가 보래."

"아……. 죄송합니다."

"난 아직 한 실장한테 볼일 안 끝났어요."

지헌이 꼬고 있던 기다란 다리를 풀어 내리고 집무용 의자에 기대고 있던 몸을 느긋하게 일으켰다. 수연의 시선이 따라 올라가 고개가 젖혀지고 드러난 목울대가 희미하게 울렁거렸다.

지헌의 다갈색 눈동자가 수연의 눈, 코, 입술, 아랫배에 가지런히 모으고 있는 손을 천천히 훑어 내렸다.

느려진 시간을 붙잡듯 빨라지는 숨소리. 심장이 쿵쾅거리는 소리가 수연의 귓가에 울리는 것 같았다. 착각이겠지 싶다가도 혹 그에게도 들릴까 싶어, 수연은 조심히 숨을 골랐다.

"뭘 이렇게 긴장해요. 내가 뭐 할까 봐?"

지헌이 희미하게 웃으며, 양손을 바지 주머니에 꽂아 넣었다. 유려한 몸짓에 따라, 단추를 한 개만 잠근 슈트 상의 앞섶이 벌어져, 팽팽하게 셔츠를 당기고 있는 가슴 근육이 두드러졌다. 어느 시점에서인가, 그의 입술 끝에 걸린 희미한 미소가 분명한 빛으로 짙어졌다.

"아니면, 안 할까 봐?"

지헌의 목소리에 담긴 빈정거림에 수연의 눈이 커졌다. 곧이어 수연은 자신의 입술을 세게 감쳐물었다.

가만히 제 할 일 하고 나가려는 사람 붙잡은 게 누군데. 지금 누가 누굴 안달난 사람 취급을…….

8년 사귄 남자 친구가 바람을 피웠을 때에도 나오지 않았던 욕지기가 절로 올라올 정도였다. 그가 놀리는 대로 이리저리 휘둘리고 있는 자신이 한심하게 느껴져, 수연은 맞잡고 있던 두 손에 힘을 꾹 주었다.

지헌이 주머니에 꽂혀 있던 손을 스르르 꺼내며 한 걸음 앞으로 다가왔다. 그의 집 안에 가득했던 묵직한 향이 훅 끼쳐 들어왔다. 코끝을 맴도는 아찔한 감각에 수연은 느린 숨을 들이켰다.

지헌은 천천히 수연의 턱끝을 잡아 올렸다. 팽팽한 긴장감에 살이 에이는 느낌. 숨을 쉬고 있는데도 숨이 막히는 기분이 들었다.

지헌의 얼굴에서 처음의 그 비소도 어느덧 사라져 있었다. 지헌이 서서히 얼굴을 기울였다.

입술과 입술이 맞닿기 직전.

수연이 고개를 홱 기울이며 턱을 짚고 있던 지헌의 손에서 벗어났다. 다소 유치한 행동일지라도 수연은 그가 민망해하기를 바랐다. 허공에 붕 뜬 저 손가락이, 자신이 느낀 모멸감의 일부라도 체감하기를 바랐다.

"뭡니까."

지헌이 여상한 말투로 물었다. 그의 목소리에서는 그 어떤 수치심도, 굴욕감도 찾아볼 수 없었다. 내려다보는 표정에서조차 수연이 목적했던 바는 아무것도 찾아볼 수 없었다.

"하지 마세요. 지금 하시려던 거."

"내가 뭘 하려고 했는데?"

"뭐든지요. 하지 마세요. 관심 없어요."

"왜요."

"관심이…… 없다고요."

"그러니까 왜."

지헌은 자신에 대한 거절을 태어나 한 번도 겪어 보지도, 용납하지도 않는 사람처럼 반응했다. 말하자면, 부하 직원의 실수 혹은 하극상을 목도한 얼굴로. 자신이 원하는 것을 당장 내어놓지 않는 건방진 행동에 대한 불편한 심기를 여실하게 드러내는 표정이었다.

아니. 그냥 키스하기 싫다는데 무슨 거창한 이유까지 대야 하는 건지.

수연은 말문이 막혀 잠시 숨을 골랐다. 불편한 대답 따윈 생략한 채 그냥 등을 돌리고, 당장 문을 박차고 나가고만 싶었다. 집에 가고 싶다. 오늘만큼은 그냥 일찍 집에 가서 따뜻한 이불 속에 몸을 웅크리고 이른 잠에 빠지고 싶었다.

이미 크게 구멍이 난 가슴에 이 심술궂고 대책 없는 남자가 손가락을 쑤셔 넣어 무심하게 후벼 파고, 더 큰 구멍을 만들어 놓게 하고 싶지 않았다. 그를 상대하기에 수연은 지쳐 있고, 그는 정말이지 예측 불가한 사람이었다.

거절하는 쪽에서 사과를 해야 하나, 싶게 만들 정도로 그는 당당하고 확신에 찬 태도였다. 말하자면 '키스'를 맡겨 놓은 듯 맹목적인 요구.

그래. 거절당하는 상황이 영 익숙하지 않으시다면, 친절히 설명해 드려야겠지.

수연은 체념하며, 자신이 더 이상 그의 심기를 거스르거나 자극하지 않기를 바라는 마음에서 최대한 담담한 목소리로 말했다.

"죄송하지만 전 상무님이랑 연애할 마음이 없—"

수연의 말을 중간에서 툭 끊어 먹으며, 지헌이 말했다.

"내가 한 실장이랑 연애하고 싶은 사람으로 보입니까?"

수연은 잠시 멍한 얼굴로 지헌을 올려다보았다. 곧이어 그 말의 의미를 지각하자, 수연의 양 볼이 화르륵 불붙인 듯 붉게 달아올랐다. 연애하고 싶은 게 아니라면 방금 그 행동의 의미는 무엇인지, 되물을 정도로 순진하고 멍청한 바보는 아니었다.

수연이 파르르 떨리는 입술을 세게 깨물었다. 마른 장밋빛을 띤 입술에 핏기가 올라 더욱 붉게 변했다. 주먹을 꼭 쥔 손끝이 아스라이 아려 왔다.

그러니까 그냥 가볍게 몸이나 한번 맞대 보고 싶은 것뿐인데, 감히 연애를 입에 담다니 웃긴다. 그런 의미일 테지.

기가 차고 어이가 없고 화가 난다. 무안하기도 했다. 무엇보다 졸지에 혼자 괜한 기대를 한 사람처럼 만드는 저 태연자약한 태도에 기가 막혀 말도 잘 나오지가 않았다. 아니. 애초에, 언제부터 '키스'와 '연애'가 따로 묶이는 것이 대수롭지 않은 일이 된 건지…….

모멸감을 참아 삼키는 입매가 굳어지고, 눈꼬리마저 천천히 붉어졌다. 수연은 부지불식간에 눈 주위가 뜨거워지는 것을 느꼈다. 다급하게 고개를 숙이고 발끝에 힘을 주고 섰다.

눈물 보이지 마……. 한수연. 이게 뭐라고 눈물이 나.

그때, 두 사람 사이의 숨 막히는 정적을 가르듯 마른하늘에 갑자기 번개가 치며 집무실 안이 번쩍거렸다. 뒤이어 적막을 집어삼키는 굉음이 이어졌다. 천둥소리가 사라지기 무섭게, 방 안에 베일 듯 흐르던 긴장감을 뚫고 핸드폰 벨소리가 나지막이 울렸다.

잠시간 멍하니 서 있던 수연은 그것이 제 핸드폰에서 나는 소리임을 뒤늦게 인식하고 주머니 속에서 핸드폰을 꺼냈다. 네, 네 하는 대답으로 일관된 짧은 통화를 마친 수연이 말했다.

"정문에 사모님 와 계시다는 전화예요. 내려가서 모시고 오겠습니다."

그저 고개를 까닥이는 것으로 대답을 대신한 지헌을 뒤로하고 수연은 서둘러 사무실을 나섰다. 얼마 후 앞선 수연의 뒤를 따라 집무실 안으로 또각또각 경쾌한 구두 소리와 함께 아담한 키의 중년 여성이 걸어 들어왔다. 지헌의 어머니, 윤희연 여사였다.

"오늘 날씨 너무 이상하다. 갑자기 웬 천둥 번개까지 치고."

"금방 차 내오겠습니다. 사모님. 만다린티 괜찮으세요? 향이 향긋하고 달콤해서 사모님께서 좋아하실 것 같아 준비해 놓았어요."

직업적인 미소를 만면에 띤 수연이 상냥하기 그지없는 나긋한 목소리로 말했다. 숍에서 정성스럽게 공을 들여 봉긋하게 띄운 희연의 쇼트커트 머리가 문간에서 소파까지 이어지는 걸음걸음에 한 올의 흐트러짐도 없었다. 나이를 가늠하기 어려운 곱고 반짝거리는 피부의 희연이 소파에 나긋하게 앉으며 말을 이어 갔다.

"응. 좋아요. 아, 쿠키나 초콜릿 있으면 같이 좀 부탁해요. 바깥 날씨가 흐려서 그런지 몸이 축 처지고 으슬으슬한 게, 달콤한 게 필요한 순간 같아."

"네, 사모님. 금방 내오겠습니다."

"응, 부탁할게요. 지헌아, 너 여기 와서 좀 앉아 봐."

"……회사엔 오시지 말라고 말씀드렸잖아요."

"낮에 너 만나려면 내가 회사로 와야지 그럼 어떻게 해? 집에 좀 들르라는 내 말은 귓등으로도 안 듣지. 밤에는 나도 너희 집까지 가기 피곤하다, 얘."

소파에 앉는 지헌의 모습을 마지막으로, 수연은 묵직한 집무실 나무 문을 소리 없이 닫으며 시야를 차단했다.

안간힘을 다해 버티고 있던 끈이 탁 끊어지듯 수연의 무릎이 맥없이 휘청거렸다. 온 힘으로 문고리를 그러잡은 손은 핏기가 사라져 파리했다.

ㅁ ◆ ㅁ

제민은 먹구름이 까맣게 낀 하늘을 흘끗 올려다보며 차에 올라탔다. 시사회며 무대 인사로 바빠 오랜만에 운전석에 앉는 것이었다.

내비게이션에 도성전자 본사를 검색해 경로를 설정했다. 45분 후 도착. 멀기는 또 왜 이렇게 멀어. 제민은 혀를 쯧 차며, 매니저를 부를까 하다가 그만두었다.

조금은 화가 났을 테니까, 풀어 주려면 혼자 가는 게 낫겠지.

차 안에서 재생되는 영화 OST를 흥얼거리며, 제민은 차를 출발시켰다.

ㅁ ◆ ㅁ

프리미엄 시사회가 있었던 날이었으니, 정확히 일주일 전이었다. 제민은 이번 영화만큼은 정말 느낌이 좋았다. 처음으로 비중 있는 조연을 맡았고, 반응도 뜨거웠다.

시사회 뒤풀이 장소로 이동하던 중, 매니저가 잠시 사무실에 들러야 한다며 이렇다 할 설명도 없이 제민을 태우고 차를 몰았다. 사무실에 올라가자 기획사 실장이 어두운 얼굴로 제민을 맞이했다.

"찌라시랑 대형 커뮤니티에 일제히 퍼졌더라. 당연히 공식적으로 대응하지는 않을 거야. 그렇지만 대비는 해 둬야 해서 불렀어. 오늘 시사회고 앞으로 스케줄 줄줄이인데, 언제 어디서 확 커져서 터질지 모르잖아. 우선, 너 어디서 사진 찍히고 다닐 만한 짓은 안 했지?"

기획사 실장이 내밀어 보여 주는 캡처본을 읽는 제민의 손이 파르르 떨렸다. 그가 쥐고 있는 A4 용지의 끝이 하염없이 흔들거렸다.

"사진 찍힐 만한 짓은 안 했는데……. 어쩌면 찍혔을지도……. 잘 모르겠어요. 형, 어떻게 하죠?"

"후우……. 아직까지는 영화계에서 이런 쪽으로 소문 한번 나면 살아남기 어려워져. 요새 무슨 브로맨스다 뭐다 해서 마케팅으로 삼기는 해도. 그건 여성 관객들 로망 실현하는 수준에서 아름답게 포장을 해 주니까, 마이너에서 은근히 먹히는 거지. 실제로 그런 이미지의 배우는 수요가 없다고."

제민을 일별한 실장이 가벼운 한숨을 쉬고 말을 이었다.

"이러다 지금 풀린 영화 제작사 쪽에서 컴플레인 들어올까 봐 나는 지금 그게 제일 쫄린다. 무대 인사며 홍보 행사에서 다 배제되는 정도는 감수해야 할지도 몰라. 문제 더 커져서 계약서 품위 유지 조항이라도 들먹이면 너뿐만 아니라 우리 회사까지 다 발목 잡히는 건데. 하……. 그러게 너 조심 좀 하라고 내가 그렇게……. 어휴."

제민의 얼굴이 사색이 되었다. 작은 글자가 촘촘히 박힌 A4 용지가 그의 불안한 손끝에서 마구 짓이겨졌다.

"형……. 그럼 우리 이제 어떻게 해요. 회사에서 뭐라도 해 줘야지. 소문 더 퍼지기 전에……. 회사 차원의 계획이 있을 거잖아요. 그리고 나 억울해. 형도 알잖아요. 나 8년이나 사귄 여자 친구도 있는 거. 이거 완전 헛소문이에요."

"안 그래도 우리가 믿을 구석은 그것뿐이야. 게이로 눈도장 찍히는 것보다는, 여자 친구 있는 걸로 스캔들 나는 쪽이 훨씬 타격이 덜하니까. 언제든 헤어졌다고 할 수도 있고. 너 어떻게……. 그 여자분이랑은 잘 지내고 있는 거야?"

아래로 내리뜬 눈가가 붉게 달아오른 제민이 눈알을 스윽 굴리며 대답했다.

"아, 그럼요……. 우리 사이는…… 아주 견고하죠."

금방이라도 눈물을 쏟을 것처럼 물기가 가득한 제민의 눈이 위태롭게 흔들렸다. 그 모습을 물끄러미 응시하던 실장은 가볍게 한숨을 내쉬었다. 저렇게 마음이 유약한 놈이, 겁도 없이 엉덩이는 왜 그렇게 가벼운지……. 혀를 쯧 차올린 실장은 냉정한 목소리로 말을 이었다.

"우필이가 너 요새 다른 집에서 다닌다고 그러던데?"

"아, 그건 숍이 너무 멀어서 잠깐 가까운 데서 지내는 거고. 스케줄 좀 뜸해지면 다시 돌아갈 거예요."

"우선 우리 대응 방안은 이거야. 오늘 이거 퍼진 찌라시랑 커뮤니티에 너 여자 친구 있다는 얘기만 살짝 흘릴 거야. 너무 필사적으로 보이면 더 구린내가 날 테니까. 그 정도로 하고 우선 당분간 추이 분석하면서 계속 대응을 해 나갈 생각이니까. 너도 제발 당분간 몸 좀 사려. 응? 지금이 진짜 중요한 시기인 거 알지? 이제 겨우 반응 오고 있는 때에 이게 뭐냐."

사무실에서 나와 프리미엄 시사회 뒤풀이 장소로 이동하는 길에, 제민은 수연에게 전화를 걸었다. 그날 그렇게 마지막으로 본 이후 처음이었다. 긴 신호음 끝에 전화를 받을 수 없다는 음성이 흘러나오자, 메시지 화면으로 전환했다.

[수연아, 오늘 왜 안 왔어. 계속 기다렸는데. 너에게 자랑스러운 배우로서 무대에 선 나의 모습을 보여 주고 싶어서 지금까지 달려왔는데. 하지만 이제 거의 다 왔다. 그동안 나를 믿어 줘서 고맙고. 나한테는 너밖에 없는 거 알지?]

제민은 수연과 딱히 헤어졌다고 생각하지는 않았다. 결코 스캔들 때문에 이러는 게 아니라고 제민은 연신 스스로 되뇌었다. 정말 헤어져야겠다고 여겼다면, 서로 얼굴을 대면하고 확실히 관계의 끝을 고했을 터였다. 자신은 그 정도의 예의는 갖춘 지성인이고, 그리고…… 제민에게 수연은 그 정도의 대접은 받아도 마땅할 소중한 존재이니까.

집에 돌아가지 않은 것은, 집에 오지 말라고 말하던 싸늘한 표정의 수연에 대한 반발심의 표현이자 단순한 회피였다. 배우의 귀한 얼굴을 다치도록 방임한 것에 대한 항의의 표시이기도 하고.

[수연아, 왜 이렇게 연락이 안 되는 거야. 오늘 집에 갔었는데 비밀번호 바뀌어 있네?

메시지 보면 연락 좀 줘.]

현관문 도어 록의 비밀번호가 바뀐 것을 확인하였을 때는, 사실 약간 충격받았다.

[주소 알려 줘. 짐은 택배로 보내 줄게.]
[우리 수연이가 화가 많이 났구나. 화 풀어. 그리고 우리 만나서 얘기해.]

제민은 바쁜 스케줄 중간마다 틈틈이 전화와 메시지를 보냈지만, 수연은 그 문자를 끝으로 묵묵부답이었다.

□　◆　□

"안녕하세요. 저 여기 한수연 대리 만나러 왔는데요."
제민은 도성전자 정문 게이트의 데스크 앞에 서서 말했다. 요즘 부쩍 그를 알아보는 사람들이 많기에, 시선을 피하기 위해서 착용한 선글라스를 살짝 내려서 영화배우의 선량한 눈을 노출시키는 것도 잊지 않았다.
아직 영화를 보지 않은 건지, 데스크 직원은 제민의 얼굴을 보고도 잠시 어리둥절한 표정을 지었다.
도성전자가 직원들을 어지간히 바쁘게 부려 먹긴 하나 보네. 어떻게 된 회사가 최신 영화를 본 사람이 하나도 없는 거냐고.
영화배우가 나타나도 일말의 동요도 없는 로비를 못마땅한 얼굴로 슥 훑은 제민은 눈썹 위로 들어 올렸던 선글라스를 완전히 벗어 목에 걸었다. 그런 그를 올려다보며, 데스크 직원은 심드렁한 낯으로 대답했다.
"내방 신청 하셨나요?"
"네? 아니요……. 안 했는데요."
"사전에 내방 신청 하셔야 출입 가능하세요."

"아아……. 안에까지는 안 들어가도 되고요. 그냥 여기로 나오면 되는데, 좀 불러 주시겠어요?"

마주친 직원의 얼굴에 '그 정도는 네 핸드폰으로 해라.' 하는 표정이 떠올랐다. 제민이 싱긋 웃어 보이자, 직원이 얕은 한숨을 내쉬고 자신의 데스크톱 모니터에 수연의 이름을 입력했다.

"한수연 대리가 두 분 계시는데, 부서가 어디세요?"

"음……. 부서는 잘 모르고요. 비서예요. 비서."

직원이 의심스러운 낯으로 제민을 올려다보았다. 제민은 무해한 얼굴로 악의 없는 미소를 가득 머금고, 해맑은 기대감을 내비치며 직원을 마주 보았다. 데스크 직원은 제민의 멀건 얼굴과 멀찍이 선 보안 요원의 위치를 흘긋 확인하고 수화기를 집어 들었다.

"아, 예. 경영기획실 한수연 대리님이신가요? 여기 정문 게이트입니다. 어떤 분께서 대리님을 찾아오셨다는데, 내방 신청을 따로 안 하셨다고 하시네요. 아, 성함이요? 저기요, 성함이 어떻게 되세요?"

"정제민입니다. 정제민."

"대리님? 성함이 정제민이라고 하십니다. 아아……."

곤란한 듯 늘어지는 데스크 직원의 목소리가 불길하게 들렸다. 제민은 재빨리 수화기 쪽에 얼굴을 가까이 가져다 붙이며 외쳤다.

"수연아! 나 너 만날 때까지 계속 여기서 기다릴 거야. 오늘 안 나오면 내일도 오고 내일모레 또 올 거야. 너 나 거짓말 안 하는 거 알지?"

수연은 한숨을 깊게 내쉬며, 수화기를 내려놓았다. 허물 벗듯 자취만 남겨 놓은 채로 사라져 버린 줄 알았던 제민은 갑자기 일주일 전부터 내키는 대로 전화와 메시지 세례를 퍼붓기 시작했다. 적당히 무시했더니 이렇게 막무가내로 회사까지 찾아오다니……. 정제민답다고 해야 할지.

그나마 다행이라면, 현재 집무실은 비어 있다는 점이다. 지헌은 윤희연 여사를 마중하며 나간 이후로 돌아오지 않고 있었다.

금요일, 오후 5시 30분.

별다른 전달 사항 없이 나갔으니, 지헌은 피트니스 센터에 있을 것이다. 도성전자 본사 건물에는 두 개의 사내 피트니스 센터가 있다. 하나는 직원들에게 개방된 것이고, 하나는 임원 전용.

특별한 일정이 없는 한, 지헌은 저녁 식사 이전에 종종 그곳을 찾아 한 시간가량 머물렀다. 그런 탓인지 올해 들어 임원 전용 피트니스 센터를 대대적으로 리모델링하고 각종 운동 기구들을 새로 들였다.

지헌이 사무실을 나선 지 한 시간 남짓, 샤워 시간까지 고려하면 30분 정도는 여유가 있었다. 수연은 시간을 체크한 후 책상 위의 핸드폰을 클러치에 집어넣고 몸을 일으켰다.

□　◆　□

"수연아, 여기."

정문 게이트 쪽 카페 테이블에 앉아 있던 제민은 입구에 들어서는 수연을 발견하고 반갑게 손을 흔들었다.

금요일 저녁, 빠른 퇴근을 서두르는 인파로 정신없는 게이트 출입구와는 달리, 사내 카페 안은 한산했다. 수연이 다가와 앉자, 제민은 얼른 따뜻한 레몬차를 내밀었다.

"자, 마셔. 오늘 날씨가 안 좋아서 따뜻한 걸로 주문했어. 아까부터 계속 번개 치는 게 심상치 않다. 곧 비가 쏟아지려나 봐."

"……."

"근데 너 왜 이렇게 얇게 입었어. 툭하면 감기 걸려서 앓아누우면서, 좀 따뜻하게 입지."

제민이 자연스럽게 일상적인 대화를 건넸다. 사실은 수연이 오기 전 계속 홀로 되뇌던 대사이기도 했다. 수연이 대꾸도 하지 않자 제민은 내밀었던 레몬차를 머쓱하게 테이블 위에 내려놓았다. 곱상한 제민의 얼굴이 민망한 듯 찌푸려졌다.

"시사회 때는 왜 안 왔어. 일부러 좋은 자리 티켓으로 구해서 보낸 건데. 나 그때 계속 너 언제 오나 기다리면서 네 자리만 힐끗대느라 집중 하나도 못 하고—"

풀 죽은 목소리로 늘어놓는 제민의 말을 중간에 뚝 끊으며 수연은 담담한 목소리로 말했다.

"네 짐 어디로 보내면 돼?"

"짐? 무슨 짐? 아아······."

"······."

제민은 냉담한 수연의 얼굴을 흘끗 살피며 나긋한 목소리로 달래듯 속삭거렸다.

"수연아. 나 집 나간 거 아니야. 나 요즘 엄청 바빠졌어. 알지? 이번에 개봉한 영화 반응 좋아서. 오늘도 너 보려고 겨우 시간 빼서 온 거야."

"······."

"너 화난 거 아는데, 이런 일로 헤어질 우리가 아니잖아. 자그마치 8년이야. 나한테는 너밖에 없고, 너한테도 나밖에 없잖아. 이러지 마."

원형 테이블의 반대편에 앉아 있던 제민이 엉덩이를 엉거주춤 올리고 의자를 옮겨, 수연의 옆에 가까이 당겨 앉았다.

"그때 네가 본 건······. 그래, 비겁하게 변명하지 않을게. 딱 한 번, 실수였어. 호기심에 눈이 팔려서······ 내가 잠깐 정신이 나갔었나 봐. 그리고 그게 다야. 더 이상의 진전도 발전도 없었어."

수연은 코웃음을 참지 못하고 피식 내뱉었다.

"너랑 만난다는 메시지를 받은 게 한 달이 넘는데 그게 어떻게 한 번의 실수야."

"메시지? 무슨 메시지? 너 그럼 그날도 무슨 연락 받고 온 거였어? 하······. 그럴 줄 알았어. 그 새끼 뭔가 수상하더라고. 나 가지고 논 거네. 처음부터 작정하고 그런 거야. 나 물 먹이려고. 안 그래도 그 새끼 소문이 안 좋았어."

제민이 왈칵 얼굴을 붉히며 어깨를 들썩였다. 수연은 얕게 한숨을 내쉬었다.

그런 게 다 무슨 소용이야. 처음부터 작정을 했든, 그날 본 키스가 끝이든,

그 이상 무엇을 했든…….

제민의 어이없는 변명에 참기 힘든 피로감이 몰려들었다. 고개를 작게 가로 저은 수연은 이내 차분한 말투로 말했다.

"이제 나 아무것도 안 궁금하거든? 짐 안 찾아갈 거면, 그냥 버릴게. 그 얘기 하려고 나왔어. 그리고 다시는 이렇게 회사에 찾아오지 마. 상식이 있는 사람이 라면."

"어? 잠깐만, 수연아."

제민은 자리에서 일어서려는 수연의 손을 대뜸 붙잡아 끌어당기며 다시 의 자에 앉혔다. 수연이 제민에게 붙잡힌 손을 뿌리치자, 그가 다시 한번 수연의 손을 자기 손아귀에 집어넣고 강하게 말아 쥐었다. 제민은 어느새 아련해진 눈 빛으로 속삭이듯 말했다.

"가지 마. 너 오늘 힘들어서 그런 거 알아. 오늘 그날이잖아."

"……!"

"나 그래서 왔어. 너 안아 주려고."

제민의 말에 한순간 배터리가 다 된 시계처럼 그에게 붙잡힌 손에 힘이 맥없 이 툭 빠졌다.

그날.

수연은 제민의 말을 멍하니 되뇌었다.

네가 어떻게 그날을 들먹여……. 네가 어떻게…….

수연의 눈동자가 위태롭게 흔들거렸다. 제민은 여전히 미간을 좁히고 처연 한 눈빛으로 수연을 마주 보았다. 제민이 달래듯이 수연의 손등을 천천히 쓸어 내렸다.

"너 오늘은 꼭 내 품 안에서만 잠들 수 있잖아. 집에 같이 가자. 안아 줄게."

"너 어떻게 그런……."

수연은 뻣뻣하게 굳은 얼굴로 자리에서 벌떡 일어났다. 의자가 뒤로 밀리며 내는 쇳소리에 온몸에 소름이 끼쳤다.

젖은 진흙으로 뭉텅뭉텅 막아 놓은 허술한 둑이 터지며 모든 것이 우르르 쏟아져 내리는 순간, 수연은 무너지는 마음을 다잡으려 주먹을 꾸욱 그러쥐었다.

당장 이 자리를 뜨지 않았다간, 사내 카페 한복판에서 사고를 칠 듯 격한 기분이었다. 뜨거운 것이 단숨에 부글부글 치밀어 올랐다. 수연은 감정을 추스르려 애쓰며 몸을 돌렸다. 제민이 다급하게 따라 일어나면서, 다짜고짜 수연의 손에 깍지를 끼워 넣었다.

"수연아. 힘든 일은 내 품에서 다 잊어. 괜찮아."

"이거 놔!"

제민에게 붙잡힌 손을 뿌리치고 몸을 돌린 수연은 카페 계산대에 서 있던 직원과 눈이 마주쳤다. 심상치 않은 분위기에 눈치를 살피고 있던 직원이 못 본척 고개를 홱 돌렸다.

자리를 벗어나기 위해 발걸음을 떼자, 제민이 조급하게 수연의 손목을 붙잡아 멈추게 하고는 몸을 돌려세웠다. 수연은 제민의 무해한 표정을 올려다보며, 최후의 힘을 쥐어짜 입을 열었다.

"너 진짜 최악이야. 정제민. 너 같은 걸 바로 인간쓰레기라고 하는 거야. 알아?"

"……수연아."

"내 몸에 손대지 마. 토할 것 같으니까."

수연은 더러운 걸 털어 내듯 손을 떨쳐 버리고 자리를 벗어났다. 유약한 제민은 따귀라도 맞은 사람처럼 멍하니 멈춰 서서, 충격 속에 '쓰레기', '토'를 되뇌며 멀어지는 수연의 뒷모습을 바라보았다.

가까스로 정문 게이트를 벗어난 수연은 사무실이 있는 오피스 쪽을 향해 빠르게 걸었다. 서서히 눈가가 뜨거워지고, 눈앞이 흐리게 변했다.

하늘이 우르릉거린다. 발밑에 툭툭 까맣고 동그란 자국이 그려졌다. 수연이 하늘을 올려다보자, 먹구름이 짙게 낀 하늘에서 결국 비가 쏟아져 내렸다.

그날……. 그래, 오늘이 그날이지.

수연의 부모가 한날한시에 세상에서 사라진 날.

누가, 왜 그랬는지 여전히 미궁인 채로. 안락했던 집 안에서 그들은 살해당했다. 수연이 타 지역의 대학 투어로 집을 떠나 있던 처음이자, 마지막 날에.

마치 잊어버린 것처럼, 극복한 것처럼 꿋꿋하게 살아간다. 그러다가 1년에 단 하루. 부모의 기일이 되면, 수연은 이불 속에 허리를 새우처럼 구부리고 몸을 떨었다.

부모가 죽은 지 꼬박 1년이 되던, 처음 맞는 기일에 수연이 웅크리고 있는 침대 안으로 제민이 이불을 열고 들어왔다. 함께 한국으로 온 후에도 여전히 친구였었다. 그날 이전까지는.

그것이 제민과의 첫 섹스이자, 수연이 태어나 처음 하는 섹스였다.

1년에 한 번. 그리 길지도 않고, 화려하지도 않은 섹스. 쾌락에 겨운 신음을 내지르지도, 몸을 떠는 법도 없이. 그저 눈을 가만히 감고, 수연은 '내 품에서 다 잊어. 괜찮아…….' 라고 제민이 속삭거리는 목소리를 들었다.

다정한 위로라고 여겼다. 그 적선에 가까운 섹스를…….

그렇게 또 오늘이 돌아왔다. 아침부터 줄곧 캘린더에서 시선을 멀리하고, 핸드폰 첫 화면의 날짜를 보지 않으려고 눈을 흐리게 떴다. 도지헌의 치근덕거림인지, 시시덕거림인지 모를 도발도 겨우겨우 힘겹게 넘기고. 오늘은 그저 퇴근하고 침대에 누워서 이른 잠에 빠지고 싶었을 뿐인데…….

쾅—

번개가 번뜩거렸다.

발목에 질척거리는 느낌이 들어 아래를 내려다보았는데 발에 걸리는 것은 아무것도 없었다. 급하게 걷던 수연의 발걸음이 천천히 느려졌다. 목구멍에서 뭔가 뜨거운 것이 자꾸 역류하려 했다. 수연은 손등으로 눈가를 거칠게 훔쳤다.

수연의 말간 얼굴이 쏟아지는 빗물에, 흐르는 눈물에 엉망으로 젖어 들었다. 눈물길이 쉴 새 없이 이어지는 뺨에 젖은 머리카락이 질척거리며 달라붙었다. 까맣게 젖어 드는 외투에 눌린 어깨가 하염없이 들썩거렸다.

□ ◆ □

수연은 발걸음을 더욱 빨리 움직였다.

굿은 날씨로 제시간보다 부쩍 어두워진 탓에 건물 바깥에선 아주 가까이 다가오지 않는 이상 서로의 얼굴을 확인하기 어려울 정도였다. 오히려 그래서 더 마음이 놓였다. 그러나 건물 안은 어디든지 LED 조명이 밝게 밝혀져 있어서 백 미터 밖에서도 누구인지 알 수 있을 정도였다.

아크릴 벽에 비친 자신의 모습은 실로 처참했다. 갑작스러운 폭우를 고스란히 맞아, 머리끝부터 발끝까지 옷을 입은 채로 스쿠버 다이빙을 즐기다가 곧바로 회사에 출근한 정신 나간 사람처럼 푹 젖어 있었다. 지나는 것들을 고스란히 반사시킬 정도로 반질반질하게 닦인 대리석 바닥에 수연이 내는 빗물로 만든 물길이 점점이 이어졌다.

수연은 누군가 아는 얼굴을 마주칠까 염려되어 엘리베이터를 타는 대신, 서둘러 비상계단 쪽으로 방향을 틀었다.

괜찮아. 아무 일도 없었던 것처럼, 이번에도 그렇게 지나갈 수 있어.

비상계단 문을 열고 나가면 다섯 발자국도 떨어지지 않은 곳이 수연의 사무실이다. 주변을 살피고 복도가 비어 있을 때를 골라서 사무실로 들어가기만 하면……. 사무실 서랍에 비상용으로 가져다 놓은 옷으로 갈아입고 아무 일도 없었던 것처럼 집에 돌아가면 된다.

그러니까 괜찮아.

수연은 주문을 외우듯 스스로를 다독였다. 비상계단을 오르는 수연의 무릎이 몇 번이나 휘청거렸다. 그럴 때마다 수연은 계단의 차가운 손잡이를 붙잡고 서서, 깊숙이 숨을 들이마시고 천천히 내쉬었다.

수연은 연신 젖은 얼굴을 거칠게 닦아 내렸다. 젖은 슬랙스가 다리에 휘감겨 질척거렸다.

무거운 비상계단의 철문을 힘겹게 밀고, 조용한 복도로 발을 내디뎠다. 수연이 사원증을 내밀어 사무실 앞의 카드 키에 체크했다. '출입 인가 된 카드입니다.' 카드 키의 기계음이 울리고, 수연은 깊은 한숨을 내쉬며 문고리를 잡아당겨 열었다.

"……."

6평 남짓의 사무실, 책상에 걸터앉아 있던 지헌이 문을 열고 들어선 수연을 물끄러미 바라보고 있었다.

아니, 왜.

나한테 대체 왜 이러세요…….

누구를 향한 원망인지 알 수 없었다.

부모를 앗아 가고 이유도 알려 주지 않는 하늘인지, 이런 날 위로랍시고 나타나 제멋대로 헛소리를 지껄이는 정제민인지, 아니면 하필 이런 순간 눈앞에 나타나 흥미롭다는 표정으로 자신을 응시하는 도지헌 저 남자인지…….

문을 닫고 그대로 몸을 돌려서 회사를 나가고만 싶었다. 집에 가고 싶다. 젖은 옷 좀 입은 게 무슨 큰 대수라고 꾸역꾸역 다시 여길 온 건지…….

그냥 바로 집으로 가 버릴걸. 오늘은 금요일이고, 근태 일지의 이번 주 누적 근무 시간은 오십이 시간을 훌쩍 뛰어넘은 지 오래였는데.

이대로 사라져 버리고 싶은 기분에 휩싸인 채 수연은 물기로 흐릿한 눈을 느리게 감았다 떴다. 눈을 다시 떴을 땐 눈앞에 남자의 모습이 보이지 않기를 간절히 기도하며.

그런 수연의 마음이 훤히 보인다는 듯, 지헌이 차가운 정적을 깨트렸다.

"뭐 해요? 들어와요."

머뭇거리는 발걸음 뒤로 결국 사무실 문이 소리를 내며 닫혔다. 달칵하고 자동으로 잠금장치가 걸리는 소리가 유난히도 크게 들려와 수연은 젖은 어깨를 움칠거렸다.

"재미있네요. 나한테 인사도 없이 퇴근해 버린 줄 알고 어떻게 혼을 내 줄까 생각하고 있었는데."

지헌의 시선이 수연을 위에서부터 아래로 천천히 훑어 내렸다. 비에 젖어 뺨에 달라붙은 머리카락과 붉게 변한 눈가, 빨개진 코끝, 감춰문 입술과 떨리는 어깨, 그 아래 물방울이 뚝뚝 떨어져 내리는 소매 끝단까지.

"한 실장은 참 사람 놀래키는 재주가 있어."

갈아입을 옷은 지헌이 걸터앉아 있는 책상의 오른쪽 세 번째 서랍 안에 있었다. 그럼에도 불구하고 수연은 여전히 문간에 멈춰 선 채 쉽사리 움직일 수가 없었다.

"재미있어요. 재미는 있는데……. 비를 맞기엔 아직 좀 춥지 않나?"

"……."

무슨 말이라도 대꾸를 하려는 희미한 의식에도 불구하고, 목구멍에 뭔가 콱 틀어박힌 듯 목소리가 나오지 않았다. 대답 없이 입술만 달싹이는 수연을 빤히 응시하며, 지헌이 기대고 있던 몸을 천천히 일으켜 세웠다.

그리고 성큼 다가온다. 망설임 없이 긴 다리로 내딛는 거침없는 보폭에 맞춰서 수연의 심장이 뚝뚝 떨어져 내렸다.

오지 마. 오지 마. 오지 말라고.

한 걸음, 두 걸음, 세 걸음. 단 세 걸음 만에 단숨에 두 사람 사이의 거리가 숨 막히도록 좁아졌다.

순식간이었다. 그가 그대로 키스할 거라고 생각했을 만큼…….

"한 실장."

"……."

"한수연 씨."

"……."

어느새 가까워진 지헌의 손끝에 수연의 턱이 잡혀 살며시 들어 올려졌다.

"……한수연. 추워 보여. 너."

지헌의 목소리가 평소답지 않게 사뭇 다정하기까지 했다. 기세 좋게 대꾸 한 마디 하지 않고 있었지만, 수연의 눈동자가 거세게 흔들거렸다.

지헌의 시선은 천천히 수연의 눈, 콧등, 입술을 지나쳐 떨리는 어깨로 내려갔다. 눈길이 빤히 이어지자, 그 떨림은 더욱 확연해졌다. 수연은 반사적으로 입술 끝을 깨물었다. 지헌은 수연의 흔들거리는 어깨를 감싸듯 움켜쥐었다.

"떨고 있네."

수연의 먹먹하기만 한 귓가에 울리는 목소리는 낮고 깊었다. 어느덧 지헌의 시선은 수연의 입술에 머물고 있었다. 그 목소리의 울림, 그리고 노골적인 시선에 내부에서 무언가가 왈칵 무너져 내리는, 형용하기 어려운 기시감이 수연을 덮쳤다.

이 남자는 대체 나한테 왜 이러는 걸까.

연애할 생각 없다고 빈정거렸다. 그래 놓고, 그랬으면서…….

시시하게 여기는 여자가 얼음 독에 빠졌다가 홀딱 젖어서 나왔든 말든, 추위에 벌벌 떨든 말든, 그냥 지나가면 되잖아.

그런데 왜 상관하는 건데. 왜 그런 표정 짓는 건데.

꼭 걱정하는 사람처럼.

"……상관, 없잖아요…….."

수연은 온 힘을 그러모아, 쥐어짜 내듯 힘겹게 입을 열었다. 억눌린 목소리가 가느다랗게 새어 나왔다. 그 말 한마디만을 내뱉고도 수연은 숨을 헐떡거렸다.

"그러게. 근데 왜 이렇게 신경 쓰이지……."

그가 혼잣말을 하듯 나지막하게 읊조리는 낮고 깊은 목소리가 머릿속을 둥둥 울렸다. 그리고 두 사람의 시선이 얽히는 순간, 지헌의 입술이 불쑥 내려앉았다.

살짝 닿았다가 금세 떨어진 입술에서부터 따스한 온기가 퍼져 나갔다. 수연은 그제야 시린 한기에 자신의 몸이 한없이 떨리고 있다는 사실을 뒤늦게 자각할 수 있었다.

지헌은 자신의 입술이 짧게 닿았던 자리를 엄지로 살며시 짓누르며 말했다.

"이제 좀 상관이 생겼나?"

이윽고 흔들림 없이 직시하는 눈동자가 수연을 바짝 얽매었다. 낯선 듯 낯익은 눈……. 그 눈 안에 뜨거운 불길이 일었다.

수연은 몹시 충동적으로 손을 뻗어 아무렇게나 손에 잡히는 그의 옷자락을 움켜잡고 제 쪽으로 끌어당겼다. 그와 동시에 지헌은 고개를 아래로 기울이며 입술을 겹쳤다.

맞닿은 입술이, 얼굴을 감싼 커다란 손이, 비스듬하게 내려다보는 눈이, 차갑게 식은 수연과는 달리 너무 뜨겁고 숨 막히게 따뜻해서……. 수연은 천천히 두 눈을 내리감았다. 눈꼬리로 눈물 자욱이 길게 이어졌다.

뜨거운 입술이 아랫입술을 물고 느릿하게 비비다가, 진득하게 빨아들였다. 입술이 뭉개지고 지헌에게 집어삼켜졌다. 혀가 입술 사이를 벌리고 들어와 마음대로 휘젓고, 빨아 당기듯 뿌리까지 휘감았다.

젖은 점막을 스치다가 뭉근하게 핥고 거칠게 짓이기자, 달라붙은 입술 사이에서 수연이 가느다랗게 흐느꼈다. 어느덧 달래듯 부드럽게 빨아 당기며 숨을 앗아 갔다. 지헌은 눈물길이 난 수연의 눈가를 스윽 쓸었다. 그리고 각도를 비스듬히 하며 더욱 깊게 들어왔다.

먹구름. 먹구름이 몰려들어 와 폭우를 쏟아붓고, 모든 흙먼지를 쓸어 가며 소란스러운 소음을 뒤덮어 버리는 것처럼. 머릿속의 지지부진한 생각들이 아스라이 사라졌다.

지헌은 수연의 얼굴을 양손으로 잡고, 눈물길을 따라 점점이 입을 맞추었다. 그의 입술이 꾹꾹 찍어 누르고 지나간 자리가 못 견디게 뜨거웠다.

커다란 손이 수연의 머리카락을 헤치고 들어와 가느다란 목을 그러쥐고 힘주어 당기자 흐윽, 수연에게서 억눌린 신음이 흘러나왔다. 맞닿은 지헌의 가슴팍이 크게 솟아올랐다 가라앉는 게 고스란히 느껴졌다.

하아, 한숨과도 같은 신음이 수연의 입술에서 흘러나왔다. 어느새 뜨거워진 숨이 벌어진 입술 사이로 방울방울 터져 나왔다. 지헌은 수연의 목덜미를 부드럽게 쓰다듬었다. 솔직한 반응에 칭찬이라도 하는 것처럼.

그 손길에 따라 잔머리가 일제히 솟구치듯 찌릿한 감각이 등허리까지 흘러내렸다. 무릎에 힘이 풀리고 풀썩 꺾였다. 수연의 몸이 맥없이 내려앉자, 기다렸다는 듯이 두꺼운 팔이 수연을 감싸며 고정시켰다.

등허리를 옭아매고 거세게 끌어당긴다. 빈틈없이 밀착된 몸이 파고드는 힘에 밀리고 밀려서 수연은 사무실 출입문에 턱, 하고 등을 부딪혔다.

씨근덕거리는 단단한 어깨에 부딪혀 문에 눌리고 뭉개지는데, 아픔조차 느껴지지 않았다. 오로지 그와 닿아 있는 몸의 감각만이 민감하게 달아올랐다. 지글지글 끓어오르는 더운 기운에 잠식되어 수연은 연신 밭은 숨을 내뱉었다.

지헌은 치밀어 오른 흥분을 이기지 못한 듯 거칠게 파고들다가 이내 부드럽게 빨아 당기며 지분거렸다. 어느 쪽이든 수연의 정신을 아득하게 몰아갔다. 옭아매듯 덮쳐 온 커다란 몸이 떨어져 나간 잠깐 사이에, 지헌은 수연의 젖은 재킷을 어깨에서 벗겨 내렸다.

잔뜩 젖은 외투는 지금이라도 정신 차리고 멈추라는 듯이 질척거리며 들러붙었다. 지헌은 아랑곳하지 않고 수연의 팔에 엮여 달라붙은 그것을 떼어 내 바닥으로 팽개쳐 버렸다.

쏟아지는 비를 재킷이 온전히 막아 내지 못한 탓에, 군데군데 젖은 블라우스가 몸에 달라붙어 가녀린 어깨를 드러냈다. 수연의 머리 꼭대기로 떨어져 내리는 지헌의 숨이 더욱 뜨겁게 달아오르고, 한층 더 거칠어졌다.

지헌은 수연의 목 끝에서부터 채워진 단추를 한 개, 두 개, 세 개까지 풀어내다가, 인내심이 바닥난 듯 그대로 반쯤 풀린 블라우스를 양쪽으로 거칠게 벌렸다.

수연의 젖은 살갗에 서늘한 공기가 닿자, 드러난 쇄골 아래의 매끄러운 살결에 오소소 소름이 돋았다. 몸의 떨림이 더욱 거세졌다. 그 순간, 수연의 몸이 허공으로 불쑥 들어 올려졌다. 놀란 숨을 내쉬며 벌어진 수연의 입술에 또다시 거친 입술이 겹쳐졌다.

허둥거리며 벌어진 다리를 끌어당겨서 자신의 허리에 두르며, 지헌은 수연의 엉덩이를 한 손으로 받쳐 들고 가볍게 안은 채 발걸음을 옮겼다. 수연은 그 뜨겁고 안정적인 몸에서 떨어져 차가운 바닥에 엉덩방아를 찧지 않으려는 단순한 생존 본능이라고 스스로를 설득시키며, 지헌의 목에 팔을 두르고 세게 끌어안았다.

수연이 지헌의 어깨에 매달린 채 흔들거리는 사이, 멀어지는 비서실의 전경이 보였다. 평소와 다른 눈높이에서 바라보는 모습이 낯설게만 느껴졌다.

수연은 바닥에 귀찮은 허물 벗듯 내팽개쳐진 자신의 외투를 흐린 눈으로 응시했다. 그 어떠한 감상도 느낄 겨를 없이, 집무실의 거대한 문이 닫히고 달칵하는 잠금장치의 소리가 유난히도 크게 귓등을 때렸다. 널브러진 젖은 외투가 어두운 문 뒤로 완전히 사라졌다.

여전히 우르릉거리는 하늘에서 번개가 내리쳤다. 조명이 꺼진 집무실 안에 이따금씩 번쩍거리는 사위가 비현실적인 감각을 부추겼다. 딱딱하게 발기된 것이 걸음걸음마다 맞닿은 하복부를 뭉근하게 찔렀다. 오로지 그것만이 돌이킬 수 없는 현실이라고 말하고 있었다.

지헌은 소파가 있는 곳까지 이동하는 걸음에서 자제력이 모두 바닥난 사람처럼, 수연을 내려놓자마자 그 위로 올라탔다. 덮쳐 오는 위압감은 수연을 눈도 뜰 수 없게 만들었다.

지헌은 무언가 가늠해 보듯이, 눈썹을 파르르 떠는 수연의 얼굴을 물끄러미 내려다보았다. 고개를 삐딱하게 틀어 보기도 했다.

그러면서도 수연의 허벅지에 자신의 발기한 페니스를 느릿하게 문지르는 것을 멈추지 않았다. 빠듯하게 포개진 몸을 짓누르는 묵직한 무게감에 내리감은 수연의 속눈썹이 움찔거렸다.

어깨를 드러낸 채 양쪽으로 벌어져 있는 블라우스 사이를 더욱 넓게 잡아 벌리며 지헌은 서슴없이 파고들었다.

핏줄이 비칠 정도로 희고 얇은 피붓결에 입술이 닿자 수연은 흠칫 몸을 떨었다. 비를 맞아 차갑게 식은 살결이 도자기처럼 매끄러웠다. 지헌은 긴 목선을 따라 곧게 뻗은 쇄골, 그 끝에 움푹 파인 곳을 지나 동그랗게 튀어나온 어깨뼈까지 천천히 길을 그리며 자신의 자국을 남겼다.

브래지어 위로 튀어나온 가슴의 말랑한 살을 손가락으로 힘주어 쓸자, 흐읏, 수연이 짧은 숨을 내쉬며 몸을 뒤척거렸다. 지헌은 그대로 아래로 손을 집어넣어 브래지어를 밀어 올렸다. 하얀 가슴이 출렁거리며 드러났다.

커다란 손아귀가 가슴을 그득하게 움켜쥐고 주물럭거렸다. 손가락 사이로 빠져나온 볼록한 살을 입에 넣고 빨자, 손바닥을 간지럽히는 유두가 더욱 예민하게 곤두섰다. 하얀 살결의 경계선을 따라 연하게 달아오른 유륜을 둥그렇게 문지르자, 수연이 흐느끼는 것 같은 신음을 터뜨렸다.

"흐읏……."

손아귀에 넣고 마음껏 주무르는 대로 모양이 이지러지는 부드러운 살성이 마음에 들었다. 지헌은 아무렇게나 주물럭거리던 수연의 가슴을 말아 쥐어, 끝을 뾰족하게 만들고 입안에 가득 물었다. 혀로 유두를 툭툭 건드리고 뭉근하게 핥는다. 마음껏 빨아 삼키자, 수연의 흐느낌이 더욱 짙어졌다. 지헌의 매끄러운 뺨에 볼우물이 깊게 패었다.

지헌은 홀로 흔들거리던 다른 쪽 가슴을 손아귀에 한가득 감싸 쥐곤, 유두를 문지르다가 잡아당기고 괴롭히듯 비틀었다. 수연은 허리를 들썩이며 애원하듯 그의 팔뚝을 움켜잡았으나, 지헌은 도리어 고개의 각도를 비스듬히 바꾸며 가슴을 더 세게 빨았다.

"으응……. 훗……."

듣기 좋은 신음이 귓가를 간지럽히자, 더 크게 우는 목소리가 못 견디게 궁금해졌다. 알 수 없는 초조함이 지헌의 발끝까지 내달렸다.

지헌은 서서히 상체를 일으켜 세웠다. 타액으로 젖은 유두가 발갛게 부은 채 곤두서 있었다. 수연의 흔들리는 눈동자를 그의 단호한 시선이 붙잡아 맸다. 하나도 놓치지 말고 보라는 듯 오만한 눈빛이었다.

너른 어깨를 옥죄는 슈트 상의를 간단한 몸짓으로 벗어서 소파 옆 커피 테이블에 툭 던져 놓으면서도, 지헌의 시선은 수연만을 주시했다. 지헌의 몸통이 크게 솟아올랐다가 느리게 가라앉았다. 지헌은 툭툭 셔츠의 단추를 따 내렸다. 수연은 그것을 멍하니 바라볼 뿐이었다. 난잡하게 젖은 가슴을 허공 아래에 고스란히 드러낸 채로.

지헌은 무심한 손길로 수연의 슬랙스 단추를 툭 풀었다. 언뜻 냉담해 보이는 무표정한 얼굴. 그러나 마주한 갈색 눈동자는 거칠게 솟구치는 욕망을 그다지 숨길 생각이 없다는 듯 여실히 드러내고 있었다. 심장이 쿵쿵거리는 소리가 귓가에 울려 시끄러울 정도였다.

상의에 비해 상대적으로 비에 덜 젖은 슬랙스는 일말의 질척거림도 없이 수연의 몸에서 홀연히 벗겨져 나갔다. 엉덩이를 들어 주는 수고조차 필요하지 않았다. 지헌은 거침없는 일련의 연결 동작을 행하는 것처럼 자연스럽게 수연의 다리를 벌리고 그 사이에 자리 잡았다. 그러곤 수연의 얌전한 하얀색 속옷 위를 엄지손가락으로 느릿하게 문질렀다.

지금까지 수연이 고수한 수동적인 태도와는 다르게, 속옷 안쪽이 이미 축축하게 젖어 있었다. 뭉근하게 훑는 손길에 따라 또다시 꿀럭, 흘러나온 애액이 속옷을 난잡하게 적시며, 안쪽의 자태를 야하게 드러내었다.

지헌이 흘끗 시선을 올리니 수연은 두 손으로 얼굴을 죄 가리고 있었다. 소파 위로 드리워진 머리카락 사이로 드러난 수연의 귓바퀴가 터질 것처럼 빨갛게 달아올랐다. 위아래가 따로 노는 그 이율배반적인 모습에 지헌의 입에서 피식, 바람 빠지는 소리가 흘러나왔다.

"얼굴 좀 보여 주지?"

이제 와 내숭이냐고 빈정거리는 지헌의 목소리가 들리는 것만 같아, 수연은 눈썹을 찡그리며 자신의 속옷 위를 어슬렁거리며 매만지는 노골적인 커다란 손을 붙잡아 떼어 냈다. 지헌은 도리어 그 손을 잡아 손가락 사이사이를 옭아매듯 깍지를 만들었다.

한 덩어리로 얽힌 손을 수연의 몸 양옆으로 내리누르며, 지헌은 고개를 아래로 숙였다. 그녀의 젖은 속옷 위에 코끝을 가져다 대었다. 깎아지른 높은 콧대가 봉긋한 둔덕을 스치고, 오목하게 패어 들어간 곳을 혀로 툭 건드렸다. 수연의 몸이 움찔거리자, 지헌은 놀리듯이 길게 핥았다.

"흐읏……."

수연이 허리를 뒤틀며 피했다. 대담하게 가만히 누워 있을 만큼 익숙한 일이 아니었기 때문이다. 단출한 역사를 지닌 지난 연애에서는 한 번도 이러한 것을 시도한 적도, 시도할 상상조차 하지 않았다.

"잠깐…… 잠깐만요……. 이런 건…… 못 하겠어요."

수연이 팔꿈치를 받치고 상체를 반쯤 일으키자, 옭아매듯 깍지 낀 손이 스르르 풀어졌다. 지헌이 얼굴을 들어 수연을 응시했다. 방해를 받은 것에 짜증이 난 듯 지헌의 미간에 실금이 가 있었다.

"이런 거라면?"

"그…… 그냥…… 해요."

"그냥 뭘?"

"그냥…… 하시라구요."

수연의 애매한 말에, 지헌이 가늘게 웃었다. 애매한 말은 보통 잘 하지 않는 여자가, 하고 싶은 표현을 빙빙 돌려 말하는 것이 재미있었다. 지헌은 손가락을 속옷 사이에 걸고 스르르 벗겨 내렸다.

"그냥 바로 삽입이나 하라는 말이라면 그것도 꽤 꼴리는 제안이기는 한데……."

지헌은 하던 말을 멈추고 체모 한 올 없이, 완벽하게 하얗고 매끈한 둔덕을 물끄러미 내려다보았다.

예상하지 못하였던 바라 잠시간은 머릿속이 완전히 공백이었다.

그러다가 곧. 그 게이 새끼의 취향인가 보지? 하는 치졸하고 형편없는 심술이 치밀었다. 유치하게 심사가 뒤틀리는 반면, 더 커질 수도 없게 완전히 발기한 페니스가 터질 것 같았다. 스스로가 생각하기에도 어처구니가 없었다. 하, 하고 실소가 터져 나왔다.

수연은 자신의 음부에 달라붙은 지헌의 시선에 괜한 걱정이 일었다. 그녀가 자라 온 곳에서는 보통인 일이지만, 한국에서는 흔하지만은 않다는 것도 잘 알고 있다. 이상한 오해를 할 것도 같지만…….

구구절절한 사유를 읊기에도 구차하고 어색한 일이었다. 수연은 차라리 질끈 눈을 감아 버렸다. 차가운 소파 가죽이 그대로 몸에 닿는 느낌이 너무도 생경했다.

"네가 여기 좋은 냄새를 피우고 있잖아."

지헌은 이윽고 부드러운 둔덕을 양옆으로 잡아 벌리며, 나직한 말과 함께 고개를 떨어뜨렸다. 여린 살갗에 더운 숨이 먼저 닿고 혀가 거침없이 감겨들었다.

"하읏……. 하지…… 마세요……."

수연이 뒤늦게 허리를 말아 올리며, 다급하게 손을 뻗었지만 소용없는 일이었다. 다리 사이를 차지하고 물러서지 않는 지헌의 머리를 밀어 내려고 애쓰다가, 수연은 결국 그의 머리카락을 움켜쥐었다.

지헌은 버둥거리는 수연의 골반을 살며시 잡아 누르며, 애액과 타액이 마구 섞여 흥건한 살갗을 빨아 삼켰다. 연한 살결이 부드럽기 짝이 없었다. 시각과 촉각이 극도의 일치를 이루며, 달달한 체향마저 피어올랐다. 지헌은 설명할 수 없는 갈증을 느끼며 거칠게 수연을 휘젓고 정신없이 빨아들였다. 예민하게 바들거리는 질구를 모질게 핥다가 혀를 쑤셔 넣는다.

"그만…… 그만해요……. 흐읏……."

수연이 애처롭게 애원하면 애원할수록, 지헌은 이상할 정도로 만족스러운 기분이 되었다. 오히려 여전히 무언가 부족하고, 더 크게 울리고 싶은 치기가 돌았다. 혀를 세워 음탕하게 젖은 구멍 안을 탐욕스럽게 들쑤시자, 그녀의 납작한 아랫배가 위로 들리며 바들바들 떨었다.

지헌은 수연의 다리를 부드럽게 쓸어서 꺾으며 자신의 어깨 위에 걸었다. 바들거리는 허벅지를 강하게 움켜쥐자 수연이 골반을 비틀며 허리를 들썩거렸다. 지헌은 발갛게 부푼 클리토리스를 세게 빨았다.

"아으응……. 그만……. 아웃……."

가쁜 신음을 터뜨리며 수연은 손가락 사이에 흐트러진 지헌의 까만 머리카락을 움켜잡았다. 자신이 내는 소리라고는 믿기지 않을 만큼 야한 신음 소리가 불가항력처럼 제 의지를 벗어나 쉴 새 없이 입술 사이로 흘러 나갔다.

그럴수록 지헌의 움직임은 짓궂어졌다. 수연이 고개를 양쪽으로 가로저으며 울먹거리고 신음하자, 소파 위에 흐트러진 긴 머리카락이 서로 마찰하며 엉켜들었다. 지헌의 너른 어깨에 낭창하게 걸려 있던 수연의 허벅지에 저도 모르게 힘이 들어가고 진동하듯 파르르 떨렸다.

머릿속이 하얗게 백지화되어 아득하게 흐려지고, 불꽃이 튀어 오르는 느낌에 온몸이 전율했다. 울컥, 애액이 넘치게 흘러나와 다리 사이가 온통 미끈거리고 내벽이 바르르 떨리며 수축과 이완을 반복했다.

지헌의 혀끝에서 시작된 전류가 수연의 머리끝부터 발끝까지를 저릿하게 만들었다. 알 수 없는 힘에 붙잡혀 하늘 높이 붕 떠올랐다가 한순간에 추락한 것처럼 뱃속이 울렁거렸다. 수연은 연신 더운 숨을 내뱉으며 헐떡였다.

절정에 이르러 움칠거리는 구멍에 혀를 넣고 있던 지헌은 천천히 몸을 일으켜 세웠다. 가느다란 팔로 두 눈을 죄 가리고 몸을 떠는 수연의 모습에서 시선을 떼지 않은 채, 콘돔의 포장을 뜯었다.

그는 수연의 손목 안쪽 부드러운 살갗을 쓸어내렸다. 여전히 몸의 떨림이 가시지 않은 수연이 화들짝 반응했다. 달래듯이 짧은 키스를 남기며, 지헌이 수연의 눈을 가린 손목을 내렸다.

수연은 짙게 쏟아지는 눈과 시선을 마주했다. 언제부터였는지 번쩍이는 번개가 멎어 있었다. 사위는 온통 어둠이었는데, 이상하게도 수연의 눈에는 지헌이 훤히 보였다.

지헌은 수연의 양다리를 잡아 넓게 벌리고 자신의 허벅지 위에 걸쳐 올렸다. 가느다란 발목과는 대조적으로 꽤나 육감적으로 살이 오른 허벅지를 꾸욱 잡아 눌렀다. 수연의 몸이 지헌에게로 한 뼘쯤 끌려 내려갔다.

지헌은 곧은 뼈가 만져지는 수연의 골반을 끌어다가 각도를 맞추고 하늘을 향해 솟아 있는 페니스를 잡아 젖은 음부에 뭉근하게 문질렀다. 발갛고, 통통하게 부풀어 있는 살결이 단단한 선단에 눌려 이지러졌다.

"흐웃……!"

그것만으로도 수연은 긴 숨을 급하게 삼켰다. 얼이 나간 얼굴과는 달리, 아래는 온통 넘치듯 흘러내린 애액과 지헌의 타액으로 문란하게 번들거렸다. 티 하나 없이 하얗기만 하던 둔덕은 지헌이 성심성의껏 물고 빨고 짙은 곳곳이 불그스름하게 붉어져 있었다.

단단하고 굵직한 페니스가 좁은 입구를 벌리는 느낌이 생생하게 밀려들었다. 지헌이 몸을 굽히며, 귀두를 구멍에 맞추듯이 끼워 놓고 천천히 밀어 넣었다.

"아웃……."

수연이 눈살을 찌푸리며 입술을 꾹 다물었다. 반쯤 겨우 밀어 넣는 동안에도 꽉 다문 내벽은 페니스를 쥐어짜듯 오물거렸다. 지헌의 허벅지에 걸쳐져 있던 수연의 허벅지가 아픔을 참느라 본능적으로 꽉 모아졌다. 수연이 겪는 둔통이 그에게 고스란히 전해지는지, 지헌이 낮은 신음을 내며 눈썹을 찌푸렸다.

"힘 빼야지."

수연이 원망스럽고 억울한 얼굴로 지헌을 올려다보았다. 힘을 빼라는데, 힘을 어떻게 빼라는 건지 전혀 알 수 없었다. 힘을 뺀다 한들 크게 달라지지도 않을 것 같고.

자신의 비루한 성 경험 횟수를 떠나서, 아니 상대적인 크기의 비교를 떠나서, 이것은 절대적으로 불가능한 사이즈라는 생각에 휩싸였다. 수연은 자신의 위로 그림자를 드리운 지헌의 가슴을 양손으로 밀어 내며 고개를 가로저었다.

"그만……. 안 돼요. 더 이상은 안 될 것 같아요."

"이러면 내가 강제로 하는 것 같잖아요. 한수연 씨."

"으읏……."

"이제 와서 어설프게 내외하지 마시고, 맘 편히 가져요."

맘도 몸도 전혀 편하지가 못한데…… 무슨 소릴 하는 거야.

쥐어짠 한 줌의 반항심은 수연의 머릿속에서만 맴돌았다.

"서로 좋자고 하는 일인데. 아닙니까?"

질문 형태로 끝난 말이었지만 지헌은 수연의 대답을 기다리지 않았다. 대신 잔뜩 찌푸린 수연의 얼굴 위에 엉망으로 흐트러진 머리카락을 짐짓 다정한 몸짓으로 쓸어 넘겨 주었다. 감겨문 수연의 입에 물려 있던 머리카락 한 가닥을 손가락으로 걸어 꺼내어 주고는, 거칠게 입술을 겹쳤다.

자비 없는 키스가 쏟아져 내렸다. 동시에 그가 수연의 가슴을 움켜쥐고 거세게 주물럭거렸다. 거친 몸짓에 서러움과 원망보다도 아릿한 쾌감이 먼저 온몸을 휘젓고 뜨겁게 달궜다. 수연의 발끝이 저절로 오므라들고 허벅지가 움칠거렸다.

입술을 떼어 낸 그가 젖은 혀로 자신의 입술을 스윽 훑었다. 수연의 몸 안에 반쯤 박아 넣었던 페니스를 슬쩍 뒤로 물리고는, 부지불식간에 수연의 양 허벅지를 밀어 올리면서 한 번에 안쪽 끝까지 삽입했다.

"흐으윽……."

절대로 불가능할 거라고 생각했던, 무섭도록 크고 두꺼운 페니스가 수연의 안을 가득 채웠다. 정점의 정점, 끝의 끝까지 닿아 있어, 수연에게는 지금, 이 순간이 온통 도지헌이었다.

꽉 다물고 안을 내어 주지 않을 것 같았던 내벽이 꿈틀거리면서 그 굵다란 것을 모두 집어삼킨 것이 경이로울 정도였다. 그랬기에 사실 여전히 끝까지는 다 넣지도 못하고 뿌리 부분이 비죽하게 남아 있다는 사실을 수연은 알 수 없었다. 어찌 되었든 수연에게는 한계점이었다.

뜨거운 살덩이가 몸 안에서 맥동하기도, 꿈틀거리기도 하는 착각이 일었다. 아득해지는 감각에, 지헌의 어깨를 할퀴던 수연의 손은 어느새 그의 목을 세게 끌어안고 있었다.

박아 넣을 수 있는 한계치를 확인한 지헌은 나른하게 낮은 신음을 내쉬있다. 겹겹이 싸인 옷가지를 온통 헤집고, 가장 은밀하고 내밀한 살갗을 내보인 지 기십여 분이 지났음에도, 그 한숨과도 같은 간단한 신음 한 소절에, 이제야 비로소 수연은 지헌의 가장 날것의 모습을 마주한 기분이었다.

그만큼 수연의 정신은 비현실과 현실 사이를 오락가락하고 있었다. 수연은 울음을 삼키며 지헌의 목에 감은 자신의 팔을 당기며 매달렸다. 그것만이 유일한 현실 감각을 확인하는 방법인 것처럼.

□　◆　□

으스러지게 껴안고, 샅샅이 지분거리고, 온몸에 더운 숨을 불어 넣던 지헌은 비로소 만족에 이르자 담백하게도 빠져나갔다. 동일 인물이 맞나 싶을 정도의 급격한 온도 차였다.

수연은 소파 등받이에 상체를 걸치고, 쏟아질 듯 겨우 기댄 채 축 늘어졌다. 지헌이 빠져나가면서 온몸의 기운도 함께 빠져나간 것처럼 무기력한 상태였다.

수연의 여린 등허리가 얕게 올라왔다 천천히 가라앉았다. 자유 의지로 할 수 있는 것은 아무것도 없었다. 가득 메웠다가 일순간에 빠져나가 여전히 절정의 잔상이 남은 안쪽이 의지를 벗어나 제멋대로 움찔거렸다. 수연은 소파 등받이 위에 널브러지듯 걸친 팔 위에 얼굴을 묻었다.

사실 어느 정도는 쇼크 상태였다. 정말이지 이런 건 처음이었다……. 그동안 수연이 알던 것과는 달라도 너무 달랐다.

수연에게 지금까지 섹스란, 얌전히 침대 위에 누워서 익숙한 한 사람과 한 가지 자세로 행하는 다소 정적인 행위였다. 그런 자신이 저 사이 나쁜 상사 앞에서 온갖 기이한 자세로……. 수연은 삽시간에 몰아치는 부끄러운 기억을 머릿속에서 지워 내려고 애썼다.

다소간의 충격과 절정의 여운은 무언가 퉁, 하고 쇠를 때리는 둔탁한 소리에 의해 깨졌다. 수연은 몸을 흠칫 떨며, 감겨 있던 눈을 느리게 떴다.

공기가 무겁게 가라앉은 어두운 집무실의 풍경이 눈에 들어오자, 서서히 현실 감각이 돌아왔다. 뜨겁게 달아올랐던 몸이 천천히 식으면서 잊고 있던 한기가 느껴졌다. 몸이 마구 떨려 왔다.

아, 몸살 날 것 같아. 멍하니 생각하며 수연은 소리가 들려온 쪽으로 몸을 돌렸지만, 실제로는 여전히 축 늘어진 채 겨우 고개만 살짝 돌아간 정도였다.

콘돔을 커피 테이블 아래의 쓰레기통에 무심하게 던져 넣은 지헌은 테이블 위에 흐트러져 있는 옷가지 속에서 수연의 속옷을 집어 들었다.

수연은 순간 지헌이 두 사람의 옷이 마구잡이로 섞여 있는 무더기 안에서 그녀의 옷을 손수 골라내 주는 것이라고 생각했다. 그런 수연을 비웃듯, 곧바로 그것이 완전한 착각이었다는 사실이 드러났다.

황당하게도 지헌은 수건이나 티슈 대용으로 사용하듯 수연의 속옷으로 자신의 물건을 훑듯이 닦아 냈다. 그 와중에 여전히 위용이 사라지지 않은 그 물건의 위세조차 황당함을 더했다.

지헌은 황망한 표정의 수연을 발견하고는 담담하게 말했다.

"아, 미안. 어차피 워낙 젖어 있으니 못 입을 것 같아서 좀 썼습니다. 이건 그냥 벗고 가요. 데려다줄 테니까."

그런 영혼 없는 사과는 처음인 데다, 마음대로 속옷은 벗고 가라니. 저런 후안무치를 두고 자신의 옷을 챙겨 주는 것으로 착각했다니.

어처구니가 없었다. 손이라도 내밀지 않은 게 그나마 다행이라고 해야 할지. 어이가 없어서 아무 말도 나오지 않는다는 게 딱 지금 수연의 심정이었다.

수연은 블라우스를 끌어다가 최대한 펼쳐서 웅크린 몸을 가렸다. 그러나 여전히 자신이 엉덩이를 붙이고 앉아 있는 집무실 가죽 소파의 차가운 감촉이 방금 저지른 행위가 얼마나 부덕했는지 자꾸 떠오르게 만들었다. 외부로부터 차단되었다고 한들, 엄연한 회사 내에서 이런 말도 안 되는 과오를 저질렀다는 사실만으로도 무거운 배덕감이 수연을 짓눌렀다.

그에 비하여, 지헌은 별일 아닌 일상인 듯 익숙하게 옷을 걸쳐 입고 있었다. 벗어 내릴 때와 마찬가지로 몹시 여유 있는 몸짓으로 셔츠를 걸치고 천천히 단추를 채우는 그 태연한 태도에 수연은 왜인지 심사가 뒤틀리고 뱃속이 울렁거렸다. 이런 상황에 마치 익숙한 사람인 것처럼, 아무런 의미도 두지 않는 것처럼 덩달아 아무렇지 않게 행동하고 싶은 졸렬한 반항심이 불쑥 고개를 들었다.

지헌은 가만히 앉아만 있는 수연을 물끄러미 바라보다가 느릿하게 손을 움직였다. 자신의 슈트 상의 안에서 깔끔하게 다림질된 손수건을 꺼내고는, 수연에게 건네며 말했다.

"닦아요."

지헌의 가슴이나 복부 어딘가에 고정되어 있던 멍하고 텅 빈 수연의 두 눈에 뒤늦게 초점이 돌아와 지헌이 내민 것을 바라보았다. 수연은 손수건을 건네받는 대신, 오히려 몸을 웅크리며 지헌의 시선을 피해 고개를 옆으로 돌렸다.

그 말이 왜 그리도 민망한지. 물론 다리 사이는 젖어 있다 못해, 엉덩이 아래가 미끄덩거릴 정도이기에 닦아야 될 필요는 분명했다.

어느새 옆으로 다가와 앉은 지헌이 수연의 헝클어진 머리카락을 쓸어 넘겼다. 마치 늘 그래 왔다는 것처럼 자연스럽게.

그가 갑자기 가까워진 것에 신경이 쏠린 사이 부드러운 손길이 수연의 다리 사이에 스윽 닿았다. 그것이 손수건을 감아쥔 지헌의 손이라는 걸 인식하자, 마른기침이 캑캑 터져 나왔다.

"도와줄게요."

"아니요. 무슨, 그런……. 그냥 저리 가세요."

수연은 버둥거리면서 제 옆에 바싹 붙어 앉은 지헌을 밀어 내며 목소리를 쥐어짰다. 말라 있던 목구멍에서 제 것 같지 않은 쇳소리가 섞여 나왔다.

비록 손수건 하나 받아 쥘 힘도 없을 정도가 된다 해도, 수연으로서는 타인이 자신의 아래를 대신 닦아 준다는 것은 허용 가능한 범위를 넘어선 버거운 행위였다. 아무리 그 사람이 여태껏 그 아래에 줄기차게 달라붙어 있었던 사람이라 한들. 그리고 물론 죽지 않는 이상 손수건 들 정도의 힘은 있을 것이므로, 최소한 죽기 전에는 그러한 일이 벌어지게 가만둘 리 없을 거란 의미였다.

"목 아파요? 있어 봐."

마른기침이 터질 것처럼 간질거리는 목을 감싸 쥔 수연을 살핀 지헌이 집무실 밖으로 나갔다. 수연은 혼자 남게 되고 나서야, 흩어진 옷가지를 재빨리 주워 올렸다.

"여기."

지헌은 물을 가득 담은 유리컵을 가지고 들어와 수연에게 내밀었다. 업무 시간에 물 한 잔 제 손으로 떠다 마시는 법이 없던 지헌이었기에 그것은 꽤나 뜻밖이었다.

지헌이 비서실의 작은 냉장고에서 직접 물을 꺼내서 포장을 벗기고, 유리컵을 꺼내어 물을 따르는 모습조차 상상이 잘 되지 않는다고 해야 할지. 물론 초등학생 정도만 되어도 충분히 할 수 있는 난이도 최하의 단순한 일인데도 말이다.

결국 어린애도 할 수 있는 일을 하나부터 열까지 해다 바쳐야 속이 편한 무수리 마인드, 혹은 별거 아닌 단순 간단한 행동에 그 어떤 특별한 의미를 부여하려 하는 변변치 못한 기대 심리. 둘 중에 자신의 속내가 무엇이 되었든 시시하기 짝이 없는 것이었다.

"감사합니다."

수연은 하잘것없는 생각을 머리에서 떨쳐 버리며, 짧은 묵례와 함께 지헌에게서 유리컵을 건네받았다. 바싹 마른 입안에 물이 들어가니 오히려 더 큰 갈증이 이는 느낌이었다.

수연은 빤히 내려다보는 시선을 애써 무시하면서 컵 안의 물을 입안으로 흘려보냈다. 컵을 입에서 떼기 무섭게 커다란 손이 훅 다가와 수연의 이마를 짚었다.

"열은 안 나네."

멀겋게 쳐다보는 수연을 향해 지헌이 무뚝뚝한 말투로 말했다.

"아까 비 맞았잖아요."

"아아."

까맣게 잊고 있던 사실을 깨달은 것처럼 수연은 멍하니 대답했다. 몸이 으슬으슬한 게 곧 감기 기운이 오를 것 같기는 했다.

"갑자기 비는, 왜 맞고 다닌 겁니까? 로비마다 우산도 비치돼 있었을 텐데."

"아……. 걷는 중에 갑자기 쏟아졌어요."

"무슨 일 있었던 건 아니고?"

참 빨리도 묻는다. 보통은 달려들기 전에 물어보는 게 자연스럽지 않나? 실없는 생각이 불쑥 들었다. 수연은 그저 고개만 가로저었다.

"말하기 싫어요?"

"……네."

"그래. 안 물을게."

더 캐물을 생각은 없는 듯 지헌은 수연을 가만히 응시했다. 수연이 유리컵을 테이블에 내려놓기를 기다린 지헌이 말했다.

"갑시다."

"네?"

"집에 가야지. 가요. 데려다줄게요."

"아아……. 상무님 먼저 가세요. 저는 정리 좀 하고 퇴근하겠습니다."

남의 속옷을 제멋대로 휴지 대신으로 사용해 버린 일말의 책임감에서 나온 발언일지 모르겠으나, 수연은 지헌과 나란히 함께 퇴근하고 싶은 생각이 전혀 없었다. 솔직히 말하자면, 지금은 그저 빨리 그를 보내 버리고, 혼자 남고 싶은 마음뿐이었다. 낯 뜨거운 향락을 공모한 공범의 존재는 불편하고 어색하기 그지없었다.

시선을 내리고 유리컵을 만지작거리는 수연을 한참 동안 물끄러미 바라보던 지헌이 말했다.

"그래요, 그럼."

예의상이라도 두 번 묻는 법 없이 지헌은 순순히 집무실을 떠났다.

지헌이 떠난 후에도 수연은 한동안 가만히 앉아 있었다. 한참의 시간이 흐른 후에야 수연은 크게 숨을 들이마신 후 자리에서 일어났다.

자신의 책상 서랍에서 갈아입을 옷을 꺼내던 수연이 문득 무언가 떠오른 듯 다시 집무실 안으로 향했다.

정사를 치른 소파 곁의 철제 쓰레기통 안에 정액이 찬 콘돔 세 개가 무심하게 버려져 있었다. 그 모양새가 무척이나 적나라했다. 이대로라면, 다음 날 새벽 시간에 제 할 일을 하러 들어온 애꿎은 미화 직원이 마주하게 될 민망하고 낯 뜨거운 광경이었다.

누가 보고, 어떤 말을 흘리고 퍼트리든, 정작 이 방의 주인은 상관하지 않을지 모르겠지만. 아니, 그런 사소한 일에는 정신적인 에너지를 소모하지 않으니 이렇듯 무심하게 던져 놓고 갔을 테지만. 수연은 아니었다. 그가 아무렇지 않게 던져 버릴 때부터 이미 충분히 신경이 쓰였다.

수연은 휴지를 뭉쳐서 쓰레기통 안을 갈무리했다. 울고 싶은 기분이라고 생각했는데, 오히려 허무한 헛웃음이 흘러나왔다.

더 이상 눈물이 나오지 않게 되었다는 것이 이 일탈의 유일한 수확이었다.

3

[지헌아, 오늘 오후 1시 진화호텔 라운지, 잊지 않았지?]

고작 하루 전에 회사까지 쫓아와서 잔소리를 늘어놓은 것에 비하면, 조심스러운 희연의 메시지였다.

지헌은 핸드폰을 내려놓고, 순백색의 은백자 다관을 가까이 가져왔다. 우아한 손끝으로 천천히 끓인 물을 붓고 찻잎을 넣었다.

한옥의 가장 끄트머리에 비죽이 튀어나온 형태로 위치한 다이닝 룸은 삼면이 전면 창으로 이루어져 있었다. 지헌은 다이닝 룸의 슬라이딩 도어를 모두 오픈하고 우드 셔터를 거둬 완전히 개방하였을 때 바람이 관통하는 선선한 이 공간이 꽤 마음에 들었다. 손안의 재스민티만큼이나 진한 재스민 향이 정원에서 바람을 타고 흘러들었다.

지헌은 찻잔을 기울이며 집무실 소파에 앉아 애타는 조바심과 전전긍긍한 속내를 여과 없이 내보이던 어머니를 회상했다. 한동안 뜸했던 희연의 맞선 공세가 다시 시작된 것을 보면, 어지간히 속이 타는 모양이었다.

하루도 채 지나지 않은 일인데, 어떤 이유에서인지 기억이 흐릿했다. 그다지 기억해야 할 만큼 중요한 이야기도 아니었거니와, 머릿속은 계속하여 다른 생각으로 향하고 있기 때문이었다.

□　◆　□

"지헌아, 여기 사진 좀 봐 봐. 어때, 예쁘지? 국무총리 고명딸에 피아니스트고, 나이는 너보다 네 살 아래래."

희연이 핸드폰 안의 여자 프로필 사진을 지헌을 향해 보여 주었다. 티끌 하나 없이 매끄럽게 관리한 고운 손톱이 액정 화면을 문질러서 사진 속 여자의 얼굴을 크게 키웠다. 지헌은 사진에 눈길도 주지 않고 소파에 깊게 몸을 기대었다.

"······어머니."

"무조건 싫다 하지 말고 그냥 가벼운 마음으로라도 가서 한번 만나 봐."

지헌은 눈 앞머리를 지그시 눌렀다. 싫고 피곤하다는 솔직한 심상을 온몸으로 표현하고 있는 지헌의 눈치를 조심스레 살피며, 희연이 말을 이었다.

"지헌이 너 벌써 서른하나야. 엄마는 너만 생각하면 아까워 죽겠어. 너한테 지금 당장 결혼하라는 얘기 아니야. 그 댁에서도 서두를 거 없다고 하더라. 연애라도 하라는 얘기야, 연애."

"······."

"지호 걔 약혼녀 올해 유학 끝내고 한국 들어온다더라. 그 얘기가 무슨 얘기겠니. 늦어도 내년이면 걔 식 올릴 텐데. 너도 무슨 제스처라도 취해야지, 계속 이러고 있을 거야? 너 미국에서 없이 살 때랑은 상황이 변했잖니."

"······."

희연의 말과는 달리 지헌은 태어나 한 번도 없이 사는 삶을 겪어 본 적이 없었다.

열네 살에 홀로 미국 유학을 떠났을 때에도 전담 집사가 늘 그를 보살폈다. 고상한 취미 생활의 일환으로 대학 졸업 무렵부터 운영을 시작한 맨해튼의 갤러리는 심심치 않은 수익을 실현하였고, 스타트업 역시 빠르게 업계를 선점하고 순위권을 다퉜다.

그러나 도성그룹을 한 톨도 남김없이 홀랑 잡아먹는 것만이 일생의 목표인 희연은 지헌의 미국 생활을 '없이 살 때'라고 치부하며, 그때를 회상할 때마다 눈물지었다.

희연에게 아들 지헌은 못난 애비의 업보로 제집에서 쫓겨난 비운의 황태손이었다. 정작 지헌이 미국으로 도망치듯 직접 집을 떠난 사유에 대해서는 희연은 눈을 흐리게 뜨고 외면하였다.

"회장님께서 주시하고 계셔. 너 회장님 성정 알잖니. 피도 눈물도 없는 분이야. 그렇게 아끼시던 장자, 뒤도 안 돌아보고 호적에서 지워 버리고 완전히 없는 사람 취급 한 게 몇 년이야. 결국은 죽어 없어지고 나서야 자기 집 사람으로 거둬들이시고. 회장님이 누구신데 그 인간 좀 도망갔다고 못 찾으셨겠니? 안 찾으신 거지."

"……."

"지호 걔는 머리가 딸려서 꿈도 못 꾸는 프린스턴대 숨마쿰라우데로 졸업하고, 와튼스쿨까지 나온 네가 왜 겨우 대학 하나 덜렁 졸업한 도지호랑 똑같은 고작 상무냐고. 네가 적장손이라는 걸 떠나서 스펙만 보더라도 적어도 전무는 달아 줘야지."

희연이 불만을 터뜨리며 작은 접시 위의 쿠키를 잘게 부서뜨렸다. 그러고는 쿠키에는 손도 대지 않고 내버려 둔 채, 찻잔을 가져와 고상한 몸짓으로 입가에 가져갔다.

지헌은 그것을 무심한 얼굴로 응시했다. 김이 모락모락 오르는 찻잔을 소리도 없이 내려놓으며 희연에게 무어라 상냥한 목소리로 종알거리는 얼굴이 연상되었다. 살랑거리는 발걸음으로 집무실 바깥으로 사라지던 여리여리한 뒷모습도 연쇄적으로 떠올랐다.

"그게 무슨 뜻이겠어. 응? 너 여직 혼자라 그러시는 거잖아. 회장님 지금 너 두고 보시는 거야. 너는 그 인간이랑 엄연히 다르다는 거 보여 드려야, 마음 놓으시고 회사 물려주실 분이야, 지헌아."

그렇게 말하는 희연의 눈에도 혹시라도, 어쩌면, 자신의 고귀한 아들에게 지 애비를 닮은 지저분한 구석이 있을까 봐 걱정하는 일말의 두려움이 섞여 있었다.

□　◆　□

유난히 해가 느리게 진 날이었다.

지헌은 농구공을 집어 옆구리 사이에 끼우고, 자신의 방이 있는 2층에서 1층으로 내려갔다. 중학교에 입학하면서 친구들은 키가 훌쩍 커지는데, 자신만 여전히 제자리라서 지헌은 약간 초조했다.

아버지를 닮았으니까 분명 키가 훅 자랄 거라고 주변에서 위로하듯 말하지만, 중학교 1학년인 지헌과 키가 비슷한 희연을 볼 때마다 지헌은 내심 불안했다.

'다른 건 다 아빠를 닮았어도 키는 엄마를 닮은 거면 어쩌지…….'

아주머니도 퇴근하셨는지, 1층에는 개미 한 마리 보이지 않고 조용했다. 만화책 보는 것에 정신이 팔리는 바람에, 친구들과 만나기로 한 공원에 약속 시간까지 걸어가기에는 빠듯했다.

지헌은 자전거를 타고 갈 생각이었다. 차고로 이어지는 엘리베이터가 지하에 머물러 있다는 표시를 흘끗 쳐다본 지헌이 엘리베이터 버튼을 누르는 대신 계단으로 향했다.

계단을 통해 털레털레 내려온 지하 차고에 네 대의 차가 나란히 서 있었다. 계단에서 가장 멀리 보이는 자리에 주차된 아버지의 회사 출근용 차량 보닛이 비스듬하게 보였다. 지헌이 차고에서 그 차를 볼 수 있는 날은 많지 않았다. 바쁜 아버지는 보통 지헌이 잘 때 퇴근하고, 일어나기 전에 출근했기 때문이다.

'응? 아빠가 돌아오셨네. 방에 계셨나?'

쥐 죽은 듯이 조용했던 1층이 떠올랐다. 아버지한테는 운동 다녀와서 인사를 드려야겠다고 생각하면서, 지헌은 자신의 자전거가 세워진 곳으로 걸음을 옮겼다.

아버지는 정확히 몇 살 때 키가 확 자랐는지도 물어봐야겠다고 생각하며, 지헌이 손가락 위에 농구공을 올리고 빙글빙글 돌리면서 걸었다. 그러다가 문득 귀를 잡아끄는 이상한 소음에 발걸음을 멈추었다.

지헌은 소음이 들려온 쪽으로 천천히 몸을 돌렸다. 아까는 곁눈으로 지나친 아버지의 회사 차가 서 있는 곳이었다. 이상한 것은 소음뿐만이 아니었다.

멀쩡히 세워져 있는 차가 덜컹거리며 요동쳤다. 묵직한 차체가 흔들릴 때마다 괴이한 소음이 거세어졌다.

아주 불길한 기운은 사람의 뇌가 아닌 몸이 느끼는 것이 분명했다. 머리에선 이쯤에서 접고 그냥 뒤돌아 가는 게 좋겠다는 본능적인 신호가 경고처럼 울리고 있는데, 다리는 제멋대로 움직였다.

호기심이나 궁금증 따위가 아니었다. 지헌은 무언가에 단단히 홀린 사람처럼 느리게 다가갔다. 어느 지점에 이르러서야 불현듯 느릿한 발걸음이 우뚝 멈추어 섰다. 옆구리에 끼우고 있던 농구공이 스르르 흘러 빠져나갔다.

통— 통—

차고 바닥에 농구공이 튀어 오르는 소리가 동굴 벽을 울리듯 묵직하게 퍼졌다.

몸을 웅크린 괴물이 으르렁거리는 듯한 나지막한 소리가 고막을 찢고 깊숙이 파고들어 인이 되어 박혔다. 자기방어 기제가 발동한 것처럼 째지는 이명 또한 함께였다. 귓속을 후비는 것 같은 날카로운 감각에 두 귀를 틀어막고 싶었지만 뜻대로 움직여지지가 않았다.

멍하니 몸 옆으로 늘어진 양손은 주먹조차 제대로 쥐어지지 않았다. 바들바들 떨리고 있는 손끝의 감각조차 전혀 느껴지지 않았다. 보이지 않는 거대한 힘이 지헌의 몸 전체를 무자비하게 움켜쥐고 그 자리에 억지로 세워 놓은 것만 같았다.

비좁은 차 안에서 두 사내가 엉켜 있었다. 늘 다림질이 빳빳하게 잘되어 있는 옷만 입고 있었던 아버지의 셔츠를 운전기사 윤씨 아저씨가 아무렇게나 움켜쥐고 비틀었다.

지헌은 지금껏 아버지와 목욕탕도 한번 가 본 적이 없었다. 친구들은 어렸을 때 종종 가 봤다던데. 목욕탕이 궁금하다고 떼를 쓰는 어린 지헌에게 아버지는 보는 눈이 많아 곤란하다며 그를 달랬다.

집에서조차 아버지는 늘 반듯하게 차려입고 기품 있게 걸었다. 그렇게 언제나 고상하고 우아하기만 하던 아버지가 우아하지 못하게 짐승처럼 흐느끼고 있었다.

각막을 통해 들어와 시신경을 따라 뇌에 전달되고 있는 분명한 현실이었다. 부정할 수 없는 현실인데, 도무지 믿을 수 없는 광경이었다. 지헌은 접붙인 듯 바닥에 달라붙은 두 다리를 한 치도 움직일 수 없었다. 아니. 더 이상 다리의 감각도 느껴지지 않았다.

아득하게 초점이 사라진 지헌의 눈동자가 하염없이 흔들거렸다. 파르르 떨리고 있던 손끝은 이제 경련하듯 움찔거렸다. 목울대가 거칠게 출렁거리며 오르내렸다.

지금 자신이 어디에 있는 것인지, 무엇을 보고 있는 것인지, 왜 이런 일이 벌어지고 있는 것인지 지헌이 이해할 수 있는 것은 아무것도 없었다.

사실 그 두 사람이 무엇을 하고 있는지 지헌도 알고 있었다. 중학교에 들어가 친구들끼리 야한 동영상을 돌려 본 적도 있고, 종종 몽정도 했다. 초등학교 때 성교육 시간에 정자와 난자가 만나 임신이 된다는 사실을 배울 때에는 '우리 엄마 아빠가?' 하는 생각에 머리를 도리도리 젓기도 했었다.

남자와 남자 간에도 성관계가 가능하다는 사실은 들어 알고 있었다. 그리스 시대의 노예라든가, 신라 시대의 화랑이 그랬다든가. 실감되지는 않지만 '존재는 한다.' 정도의 어렴풋한 인식이었다.

차분하고 다정한 얼굴로 지헌의 머리를 쓰다듬거나 책상 위에 용돈을 올려주던 아버지가 마치 노예처럼, 운전기사의 앞에 개처럼 엎드려 있는 모습 따위 보고 싶지 않았다.

'우욱!'

휘몰아치던 배 속의 위화감이 결국 실체가 되어 식도를 타고 빠르게 역류했다. 거대한 파도처럼 휘몰아치는 기운을 견디지 못하고 지헌의 허리가 푹 꺾였다. 그렇게 몸이 반 접힌 자세로 지헌이 속을 게워 내기 시작했다.

지헌에게는 살면서 구역질이 난다는 감정을 체감하는 것도, 실제로 먹은 것을 꼴사납게 입 밖으로 토해 내고 있는 것도 모두 처음이었다. 식도가 타들어 가는 감각이 온몸을 휘감았으나 그보다 더 고통스러운 현실에는 비할 바 없었다.

식도를 넘어가서 위에 도달했었던 음식물들이 거슬러 올라와, 차고 바닥에 와르르 쏟아졌다. 구토로 인한 것인지, 우르르 무너지는 세상 때문인지 눈물도 함께 쏟아져 나왔다.

그가 사랑했던 아버지, 많은 시간을 함께하지는 못했지만 집에 있을 때만큼은 다정하고 고결했던 아버지는 더 이상 없었다. 아니, 처음부터 존재하지 않았던 것이다. 지헌을 둘러싼 세상이 뒤집혔다.

어느 순간부터인가 차고 안에는 지헌이 토악질을 해 대는 소리 외에는 아무것도 들리지 않았다. 드디어 짐승들의 역겨운 교미 소리가 멈추었다는 사실에 안도할 새 없이 지헌의 몸이 풀썩 넘어지면서, 자신이 뱉어 놓은 토사물 위로 얼굴을 박고 쓰러졌다.

퍽 하는 소리에 바닥에 부딪히면서 어딘가 부러진 걸까 하는 생각이 들었지만 아스라이 멀어지는 의식 속에 짧은 생각도 금세 흐려졌다. 부딪힌 부분이 아프다는 감각도, 제가 뱉어 놓은 시큼한 오물 위에 드러눕게 된 것이 더럽다는 인식도 없었다. 그저 그대로 사라지고 싶었다.

동시에 차의 뒷문이 벌컥 열리더니, 놀란 얼굴의 윤씨 아저씨가 벌거벗은 채 번들거리는 성기를 덜렁거리면서 헐레벌떡 지헌에게 달려왔다. 눈물 때문인지, 얼굴에 묻은 토사물 때문인지 지헌은 뿌연 눈을 느리게 떴다.

땀에 젖어 번들거리는 윤 씨의 놀라 굳어진 얼굴이 보였다. 허연 정액이 뚝

뚝 떨어지는 축 처진 페니스도 보였다. 그로부터 불쾌하고 더운 냄새가 훅 끼쳐 왔다. 지헌은 또 한 번 몸을 뒤틀며 일그러진 입술 사이로 토사물을 내뱉었다.

그의 손을 뿌리치고 싶었지만 온몸에 아무런 힘도 남아 있지 않았다. 지헌은 흐릿한 의식 속에서, 세상에 존재하는 모든 사람 중 가장 몸을 맞대고 싶지 않은 사람의 팔 안에 불쑥 들어 올려졌다.

지헌이 다시 눈을 천천히 감을 때까지, 아버지는 차 안에 처박혀서 나오지 않았다.

그리하여 결국은……. 남자 아래에 깔려서 자지러지게 신음을 내뱉으며 헐떡거리던 인상 깊은 모습이, 지헌이 기억하는 아버지의 마지막이었다.

트라우마는 그 후로 지속적으로, 오래도록 지헌의 심신을 지배했다.

몽정은 멈추었다. 또래에 비하여 늦은 사춘기를 지나면서 1년에 키가 20센티씩 훌쩍 자랄 때에도 마찬가지였다.

아무런 꿈도 꾸지 않고 수면 중 사정하는 생리 조절 현상만이 이따금 있었다. 그나마도 아침에 일어나 젖은 속옷을 확인하노라면 또다시 구역질이 치밀었다.

비용에 상관하지 않고 일주일에 세 번씩 꾸준하게 정신과 상담도 다녔다. 2년 정도, 기천만 원은 우습게 쓴 정신과 상담은 망했다.

아버지가 사랑의 도피 행각을 벌였다지 않은가. 지헌이 차고에서 기절한 그날 당장 목이 날아갔던 윤 기사랑 도망갔나 싶었는데, 그런 천진한 생각을 했다는 사실이 우습게도 새로운 남자였다.

사는 데 이렇다 할 큰 불편은 없었다. 무의식중에서든, 의식적으로든 기억의 연쇄 작용을 일으킬 만한 소재를 피해 다니면 그럭저럭 아무렇지 않았다.

다만, 성행위 자체에 대한 거부감으로 발현하여 생리적인 존재로서 여자를 떠올리는 것만으로도 기분이 불쾌해졌다. 당연히 남자는 죽이고 싶고.

지헌이 대학에 입학하자, 어머니 희연은 방학 때마다 맞선 상대인 여자를 미국으로 줄줄이 보내 주었다. 비행기부터 숙박에 이르기까지 미국 여정 전반에 대한 비용을 어머니 쪽에서 부담하니, 맞선 상대는 끊이지 않고 나타났다. 재벌가 또래는 다 한 번씩 도성그룹 황태손과 가능성을 조율하러 미국에 다녀갔다 해도 과언이 아닐 정도로.

지헌은 아예 바람을 맞히거나, 시시껄렁한 태도로 일관하며 맞선 상대의 기분을 추락하게 만들었다. 가끔 적극적으로 다가오는 상대에겐 몇 가지 필요 없는 사실을 흘리기도 했다.

몇 년쯤 이어지니, 재벌가 사이에서는 도성그룹 장손이 발기 부전이라는 웃기는 소문이 돌았다.

그제야 희연의 맞선 중계가 뚝 멎었다. 희연은 근거 없는 소문이라며 노기충천하여 길길이 날뛰었다. 실제로 희연은 그 소문의 출처를 낱낱이 밝히고 고소하여, 본때를 보여 주고 이 억울함을 해소하겠다면서 한동안 변호사 사무실을 들락거렸다.

지헌은 아예 없는 소리는 아니라고 생각하여 그저 웃었다. 발기 부전의 사전적 의미가 성생활을 누리는 데 필요한 정도의 충분한 발기를 얻지 못하거나 유지할 수 없는 상태라면, 자신은 그 상태에 정확히 부합했으니까.

발기는 고사하고, 여자와 자는 것을 상상하는 것만으로도 속이 뒤집어졌다. 귀찮기만 한 희연의 맞선 공세가 멎었다는 것도 꽤 나쁘지 않은 결과였다.

희연은 그때의 일에 대하여 단 한 번도 언급하지 않았다. 아예 없었던 일처럼 행동하였다. 처음 2년간의 정신과 상담 결과가 어머니께 남김없이 보고되었을 테니, 지헌이 어떤 이유에서 무슨 문제를 겪고 있는지 모를 리 없었다.

단지 똑바로 마주하기 두려운 구석에 대하여, 희연은 눈을 가리고 꿀꺽 삼켜 버렸다. 시간이 해결해 줄 것이라고 믿으면서. 희연은 기독교, 천주교, 불교 가리지 않고 돌아가면서, 종교에 몰두하는 시간을 보내 왔다. 지헌이 미국에서 온갖 여자를 다 만나고 다닌다는 허황된 소문을 입이 가벼운 재벌가 사이에 간간이 흘리면서.

시간이 해결한 것이 적어도 하나는 있었다. 트라우마의 직접적 제공자가 15년 만에 죽었다. 트라우마의 원인인 아버지가 죽었다고 해서 지헌의 삶이 그다지 달라지지는 않았다.

그는 여전히 사람이라는 존재보다는 청초한 식물과 기품 있는 미술 작품을 사랑하고 그것으로부터 초라한 위안을 얻는다. 때때로 희연이 지헌의 눈치를 살피며 맞선 얘기를 꺼내면 고개를 내미는 구역질을 참아 삼켜야 했다.

쪼르륵.

지헌은 찻잎이 잘 우러난 다관을 느릿하게 기울여 찻잔에 차를 따랐다. 찻잔의 매끄러운 주둥이를 느릿하게 문지르며, 한수연이라는 실체 있는 존재에게 짐승처럼 달려들어 치받았던 어제의 자신을 떠올렸다.

온 힘이 쇠진해서 맥없이 끌려다니는 애처로운 여자의 몸에 거머리처럼 달라붙어서 만족할 때까지 허리를 흔들고 게걸스럽게 온몸을 빨았다. 전부 그가 경멸해 마지않는 행동들이었다.

꽤나 지루하게 이어졌던 트라우마를 생각하면 이상한 일이었다. 희연이 알게 된다면 동네잔치라도 벌일지 모를 일이다.

한수연이란 존재를 두고 느끼는 위화감의 실체를 발견한 이후, 그는 계속해서 되짚었다. 여자를 마주할 때마다 트라우마를 손쉽게 극복한 것처럼 수시로 찾아오는 제 몸의 낯선 생체 반응을 지헌은 마치 남의 것 보는 것처럼 무감하게 목도했다.

의문과 불확실로 점철된 의식 속에서 지헌은 쓸쓸하게 웃으며, 찻잔 안에 미지근하게 식은 차를 은백자로 된 다관에 주저 없이 부어 버렸다.

ㅁ ◆ ㅁ

간밤에 미처 커튼 드리우는 것을 잊어버리고 쓰러지듯 잠들어 버린 탓에, 침대 옆 창문에서 들어온 눈부신 햇살이 수연의 머리맡까지 내리쬐었다. 수연은 몸을 뒤척거리다가 시트를 머리끝까지 뒤집어썼다.

그러고도 한참을 침대에 누워 있다가 느지막이 무거운 몸을 일으켰다. 수연은 침대 헤드에 기대어 앉으며, 지끈거리는 머리를 양손으로 감쌌다. 늦게까지 잠을 이루지 못해, 결국 정신이 아득해질 때까지 술을 마셔 버렸으니 당연한 결과였다.

머리는 숙취로 깨질 것 같은데, 잠에서 깨어나니 기억은 또 제멋대로 내달렸다. 허리를 옭아매던 억센 손아귀, 반복적으로 파고들던 뜨거운 체온과 욕망이 선득거리던 짙은 눈동자까지.

수연은 기억을 지우기 위한 바람으로 고개를 세차게 흔들며 몸을 덮고 있던 시트를 거둬 냈다. 양다리를 침대 밑으로 내리고 바닥을 밟고 디디자 찡, 하는 둔통이 아래를 울렸다.

왈칵 인상을 찌푸린 수연은 아랫배에 손을 올리고 서서 한동안 고통이 가시길 기다렸다. 이 정도라면 피가 나지 않은 것만으로도 감사해야 할 지경이라고 해야 하려나.

정말이지, 믿을 수 없을 만큼 끔찍하게도 큰 사이즈였다. 수연으로서는 비교군이 한 사람밖에 없다는 점에서 신뢰도는 다소 떨어지지만, 그 크기를 견주는 콘테스트라도 열린다면 분명 일등을 거머쥘⋯⋯.

내가 지금 무슨 생각을 하고 있는 거야.

수연이 생각을 떨쳐 내기라도 하듯, 이마를 제 손으로 가볍게 두드리며 침실 밖으로 나갔다. 아일랜드 식탁에서 진통제 통을 집어 들고 손바닥에 털어서 타이레놀 두 알을 꺼냈다. 수연은 약부터 먼저 입안에 털어 넣고, 물을 찾아서 냉장고로 향했다.

종합 진통제니까 숙취뿐만 아니라 아래를 괴롭히는 묵직한 아픔도 해결해 줄지 모른다. 수연은 생수병을 입으로 가져오면서, 이 고통을 선사한 원흉을 떠올리며 원망했다. 따지자면 자신이 술을 마신 이유도 그 사람 때문이니까 이 두 가지, 다른 고통의 원흉은 오로지 한 명이다.

그런 흉기에 버금가는 걸 가지고 잘도⋯⋯. 한 번도 아니고⋯⋯.

그래도 양심은 있는지 애무엔 꽤 정성이 있었다. 아니, 정성이 넘치는 바람에 도리어 그만하라고 애원했을 정도였다. 문제는 아무리 사전에 성심성의껏 애무를 하였다 한들, 정작 의미를 무색하게 만드는 그 무식하게 큰 크기에 있⋯⋯.

미쳤나 봐. 미쳤지. 미쳤어. 다른 생각을 해야 해. 이러다간 하루 종일 곱씹게 생겼어.

수연은 눈을 질끈 감고 머리를 가로저으며 집 안을 터덜터덜 걸었다. 그러다가 무언가 생각이 떠올라 다용도실로 발걸음을 옮겼다.

커다란 캐리어를 가지고 나온 수연은 거실 바닥에 넓은 천을 깔고 그 위에 캐리어를 누여서 지퍼를 열었다. 가방을 활짝 열어 놓고 집 안을 종횡하며 눈에 띄는 물건들을 집어 와서 차곡차곡 넣었다.

소유권이 미묘한 물건들은 우선 판단을 보류해 놓고, 자신의 것이 아닌 것들은 빠르게 회수하여 가방 안을 채웠다. 28인치 캐리어가 금세 가득 차자, 수연은 종이 상자에도 물건들을 집어넣었다.

세간은 대부분 수연이 받은 월급으로 구입한 것들이지만, 옷방은 제민의 물건들이 거의 차지하고 있었다. 그곳에서는 수연의 옷들만 구별해 골라내는 것이 더 빠를 것 같은 수준이었다.

그럼에도 수연은 차근차근 짐을 분리해 나갔다. 짐을 다 싸면 제민이 소속된 연예 기획사로 보낼 생각이었다.

버릴까도 생각해 보았지만, 오히려 나중에 찾아와서 제 짐 내놓으라고 할 심산이 컸다. 수고롭더라도 가장 깔끔한 정리 방향이다. 다른 생각 하지 않고 몸을 움직일 핑곗거리로도 제격이었다.

수연이 한창 옷을 정리하고 있을 때, 거실에 놔두었던 핸드폰이 바닥에서 드르륵, 진동하는 소리가 들려왔다. 정리하다 만 옷방을 뒤로하고 나와 핸드폰 액정을 확인하자, 의외의 이름이 떠 있었다. 수연은 얼른 통화 버튼을 눌렀다.

"네, 사모님. 한수연입니다."

— 응, 수연 씨. 쉬는 날인데 미안해요. 혹시 바빠요?

"아닙니다. 사모님. 말씀하세요."

— 아아, 다른 게 아니라, 내가 수연 씨한테 부탁하고 싶은 게 있어서…….

통화를 마친 수연은 핸드폰의 종료 버튼을 꾹 누르고, 통화가 완전히 끊겼다는 것을 확인한 다음에야 긴 한숨을 내쉬었다.

고즈넉한 한옥채를 둘러싼 아름다운 나무 정원은 보름 사이에 완연한 봄기운을 내뿜고 있었다. 수연은 바람에 살랑살랑 흔들리는 꽃나무를 올려다보며, 여전히 이 집에 사는 누구랑은 도무지 어울리지 않는다는 생각을 했다.

너무 따뜻하잖아.

수연은 잘 관리된 정원을 빠르게 지나쳤다. 꽃송이를 무겁게 달고 있던 목련 나무는 하얀색 옷을 털어 버리고 가벼워진 가지에 초록색을 물들이고, 대신 벚꽃이 사방에 흐드러져 있었다.

현관문 앞에 서서 긴 숨을 내쉰 수연은 벨을 눌렀다. 출발하기 전에 미리 문자 메시지를 넣었지만, 역시나 지헌으로부터 답장은 없었다.

벨을 두 번 누르고 한참 기다려도 안쪽에서는 아무런 반응이 없었다. 수연은 한숨을 내쉬며 예전에 받아 두었던 비밀번호를 핸드폰 메모에서 찾아 현관문 넘버 록에 입력했다.

실례합니다. 수연은 허공을 향해 나직이 인사를 하며 집 안으로 들어갔다. 너무 적막해서 순간적으로 '설마 내 문자 메시지 보고 미리 도망간 거 아닌가.' 하는 실없는 생각이 잠시 스쳤다. 수연은 발걸음을 집 안 깊숙이 옮겼다.

안으로 걸어 들어가니 다이닝 룸에 앉아 있는 지헌의 뒷모습이 보였다. 지헌은 다관을 식탁 한쪽으로 밀어 놓고, 태블릿을 들여다보며 누군가와 통화하고 있었다. 설핏 들리는 통화 내용으로 보니 미국의 사업 파트너와의 비즈니스 통화인 것 같아서, 수연은 거실 중간에 발걸음을 멈추고 통화가 끝나기를 조용히 기다렸다.

지헌은 편안한 니트 티 차림으로 팔을 길게 뻗은 채, 무의식적으로 태블릿의 끝머리를 느릿하게 문질렀다. 그러고는 천천히 머리카락을 쓸어 넘겼다.

역시 시간적 여유를 두고 출발하기를 천만다행이었다. '내가 곧 너를 모시러 갈 테니, 착실하게 외출 준비를 하고 있으렴.' 하는 의미에서 미리 문자 메시지를 보냈던 것이었는데. 네가 내 의도대로 움직여 줄 리가 없지, 하는 체념 섞인 한숨이 수연의 입술 새로 새어 나왔다.

지헌의 편안한 옷차림새를 보아 하니, 그가 외출 준비 하는 데 최소한 30분은 잡고. 약속 장소인 진화호텔까지 1시 이전에 도착해야 하는 것을 고려하면 여전히 30분에서 한 시간 남짓의 여유는 더 남아 있는 셈이었다.

뻥 뚫린 창 너머로 한옥의 유려한 처마가 올려다보이는 다이닝 룸에서의 그의 뒷모습을 보고 있노라니, 수연은 '도지헌과 한옥'이라는 상극처럼 느껴지던 것이 아주 어울리지 않는 것만은 아니라는 싱거운 생각을 잠시 했다.

이윽고 지헌은 통화를 마치고 핸드폰을 내려놓으며 수연을 돌아보았다. 이미 수연이 온 것을 알고 있었다는 양, 놀란 기색은 찾아볼 수 없는 얼굴이었다.

"왔어요? 이리 와요."

"네, 상무님. 안녕히…… 주무셨어요?"

좋은 아침입니다, 라고 하려다가 이미 아침을 한참 지나 정오를 앞둔 시간이라 급하게 다른 인사말을 꺼낸 것인데 스스로가 듣기에도 영 어색한 인사였다.

지헌은 식탁 바깥쪽으로 몸을 돌려 수연이 가까이 다가올 때까지 기다렸다가, 수연이 그의 앞에 멈춰 서자 태연한 말투로 오히려 되물었다.

"한수연 씨. 잘 잤어요?"

"네…… 니요."

그저 상투적인 인사말이었다. 대답을 바라지 않고 던지는 습관적인 질문.

그런데 지헌에게서 생각지도 않게 역으로 질문이 돌아오는 바람에, 당황한 수연의 입에서 다소 맹한 대답이 흘러나왔다. 잠시간의 어색한 정적이 이어지자 지헌이 피식 웃었다.

그냥 네. 했으면 될 일이지만 거짓말로라도 그런 말이 나오지 않았다. 우선 추레해진 낯빛부터 숨길 수 없었다. 도무지 잠들 수가 없어서 무려 알코올에 의지하기까지 했으니…….

"그래 보이네요."

네 얼굴 꼬락서니가.

라고 덧붙이는 말은 물론 수연의 머릿속에서만 울렸다. 너무 비약적인 해석일지 모르나, 수연은 울컥해서 약점을 찾아 헤매는 눈빛으로 지헌의 얼굴을 훑어보았다. 그러나 지헌은 너무나도 평소와 같은, 흠잡을 데 없이 평온하고 잘생긴 낯에 심지어 어울리지 않게 온화한 미소마저 잔잔히 띠고 있었다.

어제의 그 익숙하고도 태연자약한 태도를 보아 하니, 부하 직원과 회사에서 그 충동적이고 낯부끄러운 정사를 저지르고도 집에 가서 평온히 두 발 뻗고 잘 몰염치한 인간이라고 생각하기는 했다. 그런데 역시 최소한의 양심도 갖추지 못한 인간임이 분명한 걸 두 눈으로 확인하니 이유 없이 속이 울렁거렸다.

이게 다 누구 때문인데…….

입을 열면 불쑥 어두운 속내가 두서없이 튀어나올 것만 같아서 수연은 잠시 숨을 고르고 마음을 다잡았다. 괜히 건방진 말을 해 봐야 통쾌함은 잠시지만 뒤따르는 후폭풍은 기나길 터이니.

수연은 다시 공손한 태세로 전환하여 두 손을 아랫배 위에 가지런히 모았다. 어서 대화를 끝내고 자신은 이 골칫덩이 상사를 픽업하여 맞선 자리에 고이 모셔다 놓고 집에 가서 마저 정제민의 짐을 싸는 완벽하게 허무한 토요일을 영유하면 된다.

"아무튼 상무님. 이제 슬슬 외출 준비를―"

"몸은 괜찮습니까?"

수연의 노력이 무색하게 말을 중간에 툭 끊어 먹으며 지헌은 또다시 질문을 던졌다. 수연은 꾸민 듯한 표정 그대로 멈춘 채 지헌을 바라보았다.

"아프진 않은지 해서. 어제 그러고 나서."

지헌이 무심한 표정으로 물었다. 애써 미소 짓던 수연의 고운 입꼬리가 스르르 내려가려는 본능과 미소를 유지하려는 의지 사이에서 파르르 떨렸다.

비를 쫄딱 맞았던 몸으로 생애 첫 섹스보다 더 처음 하는 것만 같았던 다소 충격적인 경험에 질펀한 숙취까지. 진통제가 아니었다면 멀쩡하게 이곳까지 걸어오지 못했을 것이고, 곧 두 알을 더 입에 털어 넣어야 할 것 같은 심상치 않은 상태였다.

그러나 수연은 아무렇지 않게 던지는 그의 질문이 도리어 낯설고 불편했다. 몸의 안위를 물을 만큼 어떠한 감정을 기반으로 한 그런 관계도 아닐뿐더러, 일회성 관계에선 서로 언급하지 않는 게 무언의 법칙 아니었나?

그러고 보니 이곳이었다. 언젠가 이 집에서 이유도 없이 입술을 겹치고 난 후 아무런 언급도 하지 않았던 것처럼. 아무것도 설명하지 않고, 아무것도 묻지 않는 게 오히려 그다웠다. 그리고 그것이 오로지 수연이 지헌에게 바라는 바였다.

"괜찮습니다."

"그렇다면 다행이고."

지헌이 느릿하게 고개를 끄덕였다.

진심 5%, 예의상 하는 말 95%. 어쩌면 5%도 많이 쳐준 것일지도. 다른 여자들한테도 어울리지 않게 이런 말뿐인 예의를 차렸겠지.

수연은 불쑥 치졸한 쪽으로 내달린 자신의 생각을 질책하며 눈을 꾹 감았다가 떴다.

다른 여자들한테 왜, 뭐. 내가 그딴 걸 왜 신경 써. 나한테 그게 무슨 상관이라고.

"그래서, 휴일에 여기까지 온 이유는?"

지헌은 짐짓 나긋한 미소와 함께 고개를 옆으로 비스듬하게 기울이며 물었다. 머리카락이 이마 위로 흘러내린 모습이 그의 뒤로 보이는 푸른 나무 정원과 어우러져 따스하고 나른한 분위기를 형성했다. 수연은 본의 아니게 그의 평화로운 휴일 오후를 망치러 온 불청객이 된 기분이었다.

"미리 메시지 드렸다시피 오늘 1시에 진화호텔에서 맞선 일정 있으셔서요. 모셔다드리려고 왔습니다."

"그러니까. 메시지는 봤는데. 이해가 안 돼서 그래요. 한 실장이 나를 거기에 왜 모셔다드립니까?"

지헌은 비뚜름하게 미소 띤 얼굴로 수연을 물끄러미 바라보았다. 말투는 부드러우나, 명백한 빈정거림이었다.

누구는 좋아서 이렇게 자기 뒤치다꺼리하고 있는 줄 아는 건지…… 서른하나씩이나 먹은 남자가 집에서 고작 30분 거리인 호텔에 가다가 중간에 길이라도 잃어버릴까 봐서?

수연은 소리 없이 짧은 한숨을 내쉬고 말했다.

"……사모님께서 각별히 신경 쓰고 계세요, 상무님."

수연의 간곡한 말투에도, 지헌은 여전히 비아냥 가득한 얼굴이었다. 싫은 것도 꾹 참고 내색하지 못하는 수연에 비하면 참으로 속 편한 얼굴.

누구는, 호강에 겨워서 엄마가 잡아다 놓은 맞선 자리 싫다 하는 서른한 살 먹은 남자를 머리부터 발끝까지 예쁘게 꾸몄는지 잘 검사해서 호텔에 모셔다드려야 하는데.

누구는, 하루도 채 지나지 않은 충동적인 원나잇 상대 남자를 친히 맞선 자리에 모셔다드리는 끔찍한 일도 참고 하는데. 대체 힘든 사람이 누군데 당신이 이래…….

수연과 지헌은 나긋한 미소를 지으며 서로를 바라보았다. 속내를 감춘 시선이 잠시간 이어졌다. 서로의 눈을 응시하는 시선을 떼지 않은 채 지헌이 말했다.

"한수연 씨는 어제 같이 뒹군 남자, 맞선 배웅 하느라 휴일도 반납해 가면서 이렇게 자원봉사도 하시고. 쿨하시네. 아니면, 내가 너무 보수적인가?"

수연의 얼굴에서 미소가 스르르 사그라졌다. 엄밀히 말하자면 말 그대로 뒹굴기는 하였다만. 사전적 의미에서가 아닌, 일부러 수치심과 모멸감을 주려는 목적에서 질 낮은 단어를 선택한 지헌의 의도가 선명했다.

평정심에 금이 간 수연의 민낯에 지헌은 오히려 만족스러운 기분이 되었다. 지헌이 여전히 나긋나긋한 말투로 말했다.

"보기보다 개방적인 면이 꽤 신선하기는 한데, 내가 그렇게 비위가 좋지 못해서 말입니다."

"……"

비위……. 그러니까, 누구는 비위가 좋아서 이런 비참하고 한심한 일도 자진해서 하고 있다 이 말인가?

수연이 꽉 틀어쥔 주먹이 점점 핏기를 잃어 허옇게 변했다. 짧게 자른 손톱이 손바닥을 아프게 파고들었다.

"한 실장이 데려다준 맞선 자리 나가서 웃는 낯으로 앉아 있기에는, 내가 좀 등신 같아 보이지 않겠어요?"

"……그렇게 생각하실 필요 없으세요. 일은 일이니까요. 전 오늘 제 일을 하러 온 것뿐입니다, 상무님."

일은 일일 뿐이다. 아슬아슬한 줄타기 같은 불안정한 일일지언정. 극단에 내몰린 정신에 저지른 하룻밤의 실수가 지속되는 삶의 영역을 침범하게 두지 않으려고 수연은 기를 쓰고 노력하고 있는 중이었다.

그런데 당신이 왜. 그냥 재빨리 해야 할 일만 처리하고 집에 가서 좀 쉬고 싶은 사람한테. 왜 그렇게 멋대로 말하는 건데.

제멋대로 툭 튀어 나가려는 속마음을 다잡기 위해서 수연은 입술을 아프도록 깨물었다.

"내가 비서 하나는 참 잘 뒀어요. 마음에 들어요."

지헌은 흐응, 하고 웃는 것 같기도 하고 한숨을 내쉬는 것 같기도 한 낮게 울리는 소리와 함께, 수연을 물끄러미 바라보았다. 분명 수연이 서 있고, 지헌은 여전히 의자에 앉아 있는데. 높은 곳에서 내려다보는 듯한 오만방자한 눈빛이었다.

그 눈빛을 가만히 마주하던 수연은 낮은 한숨을 내쉬었다. 그 '같이 뒹군 사고'를 말미암아 자꾸 이렇게 살살 언급하면서, 사람 약점이라도 잡은 것처럼 구는 것에 최소한의 경고가 필요했다. 수연이 나지막이 입을 열었다.

"상무님."

"……듣고 있어. 말해 봐요."

"개인적인 일로 회사에서까지 흐트러진 모습을 보인 것은…… 죄송하고, 유감스럽게 생각하지만. 어찌 됐든 그 일은 저랑 상무님 간의 사적일 일이잖아요."

수연이 아랫배 근처에 손을 모은 상태에서 무의식적으로 바짝 깎은 둥근 손톱을 손끝으로 만지작거렸다. 지헌의 날 선 시선이 그 움직임을 따라갔다.

"저는 지금 제 업무의 일환으로 여기 온 거니까. 일을 하러 온 제 입장을 좀 존중해 주세요."

저도 좋아서 하는 일은 아니거든요, 하는 말은 자존심 때문에 애써 삼켰다. 수연이 장황한 말을 채 끝맺기도 전에 지헌이 의자에 앉아 있던 몸을 느릿하게 일으켰다. 마주한 시선이 높아짐에 따라 수연의 고개가 치켜 올라가며, 저도 모르게 두어 걸음 물러섰다.

수연이 뒤로 물러난 만큼, 지헌이 가까이 다가섰다. 덜컥, 가슴이 내려앉았다. 이젠 낯익을 정도인 위험한 분위기가 엄습하며 수연의 몸이 저절로 경직되었다.

사람이 진지하게 하는 말은 듣지도 않고, 왜 또. 왜 가까이 오는 건데…….

지헌의 커다란 손이 천천히 다가왔다. 붙박인 듯 서 있는 수연의 얼굴 옆으로 늘어진 머리카락을 살짝 쓸어 넘기고 드러난 얼굴을 감싸 쥐었다.

지헌은 엄지로 수연의 입술을 지그시 누르고, 입술의 라인을 따라 옆으로 쓸었다. 도톰한 아랫입술이 그의 손끝에 뭉개지자, 문득 정신을 차린 것처럼 수연이 고개를 옆으로 돌렸다.

지헌의 손아귀에서 벗어나자 뒤늦게 찬물을 뒤집어쓴 기분이었다. 수연은 얼어붙은 머릿속에 아무렇게나 떠오르는 말을 내뱉었다.

"상무님께서도 아시다시피, 저는 남자 친구랑 헤어진 지도 얼마 안 되었구요."

무슨 소리를 늘어놓나 가만히 듣고만 있던 지헌은 픽 웃음을 터뜨렸다. 부드럽게 이지러지는 입술의 감촉이 사라진 손끝으로, 지헌은 수연의 어깨 아래로 구불거리는 머리카락 끝을 감아쥐고 만지작거리며 말했다.

"아, 그 남자랑 붙어먹던 양심 없는 게이 새끼도 남자 친구라고 쳐주는 겁니까? 한수연 씨 인심이 너무 후한데. 그런 거라면, 내가 낫지 않겠어요?"

"……무슨 적선하듯이 말씀하시는데, 딱히 적선이 필요한 입장도 아니고요.

사람 이렇게 비꼬는 화법, 기분 별로 안 좋아요. 상무님 이런 행동도 불편하니까, 함부로…… 만지지 말아 주세요."

"그럼 어제 그건 뭡니까. 안 만진 데 없이 다 만진 것 같은데."

수연은 입안의 연한 살을 이 사이에 넣고 깨물었다. 나도 알고 저도 아는 걸 굳이 왜 묻는 건데.

"……실수요."

수연의 머리카락 끝을 지분거리던 지헌의 손가락이 불현듯 멈추었다. 움직임이 멈췄는데 오히려 머리카락이 닿아 있는 두피까지 간질거리는 느낌이었다.

이윽고 지헌은 짐짓 다정한 몸짓으로 수연의 긴 머리카락을 어깨 뒤로 넘겨 주며 말했다.

"한수연 씨."

"……"

"실수라는 건 말입니다, 다른 사람 발을 밟거나, 길을 가다가 갑자기 돌부리에 걸려서 넘어지는 정도를 말합니다. 외간 남자가 키스하고, 옷 벗기고, 팬티 벗기고, 다리 벌려서 좆을 집어넣는데, 좋다고 매달려서 더 해 달라고 떼쓴 걸 실수라고 표현하면 쓰나."

수연의 눈이 커지고 턱이 아래로 떨어지며 입술이 벌어졌다. 뭘…… 집어넣어? 귀를 의심할 정도로 상스러운 말에 어떠한 대꾸도 쉽사리 나오지 않고 기가 막혔다. 문란하기 짝이 없는 내용을 읊는 말투는 오히려 더없이 다정하여 더욱 말문이 막혔다.

그 와중에 '힘들다는데도 계속 달라붙은 건 당신이지, 누가 더 해 달라고 떼를 썼냐'는 항변이 미미하게 머릿속을 맴돌았지만, 입 밖으로 차마 흘러나오지 않았다.

"상호 동의하에 섹스를 해 놓고. 하루 만에 멋대로 실수라고 일방적으로 주장하면, 나는 뭐가 됩니까. 실수로 길바닥에 넘어져 있는 사람 옷 벗겨서 떡치는 파렴치한?"

지저분한 말을 잘도 늘어놓은 주제에, 지헌은 고상하고 우아하게 시조나 읊은 양 태연한 표정이었다.

몇 번이고 반박을 시도해 보았지만, 수연의 입술만 벌어졌다 오므라들기를 반복했다. 그 모습을 물끄러미 바라보던 지헌이 일순 고개를 기울이며 높이를 낮췄다.

정원에서 불어오는 산들바람처럼 가벼운 몸짓으로 그의 몸이 기울어졌다. 더운 숨이 수연의 입술을 겨냥했다.

수연은 허벅지에 늘어뜨린 손으로 스커트를 꽉 움켜쥐며 고개를 돌려서 지헌의 입술을 피했다.

"이럴 거면 저 오늘 여기 안 왔어요."

"근데 이렇게 왔잖아. 그럼 책임을 져야지."

"그게 무슨……."

"난 한수연 씨 오겠다는 메시지 보자마자 줄곧 이런 상태였거든."

지헌의 커다란 손이 수연의 허리를 휘감아 거세게 끌어당겼다. 피할 겨를도 없이 수연은 그에게 빨려 들어갔다. 서로의 몸이 턱 하고 부딪히자, 의심의 여지 없이 딱딱해진 것이 수연의 복부를 쿡 찔렀다. 수연은 놀란 숨을 들이켜며, 커다랗게 뜬 눈으로 지헌을 올려다보았다.

"새삼스럽게 놀란 척은. 아까부터 힐끔거리는 거 봤는데."

"제가 언제! ……생사람 잡지 마세요."

"아직도 싫어요?"

"……네. 싫어요."

"그럼 여기 오지 말았어야지. 한수연 씨 보니까 난 하고 싶은데."

지헌의 짙어진 눈동자가 흔들림 없이 수연을 응시했다. 그가 소리 없이 가볍게 웃었다. 살며시 휘어진 눈꼬리가 몹시 낯설었다.

"……."

그 미소에 시선이 팔려 멍해진 순간.

미소 띤 입매가 가까워졌다. 입술이 겹쳐졌다. 수연의 입술이 부드럽게 뭉개지고 지헌의 입술 사이로 거세게 빨려 들어갔다. 말랑한 입술을 비비고 거칠게 짓이기다가 이내 입안을 열고 뜨거운 혀가 파고들었다.

지헌은 여전히 스커트를 움켜쥐고 있던 수연의 손을 달래듯 펼치고 손가락 사이사이를 파고들었다. 지헌이 고개의 각도를 달리하여 더 깊이 더 넓게 밀려들자, 탄식과도 같은 나직한 신음이 수연의 목 안에 윙윙 울렸다.

입안의 점막을 스치고 치열을 더듬던 혀는 뿌리까지 얽혀 들며 마음대로 휘저었다. 격렬하게 빨아 삼키다가, 오히려 아주 느릿하게 촘촘한 돌기가 느껴질 정도로 천천히 핥아 올렸다.

높게 쳐들린 수연의 목 뒤로 지헌의 손이 파고들어 빈틈없이 옭아매었다. 가녀린 목덜미를 어르듯 쓸어내리다가 강하게 죄어 오자 수연의 입에서 억눌린 신음 소리가 흘러나왔다. 뒷덜미의 솜털이 일제히 곤두서고 아랫배가 찌르르 들끓었다.

수연은 어깨를 한껏 옹송그리고 받은 숨을 헐떡였다. 그가 내뱉는 더운 숨도 수연의 코끝을 간질였다. 수연은 지헌의 입술을 피해 고개를 모로 돌리고 그의 어깨를 양손으로 짚어 다급하게 밀어 냈다.

"잠깐. 잠깐만요."

"응."

입술이 떨어진 사이 수연이 가까스로 그를 불러 세웠으나 지헌은 아무렇게나 대답하며 다시 수연의 입술을 찾아 얼굴을 기울였다. 머리가 빙글 돌고 몸이 붕 떠올라 둥둥 떠다니는 것만 같았다. 키스만으로 왜 이렇게까지 정신이 흐려지는 건지, 생각조차 아릿해졌다. 숨을 앗아 가고, 강한 체취가 밀려들었다. 묵직하고 씁쓰레한 나무 냄새와 재스민 향기가 폐부를 가득 채웠다.

강한 힘에 밀려 수연이 두어 발자국 물러나자 엉덩이에 턱 하고 뭉툭한 식탁 끝이 부딪혔다. 기다렸다는 듯이 허리를 감싸 쥔 커다란 손아귀가 수연의 몸을 가볍게 들어 올렸다. 지헌은 불쑥 들어 올린 수연을 두꺼운 나무 식탁 위에 내려놓았다.

커다란 손에 엉킨 수연의 손이 햇살에 달궈진 미지근한 식탁 위에 짓눌렸다. 내리누르는 힘에 상체가 뒤쪽으로 기울어지자, 수연은 다시 몸을 일으키며 다급하게 말했다.

"상무님……. 잠깐……."

지헌은 들어 봤자 뻔하고 쓸데없고 고리타분한 소리나 늘어놓는 수연의 입술에 들을 것도 없다는 양 입술을 깊게 겹쳤다. 웅얼거리는 목소리가 간지러웠다. 강하게 빨아들이고 헤집어 대다가 슬쩍 놓아 주면, 하려던 말을 어느새 잊어버리고 새된 신음 소리가 흘러나오는 게 마음에 들었다.

들쩍지근하게 달라붙는 입술을 물고 뭉근하게 빨자, 수연이 앓는 듯한 신음을 흘리며 지헌의 가슴팍의 니트를 움켜쥐었다. 절박하게 당기는 느낌에 지헌의 입꼬리가 설핏 올라갔다. 말랑한 귓불을 입에 넣고 잘근거리다가 빨개진 귓바퀴를 핥아 올리자, 수연의 어깨가 움츠러들고 까맣고 촘촘하게 난 속눈썹이 파르르 떨렸다.

그는 수연의 귀 아래 오목한 살부터 가는 목선을 따라 길게 핥아 내렸다. 목덜미에 다다르자 코를 깊게 처박고 긴 숨을 들이마셨다. 타는 목을 겨우 축인 사람처럼 갈급하게 빨아 당기다가 이내 뜨거운 한숨을 내쉬었다.

달큰하고 향긋하다. 단 음식은 그다지 좋아하지 않는데, 이상하게 이 여자는 계속 입안에 넣고 마음껏 빨고 싶었다. 사실 이 여자와 관련된 모든 게 이상한 것투성이니, 이제 와 그다지 이상할 것도 없었다. 손쉽게 결론짓고는 지헌은 더 깊이 얼굴을 묻고 마음껏 집어삼켰다.

지헌이 수연의 블라우스를 여는 동안에도 자잘한 입맞춤이 쉼 없이 이어졌다. 첫 번째 단추를 풀 때는 입술에, 두 번째는 뺨에, 세 번째는 광대에 짧게 짧게 입을 맞추다가, 단추를 모두 풀었을 즈음에는 눈에 보이는 대로 이곳저곳에 정신없이 입술을 내리눌렀다.

식탁에 아슬아슬하게 엉덩이를 걸친 수연의 펜슬 스커트가 미어지게 당겨졌다. 지헌은 성가신 스커트를 단숨에 들춰 올리고 수연을 더 깊숙이 들어앉혔다. 양다리를 결박하듯 들러붙었던 스커트가 사라진 다리를 양껏 벌리고 지헌이 그 사이에 자리 잡았다.

"잠깐……만요……."

수연은 파들거리며 지헌의 어깨를 짚었다. 그 손에 지그시 뺨을 기대며 지헌은 수연의 허벅지를 매끄럽게 쓰다듬었다. 수연이 미간을 찡그리며 다리를 오므렸다.

"그만······."

지헌이 개의치 않고 부드럽게 손을 미끄러뜨려 예민하게 달아오른 곳을 건드리자 수연이 흠칫 몸을 떨었다. 지헌은 자신의 어깨를 잡은 수연의 손에 점점이 키스를 남기고, 그 손을 끌어다가 수연의 둔덕 위에 올렸다.

수연이 손을 파르르 떨며 떼어 내려 했지만, 지헌은 커다란 손을 겹쳐 오며 오히려 수연의 손가락 위를 꾸욱 내리눌렀다. 얇은 천 하나가 겨우 가로막은 오목한 틈 사이에 수연의 손가락이 짓눌리듯 자리하고, 그 위를 지헌의 손이 뒤덮었다.

"싫은 거 맞아요? 이거 봐. 다 젖었잖아요. 자. 만져 봐."

속옷 아래가 이미 축축하게 젖어 있었다. 지헌이 수연의 손을 억세게 누르며 무지근하게 문지르자, 손끝에 젖은 속옷이 질척거렸다. 수연의 동그란 귀가 터질 듯이 달아올랐다. 손끝이 바르르 떨렸다. 손바닥에 불이 난 것처럼 뜨겁게 느껴졌다.

"심술······부리지······ 마세요."

단어 사이사이마다 더운 숨이 터져 나왔다.

"솔직하게 말해 봐요. 하고 싶잖아."

"······."

"넣어 달라고 해 봐. 응?"

지헌의 짓궂은 채근에 수연은 얼굴을 붉힌 채 입술을 깨물었다. 순간 핏기가 사라졌다가 더욱 붉어지는 입술에 짧게 입을 맞추며, 지헌은 수연의 손 아래 속옷 사이를 비집고 손가락을 밀어 넣었다.

"이렇게 질질 흘리는 주제에, 돌아서면 또 나만 파렴치한 취급 하려고 입은 꾹 다물고."

아. 하는 짧은 탄식을 내뱉은 수연은 부끄러운 듯 지헌의 어깨에 얼굴을 묻

었다. 애액으로 미끄덩거리는 속옷 안을 짓궂게 휘젓자 수연이 견디기 어려운 감각에 미간을 찌푸리며 고개를 가로저었다.

"싫다는 사람이랑 하기 싫은데 대답 좀 해 주지?"

수연은 대답 대신 얼굴을 더 깊이 묻었다. 지헌의 어깨로 더운 숨이 쏟아졌다. 나쁜 놈, 하고 원망하는 소리가 들리는 것 같아 지헌은 피식 웃었다.

공손한 얼굴을 해서는 눈으로 욕을 하는 것 같은 수연의 얼굴도 떠올랐다. 아마 어깨에 파묻은 얼굴을 억지로 떼어 내서 들여다보면 비슷한 얼굴을 하고 있을 터였다.

언젠가는 그 입술 밖으로 욕설을 내뱉는 소리를 꼭 들어 봐야겠다는 생각과 함께, 지헌은 입가에 희미한 미소를 지으며 부드러운 음부 주변만 애태우듯 머무르던 손가락을 젖은 질구 안으로 거침없이 밀어 넣었다.

▫ ◆ ▫

바람의 길목에 고즈넉하게 위치한 다이닝 룸에는 봄 냄새가 짙었다. 쿵쿵쿵 떠밀리는 수연의 몸에도 미지근한 정오의 봄바람이 스쳐 지나갔다.

단단하고 묵직한 나무 식탁 위에 상체를 엎드린 자세로 수연의 몸이 앞으로 밀려났다가 다시 급하게 당겨졌다. 척, 척 하고 젖은 살갗이 맞부딪치는 야한 소리, 규칙적인 움직임에 맞춰 식탁 끄트머리의 유려한 곡선의 은백자 다관이 마구 들썩거리며 시끄러운 소음을 냈다.

"흐윽……."

그의 페니스가 뒤에서부터 여린 속살을 헤집으며 거칠게 치받자 짧게 흐느낀 수연의 상체가 앞으로 쏟아져 내렸다. 무언가 붙잡아 버틸 것이 필요한데 의지할 곳이 없었다. 식탁을 짚은 수연의 손이 계속해서 미끄러졌다. 그러자 지헌이 표류하던 수연의 양손을 잡아채 뒤쪽으로 결박하듯 끌어당기곤 더 세게 허리를 쳐올렸다.

"흐앙……! 너무! 쎄……! 흐읏……."

수연의 몸이 앞으로 푹 숙여지며 식탁 위에 힘없이 널브러졌다. 억센 손아귀가 수연의 어깨를 뒤로 당기며 다시 몸을 일으켜 세우고, 수연의 골반을 도망가지 못하게 강하게 틀어쥐었다.

"잘 좀 서 봐요. 자꾸 이렇게 나가떨어지면 넣어 줄 수가 없잖아요."

"천천히…… 천천히 좀……!"

수연의 애원에도 지헌은 도리어 더 깊고 강하게 페니스를 쑤셔 박고 짓눌렀다. 결국 수연의 상체가 덧없이 무너져 내리고, 팔꿈치를 받친 채 식탁 위로 고꾸라지는 몸을 겨우 지탱했다.

뒤에서 거칠게 박을 때마다 마구잡이로 흔들거리는 수연의 가슴을 지헌이 억세게 움켜쥐었다. 가슴 전체를 손안에 가득 넣고 거세게 주물럭거리다가 유두를 비틀자 수연이 흐으응, 하는 신음을 흘리며 고개를 푹 숙였다. 수연의 다리가 오므라들며, 안쪽이 마구 경련했다. 찰박거리며 고여 있던 애액이 주룩 흘러내렸다. 그는 수연의 등에 상체를 빈틈없이 맞붙이고 귓가에 입술을 붙인 채 거칠게 속삭였다.

"그동안 어떻게 참았어요? 그 게이 새끼가 만족시켜 줬을 리가 없는데."

지헌이 비틀린 말투로 비아냥거렸다. 평소라면, '이런 상황에서도 사람 인격 모독하는 악취미는 여전하네.' 하는 욱하는 마음이 들었겠지만, 수연은 그의 말을 거의 듣고 있지 않았다. 듣고 있지 않다기보다는 듣지 못하는 쪽에 가까웠다.

지헌이 비꼬는 말을 속삭거리면서도 허리를 난폭하게 쳐올리고 있었기 때문이다. 수연은 그저 아득해진 가운데 가쁜 숨을 헐떡거리느라 정신이 없었다.

온통 버겁기만 한 자극에 사로잡혀 머리끝이 쭈뼛거렸다. 어느덧 수연의 눈이 혼몽하게 풀렸다. 어떻게 이렇게 되어 버렸는지 스스로도 믿기지 않지만 가장 믿을 수 없는 건 그의 움직임이 거칠어질수록 고점을 넘나드는 쾌락이었다.

"섹스를 하기는 했습니까?"

"흐응……. 하읏……."

이쯤 되면 딱히 대답을 듣기 위한 말이라기보다는, 사람을 괴롭히고 모욕하는 말을 하면서 저는 더 흥분하고 있는 게 아닐까 하는 의심이 고개를 들었다.

수연의 몸이 점점 더 기울어져 마구잡이로 출렁거리던 가슴이 식탁 표면에 짓눌러졌다. 등 뒤를 내리누르는 묵직한 무게감에 명치 아래가 지끈거렸다. 이 대로 식탁 끝까지 밀려날 것만 같은데 수연의 하체는 그의 손에 붙잡혀 오히려 단단히 고정되었다.

지헌은 골반을 말아 쥐고 있던 손을 아래로 미끄러지듯 내려뜨렸다. 이 여자의 몸은 부드럽지 않은 구석이 하나도 없다. 아래의 둔덕마저도 손가락에 걸리는 것 한 오라기 없이 온통 부드러워서 계속 문질거리고 싶은 본능을 자극했다. 난잡하게 젖어 있는 살점이 손가락에 들러붙기라도 할 듯 떡처럼 찰졌다.

지헌의 커다란 손이 매끄러운 살결을 감싸고 비비다가, 손끝으로 민감하게 부푼 살점을 꾸욱 짓누르자 수연이 허리를 뒤틀면서 흐느꼈다. 머릿속은 하얗게 비워지고 부끄러운 신음 소리만 산산이 부서졌다. 온몸이 절절 끓어오르는 것 같았다. 너무 높은 자극에 눈앞이 뿌옇게 흐려질 정도로 눈물이 차올랐다.

"흐으응…… 으응……."

지헌은 몸을 낮추어 수연의 등과 자신의 가슴팍을 빈틈없이 밀착했다. 온몸을 뒤덮는 커다란 위압감에 수연은 밭은 신음을 흘리며 눈을 질끈 감았다. 지헌은 수연의 귓불을 잘근거리며 안쪽에서 페니스를 살짝 물리고는 단숨에 끝까지 꿰뚫듯 안을 파고들었다.

으읏. 하는 소리와 함께 수연의 어깨까지 파르르 경련했다. 그렇게 내벽까지 바르르 떨리며 조여 대자, 믿을 수 없게도 안을 가득 채운 단단한 페니스가 더욱 크게 팽창하며 뜨겁게 맥동했다.

수연은 자신의 안쪽에서 느껴지는 경이로운 변화에 제대로 놀랄 겨를조차 없었다. 지헌이 수연의 가는 등허리에 밀착하고 있던 상체를 일으켜 세우며, 그녀의 골반을 틀어쥐고 있던 양손으로 엉덩이를 붙잡아 거침없이 벌렸기 때문이었다.

미약하게나마 자글자글 끓고 있던 수치심이 일제히 치솟아 올랐다. 그렇지 않아도 햇볕이 내리쬐는 환한 대낮에 사방이 뚫려 바람마저 솔솔 부는 개방된 공간이었다.

사람을 이렇게 수치스러운 자세로 엎어뜨려 놓는 것으로 모자라서, 이 변태가…….

"그…… 그만……. 흐읏…… 뭐 하는 거예요."

무자비하게 양쪽으로 활짝 벌리는 손길에서 벗어나려 수연이 몸을 비틀었지만 소용없었다. 점 하나 없이 완벽하게 새하얀 엉덩이에 그의 손자국이 우악스럽게 새겨졌다.

그는 억세게 수연의 엉덩이를 움켜쥔 채 자비 없이 페니스를 푹푹 박아 넣었다. 무거운 추를 매달아 놓은 것처럼 자꾸 아래로 처지는 고개를 겨우 돌려 흘끗 뒤쪽을 살핀 수연의 눈이 더없이 커다래졌다.

아연한 얼굴로 속절없이 흔들거리면서, 수연은 온 힘으로 목소리를 쥐어짰다. 중간중간 의지와 상관없이 끼어드는 신음 소리가 애석할 따름이다.

"보지…… 마세요……. 흐응……."

"왜요. 예쁜데."

지헌은 태연자약하게 대답하곤, 자신이 벌려 놓은 노골적인 광경을 당연하다는 듯 빤히 응시했다. 움찔거리는 속살과 그 아래쪽의 구멍을 들쑤시며 들락거리는 굵다란 페니스, 그 주변을 따라 일제히 빨려 들어갔다가 진득하게 빨려 나오는 선홍빛 질구를 지헌은 자못 진지한 눈빛으로 바라보았다.

양쪽으로 드세게 잡아 벌린 엉덩이 사이로 펼쳐진 포악하고 아름다운 절경이었다. 이런 걸 보지 말라니. 오히려 할 수만 있다면 각막에 영원히 박제하고 싶은 진풍경인데.

"으응……. 아……!"

이루 말할 수도 없는 수치심이 수연의 온몸을 덮쳐 오는 동시에 음습한 쾌락이 더욱 짙어졌다. 몸의 가장 은밀한 부위를 속속들이 내보인 데서 오는 방만한 체념과 기묘한 흥분이 마구 뒤섞였다. 온몸이 묶이고 마비된 채 오직 그와 연결된 부분만 남겨진 것처럼 강렬한 감각이 오롯이 들끓었다.

잡힌 엉덩이를 빼 보려는 시도가 모두 가로막히자 눈을 꾹 내리감은 수연은 미미한 목소리로 말했다.

"……이제 그만……. 빨리요……. 흐읏."

"……."

"상무님……. 흐응……. 빨리…… 그만요."

"……보채지 말아요. 지금 한수연 씨만 계속 재미 보고 있잖아."

이미 기진맥진하여 거의 축 늘어진 수연이 미약하게 고개를 가로저으며 겨우 입을 열었다.

"가야 해……요. 늦으면…… 흐윽……!"

안 돼요. 라고 하려던 말은 반만 입 밖으로 흘러나왔다. 나머지 말은 뒤에서 지헌이 거세게 페니스를 찧으며 쑤셔 박는 바람에, 놀란 숨과 함께 사리문 입 안으로 소리 없이 사라졌다.

"그러니까. 한수연 씨는 여전히 나를 맞선 자리에 데려다주고 싶으시다?"

"읏…… 흐앙……!"

여태껏 계속 거칠었지만, 더욱 거칠어진 몸짓으로 지헌이 씨근덕거렸다. 과격하고 난폭한 삽입이 이어지는 탓에, 수연은 비록 대답을 이을 수 없었지만, 고개를 위아래로 끄덕거리는 것으로 자신의 완고한 뜻을 내비쳤다.

허. 하는 짧은 헛웃음 소리가 등 뒤에서 흘러나왔다.

"그렇게 원하신다면."

지헌은 도리어 허리를 드세게 움직이며 미친 듯이 속도를 높였다. 하체가 맞붙었다가 떨어질 때마다 살갗이 부딪히며 철썩거리는 소리와 흘러넘친 애액이 철벅거리는 문란한 소리가 뒤섞였다.

콘돔 바깥이 온통 번들거릴 정도로 아래에선 물을 질질 흘리면서도, 심지어 어느새 그의 허리 짓에 맞춰 요망하게 엉덩이를 흔들어 대면서도, 여직 입으론 맞선 타령을 하는 헛된 의지가 지헌의 심기를 뒤틀었다.

거칠게 들락거리는 연결부에서 엉덩이까지 적신 애액이 마찰하며 찔꺽거리는 상스러운 소리를 내자, 지헌이 입술을 비틀며 놀리듯 말했다.

"위아래에서 내는 소리가 이렇게 달라서야."

125

수연이 흠칫 어깨를 움츠렸다. 아래의 내벽이 불쑥 죄어 들며 페니스를 잡아 먹을 듯이 쥐어짜는 반응은 오히려 솔직해서 마음에 들었다.

"한수연 씨 지금 허벅지까지 물 흘리고 있는 거 알아요?"

"으응…… 아……! 아앙…….."

"좀 참을 수는 없겠어요? 이러다가 바닥까지 젖겠어."

지헌이 비웃는 말을 덧붙이자, 수연이 몸을 바르르 떨며 식탁 위에 교차해서 겹친 자신의 팔 위로 고개를 숨기듯 묻었다.

어딜 숨으려고.

지헌이 수연의 머리카락을 손가락 사이에 옭아매 뒤로 억세게 잡아당기자, 수연은 흐읏 하는 짧은 신음과 함께 손쉽게도 끌려왔다.

뒤에서부터 머리끝까지 관통하는 강렬하고 찌릿한 감각에 깊은 물에 빠진 것처럼 먹먹하고 몽롱했다. 아랫배가 통통 울릴 때마다 눈앞이 새까맣게 작렬했다. 비현실적인 감각에 허우적거리듯 온몸이 바르작거렸다. 모든 감각이 막연한데 단 한 가지 확실한 것은 한 번도 이런 것은 겪어 본 적 없었다는 사실이었다.

바르르 떨리는 납작한 아랫배에 커다란 손을 받쳐 함께 일으키며 몸을 밀착한 지헌이 수연의 턱을 잡아 돌렸다. 지헌은 눈을 질끈 감은 단정한 얼굴을 거칠게 당겨서, 벌어진 수연의 입술을 빨아 삼켰다.

"흐읏……."

수연이 어깨를 옹송그리며 짧게 흐느꼈다. 그녀의 얼굴을 붙잡고 키스를 퍼붓던 지헌은 움켜쥐었던 수연의 턱과 겹쳤던 입술을 동시에 떼어 내고 전에 없이 거세게 허리를 움직였다. 페니스를 밀어 넣을 때마다 빠듯하게 안이 조여들고, 나가려는 페니스를 붙잡듯 쥐어짰다.

닿을 수 있는 끝까지 집어넣고 진득하게 죄어 오는 내벽을 느끼듯 강하게 꾸욱 눌러 댔다. 더 깊이 들어가고 싶은 성마른 욕구가 해소되지 못하고 지근거리는 아랫배에 질척하게 맴돌았다. 지헌은 욕설을 이 사이로 짓씹으며, 거세게 경련하며 조이는 안쪽을 퍽퍽 치받았다.

"흐으응…… . 아흣…… ."

지헌은 마지막으로 수연의 등줄기에 몸을 바짝 밀착시키며 한 번에 깊게, 안쪽까지 깊숙이 박아 넣었다. 격렬하게 움직이던 지헌의 등줄기가 일순 경직되며 깊게 처박은 페니스로 내벽을 뭉근하게 짓눌렀다. 절정을 맞은 수연의 안을 가감 없이 만끽하며 사정하는 순간에도 그는 느릿하게 허리를 쳐올렸다. 더운 숨이 수연의 떨리는 여린 등허리 위로 사뿐히 내려앉았다.

잠시 후 익숙하지 않은 이물감을 남기고 갑작스럽게 빠져나가는 이상한 상실감에 수연의 엎드린 몸이 흠칫 떨렸다. 외로이 널브러진 등허리에 따스한 봄바람이 스쳤다.

ㅁ ◆ ㅁ

운전에 대한 두려움은 시간에 쫓기는 조급함에 비할 바가 되지 못했다. 수연은 액셀에 올려놓은 불안한 발끝에 조금 더 무게를 실었다.

종종 제민이 밤늦게 술에 취해서 수연에게 도움을 요청할 때가 있었기에 수연의 운전 실력은 밤 운전도 거뜬할 정도이긴 하지만, 제민의 소박한 중고차에 비하여 지금 몰고 있는 대형 세단은 너무나도 거대했다.

그 와중에 수연은 시간이 촉박해 안달 나 죽겠는데, 남의 일인 양 느릿느릿 여유롭게 구는 지헌 때문에 약이 올라 액셀을 누르는 발끝에 실린 감정이 조금 더 거칠었다.

수연이 초조한 발을 동동 구르며 지헌을 이끌고 차고로 내려갔을 때, 세 대의 차가 나란히 서서 주인의 선택을 기다리고 있었다. 그 앞에 선 지헌이 턱끝을 느릿하게 문지르며 무엇을 타고 갈지 진지하게 고민했을 때에는 진심으로 자신의 직속 상사에 대한 강렬한 구타 욕구가 들기까지 했다.

그리고 고른 게 그중 덩치가 가장 커다란 세단이었다. 물론 지헌이 다른 어떤 차를 골랐든 마음이 편할 리는 없었겠지만. 세 대 모두 수연이 도로에서 마주치면 최대한 신속하게, 조심히, 멀리 도망가는 종류의 차들이었다.

수연의 불안한 눈동자가 전방과 양쪽 사이드 미러, 백미러를 쉴 새 없이 오갔다. 두통으로 머리가 지끈거렸다. 이따금씩 허벅지가 찌릿찌릿 경련하여 신경이 한껏 곤두섰다.

차 안의 시계를 확인하니, 아슬아슬하게나마 제시간 안에 도착할 수 있을 것 같았다. 상체를 바짝 앞으로 밀착시키고 핸들을 움켜잡은 수연은 하얗게 질린 얼굴로 또 한 번 백미러를 살폈다.

미친 게 분명하다. 정신이 나간 게 아닐까? 자신이 생각했던 것보다 제민의 배신이 남긴 충격이 너무 커서, 어딘가 고장 나 버린 걸까. 실수니 어쩌니 잘난 척 떠들어 대 놓고, 왜 또, 그렇게나 손쉽게 휩쓸려 버린 건지.

격한 정사가 끝이 났을 때 옷이 모두 헤집어지고 기진맥진 녹초가 된 채 넋이 빠져 식탁 위에 널브러진 수연에 비하여, 지헌이 입고 있던 상하의는 모두 대체로 단정했다. 몸의 일부를 바깥으로 내놓은 것만 제외한다면.

그마저도 수연이 숨을 고르는 사이 빠르게 정리해 넣었기에, 수연이 식탁에 엎드려 있던 몸을 일으켜 세웠을 때 지헌은 당장 손님맞이라도 할 수 있을 만큼 차분하고 평화로운 모습이었다.

그 뼈아픈 차이가 지금의 그와 자신의 상황을 대변하고 있었다.

짧은 유희, 들끓었던 성욕만 해소되면 아무것도 흐트러지지 않고 고고하게 원래의 일상으로 복귀하는 도지헌. 그리고 송두리째 흔들거리고 휘청거리다 볼썽사납게 널브러진 얼뜨기, 한수연.

내내 식탁 위에서 불안하게 들썩거리며 달그락거리는 소음을 내다가, 결국 바닥으로 떨어져 산산조각 나 버린 찻잔. 수연은 그 엉망이 된 광경에서 자신의 현실을 마주한 것 같아, 깨어진 찻잔을 한참이나 멍하니 바라보았다.

"점심이나 먹으러 갑시다."

차 뒷좌석에서 들려온 갑작스러운 지헌의 목소리에 수연이 어둑한 상념에서 벗어났다. 백미러를 통해 두 사람의 시선이 부딪쳤다.

"20분 이상 앉아 있을 생각 없으니까. 잠깐 쉬면서 기다려요. 뭐 먹을지 생각해 놓으시고."

"아뇨. 괜찮습니다. 전 상무님 들어가시는 거 보고 바로—"

"약속 있어요?"

"아뇨. 그냥……."

"그럼 왜?"

"……저 상무님이랑 식사하는 거 불편해요."

간단하게 약속이 있다고 거짓말을 할 수도 있었겠지만, 수연은 왠지 그마저도 피곤했다. 속에 있는 마음을 있는 그대로 말하자, 백미러에 비친 지헌의 눈이 수연을 빤히 바라보았다. 수연이 전방으로 시선을 돌렸을 때에도, 속을 꿰뚫는 것 같은 시선은 따끔하게 이어졌다.

"왜?"

"……정말 몰라서 물으세요?"

대답이 없어서 백미러를 흘끗 살피자, 이야기해 보라는 지헌의 눈빛과 마주쳤다.

"저랑 상무님이 같이 오순도순 앉아서 사적으로 식사를 할 만한 사이는 아니잖아요."

"월요일부터 금요일까지, 특별한 일정 없으면 마주 앉아서 잘만 먹지 않나?"

"그건 회사니까요."

"……."

불편한 침묵이 이어졌다. 수연이 내비게이션을 흘끗거리면서 얼마 남지 않은 호텔까지의 도착 시간을 확인했다.

"미국에서 갤러리를 하나 운영하는데, 주로 신인 작가의 작품을 구매해서 전시하고 가치가 상승하면 비싼 가격에 매각해서 차익을 얻습니다. 난 작품 고르는 눈이 꽤 괜찮은 편이에요."

"……."

웬 뜬금없는 소리인지, 어리둥절한 표정이 백미러를 살피는 수연의 얼굴에 떠올랐다. 그러거나 말거나, 지헌의 목소리가 뒷좌석에서 나지막이 이어졌다.

"가장 처음 구입한 작품은 소호의 손바닥만 한 갤러리에서 본 그림이었는데. 작가는 20년 넘게 무명으로 미국에서 활동하는 홍콩계 캐나다인이었어요. 그 그림을 보고 나서, 샌드위치 가게에 가서 샌드위치를 씹는데 그림이 계속 눈앞에 어른거려서."

지헌은 백미러에 비친 수연을 빤히 응시하며, 아련한 기억을 더듬듯 나긋나긋한 목소리로 말했다.

"샌드위치를 쓰레기통에 던져 넣고 다시 가서 그림을 샀어요. 그땐 아직 갤러리를 운영하지도 않을 때였죠. 그 그림은 10년 만에 지금 뉴욕현대미술관에 걸려 있습니다."

"……."

백미러를 통해 눈이 마주친 지헌이 싱긋 웃었다.

"아아, 아까 내 좆을 물고 더 달라고 오물거리던 귀여운 구멍이 자꾸 눈앞에 어른거리는데……. 이상하게 그때가 생각이 나서 하는 말이에요."

수연의 두 눈이 더 커질 수도 없게 크게 떠졌다. 앞서가는 자동차의 뒤꽁무니에 앞 범퍼를 가져다 박지 않은 게 기적이라면 기적이었다.

웬일로 진지한 이야기를 하는 것 같아서, 집중해서 들어 줬더니 기껏 한다는 소리가 그딴 상스러운……

수연이 부들거리는 손으로 핸들을 꽉 움켜쥐면서, 정지 신호에 멈춘 앞 차와의 아슬아슬한 간격만을 남기고 겨우 차를 멈춰 세웠다. 몸이 앞으로 홱 기울어졌다가 다시 시트 위로 풀썩 돌아왔다. 차가 완전히 멈춘 다음에야, 수연은 백미러 속에서 빙글거리고 있는 얼굴을 향해 날카로운 눈빛을 보내며 말했다.

"제발 그런 이상한 단어 사용 좀…… 안 하시면 안 돼요?"

"그럼, 기다리지?"

"싫어요. 집에 갈 거예요."

"밥 먹기 싫으면 섹스하고 가요. 아깐 너무 급했잖아. 더 잘해 줄게."

"하……. 운전에 방해되니까 제발 그 입 좀 다물어 주세요."

차에서는 계속 유사한 패턴의 대화가 이어졌다. 그 어떤 새로운 화두를 던지든, 그럴싸한 흐름으로 똑같은 결론에 다다르는 지헌의 화법이 경이로울 지경이었다.

호텔 라운지에 들어갈 때까지 끈덕지게 굴면 어쩌나 걱정했던 것이 무색할 정도로, 막상 호텔에 도착하자 지헌은 담백한 걸음걸이와 큰 보폭으로 성큼성큼 걸어 들어갔다. 라운지 앞에서 수연이 묵례를 하고 고개를 다시 들자 지헌은 이미 저만치 걸어가, 보이는 것은 무심하게 멀어지는 우아한 뒷모습뿐이었다.

시간에 쫓겨 급하게 외출 준비를 한 것치고는 몹시 훌륭한 결과물이었다. 그대로 결혼식장으로 직행해도 손색없을 정도로.

평소와 다름없이 딱 떨어지는 근사한 옷매무새와 그것을 돋보이게 만드는 눈에 띄는 체격 조건은 객관적으로든 주관적으로든 완벽하다고 평할 만했다. 사람 속 뒤집어 놓는 말을 수시로 내뱉는 그 입만 조심한다면 맞선 자리에서 백전백승을 거둘 법하지만.

맞선에서 이기든 말든 그게 나랑 무슨 상관이람.

수연은 깊은 피로감을 담은 눈꺼풀을 느리게 감았다 떴다. 시간을 체크하니 1시를 겨우 몇 분 남겨 놓은 시각이었다. 늦지 않게 들여보냈다는 안도감에 깊은 한숨을 내쉬며 수연은 직원의 안내에 따라 멀어지는 지헌의 뒷모습을 물끄러미 바라보았다.

이내 그가 보이지 않는 깊숙한 곳까지 걸어 들어가는 것을 지켜본 수연은 지끈거리는 관자놀이를 꾹꾹 누르며 주머니에서 핸드폰을 꺼내었다.

"네 사모님. 한수연입니다. 네. 상무님 지금 약속 장소에 들어가셨어요. 아, 상대분께서는 아직 도착 전이십니다. 예? 아, 아니에요. 사모님. 괜찮습니다."

4

수연은 주말 내내 낑낑거리며 제민의 기획사로 보낼 짐을 모두 정리했다. 잡생각이 끼어들 틈 없도록 열심히 몸을 움직였지만, 그런 노력에도 불구하고 허튼 생각이 불쑥 비집고 들어와 머리를 어지럽히는 것을 막을 수 없었다.

그럴 때마다, 다음에는 꼭 정신을 똑바로 차리고 제대로 된 거절을 해야지, 하는 허무하고 우습기만 한 다짐을 깊게 다졌다. 이미 깊이 휘말려서 돌이킬 수 없는 일을 죄 저질러 놓고는 스스로를 다독이는 비겁한 자기기만에 불과하다는 것을 사실 알고 있었다.

그의 말처럼 그것은 단순한 실수라기엔 너무 차근차근하게 이어지는 각각의 단계로 이루어진 일련의 행위였다. 얼마든지 거부하고 밀어낼 수도 있었다.

치졸하게나마 핑계 삼을 만한 알코올에 몸이 지배된 상황도 전혀 아니었다. 처음은 정말 실수였다고, 나에겐 너무 가혹한 날이었다고, 그러니까 제정신이 아니었다고 마구 우길 수도 있었다. 하지만 두 번째는……. 그 어떤 것으로도 변명이 되지 않았다.

차라리 정확한 관계 정의를 따져 물어서, 상스러운 말이나 해 대는 그 잘난 입을 다물게 해 줄까 하는 헛된 계략을 세우기도 했다. 하지만 그 '관계'는 물어볼 것도 없이 너무나 명확해서, 계략은커녕 오히려 스스로를 비참하게 만들 허탈한 질문이란 것도 알았다.

한 편의 모노드라마를 찍는 것처럼 후회와 자괴감, 변명, 자학과 자위를 쳇바퀴처럼 반복하는 주말이 흘러가는 동안 그로부터는 아무런 연락도 없었다. 당연하게도.

그것이 당연하다는 것을 아는데도. 월요일 아침 익숙한 알람 소리와 함께 눈을 떴을 때 수연은 왠지 모르게 명치를 긁는 알싸한 기분에 침대에 누운 채로 한동안 감정을 추슬러야 했다. 다음에는 거절해야겠다느니 홀로 굳게 다진 다짐이 한심하고 우스워서 한참을 두 손에 얼굴을 묻은 채 고개를 들지 못했다.

긴장 속에서 아무렇지 않게 시간이 지나 금요일이 돌아왔다. 아무런 일이 없지만은 않은 시간이었지만, 아무런 일이 벌어지지 않기도 했다.

월요일부터 금요일까지 주중 내내 수연이 관리하는 지헌의 스케줄표는 빠듯한 일정으로 가득 찼다. 오찬 또한 각기 다른 일정들로 빈틈없이 채워진 덕분에 수연은 점심시간에도 굳이 지헌의 얼굴을 마주할 필요가 없었다. 마음이 편한데, 불편했다.

정확히 두 번 울리고 끊어지는 방식으로 지헌이 자신의 비서를 호출해 대는 전화기 소리가 확연히 뜸해졌다. 대신 갑자기 묵직한 집무실 문이 벌컥 열리고, 별다른 통보 없이 사무실을 나서는 지헌의 뒷모습을 보게 되는 일이 잦아졌다. 비서실의 책상 쪽에는 일말의 시선도 보내지 않고.

사무실에서 대기하는 시간이 길어지고, 어떤 날은 지헌 혼자 외부 일정으로 외출한 후 그곳에서 바로 퇴근하겠다는 용건만 간단히 한 짧은 메시지가 들어왔다. 배려인지 따돌림인지 모를 상황이 이어졌고, 금요일쯤 되었을 때에는 따돌림이 분명하다는 확신이 들었다.

이 정도면 그 까다롭기로 유명한 도지헌 상무의 비서 일도 할 만하다는 치기 어린 생각이 들었다. 이토록 평화롭고 고요한 상태라면 10년도 더 할 수 있을 것만 같았다.

내내 수연의 마음을 괴롭게 만들었던, '실수'라고 주장하는 일들에 관한 머리 아픈 문제가 이렇게 자연스럽게 사그라지는 것이 감사할 따름인데, 한편으로는 다소간의 공허함으로 자꾸만 멍해졌다.

수연은 자신의 책상 앞에 앉아 물끄러미 모니터를 응시했다. 도지헌 상무의 어머니, 윤희연 여사는 자못 수다스러운 면모가 있어 굳이 수연이 듣지 않아도 될 정보를 자세하게 늘어놓는 경향이 있었다.

차기 대통령 후보로 점쳐지는 국무총리의 딸이라고 했나. 전도유망한 피아니스트라고 했던가. 그날 수연은 호텔 라운지로 성큼성큼 들어가는 지헌의 뒷모습만 확인하고 돌아섰기에, 상대방의 얼굴을 확인한 것은 아니지만 소소한 정보는 충분히 들어서 넘치게 알고 있었다.

탁탁탁.

짧게 깎은 수연의 손톱이 키보드를 두드리는 소리와 함께 모니터의 포털 검색창 안에는 이름 석 자가 입력되었다. 간단하게 클릭만 하면 지금의 무지근한 궁금증이 쉽게 해결될 텐데, 수연은 마우스 위에 올린 검지를 머뭇거리다가 결국 자판의 백스페이스를 길게 눌렀다.

내가 그걸 왜 궁금해해. 정신 차려. 한수연.

뒤늦게 고개를 설레설레 저은 수연은 검색창 안의 글자를 모두 지우고 책상 아래 내려놓은 가방을 꺼냈다. 며칠 전 가방에 넣어 두었던 송장을 꺼내어 검색창 안에 송장 번호를 입력했다. 받는 사람 네모엑터스에서 택배를 수령하였다는 문구를 확인하고, 캡처 프로그램을 켜서 화면을 캡처했다.

기본적으로는 사소한 일이라도 근거를 확보해 놓으려는 직업적 습관이지만, 못 받았다고 발뺌할 가능성도 배제할 수는 없었다. 정제민이 그렇게까지 할 인간은 아니라고 생각하지만, 이제 그가 어떤 사람인지 잘 모르게 되어 버린 것도 사실이니까.

□　◆　□

"이렇게 보니까……."

수연은 옆에서 팔을 툭 건드리는 느낌에, 흠칫 놀라며 고개를 돌렸다. 미주가 수연 쪽으로 몸을 기울이며, 그녀만 들을 수 있을 만큼 작은 목소리로 수연의 귓가에 소곤거렸다.

"도씨 집안 인물이 좋긴 참 좋아."

널따란 사장 전용 회의실, 기다란 디근 자 대형의 테이블에 임원들이 자리를 채우고 앉아 있었다. 회의실의 사이드에 일렬로 배치한 의자에는 비서진과 스태프들이 자리했다.

미주가 임원 월례회에 참석하는 것은 처음 있는 일이었다. 보통은 도지호 상무의 비서실장인 박 실장이 참석하는 자리지만, 그가 이번 주 내내 조모 상으로 자리를 비우는 바람에 미주가 대리 참석 한 것이었다.

미주는 지헌과 지호가 앉아 있는 쪽을 가리키며 짧게 턱짓했다. 제조센터장인 지호가 지난주에 있었던 정전 사고의 제조 피해 현황을 보고 중이었다. 두어 자리 건너에 앉은 지헌은 의자에 느슨하게 등을 기댄 채 권태롭고 심드렁한 표정으로 발표를 듣고 있었다.

"물론 저기 저 쭈그렁 아저씨들 사이에 있으니까 더 돋보이기는 하지만. 재벌 3세라는 스펙 떼고 봐도 둘 다 잘나긴 너무 잘났단 말이야. 근데 둘이 가까운 사촌인 거치고는 또 너무 안 닮지 않았어? 스타일이 아주 상극이야. 우리 도지호 상무님이 뭔가 좀 신경질적인 말티즈 느낌이라면……"

수연이 쉽사리 이해하지 못한 표정을 하자, 미주가 부연 설명을 늘어놓았다.

"말티즈 무슨 느낌인지 몰라? 그 왜. 예민하고 조금만 자극해도 시끄럽게 왈왈거리다가 예고도 없이 달려들어서 콱 깨물 것 같잖아."

수연은 다시 한번 지호 쪽을 바라보았다. 저렇게 키 큰 성인 남자가 작고 귀여운 말티즈라니……. 수연이 전혀 와닿지 않는다는 표정으로 미간을 찌푸리자, 미주가 한숨을 푹 내쉬며 말했다.

"하긴. 그건 나처럼 가까이서 겪어 봐야 알 거야. 겉만 봐서는 훤칠하고 잘생기기만 하지 뭐. 나도 첨엔 혹했으니까. 그래도 신경질 잘 부리게 생겼다는 말은 무슨 느낌인지 좀 알겠지?"

다소 창백한 낯빛에 날카로운 인상의 지호의 얼굴을 흘끗 바라본 수연이 공감의 뜻에서 고개를 작게 주억거렸다.

"실제로도 신경질 장난 아니거든. 그에 비하면 도지헌 상무님은……. 그냥 키 크고, 잘생기고, 몸매만 근사한 게 아니라. 압도적이고 위압감 넘치는 분위기에 미묘하게 절제된 섹시미가 있어. 하아. 과하게 몰입했다간…… 없는 것도 설 것 같다니까."

미주의 망측하고 괴이한 표현에 오히려 수연이 누가 듣지는 않았을까 하는 걱정에 조심스럽게 주변을 두리번거렸다.

그나저나 자기가 모시는 상무님은 신경질적인 강아지에 비유하더니, 남의 상무님은 온갖 미사여구로 휘황찬란하게 찬양하다니……. 미주의 표현법에 따르자면, 그는 성미 더러운 야생 개 정도가 딱 알맞았다.

"왜, 도지헌 상무는 뭐랄까. 외모에서 풍기는 분위기랑은 다르게 걸음걸이라든가 행동하는 게 왠지 좀 기품 있는 선비 같잖아."

그렇게 말버릇이 지저분한 선비가 있을 리가…….

"저거 봐, 저……. 만년필 굴리는 것도 왠지 나른해 보여. 누가 요새 만년필을 써? 비싼 거겠지?"

비싸지…….

수연은 지헌의 부탁을 가장한 일방적인 지시로 만년필 부품을 구입하러 매장에 갔다가, 집 한 채 값은 족히 될 법한 만년필 가격에 까무러칠 뻔했던 기억을 떠올렸다.

"내 취향은 확실히 도지헌 상무님 쪽이야. 성격이야 뭐 소문대로라면 좀 더 럽겠지만, 같이 살 것도 아닌데 무슨 상관이야. 잘생기면 그만이지. 하아……. 죽기 전에 저런 몸의 남자 한번 품어 봐야 하는데……. 저 몸이라면 밑에 깔려 죽어도 천국행일 텐데……. 수연이 넌 어느 쪽이야?"

미주의 노골적인 표현이 몹시 민망했지만 그것이 하나같이 절실히 와닿는다는 점이 더욱 망측스러웠다. 생각만으로 얼굴에 더운 기운을 끼얹은 듯 화르륵 달아오르고 아랫배가 자르르 끓어올랐다.

"……."

무심한 표정으로 손가락 사이에 만년필을 돌리던 지헌과 수연의 시선이 마주쳤다. 지헌의 기다랗고 관절이 붉거진 손가락 위에서 한정판 만년필이 호선을 그리며 반짝거렸다.

물끄러미 훑어보는 느릿한 시선에 주변의 소리들이 일시에 잦아들었다. 옆에서 무어라 소곤거리는 미주의 속삭임도 페이드아웃 되는 배경음처럼 흐릿하게 멀어졌다. 멍해진 귓가에 제 심장이 이상할 정도로 빠르게 뛰는 소리만이 비현실적으로 들려왔다.

수연은 여전히 지헌의 손 위에서 유려하게 원을 그리고 있는 만년필에서 시선을 떼어 내고, 고개를 돌려 미주를 바라보았다.

"글쎄……."

"하긴. 어느 쪽이든 무의미하긴 하다. 우리 상무님 내년에 결혼하신대. 그래서 그런지……. 이건 진짜 비밀인데……."

미주는 괜스레 주변을 살피곤 수연에게 몸을 기울이며 말을 이었다.

"아무래도 요즘 따로 만나는 여자 있는 것 같아. 박 실장님은 나보다 훨씬 사사로운 일까지 처리하시니까 분명 아실 텐데, 나한테 말은 안 해 줘도 눈치가 그래. 결혼은 집안 수준 맞는 여자랑 하고, 연애하고 싶은 여자는 따로 있다 이런 건가 봐."

"……."

"뭐 예전에도 여자를 만나긴 했을지언정 그런 쪽으로 워낙 철저하셔서 난 전혀 몰랐거든. 근데 이제 결혼 다가오니까 마음이 급해진 건지 뭔지, 여자 만나는 티를 은근히 흘리고 다닌다니까."

미주가 원래도 작았던 목소리를 한층 더 데시벨을 낮추어 은밀하게 속삭거렸다.

"도지헌 상무는 뭐 없어? 거긴 비서실장도 따로 없고 네가 상무님 유일한 비서니까 그런 쪽 뒤처리도 네가 하지 않아?"

"아……."

수연이 난처한 미소를 지어 보이자, 미주가 서운함을 담아 옆구리를 쿡 찔렀다.

"에이, 나한테만 말해 줘 봐. 비밀로 할게. 응? 우리끼리나 이런 이야기 하지, 우리가 뭐 바깥에 나가서 이런 얘기 할 수 있는 것도 아니고. 난 우리 상무님 얘기 줄줄이 흘렸는데, 이러기야?"

난감한 얼굴로 머뭇거리던 수연이 마지못해 입을 열었다.

"……맞선은 보시더라."

미주는 그럴 줄 알았다는 듯 입술을 삐죽거렸다.

"흐응, 역시. 사실 결혼이 급한 건 우리 상무님보다는 도지헌 상무님 쪽이긴 하지. 아무리 도 회장님 장손이라고 하더라도, 도종윤 사장님에 비하면 그룹 내에서 입지가 좁잖아. 아무래도 빨리 기반 다지려면 쟁쟁한 집안 여자랑 하겠지?"

테이블에 앉은 지헌을 물끄러미 바라보며 말을 이어 가던 미주는 어느새 다소 격해진 회의 분위기에 이내 입을 다물고 눈치를 살피며 수연에게 기울어졌던 몸을 똑바로 세웠다.

"……이상으로 회의를 마치겠습니다."

지난주 정전 사고의 여파로 다소 길어진 회의가 끝나자, 좀이 쑤신다는 표정의 미주가 의자에서 일어났다. 미주의 상사인 도지호 상무는 여전히 회의 테이블에 앉아 옆자리 임원과 대화 중이었다. 수연이 의자에서 일어나며, 이미 바깥으로 향하는 문 쪽으로 몸을 돌려 나갈 채비를 하는 미주에게 물었다.

"상무님 안 기다리고 그냥 가?"

"사무실이 코앞인데 뭘. 사내 회의 있을 때는 혼자 알아서 잘 다니셔. 여긴 비서 필참이니까 나까지 굳이 온 거지. 넌 도지헌 상무님 기다려야 돼?"

원래대로라면 기다렸을 것이었다. 그가 어딜 가던 문 하나도 스스로 밀어서 열 필요 없을 정도로 늘 종종걸음으로 따라붙어서 하나부터 열까지 수발을 들었다. 하지만 지금은…….

비서가 동행하는 회의임에도 홀로 휑하니 집무실을 나서서 멀찍이 앞서가던 지헌의 뒷모습을 떠올린 수연은 미주에게 말했다.

"아니, 가자."

미주는 살갑게 수연에게 팔짱을 끼워 넣었다. 회의실을 나서 네다섯 걸음 정도를 떼었을 때 누군가 반갑게 수연을 불러 세웠다.

"한 대리."

목소리가 들려온 쪽으로 몸을 돌려세우자, 수연이 지난 4년간 모셨던 품질팀 오인석 상무가 서 있었다. 회의가 끝날 무렵 함께 서서 오 상무와 이야기를 나누던 도지호 상무도 옆에 있었다.

"안녕하세요, 상무님. 오랜만에 뵈어요. 잘 지내셨어요?"

"어, 그럼. 나야 뭐. 한 대리는? 새로운 상사 모시기 힘들진 않고?"

"네, 안 힘들어요. 부족한 부분이 많지만, 이해해 주세요."

수연이 곱게 눈꼬리를 접으며 말했다. 흐뭇한 얼굴을 한 채 오 상무는 옆의 지호를 가리키며 말했다.

"아, 여기 제조센터장님께 인사드려. 센터장님. 꽤 오랫동안 저랑 함께 일했던 친구인데, 지금은 경영기획실 도지헌 상무 비서로 일하고 있습니다."

"안녕하세요, 센터장님. 한수연 대리입니다."

오 상무의 소개에 따라 수연이 지호를 향해 단정하게 묵례하자, 지호의 기다란 눈매에 돌연 이채가 돌았다.

"계속 밥 한번 사 주겠다고 말만 하고, 내가 그동안 너무 무심했네. 한 대리 오늘 시간 되나? 마침 센터장님이랑 저녁 약속 잡았는데 와서 맛있는 거 먹고 가. 센터장님 어떻게, 괜찮으십니까? 이 친구 부서 옮기고 제가 바쁘다는 핑계로 밥 한번을 안 사 줬네요. 허허."

"저야 뭐 괜찮습니다."

지호가 엷은 미소를 지으며 말했다. 그 얼굴에서 보이던 냉랭한 분위기는 어느샌가 사라져 있었다. 미주가 묘한 표정으로 지호의 얼굴을 흘끔거렸다.

수연이 잠시 대답을 망설이자, 오인석 상무가 농담처럼 웃으며 말했다.

"금요일이라 약속 있나? 데이트라도 있는데 내가 눈치 없이 얘기한 건가?"

수연은 순순한 미소를 띠며 말을 이었다.

"아니요. 업무가 언제 끝날지 확실하지가 않아서요."

"회사 근처니까 업무 끝나고 오시게. 먼저 가 있을 테니."

"네, 그럼 저는 끝나는 대로 합류할게요. 초대해 주셔서 감사합니다."

"와서 많이 먹고 가. 한 대리 소고기 잘 먹잖아. 오늘 센터장님이 사시기로 한 자리니까, 내가 다음에 한 번 더 사 줘야겠네. 하하."

사람 좋은 웃음을 짓는 오인석 상무의 옆에 선 지호의 눈빛이 일순 날카로워지며, 수연의 등 뒤를 따라 시선이 길게 이어졌다. 그 시선을 따라 수연이 뒤를 설핏 돌아보니, 지헌의 뒷모습이 복도를 따라 멀어지고 있었다.

ㅁ ◆ ㅁ

오후에 지헌은 어김없이 사내 피트니스 센터에서 한 시간 정도 머물고, 시계가 7시를 가리킬 때쯤 되어서야 집무실로 돌아왔다. 지헌이 사무실 문을 열고 들어오자 수연은 앉아 있던 책상에서 엉거주춤하게 몸을 일으켰다. 지헌은 별다른 말 없이 집무실 안으로 들어가 버렸다.

수연은 6시쯤 미주로부터 퇴근하여 식당으로 출발한다는 메시지를 받았다. 중간중간 석식 자리의 지루한 분위기를 전하며 언제 오냐, 빨리 오라는 등의 미주의 메시지가 연이어 들어왔다. 지금 가면 늦게나마 합류가 가능한 시간이지만, 더 이상 늦어진다면 석식 자리 분위기에 오히려 실례가 될 터였다.

수연은 시간을 확인하면서, 미주에게 아무래도 못 갈 것 같다는 메시지를 보내야겠다고 생각했다. 수연이 핸드폰을 꺼내어 메신저 앱을 켜서 가장 위에 떠 있는 미주와의 대화 창을 여는 순간, 달각하는 문소리와 함께 집무실 안쪽에서 지헌이 모습을 드러냈다.

아, 지금 퇴근하시는 거면, 석식 자리에 합류할 수 있을지도……

수연은 핸드폰을 책상 위에 내려놓으며, 앉아 있던 자리에서 반사적으로 몸을 일으켜 세웠다.

"퇴근하세요?"

"퇴근합시다."

두 사람이 거의 동시에 서로를 향해 말했다. 잠시 말을 멈춘 수연은 지헌으로부터 아무런 말도 이어지지 않자, 뒤이어 말했다.

"먼저 들어가세요. 다음 주에 뵙겠습니다. 상무님."

"한 실장 약속 있습니까?"

"네?"

이번 주 들어 수연에게 지헌이 업무 외적인 것으로 무언가 묻는 것은 처음이었다. 순간 멈칫한 수연은 잠시 망설이다가, 사실대로 말했다. 굳이 이야기해야 할 이유가 없는 것 같지만 반대로 숨길 이유도 없었다.

"네. 예전에 모시던 오인석 상무님께서 같이 식사하자고 하셔서요."

지헌은 고개를 기울이며 소리 없이 웃었다. 비웃음인지 아닌지 구별하지 못할 만큼 짧은 미소였다.

거짓말을 하면 크게 혼내 주려고 했는데, 사실대로 이실직고하는 모습에 지헌은 잠깐 기분이 나아진 것도 같았다. 그래 봤자 기본적으로는 다소 불쾌한 기분이 가시지 않았지만.

도지호와 웬 늙다리를 마주 보고 말갛게 웃던 한수연이 지헌에게 불쾌감을 야기한 건 분명했다. 허나 그것보다 더 불쾌하고 어이가 없는 건 자신이 하루 종일 그딴 걸 곱씹고 있다는 사실이었다.

지헌은 문간에 기대어 서 있던 몸을 떼고 느릿하게 다가왔다. 수연의 책상 앞까지 걸어온 지헌은 책상 위에 놓인 수연의 핸드폰으로 시선을 내렸다. 노란색 대화 창이 켜진 화면이었다. 별말 아닌 대화일 뿐인데도, 수연은 왠지 모르게 그 시선으로부터 핸드폰을 손으로 가리고 싶은 기분이 들었다.

"양다리 걸치지 말지?"

"네?"

이번에는 정말 황당함에서 나온 새된 되물음이 수연의 입에서 터져 나왔다. 지헌은 자연스럽게 책상 위의 핸드폰을 집어 들어 대화 창을 슥 훑었다.

"뭐, 뭐 하시는 거예요."

수연이 당황해서 제 핸드폰 쪽으로 손을 뻗었지만 그러거나 말거나, 지헌은 심지어 뒤로 가기를 눌러 메신저의 대화 목록까지 훑어보고는 수연에게 핸드폰을 다시 건넸다.

"왜 지나간 상사가 사 주는 밥상에 기웃거립니까? 기분 나쁘게."

"기웃······거리다뇨."

"나나 잘 모셔요."

"······충분히 성심껏 모시고 있는데요. 제가 부족한 게 있었다면 말씀해 주세요. 시정할 테니까요."

"내가 사 주는 밥은 먹기 싫다고 꼬리가 빠지게 내빼더니. 왜 상사 차별합니까?"

기가 막히고 말문이 막혔다. 이 밥이랑 그 밥을 연결 짓다니.

설마 지난번에 기다리라고 했는데 안 기다리고 가 버렸다고, 이번 주 내내 업무에서 은근히 따돌린 건가? 그렇게까지 유치하다고? 저 얼굴에, 저 덩치로?

수연은 자신을 지그시 내려다보는 지헌의 얼굴을 올려다보았다. 웃는 것 같기도 하고 화가 난 것 같기도 한 미묘한 표정이었다. 억지스러운 말을 하면서도 그저 태연하기만 했다.

"업무 관련된 자리였다면, 기다렸을 거예요. 아니니까······ 집에 갔고요······."

지헌은 흐음, 하는 소리를 내쉬고는 수연이 그로부터 핸드폰을 건네받아서 넣어 놓은 재킷의 불룩한 주머니를 검지로 쿡 찔렀다.

"메시지 보내요. 지금 부서 회식 있어서 못 간다고."

"네? 무슨 회식······."

"그러고 보니까 그동안 회식 한번 안 했네요. 우리 비서실이랑."

"비서실이라뇨?"

"나랑 한 실장이랑 하면 그게 경영기획실 비서실 회식이지. 왜, 더 부를 사람 있어요? 난 오붓하게 하는 회식을 선호하지만, 한 실장 부르고 싶은 사람 있으면 불러요."

묘하게 논리적인 것처럼 말하지만 무논리로 일관된 주장에 휩쓸려 로비로 내려가니, 지헌의 회사 출퇴근용 차량 옆에 김 기사가 기다리고 서 있었다. 김 기사가 열어 주는 뒷자리에 지헌이 올라타고, 수연은 조수석에 자리했다. 수연이 안전벨트를 채우기 무섭게 차가 조용한 엔진음을 내며 부드럽게 출발했다.

"회식 장소는 한 실장이 정해요."

뒤에서 들리는 지헌의 목소리에 잠시 고민하던 수연은 김 기사에게 장소를 일렀다.

두 사람이서 고기 구울 분위기 아니니까 고깃집 패스. 회식으로 주로 가는 회사 인근의 한식당은 저녁에는 코스 요리만 제공하기 때문에 시간이 길어지니까 패스. 양식과 일식 레스토랑은 왠지 데이트 같으니까 패스.

4년 이상 비서 업무를 하면서 다져진 회사 인근 회식에 적합한 식당 리스트를 빠르게 체크한 수연이 정한 장소는 회사에서 멀지 않은 거리의 삼계탕집이었다.

주로 오찬 일정에 적합한 장소이긴 하지만, 주문과 거의 동시에 삼계탕이 빠르게 서빙되는 점이 선택의 가장 큰 이유였다. 일품요리이기 때문에 어색하게 젓가락 가까워질 일도 없고, 할 말이 없어지면 뼈 바르는 데에 집중하는 척을 하기에도 좋을 거라는 생각이었다.

□　◆　□

두 사람을 안내하던 직원이 방 앞에 비스듬히 멈춰 서서 미닫이 장지문을 열었다. 자그마한 방 안에 좌식 테이블이 놓여 있었다. 수연은 구두를 벗어 가지런히 놓고 방 안으로 들어섰다.

"메뉴 다 고르시면 벨 눌러 주세요."

지헌이 뒤따라 방으로 들어서자, 직원이 장지문을 닫아 주고 사라졌다. 자리를 잡고 앉기 전에, 수연은 지헌의 외투를 받아 줄 생각으로 방 모서리에 멈춰 섰다. 지헌이 슈트 상의의 단추를 풀며 말했다.

"괜찮겠어요?"

수연이 의아한 표정을 짓자, 지헌은 수연의 스커트 쪽을 슬쩍 눈짓했다.

"바닥에 앉기 불편할 것 같아 보이는데."

"아아. 괜찮습니다."

워낙 수연의 몸에 익은 옷차림이라, 몸에 달라붙는 스커트를 입은 채로 좌식 테이블도 거뜬했다. 나름대로의 배려에서 나온 말인 듯한데, 수연은 그게 오히려 몹시 어색하게 느껴졌다.

문득 성가시다는 듯 거침없이 그녀의 스커트를 끌어 올리던 거친 손길이 떠올랐다. 불현듯 연상된 민망한 생각을 애써 머릿속에서 밀어내며, 수연은 지헌으로부터 외투를 받으려 손을 내밀었다.

"한 실장 거나 줘요."

지헌은 제 옷을 옷걸이에 직접 걸며 오히려 수연에게 손을 내밀었다. 수연이 잠시 머뭇거리다 외투를 벗어 건네자 지헌은 픽 웃으며 옷걸이에 나란히 걸었다. 그의 옷에 비해 하염없이 작은 수연의 외투 아래로 지헌의 옷자락이 비죽 튀어나왔다.

지헌이 자리에 앉자, 수연은 메뉴판을 펼쳐 지헌이 볼 수 있도록 방향을 바꾸어 내밀었다.

"메뉴 고르시겠어요?"

"한 실장이 아무거나 주문하세요."

지헌은 메뉴에는 눈길도 주지 않고 대답했다. 수연은 메뉴판을 거두어 덮고 벨을 눌러 직원을 호출했다.

"전복삼계탕 두 개 주세요."

수연이 이 식당을 선택한 가장 큰 이유답게 주문한 지 얼마 되지 않아 직원이 들어와 반찬을 테이블에 늘어놓았다. 듬성듬성하게 자른 석박지와 배추김치가 놓이고, 푸릇푸릇한 부추김치가 놓였다. 장조림과 마늘종, 풋고추와 곁들일

쌈장까지 테이블에 내어놓은 직원이 다시 나가며 장지문을 닫았다.

정적 속에서 수연은 길쭉하게 나온 배추김치를 먹기 좋은 크기로 잘랐다. 다 자르기도 전에 다시 직원이 문을 열고 들어와, 김이 펄펄 솟아오르고 여전히 보글보글 끓고 있는 뚝배기를 각자의 앞에 내려놓았다.

"맛있게 드세요."

수연은 먹기 좋게 자른 배추김치를 테이블 가운데로 밀어 놓으며 말했다. 지헌이 젓가락을 집어 들며 불쑥 물었다.

"삼계탕 좋아해요?"

"네?"

뭔 말인가 싶어 의아하게 쳐다보는 수연을 향해 아무렇지도 않은 표정의 지헌이 웃음기 어린 말투로 말했다.

"메뉴 선정에 특별히 무슨 의미가 있는 건가 해서요. 먹고 오늘 힘 좀 쓰라든가. 그런 메시지라면 내가 놓치면 안 되잖아."

어리둥절함 반, 혹시 메뉴 선택이 마음에 안 들었나 하는 걱정 반으로 복합적인 표정이었던 수연의 미간이 단숨에 찌푸려졌다. 무엇을 하든 그쪽으로 연결 짓는 능력이 재주라면 재주였다. 하등 쓸데없고 음란한 재주…….

"아니면 이렇게까지 노골적일 필요가 있나? 삼계탕까지는 그런가 보다 했는데, 전복은 좀……."

"무슨 말씀 하시는 건지 전혀 모르겠네요."

수연이 정색한 표정과 딱딱한 말투로 발뺌했다. 지헌은 그런 수연이 귀엽다는 듯 피식 웃었다.

"맛있게 먹어요."

이상한 논리를 펼치며 급하게 마련된 둘만의 회식 자리이긴 했지만, 특별한 오찬 일정이 없을 때 단둘이 회사 식당에서 식사를 할 때와 별다를 것 없는 분위기였다. 수연은 내내 반찬과 뚝배기 주변에 시선을 고정한 채 식사에 집중했다.

장조림 안의 메추리알을 집으려는 수연의 젓가락 안에서 동글동글, 맨질맨

질한 알이 빙그르르 굴러떨어졌다. 젓가락을 세워 메추리알에 찔러 넣으려는 순간, 지헌이 완벽하게 유려한 젓가락질을 구사해 단번에 메추리알을 젓가락 사이에 끼우고 수연의 수저 위에 톡 하고 내려놓았다.

"아……. 감사합니다."

"회의 때, 상사는 뒤에 내버리고 건방지게 먼저 가는 건 누구한테 배웠어요?"

뒤이은 갑작스러운 질문에 수저를 입에 가져가던 수연은 흠칫 놀라 숨을 들이켰다. 입안의 메추리알을 얼른 삼키고 잠시 숨을 고른 수연은 차분한 목소리로 대답했다.

"회의 시작 전에 혼자 먼저 가시길래, 제가 뒤따르는 게 불편하신 줄 알았어요."

"그래도 한 실장은 나 기다려야지."

여느 때와 같이 당당한 태도였다. 그만큼 뻔뻔한 처사이기도 하고.

아니. 대체 어느 장단에 맞추라는 건지. 순 자기 마음대로…….

울컥 억울한 감정이 치밀어 올랐다. 수연은 짧은 숨을 내쉬고 들고 있던 순가락을 테이블 위에 탁 내려놓았다.

"상무님."

수연의 결연한 부름에도 지헌은 대답 대신 듣고 있으니 말해 보라는 듯 성의 없이 고개를 까닥였다. 곧바로 입을 열면 욱하는 기분에 두서없는 말이 쏟아질 것 같아, 수연은 잠시간 말을 골랐다.

이대로 처음부터 아무 일도 없었던 것처럼, 잠시 엇나간 행동은 서로 기억조차 나지 않는 것처럼 지나가 버리는 것이 평화로운 회사 생활을 유지하는 데에 최선임이 분명했다. 겉으로 보기에는 시답잖은 괴롭힘이 사라져 일은 오히려 편해졌고, 시간적인 여유도 대폭 늘어났다. 어떻게 보면 긍정적인 변화라고 봐도 무방했다.

하지만 불공평했다. 없었던 일로 치는 것에는 깊이 동의하더라도, 회사에서 업무적으로 보복을 당하는 느낌에 하루하루 수연의 기분은 바닥으로 곤두박질 쳤다.

"상무님 이번 주 내내 저 미묘하게 업무에서 배제하셨죠? 아니라고는 못 하실 거예요. 무엇 때문에 그러시는지 짐작 못 하는 바는 아니지만, 공과 사는 구분해 주셨으면 좋겠습니다. 어렵게 말씀드리는 거니까—"

지헌은 수연의 말을 끊고 대뜸 물었다.

"내가 뭐 때문에 그랬다고 생각합니까?"

말문이 막힌 수연의 입술이 붙었다 떨어졌다. 뻔히 서로 아는 지저분한 속사정을 굳이 입 밖으로 꺼내서 들어 봐야겠다는 저 성미 나쁜 짓궂은 태도가 정말 싫다는 생각이 들었다.

"없던 일로 치고 싶은 건 피차 마찬가지니까, 굳이 피곤하게 이러실 거 없어요. 혹시 제가 제 발로 그만두길 바라고서 그러시는 거면, 그건 좀 비겁한—"

"잘못 짚었어."

지헌은 더는 못 들어 주겠다는 듯 수연의 말을 중간에 끊어 먹으며 말했다. 존댓말 역시 끊어 먹고 튀어나온 시건방진 말투에 수연의 눈살이 찌푸려졌다. 저런 말투가 나오기 시작하면 어김없이……

"내가 말하지 않았나? 한수연 씨 보면 하고 싶다고."

할 말을 잃은 수연의 입이 떡하니 벌어졌다. 그 와중에 이 식당 벽의 방음 효과에 대한 의구심이 머리를 스쳤다. 회사와 멀지 않은 곳인데 누가 들으면 어쩌려고 저런 말을 아무렇지 않게……

눈초리에 불안한 기색이 어린 수연과는 달리, 지헌은 아랑곳 않고 태연히 말을 이어 갔다.

"그래서 회사에선 최대한 보지 않으려고 노력해 봤어요. 그래 봤자 하고 싶은 건 마찬가지였고. 업무에서 배제시키겠다거나 하는 의도는 아니었는데 본의 아니게 그렇게 느꼈다면 사과할게요."

"……"

"효과도 없는데 시답잖은 노력은 집어치울 생각입니다. 한수연 씨 본인도 아쉬워하는 것 같고."

"아쉬워하긴 누가요. 전 그런 의미에서는 전혀 아쉽지 않은데요."

"그럼 나만 아쉬워요? 이상하네. 그럴 리가 없는데."

지헌은 속을 꿰뚫어 보듯 직선의 시선으로 수연을 훑었다. 느슨하게 몸을 뒤로 기댄 채, 한참 동안 말없이 응시하는 그의 입꼬리에 희미한 미소가 어렸다. 수연은 입술을 꾹 다물어 한일자로 만들고 표정을 가다듬었다.

"그러니까 상무님께서는 저를 지속적인 세, 섹…… 잠자리 상대로 삼으시고 싶다는 말씀이신가요?"

수연이 말을 더듬거리며 단어를 고르는 것에 지헌은 픽 실소를 터뜨렸다. 쥐구멍으로 기어 들어가듯 조용한 목소리였다. 기본적으로 늘 조곤조곤 차분하게 말하는 편이기는 하지만, 지금은 장지문 밖에서 누군가 귀를 딱 붙이고 훔쳐 듣고 있기라도 하는 것처럼 퍽 신경이 쓰이는 눈치였다.

"내가 일방적으로 달려드는 양 내숭 떠는 건 일종의 자존심, 이런 거예요? 그런 거라면 존중할게요."

수연의 귓가가 화르륵 달아올랐다. 순식간에 머릿속에서 필름을 되돌리듯 단편적인 기억들이 스쳐 지나갔다. 너른 어깨를 움켜쥐었던 자신의 손. 손 아래의 뜨거운 체온과 손가락 사이로 부드럽게 빠져나가던 머리카락의 감촉. 강인한 목에 팔을 두르고 온 힘으로 매달리던…….

그래. 확실히 몹시 일방적이지 못했다.

"그래도 우리 말은 똑바로 합시다. 잠자리 상대로 삼고 싶냐니. 내가 회사에서나 한수연 씨 상사지, 침대 위에서도 상사입니까? 내가 한수연 씨랑 자고 싶은 건 맞지만, 전적으로 한수연 씨 의견에 달려 있는 문제니까. 수청 드는 춘향이처럼 굴 거 없어요."

수연의 복잡한 심경을 가늠하듯 지헌은 빤한 시선으로 수연을 응시했다. 오로지 눈앞의 그에게만 집중하도록 단숨에 일변하는 분위기. 몸에 어딘가 이상이 생긴 게 아닐까 싶을 정도로 순식간에 수연이 내쉬는 숨이 미세하게 더워졌다.

빠르게 필름을 돌린 것처럼 지난 일주일의 시간이 수연의 머릿속을 스쳐 지났다. 휭하니 사무실을 떠나는 지헌의 뒷모습을 보면서 차라리 잘되었어, 하는 자기 세뇌와 묘한 아쉬움이 혼재했다. 제멋대로인 남자의 행동에 이리저리 휘둘리고 온종일 신경 쓰는 자신이 한심한 만큼, 그가 미웠다.

지금이라도 늦지 않았다고 경고를 보내는 자신 내부의 목소리에 자조적인 체념이 뒤섞였다. 이미 실컷 저질러 버린 마당에 기를 쓰고 외면하는 스스로가 우스웠다. 애써 피해 온 것을 차라리 인정하는 것은 외면하는 것보다 훨씬 쉬웠다.

그러니까 도지헌 이 남자는 잘난 얼굴만큼이나 섹스에 능하고, 어쩌다 그것을 알게 된 자신은 마치 태어나 처음 하는 불장난에 넋이 나간 것처럼 몸이 달았을 뿐이다.

'결혼 다가오니까 마음이 급해진 건지 뭔지……'

'사실 결혼이 급한 건 우리 상무님보다는 도지헌 상무님 쪽이긴 하지.'

서로에게 기대하는 것 없이 오로지 육체적인 갈망을 해소하는 심플한 관계.

이윽고 눈을 내리깔고 있던 수연이 시선을 들었다. 하염없이 흔들리는 눈동자가 지헌의 직시하는 시선과 얽혀 들었지만 끝끝내 피하지는 않았다.

"자존심 같은 걸 세우려는 건 아니에요. 단지…… 조금 혼란스러워서 그래요. 사실 처음엔 될 대로 되라 하는 심정이었어요, 그날은……."

수연은 느리게 눈을 깜빡이며 잠시 숨을 삼키고는 다시 담담해진 목소리로 말을 이었다.

"어쨌든 그 후엔 저도 원해서 저지른 일이고, 충분히 쌍방의 문제라는 거, 더 이상 부정하지 않을게요."

수연은 차분해진 얼굴로 지헌을 바라보았다. 이미 절절하게 체감한 육체적인 끌림에 대한 허탈한 인정과 허무한 체념이 뒤섞였다. 긴장으로 잔뜩 곤두서 있던 신경이 느슨해지며 수연의 얼굴에 옅은 피로감이 배어 나왔다.

"차라리…… 몇 가지 확실히 했으면 해요. 저는 피곤하게 여기에 감정을 소모하고 싶지 않거든요."

"감정? 한 실장 나 좋아해요?"

지헌이 희미하게 웃으면서 물었다. 어쩐지 그 미소에 스며 있는 곤란한 기색에 수연은 고개를 설레설레 저었다.

"좋아하지 않아도, 저는 애매모호한 일들에 감정을 소모해요. 우선. 지금처럼 업무에서 배제되는 데서 오는 감정 소모요. 이 일로 제가 회사에서 일하는 데에 있어서 어떠한 부정적 영향도 없도록, 상무님도 선을 지켜 주세요."

수연이 지헌을 말간 눈으로 응시했다.

"그게 뭐 어려운 일이라고."

지헌은 성의 없이 어깨를 으쓱하고 뒤로 기대었던 몸을 똑바로 세웠다.

"제 말은…… 이 관계가 끝났을 때에도 마찬가지로요. 부서 이동 정도는 당연히 감수하겠지만 혹시 그 이상, 제게 해가 되는 일은……."

"끝나면 끝인 거지 무슨 해씩이나."

뭐가 그렇게 걱정인지, 지헌은 피식 웃었다. 저한테 질리면 어디 회사 바깥으로 쫓아내기라도 할 비열한 인간쯤으로 여기는 건지. 지헌은 나름대로 진지한 얼굴을 하고 있는 수연을 마주 보며 물었다.

"또? 뭐 원하는 거 있으면 말해 봐요. 별 시답잖은 소리나 하지 말고."

"맞선은…… 그러니까, 혹시 그쪽에 진전이 있으시면. 저랑 그러면 안 되잖아요."

"결혼 생각 없어요. 애초에 싫다는 사람 우격다짐으로 데려다 앉힌 게 누구시더라."

"그건…… 제 탈을 쓴 사모님이었다고 생각해 주시고요."

"한수연 씨 탈을 쓴 윤희연 여사라. 끔찍한데."

"아. 그리고 제 앞에서 그, 지저분한 단어 사용도 자제해 주세요."

단호한 말투로 말하는 수연의 표정이 사뭇 엄숙했다. 지헌이 장난기 어린 말투로 말했다.

"나처럼 고상한 말만 하는 사람이 또 어디 있다고. 뭐가 지저분하다는 건지 전혀 모르겠네."

아무렇지 않게 섹스나 하고 가라질 않나, 다리를 벌리고 떡을 어쩐다느니, 멋대로 지껄여 놓고 저리도 뻔뻔하게 발뺌이라니.

하나부터 열까지 지적해 주고 싶었지만, 단어의 수준이 너무 천박해서 입 밖으로 꺼내기도 꺼려졌다. 수연이 반박의 말을 차마 내뱉지 못하고 입술을 달싹이며 머뭇거리자, 지헌은 가볍게 어깨를 으쓱하고 말했다.

"뭐, 그럼 그건 차차 조율해 가기로 하고. 또 없어요?"

"……더 생각나면 나중에 또 말씀드릴게요."

"똑똑하네."

"……."

"역시 내가 비서 하나는 참 잘 뒀어요. 마음에 들어요."

지헌이 언젠가 했던 비꼬는 말을 그대로 옮겨 와 말했다. 얄미운 말버릇 금지 같은 조건을 붙여야 하나, 생각하는 사이 지헌이 더할 나위 없이 우아한 가위질을 시작했다.

금세 먹기 좋은 크기로 자른 전복이 수연의 앞으로 스윽 넘어왔다. 약간 당혹스러운 얼굴의 수연에게 지헌이 말했다.

"먹어요. 자르기 귀찮아서 안 먹고 있던 거 아니에요?"

"아뇨……. 나중에 먹으려고 남겨 놓은 건데."

지헌이 픽 웃음을 터뜨리며 수연이 앞접시에 따로 건져 놓았던 전복을 회수하여 또다시 고상하게 가위질을 했다. 수연은 눈을 가느스름하게 뜨고 지헌을 관찰하며 물었다.

"갑자기 왜 그러세요?"

"뭐가요?"

"불안하게 안 하던 행동을 하시잖아요. 사람이 안 하던 짓을 하면……."

죽을 때가 된 거라던데.

너무 불경한 말인 것 같아, 수연은 뒷말을 속으로 삼켰다.

지헌이 태연한 표정으로 슥 눈을 들어 시선을 마주치며 말했다.

"모르겠어요? 아부하는 중이잖아."

"아부요?"

"어. 한수연 양다리 걸치지 말라고."

□　◆　□

식사가 끝나고 누가 뭐랄 것도 없이 두 사람을 태운 차는 지헌의 집으로 향했다. 경부고속도로를 타는 30분 남짓의 시간 동안 음악이나 그 흔한 라디오조차 켜지 않은 차 안에는 정적만이 흘렀다.

고속도로를 빠져나온 차가 신호에 멈춰 설 때마다 지헌은 몸을 기울여 입술을 덮쳐 왔다. 몸이 녹진하게 늘어질 정도로 물고 빨다가, 성급하게 혀를 밀어 넣고 뿌리까지 휘감았다. 넝쿨처럼 감겨들어 온통 헤집어 대는 키스에 정신이 아득했다.

어둑한 간접 조명만 켜진 한옥 내부에 들어서자마자, 지헌은 수연을 거칠게 돌려세우며 고개를 기울였다. 머리카락 사이로 억센 손가락이 들어와, 수연의 목 뒤를 감았다. 입술을 깨물고 깊숙이 밀어 넣어 헤집는 혀, 목을 그러쥐는 손길에 수연은 정신없이 뒷걸음질 쳤다.

키스는 입술에서 그치지 않고 수연의 뺨, 관자놀이, 귓가를 지나 목덜미까지 이어져 내렸다. 둘 사이의 키 차이에, 수연의 목줄기를 깨무느라 지헌이 한껏 상체를 구부린 모습에 알 수 없는 무지근한 감정이 들끓었다.

덮쳐 오는 힘이 버거워 수연의 몸이 기우뚱 뒤로 기울자 등허리로 단단한 팔이 금세 몸을 받치고, 아예 엉덩이를 움켜쥐어 가볍게 들어 올렸다. 허벅지부터 무릎 위까지 감싸는 펜슬 스커트 때문에 수연은 다리를 마음껏 벌릴 수도 없었다. 지헌의 몸에 안정적으로 매달리는 것조차 불가능했기에 수연은 불안하게 붕 뜬 발을 버둥거렸다.

"자, 잠깐……!"

입술이 떨어진 찰나에 겨우 외쳤으나 지헌은 아랑곳 않고 수연을 아예 옆으로 안아 들었다. 무슨 힘이 이렇게……. 달랑 들쳐 안는 압도적인 힘에 놀랄 겨를도 없이 그가 더 깊이 파고들었다.

지헌이 큰 보폭으로 거실을 가로지르는 동안에도 집요한 키스가 끊이지 않았다. 숨을 모두 빼앗아 갈 기세로 거칠게 밀려들어 왔다가, 한계에 이르렀을 때에야 자비를 베풀 듯 떨어져 나갔다. 수연은 숨을 가쁘게 내쉬면서, 지헌의 얼굴을 양손으로 잡아 밀어 내며 말했다.

"우리 씻고 해요."

응. 대답은 잘만 하면서 지헌은 자신의 얼굴을 부여잡은 수연의 손에 자잘하게 키스했다. 손바닥의 부드러운 살에 따뜻한 입술이 닿자 정전기가 일어난 것처럼 손끝까지 간질거렸다. 지헌은 수연의 손목을 틀어쥐고 손목 안쪽의 부드러운 살갗을 야릇하게 빨아들였다.

어둠 속에서 지헌이 가느다란 손목을 느긋하게 핥아 올리며 수연을 직시했다. 찌르는 듯한 시선에 아랫배가 일제히 조여들었다. 그 눈에 넘실거리는 뜨거운 욕망이 고스란히 느껴져 뒷덜미가 선득해지고 솜털이 곤두섰다.

수연은 가쁜 숨을 헐떡이다가 이내 한숨 같은 신음을 내쉬었다. 침대 위에 풀썩 내려앉은 수연의 몸 위로 그대로 올라타려는 지헌의 묵직한 무게감이 느껴졌다. 수연은 그의 어깨를 밀어 내며 다시 한번 힘주어 말했다.

"씻고 하자니까요."

"알았어요."

지헌은 수연의 목으로 파고들며 웃음기 어린 대답을 했다. 미간을 찌푸리고 질색하는 표정이 귀엽게 느껴지는 지경이라니……. 지헌은 실소를 터뜨리는 대신 눈앞에 드러난 수연의 흰 살갗을 입안 가득 머금었다.

피부에 입술을 붙이고 하는 대답에 목덜미가 웅웅 울렸다. 지헌이 여린 목덜미를 핥고 부드러운 살을 빨아 당기면서 몸을 덮치자, 수연의 상체가 뒤로 기우뚱 기울어졌다.

수연은 팔꿈치를 세워 반쯤 뒤로 넘어간 몸으로 버티면서, 영 사람 말을 귓등으로도 듣지 않는 지헌의 머리카락 사이로 손을 집어넣고 손안에 잡히는 대로 움켜쥐며 말했다.

"자꾸 안 들리는 척……."

"듣고 있어."

"그냥은 하기 싫어요."

"응. 조금만 더."

목덜미를 핥던 지헌이 고개를 들어 콧등을 비비며 조르듯이 읊조렸다. 순간 마음이 약해질 뻔했지만, 수연은 애써 흐려지는 정신을 다잡았다.

"상무님……. 네?"

"알았어."

지헌은 수연을 덮치고 있던 몸을 느릿하게 일으켜 세웠다. 자신이 그린 흔적을 훑어 내리듯 지헌의 엄지가 타액으로 젖은 수연의 가는 목선을 느릿하게 더듬었다. 지헌은 자신의 손가락 아래에 눌려 가라앉는 하얀 살결을 집요하게 응시했다.

"정색하시기는."

지헌이 불쑥 고개를 기울여 또다시 입술을 겹쳤다. 사탕을 빨듯 천천히 혀를 굴려 입술을 가볍게 빨아들였다가 놓아 주었다. 연속된 키스에 붉게 부풀어 오른 수연의 젖은 입술을 쓰윽 쓸어서 닦아 주고 지헌은 싱긋 웃으며 나른한 목소리로 말했다.

"정색을 해도 예뻐서 문제지."

지헌은 어울리지 않는 다정한 말을 뱉어 놓고는 침대에서 가뿐히 일어났다. 그러곤 타이의 매듭을 느슨하게 풀며 편히 씻으라는 말을 남기고 밖으로 나갔다.

수연이 혼자 남게 되자, 조용한 방 안에는 그녀가 가쁜 숨을 내쉬는 숨소리만 나지막이 울렸다. 커다란 창으로 스며드는 달빛에 방 안이 어슴푸레했다.

뜨거운 물이 쏟아지는 샤워기 아래에서 수연은 한참을 아무것도 하지 않고 서 있었다. 그와 몸을 섞는 일이 처음도 아니건만, 섹스를 하기 위해서 남의 집에서 훌훌 옷을 벗고 몸을 씻고 있다는 사실에 기분이 이상했다.

대놓고 서로 일종의 파트너십 관계를 유지하기로 규정해서인지, 미묘하게 달라진 것처럼 느껴지는 지헌의 태도가 신경 쓰였지만 수연은 사소한 것에 과도한 의미를 부여하지 않기로 했다.

왼쪽 가슴에 손바닥을 가져다 대니 심장이 요란하게 쿵쾅거렸다. 심장이 원래 이렇게 빨리 뛰는 건가? 물에 젖은 입술에 손가락을 맞대자 미미한 열감이 느껴졌다. 한참 동안 멍하니 제 입술을 더듬던 수연은 화들짝 정신을 차리고 샤워 부스에서 걸어 나왔다.

습기로 뿌예진 거울 속에 열에 달뜬 낯선 자신의 얼굴을 한참이나 응시했다. 그러고는 꾸역꾸역 옷을 껴입고 욕실 바깥으로 나갔다.

침대 위에 이미 지헌이 앉아 있었다. 역시 샤워를 마친 지헌은 샤워 가운만 걸친 채 침대 헤드에 등을 기대고 느긋하게 앉아 태블릿을 들여다보고 있었다.

수연은 그가 미국의 갤러리와 관련된 업무를 확인할 때 꽤 평화롭고 즐거워 보인다는 사실을 최근에 알아차렸는데, 그것을 반증하듯 지헌의 얼굴에 어렴풋한 미소가 서려 있었다.

수연을 흘끗 쳐다본 지헌이 태블릿을 침대 옆 협탁 위에 내려놓으며 말했다.

"오래 씻네요. 혹시 도망갔나 했어요."

뒤늦게 지헌이 농담을 던진 것을 깨달았지만 수연은 대꾸할 여유가 없었다. 방금 욕실 앞의 거대한 거울을 지나쳐 왔는데 또 침대 옆에 커다란 거울이 세워져 있었기 때문이다.

덕분에 수연은 걷는 법을 아직 배우지 못한 갓 태어난 소처럼 뚝딱거리면서 걷는 자신의 어색한 걸음걸이를 마주해야 했다. 이다지도 자아도취적인 면모를 뽐내는 인테리어에 대한 불만으로서 수연이 미간을 찌푸리며 거울에서 시선을 뗐다.

"어딜 그렇게 구석구석 씻느라 늦었는지 궁금하네요."

곧바로 장난스럽게 입꼬리를 올린 지헌과 눈이 마주쳤다. 지헌은 대답 없는 수연을 물끄러미 응시하다가 갸웃 고개를 기울였다. 물기가 덜 마른 머리카락이 매끄러운 이마 위로 흘러내렸다.

"화장 지운 거 처음 보네."

'그런 걸 뭘 굳이 언급을……'

수연은 욕실에서 조금 고민하다가 결국 메이크업도 지워 버렸다. 몸만 씻고 얼굴만 물 한 방울 안 묻히고 고스란히 남겨 놓는 것도 웃길 것 같아서.

처음 내보이는 민낯에 다소 어색한 기분이 들어 수연은 괜히 불퉁하게 고개를 돌렸다. 그냥 그런가 보다 하면 될 것을, 하여간 저 짓궂은 성질머리…….

"이리 와 봐요. 가까이서 보게."

"자세히 볼 거 없어요. 하나 안 하나 똑같아요……."

마지막 말에서는 수연의 목소리가 약간 힘없이 잦아들었다. 하나 안 하나 똑같으면 화장을 할 이유가 없기 때문에 물론 허세 섞인 거짓말이다. 지헌은 재밌는 농담을 들은 것처럼 웃음을 터뜨렸다.

"똑같지는 않은데?"

웃음기 잔뜩 서린 말과 함께 지헌은 수연의 손목을 잡아 제 쪽으로 끌어당겼다. 왠지 모르게 그 앞에서 혼자 옷이라도 발가벗고 있는 듯 허전하고 까발려진 기분에, 수연은 '역시 좀 웃겨도 화장은 남겨 놓을 걸 그랬나.' 뒤늦게 후회했다.

지헌은 수연을 당겨서 제 허벅지 위에 올려 앉히곤 손아귀에 헐겁게 움켜쥔 가느다란 손목을 엄지로 느릿하게 문질렀다. 수연의 얼굴에 못 박힌 듯 고정된 시선은 잠시도 떼지 않은 채.

"하나 안 하나 예쁘기는 하네요."

수연은 제 손목을 더듬는 지헌의 손을 내려다보았다. 원을 그리듯 살살 쓰다듬는 곳의 감각이 불에 덴 듯 뜨겁게 느껴졌다. 수연은 이내 반대편 손을 뻗어 느슨하게 매어 놓은 그의 샤워 가운의 매듭을 풀어 내렸다. 수연의 민낯을 빤히 감상하며 빙글거리던 지헌의 얼굴과 손목을 지분거리던 움직임이 멈칫 굳어졌다.

수연은 그것에서 아주 사소한 쾌감을 느꼈다. 말하자면 주도권의 추가 불균형하게 기울어진 것에 대한 소소한 반발심이자 오기였다. 그러나 지헌은 금세 도리어 벗겨지는 상황을 즐기는 표정으로 수연이 하는 행동을 두고 보듯 여유롭게 목도했다.

워낙에 헐겁게 매어져 있던 매듭은 수연의 간단한 손짓 한 번에 맥없이 풀어졌다. 벌어진 샤워 가운 사이로 무섭도록 발기한 페니스가 모습을 드러내었다. 그것은 성성하게 솟아 아랫배에 바짝 올라붙은 채, 선단에서 새어 나온 쿠퍼액이 기둥까지 흘러 매끄럽게 젖어 있었다.

아이러니한 일이지만, 여태껏 지헌과 몇 번을 몸을 섞었으면서도, 수연이 지헌의 나신을 물끄러미 마주하게 된 것은 처음이었다. 보통은 흐린 눈을 비스듬히 하여 시선을 피하거나, 대체로 눈을 감고 있었으니까.

대충의 느낌과 관계의 후유증으로 짐작했던 것만큼이나 흉흉하게 크고 굵다란 페니스의 기둥에는 핏줄까지 도드라져 있어 더욱 험악해 보였다. 저렇게 말도 안 되게 커다란 흉기가 자신의 몸에 몇 번이나 들어와 마음껏 들쑤시고 다녔다는 사실에 기가 막혔다. 그러니까 그건 전혀 선비와는 어울리지 않는 비주얼이라고 할 수 있었다.

그의 나신은 대체로 그러했다. 근육이 자리한 단단한 몸이 위압석인 기운을 풍기며 눈길을 잡아끌었다. 저 두꺼운 몸통으로 깔아뭉갠다면, 비명 한번 지르지 못하고 질식사할 것이 분명해 보였다. 실제로 몇 번이나 저 아래에 깔리고도 살아남은 것이 지헌의 크나큰 배려로 느껴질 정도였다.

"그렇게 보고 있지만 말고. 만져 봐요."

좀 신기한 마음에 수연이 예의 없이 한참을 뚫어지게 쳐다본 것은 사실이었다. 그 시선을 즐기는가 싶던 지헌은 불현듯 수연의 손목을 잡고 끌어 내렸다. 지헌의 가슴 위를 배회하던 손가락이 미끄러지듯 끌려 내려가 단단한 아랫배에 닿았다. 수연의 손이 가까워지자 딱딱하게 발기한 성기가 더욱 머리를 세우고 꺼떡거렸다.

"앗. 자, 잠깐만."

지헌이 망설임 없이 수연의 손을 끌어가 그 위에 올려놓자, 놀란 손가락이 단숨에 오그라들었다. 놀라워서 좀 쳐다본 건 사실이지만 만져 볼 생각은 없었기에 몹시 당황스러웠다.

수연의 귓바퀴가 빨갛게 달아올랐다. 반사적으로 떼어 낸 손이 허공을 배회하자 그 손을 잡아 쥔 지헌이 손목 안쪽의 여린 살을 길게 핥아 올렸다. 그러곤 은밀하게 속삭였다.

"그럼 빨아 볼래?"

"네? 아니요."

만지게 된 것도 갑작스러운데 입에 담을 망측한 생각은 더더욱 없었기에 수연은 다급하게 대답했다. 그가 자신의 머리통을 강제로 끌어다가 성성한 아랫도리 앞에 가져다 놓을까 싶은 짙은 경계심에 수연은 얼른 얼굴을 뒤로 물렸다.

"그래. 그건 다음에 해."

오늘만 날인가 뭐. 그렇게 말하는 지헌의 말투만큼은 여유롭고 느긋했다.

나긋한 말을 끝으로 거친 해일같이 밀려드는 지헌에 곧 정신이 혼미해졌다. 격한 풍랑에 휩쓸려 하염없이 흔들거리고 뜨거운 숨과 제 것 같지 않은 신음이 마구 뒤섞였다.

"일주일 내내 네 생각만 했어. 알아?"

그래서인지 그가 내내 귓가에 쏟아 내는 말이 신기루 같게만 느껴졌다.

□ ◆ □

지헌이 샤워를 마치고 돌아왔을 땐 그가 방을 나갈 때 보았던 마지막 모습 그대로 수연은 이불도 덮지 않은 채 덩그러니 잠들어 있었다. 어지간히 진이 빠졌는지, 지헌이 침대맡에 걸터앉아 얼굴 위로 헝클어진 머리카락을 몇 번 쓸어 넘겨 주었는데도 수연은 깊은 잠에 빠져 깨어날 줄 몰랐다.

지헌은 베개도 베지 않고 기절하듯 쓰러져 있는 수연의 머리를 살짝 들어 올리고 그 아래로 베개를 밀어 넣었다. 잠든 수연의 얼굴을 들여다보니 평소보다 유난히 앳되어 보였다.

화장을 지운 말간 얼굴을 처음 본 그 순간에는 목구멍에 뜨거운 것이 턱 걸린 듯한 느낌에 꼴사납게 마른침을 삼켜야 했다. 이유도 없이 사람을 전전긍긍하게 만드는 얼굴이라니…….

158

그 얼굴을 내려다보면서 지헌은 이미 가지런히 정리된 수연의 머리카락을 몇 번이고 쓸어 넘겼다. 깨우려는 의도는 아니었지만 이렇게까지 해도 일어나지 않는 것을 보니, 이 체력 약한 여자를 자신이 얼마나 미친놈처럼 몰아세웠는지 뒤늦게나마 알 수 있었다.

이미 몇 번이고 힘들다고 호소하던 것을 귓등으로 들은 체 만 체 하고 거머리처럼 들러붙었으니 뒤늦게 알아차렸다는 것도 그저 한심한 변명에 불과했다. 지헌은 손가락 사이에 감아쥔 긴 머리카락을 살살 만지작거리며, 근래에 자신이 다분히 미친놈처럼 굴고 있다는 사실에 대하여 순순히 인정했다.

정색하는 표정이라든가, 경계심 혹은 꾸며 낸 미소 따위를 주로 내보이던 딱딱한 표정이 사라지고 수연의 얼굴에 여지없이 드러난 말간 민낯이 사뭇 편안해 보였다. 노곤해진 몸으로 단꿈이라도 꾸는지, 수연의 입꼬리가 설핏 미소 짓는 것처럼 보였다.

내내 발갛게 상기되었던 양 볼이 어느새 제 피부색을 되찾아, 창문으로 새어 들어온 달빛을 반사하며 새하얗게 빛났다. 지헌은 아무도 밟지 않은 눈처럼 희고 부드러운 수연의 뺨을 엄지로 슥 쓸어 올렸다.

색색거리며 얕은 숨을 내쉬는 코를 괜히 툭 건드려서 괴롭히고 싶은 유치한 충동에 그저 실소만 터져 나왔다. 평온하기만 한 가지런한 눈썹도 쓸어 보고 싶었다. 동그랗게 솟은 매끄러운 이마에서 감긴 두 눈, 슬쩍 벌어져 곤하게 호흡하는 입술까지 지헌은 천천히 시선을 옮겼다.

지헌이 마음의 위안을 얻는 청초한 식물이라든가 기품 있는 미술 작품과도 같이 평온하게 잠든, 청순한 얼굴이었다. 이런 얼굴을 두고 손바닥 뒤집듯이 감정이 널을 뛰는 기분이라니……. 사람 등신 만드는 말재주가 뛰어난 여자인 것은 분명하나, 거기에 기꺼이 등신이 되어서는 한술 더 떠 한낱 양아치도 안 쓸 만한 쓰레기 같은 소리를 지껄이게 되는 것이 기쁠 리 만무했다.

'한수연이 사람 놀래키는 재주가 있는 걸 잊고 있었네.'

아득바득 씻고 하겠다고 욕실로 도망가더니 꾸역꾸역 다시 입고 나온 타이트한 스커트를 벗겨 내리던 지헌이 멈칫 손을 멈추고 중얼거린 말이었다. 매번 정숙하기 짝이 없던 속옷은 어디에 팔아먹었는지, 속옷 대신 뽀얀 살이 오른 음부가 어스름한 조명 아래에 그대로 드러났기 때문이었다.

젖은 속옷을 다시 입고 찜찜하게 돌아갈 일을 피해 보고자 미리 벗어 버린 건지, 그 의도가 어찌 되었든 간에 이렇듯 예상치 못한 찰나에 지헌의 뒤통수를 후려쳐 뻐근하게 만드는 여자였다. 볼 때마다 잠시 멍해질 정도로 매끈한, 체모 한 오라기 없이 부드러운 둔덕을 예고도 없이 처음 마주했을 때와 유사한, 멍청한 기분이었다.

'어쩌려고 그래요. 이러다 내가 한수연 씨 꽉 물고 안 놔주면.'

딱히 대답을 듣고자 한 말은 아니었지만, 뭐라고 반응할지 어느 정도는 궁금했던 것도 사실이었다. 그리고 한수연은 두 팔을 겹쳐서 눈을 완전히 가린 채로 입을 살짝 벌리고 입술을 붙였다 떼었을 뿐 아무런 말이 없었다. 알 수 없는 초조감에 질척하게 젖어 드는 기분은 그다지 유쾌하지 않았다.

그러니까, 머리가 오락가락한다는 게 딱 이런 상황과도 같았다.

섹스를 하는 와중에도 기분이 이따위로 제멋대로 넘나드는 게 확실히 제정신이 아니었다.

새우처럼 등을 말고 이불도 덮지 않고 널브러져 있는 수연의 다리 사이에 말간 액체가 반쯤 말라붙어 있었다. 가련하게 늘어진 몸 위로 이불을 덮어 주려던 지헌이 발걸음을 옮겨서 손에 수건을 들고 온 건 반쯤 충동 섞인 행동이었다.

수건을 두드려서 물기가 남은 부분을 대충 수습하자 수연이 끙, 하는 소리와 함께 몸을 뒤척였다. 잠든 여자를 몰래 추행하다 걸린 답 없는 치한이라도 된 것처럼 지헌은 순간 숨을 죽이고 움직임을 멈췄다. 곧이어 그런 제 모습에 어처구니가 없어서 헛웃음을 터뜨렸다.

몸을 조금 뒤척이더니 다시 고요해진 모습에 지헌은 손에 쥔 수건을 아무렇게나 던져 버리고 수연의 목까지 이불을 끌어당겨 주고 그 옆에 누웠다. 조명을 끄고 블라인드까지 내리자 완전히 어둠에 잠긴 방 안에 남은 소리라고는 수연이 간간이 이불 뒤척거리는 소리뿐이었다.

세상 얌전하게 잘 것처럼 생겨서는 잠버릇이 고약한지, 수연은 이리 뒤척 저리 뒤척거리면서도 색색거리는 곤한 숨소리를 냈다. 잠에 빠져들려 하면 수연이 몸을 풀썩거려서 지헌의 잠을 깨우기를 여러 번······.

자는 게 아니라 일부러 놀리는 건가 싶은 유치한 의심이 불쑥 들어 지헌은 손을 뻗어 수연의 가슴을 심술궂게 주물럭거렸다. 손바닥에 척 달라붙는 부드러운 젖가슴을 쥐었다가 놓고 봉긋하게 솟은 젖꼭지를 엄지로 훑자, 수연이 잠결에 눈살을 찌푸리며 음험한 손길을 피해 몸을 돌려 누웠다.

돌아누운 수연의 마른 어깨에서 가느다란 등허리, 베개 위에 엉망으로 흐트러진 풍성한 머리카락으로 천천히 시선을 옮긴 지헌은 흘러내린 이불을 끌어당겨 다시 꼼꼼히 덮어 주었다. 벌써 몇 번째 제 입에서 실없는 헛웃음이 흘러나오는 건지 더 이상 셀 수조차 없었다.

□　◆　□

수연이 문득 무거운 눈꺼풀을 들어 올렸을 때, 방 안은 칠흑 같은 어둠에 잠겨 있었다. 몽롱한 와중에도 화들짝 놀라 눈을 크게 뜨면서 수연은 누워 있던 몸을 반쯤 일으켜 세웠다.

그 짧은 동작에도 뭉근한 둔통이 찌릿하게 몸을 가르고, 보이지 않는 커다란 손이 온몸을 움켜쥐고 침대 속으로 메다꽂는 것처럼 느른했다. 수연이 눈살을 찌푸리며 아릿한 고통이 가시기를 기다리는 찰나에, 띄엄띄엄한 기억이 머릿속에 와르르 쏟아지듯 떠올랐다.

집어삼킬 듯 덮쳐 오는 위압감과 그 아래에서 마구잡이로 흔들리던 몸, 집요하게 관찰하며 따라붙는 짙은 시선, 한계까지 몰아붙이는 행위에 연신 터져 나오던 비명과도 같은 자신의 신음 소리까지. 스스로의 기억이라고 믿기 어려울 정도로 외설적인 장면들이었다.

수연은 도발도 상대방을 봐 가면서 해야 한다는 것을 뼈저리게 통감하며, 실제로 뼈가 저리는 것처럼 욱신거리는 느낌에 이불 속에 들어가 있던 팔을 꺼내어 실험하듯 천천히 들어 보았다. 손가락 하나 움직이지 못할 것 같은 기분이지만 다행히 팔이 들리는 걸 보니, 걸어갈 수는 있겠다 싶었다.

수연은 문득 고개를 돌려 침대 옆자리를 바라보았다. 어둠 아래 지헌으로 보이는 인영이 누워 있었다. 지헌은 정자세로 누운 채 고요히 잠들어 있었다.

저도 모르게 숨을 죽이고 수연은 죽은 듯이 잠든 지헌의 얼굴을 내려다보았다. 다부진 턱과 남자다운 얼굴선, 이마에서 코로 이어지는 높고 반듯한 콧대와 잘생긴 눈썹이 가지런했다. 이렇게 보니, 속눈썹이 참 길기도 했다.

"쓸데없이 잘생겼어……."

무의식중에 흘러나온 수연의 혼잣말에, 지헌의 입술이 일순 꿈틀거린 것처럼 보였다. 숨을 멈추고 관찰하니 지헌은 조용한 숨을 안정적으로 내쉬었다. 그가 입술을 움직인 것처럼 보인 것은 아마 수연의 착각인 것 같았다.

그나저나 어떻게 이렇게 얌전히 잘 수 있지?

베개를 껴안고 옆으로 누워 자거나 혹은 엎드린 자세로, 그마저도 자는 내내 침대 위 여기저기를 뒹굴거리는 수연에 비하면 지헌은 고상하게도 잔다고 할 수 있었다. 도무지 동의할 수 없던, 선비 같다던 미주의 평에 어느 정도 부합하는 모습이었다.

약간의 얄미운 감정을 담은 눈으로 수연은 제 옆에 고요하게 잠든 지헌의 얼굴을 내려다보았다. 단 한 번도 다른 사람과 침대 위에 나란히 누워 잠을 자 본 경험이 없는 수연으로서는 심히 어색했다. 그 상대방이 마음을 나눈 연인도 아니라는 점에서 몹시 심란한 일이었다.

제민과 함께했던 시간 속에서조차 수연은 단 한 번도 잘 때 침대를 공유하는 '동침'을 한 적은 없었다. 어떻게 이 침대에 대책 없이 누워서 맘 편히 잠을 잘 수 있었던 것인지……. 엄밀히 말하자면, 거의 혼절에 가까운 수면이었지만.

'침대에서 볼일 다 마쳤으면 발딱 일어나서 집으로 갔을 일이지. 한수연. 미쳤지. 미쳤어.'

눈살을 잔뜩 찌푸리고 헝클어진 머리를 쓸어 넘기며 스스로를 질타한 수연은 어쩌다 이렇게 되었는지를 곰곰이 회상했다.

마지막 기억을 되뇌어 보자면, 끝자락은 마구 뒤섞여 있어 조금 혼란스러웠다. 보양식 먹은 값은 하라며 채근하는 지헌의 웃음기 잔뜩 담긴 목소리를 들었고, 자꾸 무너져 내리는 수연의 몸을 커다란 손이 받치며 재차 일으켜 세웠다.

무언가 상스러운 말을 따라서 하면 그만 끝내 주겠다는 음흉한 제안도 받았다. 수연이 버티고 버티다가, 결국 기어들어 가는 목소리로 무언가 중얼거렸으나 정확한 단어와 문장은 너무 상스러워서, 수연의 뇌에서 자체 검열로써 기억을 지워 버렸다.

지헌은 늘어진 수연의 어깨에 몇 번이나 입을 맞추고 나서야 수연을 놓아주었다. 그렇게 지헌의 몸이 빠져나가고, 떨어져 있던 가운을 홀연히 걸치고 별다른 말 없이 방을 나서는 그의 개운하고 유유자적한 뒷모습을 바라본 것을 마지막으로 수연의 기억이 암전되었다. 그 상태에서 그대로 곯아떨어져 버린 추태를 보인 게 분명했다.

수연은 어둠에 익숙해진 눈으로 옆자리에 누운 지헌을 응시했다. 숨소리도 그다지 내지 않고 고요하게 잠에 빠져 있는 얌전한 모습이 얄미움을 넘어 이젠 뻔뻔해 보이기까지 했다.

기운 한 톨 남겨 놓지 않고 무자비하게 괴롭혀 놓고, 사람이 기절하듯 누워 있으면 깨워서 집에 고이 보내 줘야지. 우리가 무슨 오순도순하게 한 이불 덮고 잘 사이라고, 옆에 나란히 누워서 잠을 자고 있는 건지.

"후우……."

하지만 그만큼 지헌이 무신경한 사람임을 알고 있기 때문에, 수연은 그저 체념 섞인 한숨을 내쉬었다. 무심함의 결정체 도지헌이라면, 오순도순한 사이고 아니고 고민할 것도 없이, 그저 깨우기 귀찮았으니 그냥 내버려 두었을 가능성이 농후했다. 이 상태로 정신없이 자다가 어색하게 함께 아침을 맞이하지 않은 것이 그나마 다행스러웠다.

수연은 조심스럽게 움직임을 최소화하여 침대에 올려져 있던 두 발을 비깥으로 내렸다. 시트 아래에 맨몸으로 누워 있었다는 사실을 자각하고 순간 멈칫했지만, 어차피 몰래 빠져나갈 생각이었으니 수연은 몸을 덮고 있던 시트를 거둬 내며 그대로 몸을 일으켰다.

"엄마야!"

수연이 침대를 벗어나려는 순간, 이불 속에서 구렁이처럼 쑥 뻗어 나온 억센 손이 수연의 손목을 턱 붙잡아 세웠다. 지헌이 자고 있는 줄로만 여겼던 수연은 소스라치게 놀라며 새된 비명과 함께 급한 숨을 들이켰다. 없는 엄마까지 부르며 놀라 자빠질 뻔했는데 정작 놀래킨 사람은 왜 그렇게 놀라느냐는 듯 아무렇지 않은 얼굴로 수연을 바라보았다.

잠귀가 예민한 지헌은 수연이 화들짝 놀라며 침대에서 상체를 일으켜 세웠을 때부터 이미 잠에서 깨어 있었다. 애초에 지헌이 잠이 든 지도 그다지 오래되지 않았다.

"어디 가요."

침대를 빠져나가려다가 지헌에게 손목이 붙잡힌 수연의 얼굴은 어둠에 가려 표정이 잘 보이지 않았다. 흠칫 놀라며 잡힌 손목이 파르르 떨리는 것을 보니, 쥐도 새도 모르게 몰래 빠져나가려던 모양이었다.

"저, 집에 가려고요. 주무세요."

수연이 놀란 마음을 가라앉히며 말했다. 목소리가 꽤나 건조하게 흘러나왔다. 지헌이 붙잡은 손목을 슬쩍 잡아당기자 수연은 엉겁결에 침대에 주저앉았다.

지헌은 배부른 사자처럼 몸을 느릿하게 움직여 다가와서는 수연의 보드라운 아랫배에 천천히 입을 맞췄다. 간지러운 기척에 수연이 몸을 움츠렸다. 구부리고 앉은 수연의 허벅지 위에 얼굴을 비스듬히 기댄 지헌은 수연을 올려다보며 말했다.

"너무 늦었어. 자고 아침에 가요."

"아니요. 갈게요. 편히 주무세요."

수연은 붙잡힌 손목을 비틀어 지헌의 손아귀에서 벗어났다. 지헌이 그다지 힘을 줘서 잡고 있지도 않았기에 손쉽게 풀려났다. 빤히 응시하는 지헌의 시선에, 자신이 벌거벗고 있다는 사실을 뒤늦게 자각한 수연은 슬그머니 시트를 당겨 몸을 가렸다.

가리긴 뭘 가려. 자는 동안 뭘 해 줬는지 알면 기절하겠네.

수연의 어색한 몸짓에 피식 웃음을 터뜨린 지헌은 몸을 틀어, 협탁 위에 올려놓았던 수연의 벗은 옷가지를 한꺼번에 집어서 건넸다.

옷을 건네받은 수연은 서둘러 욕실로 향했다.

옷을 입고 나오니 지헌이 누워 있던 침대 위의 시트가 흐트러져 있을 뿐, 그의 모습은 보이지 않았다. 꼴사납게 뻗어 잠든 모습을 보인 것으로 모자라서 조용히 빠져나가려던 계획도 수포로 돌아가다니. 수연은 낮게 한숨을 내쉬며 방 밖으로 나갔다.

ㅁ ◆ ㅁ

"가요. 데려다줄게요."

"아니에요. 그냥 들어가 주무세요."

역시 거기서 잠들어 버리면 안 되는 거였는데……. 두 사람 사이에는 늦은 밤 어떻게 집에 갈지에 대한 실랑이가 벌어졌다.

지헌은 수연의 턱끝을 엄지로 스윽 훑으며 나직하게 말했다.

"잠 다 깼어요. 기어이 지금 이 시간에 집에 가야겠다는 한수연 씨 변덕 덕분에."

변덕이라기보다는, 애초에 이 집에서 수면을 취할 생각은 털끝만치도 없었지만. 어찌 되었든 까무룩 잠이 드는 바람에 벌어진 일인지라 수연은 순순하게 말했다.

"저희 집 여기서 멀어요. 왕복해서 데려다주는 것도 비효율적이고, 혼자 가는 게 편해요."

지헌은 못마땅하다는 모양새로 눈썹 사이를 좁혔다. 심기가 상한 기분을 반영한 무뚝뚝한 반말이 툭 튀어나왔다.

"집 먼데 어떻게 가려고."

"택시 부르면 돼요."

"이 시간에? 한수연 씨 대담하네. 택시 기사가 나 같은 사람이면 어떡하려고."

수연은 별다른 반응이랄 것도 없이 지헌을 가만히 응시했다.

"농담인데."

지헌은 어깨를 으쓱 추켜올렸다. 농담이라고 말하기 전까지 전혀 농담인지 몰랐다. 여전히 웃을 생각 없어 보이는 수연의 얼굴을 태연히 내려다보며 지헌이 말했다.

"차라리 운전해서 가요. 차 빌려줄게요. 계속 왔다 갔다 할 거 당분간 한 대 가져가 쓰는 것도 나쁘지 않겠네요."

"네? 그게 무슨……. 제가 상무님 차를 왜 가져다가 써요."

"택시보단 안전할 테니까. 물론 제일 안전한 건 내가 운전하는 차일 테지만, 데려다주는 것도 싫다면서. 차고에서 제일 작은 거 타고 가요. 차체가 작아서 운전하기 편할 거예요."

'이게 무슨 말 같지도 않은 소리야. 다른 거 다 떠나서 제일 몰기 무서운 차가 그건데…….'

차고 가장 안쪽에 세워져 있던, 국내에 몇 대 없는 것으로 알려진 고가의 스포츠카를 떠올리며, 수연은 고개를 설레설레 저었다.

"아니요. 안 편해요. 부담스러워요."

"오늘만 그냥 그거 타고 가요. 다음 주에 부담스럽지 않을 만한 걸로 하나 가져다 놓을게요."

고개를 휘휘 젓던 수연은 지헌의 말에 멈칫 움직임을 멈추고 그를 가만히 바라보았다. 지헌을 올려다보는 수연의 말간 눈동자에 복잡한 심경이 일렁거렸다. 곧 제가 듣기에도 날카로운 목소리가 쏘아붙이듯 튀어나왔다.

"싫어요."

"아니. 왜."

지헌은 핸드폰을 꽉 틀어쥐고 있는 수연의 손과 흔들리는 눈동자를 번갈아 바라보았다.

'스폰서 같은 것도 아니고. 차를 가져가라니……. 그게 뭐야.'

수연은 마음속으로 떠오른 말을 꾹 집어삼키고, 마주치고 있던 시선을 옆으로 슬쩍 피하며 아무렇게나 내뱉었다.

"그냥. 아무튼 그냥 싫어요."

이쯤 되면, 수연을 일컬어 사람 기분 잡치게 하는 소리에 일가견이 있다는 지헌의 일방적인 주장이 영 틀린 말은 아닌 것도 같았다. 동시에 스스로의 기분도 좀먹는 놀라운 재주였다.

하지만 잠이나 자는 사이에 차를 빌려줄 테니 당분간 가져다 쓰라니, 누가 그 값비싼 차를 이유 없이 빌려주고 빌려 쓴단 말인가. 수연의 상식 안에서는 도저히 화대 그 이상 그 이하도 아니고 딱 그것처럼 느껴졌다.

다만 고스란히 그 감상을 내비치지 않은 건, 지헌이 전혀 이해할 수 없다는 표정을 짓고 있기 때문이었다. 오히려 사사건건 억지를 부리고 있는 사람을 상대하듯 감정을 최대한 억누른 지헌의 얼굴을 보고 있노라니, 나쁜 뜻에서 한 말을 아니겠거니 하는 자발적 이해심이 발휘되었다.

문화적 차이랄까, 신분적 차이라고 하면 너무 자조적인 표현이겠지만. 결국은 처지의 간극에서 오는 사소한 오해랄 수 있는데, 굳이 그것으로 그와 대립각을 세우기엔 다소 피곤한 시간이었다.

"이 야밤에, 자고 가는 것도 싫다. 데려다주는 것도 싫다. 차 빌려주는 것도 싫다. 그럼 내가 어떻게 해 줄까요."

어리광 부리는 어린애 다루듯 지헌은 수연의 머리를 살살 쓰다듬으며 피로가 묻어나는 미소를 지었다. 응? 하고 되묻는 표정이 사뭇 다정했다.

167

결국 모범택시를 이용하는 것으로 합의가 이루어졌다. 대문 앞에 도착한 택시에 수연이 올라타자, 지헌이 창문을 똑똑 두드렸다. 반쯤 내려간 창문 사이로 지헌은 제 카드를 밀어 넣었다.

"아뇨. 괜찮아요."

수연의 거절에도 택시 안으로 들어온 지헌의 카드를 쥔 손은 물러나지 않았다. 택시 기사의 눈치, 그리고 그때까지 이어졌던 실랑이에 퍽 지쳤기에 수연은 체념하듯 그로부터 카드를 건네받았다. 그제야 지헌의 손이 택시 바깥으로 빠져나갔다.

새벽 시간이라 쏜살같이 달린 덕분에 택시는 30분 거리를 20분 만에 주파했다. 집에 오자마자 샤워를 하고 나와 보니 부재중 전화가 여러 통 찍혀 있었다.

무슨 일이지? 발신자의 이름을 멍하니 바라보며 수연이 잠시 고민하는 사이에 다시 핸드폰이 울렸다.

"네, 상무님."

화들짝 놀라 받으니 핸드폰 너머로 깊게 잠긴 목소리가 들려왔다.

— 도착했어요?

"아아, 네. 그것 때문에 전화하셨어요?"

— 응. 걱정했잖아요. 안 받아서. 이번에도 안 받으면 내가 그 택시 기사 잡으러 가려고 했지.

"……씻느라 못 받았어요."

— 농담인데.

재미없나? 하며 낮게 웃는 지헌의 목소리에는 나른한 잠기운이 묻어 있었다.

"……주무세요."

— 잘 자요.

비록 농담은 재미없었지만. 그 무뚝뚝한 얼굴의 덩치가 잠기운을 참고 있다고 생각하니 썰렁한 농담보다 그게 더 웃겼다. 수연은 전화가 끊긴 핸드폰을 한동안 내려 보다가 피식 웃어 버렸다.

▫ ◆ ▫

촤아아.

수연은 싱크대에 마지막으로 남아 있던 접시를 물로 헹궈 내고 수도를 잠근 후, 젖은 손을 티셔츠의 배 부분에 슥슥 문질러 닦았다. 대충 물기를 닦은 손을 탁탁 털면서 오븐 앞에 허리를 숙였다. 주황색 불빛 아래에서 마들렌의 배가 볼록하게 부풀어 오르고 있었다. 수연은 그렇게 한참을 흐뭇한 얼굴로 오븐 안을 들여다보고는 숙였던 몸을 일으켜 세웠다.

"아고⋯⋯."

수연은 뻐근한 등허리를 손으로 짚으며, 허리가 굽은 노파가 내는 듯한 앓는 신음을 흘렸다. 한참 동안 허리를 반으로 접고 오븐을 들여다본 탓도 있지만, 기본적으로는 이게 다 지독한 도 상무 때문이다.

수연은 앞에 있지도 않은 사람을 원망하듯 눈썹을 잔뜩 찡그리다가 곧이어 허탈한 실소를 터뜨렸다. 아무래도 속으로 그를 욕하는 게 습관 혹은 일상이 된 것 같았다.

"아, 맞다."

허튼 생각을 털어 버리려 잠시간의 고민을 마친 수연은 손뼉을 딱 치면서 냉장고 문을 열었다. 오이를 꺼내어 도마 위에 올려서 숭덩숭덩 자르고 냄비에 물을 부어서 가스 불 위에 올려놓으면서 수연은 중간중간 오븐 안을 확인하는 것도 잊지 않았다.

기포가 올라오기 시작한 물에 월계수 잎을 몇 장 던져 넣고 허리를 숙여 오븐을 들여다보던 수연이 아차차, 하면서 식탁에 올려 두었던 핸드폰을 가져와서 오븐 안의 마들렌을 비추었다. 누런 불빛 아래에서 배꼽이 볼록하게 올라온 마들렌을 보니 기분이 몽글몽글해졌다.

찰칵, 핸드폰 카메라의 셔터 소리가 울리고 또 하나의 사진이 갤러리에 저장되었다. 온통 홈베이킹한 사진들만 잔뜩인 수연의 갤러리였다.

팔팔 끓는 물에 식초, 소금, 설탕을 차례로 넣고 오븐 안을 보니, 마들렌이 노릇노릇 먹음직스러운 색을 띠고 있었다. 마음이 급해진 수연은 잠시 뭐부터 해야 할지 우왕좌왕하다가 부글부글 끓고 있는 불부터 껐다. 순식간에 정신이 팔리고 마음이 깨끗하게 비워진다는 점이 요리의 순기능이었다.

다 구워진 마들렌을 식힘 망 위에 잠시 올려 두고, 오이를 담아 두었던 유리병 안에 단촛물을 조심스럽게 부었다. 수연은 두 개로 나눈 유리병 안의 피클을 아일랜드 식탁 한쪽으로 밀어 놓았다. 곧바로 마들렌 위에 발라 줄 글라세를 만들기 위해 슈거 파우더에 레몬즙을 넣고 섞어 주면서, 수연은 집 안에 떠도는 달콤하고 고소한 마들렌 냄새를 깊게 들이마셨다.

'또 과자 구워? 겨우 한두 개 집어 먹고 말면서, 왜 그렇게 주말마다 만들어?'

수연이 과자를 굽고 있노라면 제민이 어슬렁거리며 다가와 묻고는 했었다. 그럴 때면 수연이 대답했다. '입으로 먹을 때보다 코로 마시는 게 더 맛있어.' 굳이 수치화한다면, 시각적인 만족이 40%, 후각적인 만족이 40%, 미각적인 만족이 20% 정도 되려나.

구태여 설명하지는 않았지만, 수연이 베이킹을 즐겨 하던 또 다른 이유는 집에 디저트 귀신이 살았기 때문이었다. 체중 관리를 해야 한다고 고개를 설레설레 저으며 거절하다가도, 제민은 막상 완성된 디저트 앞에서는 늘 유혹을 이기지 못했다. 마들렌 몰드 하나에서 나온 마들렌은 총 열두 개. 그중에 두 개를 수연이 먹으면, 나머지 열 개는 늘 제민이 거뜬하게 해치웠다.

식힘 망 위에서 줄줄이 몸을 식히고 있는 마들렌 열두 개를 물끄러미 바라보고 있자니, 수연은 이 많은 아이들을 다 먹어 줄 사람이 더 이상 없다는 사실을 그제야 비로소 문득 깨달았다.

수연은 두 팔을 아일랜드 식탁 위에 올리고 턱을 괸 채 한참 동안 마들렌을 내려다보았다. 배꼽이 통통하게 올라온 귀여운 맵시와 노릇노릇하게 피부를 태운 먹음직스러운 자태가 사랑스러웠다.

정말 까맣게 잊고 있었다. 한때 취미 생활의 이유였던 이가 이젠 곁에 없다는 사실을. 그러나 이제는 그것보다 이 작고 귀여운 마들렌을 맛있게 먹어 줄 사람이 곁에 없다는 사실이 퍽 안타깝고 난감하게 느껴졌다.

'다른 취미 생활을 찾아봐야 하나?'

혼자서 다 먹지도 못하는데 계속해서 만드는 것도 웃기고 낭비되는 일이다. 헤어짐의 이유가 이유니만큼, 아무런 미련 없이 제민을 마음에서 지울 수는 있었지만 그의 부재는 불쑥 이렇게 수연을 찾아왔다.

'감정이 사라졌다 한들 하루아침에 다 잊을 수는 없겠지. 가족이나 마찬가지였으니까.'

"아, 예쁘다."

글라세까지 발라 주어 반질반질하게 완성된 마들렌을 손가락 사이에 들고 수연이 중얼거렸다. 레몬마들렌의 표면에 반짝반짝 윤이 났다.

수연은 커피 머신으로 커피를 한 잔 내려서 아일랜드 스툴에 앉았다. 달짝지근한 마들렌을 한 입 깨물자, 포슬포슬한 식감과 함께 입안에 단맛이 부서져 내리고 코끝에 시큼한 레몬 향이 감돌았다. 혀끝까지 얼얼하게 단맛을 느끼면서, 수연은 진하게 내린 커피를 한 모금 마셨다.

"하아."

살 것 같아. 얼얼한 단맛을 누르며 혀끝까지 퍼지는 진한 커피의 쌉쓰레함을 느끼며 수연은 행복한 탄식을 뱉었다. 이 좋은 카페인의 흥취를 회사에서 마음껏 느끼지 못한 지 대체 얼마나 오래되었는지. 언젠가 수연이 잠시 화장실에 다녀오느라 책상에서 울리는 지헌의 호출을 듣지 못하는 바람에, 그가 비서실 책상까지 마중 나와 있는 것을 마주한 이후로는 회사에서 커피를 끊은 지 오래였다.

생각이 커피에서 회사로 이어지자, 부지불식간에 지헌에 대한 생각으로 의식이 흘러갔다. 수연은 커피 잔을 내려놓고 마들렌을 크게 한 입 깨물었다. 어째서인지 첫입만큼 달콤하지 않았다.

"마들렌…… 좋아하세요?"

연습하듯 꺼내 본 말이 퍽이나 듣기 어색했다. 입 밖으로 내뱉어 보니 절대 꺼내서는 안 될 말이라고 느껴졌다. 어쩐지 소름이 돋은 것 같기도 해서, 수연은 양팔을 손으로 슥슥 쓰다듬어 내렸다.

컵 받침 위에 올려놓았던 남은 마들렌을 한입에 집어넣은 수연이 티슈로 손가락을 닦아 내었다. 입안에 퍼지는 알싸한 단맛에 얼른 커피를 들이켜고는 핸드폰을 집어 들었다.

[미주야, 어제는 못 가서 미안. 너 혹시 달달한 거 좋아해?]
[단거? 없어서 못 먹지.]
[피클은?]
[피클도 좋아하는데. 왜?]

메시지를 보내자마자 거의 바로 돌아오는 미주의 메시지를 보며 수연은 사르르 미소 지었다. 소중한 마들렌을 맛있게 먹어 줄 사람이 있어서 다행이었다.

미주와 메시지를 주고받다 보니, 오히려 마들렌 열 개로는 부족하겠다는 생각이 들었다. 저녁 식사에 초대해 주셨는데 가겠다고 답해 놓고 졸지에 바람을 맞히게 된 오인석 상무도 떠올랐기 때문이다. 오 상무님 사모님과 따님도 디저트를 아주 좋아하셔서 출장길에 늘 유명한 디저트를 구입해서 댁에 가져가시도록 챙겨 드리곤 했었는데.

"다른 걸 좀 더 만들어 볼까?"

다시 달달한 냄새를 맡게 될 것을 생각하니 기분이 몽글몽글 들떴다. 수연은 레시피 북을 가져와 진지한 얼굴로 들여다보기 시작했다.

5

"왔어? 들어와."

미주가 수연의 팔을 잡아끌며 반갑게 맞았다. 원래는 부사장실이었던 지헌의 집무실에 비하여 도지호 상무의 집무실은 훨씬 더 비좁았다. 비서 사무실 안에는 책상 두 개가 빠듯하게 들어차 있었다.

"앉아, 앉아."

미주는 사무실 안쪽으로 수연을 이끌었다. 수연이 손에 들고 온 쇼핑백을 내밀자 미주의 눈이 기쁨에 차 동그랗게 커졌다.

"헐. 대박. 이걸 진짜 네가 직접 만든 거야? 완전 금손이잖아. 웬일이야, 웬일이야. 난 집에서 라면밖에 안 끓이는데, 이런 게 집에서도 만들 수 있는 거였어?"

미주는 손바닥을 찰싹찰싹 부딪치며 쇼핑백 안에 머리를 집어넣을 기세로 호들갑을 떨었다.

"그냥 겨우 흉내만 내는 거야. 그리고 이건 어제 처음 만들어 본 거라 좀 안 예쁜데……. 먹고 평가해 주라는 의미에서 가져왔어."

수연은 겸손을 떨었지만, 사실 반나절 동안 동동거리며 만든 과자들을 미주가 이토록 격하게 반겨 주니 뿌듯하기 그지없었다. 이미 몇 번 만들어 본 휘낭

시에는 그럭저럭 성공적이었지만, 처음 만들어 본 까눌레는 영 만족스럽지 않은 자태였다. 그래도 아쉬운 마음에 챙겨 왔는데 미주의 들뜬 모습을 보니 절로 어깨가 솟아오르고 입꼬리가 기분 좋게 휘었다.

"수연아, 안 되겠다. 우리 이걸로 창업하는 게 어때. 너 돈 좀 모아 났니? 아니다. 네가 과자 구우니까 내가 좀 더 많이 투자하는 걸로 하자. 나 원래부터 바지 사장이 꿈이었어."

미주의 방정이 계속되고 있을 때, 비서실 안쪽의 문이 열리며 센터장 집무실에서 박 실장이 걸어 나왔다.

"어? 한 대리 왔어요? 이건 뭐야, 문 대리 또 사내 카페 쓸어 왔어? 언젠 또 다이어트한다더니. 이런 거 왕창 먹으면서 점심만 노상 굶으면 뭐 해. 오히려 더 찐다."

수연에게 인사를 건넨 박 실장은 미주의 손에 들린 과자가 듬뿍 담긴 쇼핑백을 발견하고는 잔소리를 늘어놓았다.

"아이, 다이어트 얘긴 또 왜 해요. 제가 알아서 해요. 실장님은 실장님 뱃살이나 신경 쓰세요. 웃기셔, 증말."

"아니, 근데 이건 모양이 왜 이래? 이런 걸 돈 받고 판단 말이야? 거기 안 되겠네."

"……."

"이런 거 또 손톱만 한 거 하나에 막 오천 원 이렇게 하지? 문 대리 자꾸 그렇게 사내 카페에서 사치하다가 법인 카드 뺏긴다?"

하필 못생긴 까눌레를 집어 든 박 실장의 원색적인 비난에 수연의 얼굴이 달아올랐다.

"이 아저씨가 왜 이래."

당황한 기색의 미주가 격의 없이 박 실장의 등짝을 퍽 내리쳤다.

"파는 거 사 온 게 아니라 제가 만든 거라 그래요. 너무 많이 만들어서 다 같이 드셔 보시라고 가져왔어요."

수연은 미주가 법인 카드로 사치를 부린다는 박 실장의 오해를 풀기 위해 얼른 나서서 민망한 미소로 해명했다. 뒤늦게 크게 당혹한 박 실장은 양손을 휘저으면서 더듬더듬 변명의 말을 찾았다.

"어, 어쩐지. 핸드메이드 느낌이 물씬 나는 게, 공장에서 똑같이 찍어 내는 것들이랑은 영 다르게 심오한 장인 정신이 느껴진다 싶더라니. 내가 그냥 장난치려고 입방정 떤 거니까 한 대리님 오해하지 마요. 음, 이건 이름이 뭐예요? 겉은 바삭한데 속은 쫀득하네. 나 이런 건 처음 먹어 보는데."

박 실장이 허겁지겁 까눌레의 포장을 뜯어 한 입 깨물어 먹고는 속 빈 감상을 늘어놓고 있을 때 다시 한번 집무실의 문이 열리고 기다란 인영이 나타났다. 다소 까칠한 인상을 가진 지호가 미간을 찌푸린 채 등장하자 수연은 몸을 바로 세우고 살짝 묵례했다.

"안녕하세요, 상무님."

지호는 문간에 선 채 눈썹을 설핏 찡그리며 수연을 물끄러미 응시했다. 자신의 비서실을 차지하고 선 낯선 사람을 살피는 날 선 시선에 수연이 소속부터 밝혀야 하나 생각하는 찰나에 지호가 입을 열었다.

"아아, 경영기획실 소속이었죠? 저번에 임원 회의 끝나고 봤던."

지호가 잠시간의 관찰 끝에 기억났다는 듯이 물었다. 여전히 수연을 자세히 살펴보는 듯 빤히 직시하는 시선이었다. 사람 얼굴을 저렇게 대놓고 훑어보는 것은 도씨 집안 내력인가 싶을 정도로 부담스러운, 어쩐지 익숙하기까지 한 눈빛이었다.

문간에 느슨하게 기대선 지호는 권태롭고 나른한 분위기를 풍겼다. 비교적 창백한 피부에 슬림한 체형은 지헌과 사촌지간이라고 하기엔 전혀 다른 인상이지만, 여유롭고 느긋한 움직임과 위에서 내려다보는 것 같은 오만한 눈빛만큼은 역시 같은 피가 흐른다 싶은, 유사한 공기를 주변에 형성했다.

"네, 상무님."

"와아, 우리 도 상무님 사람 얼굴 정말 기억 잘 못하시는데. 역시 우리 도성전자 간판 미인 얼굴은 한번 보면 잊어버리기 쉽지 않죠. 그래도 그게 우리 도 상무님한테까지 통할 줄은 몰랐는데."

박 실장이 수연을 볼 때마다 매번 하는 간판 어쩌고 하는 타령에 수연은 늘 민망한 기분을 떨칠 수가 없었다. 단지 서로 미묘한 라이벌 관계에 있는 지헌의 비서이기 때문에 기억하는 것일 텐데, 민망한 방향으로의 확대 해석에 낯이 간지러웠다.

박 실장의 괜한 호들갑에 화제를 전환하기 위해 수연은 박 실장을 향해 조모상 잘 치르고 오셨냐는 의례적인 인사를 건넸다. 박 실장이 틀에 박힌 답을 하는 동안, 수연은 지호가 자신의 목에 걸린 사원증을 유심히 쳐다보는 것을 느꼈다.

이윽고 지호는 손목시계를 흘낏 확인하고 문간에 기대었던 몸을 똑바로 세웠다. 그 움직임을 눈치챈 미주가 얼른 인사를 건넸다.

"혁신 회의 가실 시간이네요. 다녀오세요, 상무님."

방긋 웃으며 인사하는 미주와 달리, 박 실장은 다소 풀어졌던 분위기를 반전시키고 서둘러 업무 수첩을 집어 들며 지호의 곁에 섰다.

"다음에 봐요, 한수연 씨."

지호가 문에서 두어 걸음 더 가까이 다가와서는 나긋하게 웃으며, 수연의 이름을 한 음절씩 띄어서 강조하듯 짚었다. 수연이 인사와 함께 묵례하자, 지호가 널찍한 보폭으로 사무실을 나섰다. 박 실장도 수연에게 눈인사를 남기고 잰 발걸음으로 그를 따라 나갔다.

둘이 사무실을 나서 문밖으로 완전히 사라지자, 미주가 돌연 정색한 얼굴로 수연의 양어깨를 붙잡아 세웠다.

"너 혹시 방금 우리 상무님한테 반하고 그런 거 아니지?"

"응? 그게 갑자기 웬……."

뜬금없는 미주의 말에 수연이 되묻자, 미주는 지호가 사라진 자리를 의심스러운 눈길로 바라보며 말했다.

"아니, 방금 뭔가 수상했잖아. 갑자기 네 이름 요상하게 짚어 가면서 부르고. 그거 완전 끼 부리는 거 같지 않았어?"

수연이야 그를 잘 모르니 원래 늘 그런 태도의 사람인가 싶었지만, 도지호 상무를 지척에서 모시는 미주가 수상하다고 확실히 못 박아 말하고 있으니 방

176

금 전의 짧은 조우에서 수연이 느낀 미묘한 기류가 착각은 아니라는 의미였다.

"내가 도지헌 상무님 비서라서 조금 눈여겨보시는 거 아닐까? 두 분이 서로 좀 신경 쓰이는 관계잖아."

수연의 말에 미주도 그럴싸한 추측이라며 고개를 주억거렸다.

"아무튼 그런 거라면 다행이지만. 나야 상무님 모시면서 이력이 나서 객관적인 시각을 유지할 수 있지만, 넌 괜히 홀랑 넘어가거나 그러지 마. 반반한 낯짝과 근사한 몸이 다가 아니야. 도 상무 성격 정말 안 좋아."

미주가 말소리를 낮추면서 수연의 귓가에 속삭거렸다.

"자기 여자한테야 어떻게 잘하는지는 모르겠지만. 그 성격 어디 가겠어? 어우, 야. 나 아까 소름 돋은 거 아직도 있어, 이거 봐 봐."

속닥거리는 미주의 목소리를 새겨들으면서, 수연은 괜스레 가슴 한편이 쿡 찔리는 기분이었다. 성격 나쁜 다른 도 상무 생각이 나서…….

□ ◆ □

"그건 뭡니까?"

비서실을 지나 집무실로 들어서던 지헌은 문간에 멈춰 서서, 수연이 손으로 바쁘게 갈무리하던 것을 눈짓했다.

수연은 지헌이 회의로 자리를 비운 동안 나머지 쇼핑백을 오인석 상무님께 전해 주고 올 생각이었다. 책상 아래에 넣어 두었던 쇼핑백을 꺼내어 놓고 잠시 나갔다 올 채비를 하고 있는데 예상치도 않게 갑자기 지헌이 사무실로 돌아온 것이었다. 그의 갑작스러운 등장에 화들짝 놀란 수연은 저도 모르게 쇼핑백들을 책상 아래로 던져 버렸다.

그 수상한 몸짓에, 사무실을 그냥 지나쳐 가던 지헌이 문간에 멈춰 서 몸을 돌리고 수연에게 물은 것이었다.

"아……. 아무것도 아니에요."

"아무것도 아닌 게 아닌데?"

지헌은 여차하면 직접 그쪽으로 가서 확인해 볼까? 하는 표정으로 말했다.

이럴 줄 알았으면 한 개 정도는 드시겠냐고 미리 물어볼 것을. 상황이 꼭 일부러 주지 않으려고 숨겨 놓았던 것 같잖아…….

뒤늦은 후회가 밀려들었다. 수연은 민망한 기분을 삼키며 대답했다.

"실은 주말에 과자를 구웠는데, 너무 많이 만들어서 나눠 주려고 가져왔어요."

"근데 왜 숨겨요?"

"아, 숨긴 건 아니고요. 갑자기 돌아오셔서 좀 놀랐어요."

"왜, 내가 달라고 할까 봐?"

지헌이 픽 웃으며 말했다. 설핏 보기로는 쇼핑백에 넘실거릴 정도로 무언가 잔뜩 들어 있었다. 무슨 과자 공장을 차렸나. 그다지 손재주가 좋아 보이게는 안 생겼는데. 아니, 그보다 그런 걸 좋아하지 않을 것처럼 생겼는데, 직접 구울 줄 안다니 의외였다.

"아니요. 그런 게 아니라 상무님 단거 별로 안 좋아하시니까…… 안 권해 드렸어요."

역시, 주기 싫어서 숨긴 걸로 보였나 봐. 수연은 당황스러운 마음을 애써 달래며 변명을 늘어놓듯 말을 이었다. 지헌은 그런 수연이 재밌다는 듯 입꼬리에 웃음을 매달고 선선하게 말했다.

"하나 줘 봐요."

"네?"

"싫어요? 역시 얄미운 사람한테는 주기 싫어서 숨겨 놨던 건가?"

"네? 아니요. 그럴 리가요."

"안으로 가져다줘요."

"네, 커피랑 내어 드릴게요. 들어가 계세요."

지헌이 집무실 안으로 사라지자, 수연은 당황한 와중에도 그가 방금 내린 신선한 커피만 취급하는 예민 떠는 상사라는 사실을 상기하고 서둘러 커피부터 내렸다. 고운 원두 가루 위에 뜨거운 물을 조심히 붓자, 사무실 안에 금세 향긋한 커피 향이 가득 퍼졌다.

수연은 쇼핑백을 열어서 구움과자를 종류별로 하나씩 꺼냈다. 무의식중에 쇼핑백 안에서 모양이 제일 예쁜 과자를 골라내다가, 문득 그것을 자각하고는 일부러 더 못생긴 과자를 꺼내어 포장을 뜯었다.

수연은 트레이에 과자를 담은 접시와 커피 잔을 올리고 집무실 나무 문을 노크했다. 네, 하는 낮은 음성이 대답하는 소리를 듣고 문을 열자, 지헌이 책상에 앉아 있던 몸을 일으켰다. 지헌은 느긋한 발걸음으로 유유히 소파로 걸어와, 슈트 상의의 단추를 끌러 양옆으로 젖히며 앉았다.

"뭐 해요? 앉아요."

트레이만 내려놓고 나갈 생각으로 여전히 소파 옆에 서 있던 수연에게 지헌이 말했다. 수연은 대답과 함께 지헌이 차지하고 있는 기다란 소파 대신 1인용 소파에 조용히 앉았다.

"좀 잘라 드릴까요?"

지헌이 과자엔 관심도 두지 않고 수연만 빤히 바라보자, 어색함을 이기지 못한 수연이 말했다. 그렇게 말하면서도, 왜 자꾸 지헌의 앞에서는 이런 충성심 넘치는 무수리 마인드가 난데없이 발동되는 것인지 모르겠다는 생각이 수연의 머리를 스쳤다. 원래도 임원들 사이에 세심한 의전으로 평판이 자자한 수연이기는 하지만, 그래도 유독 자꾸 과해지는 면이 없지 않았다.

지헌이 대답 대신 고개만 끄덕이자, 수연은 손을 뻗어 나이프로 과자를 적당히 먹기 좋은 크기로 잘랐다. 아무래도 이 덩치 커다란 무뚝뚝한 남자가 이런 깜찍한 과자를 통째로 집어 들고 입으로 앙 베어 무는 장면이라니, 상상이 잘되지 않았다. 어쩐지 조금 궁금하기도 하지만…… 허튼 생각일 뿐이니. 수연은 한 입 크기로 잘라 놓은 과자를 포크로 찍어서 지헌에게 내밀었다.

포크를 건네받아 입에 넣은 지헌의 표정을 찬찬히 관찰하던 수연의 입꼬리가 점점 굳어져 내려갔다. 어떻게 저 달콤한 과자를 입에 넣고도 저런 무감각한 표정을 지을 수 있는 것인지.

수연은 무감동한 표정으로 마치 과자 맛을 씻어 내듯 곧바로 커피 잔을 입가에 기울이는 저 무심하고 예의 없는 손을 가차 없이 쳐 내고 싶은 충동과 싸워야 했다. 수연의 얼굴을 흘끗 확인한 지헌은 나지막한 목소리로 말했다.

"맛있네요."

"……별로 맛있어하시는 표정이 아니신데요."

"맛있어요."

"억지로 드실 필요 없으세요."

"딱히 억지로 먹는 건 아니에요. 아, 지금 먹고 싶은 게 따로 있긴 하지만."

지헌의 무감각하기만 하던 얼굴에 장난기 섞인 능청스러운 미소가 피어올랐다. 멈칫 굳은 수연은 애써 아무렇지 않은 표정으로 말했다.

"무슨 말씀 하시는 건지 전혀 모르겠네요."

지헌이 피식 웃으며 커피 잔을 다시 입으로 가져가 커피를 한 모금 마셨다. 저렇게 발뺌을 할 때 당황한 표정이 웃겨서 자꾸 이렇게 웃기지도 않은 쓰레기 같은 농담을 하게 된다는 것을 모르는 얼굴이 분명했다.

수연은 지헌의 모습을 물끄러미 바라보다가, 상의의 좁은 주머니 안에 넣어놓았던 것을 조심스럽게 꺼내어 그에게 내밀었다.

"그리고 여기. 돌려드릴게요."

새벽에 꾸역꾸역 집에 가겠다고 고집부리던 수연이 탄 택시 안에 밀어 넣었던 지헌의 카드였다. 지헌은 수연이 까만색 카드를 커피 테이블 위에 내려놓는 것을 바라보다가 입을 열었다.

"그냥 가지고 있어요."

"아니요. 돌려드릴게요."

"앞으로 우리 집에서 한수연 씨 집까지 자주 왔다 갔다 하게 될 텐데, 그냥 가지고 있으면서 써요."

"아뇨. 택시비 정도는 제가 감당할 수 있어요."

"혹시 일부러 그러는 거예요?"

다짜고짜 앞뒤 없이 묻는 말에, 수연은 어리둥절한 얼굴로 지헌을 바라보았다. 지헌은 커피 잔을 테이블 위에 툭 내려놓으며 말했다.

"기를 쓰고 계속 그렇게 나 등신처럼 보이게 만드는 거 말이에요."

"네? 아니요. 그러려는 의도는, 전혀 없는데요."

"그럼 특별히 별다른 의도가 있는 건 아니지만……"

지헌은 양 허벅지에 팔꿈치를 기대며 상체를 앞으로 기울였다. 빤히 직시하는 시선에 수연의 몸이 긴장으로 굳어졌다. 수연은 저도 모르게 마른침을 꿀꺽 삼켰다.

"내 집에선 자고 가는 것도 싫다. 데려다주는 것도 싫다. 차 빌려주는 것도 싫고, 카드도 싫고."

"……"

"그러니까, 한수연 씨가 좋아하는 건, 내 몸 하나밖에 없다?"

그런 거지? 라고 재차 확인하듯 지헌은 수연을 응시한 채 고개를 옆으로 살짝 기울였다.

'몸 하나라니, 누굴 지금 육체만 탐닉하는 파렴치한으로 취급하는 거야……'

관계의 정의를 내리자면, 그런 관계에서 크게 벗어나지는 않는 게 사실이지만, 파렴치한의 정도를 따지자면 지헌이 한 수 위인데 수연만 그런 취급이라니, 엄연한 반칙이었다. 수연은 억울한 마음에 입술을 떼고, 그의 말에 있어서 불현듯 떠오르는 중대한 오류부터 지적하기로 했다.

"우선. 얼굴도…… 나쁘지 않다고 생각하고요."

수연을 가만히 바라보고 있던 지헌이 예상치 못한 일격을 받은 것처럼 일순 웃음을 터뜨렸다. 그의 눈꼬리가 부드럽게 휘어지며 눈가에 기분 좋은 주름이 졌다.

"좋으면 좋은 거지, 나쁘지 않은 건 뭐야."

지헌이 순순하게 짓는 미소가 몇 번을 보아도 여전히 낯설게만 느껴져, 수연은 약간 멍해지는 기분이었다.

"귀여운 말도 하실 줄 알고. 진짜 큰일 날 사람이네."

지헌은 여전히 웃음의 여운이 남은 목소리로 혼잣말하듯 나른하게 읊조렸다. 카드를 반납하면서 한바탕 서로의 신경을 긁어 댈 피곤한 대화에 임하게 될 각오를 단단히 다지던 수연은 맥이 탁 풀린 채 지헌을 바라보았다. 지헌은 불현듯 1인용 소파에 앉아 있는 수연의 팔을 잡아서 자신 쪽으로 끌어당기며 말했다.

"앞으로는 거기 앉지 말고, 이쪽에 앉아요."

"앗. 잠깐. 왜요."

"왜긴. 너무 멀잖아."

지헌은 수연의 허리를 끌어당겨 자신의 허벅지 위에 올려 앉혔다. 소파의 옆자리에 앉는 정도로 생각해서 선선히 딸려 가던 수연은 화들짝 놀라 지헌의 어깨를 밀어 내며 몸을 일으키려 버둥거렸다. 허리를 감싼 커다란 손이 수연을 붙잡고 오히려 힘주어 눌렀다.

"아, 상무님. 잠깐……."

지헌의 허벅지에 풀썩 앉았던 수연이 튀어 오를 듯 놀라며 엉덩이를 들썩거렸다. 왼쪽 허벅지 위로 비스듬하게 누이듯 수납된 딱딱한 윤곽이 엉덩이 아래로 고스란히 느껴졌기 때문이었다. 공교롭게도 수연이 깔고 앉은 그 바로 아래로.

"다, 다른 쪽에 앉을게요."

"응? 일부러 이쪽에 앉은 건데."

"아……. 이것 좀……."

"자꾸 그렇게 움직이면 더 커져요."

지헌의 입꼬리의 장난기 어린 미소가 짙어졌다. 지헌은 수연의 허리를 옭아매듯 고정시키고 더 가까이 끌어당겼다. 수연의 얼굴이 눈에 띌 정도로 붉게 달아올랐다. 역시 빨갛게 달아오른 귓가에 한숨 같은 숨소리가 짧게 와 닿았다.

"회의실에 문제가 생겨서, 그룹장들 이쪽으로 불렀어요. 곧 있으면 올 텐데, 서 버렸네."

지헌은 수연의 귓불에 입술을 가까이 맞붙이고 나긋하게 속삭였다. 마치 남의 물건의 기립 여부를 논하듯 태평하기만 한 목소리로.

오히려 듣고 있던 수연이 몸을 파르르 떨며 그의 허벅지 위에서 튕기듯 벌떡 일어났다. 수연은 짐짓 다정하기까지 한 말투로 망측한 소리나 읊어 대는 입을 손바닥으로 주욱 밀어 냈다. 그는 의외로 선선히 미는 대로 멀찍이 밀려났다. 지헌이 키득거리며 내는 웃음소리에 손바닥이 간질거렸다.

"아쉽지만, 나도 어느 정도 진정할 시간이 필요해서."

웃음기가 잔뜩 밴 목소리와 함께 지헌의 입술이 불쑥 가까워졌다. 입술을 훔치듯 가벼운 압력으로 닿았다가 금세 떨어졌다.

"나머지는 퇴근하고 마저 하는 걸로 하고."

지헌은 수연의 블라우스 네크라인의 삐뚤어진 리본을 매만져 균형을 맞추고는 또 한 번 짧게 입술을 겹쳤다. 거부할 새 없이 다가와서는 깃털처럼 가볍게만 닿았다가 멀어지는 감각에 목구멍 안이 아쉬움으로 간질거렸다.

완벽하게 균형이 맞는 리본을 점검하듯, 리본 한 번, 수연의 얼굴을 한 번 번갈아 본 지헌은 리본이 붙은 자리를 톡톡 두드리며 말했다.

"예쁘네요. 진정하는 데 도움 안 되게 말이야."

당혹감으로 수연의 무릎이 작게 휘청거렸다. 갑작스러운 간지러운 말 때문인지, 혹은 시도 때도 못 가리고 그의 욕망을 고스란히 내보이며 잔뜩 부풀어 있는 곳이 갑자기 수연의 시선을 사로잡았기 때문인지 스스로도 헷갈렸다.

지헌은 수연의 양팔을 단단히 붙잡아 세워 주며 말했다. 수연의 시선이 어디에 닿아 있는지 뻔히 알고 있으면서 거리낄 것 없다는 듯 태연한 표정으로.

"힘들면 앉아서 좀 쉬다 가요."

그러고는 평소와 전혀 다르지 않은 느긋한 발걸음으로 슬렁슬렁 걸어서 창가의 책상에 가 앉았다.

"아뇨. 나가 볼게요."

수연은 트레이에 하나도 채 먹지 않은 과자가 그대로 남은 접시와 커피 잔을 정리하기 시작했다.

"아. 그건 여기 주고 가요."

"네? ……드시려고요?"

"응. 말했잖아요. 맛있다고."

다소 의심스러운 기분을 지우지 못한 수연이 눈을 가늘게 뜨고 지헌을 바라보았다. 지헌은 어느새 모니터에 집중하고 있었다. 수연은 책상 끄트머리에 트레이를 놓아두고 집무실 바깥으로 나갔다.

사무실에 혼자 남은 지헌은 닫힌 집무실 문을 흘끗 쳐다보고 리모컨을 뻗어 창문의 블라인드를 내렸다. 그러곤 접시 위에 남은 과자를 한 조각 집어서 입에 넣었다. 혀가 아릴 정도로 입안에 퍼지는 과도한 단맛에 지헌은 왈칵 인상을 찌푸렸다.

최소 한 달 치 설탕을 입에 들이부은 느낌이었다. 급하게 커피를 들이켜서 단맛을 중화시켰지만 여전히 혀가 아릿하게 저렸다.

이미 블라인드로 시선을 완벽히 차단한 창문을 무의식적으로 확인한 지헌은 서운함과 약간의 분노가 어른거리던 수연의 표정을 회상하며, 큰 결심을 굳힌 듯 포크 쥔 손을 접시 위로 뻗었다.

□　◆　□

"퇴근합시다."

퇴근 직전, 앞서 사무실을 나서던 지헌은 무언가 깜빡하고 있던 게 생각났다는 듯 아, 하는 추임새와 함께 멈칫 몸을 멈추었다. 그러고는 몸을 돌려서 수연에게 한걸음에 가까이 다가왔다.

순간 이건 키스다, 라고 생각해 몸을 움츠린 것이 무색하게 지헌은 담백한 몸짓으로 수연의 블라우스 가슴 쪽에 붙은 야트막한 포켓에 카드를 스윽 끼워 넣었다. 수연이 오후에 커피 테이블 위에 올려놓았던 지헌의 카드였다.

"저녁은 한수연 씨가 사요. 대신 메뉴도 한수연 씨가 먹고 싶은 걸로."

자연스러운 되넘김에 어이가 없어서 수연은 허탈하게 웃어 버리고 말았다. 무슨 폭탄 돌리기도 아니고. 카드야 안 쓰면 그만이지.

□　◆　□

경부고속도로를 빠르게 달리는 차의 내비게이션은 성동구의 한 식당을 안내하고 있었다. 수연이 꽤 좋아하는 곳이면서, 오래간만에 찾는 곳이었다.

두 사람을 태우고 금세 고속도로로 진입하는 차 안에서 수연은 어떤 식당으로 가야 할지를 고심했다. 우선 도성전자 비서들 사이에서 공유되는 맛집 리스트들은 모두 제외했다. 대부분 회사 근처의 식당이라 고려의 대상조차 되지 않았다. 그 외에 혹시라도 아는 얼굴을 만날 법한 장소도 하나씩 제치고 나니 떠오르는 장소는 몇 군데 남지 않았다.

1년에 두세 번은 꼭 찾아갈 정도로 계절마다 가던 곳이었는데, 마지막으로 간 게 지난여름이었다. 응봉산 기슭의 급격한 경사를 올라가기엔 제민의 낡은 중고차가 무척이나 힘겨워했다. 중간에 멈춰 서기라도 할까 봐 에어컨까지 끄고 올라갔던 기억이 있다.

그런 곳에 잠자리 상대이자 직장 상사를 모시고 간다는 게 찝찝한 구석이 없지 않지만 별수 있나. 제민과 워낙 긴 시간을 함께했기에 추억을 공유하지 않은 장소를 찾는 게 더 어려웠다. 수연은 씁쓸함을 삼키며, 빠르게 사물이 지나쳐 가는 창밖으로 시선을 건넸다.

경부고속도로를 빠져나간 차가 야경으로 반짝거리는 한강을 건너가는가 싶더니, 금세 내비게이션이 가리키는 목적지에 도착했다. 바깥에서 봐서는 전혀 식당처럼 보이지 않는 허름한 대문을 열고 들어가니 좁다란 마당이 그들을 맞이하였다.

잔디가 듬성듬성하게 난 마당에는 커다란 가마솥이 걸려 있었다. 가마솥을 휘젓던 아주머니가 인사로 맞으며 아무 데나 가 앉으라며 안쪽의 테이블을 가리켰다. 지헌은 테이블에 앉으며 벽에 붙은 메뉴판을 스윽 살폈다. 고민할 거리도 없이 단출한 메뉴였다.

메뉴판에는 잔치국수 하나만 덜렁 적혀 있었다. 날씨가 조금만 더 더워지면 그나마 있던 잔치국수 장사도 접고, 여름 내 직접 갈아 만든 걸쭉한 콩물에 얼음을 동동 띄운 콩국수를 파는 곳이었다.

"직접 만든 과자도 얻어먹었는데, 더 좋은 거 먹으러 가지. 이런 걸로 괜찮겠어요?"

"잔치국수가 왜요. 그리고 아까 보셨잖아요. 무려 가마솥에서 끓인 육수로 만드는 거예요."

"하긴. 애초에 나 주려고 만든 과자는 아니었지. 얼마나 주기 싫었으면 몰래 책상 밑에 숨겨 놓고. 한수연 씨 좀 치사한 구석이 있어."

그러는 본인이야말로 집요한 구석이 있는 남자였다. 수연은 못 들은 척 물컵에 물을 따라 지헌에게 건넸다.

직원이 주문을 받으러 오는 동안 수연의 고민이 깊어졌다. 이곳의 히든 메뉴인 두부김치를 시키느냐 마느냐에 대한 중차대한 문제였다. 보통은 둘이서 잔치국수 하나, 두부김치 하나씩 시켜서 사이좋게 나누어 먹지만, 어디 맞은편에 앉은 저 남자가 국수 그릇 안에 젓가락을 물색없이 부딪쳐 가면서 나누어 먹을 만한 사람이냐는 말이다. 아니, 애초에 그런 민망한 상황은 이쪽에서 사양이지.

그렇다고 두부김치를 포기하기엔……. 숨겨져 있는 메뉴이지만 사실 접근성도 좋지 않은 이 식당을 굳이 사람들이 찾아오는 이유나 마찬가지인, 오히려이 가게의 대표 메뉴였다. 직접 콩을 갈아 정성을 듬뿍 넣어 만드는 몽글몽글한 손두부에, 들기름에 달달 볶은 새콤달콤한 볶음김치를 척 올려 먹는…….

"주문하시겠어요?"

"아, 네. 잔치국수 두 개 주세요."

수연은 아쉬움을 삼키고 어느새 다가와 주문을 받는 직원에게 말했다.

"두부김치는 안 하시고요?"

심드렁하게 묻는 직원의 말에 수연의 차분한 얼굴이 움찔 동요했다. 물컵을입가에 가져와 기울이며 주문하는 수연을 물끄러미 바라보고 있던 지헌의 눈이가늘어졌다. 저건 또 무슨 표정이야.

가증스럽게 속이랑 다른 말을 종알거릴 때의 예의 그 상냥함을 가장한 가짜미소를 띤 수연이 직원에게 '네, 괜찮아요.' 하고 담담한 말투로 대답했다. 직원이 빌지를 탁 접으며 등을 돌리고 테이블에서 멀어지는 뒷모습을 수연의 고개가 아쉬운 듯 따라갔다.

"저희."

지헌의 부름에 직원이 가던 걸음을 멈추고 돌아보았다.

"두부김치도 하나 주세요."

수연은 놀란 눈을 동그랗게 뜨며 무의식중에 허리를 꼿꼿하게 세웠다.

"상무님. 너무 많아요. 여기 양이 많아서, 그거 둘이서 다 못 먹어요."

"내가 먹고 싶어서."

지헌이 어깨를 으쓱거렸다. 듣던 중 반가운 소리였기 때문에 수연은 예의상의 사양은 한 번으로 끝내기로 하고 물컵을 가져와 입에 기울였다. 여기까지 왔는데, 사실 그 몽실몽실한 손두부를 못 먹고 간다고 생각하니 아쉬웠던 마음이 굴뚝같았다. 빌지에 펜으로 두부김치를 추가해 넣은 직원이 물었다.

"막걸리는 안 하시고요?"

또 그 표정이네.

지헌이 피식 웃으며 대답했다.

"주세요."

"뭐로 드릴까요? 생막걸리랑 서울 거 있는데."

당연히.

"생막걸리로……."

물을 것도 없다는 듯이 수연이 즉시 대답했다. 수연은 그걸 물어보는 직원의 질문을 이해할 수 없었다. 직접 발효시킨 수제 생막걸리를 판매하는 곳에서 시판 막걸리를 사 먹을 이유가 전혀 없는데, 그걸 왜 묻지?

"한수연이 애주가인지는 전혀 몰랐는데."

주문을 다 받은 직원이 사라지자, 지헌은 몸을 앞쪽으로 기울이며 말했다.

"애주가까지는 아니고요. 여기서밖에 못 먹는 거란 말이에요. 직접 담근 술은 술이 아니라 약이라고 하잖아요."

"누가?"

"못 들어 보셨어요? ……누가 그랬어요. 분명히 어디서 들었는데."

"난 처음 듣는 말인데. 한수연 씨가 지어낸 말 아니에요?"

"……상무님 미국 계실 때 유행했던 말인가 봐요."

음식이 나오자, 수연은 제일 먼저 주전자째로 나온 막걸리를 잔에 따랐다.

"맛있게 드세요."

지헌에게 인사를 건네고 막걸리 잔을 기울이자, 탄산이 톡톡 터지는 막걸리 향이 은근하게 입안에 퍼졌다.

"어떠세요?"

수연은 지헌이 막걸리 잔을 입에서 뗄 때를 기다렸다가 조심스럽게 물었다.

"맛있네."

곡물주는 뒤끝이 안 좋은데.

지헌은 고개를 끄덕거리며 말했다. 수연이 다행이다, 작게 중얼거리며 웃었다. 기다란 눈꼬리가 곡선을 그리며 접혔다. 그 휘어진 눈가에 시선을 고정시킨 채, 지헌은 잔에 남은 막걸리를 한 번에 들이켰다.

☐ ◆ ☐

식사를 마치고 나오면서 식당 카운터에 대리 기사 호출을 부탁드렸다. 시내에서 다소 동떨어진 위치라 그런지 핸드폰 앱으로는 도저히 잡히지가 않았다.

잠시만 기다리란 직원의 말에 마당에 서서, 수연은 모록하게 늘어서 있는 장독대를 구경했다. 찌르르 우는 풀벌레 소리와 가게 안에서 막걸리를 기울이며 도란도란 대화하는 소리가 들려왔다.

지헌은 양손을 팬츠 주머니에 꽂아 넣고 마찬가지로 장독대를 내려다보고 있었다. 수연이 흘끗 돌아보자, 곧바로 그와 시선이 마주쳤다. 주황빛 조명을 등진 채 지그시 쳐다볼 뿐인데, 마주친 수연의 눈동자가 작게 일렁였다.

수연은 시선을 마주친 자신을 질책했다. 한번 이어진 시선은 떼어 내기가 쉽지 않았다. 심장 박동은 거세어지고, 지헌의 얼굴이 금방이라도 기울어질 것 같은 착각이 일었다. 그는 담담하게 내려다볼 뿐인데 왜 그런 착각이 이는지. 수연은 물론 그 이유를 알고 있었다.

눈. 짙고 깊어진 눈.

키스할 때의 눈이었다.

사박사박 가까워지는 타인의 발걸음 소리가 그 어느 때보다도 반가웠다. 수연은 마주친 시선을 떼어 내고 소리가 들린 쪽으로 고개를 돌렸다. 곤란하다는 듯 웃는 얼굴의 아주머니가 다가와서 말했다.

"어쩌죠? 지금 피크 시간이라 그런지 대리가 잘 안 잡히네. 이 시간대 좀 벗어나야 여기까지 들어올 것 같은데. 차라리 요 위에 팔각정 가까우니까 잠깐 산책 좀 하다가 부르는 게 나을 것 같은데, 괜찮아요?"

수연의 얼굴에 난감함이 스쳤다.

아, 그러니까. 저희가 그렇게 막 '산책 좀' 할 사이가 아니라서요. 라고 대놓고 말할 수는 없었다. 다른 누구를 탓할 수도 없었다. 막걸리 소리에 제일 반색을 하고 들이마신 건 수연 자신이었으니.

'그렇다는데, 상무님 괜찮으시겠어요?' 라고 묻는 표정으로 수연이 지헌을 바라보았다. 수연의 뒤쪽에서 아주머니가 덧붙여 말했다.

"저번주에 왔으면 개나리 축제도 하고 있었을 텐데. 지금 끝물이긴 하지만 개나리도 좀 남았으니까 한 바퀴 돌고 와요. 대리 기사 잡히면 전화 넣어 줄게, 그때 내려오든가."

응봉산의 높은 경사를 차로 대부분 올라오기는 했지만, 식당에서 팔각정이 있는 곳까지는 조금 더 올라가야 했다. 조금만 올라가면 금방이라는 아주머니의 너스레는 곧 거짓이었다는 것이 밝혀졌다. 차로는 몇 번이고 올라가 본 적이 있는 팔각정이었지만, 걸어서 올라가려니 금세 수연의 숨이 헐떡거리며 턱끝까지 차올랐다.

경사진 흙길과, 나무 데크로 만든 계단이 반복되는 산책로가 꽤 깔끔하게 정리되어 있다는 점이 그나마 다행이었다. 두 사람이 걷는 산책로 옆으로 차 몇 대가 헤드라이트를 밝히며 엔진 소리를 크게 남기고 지나쳐 갔다.

"힘들어요?"

입을 크게 벌리고 숨을 색색거리는 수연을 향해 지헌이 물었다. 그의 시선에 수연이 얼른 벌어진 입을 다물고 숨을 가다듬었지만, 허겁지겁 산소를 갈구하는 폐 때문에 거세게 오르내리는 가슴을 가라앉히기란 쉽지 않았다. 이래서 등산도 안 하는 건데.

"가지 말까."

"아니. 가요."

색색거리는 숨 중간중간마다, 수연이 겨우 말을 이었다. 몸이 힘들기는 해도, 그와 어색하게 마주 서서 대리 기사를 기다리는 것보다는 차라리 몸을 혹사시키는 것이 나은 것 같았다. 금방이라도 끌어당겨 집어삼킬 것처럼 시선을 떼지 않던 순간의 긴장감을 견디느니…….

식당에서 출발했을 때보다 수연의 걸음이 훨씬 느려져 있었다. 봄의 선선한 밤공기가 스치던 수연의 손에 불현듯 따뜻한 손가락이 사이사이 얽혀 들었다. 수연은 깜짝 놀라며 발걸음을 멈췄다.

그러니까. 이건. 이런 일상적인 순간에 이런 스킨십이라니.

어색하고, 무척이나 낯간지러운 행동이었다. 서로 몸을 섞을 때는 마치 습관인 것처럼 몇 번이나 얽고 끼우는 손깍지만, 적어도 지금 이 순간에는 전혀 어울리지 않았다.

'내가 뭐 때문에 아닌 밤에 등산을 감수하고 있는데.'

어색한 상황을 피해서 애써 몸을 혹사시키는 쪽을 택했는데, 몸도 힘들고 심지어 더 어색한 스킨십까지 맞닥뜨리게 되다니.

어찌할 바를 몰라 그저 눈만 빠르게 깜빡이는 수연의 모습에 지헌은 소리 없이 웃으며 태연하게 말했다.

"힘들어 보여서. 끌어 주려고."

뻣뻣하게 굳어진 수연의 반응에도 아랑곳하지 않고, 지헌은 얽힌 손을 꽉 쥐었다. 두 사람의 시선이 마주치자, 지헌이 싱긋 웃었다. 어색함과 혼란에 빠져 있던 수연을 한순간에 단순한 호의에 혼자 과한 의미를 부여하고 몸을 사린 사람으로 만들어 버리는 청렴 담백한 얼굴이었다.

맥이 탁 풀리는 기분에 수연은 아무런 대꾸 없이 지헌의 손이 옭아맨 자신의 손을 가만히 내려다보았다. 그의 커다란 손에 가려 제 손은 거의 보이지도 않았다.

천천히 발걸음을 옮기는 지헌의 속도에 맞춰, 수연도 다리를 움직였다. 그의 손이 이끄는 힘 때문인지, 혹은 그저 기분 탓인지 내딛는 발걸음이 조금은 가벼워진 것도 같았다.

산책로를 노란색으로 흐드러지게 물들인 개나리꽃 사이사이에 숨은 풀벌레들이 시끄럽게 노래했다. 요란한 벌레 소리 덕분에 가쁜 숨을 마음 놓고 내쉬어도 괜찮을 것 같았다. 화사하게 만발한 개나리와 군데군데 핀 진달래가 봄밤의 선선한 바람에 몸을 얕게 흔들었다.

입에서 흘러나오는 숨이 너무 뜨겁게 느껴졌다. 아무래도 알코올 농도 7%에 불과한 막걸리의 미미한 효력에 더해진 한밤중의 등산이 놀라운 시너지 효과를 발휘해 수연의 몸과 마음을 말랑거리게 만들고 있는 것 같았다.

아닌 게 아니라, 주전자에 든 막걸리의 대부분을 수연 혼자 비운 것 같았다. 그러고 보니 맛있다는 말은 순 거짓말이었어……. 지헌은 막걸리를 마시는 것보다 수연이 막걸리를 연거푸 들이켜고 가랑비에 옷 젖듯 서서히 취해 가는 모습을 기꺼이 감상하는 쪽을 더욱 즐기는 것 같았다.

문득 이는 어지럼증에, 수연이 손에 힘을 주어 잡자 함께 걷던 지헌은 고개를 내려 수연을 바라보았다. 눈이 마주쳤다.

아무래도 막걸리에 너무 취한 것 같은 순간이었다.

□ ◆ □

힘들게 걸어 올라와 드디어 맞이하게 된 응봉산 정상의 야경은 차로 손쉽게 올라왔던 기억과는 비교할 수 없을 정도로 아름다웠다. 소담한 마당 한복판에 자리한 팔각정 뒤편으로 탁 트인 한강의 야경이 고스란히 펼쳐졌다.

바위산 정상에 삐죽 솟은 팔각정에 올라 기대어 앉자, 스치우는 바람에 옷자락이 펄럭거렸다. 경사와 계단의 향연이 끝난 지 오래였지만, 여전히 서로의 손이 하나로 얽혀 있었다.

강 너머 아파트촌의 불빛이 하늘 아래를 점점이 밝히고 어두운 밤의 까만 강줄기가 유유히 흘러갔다. 동호대교의 유려한 곡선 위를 달리는 자동차들이 내뿜는 각각의 헤드라이트가 눈부시게 반짝거렸다.

"사실 저기 주차장이 있어서 정상까지 차로 올 수 있거든요. 여기 우리처럼 걸어서 올라오는 사람 거의 없을 거예요."

둘이 똑같이 올라왔는데 유독 혼자만 한라산 등정을 막 마친 사람처럼 거친 숨을 몰아쉬는 것이 무안해, 수연은 영양가 없는 말을 실없이 늘어놓았다. 숨쉬기가 버거워 말꼬리가 유난히 길어졌다.

"자주 와요, 여기?"

"자주는 아니고…… 종종 왔어요. 아까 그 식당 여름에는 콩국수만 파는데 거기처럼 직접 콩 갈아서 만드는 곳 몇 군데 없거든요. 계절 바뀌면 가끔 생각나서 식당 때문에 오기도 하고……. 예쁘잖아요, 야경이……."

지헌은 입꼬리를 올린 채, 조곤조곤 듣기 좋은 수다를 늘어놓는 수연을 물끄러미 바라보았다.

"전 서울에서 여기가 야경 제일 예쁜 것 같아요. 사람도 그다지 많지 않아서 좋고. 맥주 한 캔씩 들고 와서 하염없이 내려다봐도 비키라고 눈치 주는 사람도 없고."

"누구랑 와 봤는데?"

가만히 듣고 있던 지헌이 던진 기습 질문에, 수연은 마른침을 꿀꺽 삼켰다. 쓸데없는 소리를 늘어놓았다는 후회가 뒤늦게 밀려들었지만 이미 뱉은 말을 주워 담을 수도 없고. 지헌 역시 뱉은 질문을 철회할 생각이 없는지 답을 기다리는 시선으로 수연을 응시했다.

아무래도 막걸리, 그게 문제였어. 아니면 이 선선한 봄바람. 아니. 이 비현실적인 야경……. 애초에 우릴 여기로 올려 보낸 식당 아주머니. 지금 이 분위기에 일조한 모든 것들에 대한 원망을 곱씹으며 수연은 머뭇거림 끝에 나직하게 대답했다.

"전에…… 만나던 사람이요."

어차피 거짓말이 통할 위인도 아닌 데다, 사실 뻔한 질문이기까지 했다. 이런 곳을 그럼 달리 누구랑 오겠어. 체념 섞인 수연의 선선한 대답에 지헌이 헛웃음을 지었다.

192

"헤어진 남자 친구랑 왔던 데이트 코스에 나를 데리고 오다니, 기분이 좋아야 하는 건지 나빠야 하는 건지 헷갈리네."

혹 벌컥 화를 낼까 봐 내심 걱정이 되었는데, 우려했던 만큼의 격한 반응은 아니라 수연은 조용히 한숨지었다. 거기다가 '헤어진 남자 친구'라니, 매번 게이 새끼니 호모 새끼니 하면서 얕잡아 부르고 씨근덕거린 것에 비하면 굉장히 격조 높은 표현이기까지 했다.

"저도 상무님을 여기까지 모시고 올 생각은 없었어요. 식사만 하고 가려고 했는데 상황이 어쩌다 보니 오게 된 거지, 제가 의도한 건 아니니까 기분 나빠하지 마세요."

"아까 그 식당은 그냥 들러리고, 여기가 엄연히 메인 같은데. 나는 왜 데이트 코스 맛만 보고 내려보내려고. 한수연 씨, 또 사람 차별해요?"

"데, 데이트 코스라서 온 게 아니고……. 제가 아는 맛집 중에 상무님 댁이랑 가까운 곳을 생각하다 보니까 고른 거죠."

꼭 내가 무슨, 일부러 분위기 잡으러 데리고 온 것 같잖아.

이상한 포인트에 휘말려서 수연은 횡설수설 변명을 늘어놓았다. 술기운에 붉게 달아오른 얼굴로 사뭇 억울하다는 듯 열심히 해명하는 모습에 지헌은 픽 웃음을 터뜨렸다.

"데이트 아닌가? 지금 되게 데이트 같은데."

갑자기 술기운이 더 퍼지기라도 한 것처럼 얼굴이 확 붉어진 수연이 말문이 막혀서 입술을 달싹거리자, 지헌은 수연의 손등을 어린애 달래듯 툭툭 두드렸다.

"알았어요. 데이트 아닌 걸로 해."

재밌다는 듯이 나직하게 웃는 소리에 놀리는 기색이 다분했다. 다정하게 달래는 제스처도 그다지 위안이 되지 않았다. 수연이 눈을 흘기며 손깍지를 풀어 내려 했으나 지헌은 오히려 손에 힘을 주어 당겨 가 제 허벅지 위에 턱 올려놓았다. 한 덩어리로 엉킨 손에 잠시 시선을 두었다가 수연은 말없이 발아래의 반짝이는 야경으로 고개를 돌렸다.

"아, 배부르다."

수연이 홀린 듯 멍한 눈으로 한참 동안 한강 변을 바라보다가 불쑥 일차원적인 감상을 중얼거렸다. 왜 입 밖으로 내뱉었는지 모를 정도로 그야말로 아무 생각 없이 튀어나온 혼잣말이었다.

"더 먹으라니까. 겨우 그거 먹고 뭘 배부르대."

"제가 오늘 상무님보다 더 많이 먹었을걸요."

"그래 봤자 또 힘들다고 징징거릴 거면서."

수연은 야경에 던지고 있던 시선을 돌려 지헌을 흘겨보았다. 어스름한 달빛 아래에서 지헌이 장난스럽게 웃었다.

수연은 지헌을 향해 한마디 쏘아붙이려다가 잠시 멈췄다. 어쩌면 이런 격한 리액션이 그를 돋우고 있는 게 아닐까 하는 의심이 불쑥 고개를 들었다. 저 기대 어린 표정을 보아 하니, 의심은 확신 쪽으로 기울었다.

얄미운 기대를 채워 주고 싶지 않은 반항심에, 수연은 다시 입을 굳게 다물고 정면으로 시선을 돌렸다. 그러자 지헌의 커다란 어깨가 수연을 툭 밀었다. 수연이 무반응으로 일관하자 옆에서 픽 하고 웃는 소리가 들려왔다.

손을 잡지 않은 쪽의 커다란 손이 몸 앞으로 쑥 들어왔다. 지헌은 야경을 바라보고 있는 수연의 턱을 가볍게 붙잡아 제 쪽으로 돌리며 비스듬하게 얼굴을 기울여 입술을 겹쳤다. 아주 당연한 수순처럼.

부드럽고 말랑한 입술을 물고 가볍게 빨아 당기자, 수연의 몸이 설핏 기울어졌다. 지헌은 기울어지는 쪽으로 고개의 각도를 바꿔서 깊이 혀를 밀어 넣었다. 뿌리 끝까지 얽고 삼킬 듯 빨다가, 어느새 입술을 맞대고 느릿하게 지분거렸다.

격정적인 키스와 야살스러운 입맞춤이 반복될수록 수연의 몸이 나른하게 늘어졌다. 낭창하게 기운이 빠진 수연의 몸을 품 안에 욕심껏 끌어안고 지헌은 더 깊이 파고들며 마음껏 빨아들였다.

입술에 번지는 수연의 숨은 온통 달았다. 지헌은 꼴깍꼴깍 잘도 막걸리 잔을 기울이던 수연의 상기된 얼굴을 떠올렸다. 직접 누룩을 띄워 만들었다던, 사실 그다지 감흥 없이 마셔 넘긴 생막걸리의 그 맛이…… 이 입술을 통해서는 지독하게도 달짝지근하게 입에 달라붙었다.

이미 입에 잔뜩 담고 있어도 부족했다. 성에 차지 않아 지헌은 더 깊숙이 고개를 기울이고, 수연의 허리를 빠듯하게 끌어당겼다. 입술을 뭉개뜨리며 혀를 휘감고 진득하게 빨고 비비자, 으응 하고 수연의 신음 소리가 울렸다. 그 가느다란 청각적 신호는 지헌의 이성의 끈을 손가락에 걸고 제멋대로 튕겨 내 버렸다. 지헌은 더욱 흥분한 몸짓으로 수연의 안으로 깊게 파고들었다.

수연은 부족한 숨을 헐떡이며 가냘프게 손짓했다. 지헌이 입술을 놓아 주자 수연은 달아오른 숨을 가쁘게 내쉬었다. 지헌은 기울어진 수연의 몸을 제 어깨에 기대게 하며, 젖은 입술을 엄지로 스윽 닦아 주었다. 그새 발갛게 부풀어 오른 입술이 지헌의 손끝 아래에서 살며시 뭉개졌다.

그쯤에서 놓아주려 했던 마음이 뒤집어지는 것은 순식간이었다. 지헌은 수연의 목덜미를 감아쥐며 다시 당겨 왔다. 손쉽게 가까워진 입술을 열고 다시 한번 달콤한 향을 빨아 삼켰다.

알코올의 힘을 핑계 삼아 수연은 살그머니 지헌의 가슴 위를 쓰다듬었다. 손끝에 닿는 근육의 단단함은 자신의 몸 어디에서도 찾아볼 수 없는 색다르고 생경한 느낌이라 신기하기도 하고 설레기도 했다.

수연은 슈트 바깥의 부드러운 재질을 쓰다듬던 손을 옷깃 안쪽으로 미끄러뜨렸다. 한층 얇은 셔츠 자락 아래 닿는 단단한 감촉에 손끝이 저릿하고 아랫배가 찌릿거렸다. 수연의 손길이 깊숙해질수록 지헌이 그녀의 허리를 끌어당기는 몸짓에서 그가 얼마나 흥분했는지 충분히 느껴졌다.

"……!"

얇은 드레스 셔츠 위를 어루만지던 수연의 손길이 일순 뚝 하고 멈추었다. 동시에 수연은 양팔을 일자로 쫙 펴며 지헌의 몸을 힘껏 밀어 냈다. 지헌이 인상을 찌푸렸지만, 그런 걸 살필 새 없이 수연은 엉덩이가 튕겨 오르듯 멀찍이 떼어 내며 물러났다.

거의 그와 동시에 정자 계단 아래에서 수더분한 머리통 두 개가 쑤욱 올라왔다. 새로이 팔각정으로 올라서던 두 사람은 이미 자리를 차지하고 있는 두 사람을 흘끗 쳐다보고는 대화를 계속 이어 갔다.

아무 일도 없었다는 듯 평온함을 가장한 채 한강 변에 시선을 둔 수연의 눈동자가 한없이 흔들거렸다. 마음 같아서는 자신의 머리채를 휘어잡고 짤짤 흔들고만 싶었다.

지금 막 정자에 들어선 이들은 심지어 교복을 입은 고등학생들이었다. 하마터면 미성년자 꿈나무들 앞에서 성인 남녀의 공공장소도 구분하지 못하는, 욕구에 무릎 꿇은 못난 모습을 동의도 없이 라이브로 상영할 뻔했다는 생각에 수연의 어깨가 뻣뻣하게 굳었다. 그 상황에 쥐뿔도 신경 쓰지 않는 지헌만 키득키득 웃었다.

띠리리리—

그때, 핸드폰 벨 소리가 낮게 울렸다. 수연은 한숨지으며 서둘러 핸드폰을 꺼내 귀에 가져다 대었다.

"네, 한수연입니다."

— 아, 여기 국수 가게예요. 대리 기사 지금 잡혔으니까 이제 슬슬 내려와요.

"네. 감사합니다. 지금 내려갈게요."

망망대해에서 허우적거리는 찰나에 던져진 구명조끼와도 같은 전화였다.

□　◆　□

고작 B층과 G층밖에 없는 짧은 엘리베이터에 오른 사이에, 지헌은 수연의 허리를 감아쥐고 제 쪽으로 끌어당겼다. 성급하게 입을 맞춰 오며, 지헌은 수연을 엘리베이터 벽으로 몰아세웠다.

수연은 성마른 키스를 받으며 이대로 침대로 직행하게 될 분위기를 직감했다. 지헌과 관계가 지속될수록, 그가 얼마나 몸의 구석구석을 물고 빨고 혀를 밀어 넣는지 너무나도 잘 알게 된 이상…… 마음을 조금이라도 편하게 가지려면, 그 전에 샤워만큼은 꼭 사수할 생각이었다.

"내리죠."

그를 다독이며 진정시킬 적당한 타이밍을 재던 것이 무색하게, '지헌이 먼저

196

몸을 물리며 말했다. 뺨이 붉게 달아오른 수연은 지헌의 뒤를 따라 간접 조명을 밝힌 집 안으로 들어갔다.

"와인 한잔 더 할래요?"

머릿속으로 샤워, 샤워 생각에 깊이 빠져 있던 수연은 지헌의 물음을 한 타이밍 늦게 인식했다. 어째 내 쪽이 더 조급해하는 건가 싶은 기분에 얼굴이 훅 달아올랐다.

그나저나 나 지금도 꽤 취했는데…….

지헌은 냉장고에서 무언가 꺼내어 아일랜드 식탁 위에 툭툭 내려놓다가, 대답할 타이밍을 놓쳐 어물거리고 있는 수연에게 말했다.

"아까 한수연 씨 혼자서 막걸리를 다 마셔 버려서, 난 좀 아쉬운데. 한 잔씩 더 하죠."

지헌이 딱 잘라 말하자 수연은 결국 하려던 말을 목 안으로 삼키고 외투를 벗어서 의자 위에 걸쳤다. 그럼 딱 한 잔만 더 마셔야지…….

수연은 지헌이 체리를 씻어 내고 있는 싱크대 옆으로 다가갔다. 그가 수연에게 흘끗 시선을 보내며 말했다.

"그냥 앉아 있어요."

"도와드릴게요."

"다 했어요. 앉아 있어."

지헌은 깨끗하게 씻은 체리의 물기를 제거하고 크리스털 볼에 담았다. 주방에 선 커다란 뒷모습을 보는 것이 낯설고 신기했다. 수연은 지헌의 널따란 등에서 시선을 떼지 않은 채, 그가 아일랜드 식탁 위에 꺼내 놓았던 과일치즈의 포장을 벗겨서 접시 위에 하나씩 올렸다.

"이리 와요."

안주를 담은 트레이를 한 손에 든 지헌은 수연에게 눈짓하고 앞서 걸었다. 다이닝 룸을 그대로 지나쳐 거실에서 바깥으로 난 유리문을 밀자, 툇마루 같은 테라스 공간이 나타났다. 테라스의 끄트머리엔 낮은 패브릭 소파와 유리 테이블이 놓여 있었다.

"괜찮아요? 추우면 들어가고."

지헌이 눈짓한 곳엔 안이 훤히 들여다보이는 통유리로 된 와인 룸이 있었다.

"괜찮아요. 안 추워요."

수연은 나무 정원이 한눈에 내려다보이는 테라스의 공간이 꽤 마음에 들었기에 고개를 가로저으며 소파에 앉았다. 지헌은 소파 팔걸이에 걸쳐져 있던 두툼한 담요를 들어 수연에게 건네주었다.

"특별히 좋아하는 거 있어요?"

지헌이 와인 룸으로 향하며 물었다. 와인을 종종 마시기는 했지만, 특별히 기호가 생길 만큼 즐기지는 않았다. 어렸을 때 수연의 부모님은 매 식사마다 와인 한 잔씩을 꼭 곁들였다. 그러나 그들은 수연이 함께 와인을 즐길 수 있는 나이가 될 때까지 그녀의 곁에서 기다려 주지 않았다.

"아뇨. 와인 잘 몰라요."

수연은 대답과 함께 갖가지 나무가 늘어선 어스름한 정원 쪽으로 시선을 돌렸다. 옷깃을 스치는 바람이 시원하고 코끝을 간질이는 꽃나무 냄새가 향기로운 밤이었다.

□　◆　□

"그러니까 그 까눌레 말인데요. 사실 만들려고 작정하고 만든 게 아니고, 갑자기 충동적으로 만들게 된 거라 코팅으로 버터를 썼거든요. 그래서 질감이 좀…… 뭐랄까. 질겼어. 사실 밀랍 코팅을 해야 훨씬 바삭바삭하고 색도 일정하게 나오는 거거든요. 온도가 조금 높았던 것 같기도 하고……."

수연은 포근한 패브릭 소파에 몸을 깊숙이 묻은 채로 쉴 새 없이 중얼거렸다. 옆에 앉은 지헌이 와인 잔을 테이블에 내려놓으면서 말했다.

"어지간히 맘에 안 들었나 보지?"

"그러니까 사실 제대로 된 까눌레는 아니었다는 말이죠."

"그 까눌레 얘기는 대체 몇 번째 하는 거야."

수연은 깜짝 놀라 눈을 크게 떴다. 처음 하는 얘기인 줄만 알았다.

지헌은 수연의 목 끝까지 덮고 있던 두툼한 담요를 스르륵 끌어 내렸다.

했던 얘기를 하고, 또 하고, 질릴 때까지 하는 게 수연의 첫 번째 주사였다. 그리고 대체로 질린다는 자각조차 없기 때문에 그것은 주사라 불렸다. 거기서 알코올이 조금 더 더해지면 그대로 수면 상태로 전이되는 게 두 번째 주사. 담요가 덮여 있던 자리에 따뜻한 손이 파고들어 오는 것조차 인지하지 못한 채 수연은 못마땅한 목소리로 웅얼거렸다.

"섞어 마셔서 그렇잖아요……."

"그러게 누가 막걸리 한 주전자를 혼자 다 마시래."

"맛있다더니…… 거짓말이었죠. 한 잔밖에 안 마신 거 내가 다 봤어……."

수연이 드러눕듯이 앉아 있는 쪽으로 몸을 기울이며 지헌이 수연의 턱을 잡아당겼다. 지헌은 스스럼없이 따라오는 수연의 몸을 끌어안고, 나른하게 입술을 겹쳤다.

아랫입술을 물고 은근하고 여유롭게 빨자, 거나하게 만취하신 술꾼답게 수연은 기름에 불붙인 듯 금세 평소답지 않은 적극적인 신음 소리를 흘렸다. 입술을 겹친 채로 지헌은 참지 못한 웃음을 터뜨렸다.

"한수연 넌 앞으로 다른 데 가서 막걸리 마시지 마."

본인이 내뱉은 외설적인 신음 소리에 되레 놀라 얼굴이 빨개진 수연이 부끄러운 듯 고개를 돌리자 지헌은 반사적으로 눈앞에 드러난 흰 목덜미에 얼굴을 묻었다. 흐응, 수연에게서 금세 흘러나오는 더운 신음 소리에 지헌은 킥킥 웃으며 서슴없이 입술을 아래로 미끄러뜨렸다. 가느다란 목줄기를 따라 내려가며 점점이 입을 맞추는데, 잠시 조용해진 수연이 나지막이 중얼거렸다.

"팝콘……."

밑도 끝도 없이 흘리는 뜬금없는 소리에 지헌은 얼굴을 들고 수연이 사뭇 몽롱한 눈으로 바라보고 있는 쪽으로 시선을 옮겼다. 시선의 끝에 자리한 것을 확인한 지헌이 픽 웃으며, 수연을 타박했다.

"정신 차려. 수국이야."

지헌은 수연의 목덜미에 얼굴을 묻은 채 블라우스 단추에 손가락을 가져다 올렸다.

"맨날 이렇게 단추 많은 옷만 골라 입는 건 취향이에요?"

"그건…… 회사에서 비서들한테 암묵적으로 요구하는 복장 규정이 있어서 그래요. 전 그 규정을 준수하려고 노력하고 있는 거고……."

"앞으론 좀 간단한 걸로 입어 보는 거 어때."

"간단한 거라면……."

"빠르고 편하게 벗길 수 있는 거."

지헌은 이미 수연의 마지막 단추까지 모두 풀어내고 블라우스 자락을 양옆으로 밀어 벗기고 있었다. 단추가 잔뜩 붙은 블라우스도 이렇게 빠르고 편하게 벗겨 내는데, 여기서 얼마나 더 빠르고 편하게 벗겨 버리고 싶어서 그러는 건지. 수연은 볼멘소리로 중얼거렸다.

"상무님 벗기라고 있는 옷 아니거든요."

수연의 불퉁한 반응에도 불구하고, 지헌은 예의 그 딱딱한 본래의 말투 대신 술기운이 만들어 낸, 말꼬리가 길게 늘어지는 신선한 말투가 꽤나 듣기 좋았다. 평소보다 말이 세 배, 아니 네 배는 많아진 것 같은 변화도 재밌었다.

속을 알 수 없는 얼굴을 해서는 머릿속으로 무슨 복잡한 생각을 하고 있나 싶었는데, 저런 시답잖은 까눌레 따위나 곱씹었을 것을 생각하니 헛웃음이 나올 정도였다.

지헌은 웃음을 삼키며 브래지어의 끄트머리를 손가락으로 잡아 내렸다. 술에 취할수록 어째 더 하얘지는지, 눈부시게 흰 살결이 출렁거리며 브래지어 바깥으로 튀어나왔다. 지헌은 유두를 내보이도록 레이스를 가슴의 밑까지 끌어 내리고, 잠시 그 광경을 감상했다.

차가운 밤 기온에 꼿꼿하게 선 젖꼭지를 눈으로 보는 것만으로도 페니스가 바짝 고개를 들었다. 지헌은 하염없이 감상하고 싶은 마음과 잔뜩 괴롭히고 싶은 정반대의 마음 사이에서 갈등하며 곤두선 정점을 엄지로 살살 비볐다. 그러곤 이내 얼굴을 내려 입에 머금었다.

평소라면 몸을 움칠거렸을 수연이 대견스러울 정도로 의연하게 버티며 나른한 한숨을 흘렸다. 그러니까 잡아먹기 딱 좋을 정도로 알코올에 잠식된 상태라고 볼 수 있었다.

"난 벗기라고 입는 거 맞으니까. 언제든 환영이야."

"됐어요. 저는 사양…… 으응……."

지헌이 가슴을 한입에 가득 물고 거세게 빨아 당기자, 무언가 항변하려던 수연은 말을 끝까지 잇지 못하고 턱을 치켜들며 짙어진 신음을 흘렸다. 이미 손가락으로 마음껏 문질러서 예민하게 바짝 달아오른 유두를 혀로 뭉근하게 비비자 못 견디겠다는 듯 허리를 비튼다. 이내 지헌의 머리카락 사이를 스치며 가볍게 움켜쥐는 체온이 느껴졌다.

지헌은 고개를 기울여 더 깊이 파고들며 만족감에 젖은 나지막한 한숨을 내쉬었다. 한쪽 가슴은 빈틈없이 입속에 빨아들이며, 나머지 가슴을 움켜쥐고 마구 주물러거렸다. 단정한 옷 아래에 이런 야하기 짝이 없는 걸 숨기고 다니다니 뒤통수가 뻐근해질 정도였다. 양쪽 가슴을 동시에 괴롭히면서도 어쩐지 성에 차지 않았다.

지헌이 수연에게서 입을 떼지 않은 채로 눈만 들어 올리자, 두 사람의 시선이 마주쳤다. 이쯤 되면 막걸리를 위험류로 분류해야 할 정도였다. 평소라면 눈을 질끈 감고 눈썹을 찡그러트리거나, 시선이 마주치더라도 화들짝 놀라 피하기 일쑤이던 수연이 몽롱한 눈빛을 흘리는 것이 사람을 단숨에 미치게 만들었다. 그리고 쐐기를 박듯, 일순 수연의 눈꼬리가 일렁이며 배시시 미소 지었다.

무언가 아주 강렬하고 찌릿한 감각이 지헌의 뒤통수에서 시작돼 등줄기를 타고 내려갔다. 지헌은 매우 견디기 힘든 충동에 휩싸여 수연에게 하체를 맞붙이고 거칠게 추켜올렸다. 옷이 막고 있지 않았다면 뭐든 다 생략하고 미친 듯이 박아 넣고 싶을 만큼 거센 욕구였다.

하체를 성급하게 겹치며 지헌이 몸을 타고 올라와, 수연의 입술을 찾았다. 수연이 자연스럽게 입을 벌리는 것으로도 부족해, 지헌은 수연의 양 볼을 한 손으로 움켜잡고 더 크게 벌리게 만들어 혀를 깊숙이 집어넣었다. 이를테면 혀

든, 물건이든, 제 몸에 붙어 있는 무엇이든지 수연의 안으로 깊게 들어가고 싶은 성마른 욕정이 온몸을 지배했다.

수연이 어른어른한 시선으로 마지막으로 보고 있던 장면은 지헌이 자신의 가슴을 빨고 있는 모습이었다. 그의 매끈한 얼굴에 볼우물이 깊게 패는 것을 아득하게 바라보며, 수연은 생각했다. 정말 지독하게 야하고 잘생긴 얼굴이라고…….

수연은 충동적으로 손을 뻗어 그의 바지 위로 선명하게 드러난 형체를 길게 쓸었다. 지헌은 목구멍을 긁고 나온 듯 거친 신음 소리와 함께 들릴 듯 말 듯하게 낮고 짧은 욕설을 짓씹었다. 그 후로는 어떤 생각도 할 수 없게 지헌이 거칠게 파고들었다. 숨을 온통 앗아 가면서 눈도 뜰 수 없게 만드는 격한 키스에 수연의 몸이 소파 위에 파묻히듯 짓눌렸다.

이 소파는 액체로 만들었나 싶게 몸이 푸욱 감싸이고 점점 깊숙이 가라앉는데, 오히려 붕붕 떠다니는 것 같은 기이한 기분이었다. 귀 끝을 스치는 건 깊은 밤의 선선한 바람인데 나오는 숨은 점점 뜨거워져 숨쉬기가 버거웠다.

씁쓰레하면서도 잔향이 달콤한 와인의 맛이 혀끝에 느껴졌다. 아무리 거칠게 파고들어도 너무 향긋하고 향기로워서, 수연은 입을 더욱 크게 벌리고 그 거친 물결에 혀를 맞대었다. 이런 맛이라면 옛날, 엄마 아빠가 매일 식사 때마다 빠짐없이 곁들이던 것도 충분히 이해가 갔다.

씁쓸하기도 하고 달콤하기도 한 입술이 수연의 귀를 핥고 목줄기를 따라 가슴을 배회하다가 더욱 아래로 내려갔다. 납작한 배를 맴돌면서 간질이는 감각에 다리 사이가 조여들고, 기대감에 아래가 제멋대로 움찔거렸다.

지헌의 손이 수연의 바지 허리춤에 닿았을 때, 수연은 초인적인 힘으로 정신을 차리고 눈을 반짝 떴다. 스스로 느끼기에도 아주 대견스럽고 기특한 정신력이었다.

"잠깐. 여기서는……. 들어가서 해요."

"괜찮아."

"들어가요. 밖이잖아."

"아무도 못 봐."

그건 사실이었다. 한옥을 감싼 담장이 워낙 높아 실질적으로 그들을 볼 수 있는 건 키 높은 나무들뿐이었다.

'그렇다고 해도 아주 조용한 늦은 밤이라 소리가 담장을 넘어서 흘러 나갈 수도 있는데……'

"그래도요. 신경 쓰여요."

수연은 대꾸 없이 얼굴을 묻고 더욱 파고드는 지헌의 목덜미를 살살 쓰다듬었다. 단단한 등줄기가 시작되는 부분을 어루만지면서 지헌을 달래자, 그 손길에 맞추듯 지헌의 움직임이 아주 느릿해졌다.

"씻고 할래요. 응?"

결국 수연은 지헌의 얼굴을 양손으로 잡아 들어 올리고 눈을 마주했다. 방해받은 것에 약간 기분이 상한 듯 눈살을 찌푸린 지헌의 눈동자에는 형용할 수 없을 만치 깊은 욕망이 넘실거렸다.

"좀 멈춰 봐요. 어디 도망간대요?"

수연은 지헌의 찌푸려진 미간 사이를 살살 문질렀다. 부드럽게 달래는 손길에 구겨진 미간이 천천히 펴지자, 지헌은 수연의 손을 신경질적으로 잡아채 손목 안의 여린 살에 여러 번 입을 맞췄다.

"맨날 도망갈 궁리 하는 표정이나 지은 게 누군데."

지헌은 수연의 손목에 입술을 댄 채로 말을 잇다가 콱 물어 잇자국을 남겼다. 그러곤 소파에서 일어나, 비스듬히 누워 있던 수연의 몸을 가볍게 일으켜 세워 주었다.

□ ◆ □

뜨거운 물줄기가 쏟아져 내렸다. 뿌옇게 김이 올라오는 샤워기 아래에서 수연은 눈을 내리감고 있었다. 온몸이 녹진하게 녹아들어서 힘이 주욱 빠졌다. 얼굴이 빨갛게 달아오른 것이 더운물 온도 때문인지 온몸에 퍼진 술기운 때문인지 알 수 없었다. 단지 넘어지지 않기 위해서 벽을 짚고 어지러이 휘청거리는 몸을 의지할 뿐이었다.

몸을 구석구석 닦기 위해 손을 움직이는 것조차 만사가 귀찮아서 수연은 한참 동안 물줄기 아래에서 미적거렸다. 결국 수연이 물을 끄고 샤워 부스 바깥으로 나왔을 때에는 시간이 꽤 지나 있었다.

여전히 욕실 안에 더운 습기가 가득했다. 수연은 물에 젖은 솜처럼 무겁게 가라앉는 몸과 아득한 정신을 애써 부여잡으며 거울 앞에 섰다. 수건으로 몸을 닦는 순간에도 저절로 눈이 스르륵 감겨들었다.

제 옷을 하나씩 꿰어 입을 여력이 나지 않아, 수연은 반수면 상태로 팔을 뻗어 벽에 걸려 있는 샤워 가운을 잡아챘다. 반쯤 눈을 감은 채 샤워 가운의 앞섶을 여미고 허리끈으로 리본을 만들어 맸다.

몸에 걸친 샤워 가운이 이불처럼 포근하게 느껴졌다. 정말 이불이면 좋겠다는 생각이 들었다. 그대로 잠들 수 있게.

욕실 문을 달칵 열자, 거의 동시에 욕실 문을 잡아 열 기세로 다가선 지헌이 바로 코앞에 있었다. 평소라면 깜짝 놀랐겠지만, 인지 기능이 현저히 떨어진 상태의 수연은 말갛게 뜬 눈을 느리게 감았다 뜰 뿐이었다.

"물에 빠져 죽은 줄 알았잖아."

지헌은 가늘게 뜬 눈으로 수연을 살폈다. 수연의 양 볼이 눈에 띄게 발갛게 달아올라 있었다. 테라스에서 물고 빨 때보다 더 몽롱하게 흐린 눈을 뜨고 올려다보는 것을 보니, 샤워를 하는 동안 술기운이 오른 게 분명했다.

지헌은 샤워 가운을 입고 있는 수연을 머리끝부터 발끝까지 천천히 훑어 내렸다. 그야말로 수연이 가운을 입은 게 아니라 가운이 수연을 잡아먹은 모습이었다. 지헌의 신체 사이즈에 맞게 제작된 가운을 뒤집어썼으니 끝자락이 거의 수연의 발목까지 내려와 있었다. 남의 옷 입은 것처럼 커다란 가운을 둘둘 두르고 있는 모습이 웃겼다.

수연의 몸이 언뜻 휘청거리자 지헌은 잽싸게 수연의 허리를 당겨 안았다.

"괜찮아?"

수연은 끌어당겨지는 대로 몸을 의지한 채 지헌의 가슴팍에 얼굴을 기대었다. 수연이 팔을 들어 지헌의 등에 올렸다. 처음에는 거의 느껴지지 않을 만큼 가느다란 힘이었다.

지헌이 수연의 머리카락 사이에 손을 넣어 쓰다듬자, 이번에는 그 힘이 확실히 느껴졌다. 수연은 지헌을 부둥켜안고 그의 가슴에 기댄 얼굴을 느릿하게 비볐다.

"상무님. 저…… 너무 졸려요……."

수연이 지헌의 가슴팍에 얼굴을 묻고 있어서, 그 목소리가 몸 안에서부터 웅웅 울리는 것 같았다. 기어들어 가듯 괘씸한 소리를 중얼거리더니 수연의 몸에서 힘이 툭 풀어지며 온전히 지헌의 품 안에 쓰러지듯 안겨 들었다.

□ ◆ □

감고 있던 눈꺼풀을 불쑥 들어 올렸을 때, 온몸을 휩쓸고 지나가는 낯익은 듯 낯선 기묘한 감각에 수연은 반짝 떠졌던 눈을 다시 질끈 지르감았다. 또다시 이 침대 위에 제집인 양 드러누워서 잠들고 말았다니……. 믿을 수가 없었다.

커튼 사이로 창밖의 빛이 어스름하게 스며들어 눈을 뜨는 것만으로도 대략적인 시간을 유추할 수 있는 자신의 방과는 달리, 이곳 침실에 둘러쳐진 블라인드는 널찍한 창문의 빛을 완벽하게 차단하고 있었다. 온통 깜깜하게 어두운 사위는 지금이 늦은 밤인지, 아니면 이른 새벽인지를 전혀 구별할 수 없도록 만들었다.

수연은 살며시 상체를 일으키며 협탁 위의 탁상시계를 확인했다. 희미하게 발광하는 시계의 숫자를 확인하자마자 수연의 입술 사이로 히익, 하고 놀란 숨을 들이켜는 소리가 새어 나왔다.

그 소리에 눈을 뜬 지헌 역시 침대에서 몸을 스르르 일으켜 세우자, 더욱 놀란 수연이 어깨를 흠칫 움츠렸다.

"저 때문에 깨셨어요?"

지헌은 흘긋 눈을 돌려 시계를 확인했다. 아직 5시가 조금 지난 시각이었다.

"더 자도 되는데."

"아뇨. 일어나야죠. 그것보다 제가 언제 잠들어 버린 거죠. 좀 깨워 주시지……."

"씻고 나서 하자고 살살 꼬시더니, 다짜고짜 졸리다고 자 버린 게 누군데."

'아……. 그러니까 우리가 하지도 않고 그냥 같이 잠만 잤다는 말이군요.'

수연은 관자놀이를 짚으며 흐릿한 어제의 기억을 떠올렸다. 미간을 찌푸리며 희미한 기억을 떠올리자, 술기운에 쓸데없는 소리를 쉴 새 없이 좋알거렸던 불유쾌한 기억마저 함께 소환되었다.

최악이다. 자신의 주사가 그다지 점잖지 못하고 약간은 민폐스러운 면이 없지 않다는 점을 충분히 알기에, 미미한 숙취로 인한 두통과 함께 쏟아지는 기억에 수연은 한없이 숙연해졌다.

어찌 되었든 이미 저질러 버린 이상, 후회씩이나 하고 있을 시간적 여유조차 충분하지 않았다. 수연은 머릿속으로 집으로 가는 데 걸리는 시간과 출근 준비 시간, 회사 셔틀버스의 시간을 계산하면서 몸을 덮고 있던 시트를 옆으로 치워 냈다.

"가려고?"

지헌이 앉아 있던 몸을 돌리면서, 침대를 벗어나려던 수연의 몸을 덮쳐누르며 물 흐르듯 자연스럽게 위로 올라왔다. 어둠 속에서 자신을 내려다보는 지헌의 시선을 느끼며 수연은 침음 섞인 목소리로 대답했다. 이 어둠 속에서도 어쩜 저 얼굴만큼은 이다지도 선명하게 보이는 건지, 하는 한탄은 속으로 삼키며.

"가야죠. 출근해야 되는데……."

"어제 그렇게 자 버려서 내가 얼마나 참았는지 모르지."

지헌은 개의치 않고 수연의 샤워 가운 사이로 손을 미끄러뜨리며 말했다. 옷깃을 벌리고 들어가자마자 말캉한 가슴을 손아귀에 움켜쥐자 수연이 버둥거리면서 지헌의 어깨를 붙잡아 밀어 냈다.

"그건 죄송한데, 저 늦었어요. 지금 가야 돼요."

"안 늦었어."

지헌은 수연의 가운 깃을 서슴없이 잡아끌어 내리고 드러난 흰 가슴에 곧바로 얼굴을 묻었다. 말랑한 가슴이 여지없이 그의 입안으로 빨려 들어가자, 본능적으로 어깨가 움츠러들었다. 수연은 눈을 찡그린 채, 머릿속으로 시간을 헤아려 보았다. 아까 계산했던 시간에 그가 평균적으로 수연을 놓아주는 시간을 더

하자, 제시간에 회사 셔틀버스를 탈 수 없을 거라는 결론에 이르렀다. 수연이 팔꿈치를 뒤로 받치고 상체를 일으켜 세웠다.

"상무님. 저 가야 돼요."

수연의 말에, 지헌은 일부러 더 강하게 빨아들이며 도리어 수연의 다리 사이로 손을 미끄러뜨렸다. 수연이 얼른 다리를 오므렸다.

"저 지금 진지해요. 진짜로 가야 돼요."

"나도 진지해."

"상무님······. 제가 지금 시간이 정말 없거든요······. 읏. 집에 가서 옷 갈아입고 출근 버스 타려면 지금 나가야 돼요."

수연은 문장 사이사이에 신음이 흘러나오는 것을 애써 삼켰다. 간신히 오므린 다리 사이로 중지를 밀어 넣어 느릿하게 문지르는 것만으로도 손가락이 금세 젖어 들자, 지헌이 소리 없이 웃으며 말했다.

"여기서 바로 출근하면 되잖아. 그럼 우리 7시까지 할 수 있어."

"절대로 안 돼요."

지헌의 말에 수연은 한 음절 한 음절 끊어서 강조하며 정색한 말투로 말했다. 같이 출근이라니, 절대 안 될 말이었다.

"절대로라니. 성급하게 단정 짓지 마."

"성급한 게 아니라······. 흐읏. 잠깐만요······."

직접 운전해서 출근하는 방법으로 김 기사님은 어떻게든 따돌린다손 치더라도, 이틀 연속으로 같은 옷을 입고 출근한다니 있을 수 없는 일이다. 더군다나 멀쩡한 옷도 아니고, 어제 툇마루에서부터 이미 엉망으로 구겨져 버렸는데. 게다가 이런 민낯을 대충 수습하고 회사에 출근했다가는······ 누구한테 무슨 말을 듣게 될지 모를 일이다.

안 보는 것 같아도 회사에 지켜보는 눈이 얼마나 여기저기에 도사리고 있는데, 괜한 오해를 사고 싶지 않았다. 엄밀히 말하자면 남자 집에서 자 버린 게 맞으니까 '괜한 오해'라는 말에는 약간의 어폐가 있지만. 그러니까 회사의 그 누구에게도 상상의 나래를 펼칠 빌미를 제공하고 싶지 않다는 말이었다.

단호하게 고개를 젓는 수연의 입술을 쫓아 고개를 내린 지헌이 입술을 맞붙인 채 낮게 속삭였다.

"돼. 여기도 된대."

수연은 이렇게까지 자신의 이성적인 의지와 달리 제멋대로, 솔직하게 반응하는 본능적인 몸이 정말이지 몹시 원망스러웠다.

안 되겠다 싶어진 수연은 몸을 아예 일으켜 앉으며 그녀의 흥분을 이끌어 내는 일에 집중해 있는 지헌의 목을 끌어당겨 껴안았다. 뭐라도 시도해 보려는 어쭙잖은 의도였다.

갑자기 적극적으로 안겨 오는 수연의 행동에, 안을 휘젓던 손가락의 움직임이 설핏 멈췄다.

"상무님. 상무님."

지헌의 팔을 바깥으로 빼내며 넓은 품 안에 깊숙이 파고든 수연은 지헌을 부둥켜안았다. 커다란 몸이 그대로 멈칫 굳어졌다. 끌어안은 품이 꽤나 따뜻하고 좋은 향이 났다. 수연은 숨을 깊게 들이마셨다. 출근만 아니면 문득 이대로 오랫동안 껴안고 있고 싶다는 태평하기만 한 철없는 생각이 들기도 했다. 그렇지만 그럴 수는 없으니.

"우리 이따가 해요. 밤에…… 네?"

수연은 지헌의 가슴에 얼굴을 기댔다. 지헌으로부터 아무런 대답이 없자 수연이 고개를 들어서 그를 올려다보았다. 지헌은 가늘어진 눈으로 수연을 물끄러미 내려다보고 있었다. 못 믿는 건가 싶어서 수연은 다시 한번 말했다.

"오늘은 꼭. 안 자고…… 할 테니까."

일차적으로 움직임은 멎었지만 지헌의 입술이 심술궂게 꿈틀거리는 게 불안했다. 다급해진 수연은 무릎을 꿇은 채로 몸을 조금 들어서 지헌의 입술에 짤막하게 입을 맞췄다.

"약속할게요."

한마디를 보태고 다시 한번 입을 맞췄다.

"네?"

한마디를 더 하고 수연이 다시 한번 입을 맞추려는 찰나, 지헌은 더 이상 참지 못하겠다는 듯 거칠게 수연의 몸을 뒤로 밀어 넘어뜨렸다. 순식간에 침대 위에 드러누운 수연의 위로 지헌이 올라타며 거칠게 입술을 겹쳤다. 지헌은 혀로 입술을 열며 성급하게 들어와 진하게 물고 빨아 당겼다.

제가 생각해도 허접하기만 한 작전이 역시 먹히지 않은 데에서 오는 약간의 실망감과 허튼 시도를 했다는 민망함, 출근 시간에 쫓기는 초조함. 마구 뒤섞이던 생각들이 어느새 수연의 머릿속에서 점점 아득하게 흐려졌다. 발가락이 움츠러들고 등허리가 들썩거렸다.

일상의 걱정들이 아스라이 사라지고 오로지 찌릿한 감각만이 강렬하게 휘몰아쳤다. 키스만으로 이렇게 돼 버리는 건 반칙 아닌가 하는 생각 역시 뒤로하고 수연은 제 위를 뒤덮은 지헌의 커다란 몸을 살며시 끌어안았다.

지헌은 가늘게 내리뜬 눈으로 수연을 응시했다. 내리감은 까만 속눈썹이 파르르 진동했다. 다시는 술 먹이나 봐라, 하는 다짐을 하며 아침만을 기약했는데. 이건 또 무슨 술주정 중 하나인 건지.

귀엽게 구는 모습을 보니 이성이 반쯤 날아가 버리는 기분이었다. 이따가 하자고 하면서 정작 물건을 더 세워 놓으면 어쩌자는 건지.

죄 무시하고 당장 안고 싶은 격한 본능과 이렇게 보기 드물게 깜찍하게 구는데 도무지 무시가 되지 않는 옅은 이성 사이에서 지헌이 갈등하는 시간만큼 긴 키스가 이어졌다.

지헌은 마지막까지 아쉽다는 듯 말랑한 입술을 재차 빨아 당기고는 천천히 놓아 주었다. 붉게 부풀어 오른 수연의 젖은 입술을 엄지로 스윽 닦아 주고 헝클어진 머리카락을 뒤로 쓸어 넘겨 주면서 지헌이 말했다.

"옷 입고 나와요. 차 불러 놓을게."

6

지헌이 직접 운전하는 차가 차고 앞에 다다르자, 도고재의 높은 차고 문이 자동으로 올라갔다. 차에서 내려 엘리베이터에 올라탄 지헌은 1층에서 내려섰다. 차고에서 대기 중이던 직원이 오늘의 식사 테이블은 다이닝 룸이 아닌 1층 정원에 차려졌다고 안내했기 때문이었다.

마당으로 내려서자, 웅장한 잔디 정원 한가운데에 못 보던 가제보가 설치되어 있고 그 아래 거창한 식사 테이블이 차려져 있었다. 공식 조찬과는 달리 도 회장의 직계 가족만 모이는 식사 자리였다. 테이블에 앉은 사람의 수는 비교적 조촐했지만, 차려진 모양새는 '조촐'이라는 말과는 정반대로 대단히 요란스러웠다.

별짓을 다 하는군.

지헌은 파릇하게 잘 깎인 잔디를 밟으며 입매에 비소를 머금었다. 그도 그럴 것이 잔디밭 위로 음식을 실은 웨건을 덜덜 밀고 있는 직원의 몸짓이 심히 조심스러웠다. 그릇 위에서 음식이라도 튀어 나갈까 가히 두려운 얼굴이었다.

부하 직원 괴롭히는 데에 특화된 성질머리는 아무래도 도씨 집안에서 유전된 듯싶었다. 지헌은 적어도 자신의 어떠한 행동이 부하 직원을 괴롭히고 있다는 사실을 스스로 명확히 인지한다는 점에서 도 회장과는 다를 뿐이었다.

한강의 탁 트인 전경이 마주 보이도록 앉은 테이블 상석에서 도 회장은 호탕하게 웃고 있었다. 옆에서 조심스러운 표정으로 음식을 서빙하는 직원은 투명한 벽처럼 전혀 신경 쓰지 않는 것으로 보였다.

"어머, 지헌이 왔니? 얼른 와, 애."

지헌을 발견한 윤희연 여사가 곱게 손짓했다.

"일찍일찍 좀 다니지, 집도 제일 가까운 애가."

우아하게 웃는 얼굴 아래 설핏 떨리는 입꼬리에서 희연의 속이 훤히 들여다보았다. 지헌이 도 회장을 향해 까딱 묵례하고 자리에 앉자 그릇을 나르는 직원들의 손이 더욱 바빠졌다.

가족이 모인 자리라고 해도 대화의 주제는 크게 다르지 않았다. 식사 시작과 함께 회사와 관련된 이슈가 지루하게 이어졌다.

우스꽝스럽게 높은 조리모를 머리에 쓴 조리장이 도 회장의 옆에 서서 스테이크를 먹기 좋은 크기로 일일이 잘라 주고 있었다. 도 회장이 고기 한 점을 금세 삼키고 또 하나를 입에 넣고 씹자, 지헌의 입술이 씰룩 움직였다.

여든이 넘은 나이에도 질긴 스테이크를 흔쾌히 씹는 정정한 자태를 보아 하니, 앞으로 한 20년은 도성그룹을 손아귀에 쥐고 놓아주지 않을 양반이었다. 지헌이 한국에 돌아오자마자, 금방이라도 도성을 삼켜 먹을 계획에 들떠 잔뜩 흥분한 희연이 안쓰러울 뿐이다.

지헌이 아무 맛도 느껴지지 않는 스테이크를 기계적으로 입에 넣고 씹고 있을 때였다. 도 회장이 묵직한 목소리로 넌지시 물었다.

"지헌이 맞선 보았다고?"

지헌이 무어라 대답하기도 전에, 희연이 먼저 입을 열고 나긋하게 대답했다.

"네, 회장님. 일전에 말씀드린 국무총리 댁이에요."

"그래. 마음에는 들더냐."

이번에도 역시 희연의 대답이 먼저였다.

"내적으로도 외적으로도 워낙 훌륭한 아가씨인 데다, 지헌이도 어디 가서 싫다는 소리 들을 인물인가요. 뭐, 마음은 잘 맞는다는데 워낙 서로들 바빠서,

천천히 만나면서 서로 알아 가겠다고 하네요. 요새는 맞선이라고 막 곧바로 결혼하고 그러지들 않잖아요."

희연이 말을 잇는 내내 도 회장의 눈은 지헌을 날카롭게 주시했다. 희연은 재호의 꿰뚫어 보는 듯한 날 선 시선을 살피면서 우아한 손짓으로 입가를 가리고 고상하게 웃음 지으며 지헌을 향해 살짝 고개를 기울였다.

"그렇지. 지헌아?"

지헌은 무심한 태도로 일관하며 물컵을 입으로 가져갔다.

맞선.

약속 장소에 상대방은 5분쯤 늦게 도착했었고, 정확히 10분 후 헤어졌다. 상대 쪽에서도 별로 아쉬워하거나, 불쾌해하지도 않는 기색이었다. 지헌으로선 완전히 잊고 있었던 일이기도 했다. 기억 속에는 상대편의 얼굴조차 제대로 남아 있지 않았다.

"예."

잠시간의 정적은 지헌이 심드렁하게 내뱉은 짧은 대답으로 깨어졌다.

희연은 자신의 잘생기고 듬직한 아들의 옆얼굴을 바라보며 가슴 한편이 뭉클 아려 오는 것을 느꼈다. 이제 거의 가까워졌다. 그녀가 평생을 인내하고 견뎌 온 지난 세월은 모두 다가올 그 순간만을 위한 시간이었다.

꿈과 미래가 창창했던 희연의 젊은 시절은 이미 기억 속에서 어렴풋해졌다. 한때의 철없던 시절일 뿐이다. 유학을 접고 정략결혼을 결심한 순간부터 희연은 단 하나만을 위해 참아 왔다. 유학 시절에 만나, 사랑했던 남자도 뒤도 돌아보지 않고 가차 없이 버렸다.

사랑 없는 결혼이었으나, 처음엔 꽤 괜찮았다. 가세가 기울어 가는 희연의 친정을 단번에 일으켜 줄 수 있는 유망 기업의 장남이자, 동시에 정원은 꽤나 잘생기고 근사한 사내였으니. 좋지 않은 소문은 있었지만, 돈 있고 얼굴 되니 바람 한번 피우는 것 정도는 흔한 일이라고 자위했다.

결혼 후 곧바로 아이가 들어섰다. 아름다운 얼굴을 가진 희연의 아이는 건강하고 쾌활하게 자라났다. 지헌이 태어난 후 부부로서의 관계는 소원했지만, 정략결혼 자체는 꽤나 성공적이었다고 자평했다. 그날이 오기 전까지는.

눈에 넣어도 아프지 않을 그녀의 소중하고 고귀한 아이가 몸과 얼굴에 온통 지저분한 토사물을 뒤집어쓰고 차고에 쓰러진 그날. 모든 것이 뒤집어졌다.

차라리 그 장면을 지헌이 아닌 자신이 먼저 발견했다면 이렇게까지 망가지지는 않았을 텐데……. 그랬다면 그 역겨운 짓거리를 적어도 집 밖에서 끝내라고 경고할 수 있었을 텐데……. 하는 하등 부질없는 생각들.

어린 아들은 끝없이 무너졌고, 결국 홀로 미국으로 가 버렸다. 희연도 훌훌 버리고 아들과 함께 떠나고 싶었지만, 그럴 수는 없었다. 목표는 단 하나. 자신의 아이가 도성그룹을 이어받는 것.

소중한 아들을 망가뜨린 남편은 어처구니없게도 제가 피해자라도 되는 양 망나니같이 굴었다. 지헌이 집을 떠나 미국으로 사라져 버리자, 완전히 돌아 버렸다.

돌아 버린 망나니는 감히 집에까지 역겨운 미친 짓을 끌어들였다. 어느 날 서재에서 시작된 희미한 소리. 희연은 기겁하며 집에 일하는 직원들을 내보냈다.

남편이 집에 돌아오는 시간이 되면 직원들이 모두 떠나고 집에는 희연과 짐승들만 남는다. 그들은 어느덧 서재를 벗어나 거실, 복도 온 집 안을 헤집고 다니며 더러운 흔적을 흘리고 다녔다. 그럴 때면 희연은 침실에 처박혀 두 귀를 틀어막고 침대 시트를 깨물며 울음을 참았다.

남편에게 희연은 투명 인간이었다. 아니, 오히려 보란 듯이 더 소리를 크게 냈다. 아무리 쓸고 닦고 또 닦아도 역겨운 냄새가 가시지 않는 그 집을, 그럼에도 희연은 떠날 수 없었다. 아이가 돌아올 그날을 위하여. 무슨 일이 있어도 그녀는 도성그룹의 큰며느리였어야 했다. 지헌을 위해서는 그 어떤 모욕과 모멸도 참을 수 있었다.

미쳐 버린 남편이 결국 제 사회적 지위도 다 내다 버리고 훌쩍 사라져 버렸을 때, 희연은 조금 웃었던 것 같다.

그리고 15년 후 그가 완전히 죽어 버렸다는 소식을 들었을 때, 희연은 확실히 웃었다.

"지호는 내년으로 날 잡으려고요, 회장님. 새아기 될 아이가 올해 졸업하고 들어오거든요. 이번 가을에 들어오니까 서서히 결혼 준비 시작하려고요. 좋은 날짜 몇 개 받아 올게요. 회장님께서 최종적으로 골라 주세요."

종윤의 아내인 영애가 질세라, 지호의 결혼 계획을 도 회장에 전달했다. 도 회장은 고개를 끄덕거리면서 얇게 썬 송로사시미를 간장 베이스 소스에 쿡 찍어 입에 넣었다. 송로를 두어 개 더 집어 먹은 재호는 디너냅킨으로 점잖게 입을 닦아 내며 말했다.

"그래, 그 아이 들어오면 한번 만나 보자꾸나."

"예, 회장님."

"그리고 순서가 순서이니만큼, 지헌이는 올해 안에 갔으면 좋겠다."

다소곳하게 대답하던 영애의 얼굴이 눈에 띄게 굳어졌다. 식사 테이블 위에 잠시간 차가운 정적이 흘렀다.

종윤은 기어이 아무렇지 않은 표정을 유지했으나, 옆에 앉은 지호는 저도 모르게 몸을 들썩거렸다. 영애의 손가락 사이에 낀 포크가 가늘게 떨렸다. 희연만이 반가운 낯을 환하게 밝히며, 두 손을 가슴 앞으로 과장되게 모아 대답했다.

"그럼요. 아무래도 지헌이가 지호보다는 먼저 가는 게 여러모로 보기에 좋겠죠. 장손이 아직 안 가고 있는데 집안의 둘째가 개혼을 하면 되겠어요? 손님들도 곤란한 부분이 많을 텐데. 총리 댁이랑 한번 날짜를 맞춰 볼게요, 회장님."

"오냐. 뭐 필요한 거 있으면 말하고."

"네, 회장님. 신경 써 주셔서 감사해요."

회장의 말에 희연은 황송한 듯 눈망울을 글썽거리며 대답했다. 맞은편에 앉은 지호가 못마땅한 낯을 그대로 드러낸 채 지헌의 얼굴을 살피듯 흘겼다. 지헌은 태연하게 식사를 계속할 뿐이었다. 여전히 아무런 맛도 느껴지지 않았다.

□ ◆ □

대형 세단이 로비 아래에 부드럽게 멈춰 서자, 뒷좌석 문이 열리고 긴 다리가 뻗어 나왔다. 나른한 몸짓으로 차에서 내린 지호는 가벼운 현기증을 느끼며 로비의 자동문 앞으로 향했다.

태생적인 저혈압 때문에 이른 아침 시간에는 늘 컨디션이 저조하다. 마음 같아서야 해가 머리 꼭대기에 뜰 때쯤에나 어슬렁거리며 일어나 적당히 출근하고 싶지만, 제조센터장의 자리에 오른 후로 지호의 출근 시간은 오히려 보통의 직원들보다 훨씬 이른 시간에 맞춰져 있다.

매일 오전 7시에 발행되는 수율일보를 생각하니 입맛이 썼다. 오늘은 밤새 또 어떤 사고가 터져서 수율을 깎아 먹었을지……

지호는 다소 짜증스러운 표정으로 한산한 로비를 가로질러 엘리베이터 쪽을 향했다. 로비 중앙쯤에 이르렀을 때 문득 지호의 발걸음 속도가 느려지고 미간이 좁아 들었다. 지호는 1층 사내 카페 안으로 들어가는 여리여리한 뒷모습을 바라보고 있었다.

몸에 달라붙는 에이치라인의 스커트가 가느다란 허리에서부터 꽤나 굴곡진 골반 라인을 고스란히 드러내고 있어 자연스럽게 눈길이 가기는 했지만, 지호의 시선이 여자를 따라간 것은 단지 그 이목을 잡아끄는 몸매 때문만은 아니었다. 끝내 로비 중앙에 완전히 멈춰 선 채 가늘어진 눈으로 카페의 주문대로 향하는 여자의 옆얼굴을 확인한 지호는 방향을 돌려 카페 쪽으로 발걸음을 옮겼다.

"아이스아메리카노 한 잔 주세요. 샷 추가해서요."

수연은 아직까지도 약간의 물기가 남아 있는 머리카락을 귀 뒤로 쓸어 넘기며 주문대 앞에서 커피를 주문했다. 눈꺼풀은 추를 매단 듯 무겁게 가라앉았다. 머릿속에 짙은 안개가 가득 낀 것처럼 멍했다. 회사에서 커피를 끊기로 다짐하기는 했지만, 요즘 들어 아침마다 진한 커피의 독한 카페인이 간절해 수연은 결국 저절로 카페로 향하는 발걸음을 참아 내지 못했다.

체력의 안배는 완벽히 실패. 거의 매일같이 늦은 밤, 혹은 새벽녘에 서울의 동서를 가로질러 가며 두집살이를 하고 있으니 당연한 결과였다.

사무실에 올라가자마자 입맛 까다로운 상사를 위한 드립 커피를 정성껏 내려야 하지만, 지금 당장 수연에게 필요한 것은 남이 내려 준 커피였다. 주문을 마치고 계산대에 카드를 내미는 수연의 어깨 너머로 갑자기 긴 팔이 쑤욱 넘어 왔다.

"이걸로 계산해 주세요. 따뜻한 얼그레이 한 잔도 함께요."

놀란 수연이 뒤를 돌아보자, 평소보다 조금 더 창백해 보이는 얼굴의 지호가 빙긋 웃으며 말했다.

"또 보네요. 한수연 씨."

"아. 안녕하세요. 상무님."

수연이 놀란 얼굴을 얼른 감추고 짧은 묵례와 함께 인사를 건넸다. 지호는 카페 직원으로부터 계산이 끝난 카드를 돌려받으며 말했다.

"저번에 준 과자가 맛있어서요. 커피 한 잔으로 보답하기에는 부족하지만."

"아, 입에 맞으셨다니, 다행이에요. 감사합니다. 잘 마실게요."

수연은 상냥한 미소와 함께 지호에게 다시 한번 살포시 고개를 숙였다. 고개를 들자, 묘하게 입꼬리가 당겨 올라간 지호가 빤히 내려다보는 시선과 마주쳤다. 그 미묘한 얼굴을 마주한 순간, 수연의 머릿속에 옅은 경계심이 피어올랐다.

남이 내려 준 커피가 고팠던 수연과는 달리, 지호는 사무실에 올라가면 김이 모락모락 피어오르는 얼그레이를 대령해 줄 비서가 둘이나 있는 사람이었다. 더군다나 그의 비서인 미주의 사무실에는 사내 카페에서 제공하는 얼그레이보다 훨씬 풍미가 뛰어난 유명 브랜드의 티백이 한가득이었다. 수연과 공동 구매를 했기 때문에 누구보다 잘 아는 사실이었다.

그러나 수연의 머릿속에 경계심과 의심이 짙어질 겨를도 없이 금세 주문대 위로 그들이 주문한 음료가 나왔다. 테이크아웃 잔을 각각 손에 든 수연과 지호가 나란히 카페를 나와 엘리베이터로 향했다. 7시가 겨우 넘은 시각의 로비는 여전히 한산했다.

멀찍이 엘리베이터 문이 닫히는 모습에 수연은 종종걸음으로 다가가 열림 버튼을 탁탁 연타했다. 다물어졌던 엘리베이터 문이 잠시 후 다시 열리기 시작했다. 너무 티가 났나? 잠시 민망했지만, 수연은 아무렇지 않은 척 발걸음을 옮겼다. 단둘이 엘리베이터에 오르고 나서야 지호는 지나가듯 가볍게 물었다.

"도 상무랑 일하는 건 힘들지 않아요?"

"아뇨. 부족한 부분이 많지만, 상무님께서 많이 이해해 주세요."

수연은 늘 그렇듯 정해진 대답을 했다. 지호는 다 안다는 듯한 얼굴로 빙그레 웃었다.

"내가 아는 그 도 상무가 이해심이 높은 타입은 아닌데."

"……."

공감하는 바였지만, 자신의 상사를 힐난하는 대화로 공감대를 형성할 만한 상대가 아니었기 때문에 수연은 대답 대신 난감한 미소를 지었다. 그 미소조차도 금세 얼굴에서 사라졌다. 수연은 엘리베이터 문으로 시선을 옮겼다. 문에 반사된 어슴푸레한 형체만으로도 지호가 자신을 빤히 응시하고 있음을 알 수 있었다.

지호는 어느샌가 불편한 기색을 숨기지 않는 수연의 얼굴을 보면서 피식 웃었다. 이 잘생긴 얼굴을 보는 것으로 기분이 상할 리는 없으니, 아무래도 제 상사와 지호의 미묘한 관계가 퍽 신경 쓰이는 눈치였다.

필요 이상으로 예쁜 얼굴에 몸매마저 훌륭하니 자연히 눈길을 끄는 것은 분명하지만, 예쁜 여자는 회사 밖에도 많다. 약간의 관심이 쓰이는 것은 맞지만, 그건 어디까지나 여자가 도지헌 그 새끼의 비서이기 때문이다. 그 성질 더러운 놈을 어떻게 구워삶았기에, 비서를 줄줄이 바꿔 대던 정신 나간 놈의 옆에 생각보다 오래 붙어 있는 건지 지호는 몹시 궁금했다.

지호가 불현듯 긴 팔을 뻗어 엘리베이터 버튼을 툭 눌렀다.

—9층 취소되었습니다.

의아한 표정의 수연이 반사적으로 지호를 돌아보았다. 엘리베이터 버튼에는 이제 수연이 내릴 층의 버튼만 남아 반짝이고 있었다.

"한수연 씨 보니까 생각난 김에 도 상무 좀 보고 갈까 해서요. 아. 물론 도지헌 상무."

"아. 근데 상무님은 8시쯤 출근하세요. 지금 가셔도 너무 오래 기다리실 텐데, 말씀드려 놓을 테니 이따가 다시 오시는 게……."

217

"아뇨. 왔다 갔다 번거로운데 그냥 가죠."

지호는 재고의 여지가 없다는 듯 단호한 대답과 함께 마주했던 시선을 떼고 고개를 정면으로 돌렸다. 지호의 입꼬리에 명백한 미소가 걸렸다. 어느새 그의 아침을 괴롭히는 지루한 현기증이 씻은 듯 사라져 있었다.

"혹시 수율일보 뽑을 줄 알아요?"

함께 비서실로 들어온 지호는 곧장 집무실 안으로 향하던 발걸음을 멈추고 수연에게 물었다.

"아……. 네. 안에 들어가 계시면 가져다드리겠습니다."

경영기획실에서 그다지 볼 일 없는 일보이지만, 예전 부서에서는 왕왕 확인할 일이 있었다. 수연은 오래간만에 찾는 메뉴라 몇 번 버벅거린 끝에 수율일보 메뉴를 찾아 오늘 아침 발행된 보고서를 프린트했다.

보고서를 들고 안으로 들어가려던 수연은 접시에 쿠키를 몇 개 챙겼다. 선약도 없이 갑자기 제멋대로 들이닥치긴 했지만, 그래도 어쨌든 명백한 상사의 손님이니.

"상무님. 여기 오늘자 수율일보입니다. 그리고 이건 차랑 함께 드세요."

"아, 고맙습니다. 괜히 아침부터 귀찮게 해서, 미안합니다."

"아니에요. 전혀 귀찮지 않습니다."

수연이 손사래를 치자, 지호는 접시 위의 쿠키를 흘끗 눈짓하며 물었다.

"이것도 수연 씨가 직접 만든 거예요?"

"네? 아뇨. 이건 그냥 시판 제품인데요."

"아……. 난 또 매일같이 이런 거 직접 구워다가 바치는 줄 알고, 부러워할 뻔했네요."

지호가 눈을 마주친 채 씨익 웃었다. 누가 봐도 바깥에서 사 온 쿠키같이 생겼는데……. 눈썰미가 없는 사람이네. 수연은 속으로 생각하며 집무실 밖으로 나왔다.

7시 55분.

지헌이 사무실로 들어서자 수연은 몸을 벌컥 일으키고 아침 인사를 생략한 채 본론을 전했다.

"상무님. 안에 도지호 상무님께서 기다리고 계십니다."

듣자마자 눈살을 찌푸린 지헌은 고개를 끄덕이곤 잠시 멈춰 섰던 발걸음을 다시 옮겨 집무실 문을 열었다. 소파에 앉아 통화 중이던 지호는 지헌을 발견하곤 서둘러 전화를 끊었다. 지헌이 그를 스윽 바라보면서 그대로 지나가 책상으로 가 버렸다. 트레이를 들고 뒤따라 들어온 수연은 잠시 머뭇거리다가 결국 지헌이 앉은 책상 위에 커피 잔을 내려놓고 나갔다.

완벽한 투명 인간 취급에 잠시 황당해하던 지호는 결국 어슬렁어슬렁 책상 곁으로 다가갔다. 사실 딱히 계획적인 방문이 아니었기에 지헌이 나타나기 전까지 무슨 말을 할지 생각해 본바, 지호는 얼마 전 도고재 조찬 이후로 내내 거슬리던 것을 묻기로 했다.

"너 결혼하게?"

뜬금없는 방문답게 한심하기 짝이 없는 질문에 지헌은 대답 대신 커피 잔을 입가에 기울였다. 지호는 가늘게 뜬 눈으로 무뚝뚝한 지헌의 얼굴을 샅샅이 살피며 그의 속내를 가늠하기 위해 애썼다.

있는지도 모르게 쪄져서 살았던 놈이 갑자기 하루아침에 툭 튀어나와서는 장손이랍시고 빼기는 꼴이 여간 재수가 없는데, 심지어 하루하루 지호의 자리를 야금야금 잠식해 가고 있었다. 눈 깜짝하는 사이에 지호뿐만 아니라 아버지 종윤의 자리까지 집어삼킬지 모르는 음흉하기 짝이 없는 놈이었다.

야망이라곤 없는 척, 무심한 눈으로 이래도 흥, 저래도 흥 아쉬운 거 없는 것처럼 굴면서도, 회장님 앞에서 예예거리는 것을 보면 야욕이 철철 넘치고도 남는 놈이다.

30년이 넘는 평생 동안 매주 한 번도 빠짐없이 도고재의 문턱이 닳도록 넘어 다니면서도 여전히 지호에게는 어렵기만 한 회장이었다. 그런데 저놈은 몇 번이나 봤다고 회장님과 격의 없이 지내는 것을 보면 분통이 터지고 울화가 치밀었다. 자다가도 이불을 뻥뻥 차 내며 일어나서 냉수를 벌컥벌컥 들이켜야 겨우 속이 풀릴 때가 있었다.

지헌은 시시각각 낯빛이 변하는 지호를 일별하고 여유롭게 커피를 한 모금 들이켰다. 무관심한 태도로 부팅이 완료된 모니터 화면으로 시선을 옮기자 지호가 다급한 투로 말을 이었다.

"니 발기 부전이라며?"

지헌은 느릿하게 고개를 돌려 지호를 바라보았다. 드디어 자신이 던진 미끼를 문 지헌의 반응에 쾌재를 부르며 지호는 그의 얼굴에서 당황한 기색을 찾으려 눈매를 가늘게 좁혔다. 그러나 지헌의 무감각한 얼굴에는 별다른 변화도 나타나지 않았다.

"이 바닥에 소문 쫙 났던데? 너 미국에 있을 때부터. 그래서 뭐 다른 걸로라도 커버하려고 몸은 이렇게 키운 거야?"

지호가 이죽거리며 지헌의 두꺼운 어깨를 주물럭거렸다. 지호는 이 떡 벌어진 어깨조차도 얄밉기 짝이 없었다. 싫은 정도로는 얄밉다는 표현이 귀여울 지경이었다. 지호의 다소 마른 체형은 어머니인 영애를 닮았다. 그 전에는 그다지 신경 쓰이지 않았으나, 도 회장의 체형을 닮은 지헌이 나타난 이후 지호는 그런 것조차 몹시 짜증스러웠다.

지헌은 눈썹을 추켜올리며 불쾌하다는 표정을 그대로 드러낸 채, 제 어깨 위에 얹어진 지호의 손을 내려다보았다. 지호가 다급하게 손을 떼어 냈다. 고작 이런 걸로 때리기야 하겠냐마는 금방이라도 주먹이 날아올 것같이 싸늘한 표정이었기 때문이다. 저도 모르게 손쉽게 물러난 손과는 다르게 지호는 여전히 빈정거리는 말투로 말했다.

"그래서, 진짜야?"

지호가 의자에 앉아 있는 지헌의 바지춤을 대놓고 흘끗거리면서 말했다. 그 뻔한 시선에 지헌은 픽 실소를 터뜨렸다.

"네가 내 아랫도리에 그렇게 지대한 관심이 있는 줄 몰랐네."

"관심이 가지 그럼. 내 사촌이 발기 부전이라는 소문이 파다한데. 내가 사귄 여자들 중에서도 그거 혹시 가족력일까 봐 내 거까지 걱정하는 애들 몇 됐어."

"꺼내서 보여 줘?"

"내 앞에서 세우게? 아서라. 야, 그런 취미 없다."

"안 세워도 네 거보단 나을 텐데."

"허세 부리긴. 그래 봤자 소용없어. 아니 땐 굴뚝에 연기 나라는 속담이 괜히 생겼겠냐? 내가 아는 재벌가 아가씨들 중에서 그거 모르는 사람이 없는데, 국무총리 외동딸은 몰라서 너랑 결혼을 하겠다는 거야, 아님 알고도 감수하겠다는 거냐."

"……관심 꺼."

"도씨 가문이 다 네 아랫도리에만 관심 있을걸? 도 회장님은 오매불망 증손자만 기다리실 텐데."

"너나 열심히 증손자 낳아서 회장님 앞에 가져다가 바쳐. 왜, 그것도 순서 지키라고 할까 봐 걱정돼?"

지헌의 비아냥거림에 지호의 얼굴이 굳어졌다. 다소 창백한 빛의 얼굴이 더욱 파리해졌다. 대화의 끝을 고하듯 지헌이 다시 모니터로 시선을 돌리자, 지호는 아예 지헌의 의자를 잡아끌어 제 쪽으로 돌렸다.

"또 뭐야."

지헌이 눈을 찡그리며 귀찮다는 듯 쳐다보자 지호가 속삭이는 것처럼 목소리를 낮추고 말했다.

"야, 어떤 여자 인생을 망치려고 결혼은 한다고 해. 괜히 결혼해서 애꿎은 피해자 양산하지 말고 그냥 혼자 사는 게 낫지 않겠냐? 너희 어머니 보고도 배운 게 없어? 혼자 그렇게 애쓰시는 거 보면 안쓰럽지도 않…… 윽!"

순식간에 억센 팔이 뻗어 나와, 지호의 양 볼을 움켜잡았다. 거칠게 옥죄는 손아귀 안에서 지호의 창백한 얼굴이 시뻘겋게 변했다. 지호가 고통에 몸을 비틀며 발버둥 쳐도 지헌의 손아귀에서 벗어나지기는커녕 얼굴을 움켜쥐는 힘만 거세질 뿐이었다.

"더 지껄여 봐."

"으윽……!"

줄곧 의자에 앉아 있던 지헌이 몸을 일으키며 손을 위로 잡아 올리자, 지호의 턱이 하늘을 향해 추켜 올라갔다. 지호의 얼굴에 이어 목줄기까지 뻘겋게 달아올랐다. 그만하라는 의미에서 지호의 손이 지헌의 팔뚝을 다급하게 두드렸다.

"지호야. 도지호."

지헌이 짐짓 다정한 말투로 읊조리며 손아귀에 힘을 툭 풀었다. 지호가 무너지듯 빠져나가며 자신의 얼얼해진 얼굴을 양손으로 감쌌다. 지호는 핏발이 선 눈을 홉뜨고 지헌을 노려보았다. 지호가 말없이 눈만 치뜨고 씩씩거리는 거친 숨을 내쉬는 모습을 응시하며 지헌은 여상하게 말했다.

"더 할 말 있어?"

"……."

"없으면 이만 가 봐. 힘들면 저기 앉아서 좀 쉬다 가든가."

지헌은 머리털 하나 흐트러지지 않은 태연한 얼굴로 말을 마치고는 자리에 앉아 모니터로 시선을 고정했다. 지호는 잠시 어깨를 들썩거리며 서 있다가 화난 구둣발 소리를 울리면서 집무실을 나갔다.

"어? 아……. 다음에 뵙겠습니다. 상무님……."

집무실 문을 벌컥 잡아 열더니 인사도 없이 태풍이 몰아치듯 휘리릭 사무실 바깥으로 나가 버리는 지호의 뒷모습에 대고 수연이 인사했다. 수연은 멍한 얼굴로 고개를 갸웃거렸다.

'뭐지…….'

잠시간이었지만, 수연은 지호의 양 볼에 빨간 손자국이 억세게 새겨진 것을 분명히 보았다. 그리고 그것은 마치, 몹시 흥분한 지헌이 수연의 양 볼을 한 손에 움켜쥐고 키스를 퍼부을 때 얼굴에 남는 흔적과 굉장히 흡사…….

'어머, 미쳤나 봐. 내가 지금 무슨 생각을 하고 있는 거야. 그런 말도 안 되는 망상이라니, 둘이 사촌지간인데 그럴 리 없잖아…….'

지호가 사라진 문을 향해 멍하니 뜨고 있던 수연의 눈이 뒤늦게 조금 더 커졌다.

'아니, 애초에 사촌지간인 게 문제가 아니잖아.'

손자국을 키스로 연결 지을 정도로 사상이 불순해진 것은 매일같이 음란한 말과 행동을 주입시키는 지헌에게 책임을 돌리더라도, 사고가 매우 달갑지 않은 방향으로 몹시 유연해진 것은 정제민의 영향이 분명했다. 그런 쪽으로는 꿈도 안 꾸었던 자신의 사고를 이다지도 무한히 확장해 주었다니…….

그리고 보니 거기에 미주가 한 순가락을 더하기도 했다. 미주가 요즘 즐겨 본다며 지나가듯 보여 준, 주인공이 둘 다 남자였던 로맨스 웹툰의 장면이 머릿속에 스쳐 지나갔다. 수연은 매우 자연스럽게 망상 속에 연상되는 불경한 장면에 몸서리를 쳤다. 그러곤 재빨리 그것을 머릿속에서 지워 버리기 위해 도리질을 했다.

□　◆　□

욕실의 거울 앞에 선 제민은 날렵한 턱을 비스듬히 들어 거울에 비친 자신의 얼굴을 응시했다. 새 작품 촬영 끝나면 수염을 길러 볼까? 제민은 턱 아래에 흐릿하게 올라온 수염을 쓰다듬으며 수염 기른 자신의 얼굴을 상상해 보다가, 역시 그건 아니지 싶어 픽 웃어 버렸다.

면도나 하려고 거울 앞에 선 것이었는데, 문득 생각해 보니 어차피 숍에 들를 건데 군이 제 손으로 수고롭게 물을 묻힐 이유가 없었다. 제민은 열어 놓았던 욕실 서랍장을 탁 하고 경쾌하게 닫은 후 거실로 나왔다.

의미 없이 틀어 놓은 티브이를 흘끗 쳐다본 제민은 몸을 던지듯 소파에 털썩 앉아 핸드폰을 꺼내 들었다. SNS 계정에 들어가 사진 아래에 달린 자신의 아름다운 외모를 찬양하는 팬들의 댓글들을 훑어 내려갔다. 가끔가다가 질투심에 휩싸인 눈살 찌푸려지는 댓글들은 일일이 친히 삭제 버튼을 눌러 주었다. 역시 인기가 드높아지니 안티들도 꼬이기 마련이었다.

적당히 댓글을 살핀 제민은 다이렉트 메시지로 들어온 내용들을 확인하기 시작했다. 쓸데없는 메시지들을 휙휙 넘기다가 어느 순간 제민의 손이 멈추었다.

꽤 괜찮게 생긴 얼굴이 입술 사이에 담배를 꼬나물고 한쪽 눈을 찡그린 표정의 셀카를 대뜸 보내 놓은 것으로 시작하는 메시지였다. 생긴 만큼 제 얼굴에 자부심이 높은 타입을 제민은 싫어하지 않았다. 제민이 씨익 웃으며 자세를 고쳐 앉았다.

한참의 시간이 지난 후에야 제민은 불쑥 고개를 들었다. SNS에서 노닥거리는 사이에 그새 한 시간이 넘게 흘러 있었다. 매니저가 오기로 했던 시간이 한참이나 지났는데 연락도 없는 게 이상했다. 제민은 고개를 갸웃거리며 핸드폰의 최근 기록을 찾아 매니저에게 전화를 걸었다.

"응, 치수야. 난데. 왜 안 와?"

— 어……. 형. 아까 낮에 문자 보냈었는데, 못 보셨어요?

"어? 못 봤는데. 왜? 뭐라고 보냈는데?"

— 그게……. 저……. 당분간 형 스케줄 다 취소되었다고 통보받아 가지고요.

"뭐? 왜! 갑자기 그게 무슨 소리야?"

— 아……. 저도 자세한 건 잘 모르고요. 형, 죄송한데, 자세한 건 실장님한테 물어보세요. 저 지금 미연이 스케줄 픽업 가는 길이라 운전 중이거든요? 나중에 전화드릴게요.

"뭐? 야! 자세히 좀 말해 봐! 야? 김치수! 아이씨. 뭐야. 끊었잖아……."

제민은 허둥지둥 준비를 마치고 기획사를 찾았다. 얼굴이 붉으락푸르락해져서 잔뜩 흥분한 얼굴로 들어온 제민을 본 기획사 실장이 왈칵 눈살을 찌푸렸다.

"형! 치수가 내 스케줄 다 취소되었다고 하던데, 대체 그게 무슨 소리예요?"

기획사 실장은 짜증이 잔뜩 스민 얼굴로 관자놀이를 짚으며 말했다.

"네 그 소문, 결국 배급사에까지 들어갔어. 영화 홍보 관련된 스케줄에서 다 빼 달라는 요구야. 다행히 손해 배상 청구까지는 안 갔으니까, 넌 당분간 자중하면서 기다려."

"아니. 그게 뭐라고! 그 소문은 대체 왜 자꾸……! 이 정도면 누가 나 끌어내리려고 조직적으로 움직이는 거 아니에요?"

"이제 막 뜰까 말까 한 조연 배우가 뭐라고 누가 조직적으로 여론을 움직여? 아무튼 나 지금 볼일 있어서 나가니까 그렇게 알아."

그렇게 간단하게 통보하고 나 몰라라 나가 버리는 실장의 서늘한 얼굴에 제민은 극도의 불안과 초조를 느꼈다. 가만히 앉아서 허무하게 팽당할 수만은 없었다.

제민은 이제 소문의 근원을 적극적으로 해명해야 할 때가 왔다고 느꼈다. 억울하기가 이루 말할 수 없었다. 회사에서 수습해 주지 않는다면 제민이 직접 나설 차례였다. 그리고 그러기 위해서는……

□　◆　□

"왔어? 들어와. 들어와."

"응. 박 실장님은?"

도지호 상무의 비서실에 들어선 수연이 비어 있는 책상을 보고 미주에게 물었다.

"상무님이랑 외부 일정 있어서 나가셨어. 오전 내내 없을 거야. 여기 앉아."

미주는 옆자리의 의자를 끌어다가 제 책상 가까이에 당겨 놓으며 눈짓했다. 수연은 의자에 앉으며 들고 있던 쇼핑백을 책상 위에 내려놓았다.

도지호 상무 비서실의 두 책상은 그 주인이 각자 누구인지 선명하게 드러내고 있었다. 서류 몇 개가 어지러이 쌓여 있고 나무 액자에 꽂힌 단출한 가족사진이 세워져 있는 박 실장의 책상 위 모니터에는 그의 얼굴을 닮은 듯해 보이는 아기가 웃고 있는 스크린 세이버가 켜져 있었다.

그 옆의 책상은 미주의 쾌활한 성격을 드러내듯 아주 현란하게 꾸며져 있었다. 미주가 직접 구매해서 가져다 놓은 것 같은 키보드와 마우스는 회사에서 제공하는 것과는 다르게 매우 알록달록했다. 모니터 밑으로 줄지어 서 있는 복숭아 모양의 캐릭터 인형이 귀여워서 수연은 빙그레 웃었다.

"뭘 또 이렇게 많이 만들었어? 너무 예쁘다. 어머, 너 마카롱도 만들 수 있어? 대박……. 수연, 우리 진짜 이걸로 사업하자니까? 나 지금 진심이야."

수연이 가져온 쇼핑백을 열어 본 미주가 호들갑스럽게 너스레를 떨었다. 지난번 박 실장에게 못생겼다는 악평을 받은 까눌레도 다시 연습할 겸 주말에 구운 과자를 가져온 것이었다.

"한번 먹어 볼까? 너도 같이 먹고 가. 시간 괜찮지?"

미주가 쇼핑백에서 낱개로 포장해 놓은 과자를 몇 개 꺼냈다. 수연은 자신이 구운 쿠키를 미주처럼 맛있게 먹어 주는 사람이 있어서 취미 생활을 바꾸지 않아도 된다는 점이 기뻤다. 그 기쁨에 도취된 나머지 너무 많은 쿠키를 만들어 버린 게 탈이지만.

"아, 우리 차랑 같이 마시자. 나 저번주에 영국에서 직구한 거 받았거든."

손뼉을 짝 치며 자리에서 일어나던 미주가 갑자기 눈썹을 찡그러뜨리며 한쪽 가슴을 움켜쥐었다. 협심증이라도 일으킨 것 같은 갑작스러운 반응에 놀란 수연이 눈을 동그랗게 뜨고 미주를 올려다보았다.

"왜 그래? 어디 아파?"

얼마간 미간을 구기고 서서 통증이 가시길 기다린 미주는 가슴에 올려져 있던 손을 내리며 투덜거리듯 말했다.

"아, 김선우……."

짜증이 담긴 목소리로 되뇌는 이름은 수연도 몇 번 들어 본 적이 있는 이름이었다. 미주가 꽤 오래 사귀었다는 남자 친구였다. 아무래도 최근의 애정도는 조금 떨어지는 것 같은 눈치였지만.

"아니. 내가 주말에 대학 때 친구들 만났는데 걔네가 남자애들을 데리고 나와서 그냥 술만 좀 같이 마셨거든."

미주는 티포트와 찻잔을 가져오며 심상한 태도로 말했다. 영국에서 직구했다는 티백 상자를 책상 위에 툭 내려놓기에 수연은 단단히 봉해진 비닐 포장을 벗기며 미주의 말을 경청했다.

"근데 걔가 그걸 알아 가지고 어제 엄청 삐진 거야. 입은 댓 발 튀어나와 가지고 말 한마디 안 하고. 그럼 집에나 갈 일이지 우리 집에 버티고 앉아서는 자기 삐졌다는 티 팍팍 내는 거지. 걔 약간 의처증 기질이 살짝 있거든."

미주가 '살짝'이라는 단어를 말할 때 손가락 두개를 들어 보였다. 사실 수연으로서는 미주의 남자 친구가 기분 상한 이유에 조금 더 공감이 가는 바였지만, 다른 사람의 연애사에 참견하는 것만큼 무례하고 무의미한 것도 없기에 수연은 굳이 내색하지 않았다.

"아무튼 그렇게 하루 종일 피곤하게 굴길래, 내가 '가슴 만질래'를 시전했거든."

수연이 어리둥절한 표정으로 미주를 마주 보며, 찻잔 안에 티백을 톡 떨어뜨렸다. 뜨거운 물을 붓기도 전에 향긋한 냄새가 찻잔에서 피어올랐다.

"뭐야. 그 무지몽매한 표정은. 너 가슴 만질래 몰라?"

"응. 그게 뭐야?"

"아니, 그 유명한, 시대 불문, 국적 불문, 세대를 초월한 만고불변의 법칙인 가슴 만질래를 모른단 말이야?"

미주는 마치 조선 시대의 비구니라도 만난 것처럼 놀란 표정을 지었다. 조금 머쓱해진 수연이 흐릿하게 웃자, 어머 애 진짜 모르네 하는 탄식이 미주의 벌어진 입에서 터져 나왔다.

"싸웠는데 내가 좀 더 잘못했을 때, 뭔가 불리하게 굴러갈 때, 말하기 곤란한데 자꾸 캐물을 때. 좌우지간 그 어떤 상황이든 가슴 만질래 한 방이면 남자는 그냥 끝나거든. 아마 자다가도 달려 나올걸?"

딱히 어떤 반응을 보여야 할지 애매해진 수연이 '오…….' 하고 미약하게 감탄하며 찻잔에 뜨거운 물을 부었다. 열변을 토하기 시작한 미주의 찻잔에도 가득 부어 주었다.

"처음 사귈 때보다는 반응이 약간 쇠진하긴 했지만. 그럼에도 불구하고 여전히 유효하고, 앞으로도 계속 효과적일 강력한 방법이거든."

미주는 쿠키 더미 안에서 까눌레 한 개를 집어 들고 포장을 벗겨서 입에 앙 물고는 열변을 계속했다. 수연은 까눌레에 대한 감상이 궁금했지만 미주는 대화 주제를 가슴에서 까눌레로 바꿀 생각이 전혀 없어 보였다.

"남자들의 가슴에 대한 집념이란…… 여자들이 남자 거기 크기에 대해서 가지는, 어느 정도는 컸으면 하는 작고 귀여운 소박한 염원에 비할 바가 못 된다니까. 완전히 집착이야. 집착."

확실히 수연의 가슴에 집요하게 구는 어떤 남자의 집중한 얼굴이 불쑥 떠올랐다. 매끄러운 얼굴에 볼우물이 팰 정도로 열과 성을 다해 빨아 대는 모습은 가히 집착이라고 불릴 만했다.

최근의 기억을 더듬어 보면 표정 하나하나 생생하게 떠오를 정도로 몹시 익숙해진 모습인데도, 수연은 여전히 잘 믿기지가 않았다. 저만 보면 눈살을 찌푸리기 일쑤에 까칠하기가 하늘을 찌르던 도지헌 상무와 이런 사이가 되리라고는……. 게다가 그 덩치 커다란 남자가 자신의 허리를 옭아매고 매달린 채로 눈만 들어 흘깃 올려다보는 야한 얼굴이라니…….

수연은 더운 기운이 훅 몰려오는 얼굴을 애써 침착하게 가다듬고 애꿎은 티백만 찻잔 안에 담갔다 뺐다를 반복했다.

"가슴 만질래의 유일한 단점이라면 거기서 깔끔하게 끝나지 않는다는 거지. 대부분 다른 행위로 파생……. 크흠. 아무튼 걔가 그래 가지고. 거기다 나 지금 생리 중이거든. 나 원래 PMS 증상이 가슴 아픈 건데 어제 계속 그러니까 지금 옷깃만 스쳐도 쓰라려."

"아아……. 그랬구나."

너무 불필요하게 깊숙한 남의 애정사까지 들어 버린 난감한 상황에 수연은 어색한 미소를 지은 채, 찻물이 충분히 우러난 찻잔에서 축축이 젖은 티백을 건져 냈다.

"생리 중이라 못 하게 하니까 가슴에 계속 매달려 가지고. 아, 짜증 나."

미주는 인상을 찌푸리며 한 입 깨물어 먹고 남은 까눌레를 한입에 다 집어넣고는 금세 배시시 웃었다.

"진짜 맛있다."

양손으로 쌍엄지를 들어 보이던 미주가 갑자기 반색하고 수연에게 물었다.

"아니, 근데 너 그 예전에 헤어졌다던 남자 친구 꽤 오래 사귀었다 하지 않 았어? 근데 어떻게 가슴 만질래를 모를 수가 있지? 그 구남친은 싸우거나 기분 나쁠 때, 그럼 뭘 해야 기분이 풀어졌는데?"

기본적으로 제민과 사귀는 동안 두 사람이 딱히 크게 싸운 적은 없었다. 소 소한 사고를 치는 건 주로 제민 쪽이었기에 수연이 먼저 나서서 제민의 기분을 풀어 줘야 할 일도 별로 많지 않았고.

무엇보다 제민은 수연의 가슴에 전혀 집착하지 않았다. 아마 제민에겐 '가 슴 만질래'라는 만고불변의 진리가 전혀 통하지 않았을 것이다. 그리고 수연은 이제 와 그런 소소한 시그널을 전혀 눈치채지 못했던 과거 자신의 무지함과 둔 함에 실소가 나왔다.

"그냥…… 지금 우리처럼 달달한 거 먹으면서 수다 떨거나, 옷 사는 거 좋아 해서 쇼핑 가기도 하고."

"엥……."

"아, 춤추는 것도 좋아하긴 했다. 난 잘 알지도 못하는 요새 아이돌 노래 나 오면 춤추고…… 그러다 보면 혼자 풀어지던데……."

"뭐야, 그게……. 남친 맞아? 그냥 친구 아냐?"

미주가 심드렁한 표정으로 툭 내뱉으며 쿠키 하나를 더 집어 들었다. 놀랍도 록 날카로운 지적에 수연은 흠칫 놀랐다. 쿠키의 비닐 포장을 벗기는 것에 집중 한 미주의 시선을 피해, 수연은 찻잔을 들어 따뜻한 차 한 모금을 입에 머금었다.

□　◆　□

— 오빠. 나 다음 주 주말에 오빠네 회사 신제품 광고 오디션 잡혔다는데. 후 보가 나랑 혜선이라잖아? 걔 이번에 드라마 좀 괜찮게 됐다고 자꾸 나랑 같은 급으로 엮이는데 진짜 속상해 죽겠어.

"미소야. 속상해하지 마. 당연히 네가 될 텐데 뭘 신경 써."

지호는 달콤하기 그지없는 목소리로 나긋하게 말했다. 그에 반해 핸드폰을 귀에다 붙인 표정은 심드렁하기만 했다.

― ……그게 끝이야?

"뭐가?"

― 아니. 오빠가 그쪽에 살짝 한마디 해 주면 좋잖아. 오빠한텐 어려운 일도
아니잖아. 날 위해서 그 정도도 못 해 줘?

"미소야."

― 응. 오빠.

"난 내가 네 남자 친구인 줄 알았는데. 이제 보니까 넌 나를 스폰서 정도로
생각하는 것 같네……."

― 뭐? 아니. 오빠. 내 말은 그런 뜻이 아니고.

다급하게 당황한 투로 늘어놓는 변명을 귓등으로 듣고 통화를 끊은 지호는
핸드폰을 슈트 안주머니에 집어넣으며 차창 밖으로 시선을 돌렸다. 돌연 낯빛
을 밝힌 지호가 불쑥 운전석을 향해 말했다.

"윤 기사님. 천천히 몰아요. 저기 저 여자 옆으로 붙여서."

도성전자 사내 도로를 미끄러져 나가던 세단이 속도를 늦추며 보도블록에
한층 가까이 붙었다. 지호는 이마를 창에 가까이 붙이고 입꼬리를 말아 올렸
다. 지호의 시선은 팔짱을 끼고 걷고 있는 여자 두 명 중 유독 한 사람에게만
고정되어 있었다.

하나로 묶어 올린 머리채가 가녀린 등 뒤에서 좌우로 흔들거렸다. 오늘은 바
지를 입어 굴곡진 몸매를 좀 가렸지만 하늘거리는 뒷모습만으로도 그 옷 아래
가 대충 상상됐다. 지호는 저도 모르게 혀로 자신의 마른 입술을 슥 훔쳤다.

차가 로비에 이르러 완전히 멈춰 서기도 전에 문을 왈칵 열고 내리는 지호
때문에 윤 기사는 허겁지겁 브레이크를 내리밟았다. 저 미친놈……, 또 왜 저
래. 놀란 가슴에 식은땀이 흐르고 절로 욕지기가 치솟았지만 윤 기사가 뒷좌석
으로 시선을 돌렸을 때 지호는 이미 문을 쾅 닫고 내린 후였다.

"문 대리."

지호는 우선 자신의 비서를 불러 세웠다. 수연의 옆에 자석처럼 철썩 달라붙

어 걷고 있던 미주에게는 하등 일말의 관심도 없었지만, 다만 자연스러운 접근을 위해서였다.

지호의 부름에 로비 안으로 들어서던 수연의 등에서 달랑거리던 머리채가 멈추어 섰다. 곧이어 수연과 미주가 동시에 뒤를 돌아보았다.

지호가 입꼬리를 들어 올리며 환하게 미소 지었다.

"두 사람 오늘 같이 점심 먹었어요?"

"어? 상무님, 오셨어요? 오찬 잘하셨어요?"

"안녕하세요, 상무님."

지호가 두 사람에게 1층의 카페를 눈짓하며 말했다. 미주가 눈치껏 빠져 줬으면 하는 바람과 함께.

"가요. 커피 한잔 사 줄게요."

"네? 상무님 사내 카페 커피 극혐하시잖아요. 원두 싸구려 쓴다고."

눈치껏 빠져 주기는커녕 미주가 오히려 끼어들어서 찬물을 끼얹었다. 지호는 애써 웃는 낯을 유지하며 침착하게 말했다.

"카페에 뭐 커피만 있나? 차도 있고……."

"사내 카페 차도 안 드시잖아요. 싸구려 티백 쓴다고."

이쯤 되면 눈치가 없는 게 아니라, 일부러 저러는 게 분명했다. 사내 소문에 누구보다 밝아서 이것저것 잘 물어다 바치길래 무능력하고 시끄러워도 참고 데리고 있었더니, 역시 갈아 치워야 하나? 지호는 진지한 고민과 함께 미주를 향해 애써 웃는 낯을 지어 보였다.

"아. 그랬지. 오래돼서 깜빡했네. 이왕 꺼낸 말이 있으니 두 사람은 하나씩 사 먹고 와요. 자, 내가 사 줄게."

미주에게 제 카드를 건네준 지호가 사라지자, 미주가 정색한 얼굴로 수연에게 말했다.

"야. 나 말리지 마. 도 상무 카드로 홀 케이크 지를 거야."

수연과 미주는 곧 각자 테이크아웃 잔 하나씩을 손에 쥐고 엘리베이터 앞에 섰다.

"어쨌든 부담스럽게 생각하지 말고, 그냥 나오기만 해. 소개팅, 미팅 그런 거 아니라니까?"

아까부터 미주는 주말에 자신의 '성별만' 남자인 친구들과의 술자리에 수연을 줄기차게 초대하고 있었다.

"걔네 뭐 진짜 어떻게 해 보자고 하는 자리 아니라니까? 나도 남자 친구 있잖아. 그냥 가볍게, 맛있는 거나 왕창 먹고 오자. 응?"

"아⋯⋯."

엘리베이터가 1층에 도착했다. 문이 열려서 그 안으로 들어설 때까지도 미주는 쉬지 않고 말을 계속했다.

"사실⋯⋯ 저번에 내가 어쩌다가 회사 메신저에 있는 네 사진을 보여 준 적이 있거든. 그랬더니 난리들이야. 한 번만 데리고 나와 보라고. 진짜 귀찮아 죽겠어. 응? 죽는 사람 한번 살린다 셈 치고⋯⋯."

수연은 엘리베이터 안쪽 깊숙이 들어가 몸을 돌려세웠다. 이내 그들을 뒤따라 안으로 들어온 사람을 발견하고는 나쁜 짓을 하다 들킨 토끼처럼 눈을 크게 떴다. 지헌이었다.

아니. 대체 언제부터 뒤에 서 있었던 거야⋯⋯.

갑작스러운 지헌의 등장에 미주도 뒤늦게 입을 다물었다. 인사할 생각조차 못 꺼내고 입술을 달싹거리는 수연에게 눈인사를 보낸 지헌은 아무렇지 않게 몸을 돌려세우고 엘리베이터 문을 향해 섰다. 널찍한 뒷모습이 유난히 벽처럼 거대하게 보였다.

□ ◆ □

경영기획실 직속 스태프인 마 부장은 식은땀을 훔치기 위해 주머니를 뒤져 이미 그 전에 닦아 낸 땀으로 축축해진 손수건을 꺼냈다. 그마저도 저 앞에 거만한 자세로 앉은, 자신보다 스무 살은 젊은 상사의 심기를 거스를까 싶어 마 부장은 지헌이 고개를 잠시 아래로 내린 잘나의 타이밍을 노려 식은땀이 흥건한 이마를 손수건으로 스윽 문질렀다.

 널찍한 1인용 소파에 나른하게 기대앉은 지헌은 긴 다리를 비스듬하게 꼬고 있었다. 벽에 비친 프로젝트 화면을 주시한 채 지헌이 턱을 느릿하게 문질렀다. 보고서의 내용이 마음에 들지 않을 때 그가 주로 취하는 행동이었다.

 4인용 소파에 스태프와 그룹장들이 쪼르르 앉아 머리를 조아리고 있었다. 하나같이 소파 등받이에서 등을 멀찍이 떨어뜨리고 허리를 꼿꼿이 세우고 앉아 프로젝트 화면에 고개를 고정시키고 있거나, 괜스레 업무 수첩에 뭔가를 끼적거렸다. 다달이 진행하는 경영기획실 월간 회의의 반복되는 일상이었다.

 지헌은 단 한 번도 큰소리를 내는 법이 없었다. 늘 우아하고 고상한 언변으로 사람의 뼈를 때리고 재가 되게 태우거나, 혹은 아무 말도 하지 않는 대신 하등의 쓸모없는 미물을 보는 것처럼 차가운 경멸과 한심함이 깃든 눈길로 부하 직원의 무능을 질책했다.

 회사에서 개새끼, 소새끼 소리가 난무하는 격변의 시대를 지내 온 살아 있는 꼰대 마 부장은 그것이 더욱 견딜 수 없게 숨이 막히고 눈치가 보였다. 낮에는 짐승 새끼를 찾다가 밤에는 어깨동무를 하고 술잔을 기울이며 회포를 푸는 인정머리조차 없는 점에 혀를 내두를 뿐……

 마 부장은 지헌의 눈치를 살피는 와중에 연신 손목시계의 분침을 흘깃거렸다. 그나마 다행인 것은 이 젊은 상사는 사전에 정해진 회의 시간만큼은 대체로 칼같이 지키는 편이며, 그 회의가 끝날 시간이 얼마 남지 않았다는 점이었다.

 "금번 사업은 녹색 경영 타이틀이나 기업 이미지 제고 차원에서 불가피한 선택이겠지만, 지금 뽑아 온 ROI는 허수가 너무 껴 있어요. 게다가 이미 입법 예고된 법규 제정 현황도 전혀 반영이 안 되어 있습니다. 애써 긍정적인 면모를 끄집어내 보려는 노력은 가상한데 허무맹랑해질 필요까진 없습니다. 퇴사 후 이 지역 발전 사업을 꿈꾸고 있는 게 아니라면 말이죠."

 지헌이 짐짓 온화해 보이기까지 한 미소와 함께 말을 마치고, 소파 팔걸이에 걸치고 있던 손을 느릿하게 당겨 손목시계를 확인했다. 이제 곧 이 숨 막히는 집무실을 나설 수 있다는 시그널에 마 부장은 터져 나오려는 한숨을 애써 참았다.

"재산정한 ROI는 2차 회의에서 검토하기로 하고. 이만 마치시죠. 오늘 검토 완료된 건의 담당 부서는 2차 때 참석하실 필요 없습니다."

회의의 끝을 고한 지헌은 더 이상 지체하지 않고 곧바로 소파에서 몸을 일으켰다.

집무실의 묵직한 나무 문이 벌컥 열리는 소리에, 비서실 책상에 앉아 있던 수연이 반사적으로 몸을 일으켰다. 마 부장을 필두로 하여 월간 회의 참석자들이 사뭇 지친 얼굴로 걸어 나왔다. 사회적 체면만 아니었다면 서로 앞다투어 도망쳐 나왔을 법한, 지치고 질린 표정을 한 그들은 잰 발걸음으로 사무실을 떠나갔다.

"2차 회의 날짜와 시간은 추후에 연락드리겠습니다."

피로한 뒷모습들에 대고 통고한 수연은 소리 없는 한숨을 내쉬고 자리에 앉았다. 바쁜 구둣발 소리마저 사라진 비서실 내부의 공기가 무겁게 가라앉았다.

살얼음판을 살금살금 걷는 듯한 조심스러운 분위기를 형성하는 월간 회의였다. 그 분위기는 지헌이 경영기획실을 맡은 이후로 쭈욱 지속돼 왔다.

한때는 지헌이 직접 나서서 보고서에 수정을 가하는 것에 대해 직책에 맞지 않게 세세하게 관여한다는 뒷말이 나온 후로 회의의 방향성은 다소 달라졌지만 재수 없는 태도는 여전하다는 말을 수연에게 전하며, 전임 비서실장이 고개를 설레설레 내저었었다. 아랫사람들 사이에나 오간 뒷말을 또 어디서 어떻게 들었는지 모르겠다며 소름이 돋아난 팔을 숙숙 문지르기도 했다.

전임자의 경고에 따라 월간 회의 날에는 특별히 몸을 사리는 수연의 노력이 무색하게도, 지헌은 화풀이할 상대를 찾듯 제 비서를 유난히도 불러 재꼈다. 그 날에는 화분 관리라든지 애꿎은 소파 옮기기, 차에 껌 채워 놓기 같은 허무한 육체노동을 하게 되는 경우가 꽤 많았다.

더군다나 회의 직전에 있었던 일까지 떠올랐다. 수연은 숨 막히게 조용한 엘리베이터 안에 지헌의 넓은 등판을 보고 서 있었던 순간을 곱씹으며 제 이마를 그러쥐었다.

'혹시 못 들은 건가……?'

수연이 고개를 반짝 들고 긍정적인 생각을 해 보았다. 허튼 희망으로 수연의 마음에 잠시 안정이 찾아들었다.

'아, 그러고 보니까 화분 돌려놓는다는 걸 깜빡할 뻔했네.'

일주일에 한 번씩 지시하지 않아도 알아서 하기로 했던 비서의 잡무 중 하나인데, 요즈음 들어 지헌이 화분 관리에 예민 떠는 일이 뜸해진 바람에 그런 중차대한 잡무를 잊어버릴 뻔했다.

언제 또 화분을 극도로 애지중지하는 식물변태로 돌변할지 모르니 안심은 금물이었다. 수연이 업무 수첩에 화분이라는 글씨를 쓰고 그 위에 작은 별표를 그리고 있을 때, 책상 위의 전화기가 정확히 두 번 울리고 끊어졌다.

반사적으로 몸을 일으킨 수연은 지체하지 않고 집무실 문을 노크한 후 안으로 들어갔다. 화분을 돌려놓지 않은 것을 지적하면 어쩌지 하는 걱정은 애써 감추고 수연은 차분한 발걸음으로 걸어갔다.

창문가에 위치한 책상은 유리창을 등지고 있어 오후의 햇살이 눈부시게 내리쬤다. 빛살을 등진 채 지헌은 모니터를 들여다보고 있었다. 높은 층에 위치한 사무실의 전면 창에는 흐린 구름 한 점 없이 푸른 하늘을 비추고 있었다.

"상무님. 부르셨어요?"

책상에 다다른 수연은 아랫배에 두 손을 공손하게 모으고 말했다. 그사이 하나의 전자 결재 서류 검토를 마치고 재가 버튼을 클릭한 지헌은 등을 사무용 의자에 느슨하게 기대며 의자를 빙글 돌려 수연을 응시했다.

한동안 별다른 말 없이 시선을 마주한 채로 의자의 가죽이 덧대인 팔걸이를 느릿하게 문질거리던 지헌은 툭 내뱉듯이 물었다.

"바빠요?"

지헌의 미려한 입술이 삐뚜름하게 미소 지었다.

"아뇨. 말씀하세요."

진지하고 사뭇 꽉 막힌 표정으로 대답하는 수연을 보고 지헌이 피식 웃었다. 그의 눈치 빠른 비서의 얼굴에는 짙은 경계심이 서려 있었다. 아무래도 그간 짜증 날 때마다 애꿎은 비서에게 유치한 분풀이를 해 댄 덕분에, 적잖이 성격 더러운 상사로 찍힌 게 분명했다.

못생겼는데 머리까지 나쁜 머저리들과 한 시간이나 마주 앉아 있느라 치솟은 짜증을 풀어 볼 생각으로 한수연을 호출한 건 맞으니까 그것도 영 틀린 말은 아니지만⋯⋯.

수연이 잔뜩 몸을 사리고 눈치를 살피며 살금거리는 얼굴을 보는 것만으로도 지헌은 그 짜증이 반쯤 잦아든 기분이었다. 약간은 허무하고도 유쾌한.

공손하게 지헌의 말을 기다리는 수연을 물끄러미 응시하던 지헌은 우선 짚고 넘어가야 할 사안을 툭 던지듯 물었다.

"밖에서 남자 친구 구걸하고 다녀요?"

지헌이 대뜸 내뱉은 황당한 질문에 한껏 긴장해 있던 수연은 어깨를 맥없이 떨어뜨리고 미간을 찌푸렸다.

"네? 그게 무슨 말씀이세요?"

"이름이 문미주라고 했었나? 도지호 상무 비서죠? 아까 보니까 우리 한수연 씨한테 남자 못 붙여 줘서 안달 났던데."

분명 불순한 의도가 물씬 느껴지는 모임에의 초대가 명백하긴 했지만, 수연은 우선 미주를 변호하기로 했다.

"어디서부터 들으신 건지 모르겠지만. 우선, 저는 남자를 구걸하고 다닌 적 없고요. 미주도 저한테 남자를 소개시켜 주겠다기보다는. 그냥 미주 친구들과의 단출한 식사 모임⋯⋯."

수연이 제대로 된 변론을 마치기도 전에 지헌은 가차 없이 말을 끊었다.

"가지 마. 나가기만 해?"

무표정에 가까워 보이는 지헌의 멀끔한 얼굴에, 불퉁하게 볼을 부풀린 초등학생쯤 되는 남자아이의 삐진 얼굴이 겹쳐 보이는 순간이었다.

"⋯⋯."

잠시 멍해졌던 수연은 뒤늦게 고개를 가로저으며 말했다.

"안 나가요. 애초에 갈 생각 없었어요."

"양다리 걸치지 마."

이 무슨 비약에 논리 점프인지 모를, 심술궂은 목소리에 수연이 작게 한숨을 푹 내쉬었다. 저런 말을 아무렇지 않게 뱉어 놓은 당사자인 지헌은 오히려 여전히 뻔뻔하고 태연자약한 얼굴이었다.

"그럴게요. 대신. 저만 그러는 건 불공평하니까. 상무님도 양다리 걸치지 마세요."

충동적으로 내뱉은 말을 수연은 즉시 후회했다. 이런 질척거리는 대사라니……. 수연은 얼른 부연 설명을 덧붙였다.

"그러니까 제 말은. 아무리 그래도 다른 사람 만날 땐 깔끔하게 끝내고 시작하는 게 그쪽에도 예의가……."

"걱정 마요. 양다리 취미 없으니까."

"……그건 저도 마찬가지예요."

수연을 지그시 바라보던 지헌은 이윽고 의자 등받이에 상체를 기대며 흐응, 하는 사뭇 나른한 숨소리를 길게 내쉬었다. 그의 느슨해진 분위기에 수연은 오히려 등줄기가 긴장으로 곤두서는 걸 느꼈다.

"근데……."

가늘어진 눈초리가 수연의 단정한 얼굴과 아랫배 위에 마주 쥔 공손한 손을 번갈아 살폈다.

"내가 지금 몹시 짜증이 나서 말이에요. 업무 효율이 현저히 떨어지는데……."

지헌이 능청스럽게 미소 지었다. 냉정해 보이기만 하던 무심한 얼굴에 짓궂은 장난기가 번졌다.

"한수연 씨가 좀 도와줘요."

언제나처럼 꼿꼿한 자세로 선 수연의 차분한 얼굴이 당혹감으로 선연히 물들었다. 지헌은 그것만으로 이미 짜증스러운 기분이 완전히 사라진 듯했지만, 기왕 성격 더러운 상사로 찍힌 마당에 그 기대에 충분히 부응해 줄 생각이었다.

"왜, 한수연 씨 잘하는 거 있잖아요."

심술궂은 미소와 함께 응? 하고 눈썹을 치켜뜬 지헌은 상체를 기울이고 수연의 허리를 가까이 끌어당겼다. 난처한 표정을 짓던 수연이 앗 하는 사이에 그녀의 무릎이 지헌의 가죽 의자를 짚었다.

"그거 하면 기분 좋아지더라고요."

의자를 무릎으로 짚은 채 지헌의 무릎 위로 주저앉지 않으려고 버티고 선 수연의 허리에 팔을 빙 두르며 지헌은 나직하게 속삭였다.

"솔직히 좀 미칠 것 같아."

낮게 울리는 목소리에 귓가의 솜털이 일제히 바짝 일어났다.

"무슨 말씀을……. 이거 놓으세요. 저 바빠요."

수연이 난감한 얼굴로 지헌의 어깨를 밀어 냈다. 그래 봤자 뱀이 똬리를 틀 듯 허리를 옭아맨 지헌의 억센 팔 때문에 별다른 효과는 없었지만.

"안 바쁘다면서."

"그건, 상무님께서 시키실 일이 있을 때나 그런 거고요. 이상한 소리나 하려고 부르신 거면……. 저 지금 이럴 시간 없어요."

수연이 조곤조곤하게 반박을 하거나 말거나, 지헌은 그다지 귀 기울이지 않는 얼굴이었다. 바지 안에 단정하게 들어가 있던 수연의 단추 없는 살구색 블라우스의 끝을 어느새 완전히 끄집어낸 지헌이 말했다.

"시키고 있잖아. 한수연 씨 잘하는 거, 해 달라고."

"앗. 아니. 잠깐만요. 상무님."

지헌은 바지 안에서 꺼낸 블라우스를 단숨에 들어 올리고 브래지어마저 밀어 올렸다. 가슴이 출렁 쏟아져 내리자, 수연은 허둥거리며 지헌의 어깨를 짚었다.

"언젠 젖꼭지 빨아 달라고 내 입에다가 잘만 가져다 대더니, 오늘은 왜 이렇게 못 알아듣는 척이실까."

침대 위에서 있었던 일을 회사에까지 가져오다니 악질이 따로 없다.

"앗. 아……. 사, 상무님. 잠깐만요……. 지금은 좀……."

"자. 잡고 있어요."

지헌이 밀어올린 블라우스 자락을 수연의 손에 쥐어 주며 말했다. 얼굴이 달아오른 수연의 손에 어느새 말아 올린 옷자락이 질끈 쥐어 있었다. 지헌은 야릇하게 미소 지으며 맛보듯 혀를 내밀어 뾰족하게 솟은 분홍색 유두를 스윽 핥아 올리고 말했다.

"내가 뭘 했다고 벌써 젖꼭지는 이렇게 딱딱하게 세우고. 내가 안 까 줬으면 어쩔 뻔했어요. 한수연 씨 젖꼭지가 나한테 솔직한 만큼 그 무거운 입도 좀 솔직했으면 좋겠는데……."

곧바로 지헌은 고개를 기울여 수연의 가슴을 한가득 입에 머금었다. 부드러운 살결이 그의 입안으로 거세게 빨려 들어갔다. 흐읏, 수연의 목 안에 울리듯 신음이 퍼지자 흡입이 더욱 거세어졌다.

머릿속으로는 이러면 안 된다는 생각이 메아리치지만, 이상할 정도로 지헌의 품 안에선 자신을 잃어버리게 되는 기분이었다. 제대로 정신을 차릴 수가 없어 수연은 그저 혼미했다. 모든 감각이 아득해졌다. 정신을 차려 보면 결국 그의 뜻대로, 지헌이 몰아붙이는 대로 한껏 휩쓸려 버린 후였다.

타액으로 투명하게 젖은 살결이 오후의 햇살을 받아 반짝거렸다. 지헌은 여유를 즐기듯 느릿하게 움직였다. 한쪽 가슴을 충분히 맛본 후 다른 쪽 가슴으로 입을 옮기고 손가락을 더듬어 젖은 유두를 살살 달래듯 문질렀다. 분홍색 유륜을 따라 동그랗게 원을 그리며 매만지다가 일시에 손아귀 안에 넣고 야릇하게 주물럭거린다. 살살 애태우는 손길에 수연의 목 안에 머물던 탄식이 하아, 봇물 터지듯 터져 나왔다.

"잘 잡아요. 안 보이잖아. 예쁜데."

힘이 풀린 수연의 손이 옷자락을 움켜쥔 채로 아래로 처지며 가슴을 가리자, 지헌은 그 손을 위로 치켜들며 명령하듯 말했다. 결국 수연은 스스로 옷자락을 모두 들춰 올리고 젖가슴을 훤히 앞으로 내놓은 채로 지헌이 빨아 주는 것을 받았다.

수연은 몽롱한 눈으로 제 가슴을 빨고 있는 지헌의 얼굴을 내려다보았다. 어느새 짜증스러운 기색은 찾아볼 수 없었다. 오후의 만족스러운 간식을 즐기듯 나른해진 얼굴. 수연의 등줄기를 느긋하게 쓰다듬는 지헌의 손길 또한 나긋나긋했다.

머릿속에 불쑥 언제가 들었던 '그 말'이 떠올랐다. 시대 불문, 인종 불문, 세대 불문, 만고불변의 법칙. 결국 도지헌에게도 통한 그 법칙. 만지는 것에서 빠는 것으로 더욱 음탕하게 변질됐지만 그의 집착과 집요함, 나쁜 성질머리를 고려하면 그리 놀라울 일도 아니었다.

아득한 깨달음과 온몸에 저릿하게 흐르는 쾌감이 뒤섞이자, 수연은 무거운 눈꺼풀을 천천히 내리감았다.

내리뜬 수연의 속눈썹이 파르르 떨리는 것을 흘깃 확인한 지헌은 입꼬리를 말아 올리고 다시 입안 가득 말랑한 살을 물고 마음껏 빨았다. 수연이 체념하듯 눈을 내리감는 것은 일종의 시그널과도 같다는 것을 지헌은 어렵지 않게 알아냈다. 그것을 눈치챈 이후로는 그 순간을 놓치지 않기 위해서 눈에 불을 켜고 수연을 관찰했다.

예상과 같이 단정한 여자의 얼굴에 열기에 달뜬 표정이 어렴풋 서리자 지헌은 소리 없이 웃음을 삼켰다. 더할 나위 없이 흡족한 순간이었다. 이 얼굴을 자주 볼 수 있다면야 월간 회의를 주간 회의로 바꾸는 수고로움도 감수할 수 있을 것 같았다.

감싸 쥔 잘록한 허리를 부드럽게 쓰다듬다가 척추를 따라서 꾹꾹 누르며 내려가자, 달뜬 신음과 달아오른 숨이 지헌의 정수리 위로 떨어졌다. 지헌이 수연의 허리를 두른 팔에 약간 힘을 주어 당겼다 풀어 주자, 수연은 그의 위에 올라앉은 채 본능적으로 엉덩이를 흔들기 시작했다. 귀신에 홀린 듯한 느슨한 표정과 함께.

쭈웁, , 사뭇 게걸스럽게 빨아 대는 물기 어린 소리와 흐느끼는 신음 소리가 조용한 집무실을 끊임없이 채웠다.

연한 살을 손가락 사이에 끼우고 비비다가 뭉개듯 짓누르자 흐응, 하는 신음과 함께 지헌의 다리 위에 올라앉은 수연의 허벅지가 조여졌다. 아래가 절로 움찔거리며, 울컥 애액이 쏟아져 나오는 느낌에 수연의 어깨가 흠칫 움츠러들었다.

무릎을 세우고 있던 자세는 어느샌가 덧없이 무너져 내려 수연은 지헌의 두껍고 단단한 허벅지 위에 털썩 주저앉은 채였다. 딱딱하게 발기한 성기가 맞붙은 배 사이에 뭉근하게 비벼지다가 수연을 꾹꾹 찔러 왔다.

사실 수연은 저도 모르는 사이 지헌의 허벅지 위에서 엉덩이를 앞뒤로 느릿하게 움직이며 잔뜩 부푼 성기의 기다란 윤곽 위로 퍼즐처럼 맞붙인 하체를 스스로 비비고 있었다. 규칙적으로 일렁거리는 파도에 몸을 맡긴 것처럼 수연은 부드럽게 몸을 움직였다. 옷 아래로도 선명하게 느껴지는 페니스의 단단한 형체 위에 갈라진 균열을 맞대고 천천히 문지르자 바지까지 흠뻑 젖어 버릴까 염려될 지경으로 뜨겁게 달아오른 온몸이 감전된 것처럼 온통 저릿했다.

젖꼭지의 연한 살색이 붉게 부풀어 달아오르고 타액으로 번들거릴 때까지 들러붙어 있던 입술을 천천히 떼어 낸 지헌이 이윽고 고개를 들며 시선을 마주쳤다. 지헌은 투명하게 젖은 입술을 혀로 스윽 핥아 올리고 말했다. 몹시 다정한 말투로.

"여기는 이따가 빨아 줄게요."

지헌은 수연의 허벅지 위를 움켜쥐듯 감싸고 툭툭 두드렸다. 그러고는 수연을 불쑥 일으켜 세워 주고는 마치 어울리지 않는 인형 놀이를 즐기듯 수연의 옷매무새를 정리해 주기 시작했다.

흰 살결 위 자신이 남긴 불긋한 흔적에 마지막으로 한 번 더 짧게 입을 맞추곤 쇄골까지 추켜 올라간 브래지어를 내려 주고, 블라우스 자락을 세심하게 바지 안으로 넣어 주었다. 흡족한 표정으로 인형 놀이를 마친 지헌은 장난기 어린 얼굴로 수연의 입술에 짧게 입을 맞췄다.

"아쉽겠지만 회의 시간이 다 돼서. 우리 한수연 씨는 나랑 노느라 다 잊어버린 것 같지만."

아쉽긴 누가 아쉽다는 거야, 이 변태가…….

미약한 반항심은 머릿속에서만 맴돌 뿐, 수연은 그저 붉게 달아오른 얼굴로 고개를 작게 끄덕이며 지헌이 자신의 흐트러진 옷매무새를 정리하는 것을 바라보았다.

고조되던 흥분이 완전히 해소되지 못한 아쉬움에 아래가 눈치도 없이 움찔거렸다. 다만 자신이 차분한 표정을 능숙하게 꾸며 낼 수 있다는 사실만이 수연에게 작은 위안이 되었다.

"다녀오세요. 상무님."

사무실에 혼자 남게 된 수연은 자신의 책상 의자에 털썩 내려앉았다. 다리에 힘이 풀려 아무 데서나 풀썩 주저앉는 꼴사나운 모습을 보이지 않은 것으로 아주 최소한의 자존심을 지키기는 했지만, 이미 매우 다양한 방면으로 꼴사나운 모습을 내보였다는 점에서 부질없고 초라한 긍지였다.

어째서 이토록 거침없는 그의 변태 성향에 기꺼이 휩쓸리고 있는지 수연 스스로도 이해할 수가 없었다. 종국에는 쾌감에 취해서 스스로 엉덩이를 비벼 대기까지 했다는 점에서 짙은 부끄러움과 자괴감이 들끓었다.

분명 처음에는 엄숙한 얼굴로 단호하게 지헌을 밀어낼 작정이었는데······. 변태 성향은 옮기라도 하는 걸까.

'일이나 하자.'

낮은 한숨을 내쉬며 수연은 의자에서 몸을 똑바로 고쳐 앉고, 스크린 세이버가 켜져 있는 모니터 쪽으로 고개를 돌렸다. 마우스를 쥐고 좌우로 흔들자 까만 화면이 팟, 하고 밝아졌다.

'······엄청 커졌었는데, 불편하지 않나?'

멍하니 초점이 흐릿한 눈으로 모니터를 쳐다보는 수연의 머릿속에 일순 바지 바깥으로도 선명하게 부푼 위용을 자랑하던 존재감과 그러고도 잘도 우아하게 집무실을 걸어 나가던 지헌의 더할 나위 없이 당당하고 태연자약한 뒷모습이 떠올랐다.

'내가 지금 뭘 걱정하는 거야. 알아서 처리하겠지. 일해. 한수연. 일.'

망측한 생각을 떨쳐 버리려고 고개를 좌우로 흔든 수연은 모니터 하단에 깜빡거리는 사내 메신저의 내용을 차례로 확인했다. 급한 메시지에 먼저 회신을 보낸 후, 그새 자동 로그아웃이 돼 있는 사내 인트라넷에 접속했다.

7

차창을 내린 자동차 안으로 오후의 뜨뜻미지근한 바람이 살랑 불어 들었다. 도성전자 본사 건물에서 10분여 떨어진 거리에 있는 반도체 사업부 건물에서 예정된 회의에 참석하기 위해 지헌을 태운 세단이 신호등의 정지 신호 앞에서 천천히 멈춰 섰다.

"상무님. 덥지 않으십니까? 에어컨 켤까요?"

창문으로 들어오는 뜨거운 오후의 기운에 김 기사가 백미러를 통해 뒷좌석의 눈치를 살폈다. 긴 다리를 꼬고 시트에 느슨하게 기대앉은 채 태블릿을 들여다보고 있던 지헌은 눈만 들어 시선을 맞췄다.

이제 어느 정도 지헌의 얼굴을 보고 기분을 가늠할 수 있게 된 김 기사가 조심스러운 안도의 한숨을 내쉬었다. 다행히도 백미러를 통해 살핀 바로는 그가 모시는 성질 나쁜 젊은 상사의 현재 기분은 꽤나 즐거워 보였다.

"아뇨. 괜찮습니다."

어디 가서 꿀 같은 낮잠이라도 늘어지게 즐기고 온 것 같기도 하고, 달콤한 티타임이라도 가지다 온 것처럼 나른하고 유유자적한 표정으로 지헌은 백미러를 통해 눈이 마주친 김 기사를 향해 온화한 미소를 지어 주기까지 했다.

주식이라도 올랐나?

실없는 생각을 한 김 기사가 한결 풀어진 표정으로 차창 밖으로 눈을 돌렸다. 김 기사의 시선이 닿은 곳에는 블록을 빙 둘러 기나긴 줄이 늘어서 있었다.

"와……. 저 줄이 다 뭐야."

저도 모르게 혼잣말을 중얼거린 김 기사가 아차 싶어 백미러를 살피니, 지헌도 태블릿에서 시선을 떼고 인도 위의 행렬을 바라보고 있었다. 지헌의 얼굴에 짜증스러운 기색은 전혀 없었다. 오히려 지헌도 관심 있는 눈을 하고 있다고 판단한 김 기사는 자신의 혼잣말을 변명하듯 말을 늘어놓았다.

"빵인지 과자인지 파는 가게라고 하던데, 지난달에 문 열었을 때부터 늘 저렇게 인기 있더라고요. 오픈발인 줄 알았는데 점점 더 줄이 길어지네요. 아무리 그래도 그래 봤자 빵인데, 그걸 사겠다고 저렇게 기다리는 게 이해가 잘 안 되는데, 또 얼마나 맛있으면 줄을 서서 사 먹고 그러나 좀 궁금하기도 하고요. 허허."

지헌의 시선이 늘어선 행렬의 끝에 있는 알록달록한 간판의 디저트 가게의 입구로 향했다. 한 번에 꽤 여럿이 가게 안으로 들어서고 있는데 줄의 끝에 쉴 새 없이 새로운 사람이 더해지니 줄이 줄어들지 않고 이어졌다.

빵 가게든 과자 가게든 하등 알 바 아니었지만, 뙤약볕 아래에 줄 서 있는 사람들의 얼굴에 가득한 기대감을 보니 문득 방구석에서 과자 공장을 차리는 한수연이 생각났다. 주말에도 얼굴 좀 볼까 했더니 과자 구워야 돼서 안 된다고 까인 어이없는 기억도 떠올라 지헌은 피식 실소했다.

과자 얘길 할 때면 목소리가 반옥타브 상승해서 나긋나긋 종알거리던 수연의 얼굴을 떠올려 보니 저 시끌벅적한 대기 줄에 지금 당장 끼어 있어도 전혀 위화감이 들지 않을 법했다.

저런 고칼로리 간식거리를 그리 좋아하는데 먹은 게 죄다 어디로 가는 건지. 밥을 먹이자마자 들춰 봐도 뭘 먹은 것 같지 않게 평평하기만 한 아랫배와 마음먹고 움켜쥐면 툭 부러뜨릴 수도 있을 것같이 얇은 발목이 생각났다.

그것에 비해 넘치게 꽉 차는 가슴이나 꽤 살집이 있어 계속 움켜쥐고 주무르고 싶은 말캉한 엉덩이, 떡처럼 손에 감기는 허벅지를 생각하면…… 먹는 대로 그쪽으로만 살이 가서 달라붙는 건지도……

그런 거라면 꽤 효율이 좋은 거 아닌가 하는 싱거운 생각과 함께 지헌은 또 한 번 실소했다. 생긴 건 딱딱하게 생겨서는 아주 재밌는 여자였다. 한수연은.

신호가 바뀌자 별다른 대꾸 없는 뒷좌석을 흘끗 살핀 김 기사는 부드럽게 차를 출발시켰다. 그 후로는 신호도 걸리지 않고 빠르게 목적지에 도착했다. 뒷좌석 문을 열어 주자, 옆자리에 태블릿을 툭 던져 놓은 지헌이 차에서 내렸다.

"그럼 한 시간 후에 다시 모시러 오겠습니다. 상무님."

김 기사의 인사에 로비로 향하던 지헌은 아, 하는 소리와 함께 몸을 느릿하게 멈춰 세우고 김 기사를 돌아봤다.

"아까 그 가게에서 기다리면 되겠네요."

김 기사가 예? 하고 어리둥절한 표정으로 되물었다. 구구절절하게 설명해야 하는 상황에 조금 기분이 상한 듯 지헌은 다소 냉랭해진 얼굴로 말했다.

"한 시간이면 충분히 들어갈 것 같은데, 잘 팔리는 걸로 몇 개 사 오세요. 그간의 궁금증을 해소하는 기회다 생각하시고요."

이해할 수 없는 말을 늘어놓은 지헌은 여상한 태도로 몸을 돌리고 이내 로비 안으로 사라졌다. 잠시 멍해진 얼굴로 지헌의 뒷모습을 좇던 김 기사는 이윽고 어깨를 으쓱 추켜올리고 운전석에 올라탔다.

아무렴 어떠랴. 예민하고 쌀쌀맞기 짝이 없는 그의 젊은 상사가 어울리지도 않게 빵을 좋아하는 줄은 미처 몰랐다만, 오늘처럼만 온화한 컨디션으로 유지될 수 있다면야 그깟 빵 매일같이 구해다 줄 용의가 충분한 김 기사였다.

ㅁ ◆ ㅁ

차가 송도 골든하버에 가까워지자, 마지막으로 세부 일정을 체크하던 수연은 서류를 무릎 위에 내려놓고 시선을 차창 밖으로 향했다. 골든하버 크루즈 터미널에 접안해 있는 10만 톤급의 대형 크루즈는 바다 위에 떠 있는 배가 아니라 대형 건물로 보일 만큼 거대했다.

매년 창립 기념일에 치러지는 후원 행사는 올해 인천 바다 위의 크루즈선에서 진행하기로 예정되었다. 명목상의 후원 행사, 실제로는 인맥과 사업 도모의 장인 이 자리는 매년 호화롭고 사치스럽게 진행되는데 작년에는 서울 도심의 특급 호텔에서 치러졌다.

그 자리에서 이뤄지는 사업 성과가 큰 만큼 막대한 예산을 사용하여 성대하게 치러지는 이 행사에 대하여 작년 한 언론사에서 부정적인 보도가 흘러나왔다. 이 행사의 실체를 날카롭게 비판하는 보도였는데, 하루 반짝 뉴스를 달궜으나 금세 사그라졌다.

언론을 관리하는 데 예사롭지 않은 예산을 사용한 후로 올해는 보안을 강화하여 외부의 출입을 철저히 통제한 크루즈선이 행사의 진행 장소로 낙점된 것이다.

행사 내내 외부 언론의 출입은 완벽히 통제하고, 사내 방송사에서 촬영한 홍보물이 추후 각 언론사에 전달된다. 철저하게 관계자와 초대받은 사람만 승선할 수 있으며, 정해진 하선 시간에만 하선이 가능하고 한번 하선한 이후에는 다시 승선이 불가능하다. 정해진 접안 시간을 제외하고 크루즈선은 행사 내내 인천 바다 위를 자유로이 유영할 예정이었다.

부드럽게 멈춰 선 차에서 내리자, 진한 바다 물비린내가 수연의 코끝을 스쳤다. 수연은 천 가방에 담은 지헌의 슈트와 셔츠가 구겨지지 않도록 한 손에 높이 들고, 트렁크에서 꺼낸 작은 캐리어의 손잡이를 나머지 손에 쥐었다. 김 기사가 문을 연 뒷좌석에서 긴 다리가 먼저 뻗어 나오고 지헌이 느릿하게 몸을 일으켰다.

별짓을 다 하는군.

코를 찌르는 비린내에 인상을 찌푸린 지헌은 바다 위에 떠 있는 흉물을 흘끗 바라보며 조소했다.

호텔이든 크루즈든 핸드폰 카메라 기능을 원천적으로 차단하지 않는 한 보안이고 나발이고 허튼 핑계에 불과했다. 그런 허접한 사유를 들어 행사 장소를 크루즈로 변경하는 것에 최종 의사 결정을 얻어 낸 담당자의 능력에 심심한 박수를 보내고 싶었다.

더군다나 크루즈를 빌린 김에 하루면 끝낼 행사를 1박 2일로 진행하는 머저리 같은 계획 또한 기어이 이뤄 내다니, 그 정도 설득력과 추진력을 가진 사람이라면 당장 사장 자리에 올려 앉혀도 지금 사장보다 나을 게 분명했다.

그런 훌륭한 인재를 회사에 둔 덕분에 차 안에 한 시간 이상 몸을 구기고 앉은 채 부지런히 달려와 저 흉물 안에서 꼼짝없이 하루를 보내야 한다니, 나중에 더 쓸데없는 짓을 꾸미기 전에 그 훌륭한 인재가 정확히 누구인지 알아 둬야겠다는 생각이 지헌의 머리를 스쳤다.

"한 대리님은 어떻게 하실 거예요? 끝날 때까지 제가 근처에서 기다릴까요?"

지헌이 내린 뒷좌석 문을 탁 하고 닫은 김 기사가 수연을 향해 물었다. 내일까지 일정을 소화하기 위해 크루즈선에 머물게 될 지헌과는 달리, 수연은 저녁 만찬까지만 참석한 후 하선할 예정이었다.

"저는 알아서 퇴근할게요, 김 기사님. 내일 정오에 다시 상무님 모시러 와 주시면 돼요."

김 기사를 남기고 돌아선 수연은 작은 캐리어를 돌돌 끌면서 뒤로는 느릿느릿 걷는 지헌을 이끌고 승선장으로 향했다. 입실 준비까지 해야 하기 때문에 조금 이른 시간에 도착한 덕분에 크루즈선에 승선하는 인파는 그리 많지 않았다.

바다 쪽을 향한 수연의 얼굴에 붉게 물들기 시작하는 석양의 빛이 어른거렸다. 완연한 석양이 지기 시작하면, 곧 만찬 시간에 맞춰 승선하는 사람들로 북적해질 터였다. 얼굴이 명함인 지헌과는 달리, 수연은 행사 초대장과 사원증을 내밀어 신분을 증명한 후 입구를 통과했다.

수연은 사전에 배정된 선실로 들어와 짐을 내려놓았다. 그런 수연의 뒤를 유유히 지나친 지헌은 널찍한 방을 그대로 가로질러 발코니로 향했다. 드리워져 있던 커튼을 재치고 유리문을 연 지헌은 붉게 달아오르기 시작한 저녁노을에 물든 발코니로 발을 내디뎠다.

바깥으로 나간 지헌의 행적을 확인한 수연은 천 가방에 넣어 놓았던 슈트와 셔츠를 조심스럽게 꺼내어 옷장에 걸었다. 내일 지헌이 입어야 할 옷에 주름이

가지는 않았는지 세심하게 살피고 나서, 캐리어를 열어 챙겨 온 물건들을 꺼내 각각 사용하기 편한 장소에 배치했다. 1박 2일의 일정이기 때문에 챙겨야 할 소소한 물품이 꽤 많았다. 욕실과 선실을 오가며 물건 정리를 마친 수연은 미리 작성해 온 리스트를 집어 들고 발코니로 향했다.

왼쪽으로는 골든하버, 오른쪽으로는 광활한 인천 바다가 펼쳐진 선실의 발코니는 어느덧 완연해진 석양이 온통 붉은 빛으로 물들이고 있었다. 마치 낙조에 잠식된 듯한 공간으로 들어서자, 미지근한 바닷바람에 수연의 긴 머리카락이 휘날렸다.

"상무님."

발코니의 난간에 느슨하게 기대어 바다를 바라보고 있던 지헌이 수연을 돌아보았다. 휘날리는 머리카락을 모아 한쪽 어깨로 넘긴 수연을 보고 지헌은 희미하게 웃음 지었다. 몸을 돌린 지헌은 뒤쪽의 난간 위에 양팔을 넓게 펼치고 수연에게 가까이 오라는 눈짓을 보냈다.

"오늘 머무르실 때 필요하신 물건들 리스트예요. 선실에 정리해 두었는데 미리 한번 확인해 주세요."

수연이 한 발짝 가까이 다가서며 지헌에게 리스트를 작성해 놓은 종이를 내밀자 지헌이 받아 들고 무심하게 읽어 내렸다. 하루 머무는 것뿐인데 그의 집을 통째로 옮겨 오기라도 할 기세로 세심하게 챙겨 온 결과물들이 끝도 없었다. 별 감흥 없이 리스트를 확인하던 지헌은 눈길을 중간에 멈춰 세우고 수연에게 물었다.

"다 좋은데…… 수영복은 왜 챙겼어요?"

수연은 자꾸 바람에 휘날리는 머리카락이 불편해 손목에 걸고 있던 머리 끈으로 아예 머리를 한데 모아 묶으며 대답했다.

"밤에 온수풀에서 영화 상영한대요. 혹시 그때 필요하실 수도 있을 것 같아서 준비했어요."

수연은 하도 반복해서 체크하느라 아예 외워 버린 행사 안내를 머릿속으로 떠올리며 대답했다. 지헌은 피식 웃음을 터뜨렸다. 풀 사이드에 누워 영화를 즐길 생각은 전혀 없어 보이는 지헌의 얼굴에 수연이 다시 말을 이었다.

"아니면 내일 오전에 수영하셔도 되고요. 물 온도는 행사 내내 따뜻하게 유지한대요. 조찬도 느지막이 시작하니까 적적하시거나 할 때……."

"수영복은 어디서 났고?"

"샀죠. 백화점에서."

수연이 뭘 그런 당연한 걸 묻느냐는 표정으로 지헌을 올려다보았다. 어쩐지 이번 주 내내 바쁘다며 퇴근 후에도 바람을 맞히고 어딜 그렇게 바쁘게 돌아다니나 했더니 수영복 같은 걸 사러 다녔다니. 어이가 없어진 지헌은 허탈한 웃음을 지었다.

"한수연도 없는데 내가 무슨 재미로 수영을 하러 가?"

지헌이 장난기 어린 말투로 말하며, 수연을 끌어당겼다. 지헌은 자연스럽게 당겨 온 가는 허리를 느슨하게 쥐고 수연을 가만히 마주 보았다.

"운동하는 거 좋아하시잖아요."

수연의 붉게 달아오른 얼굴이 허리를 살살 매만지는 나긋한 손길 때문인지, 얼굴에 비친 타오르는 석양 때문인지 구분할 수 없었다. 그저 대답 없이 한동안 수연의 상기된 얼굴을 응시하던 지헌은 고개를 기울여 부드럽게 입술을 겹쳤다.

결코 서두르지 않고, 느릿하게 아랫입술을 물고 비비다가 가만히 짓누르자 수연의 몸이 조금 더 지헌에게 기울어졌다. 자연히 벌어진 입술 사이로 파고들어 뜨겁게 혀를 얽자 수연은 지헌의 목을 끌어안았다. 부드러운 안의 살갗을 더듬자 옅은 신음이 귀를 간지럽혔다.

따스한 석양 아래서 입술을 겹친 두 사람의 뒤쪽으로 불현듯 화려한 불꽃이 터졌다. 펑 하고 지천을 울리는 소리에 흠칫 놀란 수연이 반사적으로 몸을 뒤로 물리자 색색의 불빛이 연이어 붉은 하늘을 수놓았다.

만찬 이후에 정식으로 진행될 불꽃놀이의 리허설이 아직 해가 채 저물지 않은 붉은 하늘을 화려하게 물들였다. 아, 하는 경탄이 수연의 입술 새로 흘러내렸다. 놀라 동그래진 눈에 형형색색의 섬광이 반사되어 반짝거렸다.

감탄으로 물든 까만 눈동자가 자신을 향하자, 지헌은 순간 형용할 수 없는 복잡한 기분에 사로잡혀 아무런 말도 할 수 없었다. 불꽃이 터지는 소리가 시끄러운데 오히려 깊은 물속에 잠긴 것처럼 주변의 소음이 먹먹하게 멀어졌다. 지헌은 잠잠한 표정으로 자신을 꼼짝할 수 없게 묶어 버린 존재를 바라보았다.

거부할 수 없는 거대한 힘에 짓눌린 기분인데, 온몸을 덮친 그 무력감이 오히려 싫지 않았다. 지헌은 그저 불꽃보다 더 아름다운 얼굴로 하늘을 올려다보는 수연에게 시선을 고정할 뿐이었다.

펑펑 터지기만 하는 불꽃의 향연이 뭐가 그리 좋은지 넋을 놓고 쳐다보는 수연의 옆얼굴을 지헌은 물끄러미 응시했다. 입이 헤벌어진지도 모르고 집중한 표정을 보니 좀 웃기기도 하고…….

"불꽃놀이 처음 봐요?"

피식 웃으며 놀리듯 물은 지헌은 넋이 나간 수연의 몸을 슬쩍 돌려 등 뒤에서 바짝 끌어안았다. 훅 끼쳐 들어오는 수연의 체향에 등줄기가 뻐근하게 곤두서고 아랫도리에 열이 몰렸다. 이건 뭐 종소리를 들은 개도 아니고……. 지헌은 실소를 지으며 수연을 끌어안은 팔에 더욱 힘을 주어 당겼다.

턱에 닿는 머리카락의 감촉이 부드러워 슬쩍 비비자, 수연은 지헌의 가슴에 머리를 가만히 기대었다. 그 상태로 수연은 한참 동안 하늘에 정신이 팔려 있더니 나지막한 목소리로 대답했다.

"……오랜만에 봐요."

부모님이 돌아가신 후로 처음 보는 거니까 거의 10년 만이었다. 엄밀히 말하자면, 이렇게 화려하게 하늘 높이 터지는 불꽃놀이를 보는 것은 처음이었다.

소프트웨어 엔지니어로 일했던 아빠의 회사는 유난히 연말에 바빴다. 언젠가 티브이에서 매년 신년 기념으로 터뜨리는 코펜하겐의 불꽃놀이를 본 어린 수연이 부모를 졸랐으나, 시간을 낼 수 없었던 아빠는 매년 마지막 날이면 작은 불꽃놀이 세트를 사 들고 퇴근했다.

아빠가 아무리 늦게 퇴근해도 졸린 눈을 비비며 기다린 수연의 손을 잡고 집 앞의 호숫가에서 그들만의 소박하지만 아름다운 불꽃놀이를 감상했다. 그것이 수연의 가족 신년 행사였다.

"어릴 때 부모님이랑 본 이후로 처음이에요. 10년쯤 됐나 봐요……."

나직하게 소곤거리는 목소리를 들으며 지헌은 머리를 하나로 묶어 단정하게 드러난 수연의 귓바퀴에 입술을 눌렀다. 짠 바닷바람에도 단내가 풍기는 살갗을 빨아들이니 수연이 간지러운 듯 몸을 움츠렸다.

한수연의 어린 시절. 한 번도 궁금해하거나 떠올려 보지 않았던 사실이 문득 대단한 공백이라도 되는 것처럼 기이한 감정을 유발했다. 특별할 것도 없이 펑 펑 터지기만 하는 불꽃을 바라보며 추억에 빠진 듯 조용해진 수연의 몸을 지헌은 더 가까이 당겨 안으며 수연의 머리카락, 귓가, 목선 이곳저곳에 입술을 꾹 꾹 내리눌렀다.

품에 안은 수연은 연한 장밋빛의 입술만 부드럽게 휜 채 미소 지을 뿐 더 이상 아무런 말을 하지 않았다. 지헌이 파묻고 있던 하얀 목덜미에서 입술을 떼었을 때, 펑펑 터지던 소리가 잦아들었다.

짧게 끝나 버린 리허설이 못내 아쉬운지 수연은 빛의 여운이 남은 하늘에서 눈을 떼지 않았다. 이제 하늘에는 짧은 시간에 타오른 불꽃이 남긴 매캐한 연기가 안개처럼 자욱했다.

수연은 초점이 흐려진 눈으로 회색빛 하늘을 하염없이 바라보았다. 불꽃이 점멸하던 까만 눈동자 안에 이내 희뿌연 공허함이 깃들었다.

싸한 탄내와 가마득한 시야. 희뿌연 연기에 휩싸여 길을 잃어버린 미아가 된 듯한 아득하고 의아한 기분에 빠져들 무렵, 등 뒤에서 수연을 품에 안고 으스러지게 껴안는 힘이 느껴졌다. 세상에 홀로 남겨진 듯 아득한 순간에…….

수연은 지금껏 자신이 어딘가에, 누군가에게 끈끈하게 소속되기를 끊임없이 염원하고 열망하였음을 어렴풋이 깨달았다. 나고 자란 나라에서 이방인으로 살다가 유일한 끈이었던 부모를 잃고 그 어디에서 살든 가벼이 부유하는 삶. 깃 털같이 혹은 먼지처럼 떠다니면서도 언젠가는 어딘가에, 누군가에게 내려앉기를, 깊숙이 뿌리내리기를 소망했다.

그래서였다. 그래서 지금 이 순간만큼은…… 이토록 저를 움켜쥐고 당기는 그의 손길이, 놓치고 싶지 않은 존재를 대하듯 세게 끌어안고 매만지는 손길이 좋았다. 나를 더, 더 많이 원하기를 바랐다.

"키스해 줘요."

수연은 등 뒤에서 허리를 끌어안은 손을 붙잡고 몸을 돌려 지헌을 마주 보았다. 지헌은 까마득하게 깊은 눈으로 가만히 수연을 응시했다.

"응? 키스해 줘요."

수연은 살짝 발돋움을 하여 지헌의 목에 팔을 둘렀다. 지헌은 상체를 살짝 숙이며 수연의 목덜미를 쓰다듬었다. 간지러운 감촉. 부드러운 시선. 힘을 주어 허리를 끌어당기는 손길. 그리고 입술에 웃음기가 서렸다고 생각하는 찰나, 지헌이 고개를 숙여 입술을 겹쳤다.

수연은 지헌의 목에 매달리듯 세게 끌어안고 고개를 기울였다. 그가 더 깊숙이 들어와 마음껏 헤집기를 바라며…….

입술을 열고 들어온 지헌의 혀가 입안을 유영하고 젖은 점막을 문질렀다. 끌어안은 등줄기를 쓰다듬으며 느릿하고 여유로운 움직임으로 애만 태웠다. 이윽고 수연은 얼굴을 뒤로 물리고 지헌의 가슴을 양손으로 밀어 내며 말했다.

"……시시해."

"일정, 몇 시부터라고?"

나름대로의 도발에도 지헌이 그저 선선한 태도로 다음 스케줄을 묻는 것에 약간의 실망감을 느꼈으나, 워낙 외워 버린 일정이라 수연은 반사적으로 대답했다.

"8시요."

지헌은 느긋하게 팔을 들어 소매 아래의 손목시계를 확인했다.

"그때까지 안 시시하게 해 줄게."

지헌은 느슨하게 수연의 허리를 쥐고 있던 손에 힘을 주며 한순간에 수연을 반짝 들쳐 안았다. 부지불식간에 허공으로 붕 떠오른 수연이 놀라서 꺅, 하고 외친 새된 비명 소리만 빈 테라스에 남기고 지헌은 유유한 발걸음으로 선실 안으로 향했다. 어느새 매캐한 연기가 희미해지고 바다와 하늘의 경계가 모호한 어둠이 내려앉고 있었다.

"자, 잠깐. 잠깐만요."

수연은 지헌의 얼굴을 양손으로 붙잡아 겨우 떼어 내며 다급하게 불러 세웠다. 지헌의 눈썹이 못마땅한 모양새로 휘어졌다. 뭔데? 라고 묻듯 한쪽 눈썹이 설핏 올라갔다.

"상무님. 잠깐 멈춰 봐요."

지헌은 아랑곳 않고 너른 보폭으로 선실을 가로질렀다.

당장 저 테라스에서 발가벗겨 엎어 놓고 박아 넣고 싶은 걸 겨우 참고 안에 들여놓았다는 사실을 아는지 모르는지, 정작 점잖게 키스 정도로 끝내려던 사람을 도발해서 발정 나게 한 게 누군데…….

이제 와 멈춰 보라는 발칙한 소리나 하는 수연의 입술을 잡아먹을 듯이 집어삼키며 지헌은 수연을 침대 위에 거칠게 내려놓고 동시에 그 위를 덮쳤다.

수연은 애절한 마음을 담아 소리쳤다.

"웃! 주름 생기면 안 된다고요. 제발…… 제발 벗고 해요."

평소보다 높은 데시벨의 목소리에 '제발'이라는 꽤 듣기 어려운 말까지 더한 수연의 애원에 지헌은 수연의 아랫배를 내리누르던 손에 힘을 뺐다.

"아……. 벌써 조금 구겨졌잖아요. 방에 다리미가 있을 텐데……."

수연은 속상한 듯 지헌의 가슴팍의 구겨진 셔츠를 매만졌다.

"벗어서 주세요. 더 구겨지면 안 돼요. 걸어 놓고 올 테니까."

섹스를 앞둔 흥분을 직업적 책임감이 이긴 듯 수연은 어느새 평소의 그 단정한 한수연의 얼굴로 돌아와, 당장 다리미를 찾아 올 것처럼 상체를 일으켜 세웠다. 그 모습에 좀 어이가 없어진 지헌은 피식 실소를 내뱉었다.

그러게 시시하다느니…… 점잖아지려고 노력하는 사람을 건드리긴 왜 건드려.

"가만히 있어요. 벗을 테니까."

지헌은 다시 몸을 일으키려 버둥거리는 수연의 위를 올라타는 대신 선선히 몸을 뒤로 물리고 일어났다.

"쓸데없이 움직이면 그 옷 다 찢어서 벗겨 줄 거니까……."

지헌의 말에 침대에서 벗어나려던 수연은 얼어붙듯 멈춰 섰다. 지헌의 목소리에는 엷은 웃음기가 묻어 있었으나 수연을 꿰뚫듯 직시하는 눈빛만큼은 그가 도무지 농담을 하고 있는 것처럼 보이지 않았기 때문이었다.

지헌은 수연을 뚫어지게 응시하며 셔츠의 단추를 천천히 따 내렸다. 자신이 시킨 대로 착하게 옷을 벗기 시작하는데 수연은 되레 자신이 그의 앞에서 옷을 벗고 있는 것 같은 착각에 휩싸였다.

하나도 빠짐없이 잘 보라는 듯 직시하는 시선이 수연을 붙잡아 매었다. 천천히 벌어지는 옷자락 사이로 자리 잡은 근사한 가슴과 탄탄한 아랫배의 근육. 셔츠 자락을 잡아 벌리는 손등의 불거진 핏줄과 옷을 벗겨 내리자 드러나는 몸통의 두툼한 라인까지.

홀린 듯 그에게 눈길을 고정한 수연은 지헌이 자연스러운 몸짓으로 셔츠를 팔에서 빼내자 저도 모르게 마른침을 삼켰다.

드레스 셔츠를 벗어 옆에 툭 던져 놓은 지헌은 바지 버클을 푸르며 수연에게 짧게 명령했다.

"벗어요."

잠시 멍하게 지헌을 올려다보던 수연은 뒤늦게 블라우스를 벗기 시작했다.

벗어 낸 블라우스를 옆에 조심히 개켜 놓은 수연이 팔을 등 뒤로 돌려 브래지어의 훅을 풀려는 찰나, 지헌이 슬쩍 턱짓하며 말했다.

"그건 벗지 말고."

어리둥절한 표정이 수연의 얼굴에 떠올랐다.

"가슴만 꺼내는 게 좋겠어요."

수연은 빨갛게 달아오른 얼굴로 눈을 내리깔고 곤란하단 기색을 내비쳤다.

"네? 그건 좀……."

물론 지금껏 지헌과의 관계에서 브래지어를 입은 상태로 가슴만 내놓고 한 경험이 없는 것은 아니었으나, 그것은 모두 지헌의 손으로 그렇게 벌려 놓았던 것이다. 제 스스로 옷을 벗는 다소 부끄러운 와중에 속옷 바깥으로 가슴만 꺼내 놓는 짓을 직접 하라니…….

당혹감에 물든 수연과는 달리, 뭐가 문제냐는 여상한 태도로 지헌이 물었다.

"왜?"

수연은 눈을 내리깐 상태에서 시선을 옆으로 돌리며 머뭇거렸다.

"좀…… 변태…… 같잖아요…….."

"시시한 변태라."

지헌은 피식 실소를 터뜨리며 바지를 옆으로 툭 던졌다.

"변태는 맞을지도 모르겠고, 시시한지는 한번 봅시다."

두툼하게 팽창해 있는 드로어즈를 끌어 내리자 하늘을 향해 발기해 있는 페니스가 텅 하고 튕겨지듯 나왔다. 스스로 굵다란 기둥을 잡고 두어 번 문지른 지헌은 싱긋 웃으며 몸을 숙였다. 순식간에 수연의 허리춤을 당겨 간 지헌은 그녀가 미처 벗지 못한 치마를 거칠게 밀어 올렸다. 수연은 턱에 차오른 숨을 급하게 들이켰다.

순간 수연은 지헌이 곧바로 삽입할 거라고 생각했다. 지헌의 눈빛이 워낙…… 조금 생경했기 때문이었다. 어딘가 핀트가 나간 듯, 화난 것처럼 보이기도 하고 즐거운 것처럼 보이기도 한……. 뜻을 가늠하기 어려운 한 꺼풀 벗겨진 느낌의 그 눈동자를 마주하자 수연은 본능적으로 두 눈을 질끈 내리감았다.

□　◆　□

"그, 그만……."

수연은 가쁜 신음을 쏟아 내며 침대 시트를 움켜잡았다. 지헌은 자꾸 다물어지는 수연의 다리를 제 어깨로 밀어 고정시키며 미간을 찌푸린 수연의 얼굴을 감상하듯 살피며 움직임을 이어 갔다.

긴장으로 바르르 떨리는 곳을 살살 달래듯 빨아 당기고는 음순을 가르고 뜨거운 혀가 파고들었다. 애액으로 투명하게 젖은 선홍빛 살점을 핥아 대는 입안으로 단물이 쉼 없이 흘러 들어갔다.

지헌은 튕겨져 오르는 수연의 허리를 거칠게 내리누르고 점차 오므라드는 두 다리를 재차 넓게 벌려 고정했다. 허벅지의 부드러운 부분을 꾹 짓누르고 그 사이에 얼굴을 더 깊이 묻었다.

"흐읏…… 으응……."

구멍 안을 탐욕스럽게 들쑤시던 혀가 입구를 야살스럽게 할짝대다가 예민하게 부푼 살점을 찾아 둥글게 혀를 굴리며 눌렀다. 양옆으로 낭창하게 벌어진 허벅지가 가련하리만치 바들바들 경련했다.

그는 안을 가늠하듯 손가락 한 개를 쑥 집어넣었다. 손가락을 끊어 먹을 듯 조여 오는 뜨겁고 쫀득한 속살을 느끼며 곧바로 손가락을 두 개로 늘려 구멍을 헤집었다. 발간 살점이 움찔거리고, 난잡하게 젖은 질구가 손가락을 성기라도 되는 것처럼 빨아 삼키듯 요사스럽게 오물거렸다. 지헌이 손가락을 끝까지 넣었다가 빼면서 클리토리스를 핥아 올리자 수연은 턱을 위로 치켜들고 고개를 마구 가로저었다.

"아아…… 그만……. 흐윽…… 너무……."

지헌은 손의 방향을 바꾸며 휘저었다. 손바닥을 위로 오게 하여 안쪽의 내벽을 뭉근하게 짓누르다가 다시 무도한 왕복을 시작하자, 납작한 아랫배가 위로 불쑥 들리고 바르작거린다.

위쪽으로 구부린 손을 털듯이 빠르게 움직였다. 쑤걱거리는 음란한 물소리와 수연의 흐느끼는 소리에 페니스는 쿠퍼액을 질질 흘려 대기 시작했다. 지헌은 허리를 세우고 앉아 수연의 허벅지에 성기를 길게 쳐올리며, 평상시 만져 주면 수연이 자지러지곤 하던 지점을 무지근하게 짓눌렀다. 수연이 몸을 덜덜 떨며 가쁜 숨을 헐떡였다.

안에 넣어 놓은 손가락이 빨려 들어가는 착각이 일 정도로 내벽이 격렬하게 수축했다. 지헌은 도리어 엄지로 음핵을 문지르며 자극을 더했다. 전신을 집어 삼키는 견디기 어려운 쾌락이 버거워 수연은 눈꼬리에 눈물을 매달고 애원하듯 지헌의 팔뚝을 움켜잡았다.

상무님. 그만. 너무. 미칠 것 같아요. 머릿속에 엉망으로 뒤섞이는 말들은 어느 것 하나 제대로 수연의 입 밖으로 완성되어 나오지 않았다.

수연의 눈가가 흥분으로 빨갛게 달아올라 있었다. 그 눈과 시선이 마주친 순간, 지헌의 성기가 미친 듯이 꺼떡거렸다. 가느다랗게 남아 있는 이성의 끈이 핑 하고 끊어지는 듯 격한 열기가 몰려들었다.

지헌이 다리를 오므리고 침대에 웅크린 자세의 수연의 팔을 잡아 반짝 들어 올리자, 수연은 놀란 숨을 들이켜며 본능적으로 지헌의 목에 매달리듯 팔을 감았다.

"왜…… 왜요."

"왜긴. 이제 나도 한계라."

지헌은 수연의 엉덩이를 가볍게 받치고 그대로 발걸음을 옮겨 선실을 가로 질렀다.

"멀쩡한 침대 놔두고 왜……."

멀쩡한 침대라기엔, 조금 많이 젖어 버렸지만……. 선실의 구석에 있던 커 다란 나무 책상 위에 엉덩이가 닿는 것을 느끼며 수연은 조용히 중얼거렸다.

"그새 더 젖었네?"

지헌은 수연의 다리를 잡아 벌리며 음부를 스윽 매만졌다. 지헌의 입꼬리가 장난스럽게 올라갔다.

"좋았어요?"

"……."

수연은 부끄러움에 입술을 깨물며 눈썹을 찡그렸다. 지헌은 수연의 허벅지 위쪽을 잡아 제 쪽으로 당기고는 매끄럽게 삽입했다. 빠듯하게 벌리고 들어오 는 부피감이 고스란히 느껴졌다.

지헌은 천천히 몸을 밀어 넣으며 수연의 코에 콧등을 비볐다. 흥분으로 짙어 진 눈동자가 수연을 빈틈없이 옭아맸다. 수연의 안쪽이 진득하게 조여들었다. 영원과도 같은 찰나.

시간이 매우 느리게 흘러가는 것처럼 느긋하게 밀어 넣은 지헌은 뿌리 끝까 지 묻은 채 한동안 움직이지 않고 수연의 눈을 응시했다. 수연의 눈 안에 서서히 맑은 눈물이 차올랐다.

지헌은 천천히 마주친 콧등을 비볐다. 한차례 조여드는 안쪽을 느끼며 웃음 지은 지헌은 수연의 벌어진 입매에 짧은 입맞춤을 남기고 느릿하게 상체를 세웠다.

수연의 얇은 발목을 각각 한 손아귀에 잡아넣고 양쪽으로 활짝 벌리자 깊숙이 삽입되어 있는 연결부가 설핏 벌어지며 맞물린 성기가 적나라하게 드러났다. 굵다란 페니스의 기둥을 집어삼킨 선홍빛으로 젖은 점막이 지헌의 시선에 움찔거렸다.

"그…… 그만 봐요……."

노골적인 시선이 길게 이어지자 수연은 부끄러움으로 달아오른 얼굴을 두 손으로 가렸다.

"예뻐서 그래요."

허리를 돌려 삽입부를 뭉근하게 비빈 지헌은 연결된 곳의 위쪽으로 예민하게 부푼 살점을 쓰다듬었다. 손끝을 비비며 지헌은 낮게 침잠한 목소리로 흥얼거리듯 말했다.

"어떻게 이렇게 좆을 예쁘게도 먹는지……."

검지로 클리토리스를 짓누르자 하웃, 받은 신음을 삼키며 수연은 반사적으로 얼굴을 가린 손을 아래쪽으로 내렸다. 그 손을 잡아챈 지헌은 수연의 양손을 단단히 고정해 한 손으로 붙잡고 이제껏 브래지어 아래 숨겨져 있던 가슴을 바깥으로 빼냈다. 손가락으로 레이스만 잡아 내려 음란한 모양새로 꺼내진 가슴을 흡족하게 바라본 지헌은 이윽고 짐승처럼 허리를 쳐올리기 시작했다.

"흐응……. 아아."

수연은 본능적으로 두 눈을 질끈 내리감았다. 아래로 향한 두 팔을 지헌에게 단단히 붙잡힌 채로 수연의 가슴이 마구잡이로 흔들렸다. 성기를 박아 넣는 리듬에 맞춰 위아래로 출렁거리는 풍만한 가슴을 성마른 눈으로 응시하던 지헌은 그것을 한 손으로 움켜잡았다. 떡처럼 찰지게 들러붙는 가슴을 욕심껏 주물럭거리며, 흡사 망치로 때려 박듯 쑤셔 대기 시작하자 짧게 터지는 교성이 점점 더 높아졌다.

낭창하게 뻗은 가느다란 다리가 하염없이 허공에 흔들거렸다. 그는 부러질 듯 얇은 발목을 다시 움켜쥐고 양쪽으로 쫙 벌린 채 세게 찧었다. 무자비하게 맞부딪치는 교합부에서 퍽퍽 엄청난 소리가 울리며 맑은 애액이 튀어 올랐다. 지헌은 시선을 내린 채로 미친 듯이 속도를 높였다.

"너무 세……. 천천히……."

수연은 고개를 가로저으며 애원했다. 뭉툭한 귀두의 굴곡이 질구에 아슬아슬하게 걸릴 때까지 쑤욱 뽑아졌다가 단번에 끝까지 짓쳐들어온다. 지헌의 반복되는 움직임에 맞춰 나무 책상이 비명 같은 소리를 내기 시작했다. 삐거덕거리는 소리까지 더해지자 견디기 어려운 쾌락이 온몸을 잠식했다.

야한 분위기를 가중시키는 소리에 수연은 의지할 곳을 찾듯 책상 위를 더듬거렸다. 책상 끄트머리에 세워져 있던 작은 메모지와 볼펜 따위가 후드득 바닥으로 떨어졌다. 그것에 피식 웃음 지은 지헌은 수연의 몸을 가볍게 안아 올렸다.

"아앗……!"

연결을 풀지 않은 채 공중으로 달랑 올려지자 수연은 놀란 눈을 크게 뜨며 버둥거렸다. 불안함에 왈칵 조여드는 안쪽을 느끼며 수연을 더 단단하게 안아 든 지헌은 창가에 수연을 내려놓고 여린 어깨를 거칠게 움켜잡았다. 강한 힘에 단숨에 돌려세워진 수연은 뒤를 덮친 지헌으로부터 정신없이 떠밀렸다.

먼지 한 톨 없이 깨끗한 전면 창에 가슴이 마구 짓눌리고 비벼졌다. 뒤쪽엔 지헌의 단단한 몸이 도망가지 못하게 억누르며 수연의 몸을 살짝 들어 올리고는 엉덩이를 양옆으로 무자비하게 잡아 벌렸다. 그러곤 그대로 끝까지 밀고 들어왔다. 수연은 발돋움한 채로 뒤에서 박히면서 하릴없이 밀려갔다.

수연의 뺨이 차가운 창문에 뭉개지듯 닿았다. 지헌은 수연의 두 팔을 뒤쪽으로 둘러 한 손에 움켜잡으며 짐짓 다정한 목소리로 속삭였다.

"위험하니까 창문 짚지 마."

"그, 그러니까 우리…… 평범하게 침대로…… 읏!"

수연은 말을 끝마치지 못한 채 입술을 사리물었다. 두 팔이 뒤로 결박된 채로 거칠게 밀려드는 지헌을 받았다.

"평범한 건 시시하잖아."

지헌의 목소리에 스민 웃음기가 수연을 놀리는 의도가 확실했다. 지헌은 수연의 두 팔을 단단히 잡은 채로 다정한 말투와는 전혀 다른 무도함으로 허리를 쳐올리며 성기를 쑤셔 담았다. 수연은 가쁜 숨을 헐떡거리며 애원했다.

"내가 잘못…… 잘못했으니까……. 흐읏. 이건 너무……."

잠자는 변태를 건드려 깨워 놓았다는 당혹감이 수연의 머릿속을 가득 메웠다.

불안한 자세에서 오는 긴장으로 수연의 온몸이 부들부들 떨려 왔다. 녹진하게 풀렸던 수연의 몸이 점점 굳어지는 게 느껴졌다. 그만큼 좆을 끊어 먹을 듯 조이는 느낌은 나쁘지 않았지만……. 가녀린 어깨가 불쌍할 정도로 덜덜 떨리기 시작한 것을 본 지헌은 혀를 쯧 차며 수연의 몸을 가볍게 들어 올려 낮은 스툴 위에 상체를 의지할 수 있게 내려놓았다.

안도의 한숨을 내쉴 겨를 없이 지헌은 수연의 골반을 잡아 세웠다. 스툴의 높이가 워낙 낮아 엉덩이만 높이 치켜든 자세가 된 것은 몹시 부끄러웠지만, 상체를 기댈 수 있는 점에서 수연에게 작은 안정감을 주었다.

떨림이 잦아든 수연의 엉덩이를 부드럽게 주무른 지헌은 시선을 내려 눈앞에 드러난 야한 광경을 응시했다. 엉덩이를 뒤로 높게 내밀어 고스란히 드러난 결합부. 빠듯하게 벌어진 질구에 굵직한 페니스가 들락거리며 들쑤시는 장면을 바라보는 것치고는 어울리지 않게 온화하고 나른하기만 한 눈빛이었다.

감상하듯 성기를 천천히 잡아 빼자 두꺼운 성기 기둥이 맑은 애액으로 범벅이 되어 있다. 잡티 하나 없이 흰 수연의 살결에 커다란 지헌의 손자국이 빨갛게 새겨졌다가 금세 사그라졌다.

지헌은 부러질 듯 가는 허리를 양손으로 움켜잡았다. 이내 거친 움직임이 시작되자, 하나로 묶어 올린 수연의 머리채가 여린 등허리 위로 이리저리 흔들거렸다. 수연은 전에 없이 높은 신음을 흘리기 시작했다. 깊숙이 박아 넣을 때마다 고환이 그녀의 치골을 때리며 철썩거리는 소리를 냈다.

지헌은 문득 처음으로 수연을 엎어뜨리고 뒤를 덮치던 때를 떠올렸다. 짐승같이 엎드린 채로 엉덩이를 내민 자세가 부끄러운지 귀 끝이 빨갛게 달아올라선 어찌할 바를 모르고 연신 뒤쪽을 바라보던 수연이었다. 그러다가 시선이 마주치기라도 하면 소스라치면서 허둥거리는 모습에 웃음이 났다.

그렇게 순진한 얼굴을 해서는 언제부턴가 지헌이 박아 주는 속도에 맞춰 본능적으로 허리를 흔드는 게 요망하기 짝이 없었다. 그러니 이렇게 발칙한 여자의 몸에 완전히 홀렸다 한들 전혀 이상할 게 없는 일이었다.

"그…… 그만. 흐읏……!"

수연의 안쪽이 바르작거리며 경련하기 시작했다. 견디기 힘든 자극에 수연은 스툴에 기대고 있던 팔을 구부리고 힘없이 얼굴을 파묻었다. 눈앞에 하얀 섬광이 번쩍이며 등골이 저릿했다.

지헌은 금방이라도 앞으로 무너져 내릴 것처럼 늘어지는 수연의 골반을 강하게 그러쥐고 허리를 뒤로 뺀 후 한 번에 끝까지 깊숙이 밀고 들어갔다. 페니스를 쥐어짜듯 움찔거리는 내벽을 느끼며 지헌은 비로소 낮고 나지막한 신음을 내뱉었다.

사정하는 와중에도 허리를 잘게 움직이며 자극을 계속하자 수연은 어깨를 작게 옹송그리며 흐느꼈다. 지헌은 수연의 마른 등에 두드러진 날개뼈를 가만히 매만졌다. 그 위에 짧게 입을 맞추자 수연은 등허리를 움찔거리며 한숨같이 긴 신음을 흘렸다.

안쪽의 경련이 잦아들 때까지 수연의 절정을 함께 만끽한 지헌은 천천히 몸을 뒤로 물렸다. 그는 정액이 찬 콘돔을 묶어 방의 끄트머리에 위치한 쓰레기통에 던졌다. 방의 끝과 끝의 거리임에도 콘돔은 정확히 쓰레기통 안으로 빨려 들어갔다.

지헌은 그대로 스툴에 걸터앉아 수연을 허벅지 위에 올려 앉히고 수연의 뒷목을 그러쥐어 잡아당겼다. 더운 숨을 가쁘게 내쉬는 젖은 입술을 잡아 물고 빨아 당기자 수연의 몸이 지헌의 위에 완전히 늘어졌다. 힘없이 벌어진 입술에 짧게 짧게 입을 맞추며 지헌이 속삭이듯 말했다.

"오늘 여기서 나가지 말고 밤새 섹스나 할까."

뒤늦게 직업적 책임감이 밀려든 듯 수연은 고개를 가로저으며 지헌의 어깨에 머리를 기대었다. 대답할 힘도 없다는 몸짓이었다.

"아직 테라스에서도 안 해 봤는데. 아. 침대에서도."

테라스라니. 옆 선실에 누가 묵는지도 모르는데 절대 안 될 말이다. 그런 선실에서 한바탕 방탕하게 논 후라 그다지 당당하지는 못한 입장이지만…….

수연이 그런 생각에 빠져 있는 동안, 지헌은 수연의 허리를 당겨 빈틈없이 몸을 맞붙이고 슬금슬금 다시 움직이기 시작했다. 희뿌연 정액으로 젖은 성기가 금방이라도 질구를 벌리고 들어올 것처럼 음순을 가르며 야릇하게 비벼졌다.

"이제 그만해요. 깜깜해졌어."

수연은 어둠이 까맣게 내려앉은 창밖을 바라보며 지헌에게 기대었던 상체를 일으켜 세웠다. 지헌은 아쉽다는 듯 수연의 가슴을 주무르다가 이내 손아귀에 잡아넣어 끝을 뾰족하게 만들었다. 그러곤 당연하다는 듯이 입에 넣고 빨기 시작했다. 들으란 듯이 일부러 쪽쪽거리는 소리를 내며.

혀를 세워 곤두선 유두를 살살 건드리다가 세게 흡입하자, 수연은 튕겨 오를 듯 등허리를 곧추세우며 앓는 듯한 신음을 흘렸다. 페니스에 맞닿은 음부가 귀엽게 움찔거리는 것에 지헌은 소리 없이 웃음을 삼키며 입술과 혀를 욕심껏 움직였다.

"그만……하라고요. 이제 일하러 가야 돼요."

혼몽하게 풀리려던 눈가를 애써 다잡은 수연은 다급하게 지헌의 어깨를 밀어 내고 몸을 일으켜 세웠다. 이제 지헌에게서 완전히 빠져나왔다고 생각할 만큼 수연이 멀찍이 몸을 물리고 등을 돌린 순간, 커다란 손이 구렁이처럼 스르륵 다가와 등허리를 다시 옭아맸다.

낮게 키득거리는 소리가 등 뒤에서 들렸다. 여유로운 눈으로 수연을 도망치게 두었다가 단숨에 따라잡은 지헌은 뒤에서 수연을 품에 안고 속삭였다.

"알았어. 안 할 테니까. 잠깐 가만히 있어."

지헌은 수연의 귓가에 입술을 꾹꾹 누르며 옭아맨 허리를 으스러지게 껴안았다. 간지럽게 지분거리는 몸짓이 이어지자 지헌의 품 안에서 빠져나가려 버둥거리던 수연의 움직임이 서서히 잦아들었다. 지헌은 수연의 귓바퀴에서 귓불, 목덜미까지 차례로 입을 맞췄다.

"아직도 자고 갈 생각 없어요?"

수연의 입술이 망설임으로 달싹거렸다.

……자고 갈까?

수연은 뒤늦게 눈을 반짝 뜨고 고개를 가로저었다. 하마터면 빈틈을 내보일 뻔한 수연은 겨우 마음을 굳게 다잡고 몸을 돌렸다. 빙글거리는 눈으로 내려다보는 지헌의 얼굴을 양손으로 잡은 수연은 그의 입술에 가볍게 입을 맞추고 말했다.

"아뇨."

사뭇 엄숙한 표정으로…….

"씻으세요. 옷 정리해 놓을게요."

□ ◆ □

수연은 쥐고 있던 커트러리를 테이블에 힘없이 툭 내려놓았다. 진이 빠져서 입맛은 영 없었지만 선 채로 서성거리기엔 다리에 힘이 풀려 어딘가에 푹 엎어질 것만 같아서 겨우 만찬 테이블에 앉았다. 뭐라도 먹어야 움직일 에너지가 돌 것 같아 수연은 뭘 먹는지도 모르는 채로 의무감에 음식을 입에 가져다 넣었다.

시시하다는 말로 그 드높은 자존심에 상처를 낸 게 시발점이자 최대 실수였다. 그렇게 감당하지도 못할 거면서 도발은 왜 했던 건지.

음식이 담긴 플레이트 위로 다시금 생생하게 떠오르는 문란한 장면을 지우려 도리질을 치면서 한숨을 길게 내쉰 수연은 무릎 위에 올려 두었던 냅킨을 테이블에 올려놓고 자리에서 일어났다.

지헌은 VVIP를 대상으로 한 만찬장에 들었고, 여기 어딘가엔 미주도 와 있

263

을 테지만. 연락을 해 볼까 하다가 그만두었다. 수연은 하선 시간이 될 때까지 그냥 조용히 쉬다가 돌아갈 생각으로 만찬장을 나섰다.

바깥으로 나가자 식기 부딪히는 소리와 대화 소리로 웅성거리는 선내의 소음이 잦아들었다. 대신 강한 바닷바람과 함께 비릿한 바닷물 냄새가 코를 스치고, 멀찍이서 철썩거리는 파도 소리가 잔잔한 음악 소리와 뒤섞여 들려왔다.

야외 데크에도 칵테일 바와 라이브 음악을 즐기는 사람들로 붐볐지만 시원한 바닷바람 덕분에 답답한 실내보다는 훨씬 쾌적했다. 흡사 영화 '타이타닉'에서 봄 직한 차림새의 소규모 관현악단이 만들어 내는 선율이 현실에서 다소 동떨어진 분위기를 형성하고 있었지만, 사실 작년의 호텔 연회장에서 치러진 행사에 비하면 꽤 간소화된 편이었다. 아무래도 크루즈를 대여하는 데에 막대한 비용이 소요되었을 테니.

수연은 그나마 덜 붐비는 구역의 난간에 기대어 까만 밤바다를 내려다보았다. 만찬 후에 오늘 행사의 하이라이트인 경매가 진행되면, 가장 최고가 매입자를 위해 샴페인을 오픈하는 것으로 불꽃을 터뜨리게 된다. 물론 그 전에 하선할 예정인 수연은 선상의 불꽃놀이를 볼 수 없을 테지만, 석양이 진 선실의 발코니에서 감상한 리허설만으로도 충분히 비현실적인 아름다움을 만끽했다.

그래서였다. 유난히도 아득한 감상에 젖어 마음껏 매달리고 그가 더 깊이 들어오기를 바랐다. 이제 와 새삼스러울 것도 없다지만, 여전하기만 한 부끄러움 따윈 내던져 버리고.

"후우……."

까마득한 밤바다를 바라보며 수연은 깊은 한숨을 내쉬었다. 이젠 스스로도 종잡을 수 없는 기분이 되어 버렸다.

다정한 키스에 가슴이 철렁해서 차라리 아무 생각도 할 수 없게 마구잡이로, 격렬하고 무정하게 굴어 주었으면 했지만.

사실은 발끝이 저절로 곱아들고 온몸이 바르작거리는 그 까마득한 절정의 순간보다도……. 결국은 제 안을 가득 그로 채우고 눈을 마주치며 아무런 말도 하지 않고 그저 그 깊은 눈동자를 가만히 바라보는 시간이 더 좋았다.

아무래도 그런 것 같았다. 아무래도 그렇게 돼 버린 것 같다…….

"하아…… 나 어떡해……."

나직한 혼잣말과 함께 수연은 두 손으로 얼굴을 가린 채 고개를 숙였다. 한참이 지나 고개를 든 수연의 얼굴엔 마치 길을 잃은 것 같은 혼란의 기색이 일렁거렸다.

"한수연 씨?"

낯선 목소리가 부르는 제 이름에 깊은 상념에 빠져 있던 수연이 어깨를 움찔하며 난간에 기대 있던 몸을 돌렸다.

"맞네요. 한수연 씨. 여기서 보네요? 잘 지냈어요?"

가까이 다가온 낯선 남자를 바라보는 수연의 얼굴에 의아함과 경계심이 떠올랐다. 그것을 눈치챈 남자가 더 노골적으로 웃음 지으며 장난스럽게 말했다.

"바람피운 놈 잡아다 준 은인인데, 벌써 잊었어요?"

"아아."

그의 힌트에 그제야 누군지를 기억해 낸 수연의 얼굴에 더 짙은 경계심이 어렸다. 정체불명의 메시지를 보내오던, 제민의 곁에 있던 남자. 그러니까 바람피운 놈 잡아다 준 은인이 아니라 그놈이랑 바람을 피운 놈이었다.

남자는 능청스러운 얼굴로 손에 쥐고 있던 칵테일 잔을 수연에게 내밀었다.

"자, 이거 받아요."

"아뇨. 전 괜찮습니다."

"빨리 받아요. 마시든 말든 받아나 줘요. 보다시피 난 손이 부족해서."

그도 그럴 게, 남자는 한 손에 칵테일 잔 두 개를 욕심껏 들고, 나머지 손에는 너츠 따위가 담긴 작은 접시를 들고 있었다. 하는 수 없이 남자의 손에 아슬아슬하게 끼워져 있던 잔 하나를 받아 들자, 그가 씨익 미소 지으며 수연의 손에 든 잔에 자신의 잔을 부딪쳤다.

"우리 뭐로 건배할까요? 조강지처 놔두고 바람난 야망 넘치는 조연 배우의 허름한 최후를 위하여?"

"제가 그쪽이랑 건배할 사이는 아니지 않나요? 그리고 조강지처 같은 거 아니에요."

"아녜요? 그때 그러고도 아직 사귄다길래 난 진짜 지고지순한 사랑인가 보다 했지?"

"……무슨 말씀이신지 모르겠네요. 이제 안 만나요."

한동안 잊고 있던 제민과 얽힌 좋지 않은 기억에 머리가 지끈거렸다. 수연은 인상을 찌푸리며 손에 든 잔을 입가로 가져왔다.

"그래요? 그럼 정제민이 헛소리를 하고 다니는 건가?"

남자는 빙글거리는 얼굴로 수연을 흘깃거리며 술잔을 기울였다. 제민이 무슨 헛소리를 하고 다니는 건지, 이젠 더 이상 궁금한 것도 남아 있지 않았다. 운을 띄워 놓고 수연이 자세히 물어봐 주길 바라는 표정으로 히죽거리는 남자의 존재도 몹시 짜증스러웠다.

아무것도 안 궁금하니까 제발 그냥 이대로 꺼져 줬으면…….

"안 마시겠다더니, 잘 마시네요?"

그의 말에 손에 든 잔을 내려다보니 어느새 텅 비어 있었다. 잠깐 있어 봐요. 하고 수연의 잔을 회수한 남자는 거절할 새 없이 바쁜 걸음으로 사라져서 새로 술이 채워진 잔을 들고 와 수연에게 건넸다.

"아뇨. 전 됐어요."

"에이. 받아요. 일부러 발에 불이 나게 가서 새로 받아 왔는데. 너무 그렇게 경계하는 표정 좀 자제해 줄래요? 참고로 지금 한수연 씨한테 수작 부리는 거 아니고요. 이런 지루한 인간들이나 모이는 데서 이렇게 우연히 만나니 반가워서, 얘기나 좀 하자고요."

□ ◆ □

온갖 허세와 시시덕거림, 노골적인 부에 대한 욕망이 난무하는 공간에서 지헌은 얼굴에 드러난 무료함을 지우려 굳이 노력하지 않았다. 그 권태로움마저도 하등의 아쉬울 게 없는 그의 고매한 입장을 더욱 돋보이게 해 상대로 하여

266

금 되레 먼저 고개를 수그리고 명백한 을의 입장을 자진하여 도맡게 만들었다.

"안녕하세요. 도지헌 상무님. 계속 인사 한번 드리려고 했는데 이제야 뵙네요."

웃는 낯을 밝히며 다가온 이에게 심드렁하게 대꾸하던 지헌은 그 옆에 팔짱을 낀 채 서 있는 여자에게로 무심코 시선을 옮겼다. 여자는 사이즈를 잘못 선택한 게 아닌가 싶을 정도로 가슴골이 적나라하게 보이는 거북한 자태의 이브닝드레스를 입고 있었다. 지헌은 절로 찌푸려진 미간을 가다듬으려는 노력조차 하지 않은 채 노골적으로 고개를 돌렸다.

대충 대화를 마친 지헌에게 또다시 웃는 낯의 대화 상대가 기다렸다는 듯이 연이어 나타났다.

"안녕하세요, 도지헌 씨. 오랜만에 뵙네요. 그동안 잘 지내셨어요? 잘 지내신 것처럼 보이기는 하지만—"

반갑게 웃으며 인사해 오는 여자가 입은 이브닝드레스는 방금 전의 그 거북한 드레스에 비하면 정숙한 편에 속했다. 다만, 구면인 듯 행동하는 여자의 행동은 다소 의아했지만 지헌은 크게 신경 쓰지 않았다. 어차피 곧 자리를 뜨려던 참이었기에.

VVIP로 출입이 한정된 공간 앞까지 지헌을 배웅한 수연은 간단한 인사를 남기곤 쏜살같이 사라졌다. 식사라도 같이하고 싶어 불러 세울까 했지만 달가워하지 않을 게 뻔해서 내버려 두었다.

선실을 나서기 전, 잔뜩 구겨져 버린 옷을 황망히 쥐고 속상해하던 수연의 얼굴이 떠올랐다. 수연은 촉박한 시간을 강박적으로 확인하며 기어코 선실 내의 다리미를 꺼내 들었지만, 방을 나서기 직전까지 옷매무새가 거슬리는지 거울 앞에서 재차 제 모습을 살폈다. 어쨌든 무리하게 안은 게 신경 쓰여서 지헌은 몇 번이고 괜찮다고 말했지만 그다지 신뢰하는 표정은 아니었다.

영 힘없이 걷던데 밥을 먹긴 했을지. 은근히 소심한 데다 완벽을 추구하는 성향에 꽉 막힌 구석이 있어 옷매무새가 신경 쓰인다고 어디 구석을 서성이고 있는 건 아닐지.

지헌은 눈앞의 상대에게 기계적으로 성의 없이 대꾸하며 손목시계를 들어 시간을 확인했다. 대화가 지루하다는 기색을 노골적으로 드러내어도 맞은편의 여자는 지치지 않고 사근사근한 얼굴로 일방적인 대화를 계속했다.

"……어머님이 말씀하시던데. ……그래서 ……여기서 다시 뵐 줄 알았어 요."

"미안한데, 잠깐 실례하겠습니다."

완벽하게 다른 생각에 빠져 있던 지헌은 이윽고 제대로 듣지도 않고 있던 대화에 종료를 고했다. 먼발치에서 지호가 목을 길게 빼고 그의 뒷모습을 좇는 걸 눈치채지 못한 채, 지헌은 자리를 떠났다.

하선 시간 전에 얼굴이나 한 번 더 볼 생각으로 슬렁거리며 만찬장을 둘러보았다. 이름이 미주였던가, 신나게 돌아다니고 있는 도지호의 비서를 발견했을 때, 함께 있을 줄 알았던 수연의 모습이 보이지 않자 지헌의 발걸음이 약간 더 빨라졌다.

뱃머리는 이제 육지 쪽을 향하고 있었다. 움직임이 느껴지지 않을 정도의 느릿한 속도지만 하선 시간이 가까워져 옴을 알 수 있었다. 점점 더 빨라진 발걸음이 데크 위에 연이어 구둣발 소리를 내다가, 일순 멈춰 섰다.

먼 거리였지만, 난간에 비스듬히 기대어 서 있는 가느다란 실루엣의 인영에 시선이 아주 찰나와 같이 스치는 순간 지헌은 알 수 있었다. 뭐 마려운 개처럼 초조함에 발발거리며 찾아다니던 여자가 바로 거기에 있었다.

하지만 지헌은 오히려 초조함이라곤 찾아볼 수 없는 태도로 그 자리에 멈춰 선 채 눈을 가늘게 떴다. 거세게 몰아치는 바닷바람을 고스란히 받는 난간에 느슨히 기댄 수연의 얇은 실크 블라우스가 바람에 날리며 몸에 그대로 달라붙어, 예의 그 사람 미치게 만드는 실루엣을 전부 드러내고 있었다.

마른 어깨, 납작한 몸통과 얇은 허리 라인, 거기에 말도 안 되는 그 가슴에까지 시선이 닿자, 설명할 수 없는 기분이 엉망으로 들끓었다. 지헌은 시선을 한 곳에 고정한 채로 천천히 손을 세게 쥐었다 폈다.

지금 여기서 한 템포 멈춰야 한다는 것을 직감할 수 있었다. 뭘 생각하든 병신 같은 생각이었다.

이 배에 타 있는 여자들 중에, 따지자면 제일 정숙한 차림을 한 축에 속했다. 방금까지 그가 있었던 공간에서만 해도 대개 드레스 따위를 입었고, 대부분이 지금 저 모습보다 살색이 난무하는 차림새였다. 그러니까, 지금 그가 당장이라도 튀어 가서 저 몸 위에 재킷을 덮어씌우고 싶은 충동 같은 건 오직 병신만이 할 수 있는 생각이었다.

평범한 블라우스, 그저 특별할 것 없는 스커트 차림의 여자는 죄가 없다. 죄가 있다면, 그건 제멋대로 분리 불안 장애를 앓고 있는 애잔하기 짝이 없는 자신. 그리고 죄 없는 여자의 옆에 서서 술잔을 부딪치고 있는, 어디서 굴러 들어온지 모를 시건방진 놈한테 있다.

바람을 즐기고 있는 걸로 착각할 만큼 고요한 얼굴로 한참 멈춰 서 있던 지헌은 다시 발걸음을 옮기기 시작했다. 느릿하게, 전혀 급하지 않은 걸음으로. 산책하듯 우아한 걸음걸이는 일정한 속도로 이어졌다.

비록 실체는 한심한 망상병자일지언정.

명확한 자평과 신랄한 자조에도 불구하고, 지헌의 입술 사이에선 실소조차 나오지 않았다. 그저 한곳에만 시선을 붙박은 채로 입을 굳게 다물고 걷던 지헌은 두 사람을 얼마 앞두지 않은 거리에 다다랐을 때 곱게 잠겨 있던 자신의 앞섶을 거침없이 풀어 헤쳤다. 짜증과 신경질이 뒤섞인 다소 난폭한 몸짓이었다.

"한 실장."

수연은 도무지 사람 말 안 듣기로는 정제민급인 남자에게 더 이상 이만 가라는 소리를 하기도 지쳐, 남자 혼자 떠드는 일방적인 수다를 심드렁하게 견디고 있었다. 그때 수연은 자신을 부르는 목소리에 기계적으로 반응해 고개를 돌렸다.

"어? 상무님."

한창 행사 일정으로 바빠야 할 지헌이 그곳에 서서 양손을 주머니에 꽂은 채 수연을 바라보고 있었다. 수연은 곧바로 기대 있던 몸을 똑바로 세우고 손에 쥔 칵테일 잔을 남자에게 건넸다. 건네는 손길이 너무도 자연스러워 반사적으로 잔을 받아 든 남자는 뒤늦게 고개를 갸웃거렸다. 빈 잔은 나더러 치우라는 건가?

"상무님. 무슨 일이세요? 왜 여기 계세요. 이제 곧 경매 시작될 시간인데."

"옷이 이렇게 돼서, 방에 가야 되는데 키를 잃어버렸어요. 안에서 한 실장 한참 찾았는데."

지헌은 볼품없이 단추가 덜렁거리고 있는 제 슈트 상의를 보란 듯이 눈짓하며 말했다. 예쁘게 차려입혀 보냈는데 맵시가 상한 모습에 수연이 미간을 좁혔다.

"어머, 어쩌다가……. 아무튼 얼른 가요."

마음이 급해진 수연은 종종걸음으로 앞서 걸었다. 이제껏 신나게 혼자 떠들던 남자의 존재는 완전히 뒤에 남겨진 채 벙찐 눈으로 수연의 뒷모습을 좇았다. 빈 잔 두개를 손에 쥔 그 황망한 모습을 일별한 지헌은 여유로운 걸음으로 앞서간 수연의 뒤를 따라 걸었다.

ㅁ ◆ ㅁ

"여벌 옷을 한 벌 더 챙겨 와서 천만다행이에요. 근데 이제 그게 끝이니까 조심하셔야 해요. 시간 여유만 되면, 제가 단추 달아 드리고 가면 좋은데 곧 하선 시간이라 시간이 될지 모르겠어요."

바쁜 걸음으로 선실로 돌아온 수연은 방을 가로질러 옷장 앞에 서서 문을 열었다. 안쪽에 가지런히 정리해 놓은 슈트와 셔츠를 꺼내려 손을 뻗은 수연의 등 뒤로 뜨거운 체온이 덮쳐 왔다.

지헌이 뒤에서 부둥켜안자, 워낙에 큰 덩치 차이 덕분에 푹 감싸이듯 수연은 그의 품 안에 꼼짝없이 갇혔다. 멈칫한 수연이 제 허리를 휘감은 지헌의 팔에 손을 얹으며 다독이듯 말했다.

"상무님. 시간 없어요. 다시 돌아가셔야 하잖아요."

"같이 있던 남자, 누구예요?"

"네? 아……. 아까 같이 있던 사람이요?"

지헌은 수연의 귓바퀴에 입술을 붙이고 잘근거렸다.

"응. 한수연 술 취하면 안 되는데, 술잔 쥐여 주고 시시덕거리던 남자. 누구야?"

"아……."

뭐라고 설명해야 되지? 전남친의 내연남?

잠시 고민하던 수연은 그저 있는 그대로 설명했다.

"그냥. 잘 모르는 사람이에요. 아!"

갑자기 수연의 뒷덜미에 따끔한 통증이 느껴졌다. 고개를 푹 숙여 수연의 흰 목덜미에 잇자국을 낸 지헌이 깊게 잠긴 목소리로 말했다. 그 말투가 어쩐지 울적했다.

"모르는 사람이랑 술 마시지 마요. 대화도 정 필요한 경우가 아니라면 안 했으면 좋겠는데."

뒷덜미의 여린 살갗에 여전히 입술을 붙인 채라, 나지막한 말소리가 피부를 통해 느껴졌다. 수연이 지헌을 향해 고개를 돌리자 지헌은 고개를 기울여 수연의 귓불을 입에 넣고 빨았다.

"잠깐만요. 왜 그래요."

"왜긴. 질투 나니까 그렇지."

"질투라니……."

잘 알지도 못하는 사람을 왜 질투해. 아니. 그것보다…… 질투를 왜…….

거칠게 입술이 겹쳐지는 바람에 더 이상 생각이 이어질 여유가 사라졌다. 수연은 어느새 몸이 돌려져 마주 본 채 꽉 끌어안겨 정신없이 지헌에게 빨려 들어갔다.

입술을 벌리고 들어온 혀가 거침없이 점막을 더듬고 야릇하게 치열을 훑었다. 마음껏 숨을 앗아 가고 격하게 뭉개고 비벼 왔다. 격렬하게 얽히는 혀, 물고 빨린 입술이 얼얼해졌다. 어느새 열이 오른 더운 숨이 서로를 경계 없이 오갔다.

어쩐지 심술부리는 듯한 투박한 키스에 수연의 거칠어진 숨이 턱 끝까지 몰아친 순간에야 놓아주었다. 지헌은 가쁜 숨을 버겁게 몰아쉬는 수연을 짐짓 만족스럽게 내려다보았다. 지헌이 얼굴에 짓고 있는 매력적인 미소에 수연은 갑자기 헛웃음이 터졌다.

갑자기 멀쩡한 옷이 왜 난데없이 뜯어졌나 했더니……. 수연은 눈을 가늘게 뜨고 진실을 가늠하듯 지헌의 얼굴을 살폈다.

"설마……. 아니죠?"

지헌은 태연하기 그지없는 얼굴로 대꾸했다.

"뭐가."

수연의 시선에 지헌은 팬츠 주머니에 얌전히 꽂혀 있는 방 키를 자진해서 보여 줄까 잠시 고민했다.

하지만 역시 끝까지 발뺌하기로 했다. 질투에 눈이 돌아서 이따위 유치하고 졸렬하기 짝이 없는 허접한 사기 행각이라니. 아무래도 이쯤에서 자수하기에는 너무 모양 빠지는 꼬락서니였다.

지헌은 여전히 의심을 지우지 않은 얼굴로 가만히 올려다보는 수연의 허리를 빠듯하게 당겨 안으며 붉게 부풀어 오른 입술에 다시 고개를 기울였다.

ㅁ ◆ ㅁ

"허. 뭐야 이거?"

좁다란 선실 복도의 끄트머리 벽에 기대선 지호는 입꼬리를 말아 올리며 가볍게 웃었다. 주머니에 꽂혀 있던 팔을 꺼내 손목시계를 흘긋 확인하고 다시 손을 꽂아 넣었다.

그 괴상하고도 수상한 장면을 목격하게 된 건 순전히 우연이었다. 운이 좋았다고 볼 수 있다. 만찬장에서 제 결혼 상대랑 시시덕거리는 도지헌의 꼴사나운 꼬락서니를 목격한 이후로 계속 기분이 거지 같았다. 목이 타 담배나 피울 생각으로 바깥에 나왔던 지호는 도지헌이 제 손으로 지 옷을 잡아 뜯는 다분히 수상쩍은 광경을 목도했다.

저 새끼 저거 왜 저래?

번드르르하게 차려입고 거드름 피우기 좋아하는 놈이 저러는 데에는 분명 그만한 이유가 있을 터. 인내심을 갖고 관찰하자, 도지헌은 저의 그 예쁘장한 비서한테 쪼르르 달려가더니 여자를 앞세워 지 방으로 쏙 들어가 버리는 게 아닌가.

대단히 구미가 당기고 흥미가 도는 상황에 지호는 발소리를 죽이고 멀찌감치 떨어진 거리에서 그들을 뒤쫓아 선실 앞까지 따라온 것이었다.

지호는 그 자리에 서서 둘 중 하나라도 다시 나올 때까지 지켜볼 생각이었다. 아예 저 둘이 방에 처박혀서 아침까지 나오지 않는다면, 밤새 무슨 짓을 하는지 직접 방문에 귀를 처박고 적극적으로 염탐에 임할 의지도 충분했다.

하나라도 놓칠세라 눈 깜빡임까지 더디게 자리를 지킨 끝에 어느 순간 달칵하고 문이 열렸다. 지호는 마른침을 꿀꺽 삼켰다. 문 뒤에서 나타난 건 그 비서 여자였다.

단순히 옷을 갈아입기에는 심하게 길었던 시간. 과연 안에서 둘이 무엇을 했을까. 치밀어 오르는 호기심과 음습한 상상이 뒤섞여 가슴이 두근거릴 지경이었다.

다시 한번 손목시계를 확인한 지호가 산뜻하게 미소 지으며 벽에 기대선 몸을 똑바로 일으켜 세웠다. 수연은 얼마 남지 않은 하선 시간에 다급한 발걸음을 옮기다가 복도 끝에 선 남자를 보고 흠칫 멈춰 섰다.

"어? 여기서 보네요. 한수연 씨."

"안녕하세요. 상무님."

수연은 놀랍도록 차분한 표정으로 인사를 건넸다. 지호는 왠지 모르게 웃음이 터져 나올 것 같은 기분에 애써 표정을 가다듬고 말했다.

"하선 시간 아니에요? 문 대리는 한참 전에 내린 것 같던데."

"아, 저희 상무님 옷에 문제가 생겨서 챙겨 드리느라고 조금 늦었어요. 죄송하지만 상무님, 아시다시피 하선 시간이 얼마 안 남아서. 먼저 가 봐도 될까요?"

273

지호는 태연하게 고하는 수연의 선한 얼굴을 빤히 응시했다.

깜빡하면 홀랑 속아 넘어가겠어. 보기보다 꽤 발칙한 여성이네.

지호의 날카로운 시선은 수연의 머리부터 발끝까지 빠르게 스캔하고, 다시 거슬러 올라가 발갛게 부푼 도톰한 입술에 멈추었다.

확인해서 나쁠 것 없지. 아님 말고, 맞으면 빙고.

"그럼요. 어서 가요. 늦으면 못 내릴라."

"네. 상무님. 그럼 다음에 뵙겠습니다."

"아, 혹시 못 내리면 나한테 연락해요. 내 방 내줄게요. 물론 나는 다른 방 또 있으니까 오해는 마시고."

짧게 묵례한 수연은 다소 성희롱적인 지호의 발언을 무시하고 바쁜 발걸음으로 사라졌다. 그 뒷모습이 완전히 시야에서 사라질 때까지 지켜본 지호는 핸드폰을 꺼냈다.

"난데요. 사람 좀 붙여 줘야겠어요. 네."

핸드폰 너머에 지시 사항을 전달한 지호는 통화 종료 후 잠시 고민하다가 몸을 돌려세웠다. 어차피 그 성격 더러운 여우 같은 놈 캐 봤자 쉽게 털어놓을 리 없고 괜한 경계심만 불러일으킬지 모른다. 꼬리를 붙여 뒀으니 뭔가 걸릴 만한 게 있다면 조만간 제 손에 굴러떨어질 테니.

가볍게 발걸음을 옮기던 지호는 결국 절로 흘러나오는 콧노래를 흥얼거렸다.

그야말로 올해 자선 행사의 최대 수확이 아닐 수 없었다. 이런 기분이라면 뭐든 후한 값을 쳐서 경매의 최고 매입가를 기록하는 호구가 되어 줄 의향이 다분했다. 아무래도 오늘의 신은 이 도지호를 가호하고 있는 듯하니.

8

[수연, 오늘 퇴근하고 뭐 해?]

반짝하고 들어온 사내 메신저의 알림을 확인한 수연은 살포시 미소 지었다.

[별다른 계획 없는데. 왜?]
[쇼핑하러 갈래? 오늘 월급도 들어왔는데 돈 쓰러 가자. 나 여름옷 좀 사야 돼. 오늘 낮에 밖에 나갔다가 겨터파크 개장했잖아. 나 어제 옷장 정리했는데 작년에 뭐 입고 다녔는지 모르겠어.]

급격하게 친해진 미주와 이제껏 회사 바깥에서 만난 적은 한 번도 없었다. 수연은 늘 이렇게 먼저 한 발자국 더 다가와 주고 손을 내밀어 주는 미주가 고마웠다. 누구든지 편안하고 격의 없이 대하는 미주의 쾌활한 성격이 부럽기도 했다.

수연은 무의식적으로 사내 인트라넷 캘린더의 오늘 일정을 확인하며 메신저에 답장을 입력했다. 마침 지헌도 외부 일정으로 점심 식사 이후 쭈욱 자리를 비운 데다가 해당 일정은 석식까지 이어지는 자리이기에 걱정 없이 칼퇴가 가능한 날이었다.

[그래. 나 오늘 칼퇴할 수 있어.]
[굿. 그럼 5시 반 차 타고 나가자.]

수연은 퇴근하자마자 회사 로비에서 미주와 합류했다. 먼저 내려와 있던 미주가 수연을 보고 반갑게 웃으며 자연스럽게 팔짱을 끼고 끌어당겼다.

경영기획실 비서 자리로 인사이동 한 이래로 거의 처음 하는 칼퇴인지라 괜스레 기분이 들떴다. 회사 근처의 오피스텔에서 자취를 하는 미주 때문에 서울까지 나가는 대신 회사 퇴근 버스를 타고 시내의 백화점으로 향했다.

백화점에 도착해서 미주는 밥부터 먹자며 식당가로 수연을 이끌었다. 얼마 전 거창하게 인테리어 리모델링을 하고 서울의 유명 레스토랑이 드디어 이 촌구석에도 분점을 내주었다는 소리를 미주에게 수십 번쯤 들었던 이탈리안 식당이었다.

"벌써 밥 먹어? 배고파?"

"응. 먹을 수 있을 때 빨리 먹어야 돼. 더 늦어지면 대기 길어져. 오늘 불금이잖아. 여기 원래 막 한 시간씩 기다려야 한단 말이야. 나 저번주에도 왔는데, 그때 7시쯤 왔더니 한 시간 넘게 기다렸어."

칼퇴하고 곧장 온 터라 아직은 한산하게 테이블이 비어 있는 식당 안으로 들어가 직원의 안내에 따라 창가에 자리를 잡고 앉았다. 미주는 메뉴판을 활짝 열고 진지한 표정으로 정독하기 시작했다.

"저번에 농어구이 먹어 봤는데 괜찮았어. 그게 여기 시그니처니까 그건 하나 시키자. 너 안 먹어 봤으니까 꼭 먹어 봐야 돼. 음, 루꼴라샐러드도 하나 시키고. 라따뚜이도 먹고 싶은데. 스파게티는 뭐로 할까? 여기는 오일파스타가 괜찮은 것 같애. 저번에 토마토소스랑 두 개 시켜 봤는데 토마토는 그냥 그랬던 것 같아. 그다지 감흥 없었어. 봉골레 먹을래?"

"그래, 맛있겠다."

"아, 그리고 오늘 이건 내가 살게. 쿠키에 수제 피클까지……. 나 완전 감동 먹었거든? 나 오늘 말리지 마. 우리 메뉴 네 개 시키자."

'거절은 거절한다.' 라는 표정으로 끼어들 새 없이 말을 이어 가는 미주에 수연은 난감한 표정을 지었다. 아무래도 아주 비싼 후식을 사야겠다는 생각과 함께.

"알았어. 또 만들어다 줄게. 박 실장님도 좋아하시는 것 같던데. 아, 도 상무님도 드리고."

"응? 도 상무? 우리 도 상무?"

최종 메뉴를 조율하던 미주가 들여다보던 메뉴판에서 눈을 떼어 내고 수연을 마주 보았다. 무슨 그런 말도 안 되는 소리를 하냐는 듯한 실소를 만면에 띠운 채 미주가 말했다.

"우리 도 상무는 그런 거 안 먹어. 단거 질색하셔."

사내 카페에서 수연의 어깨 너머로 카드를 쑤욱 내밀며 말하던 지호의 모습이 불쑥 떠올랐다.

'저번에 준 과자가 맛있어서요. 커피 한 잔으로 보답하기에는 부족하지만.'

뭐야……. 먹지도 않아 놓고. 그런 줄 알았으면 그때 그 커피 얻어먹지도 않았을 텐데.

"그 창백한 낯빛에 슬림한 몸매를 사시사철 유지하시는 이유가 다 있지. 단거 안 먹고 음식 헤비한 것도 싫어하고. 암튼 따지는 거 엄청 많아. 회식 자리고를 때 얼마나 힘든 줄 알아? 피곤해. 피곤해. 너희 도 상무님은 안 그래?"

미주가 지나가듯이 물으며 손을 들어 멀찍이 서 있는 직원을 호출했다.

"아아. 우리 상무님도 단거 좋아하시는 편은 아닌데, 쿠키 한두 개 드시는 정도……."

수연은 쿠키를 담아서 지헌에게 내었던 접시가 나중에 비어 있던 것을 어렴풋이 떠올렸다. 남의 도 상무 얘기에 흥미로운 표정을 짓던 미주는 곧이어 다가온 식당 직원에게 메뉴를 주문했다. 주문을 받은 직원이 사라지자, 미주는 테이블에 걸친 팔에 턱을 괴더니 눈을 반짝거리며 수연을 마주 보았다.

"단거 안 좋아하셔? 난 또……. 네가 쿠키 자주 굽는 게 다 도지헌 상무님 디저트 취향인 줄 알았는데."

"응? 아니야. 그건 그냥 내가 좋아해서 만든 거."

수연이 고개를 가로저으며 말하자, 미주가 코끝을 찡긋거리며 웃었다.

"그럼 너네 도 상무 취향은 뭐야?"

"응?"

선뜻 대답하기가 어려워 수연이 난감한 표정으로 되묻자, 미주가 짓궂은 표정을 지으며 질문을 정정했다.

"너네 도 상무님이 좋아하는 거, 뭐냐고."

도 상무님이 좋아하는 거라니……. 수연은 무슨 말을 해야 할지 도통 망설여졌다. 미주가 도지호 상무 얘기를 술술 풀어놓던 것을 생각하여 최대한 진지하게 떠올려 보았다.

"아마도 식물 키우는 걸 좋아하시는 것 같고. 미술품 같은 것도 좋아하시고……. 미국에서 갤러리도 운영하시거든."

지헌이 태블릿 화면에 미술품의 사진과 깨알 같은 글씨의 설명을 띄워 놓고 틈틈이 들여다보던 것이 생각났다. 곰곰이 생각하는 수연을 앞에 두고 미주가 금세 따분한 표정을 지었다.

"흐음……. 그런 재미없는 취미 말고. 여자는?"

"여자?"

수연은 당황으로 물드는 얼굴을 최대한 차분하게 유지하려 애썼다. 생각보다 덤덤하게 나온 목소리가 스스로에게 고마울 지경일 정도로 당혹스러운 기분이었지만, 수연은 최대한 감정을 고요한 낯빛 아래로 숨겼다.

"응, 여자. 여자 취향은 어떤 것 같아? 도 상무님 여자 만나는 거 본 적 없어?"

더욱 노골적으로 물어 오는 미주의 질문 세례에 수연은 테이블 아래로 내린 난감한 손끝으로 뻣뻣한 테이블보를 만지작거렸다. 그때 마침 커다란 샐러드 볼을 손에 얹은 직원이 테이블로 다가왔다.

수연은 테이블에 내려진 샐러드가 수북이 쌓여 있는 그릇을 내려다보며 괜스레 반색했다. 미주는 그런 수연에게 금세 동화되어 포크를 집어 들면서 입맛을 다셨다. 곧이어 라따뚜이를 담은 둥그런 접시도 연이어 테이블 위에 올려지자 미주는 직전의 대화 주제는 완전히 잊어버린 듯 음식에 집중했다. 수연은 소리 없이 한숨을 얇게 내쉬고 포크를 집어 들었다.

□　◆　□

3층짜리 단독 건물로 지어진 식당 입구를 나서자, 계단 아래에 차를 대고 선 김 기사가 지헌을 향해 허리를 굽혀 인사했다. 완만하게 깎인 계단을 천천히 걸어 내려오면서 지헌이 손목을 틀어 시계를 확인했다.

명목상으로는 석식 자리, 실질적으로는 딱딱한 회의실 벽 안에서 오가기 어려운 이야기를 나누기 위한 식사 자리는 한 시간가량의 회의 시간보다 더 길게 이어졌다. 미리 예상했던 시간보다 적잖이 늘어지기는 했지만 아주 늦은 시간은 아니었다.

식사 자리가 파하기 직전, 의례적인 인사가 테이블 사이를 오갔다. 오늘 얻은 소득에 대한 감사, 다음 자리에 대한 기약, 그리고 남은 금요일의 시간을 어떻게 보낼지에 대한 들뜬 넋두리. 지헌은 무감한 표정으로 물컵을 기울이며 불쑥 생각했다. 한수연은 뭐 하고 있을까.

선연하게 길어진 낮의 따스한 기운이 여직 가시지 않은 미지근한 바람이 지헌의 코끝을 스치었다. 해가 진 지 얼마 되지 않아 하늘은 어스름한 회색빛이었다. 낮도 밤도 아닌 어중간한 시간.

지헌이 마지막 계단에서 툭 내려서자, 김 기사가 차의 뒷좌석 문을 활짝 열었다. 지헌은 느릿하게 차 안에 오르며 슈트 안주머니에서 핸드폰을 꺼내 들었다. 회의와 석식이 이어지는 사이, 미확인한 메일과 메시지 몇 건이 쌓여 있었다. 제목만 빠르게 확인하고 내리자, 그 아래 수연의 이름이 반짝거리는 사내 메신저의 알람이 보였다.

[상무님. 먼저 퇴근해 보겠습니다. 주말 잘 보내세요. 다음 주에 뵙겠습니다.]

한창 회의가 진행되고 있었던 5시 언저리에 도착한 메시지였다. 간만에 이른 시간에 퇴근한 모양이었다.

연이어 이어진 야근으로 수연의 근태 일지에는 이미 빨간불이 들어와 있기 때문에 퇴근할 수 있을 때 재깍재깍 사라져 주는 게 여러모로 좋은 일이다. 그런데도 이 메시지가 묘하게 거슬리는 이유를 찾는 건 어렵지 않았다.

자기와는 상관없는 남의 주말 보듯 격식만 갖춰 놓고 알맹이는 하나도 없는 메시지나 보내 놓고서는. 메시지에서 느껴지는 태도가 신경을 긁으면서도 결국은 한수연다웠다.

지헌은 피식 웃으며 수연의 전화번호를 손가락으로 꾸욱 눌렀다. 신호음이 여러 번 이어지는 동안 지헌은 핸드폰을 쥐지 않은 손으로 암 레스트의 차가운 가죽 표면을 느릿하게 문질렀다. 핸드폰 안의 신호음은 곧 전화를 받을 수 없다는 기계적인 음성으로 이어졌다. 지헌은 가볍게 종료 버튼을 누르고 메시지를 보냈다.

핸드폰을 암 레스트 위에 올려놓고 뒷좌석 옆자리에 던져 놓았던 서류를 들춰 보는 동안, 핸드폰 화면에 답장이 왔다는 표시가 반짝거렸다. 손에 쥔 서류를 놓지 않은 채 메시지를 확인한 지헌의 입꼬리에 희미한 미소가 스며들었다.

"김 기사님. 저기 옆에 차 세워 주시고 바로 퇴근하세요."

기억에 따르면 김 기사의 집이 이 근처였다. 평소라면 그가 어디 살든 상관하지 않을뿐더러, 지헌은 대체로 운전석에 몸을 구기듯 싣고 운전대를 직접 잡는 피곤한 일을 즐기지 않는 편이었지만. 김 기사를 달고 나타났다가는 몸 사리기 바쁜 수연이 그 즉시 꽁지가 빠지게 도주해 버릴 것이 안 봐도 뻔했다.

지헌은 생각지도 못한 이른 퇴근에 반가운 기색을 숨기지 못하는 얼굴의 김 기사에게 고개를 까닥여 인사를 보내고 운전석에 성큼 올랐다. 좌석 시트와 백미러를 제 몸에 맞게 조절하고 내비게이션에 메시지에서 얻은 장소를 입력했다.

한수연이 있는 곳까지는 앞으로 30분. 교통 체증을 고려하면 40분. 지헌은 어렴풋이 미소 띤 얼굴로 액셀러레이터 위에 올린 발에 힘을 실었다.

□　◆　□

수연과 미주는 백화점 식당가의 중앙 홀에 위치한 카페에서 팥빙수를 앞에 두고 앉았다. 겨우 코에도 못 붙일 양밖에 되지 않는다며 일인 일 빙수를 고수한 미주 덕분에 각자 봉긋하게 솟은 팥빙수 그릇을 하나씩 끼고 있었다.

수연은 맨 위에 얹어진 찹쌀떡을 하나 건져서 입속에 쏙 넣었다. 과연 혼자 충분히 다 먹을 수 있을 만큼 깜찍한 사이즈의 팥빙수였다. 입안에서 쫄깃거리는 찹쌀떡을 오물거리는데 미주가 몸을 낮추면서 수연에게 속삭거렸다.

"그거 알아? 여기 팥 리필돼. 그러니까 아껴 먹지 말고 팍팍 떠."

수연은 수저에 팥을 수북이 올리고 입에 가득 집어넣는 미주를 바라보면서 기분 좋게 웃었다. 정말 사랑스러운 사람이라는 생각이 들었다. 수연이 이렇게 금세 마음을 열고 미주와 친해지게 된 것도 모두 미주의 쾌활한 성격 덕분이었다. 미주가 먼저 다가와 주지 않았다면, 다소 내성적인 성향의 자신이 이런 친구를 만들 수 있을 리 없었다.

수연도 미주의 속도에 맞춰 팥을 아낌없이 수저 위에 올리고 입속에 넣었다. 어느새 미주의 팥빙수 그릇에 하얀 우유 얼음만 덩그러니 남았을 즈음 주머니에 넣고 있던 핸드폰의 진동이 느껴졌다.

핸드폰을 슬쩍 꺼내어 확인하니, 전화 발신자에 지헌의 이름이 떠 있었다. 수연은 저도 모르게 미주의 눈치를 살폈다. 미주는 몸을 돌려서 주문대를 바라보고 있었다.

수연은 진동하는 핸드폰을 손에 쥐고 잠시 머뭇거렸다. 사실 그냥 받으면 될 전화였다. 수연은 그의 비서이고, 아무리 퇴근 후 금요일 밤이라고는 하나, 상사가 아무 때나 비서에게 전화를 한다는 사실이 그리 놀랍거나 의심스러울 일도 아니었다. 특히나 24시간 365일 숨 가쁘게 돌아가는 제조센터의 센터장인 도지호 상무의 비서인 미주라면 더욱 이해하지 못할 리 없었다.

하지만 그럼에도 불구하고 미주의 눈치가 보인다는 것은…… 결국 다른 사람들 몰래 못된 짓을 하고 있다는 자격지심에서 비롯된 것이었다. 수연이 괜스레 머뭇거리는 사이, 손가락 사이의 핸드폰 진동이 멈췄다.

"나 팥 리필해 올 건데, 너도 먹을 거야?"

한산해진 주문대 쪽을 눈짓하며 미주가 말했다. 손안의 핸드폰에 신경이 팔려 있던 수연은 뒤늦게 대답했다.

"응? 아, 그래. 같이 가자."

"아니야. 내가 갔다 올게. 앉아 있어."

미주가 선뜻 일어나 주문대로 향했다. 주문대의 직원에게 무어라 말을 하는 모습을 지켜보다가, 살며시 핸드폰을 꺼내어 확인하니 지헌으로부터 메시지가 도착해 있었다.

[뭐 해요.]
[친구랑 있어요.]
[언제 끝나요?]

수연이 메시지를 보내자, 그로부터 곧장 답장이 도착했다. 짧은 메시지를 내려다보며 수연은 잠시 생각에 잠겼다. 30분 후면 백화점 퇴점 시간이니까, 곧 이곳을 나가야 할 시간이기는 했다.

그러나 왠지 아무렇지 않게 지헌에게 답장을 보내는 것이 어쩐지 망설여졌다. 수연은 어느덧 지헌을 향한 경계심이 허물어져 버린 자신을 깨달았던 순간을 떠올렸다.

부유하는 삶에 질려 누군가에게 온전히 뿌리내리기를 소망하는 나. 그런 주제에 기대하는 것 없이 그와 오로지 육체적인 심플한 관계로 끝낼 수 있을 거라 생각했다니 한심할 뿐이었다.

점심시간 직전에 본 것을 마지막으로 그를 보지 못한 지 겨우 반나절도 지나지 않았는데…… 몇 날 며칠을 못 본 것처럼 생각나고 자꾸 궁금했다. 감정의 변화를 자각하니, 흐릿한 감정의 조각은 순식간에 걷잡을 수 없이 부풀어 올랐다.

'오늘은 금요일이니까. 어차피 주말에는 보지 않을 테니까.'

스스로에게 괜한 변명을 늘어놓으며 수연은 결국 나약한 고민을 뒤로하고 지헌에게 답장을 입력했다.

[곧 헤어질 것 같아요.]

메시지를 보내는 사이, 미주가 양손에 각각 팥을 소복하게 올린 작은 그릇을 들고 테이블로 돌아왔다.

"자. 여기."

"응, 고마워."

미주가 그릇 하나를 수연에게 내밀었다. 미주는 하얀 얼음만 남아 있는 자신의 빙수 그릇 위에 새로이 팥을 탈탈 털어 넣으며 여상한 말투로 물었다.

"남자야?"

수연은 당혹스러운 표정으로 응? 하고 되물었다. 미주는 수연이 손에 쥐고 있는 핸드폰을 턱으로 가리키며 씨익 웃었다.

"표정이 딱 남자인데?"

"아니야…… 그냥……."

대체 자신이 어떤 표정을 짓고 있었기에 딱 남자라고 알아차린 건지……. 수연은 경직된 입꼬리를 애써 올리며 난감한 미소를 띠었다. 미주는 흐음 하는 소리를 흘리며 가늘어진 눈으로 수연을 가늠하듯 흘겨보았다.

"아직 썸?"

썸도 아니고, 아직도 아니고, 아무것도 아니지만. 어쨌든.

"으응."

수연은 대충 고개를 주억거렸다. 흐지부지 끝날 썸으로 치부하는 게 그럭저러 최선일 듯했다. 미주는 여전히 의심을 지우지 않은 가늘어진 눈으로 수연을 살피며 팥빙수를 크게 떠서 한입에 넣었다.

"좀 진전되면 말해 주기다?"

진전.

수연은 가만히 그 단어를 되뇌었다. 진전이라는 단어와는 영 어울리지 않는 관계였다. 뿌연 안개 속을 기꺼이 헤매는 관계. 가시거리가 고작 10미터에 불과한, 통행 제한이 걸린 좁다란 길을 겁도 없이 걷고 있다. 누가 뒤에서 떠미는 것도 아닌데…….

뿌연 안개가 걷히면 그 길의 끝에 무엇이 있을지. 아니, 숨 막히도록 짙은 그 안개가 걷히기는 할지. 선명한 것은 아무것도 없었다. 기대하면 안 되는 관계를 시작해 놓고, 그 길의 끝에 무언가 따스한 게 기다리고 있길 기대하는 바보가 바로 수연 자신이라는 사실 하나만큼은 명확했다.

이윽고 멍하니 초점이 흐려졌던 수연의 눈썹이 설핏 찌푸려졌다. 정말이지 제멋대로인 남자라고…… 생각했는데 정작 제멋대로인 것은 수연 자신이었다. 제멋대로 기대하고, 제멋대로 의미를 부여하고.

'제 말은…… 이 관계가 끝났을 때에도…… 제게 해가 되는 일은……'

'끝나면 끝인 거지 무슨 해씩이나.'

이래서는 이 관계가 끝났을 때 가장 해가 되는 것은 다른 어느 것도 아닌 제멋대로 날뛰는 스스로의 감정이었다. 수연은 문득 그와 몸을 섞을 때 한계까지 몰아붙이던 지헌의 거친 행위를 떠올렸다. 사실 그는 처음부터 지금까지 쭉 일관적이었다. 달라진 것은 그에게서 작은 다정함 한 조각이라도 찾아보려고 애쓰는 자신에게 있었다. 애잔하기 짝이 없는…….

미간을 좁히며 새로이 팥을 듬뿍 얹은 팥빙수에 집중한 미주는 그 질문을 마지막으로 더 이상 묻지 않았다.

'더 이상 감정이 깊어지면 위험해.'

수연은 잠시 멍해진 얼굴로 고개를 끄덕거리는 것으로 대답을 대신하고 얼음이 녹진하게 녹은 팥빙수 그릇 안을 의미 없이 휘저었다.

□　◆　□

수연은 백화점과 연결된 전철역에서 미주와 헤어진 후 조금 더 걸었다. 느린 걸음으로 10분 정도 걸으니 너른 호수가 나왔다. 저녁 식사를 했던 백화점 안 식당의 창가에서 호젓하게 내려다보던 호수이기도 했다.

백화점 정문 앞은 금요일 밤을 즐기러 나온 인파와 차량들로 대낮처럼 밝고 북적거렸다. 정신없는 거리 한가운데에 넋을 놓고 서 있기도 싫었을뿐더러, 회사와 멀지 않아 도처에 보는 눈이 도사리고 있을지 모를 그곳에서 버젓이 지헌과 합류할 생각은 전혀 없었다.

백화점이 있는 거리에서 한 블록만 벗어나도 와자지껄한 분위기는 자취도 없이 사라졌다. 수연은 호수 공원 쪽으로 난 길을 자박자박 걸었다. 가로수의 넓적한 잎사귀가 밤바람에 팔랑거리는 것을 올려다보면서 느릿느릿 발걸음을 옮기자, 시끄럽던 거리만큼이나 복잡하던 머릿속이 고요해졌다.

호수 둘레길로 이어지는 입구를 그냥 지나친 수연은 호수 공원 주차장을 향해 걸었다. 뻥 뚫린 호숫가에서 불어오는 바람이 상쾌하고 선선해서 조금은 홀가분한 기분이 들었다. 간간이 주황색 가로등이 켜진 주차장으로 들어서자, 낯익은 인영이 차에 기대어 서 있었다.

언제까지 그곳으로 가겠다는 약속 시간은 정하지 않았다. 지헌 역시 그곳에 도착해서 기다리고 있다는 말은 특별히 하지 않았다. 그는 그저 어느새 엔진의 열기가 차게 식은 보닛에 비스듬히 기대어 선 채 수연을 바라보고 있었다.

그것이 지헌에게는 참 이상하고 신선한 시간이었다. 누군가를 기약 없이 기다리는 시간이 주는 조바심이 명치 아래를 간지럽게 했다가 이따금씩 심장을 쥐어짜듯 옥죄어 왔다.

차 뒷좌석에는 검토하다 만 서류 뭉치가 어지간히 쌓여 있고 메일로 접수된 이슈도 여럿이었다. 그중 몇 가지 문제들은 거뜬히 해결할 수 있었을 법한 제법 긴, 유난히 느릿하게 흘러가는 시간이었다.

하지만 왠지 그냥 아무것도 하지 않고 온전히 기다리고 싶은 기분이 들었다. 호숫가의 주차장 입구에 시선을 고정하고 언제 그 살랑거리는 그림자가 나타날지 기다리며 하염없이 흘려보내는 시간이 그다지 아깝지가 않았다.

그리고 그곳에 차분한 발걸음을 가진 익숙한 그림자가 나타났을 때, 비로소 그 기다림이 충분히 가치 있는 시간이었음에 지헌은 소리 없이 웃었다. 기다림에서 온 잔잔한 조바심은 어느새 얼른 몸을 가까이 붙이고 싶은 농도 짙은 조바심으로 바뀌었다.

수연은 흔한 손 인사조차 없이 고요하게 서 있는 지헌의 곁으로 다가갔다. 손을 뻗어 닿을 만큼 가까워졌을 때, 지헌은 팔을 내밀어 수연의 몸을 불쑥 끌어당기며 다른 한 손으로는 수연의 얼굴을 감싸 쥐었다.

한순간에 수연은 지헌의 단단한 허벅지 사이에 갇힌 상태가 되었다. 순식간에 끌어당긴 조급한 몸짓과는 달리, 지헌은 수연의 얼굴을 찬찬히 쓰다듬었다. 지헌의 엄지가 수연의 볼을 느릿하게 쓸고 지나갔다.

수연의 촘촘하고 긴 속눈썹이 내려앉으며 그림자를 만들었다. 지헌은 밤기운에 차가워진 수연의 귓불을 비볐다. 얄팍하고 부드러운 살이 손끝 아래에서 뭉개졌다. 물끄러미 바라보는 시선에 왠지 모를 초조함이 느껴질 무렵, 지헌이 수연의 입술에 가벼이 와 닿았다.

두드리듯 입술을 건드리고 서서히 빨다가 뭉근하게 뭉개뜨렸다. 자연스럽게 벌어진 입술 사이로 지헌의 혀가 느릿하게 침범했다. 서두르지 않고 느긋하게. 이유 모를 초조한 조바심이 목구멍 바로 아래까지 넘실거릴수록 지헌은 더욱 유유자적하게 수연을 느끼며 입술을 빨았다.

부드러운 입술을 문지르고 말캉한 혀 사이를 마음껏 유영했다. 아무도 닿지 않는 망망대해에 홀로 둥둥 떠 파도에 휩쓸리듯 모든 감각이 아득해졌다. 뜨겁게 달아오른 숨이 수연의 잇새로 흘러 나갔다.

입술을 겹쳐 왔을 때처럼 나붓하게 지헌의 입술이 천천히 떨어졌다. 어두운 밤 아래 수연의 눈동자가 나른하게 풀려 있었다. 지헌은 늘 또렷하게 반짝거리는 수연의 그 까만 눈이 자신의 품 안에서 몽롱하게 허물어지는 순간이 말도 못 하게 짜릿했다. 점점 초점이 돌아오는 동공을 빤히 응시하며 지헌이 말했다.

"오랜만이네."

고작 반나절밖에 되지 않았는데.

하지만 수연은 왠지 그가 어떤 의미에서 하는 말인지 알 것 같은 기분에 휩싸여 그저 고개를 끄덕였다. 이상한 일이었다. 모든 게 희미하게만 느껴졌다. 미주와 마주 앉아 있던 시간조차 아주 오래전에 있었던 일처럼 흐릿했다.

지헌은 수연의 얼굴을 감싸 쥐고 있던 손을 미끄러지듯 내려뜨려 수연의 가느다란 허리를 양손으로 가볍게 움켜쥐고 말했다.

"좀 걷다 갈까요?"

수연은 지헌의 고요한 얼굴을 바라보았다. 짐짓 무심해 보이기까지 한 얼굴. 이 남자는 지금 무슨 생각을 하고 있을까?

이 호수 주위에 줄지어 늘어서 있는 아파트 단지에 얼마나 많은 수의 회사 사람들이 거주하는지 그도 모를 리 없다. 금요일 밤에 이 호숫가를 산책한다는 것은 점심시간에 회사 잔디밭에서 나란히 손을 잡고 걷는 것과 마찬가지인, 대책 없는 일인 것이다. 물론 그 호숫가 주차장에서 이렇게 몸을 딱 붙이고 선 채로 그걸 지적하기에는 설득력이 좀 떨어지기는 하지만…….

그것과 별개로, 지헌의 다리 사이에 갇혀 있는 사람으로서 판단하기에 그가 현재 여유롭게 산책이나 즐길 만한 몸 상태가 아닌 것으로 보인다는 점도 수연이 밤 산책을 꺼리게 된 데에 크게 한몫을 했다. 태연하고 여유롭게 내려다보는 고고한 얼굴과는 달리 수연의 아랫배를 묵직하게 찌르는 기세는 전혀 여유로워 보이지가 않았다.

"아니요. 그냥 가요."

"정색하시기는."

지헌이 픽 웃으며 양손으로 고정시키듯 붙잡고 있던 수연의 허리를 풀어 주었다. 그러고는 아무렇지 않게 차에 기대어 있던 몸을 일으키고 수연의 손을 잡아끌었다. 차 앞을 빙 돌아 조수석에 수연이 들어가 앉도록 문을 열어 주었다.

탁 하는 소리와 함께 가볍게 조수석 문이 닫히고, 수연은 안전벨트를 매면서 차 앞으로 걸어가는 지헌의 모습을 천천히 눈으로 좇았다. 빠르지 않은 걸음으로 느릿하게 걷는 지헌은 그 모습에서조차 어떤 것에도 급급하지 않고 모든 걸 손안에 쥐고 있는 사람의 여유가 비쳤다.

조수석에 앉아 주황색 가로등 불빛을 받은 지헌의 옆모습을 보고 있는 것이 약간은 비현실적으로 느껴졌다. 회사에서는 손 하나 꼼짝 않고 하나부터 열까지 해다 바치기를 자연스럽게 여기는 지헌이 이렇듯 종종 매너인지 배려인지 모를 행동으로 수연을 모시듯 대할 때면 문득 묘한 기분에 휩싸이곤 했다.

차 문 한번, 출입문 한번 제 손으로 여는 법 없이 언제나 수연이 먼저 종종걸음으로 달려가 열어 드리고 극진하게 모셨던 지헌이니, 수연에게는 그 괴리감이 너무도 크게 느껴졌다. 이런 사소한 행동을 곱씹고 있는 것을 보면, 자신은 참으로 감동을 주기 쉬운 타입이라는 생각에 수연이 체념 섞인 한숨을 내쉬었다. 더 이상 감정이 깊어지지 않게 경계하자고 결심한 지 얼마나 지났다고, 이렇게 또 과대 해석과 의미 부여를 번갈아 하는 꼴이라니…….

운전석에 오른 지헌은 수연이 안전벨트를 맨 모습을 흘끗 확인한 후 기어에 손을 얹었다.

"어디로 갈까요."

"네?"

우리가 갈 데가 한 곳밖에 더 있나요, 하는 표정으로 수연이 눈을 동그랗게 뜨고 지헌을 바라보았다. 지헌은 차를 미끄러트리듯 출발시키며 말했다.

"오늘도 기를 쓰고 한수연 씨 집으로 돌아갈 생각이라면, 아예 거기로 가서 하는 것도 나쁘지 않을 것 같은데. 여기서 거기가 더 가깝기도 하고. 내가 좀 급해서."

주차장에서 대로로 빠져나가는 지점에 차를 멈춰 세우고 지헌은 입꼬리를 말아 올리며 능청스럽게 말을 이었다.

"오늘은 한수연 씨 침대에서 해 보고 싶기도 하고."

수연은 지헌 쪽을 바라보았던 얼굴을 돌려 무릎 위에 올려놓았던 자신의 손을 내려다보았다. 지헌을 자신의 침대에 눕히고 싶은 마음은 전혀 들지 않았다. 아니, 무서웠다.

말하자면 일종의 요새처럼, 그의 침범으로부터 꽁꽁 숨겨 놓고 싶은 기분이었다. 언제든 다가올 끝을 맞이했을 때, 어떻게든 또 아무렇지 않게 살아갈 때. 그때 수연의 집에 남을 기억들을 홀로 더듬거리고 싶지 않았다. 지헌이 그곳을 잠시 스쳐 가기만 하더라도, 깊은 체향과 지워지지 않을 강렬한 흔적들을 선명하게 남기리라는 분명한 예감이 들었다.

"저는 상무님 침대가 좋아요."

수연은 맞잡은 자신의 손에 시선을 고정한 채로 말했다. 짧고 동그랗게 깎은 왼쪽 엄지손톱을 오른손 엄지의 손끝으로 문질렀다. 그 손에 흘끗 시선을 던지며 지헌이 물었다.

"왜?"

"……넓잖아요. 둘이 쓰기에 제 침대는 너무 좁아요. 싱글 침대예요."

변명하듯 늘어놓는 수연의 말을 듣고 지헌은 싱거운 웃음을 지었다. 그 웃음소리에 수연은 겨우 그 정도 허접한 변명거리밖에 꺼내지 못한 자신의 대처 능력이 한탄스러웠다.

"얼마나 좁을지 기대되는데. 더 달라붙을 수 있잖아."

지헌은 농담인지 진담인지 모를 말을 전혀 웃음기 없는 얼굴로 뱉으며 대기 신호가 들어온 신호등 앞에 차를 멈춰 세웠다. 완전히 차가 멈춰 서자, 지헌은 내비게이션의 검색 버튼을 툭 눌렀다. 그 행동이 내포한 의미가 집 주소를 부르라는 뜻이라는 것을 금세 눈치챈 수연은 또 다른 변명을 쥐어짜 냈다.

"안 돼요. ……무너져요. 상무님까지 누우면 무너질 거예요. 제 침대."

지헌이 픽 웃음을 터뜨렸다.

"침대는 쉽게 무너지지 않아요. 사람 두 명 정도가 같이 올라갔다고 무너질 침대라면, 지금 당장 튼튼한 새 침대로 바꿔 주고 싶은데."

"아니. 그러니까. 그…… 단순히 그냥 누웠다고 무너지지는 않겠지만……."

"않겠지만?"

"움직이실 거잖아요."

말을 이어 갈수록 수연의 얼굴이 벌겋게 물들었다. 마지막 말을 뱉을 즈음엔 아예 눈을 질끈 감아 버렸다.

이딴 어이없는 변명이나 늘어놓게 될 줄 알았다면, 차라리 처음부터 그냥 내 비게이션에 집 주소를 찍어 드릴걸. 하는 마음이 진심으로 우러나왔다. 뱉은 말을 주워 담을 수만 있다면…….

수연의 말과 당황한 얼굴을 하나도 놓치지 않고 관찰한 지헌은 결국 꾹 참던 웃음을 터뜨렸다.

"움직이겠지. 안 움직이고 할 수는 없잖아."

지헌이 중간중간 참지 못한, 아니 그다지 참을 생각이 없어 보이는 웃음을 흘리며 말했다.

"일리 있는 말이네. 한수연 씨를 만족시키려면 싱글 침대 정도는 무너뜨릴 각오로 움직여야지."

"……."

"오늘 힘 좀 더 쓰라는 말로 알게요."

지헌이 뱉는 말에는 놀리는 기색이 가득했다. 수연은 달아오른 얼굴을 식히려 조수석 창문을 살짝 내려 바람이 불어오는 쪽으로 얼굴을 돌렸다.

"그만 놀리세요."

"알았어요. 한수연 씨 침대를 무너뜨릴 순 없으니까. 내 침대로 갑시다."

집에 가는 동안 지헌은 무슨 대단한 유머라도 곱씹듯 주기적으로 큭큭거리는 웃음을 삼켰다. 그럴 때마다 수연은 애꿎은 조수석 창문을 내려서 바깥에서 부터 불어오는 찬바람을 쐬었다가, 그의 웃음소리가 잦아들면 창문 올리기를 반복했다.

음악조차 틀지 않는 지헌의 운전 습관은 여전했다. 수연은 문득 처음 그와 단둘이 차 안에 앉아 숨 막히는 듯한 정적에 버거워했던 때를 떠올렸다. 차 안 에는 여전히 정적이 흐르기는 했지만 적어도 산소가 부족하다든가 질식할 것 같은 느낌은 더 이상 없었다.

이따금씩 툭 던지는 것 같은 질문에 대답하는 것으로 대화가 이어졌다. 오늘 누구와 만나, 무엇을 했고 저녁으로 어떤 메뉴를 먹었는지…… 같은. 대답을 망설일 필요도, 고민할 필요도 없는 그런 아주 소소한.

□　◆　□

"뭐 좀 마실래요? 아, 술은 빼고."

주방으로 들어선 지헌은 슈트 상의를 벗어서 아일랜드 식탁 위에 아무렇게 나 던져 올리고 말했다. 미주와 단둘이 메뉴 네 개를 깨끗하게 비운 데다가 각 자 팥빙수도 하나씩 먹은 상태라 위에는 더 이상 아무것도 들어갈 공간이 남 아 있지 않았다. 수연은 내동댕이쳐진 지헌의 외투를 들어 올려 의자 팔걸이에 가지런하게 걸쳐 놓으며 물 한 잔을 부탁했다. 지헌은 냉장고에서 생수 하나를 꺼내 컵에 따른 후 수연에게 건넸다.

"욕실 안에 가운, 한수연 씨 입으라고 걸어 놓은 거니까 그거 입어요."

자신도 한 컵 따라 한 번에 들이켠 지헌은 여상한 말투로 명령하듯 말하고는 집 안 복도를 걸어 멀어져 갔다.

달각.

머리 꼭대기로 쏟아지던 물을 잠그고 샤워 부스에서 걸어 나온 수연은 수건 으로 몸을 닦으며 욕실 벽을 흘끗 바라보았다. 그곳에는 두 벌의 샤워 가운이 걸려 있었다. 각각 남성용과 여성용인 듯 폭과 길이가 확연히 차이가 났다.

왠지 모르게 낯이 뜨거웠다. 지헌이 직접 구매해 걸어 놓았을 리는 만무하고, 일하는 아주머니께 어떠한 설명과 함께 여성용 가운을 구비해 놓으라 지시했을 걸 생각하면, 그 앞에 서 있기라도 한 것처럼 창피한 기분이었다.

입으라고 가져다 놓고 일부러 따로 언급까지 한 마당에 쌩하니 무시하고 청개구리처럼 꾸역꾸역 제 옷을 꿰어 입고 나가는 것도 이상해 보였다. 무엇보다 샤워 후 습기가 남은 몸에 옷을 걸치는 것보다는 보송보송한 가운을 걸치는 쪽이 훨씬 편안하기도 하고. 수연은 큰 결심을 굳힌 듯 엄숙한 표정으로 벽에 걸린 샤워 가운을 끄집어 내렸다.

수연은 진지한 표정으로 벗어 놓은 옷가지들을 욕실 한쪽에 가지런히 정리해 놓은 다음 맨몸 위에 샤워 가운만 걸쳐 입었다.

누구는 맨몸으로도 집 안을 잘만 돌아다니는 데다, 훌렁훌렁 잘만 벗어 재끼는데 이게 뭐라고……. 어차피 벗을 거. 스스로에게 용기를 부여한 수연은 허리끈을 꽉 매고 가운데에 커다란 리본을 만들었다.

욕실 문을 열고 바깥으로 나가니 이미 샤워를 마친 지헌이 와 있었다. 지헌은 역시 맨몸에 샤워 가운만 걸친 채 침대 헤드에 등을 기대고 앉아 있었다. 헐겁게 여민 가운의 벌어진 앞섶 사이로 근사한 가슴 근육이 훤히 드러났다.

"……유실된 데이터는 복구 가능합니까?"

지헌은 핸드폰을 귀 옆에 끼우고 전화를 하고 있었다. 얼핏 들리는 통화 내용에 따르면 미국의 블록체인 소프트웨어와 관련하여 아침부터 무언가 문제가 발생한 상황 같았다. 통화에 방해가 될 것 같아 방의 중간에 멈춰 서 있는 수연에게 지헌은 가까이 오라는 눈짓을 보냈다.

통화 상대방이 주로 길게 상황을 보고하고, 지헌이 중간중간 짧막한 질문을 하는 식이었다. 아무래도 잠시 밖에 나가 있는 게 낫지 않을까 생각하는 찰나에, 지헌은 다시 한번 가까이 오라는 의미에서 수연을 향해 손을 내밀었다.

수연의 머뭇거리는 발걸음이 결국 지헌의 손길이 닿는 곳까지 가까워지자 그는 수연의 팔을 당겨서 단숨에 자신의 허벅지 위에 앉혀 올렸다. 더운 욕실의 습기에 발갛게 상기된 수연의 뺨을 한동안 쓰다듬던 손은 일시에 태세를 전환하여 아래쪽으로 미끄러졌다.

단단하게 여며 놓았던 샤워 가운 앞섶을 서슴없이 파고든 손은 옷깃 틈을 충분히 벌리며 단숨에 가슴을 바깥으로 꺼내 놓았다. 수연은 놀란 눈을 동그랗게 뜨며 지헌의 어깨를 짚었다. 두툼한 샤워 가운 안에 따뜻하게 숨어 있었던 젖꼭지에 서늘한 바깥 공기가 닿았다.

지헌은 연한색의 유두를 빤히 내려다보면서 수화기 너머의 상대에게 또 한 번 짤막한 질문을 던질 뿐이었다. 그렇게 태연히 통화를 이어 가며 손가락 사이에 유두를 끼우고 야릇하게 문질거린다. 단숨에 꼿꼿하게 곤두서는 것은 예쁜 젖꼭지뿐만 아니라, 수연의 가느다란 등허리도 함께였다.

그는 부끄러움에 눈을 내리뜬 수연의 얼굴을 흘긋 살폈다. 수연은 소리를 내지 않으려는 의지의 표명인지 입술 끝을 깨물고 있었다. 그 모습에 한밤중의 섹스를 앞두고 걸려 온 업무 통화가 불러온 짜증은 온데간데없이 사라지고 피식 웃음이 나왔다.

짓궂은 손끝으로 유두를 비벼 대고 잡아당기다가 튕기듯 놓아 주었다. 수연이 허리를 바르르 떠는 것을 기분 좋게 감상하면서 지헌은 커다란 손아귀에 가슴을 가득 움켜쥐고 마음대로 주물럭거렸다. 주무르는 대로 모양이 이지러지는 부드러운 가슴을 쥐고 멋대로 가지고 노는 사이 수연은 지헌의 어깨에 머리를 기대었다.

지헌은 얌전하게 기대어 견디는 수연의 반응이 대견하면서도 왠지 더욱 놀리고 싶은 마음이 일었다. 놀라서 눈을 동그랗게 뜨고 허둥거리는 모습이 보고 싶었다. 자신에게 이런 유치하고 다소 가학적인 면모가 있었다는 사실을 일깨워 주는 유일한 존재가 아닐 수 없다.

그는 가슴을 주무르던 손을 미끄러뜨려 수연의 다리 사이로 뻗었다. 역시나 예상했던 대로 수연은 몸을 파르르 떨면서 지헌에게 반쯤 기대었던 상체를 일으켜 세웠다. 눈을 흘기며 손가락으로 지헌이 귀에 붙이고 있는 핸드폰을 가리키는 것을 보면 이 이상은 통화 끊고 하자는 의미인 듯한데, 그 뜻을 들어줄 생각은 없었다.

아랑곳하지 않는 지헌의 손가락이 망설임 없이 수연의 안으로 파고들었다. 지헌의 어깨를 꽤 강하게 움켜쥐는 나름의 반항적인 태도와는 달리 수연의 아래는 이미 흠뻑 젖어 있었다. 손끝을 미끄럽게 하는 흥건한 애액에 지헌은 입술 사이를 비집고 흘러나오는 웃음을 참기 어려웠다.

처음에는 적당히 놀리고 싶은 기분으로 손가락 한 개만 밀어 넣고 안을 휘저었으나, 기다란 손가락을 쫙쫙 빨아 당기는 내벽의 뜨거움에 마음이 변하는 건 금방이었다. 지헌은 본격적으로 놀아 볼 생각에 손가락 개수를 늘려 볼 계획으로 수연의 안에 넣어 놓았던 손을 느릿하게 꺼내었다. 가느다랗고 발칙한 손이 지헌의 가운 안으로 더듬거리며 들어온 것은 바로 그 순간이었다.

주로 무의식중에 나오는 행동이지만, 지헌은 통화 중에 눈앞에 보이는 무언가를 느릿느릿 문지르는 자신의 습관을 알고 있다. 그것은 손에 쥐고 있던 만년필일 때도 있고, 들여다보고 있던 태블릿의 귀퉁이일 때도 있다. 그것이 무엇이 되었든 간에 만년필이나, 태블릿이 되레 지헌을 더듬어 온 경우는 이제껏 없었다.

그랬기에 가운 안으로 파고들어 온 수연의 손이 마치 자신이 당한 바를 되짚어 오듯 지헌의 사타구니를 만지작거리기 시작하자, 이제껏 지헌이 고수하던 여유로운 태도가 다소 흐트러졌다. 그녀의 안을 탐욕스럽게 희롱하던 손가락이 얼어붙듯 굳어지자, 수연의 입술 끝에 작은 희열이 담긴 미소가 맺혔다.

엄연한 상사의 업무 통화를 방해하고 있다는 점이 역시 마음에 걸리기는 하지만, 자신이 가만히 있다고 해서 그가 통화에만 집중하지는 않았을 것이므로 변명의 여지가 충분했다. 수연은 다시금 지헌의 어깨에 고개를 기대며 자신의 손이 닿아 있는 곳으로 시선을 내렸다.

지헌은 핸드폰을 고쳐 잡으며 수연의 발칙한 손과 수줍은 얼굴을 번갈아 보았다. 그녀는 굉장한 계략이라도 꾸미는 표정을 짓고 있었지만, 사실상 그녀가 행하는 역공이 그리 대단치는 못한 수준이었다. 허술하게 엮인 허리끈 매듭을 풀어 재낀 손은 흉흉하게 고개를 들고 서 있는 페니스에는 차마 직접 닿지 못하고 주변만 전전하고 있었다. 그런데도 잔뜩 팽창한 그의 물건은 그 발칙한 손길이 닿기를 염원하듯 꺼떡거렸다.

지헌은 소리 내어 실소를 흘렸다. 자신이 왜 이토록 발정 난 짐승 새끼처럼 굴고 있는지 깨달음에서 나온 허무한 실소였다.

그러니까 한수연은…… 누구든 좆 달린 새끼라면 손쉽게 돌아 버리게 만들 여자임에 틀림없었다. 그러니까 기본적으로 약간 미친 상태에, 이 여자한테 조금 더 미쳐 달라붙는다는 사실 하나가 추가되었다고 한들 그리 절망할 필요는 없다는 긍정적인 결론에 이르렀다.

주절주절 난감한 현황 보고를 읊던 통화 상대방이 잠시 말을 멈추자, 지헌은 전화 너머로 계속하라는 말과 함께 수연에게 손을 뻗었다. 모처럼 낸 용기인데 조금 더 북돋아 주기로 마음먹은 지헌은 수연의 손을 끌어다가 터질 듯이 부푼 그의 물건 위에 얹어 주었다.

수연과 눈이 마주치자 지헌이 장난스러운 얼굴로 한쪽 눈을 찡그렸다. 그 능청스럽고 근사한 윙크에 수연은 벌어진 입술을 다물고 단단한 감촉이 닿은 자신의 손끝을 내려다보았다.

발갛게 달아오른 얼굴에는 숨길 수 없는 호기심이 깃들었다. 이제 충분히 익숙해질 법한 존재라 할 수 있지만, 여전히 낯설기만 한 흉기에 가까운 외형이었다. 흉기라고 폄하하기는 했지만 사실 싫지는 않았다. 이 흉기가 주는 까무룩한 쾌락을 모르는 바가 아니었으니.

수연은 그저 신기한 눈으로 헐겁게 쥔 손안에서 거대한 존재감을 과시하는 그의 것을 바라보았다. 어떻게 이렇게 딱딱하고 커다랄 수 있는지. 이렇게 부담스러운 것을 평소에 아무렇지 않게 바지 안에 점잖이 숨길 수 있는지. 이렇게 말도 안 되게 과격한 것이 제 안에 드나들 수 있는지…….

불현듯 커다란 손이 내려와 느슨하게 쥔 그녀의 손을 감싸 쥐었다. 마음껏 눈으로 감상만 할 뿐, 도무지 움직일 생각이 없어 보이는 수연을 도와주려는 의도였다. 지헌에게 붙잡힌 손이 천천히 움직여 굵다란 기둥을 위아래로 길게 쓸었다.

이미 귀두 끝에서 흘러나온 쿠퍼액으로 매끄럽게 젖은 기둥을 쓸어내리자 얇은 표피가 부드럽게 밀리고 줄기처럼 감긴 핏줄이 거칠게 꿈틀거린다. 한결 더 단단해지는 손아래의 감촉에 수연은 무심코 얕은 탄식을 터뜨렸다. 정작 잔뜩 흥분이 오른 그 물건의 주인은 그럴듯하게 꾸며 낸 침착한 목소리로 통화를 이어 가는 것이 놀라울 따름이었다.

"네. 추후 상황은 메일로 부탁합니다. 그럼."

수연이 음란한 손장난에 빠져 있는 동안 지지부진하게 이어진 통화를 겨우 끝맺은 지헌은 핸드폰을 옆의 협탁에 탁 내려놓았다. 그 움직임에 지헌의 어깨에 살며시 기대고 있던 수연이 고개를 들었다. 지헌은 수연의 머리카락 사이로 손을 집어넣어 부드러운 목덜미를 쓰다듬으며 말했다.

"맛있어 보여요?"

어떻게 저런 망측한 소리를 아무렇지 않은 표정으로 하는 걸까.

수연은 새삼스러운 경탄을 하며, 이제껏 지헌의 몸을 주춤주춤 만지고 있던 손을 빠르게 떼어 냈다.

"무슨. 그런……. 좀 신기해서 본 것뿐이에요."

"새삼스럽게 신기하긴."

자부심이 꽤나 드높아 보이는 지헌의 얼굴을 보고 있자니, 늘 가진 자의 여유가 다분히 흘러넘치던 지헌의 자신감의 원천이 그가 가진 재력뿐만이 아닐 거라는 사실을 어렴풋하게 짐작할 수 있었다. 겸양을 미덕으로 배우고 자란 사람으로서 약간은 지헌을 눌러 주고 싶은 느닷없는 충동에 휩싸인 수연이 말했다.

"칭찬 아닌데. 흉측하게 생겼어요."

"그렇게 생겼어도 맛은 좋을걸."

"미쳤나 봐……."

"먹어 봐요."

지헌은 천연덕스러운 말과 함께 제 허벅지에 올라앉은 수연의 엉덩이를 꼬집듯 움켜쥐며 재촉했다.

"먹어 봐. 맛있을 거야."

어째서 말하는 사람은 저리도 아무렇지 않게 당당한데, 듣는 사람이 더 안절부절못하게 되는 건지 알 수 없었다. 사실 특별히 거부감이 드는 요구라 생각하여 망설이는 것은 아니었다. 오히려 지헌이 매번 수연에게 해 주는 성의 넘치는 애무를 생각하면 사뭇 불공평한 처사라고 생각한데도 할 말이 없었다.

단지 쑥스럽다고 해야 할지……. 요령이 없어서 허둥거리는 모습을 보여야 한다는 것이 창피하기 때문이었다. 어떻게 해야 할지 전혀 알지 못하는 영역의 일이다 보니, 어디서 교본이라도 보고 배워 온다면 모를까.

"그래. 싫으면 어쩔 수 없지."

지헌은 산뜻하게 고개를 끄덕거리며 협탁 쪽으로 반쯤 몸을 돌려 손을 뻗었다.

강요할 생각은 전혀 없고, 강요나 협박으로 얻어 내고 싶을 정도로 절실한 것도 아니었다. 눈알을 데굴데굴 굴리면서 의도적으로 눈을 피하고 곤란해하는 얼굴이 재밌어서, 그 얼굴을 한 번 더 보고 싶어서 하는 장난 섞인 말일 뿐이었다.

그때, 시선을 내리깐 수연의 조심스러운 목소리가 지헌의 귓등을 세게 때렸다.

"싫은 건 아니에요. 해 본 적 없어서…… 어떻게 해야 할지 모르겠어서 그래요."

일순 뒷덜미에 뜨거운 물을 뒤집어쓴 것처럼 열기가 치솟아 올랐다. 얼마간 숨을 고르자 맥없이 실소가 흘러나왔다. 지헌이 웃음기를 머금은 투로 선선하게 말했다.

"나도 처음인데? 누가 내 거 빨게 둔 적 없어."

"……거짓말."

얼마나 막 굴러먹은 인간으로 생각하는 건지.

영 믿지 못하는 표정의 수연이 눈을 가느스름하게 뜨고 아무렇지 않게 웃고 있는 지헌의 얼굴과 그런 순간에조차 흉흉하게 꺼떡거리는 페니스를 번갈아 바라보았다. 어느 순간 수연의 눈길이 지헌의 얼굴에 머무는 시간보다 아래쪽을 향한 시간이 더 길어지는가 싶더니, 수연의 얼굴이 불시에 아래로 향했다.

잠시간은 시간이 정지한 것처럼 모든 사고가 멈추었다. 도저히 예측 불가능한 여자였다. 한수연은.

뒤통수를 세게 때려 맞은 것처럼 뻐근해지고 흥분으로 눈앞이 흐려졌다. 지헌은 아득한 시선으로 수연의 뒤통수를 내려다보았다.

몹시 충동적이었다. 수연이 입을 힘껏 벌려 그것을 입에 문 것은.

눈을 질끈 감고 용기를 쥐어짠 것에 비해, 아주 괴상한 촉감이 느껴지거나 충격적인 경험이랄 것은 없었다. 그저 몹시 뜨겁고 조금 버거운 크기라는 정도의 인식. 수연은 선단만 겨우 문 채로 슬쩍 눈을 가늘게 떴다.

침대 맡에 느슨하게 기댄 채 흥분으로 눈시울이 붉어진 지헌과 눈이 마주쳤다. 시선이 마주치는 순간, 입안에 빠듯하게 들어찬 성기의 기둥이 불끈거리며 크기를 키웠다.

이윽고 지헌의 커다란 손이 수연의 뒤통수를 가볍게 움켜잡았다. 누가 먼저랄 것도 없이, 수연이 다시 고개를 숙였고 지헌은 수연의 뒤통수를 쥔 손에 힘을 주었다. 조금 더 안쪽까지 애써서 삼키자, 나른한 신음이 흩어진다. 수연이 머리를 앞뒤로 조심스럽게 움직일 때마다 낮게 엎드린 자세를 유지하기 위해 손으로 짚은 지헌의 허벅지에 단단하게 힘이 들어가는 게 고스란히 느껴졌다.

기둥은 아주 단단하고, 끄트머리는 뭉툭하지만 부드러웠다. 날것으로 날뛰는 짙은 흥분의 냄새가 났다. 입안의 점막에 기둥에 돋아 있는 힘줄까지 고스란히 느껴질 정도로 수연은 어느새 몰입해 있었다. 재주껏 흡입하는 대로 그가 나지막하게 소리를 내는 게 좋았다. 지헌의 손이 수연의 뒤통수를 받치고 흥분에 겨워 움직이는 박자에 맞춰 머리를 움직이며 쪽쪽 빨아 삼키던 수연은 이윽고 살며시 눈만 들어 지헌을 올려다보았다.

얼굴을 뒤로 젖힌 지헌은 더운 숨을 뱉으며 마른침을 삼켰다. 적나라하게 요동치는 목울대가 시선을 사로잡았다. 깎아 놓은 조각 같은 얼굴이 욕망에 달뜬 숨을 내쉬었다. 단단한 가슴이 거칠어진 숨을 내쉴 때마다 눈에 띄게 오르내렸다. 살짝 벌어져 있던 입술이 일순 다물리더니, 지헌이 내리감고 있던 눈을 가느스름하게 뜨고 수연을 직시했다.

지헌의 시선이 수연의 온몸을 배회했다. 수연이 고개를 살짝 기울이자 매끄러운 볼이 귀두에 밀려 뭉툭하게 솟아올랐다.

"한수연. 너……."

그저 무의식중에 입을 열었지만, 지헌은 할 말을 찾지 못했다. 이렇게 멍청한 기분은 처음이었다. 머릿속의 모든 게 우르르 빠져나가고 눈앞의 광경만이 뇌리에 박혀 눈자위가 지끈거릴 지경이었다.

얼굴만 순진해 빠진 여자에 완전히 홀려서 넋이 나간 채로 정신이 오락가락하는 제 모습에 실소가 나올 것 같은 기분이지만, 실제로는 전혀 웃음이 나오지 않았다. 지헌의 입에서 더운 숨이 쏟아지는 만큼, 수연의 얼굴 역시 달뜬 열기로 붉게 달아올라 있었다. 무척이나 부끄럽다는 얼굴을 한 주제에, 지헌과 시선이 마주쳤음에도 수연은 그의 물건을 열심히 빠는 짓을 멈추지 않았다. 그 성실하고도 열띤 모습에.

"그만. 한수연, 그만. 미칠 것 같으니까."

하마터면 입에 쌀 뻔했다. 거칠게 머리를 쓸어 넘긴 지헌은 아무것도 모르고 순진한 얼굴로 몰두해 있는 수연의 몸을 급하게 잡아 일으켜 올렸다. 키스를 해야겠다는 사명감 같은 격한 의지에 사로잡혀 지헌은 물어뜯듯이 수연의 입술을 찾았다. 물에 빠져 허우적거리다 사점에 이르렀을 때에야 겨우 숨을 나눠 줄 유일한 사람을 붙잡은 것처럼 격렬하게 입술을 겹치고 다급하게 혀를 밀어 넣었다.

수연은 지헌이 파고드는 대로 입을 크게 벌리고 그를 받았다. 허리를 꽉 끌어안은 지헌이 손에 힘을 주어 당기자 찌르르 온몸에 전기가 돌았다. 수연은 저도 모르게 몸을 들썩이며 지헌의 목에 팔을 두르고 그의 머리카락을 움켜잡았다.

입술을 놓아 주자마자, 지헌은 어깨에 걸려 있는 가운을 스스로 벗어젖히고 성성하게 발기한 성기에 콘돔을 씌웠다. 준비를 마친 지헌은 얕게 숨을 내쉬며 제 위에 어설프게 앉아 있는 수연의 음부를 쓰윽 훑었다. 손끝에 흥건한 물기가 느껴졌다.

"못 하겠다고 할 때는 언제고. 내 거 빨면서 혼자서 벌써 이렇게 적시고 있으면 어떻게 해요. 오늘은 내가 딱히 안 빨아 줘도 되겠는데?"

지헌은 손에 묻어난 물기를 맛보듯 핥아 올리며 짓궂게 웃었다. 그걸 본 수연이 눈살을 왈칵 찌푸리며 기겁을 했다.

"그걸 왜!"

"왜, 맛있는데. 맨날 얼굴 처박고도 먹는데, 왜 이제 와서 내외하세요. 한수연 씨."

태연하게 맞받아친 지헌은 무릎으로 어정쩡하게 서 있는 수연의 팔을 제 쪽으로 잡아끌었다. 수연은 양다리를 벌리고 지헌의 허벅지 위로 올라갔다. 살며시 아래쪽을 내려다보며 찌를 듯 무섭게 서 있는 페니스를 붙잡아 아래에 중심을 맞대었다.

젖은 질구에 뜨거운 선단이 닿은 것만으로 수연의 입에선 흐린 신음이 흘러나왔다. 입구를 맞춘 수연은 지헌의 어깨를 짚고 스스로 몸을 움직여 내리기 시작했다.

뭉툭한 귀두가 빠듯한 내부를 힘겹게 비집고 들어오는 느낌이 생생했다. 뻑뻑한 감각에 어깨가 절로 움츠러들었다. 잠시 멈춰 선 수연이 달뜬 숨을 연신 휘몰아 쉬자, 지헌의 손가락이 수연의 찌푸려진 미간을 쓸었다.

"아파요? 역시 내가 먼저 좀 풀어 줬어야 했나."

지헌의 물음에 수연이 고개를 끄덕거렸다. 지헌의 말처럼 늘 선행하던 행위가 생략된 탓인지 유독 빠듯하게 느껴졌다. 고갯짓으로 대신한 수연의 대답에 지헌은 눈썹을 살짝 찡그린 채 반쯤 웃는 말투로 말했다.

"그런 것 같아. 빌어먹게 좁아. 지금 너."

"읏……"

"이 자세 힘들면, 눕혀서 넣어 줄까요?"

왜 그런 다정한 말투로 망측한 소리를 하는 건데.

수연은 눈을 찡그린 채로 고개를 설레설레 저었다. 반쯤은 자존심, 반쯤은 오기로 결심을 굳힌 수연이 다리를 살짝 세워 벌어진 가운 사이로 드러나 있던 가슴을 지헌의 입 앞에 가져다 대었다.

허리를 감싸듯 쥐고 있던 지헌의 손이 멈칫 경직되었다. 뾰족하게 선 젖꼭지가 지헌의 굳어진 입술을 두드리듯 건드리자 지헌의 손에 힘이 들어갔다. 이윽고 하, 하고 작게 헛웃음을 터뜨린 지헌이 허탈한 표정으로 말했다.

"어쩌려고 이래. 한수연. 진짜 안 놔준다?"

대답할 새도 없이, 지헌이 흡입하듯 가슴을 빨아들였다. 수연의 몸이 쥐어짜듯 움츠러들고 하아, 만족감 넘치는 긴 신음이 흘러나왔다. 가슴을 입에 가득 머금고 빨면서 올려다보는 지헌과 눈이 마주치자 페니스를 반쯤 물고 있는 수연의 안쪽이 일시에 조여들었다. 술 한 잔 마시지 않았는데 만취한 기분에 사로잡혀 정신이 아득해졌다.

자신의 가슴을 집어삼키듯이 열렬하게 빨고 있는 사람이 도지헌이라는 사실이 여전히 믿기지 않아 몽롱하기만 했다. 하찮은 미물 보듯 내려다보던 표정, 갖은 괴상한 잡무를 시켜 놓고 감상하듯 입꼬리를 비틀어 올리던 성격 나쁜 상사의 표정은 더 이상 전혀 찾아볼 수 없었다. 그 괴리감에 어쩐지 심장에 묵직한 돌덩이가 내려앉는 기분이었다.

수연은 지헌의 단단한 어깨를 힘을 주어 움켜잡고 조금씩 몸을 내렸다. 수연이 움직이기 시작하자, 지헌은 손을 내려 단번에 클리토리스를 찾아 비벼 댔다. 들불이 타오르듯 일시에 그녀를 덮치는 견디기 어려운 감각에 수연은 턱을 치켜올리고 몸 안에 가득 찬 더운 숨을 뱉어 냈다.

"하으……. 으응……."

어느새 뜨겁게 달궈진 질구가 탐욕스럽게 뻐끔거리며 성기를 천천히 집어삼켰다. 두꺼운 기둥이 뚫을 듯 파고들어 오는 느낌. 색색거리는 가쁜 숨을 내쉬며 고개를 숙여 지헌의 이마에 이마를 맞대고 서로의 눈만을 응시하며 느리게 맞춰 나갔다.

지헌의 눈에는 당장이라도 몸을 뒤집듯 일으켜 제 욕심대로 사납게 움직이고 싶은 격렬한 욕망이 번뜩거렸다. 간혹 넘실거리는 충동을 참기 어려울 때는 수연의 허리를 억세게 움켜쥐며 자신의 손자국을 깊게 남겼다.

온몸에 저릿한 감각이 뻗치고 발끝까지 녹아 버릴 것처럼 흐물거렸다. 어느덧 완전히, 끝까지, 닿을 수 있는 정점까지 빈틈없이 서로 결합되자 몸 안에 뜨거운 맥동이 느껴졌다. 등골이 저릿하게 튀어 오른다. 아찔한 섬광과 함께 전신이 전율했다.

지헌을 꽉 차게 담은 수연은 설명할 수 없는 충만함에 긴 숨을 내쉬었다. 이 순간이 가장 좋았다. 잃어버린 조각을 찾은 것처럼 온전히 채워지는 느낌에 한없이 가슴이 벅차올랐다. 그에게 쉴 새 없이 입을 맞추고 싶기도, 너무 좋다고 속삭이고 싶기도 했다. 어쩐지 눈물이 나올 것만 같은 기분이었다.

수연은 입술을 깨물고 가만히 지헌의 목을 끌어안았다. 수연의 눈꺼풀이 내려앉는 순간, 눈꼬리에서 이어진 눈물 한 방울이 지헌의 어깨 위로 굴러떨어졌다. 스스로도 설명할 수 없는 이런 질척한 기분을 지헌이 알 리 없으니, 그것으로 된 것 같았다.

"그냥 이렇게…… 이러고 있을까요, 우리?"

지헌을 부둥켜안은 채 수연은 한숨 쉬듯 말했다. 그 말이 무어라고, 안쪽을 빈틈없이 채운 성기가 한 번 더 단단하게 팽창하는 게 느껴졌다.

"……침대 무너뜨려 달라던 한수연은 어디 가고?"

당장 허리를 추켜올리고 싶은 거센 충동을 억누르며, 지헌은 오히려 장난스러운 말을 뱉었다. 수연이 지헌의 어깨에 머리를 기댄 채 말갛게 웃었다.

그 웃음소리가 지헌의 어깨에 기묘한 감각을 남겼다. 어디선가 높은 곳에서 뚝 하고 곤두박질친 것 같은, 그래서 무엇이든 절실하게 붙들지 않으면 시멘트 바닥에 곧 머리를 처박을 것만 같은 불안하고 이상야릇한 감각이었다.

"하아……."

수연은 지헌의 얼굴을 감싸 쥐고, 무언가 쓸데없는 말을 늘어놓을 것만 같은 자신의 입을 그의 입술 위에 겹쳤다. 지헌은 난폭하게 움직이고 싶은 욕구를 조금이나마 풀어내듯 거칠게 입술을 물고 혀를 집어넣었다.

격렬하게 밀려오는 그의 열의에 수연은 지헌의 허벅지 위에 빈틈없이 붙이고 있던 엉덩이를 앞뒤로 천천히 움직였다. 애액이 뒤섞여 난잡하게 젖은 결합부에선 찌걱거리는 소리가 났다. 들어가기 빠듯했던 만큼 크고 두꺼운 페니스는 질구를 들락거리며 내벽을 녹일 듯이 자극했다.

수연은 가쁜 숨을 내쉬며 지헌의 얼굴을 마주 보았다. 짙어진 눈과 이마 한가운데에 불룩 솟은 핏대에서 극에 달한 그의 인내가 비쳤다. 터뜨릴 것처럼 수연의 엉덩이를 움켜잡고 있는 손에서도 한계에 달한 의지가 느껴졌다. 수연이 지헌의 눈을 똑바로 마주 본 채 속삭이듯 말했다.

"이제 마음대로 해도 좋아요……."

으웃. 속삭임의 끝에 놀란 숨이 터져 나왔다. 말하는 것과 동시에 수연의 몸이 순식간에 침대 위에 드러눕혀졌기 때문이었다. 서로 연결된 결합부를 풀지도 않은 채 수연을 거칠게 밀어 눕힌 지헌은 그대로 위를 타고 올라 수연을 내려다보았다.

"싫으면 말해. 이젠 내 맘대로 할 거니까."

싫을 리 없다는 것을 알고 있기에, 수연은 그저 고개를 끄덕거리며 팔을 들어 두 눈을 가렸다. 수연의 가느다란 허리를 움켜잡고 지헌은 응축시켰던 욕구를 한꺼번에 배출하듯 격하게 허리를 쳐올리기 시작했다. 구겨진 시트 위에서 수연의 몸이 마구잡이로 흔들렸다. 요동치듯 출렁거리는 가슴을 거칠게 움켜잡고 마구 주물럭거리자, 비명 같은 교성이 흩어졌다.

그녀에게 흉물이라고 불린 페니스가 말 그대로 흉흉한 기세로 들락거리고 있는 결합부를 지헌은 성마른 눈으로 응시했다. 탐욕스럽게 수연을 안고 있는 순간에도 온몸에 너절하게 퍼지는 이유 모를 갈증이 짜증스러웠다.

대체로 지헌이 겪는 짜증스러운 상황에는 명확한 이유가 있었다. 좆같이 쓴 허접한 보고서와 멍청한 부하 직원, 그 멍청한 직원이 상사의 지시를 개좆으로 알고 사 오라 지시한 작품의 구매에 실패했다고 전하는 안타까운 소식이라든가, 단순한 이슈 하나 알아서 해결하지 못해 바다 건너에까지 전화통을 돌리는 모지란 놈한테 사업을 맡겨 둬야 하는 신세라든지……. 지헌을 짜증스럽게 만드는 경우는 다양하지만 명확한 이유가 있는 만큼 해결 방안도 비교적 분명했다.

하지만 지금 겪는 이 지겨운 짜증에는 이유가 없다. 유일하고 명백한 해결 방안은 이 짜증을 아낌없이 선사한 존재, 말간 눈을 찡그리고 있는 이 죄 없는 여자를 마음껏 취하는 데에 있는데, 아무리 몸부림치듯 여자 안에 좆을 밀어 넣고 허리를 털어도 목이 타는 갈증은 도무지 해갈되지 않았다.

한번 미친놈은 영원한 미친놈이다. 결국 허접쓰레기 같은 결론을 짓고 지헌은 더욱 난폭하게 몸을 움직였다.

퍽, 퍼억, 요란하게 살을 때리는 소리가 울리고 안쪽에 고여 있던 애액이 짓쳐들어오는 성기에 밀려나듯 바깥으로 튀어 올랐다. 수연은 안쓰러울 정도로 가쁜 숨을 헐떡거렸다. 지헌은 개의치 않고 더욱더 속도를 높이며, 얇은 발목을 잡아채 더 벌어질 수도 없게 양쪽으로 활짝 벌렸다. 깊어진 결합에 수연이 흐윽, 하고 흐느끼는 신음을 뱉었다.

답답해 보일 정도로 단추를 목 끝까지 채우고 다니는 재미없는 취향의 단정한 여자를 이토록 야한 꼴로 만들어 놓아야 겨우 숨통이 트이는 기분이었다. 한때 어떻게 갈아 치울지 골몰했던 때가 있었다는 사실이 믿기지 않게, 자신이 아닌 다른 누군가의 비서 역할을 하고 있었을 한수연을 상상하는 것만으로 뒤통수에 뻐근하게 열이 올랐다.

제 상사가 시키는 일이라면 그 어떤 말도 안 되는 병신 같은 지시라도 군말 없이 해내던 여자였다. 심지어 사무실에서 함께 뒹굴었던 첫 섹스의 다음 날에도 맞선 장소에 모셔다 놓으라는 상사 모친의 덜떨어진 요청을 기어코 이뤄 낸, 경이로운 인내심과 의지의 소유자.

그러니까 그 누가 얼마든지 좆같이 굴어도…… 한수연은 상냥하고 담담하게 웃으며 견뎠을 것이다. 그런 수연이 순종적으로 머리를 조아리는 방향이 저 아닌 다른 쪽을 향한다는 상상만으로도 진창에 처박히는 기분이었다.

지헌의 거친 움직임에 수연의 다문 입안에서 울리듯 퍼지는 흐느낌이 더욱 높아졌다. 허리를 세우고 앉은 상태에서 빠르게 박아 올리자, 가슴이 출렁거리며 위아래로 마구 흔들거렸다. 타액으로 젖어 번들거리는 가슴의 정점은 애처로울 정도로 발갛게 부어 있었다.

"소리 참지 마."

지헌은 손등을 깨물고 있는 수연을 내려다보며 못마땅한 눈으로 말했다. 명령과도 같은 말투에 수연은 금세 손등을 입에서 떼어 냈지만 여전히 입술을 깨물었다. 그러지 않으면 비명 같은 신음이 튀어나올 것처럼 온몸이 버거운 감각으로 저릿거렸다.

커다란 손이 뻗어 와 수연의 입술 사이를 벌리고 서슴없이 파고들었다. 수연은 저도 모르게 입안으로 들어온 기다란 손가락을 빨았다. 지헌은 허리를 치켜올리던 속도를 늦추며 상체를 숙여 수연의 몸을 뒤덮었다. 속절없이 흔들거리던 수연의 말랑한 가슴이 지헌의 단단한 가슴 아래에 뭉개지듯 짓이겨졌다.

머리부터 발끝까지 잡아먹을 것처럼 수연을 위압적으로 덮친 지헌은 우악스럽게 벌린 입술 사이의 붉은 속살을 응시했다. 물기를 머금은 매끄러운 점막을 성마르게 바라보며 지헌은 강요나 협박할 생각은 없다는 자신의 견해를 정정했다. 할 수만 있다면 강요나 협박을 불사해서라도 여자의 모든 구멍에 자신을 밀어 넣고 싶은, 미친놈다운 욕구가 일었다.

"듣기 좋으니까 참지 마요. 아깝잖아."

거친 행동과는 다르게 다정한 말을 속삭이는 것처럼 감미로운 말투였다. 지헌은 응? 하고 되뇌며, 채근하듯 수연의 혀를 지그시 짓눌렀다. 짓누른 손가락 아래로 미세한 신음이 흘러왔다.

"흐읏……. 상무님…… 이제 그만……."

수연은 지친 눈을 들어 지헌을 올려다보았다. 그 와중에도 상무님 소리를 잃지 않는, 가히 높이 살 만한 의지와 정신력의 소유자가 가진 피로한 눈동자를 내려다본 지헌은 맥없이 미소 지었다.

"……그만. 빨리…… 읏."

지헌의 목을 감는 가느다란 손에도 힘이랄 것이 남아 있지 않았다. 당장이라도 감길 듯 무거운 눈꺼풀을 겨우 든 채 올려다보는 수연의 눈 주위가 붉었다.

"싫어. 내 맘대로 할 거라고 했잖아."

"싫으면 말하라더니……."

꽤나 날카로운 지적에 허탈하게 웃은 지헌은 수연에게 맞붙이고 있던 상체를 세우고 앉았다. 지헌의 목에 힘없이 걸치고 있던 수연의 손이 침대 시트 위로 툭 떨어졌다.

"알았으니까 조금만 더 버텨요."

지헌은 수연의 골반을 움켜쥐듯 억세게 붙잡았다. 양손으로 잡은 수연의 가는 몸을 거칠게 잡아당기며 허리를 추켜올리는 것으로 다시 난폭한 삽입이 시작되었다.

퍽퍽 하체가 맞부딪히는 소리가 거세어지자, 수연이 채 손등으로도 가로막지 못한 높은 신음 소리를 연이어 흘렸다. 평소 수연이 유지하는 목소리의 데시벨에 비하면 비명이라고 봐도 좋을 그 높은 신음에 지헌은 비로소 만족스러워졌다. 단지 이 신음 소리만으로 백 번쯤 사정할 수 있을 것 같은 기분이었다.

반쯤 무아지경의 상태로 뜨거운 속살에 박아 넣고 있을 때, 어느 지점에선가 철벅거리는 물소리와 살갗 부딪히는 소리만이 남았다. 수연은 소리조차 내지 못한 채 버겁게 몰아치는 자극에 저도 모르게 고개를 마구 가로젓다가 침대 시트를 움켜쥐었다.

페니스를 쥐어짜듯 조이며 경련하는 거센 반응에 지헌은 고조된 흥분을 모두 쏟아붓듯 허리를 세웠다. 격렬하던 움직임이 불현듯 멈추고 곧은 등줄기가 일순 경직되었다. 만족감을 머금은 낮은 신음이 수연의 목덜미를 따스하게 달궜다.

수연은 긴 숨을 내쉬며 몸을 덮쳐 오는 지헌을 가만히 끌어안았다. 아프지 않게 짓누르는 지헌의 무게를 느끼며 눈을 내리감았다.

지헌은 수연의 따스한 안에 머무른 채로 기분 좋을 정도의 노곤함이 근육 곳곳에 퍼지는 것을 느꼈다. 이제야 수연의 말뜻에 깊이 공감이 가는 순간이었다. 이대로 가만히 있자던…… 그 말처럼. 마침내 있어야 할 곳에 몸을 누인 듯한 깊은 충만감에 젖어 그녀의 부드러운 목덜미에 얼굴을 묻었다.

"……근데 침대 위에서 상무님 소리는 좀 김새지 않나?"

수연의 뜨거운 내부가 간헐적으로 움찔거리는 것이 멎어 갈 즈음, 지헌이 넌지시 말했다. 껴안은 채로 몸을 옆으로 돌리자 수연이 감고 있던 눈을 느리게 떴다.

지헌이 말을 걸지 않았다면, 그대로 잠들었을 법한 지친 얼굴이었다. 지헌은 그게 내심 아쉬웠다. 그냥 이렇게 연결된 채로 잠드는 것도 나쁘지 않을 것 같았다. 깨어났을 때 당혹감에 허둥거리는 수연의 얼굴을 볼 수 있는 기회를 스스로 걷어찬 셈이었다.

"차라리 야, 너 소리가 낫겠는데."

"그건 좀."

얄짤없이 자르는 수연의 대답이 돌아왔다. 힘없이 늘어져서 겨우 웃는 얼굴을 한 주제에 꽤 단호하고 엄격한 말투였다. 지헌은 동그란 뼈가 만져지는 수연의 어깨를 느릿하게 어루만지며 말했다.

"하다가 죽으면 한수연 씨만 손해 아닌가? 아마 다음에도 섹스하다 상무님 타령 하면 죽을 것 같은데."

그게 왜 내 손해야. 손실을 따지자면 욕심이 끝도 없는 당신 쪽이지.

잠시 생각에 빠진 표정이던 수연은 지헌을 마주 보고 살며시 웃으며 말했다.

"겨우 상무님 소리 정도에 그러시면…… 제가 병원 예약해 드릴게요. 필요하시면 동행도 해 드릴 수 있어요."

대단한 선심 쓰듯 하는 발언에 지헌이 웃음을 터뜨렸다. 이건 뭐, 찔리는 게 있어야 발끈하지. 아무런 타격도 받지 않은 표정으로 지헌은 능청스레 대답했다.

"내가 지극히 정상인 건, 한수연 씨가 제일 잘 알잖아."

지헌은 몸을 돌려서 어느새 위로 올라와 수연을 내려다보았다. 수연은 장난기를 띤 사뭇 다정한 눈빛을 가만히 올려다보았다.

이건 지극히…… 비정상인 것 같은데…….

수연의 희미한 미소가 어린 입술 사이에서 나오려던 말은 곧 지헌에게 삼켜지고, 밤새 머릿속에서만 맴돌았다.

□ ◆ □

지헌의 와인 룸에는 와인을 포함하여 맥주, 보드카, 위스키, 코냑에 이르기까지 다양한 종류의 술을 총망라하여 진열되어 있었다. 그러나 사실 대체로 지헌이 즐기는 술은 와인이나 맥주에 한정되어 있었다. 그 외의 독주는 주로 색이 아름답거나 향이 좋거나 희귀성을 갖춘 것을 소유하기를 취미로 삼는 그 집주인의 여러 컬렉션 중 하나에 불과했다.

그리고 언젠가부터 지헌의 와인 룸 냉장고의 한 칸을 당당히 차지하게 된 온갖 종류의 막걸리는 집주인의 기준에서 그다지 색이 아름답지도 향이 좋지도 전혀 희귀하지도 않은 것이었으나, 그럼에도 불구하고 지헌이 특별히 선별하여 갖춰 놓도록 신경 쓰는 것 중에 하나가 되었다. 미적 일관성을 해친다고 봐도 좋을 막걸리 컬렉션에 흘끗 눈길을 준 지헌은 픽 웃으며 와인 룸을 나섰다.

건방지게도 제 상사에게 술을 가져오라 지시한 되바라진 비서는 테라스의 패브릭 소파 위에 늘어져 있었다.

제 팔을 베개 삼아 베고 옆으로 길게 가로누운 채 눈을 감고 잠들어 있는 수연의 모습에 지헌은 소리 없이 웃음을 터뜨렸다. 느지막이 일어나 아침 겸 점심을 먹는 동안에도 비몽사몽간에 눈꺼풀을 무겁게 뜬 채로 포크가 어디로 들어가는지도 모르고 졸려하던 것을 생각하면 놀랍지 않은 일이었다.

새벽 늦게 수연이 결국 섹스 보이콧을 선언할 때까지 제멋대로 괴롭히다 놓아준 자신의 과오를 생각하면, 심부름을 보내 놓고는 여유롭게 낮잠에나 빠져 있는 모습에도 실없는 웃음만 흘러나오는 것이었다.

소파 위를 가로지르는 매끈한 다리에 시선이 갔다. 느지막한 오전의 햇살이 가는 종아리 위에 부서지며 반짝거렸다. 쭉 뻗은 선의 끝에는 톡 불거진 복숭아뼈가 있었다. 그리고 그곳이 수연의 의외의 성감대임을 잘 알게 된 이상, 그 모습은 마치 가슴을 내놓고 잠들어 있는 모습보다도 더 지헌을 동하게 만들었다. 물론, 실제로 가슴을 노출한 채 잠들어 있었다면 이런 감상을 늘어놓을 여유도 없이 허겁지겁 달려들었을 테지만.

수연이 잠결에 발가락을 꼼지락거렸다. 지헌은 언뜻 허탈하게 들리는 실소를 내뱉었다. 잠든 여자를 앞에 두고 세우다니 한심하기 짝이 없지만, 기어이 지헌의 반바지를 얻어 입고는 세상모르고 드러누워 큰 바지통 아래로 훤히 드러난 흰 허벅지가 너무…… 야했다.

아침에 일어나더니 꼭 바지를 입어야겠다며 보는 것만으로도 불편하기 짝이 없는 출근용 바지를 꿰어 입으려는 고집을 부리며 정숙한 척을 하더니, 저 모습이 더 야한 줄도 모르고…….

지헌은 테이블에 잔과 와인을 조용히 내려놓으면서도 잠든 수연에게 고정된 시선을 떼지 않았다. 인기척을 느낀 수연은 눈꺼풀을 느릿하게 들어 올리며 잠에 취한 목소리를 흘렸다.

"아……. 나 잠깐……."

"더 자."

수연이 소파 위에 가로누운 몸을 일으키려 하자, 지헌이 수연의 발을 잡아 제지하며 그 아래에 앉았다.

"깜빡 졸았나 봐요."

"응. 졸리면 더 자."

낮잠을 권장하는 말과는 상반된 손길이 수연의 종아리를 더듬었다. 매끄럽게 쓸다가 톡 불거진 복숭아뼈를 몇 번이고 문질렀다. 부드러운 손길을 느끼며 푹신한 패브릭 소파의 뭉툭한 팔걸이에 파묻혀 있던 수연의 머리가 일순 홱 올라왔다. 시선을 내리니 복사뼈를 빨던 지헌이 시선을 마주친 채 발목을 잡아 돌리고 종아리를 길게 핥아 올렸다.

"또 왜……."

미간을 설핏 찌푸린 수연이 읊조리자, 지헌은 할 일이 바쁘다는 듯 대답 대신 수연의 다른 쪽 발을 당겨 가 자신의 허벅지에 척 내려놓았다. 무언가 딱딱한 게 발바닥을 쿡 찔렀다.

하아. 한숨 같기도 하고 웃음 같기도 한 소리가 수연의 입술 사이로 흘러나왔다. 지헌은 수연의 발을 더 당겨 가 무릎 안쪽의 말랑한 살을 쪽쪽 빨았다.

흐응. 희미한 신음이 시작되자 지헌의 손이 통이 넓은 바지 안쪽으로 미끄러져 들어갔다. 부드러운 허벅지를 주무르며 무릎 안쪽을 더 세게 빨자 수연이 엉덩이를 움찔거렸다. 더 안으로 들어간 손은 팬티 위를 더듬었다. 물기에 젖기 시작한 부분을 지분거리다가 살짝 위쪽을 둥글게 문지르자, 수연은 얼굴을 찡그리며 허리를 비틀었다.

애를 태우듯 배회하는 지헌의 손길에 몸이 달아올랐다. 수연은 흐릿한 눈을 열고 아래로 내려떴다. 통이 넓은 반바지 아래에서 들썩거리는 손과 종아리를 빼는 데 집중한 지독하게 야하고 잘생긴 얼굴을 번갈아 바라보면서, 수연은 발바닥을 쿡쿡 찌르던 지헌의 것을 발로 길게 훑어 내렸다.

수연은 곧 몰아칠 해일에 눈을 내리감았다. 그러나 어째서인지 해일은커녕 잔잔하기만 했다. 오히려 속옷 위를 지분거리던 지헌의 손마저 바지 아래로 쑥 빠져나갔다.

"와인, 가져왔는데."

정성스럽게 달궈 놓은 종아리를 소파 위로 툭 떨어뜨린 지헌은 몸을 돌려 잔에 와인을 따랐다. 쪼르륵. 잔에 채워지는 소리가 수연을 놀리듯이 맑게 울려 퍼졌다. 황당하게 뜬 수연의 눈과 시선이 마주치자, 지헌은 미리 가져다 뒀던 플레이트에 있던 멜론을 포크로 쿡 찍어 능청스럽게 내밀었다.

"자. 먹고 싶다고 노래 부르던 그 수신멜론인지 뭔지 하는 거. 덕분에 내 과일 깎는 실력이 일취월장 중인 거 알아요? 곧 이걸로 취직해도 되겠어."

짐짓 칭찬을 바라는 표정으로 지헌은 멜론을 찌른 포크를 흔들었다. 지헌의 변덕이 죽 끓듯 하는 거야 너무나도 잘 아는 수연이었지만, 그것은 대체로 회사에서 한정된 상황이었지 침대에서의 그는 몹시 일관성 있는 사람이었다. 일관되게 들이대는…….

물론 지금은 침대가 아닌 바람이 솔솔 부는 테라스의 소파 위였지만. 여전히 발바닥에서 느껴지는 딱딱한 기세로 봐서는 변덕이 아닌 저를 놀리는 의도가 분명했다. 의도대로 움직이지 않고픈 반항심과는 별개로, 이미 달아오를 대로 달은 수연의 몸은 더 큰 자극을 바라며 쉽사리 가라앉지 않았다.

"뭐예요. 갑자기……."

수연은 새초롬하게 몸을 일으켜 앉았다. 수연이 입가에 가져다 대는 멜론을 고갯짓으로 거부하자, 지헌이 날름 회수해 제 입에 넣었다. 수연은 장난스럽게 웃는 지헌의 얼굴을 흘겨보며 약간은 네가 이기나 내가 이기나 보자의 심정을 섞어 살그머니 손을 내렸다.

그의 바지 위로 길게 드러난 형체를 움켜쥐듯 잡자, 지헌이 큭큭 웃으며 테이블 쪽으로 포크를 아무렇게나 던져 버리고 입술을 겹쳤다. 지헌에게선 아주 달큰한 멜론 향이 났다. 초여름 반짝 짧은 시기에만 맛볼 수 있다는 수신멜론의 유난히도 달짝지근한 향내에 홀린 듯 수연은 지헌의 입술을 물고 혀를 감았다.

뭐가 그리 재밌는지 지헌의 입술 새로 새어 나오는 웃음소리는 어느 순간부턴가 나직하게 잦아들었다. 그러곤 그때부터 짙고 음란한 분위기를 띠는 키스가 이어졌다. 수연의 손이 지헌의 바지와 드로어즈를 한꺼번에 밀어 내리고 들어가자 지헌이 수연의 손목을 턱 붙잡아 세웠다. 그러곤 수연의 빨개진 귓불을 집어삼키듯 깨물며 거칠게 속삭였다.

"아니. 너 벗어. 빨리."

귓전에 닿는 숨이 뜨거웠다. 부끄러움을 느낄 새도 없이 단호한 명령에 홀린 듯 수연은 바지를 벗었다. 안 그래도 줄줄 내려가던 큰 바지는 서슴없이 바닥으로 떨어지고 다리를 오므린 채 팬티의 양 끈을 잡고 끌어 내렸다. 팬티가 돌돌 말려 내려가며 다리 사이의 맑은 액체가 거미줄처럼 길게 이어졌다. 창피함을 느낄 겨를은 없었다. 속옷에서 다리를 빼내자마자 지헌에게 어깨가 밀려 소파 위로 발라당 눕혀졌기 때문이었다.

□ ◆ □

무릎과 발가락을 간질이는 바람에는 초여름의 온기가 느껴졌다. 티셔츠가 밀려 올라가 하늘 아래 고스란히 드러난 가슴을 휘어 감는 공기도 미지근하고 온건하기는 마찬가지였다. 그럼에도 불구하고 자신이 지금 환한 대낮, 야외에서 옷을 발가벗고 누군가의 코앞에 다리를 활짝 벌리고 드러누워 있음은 신랄하게 실감 날 정도의 바람이며 기운이었다.

그리고 그런 실감을 느낄 정신머리를 챙길 수 있을 정도로 지헌의 움직임은 느긋하고 여유가 있었다. 그렇다고 해서 지루하다거나 다른 생각으로 빠질 틈 따윈 없었다. 일부러 천천히 움직이는 혀가 휘젓는 감각에 온 신경이 집중되고, 그다음이 어디가 될지에 한껏 긴장한 수연의 엉덩이가 들썩거리며 온몸이 죄어들었다.

젖은 음부를 느릿하게 핥고 예민하게 부푼 살점을 무지근하게 짓누르며 두 꺼운 손가락 두 개가 쑤욱 들어왔다. 아흑, 수연은 골반을 비틀며 신음했다.

지헌은 내벽을 긁듯이 훑고 꾹꾹 짓누르던 손을 안에 넣어 놓은 채로 손목을 비틀어 방향을 바꾸었다. 질구에선 질금질금 애액이 쏟아져 나오고 안쪽은 손 가락을 집어삼키듯 조여들었다.

온통 부드러운 둔덕을 배회하며 클리토리스와 음순을 번갈아 가며 물고 빨 던 혓바닥으로 제 입술을 스윽 핥아 올린 지헌은 다리 사이에 묻고 있던 얼굴을 들었다. 그러곤 제 손을 잡아먹은 탐욕스러운 구멍을 경이로운 눈길로 내려 다보았다.

젖은 음부에 미지근한 바람이 스치자, 수연은 몽롱한 눈을 내려떴다. 마치 구매를 노리는 미술 작품을 감상하는 진지한 눈빛으로 자신의 아래에 고정돼 있는 지헌의 시선을 확인하자, 손가락을 문 질구가 또 한 번 꽉 조여들었다.

"왜요……. 그만 좀 봐요……."

"이렇게 구석구석 예쁠 필요는 없었을 텐데. 라고 생각 중이에요."

"그런. 이상한 소리 말고. 그만. 빨리……."

얼굴이 빨개진 수연의 채근에 지헌이 손을 거두어 제 옷에 스윽 닦아 내고는 테이블 쪽으로 몸을 돌렸다.

"자. 해 줘."

지헌은 능청스럽게 콘돔을 수연에게 내밀었다.

"그냥 상무님이 해요. 왜 그런 것까지…… 시켜……."

"할 줄 몰라요? 자. 직접 해 주는 거 보고 싶어."

"하……. 진짜 변태 같아."

수연은 작은 한숨을 내쉬며 그것을 마지못해 받아 들었다. 더듬거리며 포장을 뜯는 사이, 그가 바지와 드로어즈를 한꺼번에 끌어 내리자 바짝 선 페니스가 텅 하고 튕겨지듯 튀어나왔다. 수연이 어색한 손을 가까이 가져가 콘돔을 귀두 끄트머리에 가져다 대자 그것을 집요한 시선으로 관찰하던 지헌이 불쑥 물었다.

"해 봤어요?"

"그런 걸 왜 물어봐요……."

"안 해 봤어?"

"……."

대답 없이 다급하게 잡아 내리자 선단을 살짝 덮었던 콘돔이 뻐끗하며 다시 벗겨져 올라갔다. 수연의 당혹한 낯빛에 왜인지 오히려 만족스럽게 웃은 지헌은 새 콘돔을 다시 건넸다.

"다시. 천천히 해 봐요. 학교 다닐 때 안 배웠어요?"

"이, 이런 거 안 가르쳐 줘요……."

"이상하네. 난 학교에서 배웠는데. 수업 시간에 집중 안 한 거 아니고?"

그래. 그렇게. 잘하네. 쓸데없이 다정한 칭찬과 함께 콘돔을 끝까지 다 씌우자 지헌이 수연의 팔을 잡아당겼다. 마주 보는 자세로 올라오란 의미로 알고 수연은 자세를 취했다. 그러나 지헌은 수연의 몸을 반대로 정원 쪽을 향하게 돌렸다. 어정쩡하게 선 채로 몸이 돌아간 수연의 등허리에 입술을 쪽 맞춘 지헌은 얇은 허리를 움켜쥐고 끌어당겨 수연을 제 위에 잡아 앉혔다.

성기 기둥을 붙잡아 질구에 끼우듯 맞춰 놓고 끌어안은 허리춤을 천천히 누르자 어색하게 엉덩이를 뒤로 빼고 서 있던 수연이 긴장감에 굳어진 몸을 천천히 내렸다. 지헌은 수연을 꼭 끌어안은 채 다소 얼어붙은 수연의 어깨에 입술을 차례로 맞추었다. 도장 찍듯 내리누르는 입맞춤에 뻣뻣하게 경직되었던 어깨가 서서히 풀어지고 아래가 뻐끔거리며 페니스를 집어삼키기 시작했다. 위에서 누르는 무게 때문에 더욱 깊은 곳까지 찔러 들어오는 부피감을 느끼며 수연은 눈을 질끈 감았다.

지헌이 안으로 깊숙이 밀려들었다. 몸이 불타오르는 저릿한 감각에 수연은 턱을 추켜올리고 몸 안에 가득 찬 더운 기운을 뱉어 내듯 숨을 몰아쉬었다. 그는 몹시 느릿하게 움직였다. 덕분에 오히려 내벽을 짓누르는 귀두의 굴곡과 기둥에 줄기처럼 감긴 핏줄이 거칠게 꿈틀거리는 감각이 등골이 오싹할 정도로 생생하게 느껴졌다. 온몸에 저릿한 쾌감이 뻗치고 발끝까지 녹아 버릴 것처럼 흐물거렸다.

어느덧 완전히 끝까지, 닿을 수 있는 정점까지 빈틈없이 서로 결합되자 몸 안에 뜨거운 맥동이 느껴졌다. 기어이 뿌리 끝까지 모두 들어찬 순간 양 뺨이 발갛게 상기된 수연은 탄식과도 같은 긴 신음 소리를 내쉬었다. 그 신음에 응답하듯 수연의 허리를 껴안은 지헌의 팔에 더욱 힘이 가해졌다.

"어때요?"

수연은 눈을 반짝 떴다. 지헌의 질문을 쉽사리 이해할 수 없었다. 정오쯤 되었는지 머리 꼭대기 중천에 뜬 해와 툇마루를 닮은 테라스에서 부끄러운 줄 모르고 하의를 발가벗은 두 사람. 새로운 자세에 대한 감상을 묻는 걸까? 수연은 자신의 모습을 생경한 눈으로 내려다보았다.

바지를 입는 것을 깜빡하고 지헌의 무릎 위에 올라앉은 것으로 보일 법한 모습이었다. 엉덩이로 깔아뭉갠 아래로 서로의 몸이 연결되었다는 점만 제외하면……. 수연이 쉽사리 할 말을 정하지 못해 머뭇거리자, 지헌은 수연의 양다리를 잡아 벌려 제 다리 바깥으로 걸치게 만들고는 다시 한번 물었다. 제 페니스를 물고 있는 질구와 그 위로 수줍게 벌어진 음순을 어루만지는 손은 타인의 것인 양 태연하고 온화한 목소리로.

"저기 저쪽이 과일나무 섹션이에요. 아마 저 중에 복숭아나무도 두 그루쯤 있었던 것 같은데."

아아. 몸을 섞는 와중에 눈앞에 펼쳐진 정원에 대한 감상이라니. 뜬금없게도 묻는다 싶었지만 수연은 지헌이 가리키는 쪽으로 시선을 옮겼다.

"정원에서 키우기에는 까다롭지만 정원 관리인이 꽤 능력 있는 사람이니까 한 달쯤 지나면 복숭아 몇 알쯤은 날 거예요. 좋아한다고 했잖아."

그러는 와중에 지헌은 느리게 허리를 움직여 왕복을 시작했다. 수연은 절로 내리 감기는 눈을 어렵사리 뜨며 지헌이 가리킨 아름다운 나무 정원을 아득하게 바라보았다.

"이 집은 여름이 제일 예쁠 거야. 어때, 기대되지 않아요?"

지헌이 허리를 잡아 위아래로 흔드는 박자에 맞춰 엉덩이를 움직이며 수연은 고개를 작게 끄덕였다. 덥고 야릇한 숨결이 귓가를 간지럽혔다. 수연이 왈칵 어깨를 움츠렸다. 목덜미가 뜨겁게 달아올랐다. 어느새 수연의 귀를 야살스럽게 핥으며 지헌은 나지막이 속삭였다.

"그러니까. 매일 왔다 갔다 하는 것도 지겨운데 그냥 여기서 사는 게 어때?"

감겨 있던 수연의 눈이 불현듯 크게 뜨였다. 귓바퀴를 할짝이는 감각에 몸을 움츠리며 수연은 멍하니 눈을 느리게 감았다 떴다.

내가 방금 무슨 소릴 들은 거지……?

"같이 살자. 응?"

쐐기를 박는 나긋한 목소리에 수연의 숨이 일순 멎었다. 그런 수연의 긴장감이 연결된 몸을 통해 고스란히 전달되어 지헌은 낮게 웃음을 터뜨렸다. 무슨 말을 꺼내야 할지 할 말을 잃은 수연은 그저 입술만 달싹였다.

그 순간 몸이 불쑥 밀리고 소파로 어깨가 짓눌렸다. 대답을 종용하는 달콤한 속삭임을 빙자한 협박과 함께 지헌이 거칠게 밀려들었다.

9

"아깐 내 말대로 다 하겠다고 잘도 대답하면서 매달려 놓고 왜 또 딴소리실까."

진이 빠져서 축 늘어진 수연을 뒤에서 끌어안은 채 지헌은 장난스럽게 수연의 귀를 잘근거렸다. 수연이 고개를 돌려 지헌의 얼굴을 슬쩍 밀어 내며 새침하게 되물었다.

"침대 위에서 아무렇게나 하는 말을 믿으셨어요?"

"베갯머리송사 몰라요? 원래 섹스하면서 하는 말이 제일 진솔하고 강력한 법이야."

"그런 거 전 잘 모르겠고요. 대답 안 하면 안 놔준다고 협박해 놓고 무슨……."

"말은 똑바로 해야지. 대답 안 하면 안 해 준다고 했지 누가 안 놔준다고 했어요? 자기 갈 때까지 박아 달라고 다리 감으면서 매달린 게 누군데."

"……."

"아. 그럼 그냥 한수연 씨 욕구 충족시키는 데 나 이용하려고 대충 대답한 거예요? 이거 꽤 상처 되는데."

"네? 하. 참 나……. 제가 무슨……. 무슨 사람을 그딴 변태 취급을……."

"사람 이렇게 겁탈하면 쓰나. 자기 성욕 채우려고 다른 사람 진심 이용하고. 한수연 씨 그렇게 잔인한 사람이었어?"

터무니없고 황당한 덮어씌우기에 도무지 제대로 된 반박조차 나오지 않았다. 말문이 막혀서 한동안 입을 뻐끔거리던 수연은 고개를 설레설레 내저으며 허리를 단단히 옭아맨 지헌의 팔을 풀어내고 허둥지둥 욕실로 도피했다.

머리 꼭대기에서 쏟아지는 물줄기 아래에 선 수연의 멍한 머릿속엔 지헌과의 대화가 무한대로 리플레이 중이었다. 손가락이 퉁퉁 부어 쭈글거릴 때쯤에야 샤워 부스를 나온 수연은 느릿하게 수건을 문질러 몸의 물기를 닦아 내었다.

수연은 머리를 절레절레 흔들어 무한 반복 중인 기억을 지우려 애쓰며 젖은 머리를 수건으로 닦은 후 드라이기를 꺼내 들었다. 위이잉— 시끄러운 소음 속에서도 또다시 지헌의 목소리가 귓가를 비집고 들어왔다.

'그냥 여기서 사는 게 어때. 같이 살자. 응?'

……미쳤나 봐.

수연은 얼굴을 확 굳히며 다시 고개를 저었다. 젖은 머리카락이 뺨을 때렸다. 마치 정신 차리라는 듯 따귀를 때리는 따가움이 오히려 반가울 정도였다.

하루가 멀다 하고 매일같이 몸을 섞는 것으로 모자라서, 동거라니. 대체 무슨 생각으로 그런 말을……. 수연은 멍하니 거울 속 멍청한 표정을 하고 있는 자신의 얼굴을 바라보며 볼에 달라붙은 젖은 머리카락을 떼어 냈다.

같이 살기까지 하는 섹스 파트너라는 건 듣도 보도 못 했다. 내가 너무 보수적인가?

말간 눈으로 거울 안을 들여다보던 수연이 허탈하게 웃었다. 자신이 요즘 하고 다니는 행위들을 생각하면 보수의 정반대편에 서 있다고 봐야 맞았다.

수연은 거울 속의 혼란스러운 눈동자에서 눈길을 돌렸다. 얼굴이 빨갛게 달아올라 있었다. 수연은 손등으로 뺨을 훔치며 스스로를 설득시켰다.

이건…… 그냥 더운물에 샤워를 했기 때문이야…….

가슴이 방망이질하듯 시끄럽게 쿵쾅거렸다. 심장이 튀어나올 것처럼 두근거렸다. 갈비뼈가 조여드는 기분에 손에 힘이 스르르 빠져 드라이기의 뜨거운 바람이 눈가를 훅 때리는 바람에 수연은 두 눈을 질끈 감았다.

□　◆　□

수연이 집에 갈 준비를 마치고 거실로 나오자 지헌은 슈트를 입은 채 소파에 앉아 태블릿을 들여다보고 있었다.

"어디 외출하세요?"

수연의 물음에 흘끗 시선을 돌린 지헌은 태블릿을 테이블 위에 내려놓고 소파에서 일어났다. 지헌은 양옆으로 벌어져 있던 슈트 상의를 당겨 단추를 채우며 말했다.

"오늘 여의도 사옥 완공 행사 날이잖아요. 잠깐 시찰이나 가 볼까 해서."

신사옥의 완공을 기념하여 빌딩 점등식과 불꽃놀이가 예정된 날이었다. 그러나 사실 임원진의 완공 후 시찰은 몇 주 전 이미 이루어진 후였고, 오늘의 행사는 홍보 등의 목적으로 일반인을 대상으로 한 것이었다. 공식적인 방문 예정이 없었기에 수연은 지헌이 현장에 가리라곤 생각지 못했다.

더할 나위 없이 유려한 동작으로 옷매무새를 정돈한 지헌이 수연을 향해 고개를 까딱였다.

"가요. 가는 김에 데려다줄 테니까."

두 사람을 태운 차가 반포대교를 지나갔다. 수연이 창문 너머 뉘엿뉘엿 저무는 낙조에 정신이 팔린 사이, 갑자기 도로를 빠져나간 차가 한강 공원 주차장에 멈춰 섰다. 수연이 의아한 표정으로 바라보자, 지헌은 아무렇지도 않게 안전벨트를 풀어내며 말했다.

"내려요. 진짜 시찰 가는 거니까 쫄지 말고."

머뭇거리며 차에서 내린 수연의 팔을 잡아끈 지헌은 수연의 손가락 사이사이를 얽으며 느슨하게 깍지를 꼈다. 수연은 미간을 찌푸리며 커다란 손아귀에 얽혀 든 제 손을 내려다보며 말했다.

"아니. 신사옥은 여의도인데……. 여기서 보이지도 않는데요? 그리고 무슨 시찰을 손을 잡고……. 이것 좀 잠깐 놔 보세요."

수연은 불안한 눈동자를 굴려 한강 변을 힐끗거렸다.

설마 오리 배 타러 온 건 아니지? 아닐 거야…….

수연은 오리 배에 안 좋은 추억이 있었다. 평소에는 완전히 잊고 살았지만, 한강 공원에 들어서는 순간 종소리를 들은 파블로프의 개처럼 과거의 흉한 기억이 소환되어 저절로 두드러기가 났다.

제민의 손에 이끌려 딱 한 번 타러 와 본 적이 있는 오리 배. 별로 타고 싶지 않다는 수연을 강제로 태워서 한강 한가운데까지 마구 나아가서는, 힘들어서 혼자서는 더 이상 못 하겠다며 체력 부족을 호소해 땀을 뻘뻘 흘리며 함께 발을 굴렀던 전지훈련 같았던 기억.

물론 오리 배과 도지헌이라니, 도무지 어울리지 않는 조합이지만 끝까지 의심을 지우지 못한 수연은 한강 변에 오리배가 세워져 있지는 않은지 연신 눈을 흘기며 발걸음을 머뭇거렸다.

"우리 한 실장은 의심이 참 많아. 그치?"

지헌은 여전히 얽힌 손을 놓아 주지 않은 채, 하나둘 조명이 들어오기 시작한 조형물들이 늘어선 한강 공원을 지나쳤다. 그가 수연을 이끌고 도착한 곳은 요트 선착장이었다. 멀찍이서 지헌의 얼굴을 본 직원이 뭔가 사전에 얘기가 되어 있었던 듯 별도의 수속 같은 것도 생략한 채 곧바로 그들을 안으로 안내했다. 홀린 듯 등 떠밀려 들어간 수연이 겨우 제정신을 수습했을 때는 이미 화려한 요트 안 테라스에 주저앉아 있었다.

온통 새하얀 색의 호화로운 요트 위로 붉은 낙조가 부서졌다. 저무는 해 주위로 퍼지는 석양이 비춘 요트는 오묘한 핑크빛을 띠었다. 사방이 탁 트인 구조의 테라스에 별똥별처럼 쏟아지는 타는 햇볕에 지헌의 눈동자 또한 붉게 물들었다. 그 안에 하염없이 흔들리는 수연의 눈동자가 반사되었다.

"필요한 거 있으시면 호출하시면 됩니다. 그럼……."

핑거 푸드와 칵테일을 테이블에 내려놓은 직원이 건넨 말에 수연은 그제야 급격히 현실로 소환되었다. 몽롱하게 풀어졌던 표정을 애써 냉정하게 굳힌 수연은 참다못해 물었다.

"지금 이게 다 무슨……. 상무님. 대체 이건 왜 탄 거예요?"

"시찰이라고 말했잖아요. 사람 바글바글한 데서 뭘 보겠어. 난 복잡한 건 질색이라. 오늘 행사는 여기서 볼 겁니다."

여상하게 대꾸한 지헌은 태연하게 칵테일 잔을 수연에게 내밀었다. 그것을 저도 모르게 자연스럽게 손에 받아 들 뻔한 수연은 가까스로 정신을 차리고 손가락을 접어 주먹을 꼭 쥐고 결연하게 말했다.

"아뇨. 업무 중인데 음주는 좀……."

"재미없긴. 이거 무알코올이에요."

지헌은 피식 웃으며 수연에게 내밀던 잔을 제 입가에 기울였다.

기포가 퐁퐁 터지는 연한 노란색 액체가 매끄러운 입술 사이로 유유히 흘러들어갔다. 잠시 그것을 물끄러미 바라보던 수연은 고개를 돌려 도시의 스카이라인 뒤쪽으로 모습을 감추기 시작한 빨간 해를 응시했다.

엔진 소리와 함께 요트가 물살을 가르기 시작했다. 뒤늦게 멀미라도 하면 어떡하나 하는 현실적인 걱정이 일었지만, 요트의 규모가 꽤 커서 그런지 흔들림이 크진 않았다. 그럼에도 갑작스러운 움직임에 수연이 흠칫하며 손을 뻗어 반사적으로 옆에 있는 지헌의 팔뚝을 붙잡았다.

그러자 지헌은 곧바로 팔을 뒤로 두르며 수연의 등허리를 단단히 끌어안았다. 직원이 사라진 쪽을 살피며 신경 쓰는 수연을 눈치챈 지헌이 팔에 힘을 주어 더 세게 당겨 왔다. 그러곤 수연의 머리카락 사이에 코를 박으며 나직하게 속삭였다.

"부르기 전엔 올라오지 말라고 했어."

정신이 아득해졌다. 멀미 같았지만 멀미가 아니었다. 이런 건 반칙 아닌가?

같이 살자느니, 하는 소리로 사람 혼을 쏙 빼놓은 지 얼마나 되었다고. 연이은 공격처럼 느껴지기만 하는 아찔한 상황에 수연이 한숨 쉬듯 입을 열었다.

"상무님. 이게 대체……."

"쉬이……."

어린애 달래듯 지헌이 입술을 모으고 내는 나직한 소리에 수연은 황망한 표정으로 그를 응시했다. 짧게 눈이 마주치고 그의 눈동자가 비현실적으로 반짝거린다고 생각한 찰나, 지헌이 고개를 모로 기울였다.

입술이 닿고 가만히 깨물었다. 안쪽의 점막을 훑으며 아주 느릿하게 혀가 파고들었다. 서서히 스며들었다가 아스라이 지는 석양 같은 키스였다. 혀가 입술 사이를 여는 것과 동시에 수연의 손가락 사이로 온기가 얽혔다.

이런 건……. 이상해…….

이유 없이 문득 그런 생각이 들었다. 셀 수도 없을 만큼 이미 여러 차례 입술을 겹쳤음에도 불구하고……. 수연은 눈을 찌푸리며 제 손가락 사이로 파고든 지헌의 손을 힘주어 움켜잡았다. 키스가 깊어진 건 그 순간이었다.

입을 크게 벌리고 들어온 혀가 뿌리까지 얽고 비비며 입안을 휘저었다. 젖은 점막을 스치고 치열을 훑고 입술을 빨아 물었다. 참았던 더운 숨이 터져 나오며 서로의 눈이 부딪쳤다.

느리게 흘러가는 시간. 미지근한 강바람. 수연의 구불구불한 긴 머리카락이 바람에 휘날리며 온통 달콤한 냄새를 흩뿌렸다. 지헌은 불쑥 수연의 머리통을 끌어당겨 머리카락 사이에 얼굴을 묻었다. 꾹꾹 눌러 부딪치는 입술을 느끼며 수연이 시선을 먼 곳으로 옮겼을 때에는 이미 어스름한 어둠이 내려앉아 있었다.

사위가 어둑해지니 부끄러움도 다소 무뎌졌다. 부끄러움이 무뎌지지 않았을 때에도 뻔뻔하게 실컷 입술을 비비대긴 했지만……. 수연이 이따금 통로를 힐끔거리며 얼굴을 뒤로 물릴 때마다 지헌은 낮게 속삭였다.

"이 배는 이러라고 만들어진 배야. 그게 얘의 존재의 이유인데, 우리가 안 하면 배가 실망할 거라고."

"무슨 그런 궤변이⋯⋯."

"궤변 맞아. 사실 실망하는 건 저 뒤에 숨어서 몰래 지켜보고 있을 직원이겠지. 우리가 서로 물고 빨고 종국에는 만족스러워하는 모습을 보여야 오늘 영업도 성공했구나 하고 오늘 밤 발 뻗고 잠들 직원이⋯⋯."

밤의 한강 위를 유유히 가로지르는 새하얀 요트가 어느덧 엔진음을 지우고 천천히 멈춰 섰다. 드디어 눈앞에 드러난 신사옥은 여전히 꽤 멀찍한 곳에 위치했음에도 불구하고 고개를 한껏 꺾어 올려야 그 꼭대기를 볼 수 있을 만큼 높은 고층 빌딩이었다.

수연은 지헌의 가슴에 등을 기댄 채 찬란하게 빛나는 신사옥을 올려다보았다. LED로 밝힌 외벽에 점등식을 위한 숫자가 카운트다운되고 있었다.

지헌은 제 품 안에 끌어안은 수연이 앞으로 가지런히 모으고 있는 손등을 부드럽게 매만졌다. 그에게 머리를 완전히 기댄 수연의 관자놀이에 입술을 맞추던 지헌이 불쑥 말했다.

"그때, 제대로 못 봤잖아."

"⋯⋯뭐가요?"

"불꽃놀이. 오랜만에 보는 거라고 어린애처럼 좋아했는데 고작 본 거라곤 리허설뿐이었잖아."

"아⋯⋯."

수연은 아, 하는 의미 없는 탄식 외에 아무 말도 할 수 없었다. 왈칵 무언가 뜨거운 게 가슴속에 차올라 울렁거렸다. 입을 열면 이상한 말이 튀어나올 것만 같은 벅찬 기분에 수연은 입을 꾹 다물고 입술을 깨물었다.

멀찍이 강변에 보이는 많은 그림자에도 불구하고, 한강 한가운데에 유유히 떠 있는 요트 위는 너무나도 고요했다. 수연이 색색거리고 내쉬는 숨소리가 제 귀에 들릴 만큼.

수연의 등에 맞닿은 따뜻한 가슴이 천천히 오르내렸다. 그 미미한 움직임 사이사이로 지헌의 심장 박동이 둥둥 느껴졌다. 아니. 수연은 그게 자신의 심장 박동인지, 아니면 그의 것인지 도무지 분간할 수 없었다. 그저 쿵쿵 뛰는, 천둥처럼 느껴지는 소리에 귀 기울인 채 가만히 눈을 감았다.

펑—

귓전을 울리는 요란한 소리와 함께 감고 있는 눈꺼풀 너머로 하얀빛이 어른거렸다. 수연은 파르르 떨리는 눈꺼풀을 들어 올렸다. 신사옥의 높은 빌딩에서 금사 같은 빛이 쏟아져 내렸다. 그 뒤쪽의 새까만 밤하늘엔 형형색색의 불꽃이 타올랐다 추락하고 또 새로이 피어올랐다.

더할 나위 없이 아름답고, 화려한 불꽃놀이였다. 작렬하는 불꽃이 까만 하늘을 수놓고 더욱 크게 터질 때마다 강변에서 울리는 인파의 환호성 소리가 아득하게만 들려왔다.

수연은 아주 오랜 망설임 끝에 몸을 돌려세우고 지헌의 얼굴을 바라보았다. 이마 위로 반쯤 흘러내린 머리카락, 곧고 남자다운 눈썹과 그 아래 아름답게 빛나는 눈, 깎아지른 듯 높은 콧대와 유려한 입술 선까지. 이 얼굴을 가까이 마주 볼 때마다 저도 모르게 숨이 멎는 듯한 이 습관적인 기분이 무뎌지는 날이 언젠가 오기는 할는지.

지헌의 얼굴 위로 색색으로 타오르는 불꽃의 눈부신 빛이 반사되어 비쳤다. 어떠한 색으로 물들어도 근사한 그 얼굴을 물끄러미 응시하던 수연은 어느새 지헌과 자신의 시선이 얽혀 있음을 불현듯 깨달았다.

사실은 수연이 뒤돌아본 직후 이미 두 사람의 시선이 서로를 옭아맸다. 처음부터 지헌은 줄곧 밤하늘이 아닌 수연을 바라보고 있었다. 불꽃놀이 따위 하등의 관심도 없었다. 오로지 그의 관심사는 하나였다.

수연의 말간 눈동자 안에 비친 자신을 마주하는 순간, 지헌은 이유 없이 무력한 기분에 사로잡혔다. 귓등을 파고드는 불꽃의 요란한 소리도 어느새 아스라이 사그라지고 마주 본 서로의 숨소리만 몹시 크게 느껴지는 그런 비현실적인 순간.

"……상무님."

"응."

"불꽃놀이……. 너무 예뻐요. 기억에 오래 남을 것 같아요."

수연의 눈꼬리가 곱게 접히고, 아무런 수심 없이 예쁘게 웃었다. 수연에게 고정된 지헌의 갈색 눈동자가 한차례 격하게 진동했다. 어찌할 바 모르는 어린 아이가 된 것처럼 갈피를 잃은 표정이 아주 잠시간 지헌의 여유로운 얼굴을 비집고 나타났다가 순식간에 사라졌다.

"그냥 시찰 온 거라니까."

여느 때와 같이 느긋한 얼굴의 지헌이 입술 끝에 장난스러운 미소를 매달고 말했다.

"그러시겠죠."

수연도 그저 웃음을 터뜨리며 선선하게 대답했다. 지헌은 그런 수연의 뒷목을 그러잡고 끌어당겨 제 품에 기대게 했다. 잔뜩 웃음기 스민 목소리로 지헌은 수연의 귓가에 나직이 속삭였다.

"들어 보니까 가을에 하는 불꽃 축제가 서울에선 제일 유명한 거 같던데."

"……."

"스케줄에 미리 반영해 둬요. 한 실장."

지헌의 품 안에서 수연은 멈칫 굳어졌다. 붉은 입술이 달싹이며 붙었다 떨어지기를 반복했다. 그러나 쉽사리 어떠한 대답도 나오지 않았다.

지헌이 대답을 종용하듯 수연의 귓불을 깨물었다. 수연은 어깨를 움츠리며 시선을 옮겨 여전히 비현실적으로 점멸하는 불꽃놀이를 응시했다.

어차피 꿈같은 순간이었다.

"네……. 상무님."

수연의 나지막한 대답에 칭찬하듯 지헌은 수연의 귓불을 따라 길을 그리듯 관자놀이와 뺨에 연달아 입을 맞추었다.

□ ◆ □

정지 신호에 멈춰 선 차 안에서 제민이 창밖을 응시했다. 밤하늘을 수놓는 화려한 불꽃이 눈길을 사로잡았다.

"웬 불꽃놀이야……."

맥없이 중얼거린 제민이 불현듯 미간을 찌푸렸다.

"아. 오늘 도성타워 완공식인가 보구나."

도성타워를 보니 의식은 자연스럽게 수연에 대한 생각으로 이어졌다. 제민은 조수석에 던져 놓았던 핸드폰을 집어 들고 화면을 확인했다. 여전히 수연으로부터는 아무런 연락도 없었다.

전화를 받지 않기에 문자와 SNS 메신저를 꾸준히 보내고 있는데 메신저의 읽음 표시도 사라지지 않는 거 보니 아무래도 수연으로부터 수신 차단당한 게 분명했다. 제민은 신경질적으로 핸드폰을 조수석에 던져 버리고 짜증 섞인 한숨을 푹 내쉬었다.

"찾아가 봐야겠어."

사실 집에는 이미 진작 찾아가 봤다. 분명 집에 있을 시간인데 벨을 눌러도 무시로 일관하니 강제로 문을 열고 들어갈 수도 없는 노릇이고. 이제 남은 방법은 회사로 찾아가는 수밖에…….

"후우……."

제민은 다시 한번 긴 숨을 내쉬며 차를 출발시켰다. 제민의 매끈한 미간에 선명한 금이 패었다.

수연이 이렇게까지 강성으로 나온 적은 처음이라 적응이 되지 않았다. 어떻게 풀어 줘야 할지 감이 잡히지 않아 머리가 지끈거릴 정도였다. 물론 화가 난 마음은 이해하지만 제가 이렇게까지 굽히고 들어가는데 적당히 포용해 줄 법도 하지 않은가.

제민은 신경질적으로 손을 뻗어 음악을 틀었다. 때마침 슬픈 음악이 흘러나왔다. 제민은 음량을 조금 더 키웠다.

기자를 만났던 일을 떠올리니 기분이 더 가라앉았다. 일방적으로 일을 진행시키는 게 찝찝했지만 제민은 얼른 긍정적인 방향으로 생각을 환기시켰다. 어쩔 수 없었던 자신의 속사정을 모두 듣고 나면 수연은 다 이해해 주고 오히려 따뜻하게 위로해 줄 게 분명했다.

제민이 아는 수연은 그런 아이니까. 늘 부처같이 온화한 얼굴로 제민을 믿고 응원해 준 하나뿐인 친구이자 인생의 동반자. 온전한 나의 편. 가끔 그 온건한 성격이 심심하고 재미없게 느껴지긴 했지만, 불안정한 제민을 품어 주는 둥지 같은 존재였다.

'만나 줘야 어떻게든 설득을 할 텐데…….'

이다지도 꼿꼿하게 구는 수연 때문에 울컥 신경질이 일어났다. 제민은 손등에 힘줄이 불거질 정도로 세게 핸들을 움켜잡았다.

'네가 나 없이 어떻게 산다고 그래. 수연아…….'

슬픈 음악을 들으면서 한창 애틋한 감정에 취한 채 집에 도착했다. 주차를 하고 현관으로 들어서는데 웬 검은 인영이 제민을 막아섰다. 처음 보는 남자가 낮은 목소리를 내뱉었다.

"정제민 씨?"

제민은 눈앞의 남자를 의심스러운 눈으로 훑어 내렸다. 혹시 집까지 찾아온 팬인가 했더니, 자신의 팬이라기엔 남자의 얼굴엔 반기는 기색은커녕 영화배우를 보고도 영 아무런 감흥도 없는 표정이었다. 제민은 경계심을 풀지 않고 되물었다.

"그런데요?"

"늦은 시간에 실례합니다."

남자는 꽤 예의 바른 태도로 제민을 향해 묵례했다. 오후 8시, 확실히 초면에 갑작스러운 만남치고는 늦은 시간이기는 했다. 어차피 새벽에 자서 정오에 느지막이 일어나는 제민에게는 그다지 늦지 않았지만.

"정제민 씨를 뵙고 싶어 하는 분이 있으셔서, 모시러 왔습니다. 잠시 시간 좀 내 주시겠습니까?"

"네?"

제민이 황당한 낯으로 되묻자, 남자는 무심한 몸짓으로 슈트 상의 안주머니에서 무언갈 꺼내 제민에게 건넸다.

'뭐야. 그냥 명함이잖아.'

건네받은 명함을 심드렁하게 들여다보던 제민의 눈이 살짝 커졌다.

"어……. 근데 갑자기 절 보자고 하는 이유가 뭐라고 하시던가요?"

"전 정제민 씨를 모셔 오라는 지시만 받고 온 거라, 자세한 이야기는 가서 직접 들으시죠."

남자의 안내에 따라 제민은 곧 고급 세단 뒷좌석에 올라탔다. 차가운 정적에 휩싸인 차는 평창동의 경사진 언덕을 한참 오른 후에야 제민을 내려 줬다. 거대한 저택의 전경에 잠시 넋을 잃은 채 제민은 주변을 두리번거렸다.

제민을 이곳까지 태워 준 남자는 어느새 자취를 감추고 다른 남자가 다가와 제민을 저택 안으로 이끌었다. 대낮처럼 환하게 조명이 켜진 저택 내부는 바깥에서 보는 것보다 더욱 화려했다.

층고가 다른 집의 2층을 합쳐 놓은 것처럼 높아서 집 자체가 굉장히 넓게 느껴졌다. 실제로 넓기도 넓어 주춤거리고 들어서는 제민의 어깨를 괜스레 주눅 들게 만들었다. 이런 곳에 사는 사람이 대체 자신을 왜 불러낸 건지…….

제민은 집 안을 연신 힐끔거렸다. 현관에서 거실로 이어지는 길에 계절에 맞지 않게 벽난로가 활활 타오르고 있었다. 놀란 눈으로 자세히 들여다보니 진짜 벽난로처럼 보이는 정교한 장식이었다. 그 앞에 잠시 멈춰 선 제민을 채근하듯 돌아본 남자를 따라 거실로 들어서자, 얇은 니트 차림의 차가운 인상의 남자가 눈을 내리깔고 생각에 잠긴 것처럼 가만히 앉아 있었다.

"상무님. 정제민 씨입니다."

이윽고 지호는 감고 있던 눈을 천천히 들어 올렸다. 어리둥절한 표정을 고스란히 드러낸 제민을 위아래로 훑어 내린 지호가 닫혀 있던 입을 열었다.

"어서 와요. 갑자기 불러내 미안합니다. 앉아요."

맞은편 소파를 가리키는 지호의 몸짓은 흠잡을 데 없이 정중했으나 묘하게 하대하는 말투에 제민은 미간을 살짝 찌푸렸다. 뭔데 갑자기 오라 가라에, 폼은 있는 대로 잡고……. 상황이 적잖이 짜증스러웠지만 저택의 화려한 분위기에 기가 눌린 제민은 아무 말 없이 소파에 앉았다.

게다가 오는 내내 머릿속에 가득 찬 궁금증을 더 이상 참기 어려웠다. 왜 도성그룹 상무가, 그것도 그냥 상무도 아닌 도성가 재벌 3세가 자신을 집으로 불러낸 건지 차 안에서 운전자에게 몇 번을 캐물어도 제대로 된 대답을 들을 수 없었다.

지호는 무릎 위에 올려놓았던 서류를 테이블에 내려놓으며 눈짓했다. 곧이 이 저택 내부에서 제민을 안내했던 남자가 금색 트레이에 유리잔과 술병을 들고 와 테이블에 조용히 내려놓고 멀어졌다.

흘끗 그것을 확인한 제민의 눈이 동그랗게 커졌다. 비싸서 이름만 들어 보고한 번도 마셔 본 적 없는 위스키가 물방울 모양의 병 안에서 영롱한 주황색 빛을 띠고 있었다.

"술 좋아합니까? 한잔하세요."

지호가 나른한 몸짓으로 유리잔에 술을 따르며 말했다.

"어……. 네."

술병의 목을 쥔 하얗고 기다란 손가락과 얇은 니트 티 틈새로 보이는 탄탄한 근육이 잡힌 팔뚝에 잠시 시선이 팔린 제민이 뒤늦게 대답했다. 한 잔에 백만 원을 호가하는 위스키를 대뜸 권하는 분위기에 제민의 정신이 몽롱해졌다. 어쩐지 진한 향내 같은 것도 코끝을 맴돌아 더욱 감각이 아득해지고 있었다.

"제가 누군지 압니까?"

"아. 예. 아까 명함을 전달받아서요."

"그럼 본론만 간단히 말씀드리죠. 우선 한 잔 하세요."

옆으로 긴 눈을 가늘게 좁히며 지호가 제민을 응시했다. 직선으로 바라보는 시선을 떼지 않은 채 지호는 제 손안의 유리잔을 굴리듯 느리게 흔들었다. 잔 안에 든 주황색 액체가 일렁거리는 것을 보던 제민은 제 앞으로 내밀어진 술잔을 들었다.

고급 독주에서 느껴지는 고유의 짙은 풍미가 입안을 가득 채웠다. 끝맛에서는 설탕에 절인 과일의 달콤하고 옅은 향이 맴돌았다. 제민은 콧등이 시큰거리는 것을 느끼며 잔을 내렸다.

"제가 정제민 씨를 부른 이유는……. 한수연 씨 이야기를 좀 듣고 싶어서예요."

"네?"

"……"

"수연이요? 한수연?"

"네."

"그…… 도성전자에서 비서로 일하는……?"

갑자기 불러내 자기 회사 일개 사원인 수연의 이야기를 들어 보고 싶다니, 쉽사리 이해가 되지 않는 상황에 제민이 맹하니 되물었다. 지호는 입가에 대고 있던 술잔을 소리 없이 내려놓았다. 주홍빛 액체가 잔 안에서 출렁거렸다. 어쩐지 전혀 줄지 않은 것처럼 보이는 그것을 제민은 물끄러미 바라보았다.

"맛이 괜찮습니까?"

"네?"

지호는 제민의 손안에 반쯤 남은 술잔을 눈짓했다.

"아. 네. 향이 좋네요. 굉장히 비싼 술로 알고 있는데……"

"가격은 잘 모르겠는데, 괜찮다니 다행이네요. 한 잔 더?"

제민은 지호와 그의 손아귀에 잡힌 채 영롱하게 흔들거리는 술병을 번갈아 보면서 홀린 듯이 반쯤 남은 술을 한 번에 들이켰다. 식도를 타고 내려가는 뜨거운 기운이 생생하게 느껴졌다. 제민이 미간을 왈칵 찌푸리며 잔을 내려놓자 지호가 상체를 기울여 잔에 술을 채웠다.

"저…… 저만 먹나요? 그쪽은 안 드세요?"

"전 술 잘 못해요."

"아……"

"귀한 손님용 술인데, 내가 오늘 정제민 씨한테 듣고 싶은 게 많아서요."

지호가 입꼬리를 올리며 산뜻하게 미소 지었다. 지호의 얼굴에 흐르던 냉담한 분위기가 일순 느슨하게 풀어졌다. 제민은 웬만한 배우보다 잘생긴 그 얼굴에 잠시 자존심이 상했지만, 이내 그가 자신과는 다른 과의 미남임을 선선히 인정했다.

"술 좋아한다고 들었습니다."

"저요? 어떻게 아셨어요?"

제민이 눈을 동그랗게 뜨고 물었다. 지호가 어깨를 으쓱 추켜올렸다.

"유명한 배우이시던데. 뭘 좋아하는지는 금방 나오더라고요."

제민은 쑥스러운 듯 머리를 긁적이고는 술잔을 들었다. 절로 솟아오르는 광대를 가리듯 술잔을 들어 올린 채로 말했다.

"유명까지는 아니고, 요새 조금 떴죠."

지호는 물끄러미 제민을 응시했다. 홀로 홀짝거리던 제민의 잔이 반쯤 비워지자 지호가 상체를 소파에 깊숙이 기대며 말했다.

"이제 얘기를 좀 들어 볼까요?"

"아. 그럼 어디서부터……."

"난 오늘 시간이 아주 많은데. 정제민 씨 바빠요?"

"아뇨, 그다지."

"그럼 처음부터 들어 볼까요?"

제민은 길어질 이야기를 풀어놓을 준비를 위해 목을 풀듯이 마른침을 꿀꺽 삼켰다. 술기운에 배 속이 지글지글 끓어오르는 것을 느끼며 제민은 천천히 입술을 뗐다.

"저랑 수연이는……."

□　◆　□

지헌은 안전벨트를 당기며 여상하게 말했다.

"저녁이나 간단히 먹고 들어가죠."

벨트를 채우던 수연은 멈칫하며 대시 보드의 시계를 확인했다. 저녁 8시. 요트 안에서 핑거 푸드를 집어 먹긴 했지만 식사는 지헌의 집에서 먹은 늦은 점심이 마지막이었다.

허기가 지는 건 사실이지만 여기서 저녁까지 먹게 되면 집에 언제 들어갈지 알 수 없었다. 이미 그와 함께 있은 지 꼬박 하루가 다 되어 가는데. 게다가 식사를 하고 나면, 어쩌면 또 자연스럽게 함께 그의 집으로 가게 될지도…….

감정이 깊어지지 않게 마음의 담을 쌓자던 다짐은 하루도 지나지 않아 어느새 무용지물처럼 허물어졌다. 오히려 거침없이 몸집을 불려 둑을 무너뜨릴 기세로 들이닥치는 감정의 소용돌이가 무서웠다. 꼼짝없이 팔다리가 묶인 채로 그가 파 놓은 까마득한 구덩이에 빨려 들어가는 기분이었다. 너무 깊어서 도무지 자력으로는 헤어 나올 수 없는 블랙홀 같은 구덩이에.

"그냥 집에 갈게요. 너무 늦었어요."

수연은 시선을 무릎에 내린 채 나직하게 말했다. 저도 모르게 부여잡은 손끝을 무의식중에 문질거렸다.

"저녁 안 먹었잖아."

"괜찮아요. 아까 이것저것 먹어서 배도 별로 안 고프고."

"밥 안 먹이고 들여보내기 싫어서 그래. 가요."

"아뇨—"

수연이 재차 거절하자, 지헌의 나직한 목소리가 수연의 말을 끊고 차갑게 귓전을 때렸다.

"피곤하게 굴지 마요. 한 실장."

"……."

수연은 서로 맞대고 문지르던 손을 멈추고 고개를 돌려 지헌을 바라보았다.

잠잠한 두 사람의 시선이 부딪쳤다. 입매가 굳은 수연과는 달리 지헌은 별다른 표정 없이 수연의 경직된 얼굴을 물끄러미 응시했다.

이윽고 지헌은 수연에게 잠시 머물던 시선을 거두고 차를 출발시켰다. 그리곤 고저 없는 여상한 목소리로 말을 이었다.

"같이 살자는 얘기 아니고 저녁이나 먹자는 거니까 복잡하게 생각하지 말란 얘기예요."

지헌은 시선을 전방에 고정한 채로 말했다. 차가 한강 공원을 빠져나가며 지헌이 부드럽게 핸들을 돌렸다.

"아까부터 산만하게 머리 굴리는 거 다 보이니까."

"……."

"내가 한 실장더러 우리 집에 눌러앉으라고 한 건 시간 절약 차원에서 한 말이에요. 매일 왔다 갔다 하는 것도 귀찮을 거고 아침마다 피곤해 보이니까."

수연은 두 눈을 느리게 감았다 떴다. 고요한 호수에 묵직한 돌멩이를 내던진 것처럼 파동이 퍼졌다. 가장자리로 퍼질수록 파동은 오히려 점점 파도처럼 높아져 무력하게 선 수연을 집어삼킬 듯이 다가왔다.

"부담스러우라고 한 말은 아니니까 겁먹지 말아요. 싫으면 싫은 거지 뭘 그렇게 내뺄 준비를 해."

서서히 얼굴에 뜨거운 기운이 올라오는 게 느껴져 수연은 다급하게 고개를 돌렸다. 창밖에는 까만 어둠에 잠긴 한강의 표면에 반사된 불빛이 반짝거렸다.

창피했다. 대단한 말이라도 들은 것처럼 하루 종일 전전긍긍하면서 그와 눈이라도 마주치면 파르륵 떨며 허둥거렸다는 게 부끄러웠다. 혼자 연애라도 하는 것처럼 두근거리고 부풀어 오르는 마음을 가라앉히려 부단히 애를 썼다는 사실도.

어느새 차는 반포대교를 지나고 있었다. 수연은 차창 너머 한강을 응시했다. 새하얀 요트가 느리게 유영하는 모습을 바라보던 수연은 이내 시선을 떼어 내고 고개를 앞으로 돌렸다. 어쩐지 가슴에 차가운 바람이 부는 것처럼 시려 왔다. 눈을 꾹 감았다 뜬 수연은 담담해진 얼굴로 말했다.

"업무에 지장 가지 않도록 주의할게요. 하지만 역시 전 우리 집이 좋아요."

차분한 수연의 말에 지헌이 짧게 시선을 건넸다. 따갑도록 박혀 오는 그 시선이 느껴졌지만 수연은 정면을 바라본 채 끝내 고개를 돌리지 않았다.

"그래요. 그럼."

아무렇지 않은 지헌의 그 말이 왠지 커다란 돌덩이처럼 가슴에 쿵 떨어졌다. 수연은 시선을 내리고 무릎 위에 올린 제 손을 내려다보았다. 의식하지 못하는 사이에 손톱 끝의 여린 살을 괴롭히던 제 손을 마치 타인의 손인 양 멍하니 응시했다.

반포대교를 벗어난 차가 정지 신호 앞에 부드럽게 멈춰 섰다. 거의 동시에 지헌의 상체가 불쑥 조수석으로 기울어졌다. 안전벨트가 팽팽하게 당겨졌다. 지헌은 수연의 턱을 잡아 들어 올리며 서슴없이 입술을 겹쳤다.

놀라서 벌어진 입술 사이를 뜨거운 혀가 가르며 밀려들었다. 지헌은 수연의 경직된 혀를 어르듯 부드럽게 휘감고 매끄럽게 휘저었다. 수연은 미간을 찌푸리며 지헌의 어깨를 밀어 냈다.

함부로 아무 말이나 늘어놓으면서 사람 마음을 바닥까지 가라앉혀 놓고는. 이런 상황에 키스라니…….

지헌은 수연이 미는 대로 상체를 살짝 뒤로 물리고는 말했다.

"생각이 너무 많아. 한수연 씨는."

지헌은 수연의 목 뒤를 잡고 끌어당겨서 수연의 입술에 짧게 입을 맞췄다. 수연이 그를 피해 고개를 옆으로 돌리자 뺨에서 광대, 관자놀이까지 차례로 입을 맞추고는 맞붙인 입술을 떼지 않은 채 나지막이 속삭였다.

"까인 건 난데 왜 한수연 씨가 화가 났지……."

수연의 뒷목을 세게 그러쥔 채 머리카락에 입술을 꾹 누른 지헌은 담백한 몸짓으로 멀어졌다. 동시에 출발 신호가 들어오자 차는 멈출 때와 같이 매끄럽게 출발했다. 지헌은 한 손은 핸들에 올린 채 다른 손으로 자신의 입술을 느리게 쓸었다.

"참 쉽지 않은 사람이야."

혼잣말처럼 읊조리는 지헌의 말이 귀에 날아와 따갑게 박혔다. 수연은 시선을 창밖에 둔 채로 입술을 꾹 깨물었다.

수연이야말로 그가 어려웠다. 도통 그의 생각과 행동을 해석할 수 없었다. 손쉽게 다가와 사람을 정신없이 휘저어 놓고는 휘젓는 대로 흔들리는 제게 어떻게 그렇게 아무렇지 않게 못된 말을 늘어놓을 수 있는지.

'피곤하게 굴지 마요. 한 실장.'

아…….

그의 나직한 목소리를 되뇌던 수연은 문득 어렴풋이 깨달았다. 눈앞의 희뿌연 안개가 걷히면 이 관계의 끝엔 무엇이 있을지 그려 보던 것조차, 그곳에 무언가가 있기를 기대한 자신의 일방적인 감정이 만들어 낸 것이란 걸.

그에겐, 아니 그들에겐 그냥 오늘이 있을 뿐이란 것을.

그러니 아무것도 어려울 게 없다. 오늘은 다정하고 달콤한 말을 쏟아 내다가도, 내일이면 언제든 또 차갑게 돌아설 수 있는 그런 너무나도 쉬운…….

"내려요."

지헌의 목소리가 수연의 상념을 깨웠다. 어느새 차가 멈춰 서 있었다.

수연은 대답 없이 차에서 내린 후 굳은 얼굴로 눈앞의 식당과 지헌을 번갈아 바라보았다.

"콩국수 좋아해요?"

지난봄, 가마솥에 끓인 잔치국수와 두부김치를 곁들인 막걸리에 흠뻑 취했던 응봉산 자락의 식당 앞이었다.

"여름엔 콩국수만 판다던데. 얼마 전에 개시했더라고."

지헌은 꼿꼿한 자세로 선 수연의 등허리에 손을 얹어 당겼다. 수연은 지헌의 옆구리에 거의 끌어안긴 채 떠밀듯 식당 안으로 들어갔다.

식당의 소박한 마당에는 가마솥이 사라지고 그사이 잔디가 무성하게 자라 있었다. 풀벌레 소리와 야외 테이블에 앉은 손님들의 두런거리는 말소리가 듣기 좋게 뒤섞였다. 적당히 남아 있는 자리에 앉고 나서 보니 공교롭게도 지난번과 같은 테이블이었다.

주문 후 눈 깜짝할 새에 음식이 서빙되었다. 직접 갈아 만든 진득한 콩물에 얼음을 동동 띄워 만든 콩국수를 보니 잊고 있던 허기가 느껴졌다. 콩국수를 앞에 두고 수연만을 직시하는 시선이 두 사람 사이를 맴돌았다.

수연은 어깨를 맥없이 떨어뜨리고 허탈한 웃음을 터뜨렸다. 정말 알 수 없는 남자란 생각에 잔뜩 날을 세웠던 신경도 허무하게 허물어졌다.

"소금 넣으세요, 설탕 넣으세요?"

수연은 테이블 가운데의 설탕을 집어 들며 물었다. 젓가락을 집어 들던 지헌이 잠시 멈칫하더니 약간 충격에 빠진 듯한 얼굴로 수연을 바라보았다.

"국수에 설탕을 넣는 사람도 있나?"

"전 콩국수엔 설탕 넣어 먹는데요."

"어지간히 단거 좋아하네. 한수연 씬."

"콩국수에 설탕 넣는 사람 많아요."

"그래?"

지헌은 성의 없이 고개를 끄덕이곤 자신의 국수가 담긴 그릇에 신중한 태도로 소금을 뿌렸다. 그 모습이 어쩐지 어색해 보여 수연의 눈길을 끌었다. 이내 콩국수를 한 입 맛본 지헌의 눈썹이 꿈틀거리며 입매가 묘하게 굳어졌다.

"입에 안 맞으세요?"

"아니. 그런 건 아닌데. 선뜻 이해하기 어려운 맛이라."

수연은 지헌의 무덤덤한 얼굴과 그의 앞에 놓인 콩국수 그릇을 번갈아 보며 의심스러운 눈빛으로 물었다.

"콩국수 처음 먹어 보세요?"

지헌은 젓가락 사이에 콩국수를 끼우고 걸쭉하게 흘러내리는 국물을 응시한 채 아무렇지 않은 얼굴로 대답했다.

"어."

"그럼 여긴 왜 왔어요?"

"한수연 씬 자주 온다며. 콩국수 좋아하나 보다 했지."

수연이 푸스스 웃음을 터뜨렸다. 저번에 왔을 때 내가 콩국수 얘기를 했던가? 기억을 더듬어 보았지만 딱히 떠오르진 않았다. 어쨌든 그날 퍽 취했으니 이런 말 저런 말 별생각 없이 늘어놓았을 게 뻔했다. 다만 그렇게 사소하게 흘러간 말을 그가 기억한다는 게 의외였다.

"그건 또 어떻게 기억하셨어요?"

수연의 물음에 지헌이 그게 뭐 별거냐는 투로 말했다.

"머리 좋잖아. 나."

또 한 번 웃음이 터졌다. 수연은 수저로 걸쭉한 콩물을 한 술 떠서 맛보았다.

혀끝을 적시는 고소함에 마음 한구석이 사르르 녹아내렸다.

수연이 설탕을 집어 들어 그릇 안에 톡톡 두드리자 뜨거운 시선이 느껴졌다. 슬쩍 눈을 들어 보니 지헌의 한쪽 눈썹이 눈에 띄게 꿈틀거리고 있었다.

"여기 콩국수가 최고예요."

여전히 국수와 설탕의 조합을 이해하지 못하는 얼굴의 지헌을 바라보며 수연이 싱긋 웃었다. 그 모습을 잠시 물끄러미 응시하던 지헌은 이내 비슷하게 웃음 지었다.

□ ◆ □

"네, 경영기획실 한수연입니다."

수연이 메일을 확인하고 있을 때, 책상 위의 전화기가 요란하게 울렸다. 수연은 모니터를 향해 있는 시선을 옮기지 않은 채 반사적으로 손만 뻗어 수화기를 집어 들었다.

— 네. 여기 정문 게이트인데요. 정제민 씨라는 분이 내방 신청도 없이 방문하셨는데, 대리님 손님 맞으세요?

수연은 왈칵 미간을 찌푸리며 수화기를 고쳐 잡았다. 다짜고짜 회사에 찾아와서 다시 생각하기도 싫은 끔찍한 헛소리를 지껄이고 갔던 그날 이후 한동안 뜸했던 제민의 연락이 다시 시작된 건 몇 주 전쯤부터였다.

아무 일도 없었다는 것처럼 뻔뻔하게 집 넘버 록 비밀번호를 묻지 않나, 자신이 출연한 영화의 기사 링크를 보내기도 하고, 구구절절 상세하고 간곡한 자신의 입장을 대변하는 구질구질한 반성문을 보내왔다.

제민이 이렇게까지 끈질기고 말이 안 통하는 인간이었나, 하는 회한이 일었다. 생각해 보면 제민은 옛날부터 무언가 혼자 삐지거나 토라지더라도 시간만 적당히 흐르면 수연이 아무런 행동을 취하지 않더라도 아무렇지 않게 혼자 너끈히 극복하고 다시 다가왔기 때문에, 그것이 그때는 오히려 속 끓일 일이 없어 편했는데…….

상대방의 리액션에 구애받지 않고 다분히 일방적이라는 점에서 제민의 행동은 그때나 지금이나 일맥상통하는 바였다.

"아뇨. 죄송하지만…… 돌려보내 주시겠어요? 부탁드립니다."

데스크 직원에게는 죄스럽고 미안한 일이었지만 수연은 그냥 돌려보내 달라는 부탁과 함께 전화를 끊었다. 일전에 회사에 찾아왔을 때와 같은 방법을 쓰면 수연이 나올 줄 알고 게이트에서 떼를 쓰고 있는 모양인데, 이렇게 회사로 찾아올 때마다 만나 줄 수는 없는 법이었다. 더군다나 게이트에는 보안 요원이 상주하고 있으니, 겁 많은 제민이라면 보안 요원의 우락부락 큰 몸집만 봐도 적당히 주눅 들어서 돌아갈 터이니…….

다소 짜증스러운 몸짓으로 수화기를 내려놓은 수연은 핸드폰을 집어 들고 수신 거부 문자함을 확인했다. 언젠가부터 갑작스럽게 재개된 제민의 일방적인 문자에 전화번호를 수신 거부 목록에 등록해 뒀었다.

[수연아, 우리 얘기 좀 해. 나 지금 너네 회사 와 있어. 저번에 봤던 그 카페에서 기다릴게.]

마치 벽에다 대고 말을 하고 있는 것 같은 답답함에 목구멍이 죄어들었다. 도저히 용납이 되지 않는, 납득할 수 없는 행동의 향연이었다. 회사에 또 찾아오면 수연이 만나 줄 거라고 철석같이 믿는 그 해맑고 드높은 자긍심이 어처구니가 없을 뿐이었다.

"도대체 왜 이러는 거야……."

그토록 원하던 영화 흥행도 이뤘고, 먼저 배신한 것도 자신이면서 왜 이제 와 이러는 건지 수연은 제민의 행동을 도무지 이해할 수가 없었다. 목이 갑갑하게 옥죄는 느낌에 수연은 얼른 일어나 냉장고에서 생수를 하나 꺼내 벌컥벌컥 마셨다.

핸드폰에서 전화번호 수신을 차단하듯 수연의 삶에서도 정제민을 버튼 하나로 싹 지워 버릴 수 있다면 참 간편할 텐데. 그래도 다행히 보안 요원이 무섭기는 했는지, 다시 연락이 오지 않는 걸 보니 돌아가기는 한 모양이었다.

"네, 경영기획실 한수연입니다."

회의 소집 일정을 조율하는 메신저를 주고받고 있을 때, 또다시 전화가 울렸다. 이번에는 예전 같은 부서였던 품질팀 오 대리의 전화였다. 오랜만에 하는 대화이기에 예의상의 안부를 주고받은 후 오 대리는 전화를 건 목적을 털어놓았다.

— 아니, 다른 게 아니라. 나 방금 외근 갔다가 들어오는 길에 게이트에서 누가 난동……. 아. 난동까지는 좀 그런가. 어쨌든 좀 시끌시끌하길래 봤더니 웬 남자가 우격다짐으로 게이트 통과하려는 걸 보안 요원이 막고 있더라고. 근데 자기가 한 대리 남자 친구라고 고래고래 소리를 치길래. 혹시…… 들었어? 무슨 일이야? 진짜 한 대리 남자 친구야?

수연은 지끈거리는 관자놀이를 손으로 짚으며 수화기를 내려놓았다. 보안 요원의 위협이면 금세 되돌아갈 줄 알았는데 회사 앞에서 난동을 부리고 있다니. 더 이상 제민을 그냥 놔두었다가는 회사 전체에 사실보다 더한 괴이한 소문이 퍼질지 모른다. 수연은 땅이 꺼질 듯한 깊은 한숨을 내쉬며 자리에서 일어났다.

"아니. 그게 아니라 진짜 잠깐 얼굴만 보고 온다니까요? 저 모르세요? 저 이상한 사람 아니고 영화배우라니까요. 어? 수연아!"

정문 게이트 앞의 작은 소동은 멀찍이 가느다란 인영이 등장하는 것으로 멎었다. 이제껏 친분 관계를 주장하던 당사자가 나타나자 제민은 거들먹거리는 표정으로 제 몸을 막고 있던 덩치 큰 보안 요원을 흘겨보았다.

시끄러운 소란을 피운 것이 마음에 들지 않는지 수연의 얼굴이 잔뜩 굳어 있었지만, 그러게 왜 사람 연락을 씹어서……. 제민은 결국 수연이 어느 정도 자초한 일이라고 생각했다.

두 사람은 보는 눈이 즐비한 회사 카페 대신 주차장에 세워 둔 제민의 차로 향했다. 제민은 찬바람을 날리면서 앞서 걷는 수연의 쌀쌀맞은 뒷모습을 빤히 응시하며 뒤를 따랐다.

"정제민. 난 네가 도무지 이해가 안 돼."

차에 올라타자마자 쏟아지는 수연의 차가운 목소리에 제민이 움찔 얼굴을 굳혔다. 제민아, 라고 다정하게 불러 달라고 하고 싶지만 분위기상 오늘은 참기로 했다. 적잖이 화가 난 것 같지만…… 제민은 그래도 수연의 마음을 풀어 줄 용의와 의지가 넘쳤다.

여자를 사귀려면 얼마든지 사귈 수는 있지만, 그럼에도 불구하고 여전히 제민에게는 수연이 원 앤 온리, 유일무이한 여자였다.

앞으로도 평생을 믿어 주고 항상 따스하게 응원해 줄, 든든한 나무 같은 포근함을 가진 여자. 오랜 시간 함께한 세월에 걸친 믿음이 있기에, 수연이 지금은 싸늘하게 굴어도 금방 풀어질 걸 잘 알고 있다. 어차피 수연에게도 자신이 원 앤 온리, 유일한 남자이니까.

"수연아. 나도 네가 이해가 안 돼. 우리가 왜 이래야 돼. 우리가 어떻게 헤어져."

절절하게 끓고 있는 제민의 눈동자를 보고 있노라니, 저렇게 연기를 잘하는데 왜 그 오랜 시간 동안 배우로서 진작 뜨지 못했나 하는 순수한 의문이 들었다. 그러다가 수연은 곧 깨달았다.

이 인간은 지금 진심이다.

"……질린다. 진짜."

수연은 깊은 한숨을 내쉬면서 또다시 지끈거리기 시작한 머리를 짚었다. 사람의 말은 전혀 듣지 않는 수준이 경이로울 지경인, 완벽한 벽이 눈앞에 앉아 있었다. 진심 어린 애절한 표정의 제민이 이제 완전히 몸을 수연 쪽으로 돌리고 낮게 가라앉은 목소리로 선언하듯 말했다.

"난 너랑 결혼까지 생각했어."

이젠 웬 철 지난 유행가 가사까지 인용하나 싶어 기가 막힌 수연은 진저리를 치며 이만 대화의 의지를 잃고 차 문을 열었다. 그런 수연의 뒤통수에 대고 제민이 절절하게 읊조렸다.

"아니. 우리가 같은 집에서 먹고 자고 한 게 몇 년인데, 그 정도면 우린 사실

혼 관계야. 수연아. 네가 이렇게 눈 감고 귀 막는다고 해서 간단히 끝나는 관계
가 아니라고."

사실혼이라니……?

말도 안 되게 지껄이는 소리에 결국 분통이 터져서 수연은 자제력을 잃어버
리고 말았다. 새된 비명 같은 목소리가 터져 나왔다.

"너 대체 뭐 때문에 이래?"

본래 소리 지르는 법이 없는 수연의 입에서 나온 뜻밖의 큰 목소리에 흠칫
놀란 제민은 뒤늦게 시커먼 속내를 내보였다.

"사실 나 이상한 소문 때문에 이 바닥에서 매장당하게 생겼어. 있잖아.
그…… 게이라고 말이야. 미리 말하지만, 나 절대 게이 아니야, 수연아. 내가
게이면 어떻게 너랑…… 어? 할 수 있었겠어. 그래, 이렇게 된 거 사실대로 솔
직하게 다 털어놓을게. 난 그냥…… 뒤로 하는 게 좋아……. 허…… 참. 이걸 어
떻게 설명해야 되지."

제민은 말을 더듬거리며 뒷머리를 벅벅 긁었다. 이내 마른침을 꿀꺽 삼키곤
벌게진 얼굴로 허둥거리며 변명을 이어 갔다.

"수연이 네가 너무 순진해서 잘 모르겠지만, 남자는 말이야 전립선 자극에
약한……. 암튼 뭐 그런 게 있어. 그러니까 한번 거기에 눈을 뜨니까 도무지 벗
어날 수가……. 하지만 그렇다고 내가 게이라는 건 아니야. 난 일평생 오로지
너만 사랑해 왔다고. 응? 너도 잘 알잖아. 수연아. 내가 다른 여자한테 한눈파
는 거 본 적 있어? 단연코, 단 한 번도 없어."

상상도 못 해 봄 직한 사랑 고백에 얼이 빠져서, 수연은 제민이 마음대로 떠
드는 걸 맥없이 듣고만 있었다. 대체 무슨 생각으로 이러는 건지 짐작조차 가
지 않았다.

"아무튼 그래서 말인데…… 조만간 나 열애설 날 거야. 물론 넌 일반인이니
까 신상은 최대한 보호해 달라고 요청해 둘게. 근데 그렇게 해도 정 소문이 안
가라앉으면…… 우리 사진 공개해야 할 수도 있을 것 같은데. 괜찮지?"

"너, 이…… 미쳤어. 진짜. 말도 안 되는 소리 하지 마!"

제민은 길길이 날뛰기 시작한 수연의 어깨를 부드럽게 주물럭거렸다.

"진정해. 왜 이렇게 소리를 질러."

"내가 소리 안 지르게 생겼어? 너 왜 나한테 이래. 우리 끝났잖아!"

"사실 맘만 먹으면 누구든지 다른 여자 데려와서 앞세울 수 있어. 하지만 내가 진짜 사랑하는 여자가 엄연히 이렇게 있는데, 그건 진정성이 떨어지잖아. 난 대중 앞에 서서 거짓말하고 싶진 않아. 난 내 동정을 너한테 바쳤고, 넌 덴마크에서 여기까지 날 믿고 따라와 줬잖아. 네가 내 유일한 여자니까 난 그 아름다운 역사에 오점을 남기고 싶지 않아."

이쯤 되니 소름이 돋고 현기증이 일었다. 벽이랑 대화하는 게 답답함을 넘어서, 이젠 무서워질 지경이었다. 이 정도로 말이 안 통하는 건 지능의 문제 아닌가. 경계성 지능 장애가 의심되는 환자와의 대화는 도무지 의미가 없었다.

수연은 등줄기로 식은땀이 흐르는 것을 느끼며 허겁지겁 차에서 내렸다. 뒤통수에 대고 뭐라 소리치는 제민을 향해 다시 나타나면 경찰에 신고하겠다고, 내 신상 팔았다가는 언론에 직접 제보하겠다는 협박 어린 진심을 고하고 수연은 도망치듯 자리를 떠났다.

lo

정제민이 일방적으로 던져 놓고 간 시한폭탄과는 별개로 도지헌 상무의 충직한 비서 생활과 그와 잠자리를 하는 이중생활은 제법 안정 궤도에 올라 있었다. 그야말로 '이중' 생활에 안정이라는 표현이 사뭇 아이러니하지만, 결국은 그게 가장 적당한 표현이기도 했다.

가끔은 다년간 연인 관계였던 이보다 더 많은 시간을 함께하고, 식사를 하고, 대화를 하고, 다정한 키스를 나누는 게 형용할 수 없는 이상한 기분을 불러일으켰다. 아랫배가 보글보글 불안하게 들끓고 갑자기 심장이 뚝 떨어지는가 싶다가 속이 울렁거리기도 했다.

모든 게 뒤죽박죽이 되어 버린 것 같다는…… 초조함과 알 수 없는 불안감에 휩싸였다. 그럴 때면…… 여전히 둘 사이의 대화에 있어서 몸의 대화가 대다수를 차지함에 기묘한 안심을 하게 되는 것이다.

그러한 이율배반적 타성에 완전히 젖어 질척거릴 무렵, 관계의 변곡점은 갑자기, 예고도 전조도 없이 왔다.

─ 한수연 씨. 잠깐 얘기 좀 나누게 시간 좀 내 주시죠.

도지호 상무의 호출이었다. 그러니까 사실 전조가 없었다는 건 수연의 딱한 착각이었다. 전화기 너머의 목소리를 듣는 순간, 수연은 자선 행사 날 선실 복도에서의 어색한 조우를 떠올렸고 그 당시 약간의 의심과 불안감이 있었을지언정 여전히 아무런 조치를 취하지 않은 스스로의 안일함에 기가 막혔다. 수연으로서 취할 수 있는 조치가 딱히 존재하지 않는다는 사실 자체는 중요하지 않았다.

"앉아요."

지호는 이미 소파에 앉은 채로 수연을 맞이했다. 지호는 긴 다리를 꼬고 느슨한 자세로 앉아 있다가, 집무실에 들어선 수연을 향해 환한 미소를 지었다. 곧이어 미주가 들어와 테이블 위에 커피 두 잔을 내려놓고 나갔다.

"갑자기 불러내서 놀랐죠? 마셔요."

지호는 제 몫의 커피를 홀짝이며 말했다. 수연은 시선을 내리깐 채로 테이블 위에서 잔을 끌어당겨 만지작거릴 뿐이었다. 그런 모습을 한참 지켜보던 지호가 탁, 하고 잔을 내려놓았다.

"솔직히 좀 놀랐어요. 나로선 한수연 씨 똑똑하고 예의 차리는 모습만 봐 왔던 터라, 도덕관념도 올바를 거란 편견이 있었어요."

"……."

지호가 다짜고짜 꺼낸 말에 수연은 멍해진 채로 그가 한 말을 조용히 되뇌었다. 도덕관념……. 여러 번 되뇌어도 그의 말이 쉽사리 이해가 되지 않았다.

"곧 있으면 결혼할 놈이…… 결혼 상대 여성이랑 얼마 전에 그 자선 행사장에서도 만나서 정겹게 이야기 나누는 걸 내가 분명히 봤는데."

시선을 아래에 두고 있던 수연이 놀란 눈을 들어 올렸다. 지호와 눈이 마주치자, 수연의 눈동자가 거세게 요동쳤다. 지호는 개의치 않고 말을 이었다.

"그런데 뒤로는 섹스 파트너가 따로 있다……."

지호가 심혈을 기울인 단어 선택에 굳어 있던 수연의 어깨가 움칠거렸다. 그 모습을 놓치지 않으려 신중하게 관찰하고 있던 지호가 싱긋 웃었다.

"아, 혹시 마음도 나누는 사이인가요? 내가 아는 바로는 그저 두 사람이 하루가 멀다 하고 같이 퇴근해서 한집으로 들어가 밤을 보낸다는 정도라. 단어

선택이 좀 격했다면 사과할게요."

전혀 미안하지 않은 얼굴로 지호는 어깨를 으쓱거렸다. 가식적으로 표정을 지어낼 필요도 딱히 없었다. 어차피 수연은 멀겋게 뜬 눈을 내리깔고 넋이 나간 얼굴로 제 커피 잔을 내려다보고 있을 뿐이었다.

"사실 내가 도지헌 상무한테 거는 기대가 별로 없다 보니, 그거에 놀란 건 아니었어요. 단지 그 상대 여자가 자기 비서인 한수연 씨라는 데에 놀랐을 뿐이죠. 뭐 어찌 되었든 결혼식 올리기 전까지는 따로 만나는 여자가 있다고 한들 불륜, 간음은 아니라고 우길 수는 있겠지만 대다수 사람들의 도덕적 잣대까지 그렇게 관대할 리는 없잖아요?"

쉽사리 이해가 되지 않는 단어들이 수연의 머릿속에 하염없이 반복되었다. 혼란에 빠진 수연의 얼굴을 기꺼이 감상하며 지호는 계속 말을 이었다.

"혼사를 코앞에 두고 저지른 외도인 데다, 더군다나 회사 바깥에 여자를 묻어 둔 것도 아니고 사내 주종 관계에서 발생한 부적절한 사이라면 더 예민한 문제죠. 이건 뭐, 입방아 찧기 딱 좋잖아요."

"……."

"도지헌 상무야 워낙에 지 잘난 맛에 사는 놈이니까 딱히 별생각 없을 거예요. 알려진다 한들 타격도, 글쎄요. 그놈이 받을 타격이랄 게 있을까요. 그냥 털고 원래 예정된 결혼이나 하면 끝이지. 하지만 한수연 씨는 다르죠."

수연을 직시하는 지호의 시선에는 한심함과 안타까움이 섞여 있었다. 수연이 내쉬는 숨이 점점 더워졌다. 아니, 숨이 잘 쉬어지지가 않았다.

"그래서 내가 놀랐어요. 한수연 씨 꽤 좋게 봤거든요. 업무 평가 훌륭하고, 세심하고 눈치 빠르고, 분수에 맞게 처신할 줄 아는."

분수…….

제대로 된 문장 대신 격한 단어 하나가 수연의 귓가를 사정없이 때렸다.

"그래서 좀 실망했지 뭐예요. 하지만 뭐, 그건 내 개인적 감상일 뿐이고, 내가 이렇게 부른 건, 회장님이랑 큰어머니…… 아, 윤희연 여사 알죠? 도지헌 상무 어머니. 그분들 대신이에요. 사실 큰어머니가 아시고 노발대발하셔서 당장 회사에 쫓아오신다는 거 겨우 진정시켰어요. 동네방네 소문내서 좋을 거 없잖아요?"

지호는 수연의 손안에서 파동을 일으키고 있는 커피를 물끄러미 바라보며 어떻게 하면 최대 효용을 낼까, 고심하여 문장을 골랐다.

"한수연 씨 남자랑 동거도 했던데. 심지어 양다리인지 뭔지 자세한 사정이야 모르겠지만, 그 남자 쪽에선 한수연 씨랑 안 헤어졌다고 주장하던데……."

달칵, 수연이 휘청이며 결국 손에 쥐고 있던 커피 잔을 내려놓았다. 뜨거운 커피가 수연의 손등을 적시고 소서 위로 쏟아졌지만 수연은 아무것도 느끼지 못했다.

"어. 이걸 어째."

지호가 안주머니에서 손수건을 꺼내어 수연의 젖은 손을 닦아 주었다. 수연은 붉게 상흔이 남은 자신의 손등을 무감하게 내려다보았다.

"부뚜막에 먼저 올라간 얌전한 고양이. 이런 건가요? 그 남자 영화배우고, 열애설이 날 모양이던데 그게 또 우리 한수연 씨 얘기지 뭐예요. 이걸 우리 회사 차원에서 손을 대야 하나 말아야 하나 몹시 진지하게 고민 중이에요. 뭐 이렇게 복잡한 사정이 많아……. 한수연 씨 요새 아주 삶이 고달팠겠어요."

수연이 쏟은 커피를 닦아 주는 다정하고 배려 깊은 손길과는 달리 지호는 잔인한 말을 계속 쏟아부었다.

"근데 뜬금없이 지가 자발적으로 열애설을 생성 중이길래 의아했는데, 그 남자가 또 게이더라고요?"

그걸 알게 된 순간의 황당한 기분이 다시 엄습한 듯 지호가 하! 하고 헛웃음을 터뜨렸다. 그러더니 곧 동정심 가득한 눈으로 태세를 전환하여 수연을 응시했다.

"도지헌 상무 아버지가 게이였던 거 알아요? 그래서 뭐. 둘이서 클로짓 게이 피해자 클럽이라도 만든 건가? 몸의 대화로 서로의 상처를 보듬는다. 뭐 이런?"

초점이 사라진 심연의 눈동자를 마주한 지호는 설명하기 힘든 가학적인 쾌감에 미소 지었다. 어쩌면 도지헌 그 새끼랑 여자 취향이 꽤나 겹칠지도.

"아주 운이 안 좋은 케이스예요. 게이……. 그건 큰어머니 발작 버튼 같은 거거든요. 게이인 줄 알고도 남편이랑 결혼해서 애까지 낳고 살았는데 평생에 그 문제로 가슴 아프셨죠. 그래서 그 문제라면 제대로 된 판단을 못 하는 것도 이해는 가."

수연의 낯빛이 창백해졌다. 나긋하게 속삭이듯 말하는 지호의 목소리가 망치로 때리는 것처럼 귓가에 와 박혔다.

"고귀하디고귀한 아들내미가 비서랑 섹스 파트너인 것도 기가 막히는 노릇인데 심지어 게이랑 10년 가까이 동거한 여자다? 거품 물고 쓰러지실 법하지……. 참고로 우리 병원 VVIP 병동에 지금 3일째 입원 중이세요. 그냥 누워서 비타민 수액이나 맞고 계시지만, 도지헌이 얼굴 한번 안 비친다고 잔뜩 성이 나 계신다더라고요."

지호는 모래성처럼 와르르 무너져 내릴 것처럼 위태롭게 앉아 있는 수연의 여린 자태를 광각에 새겼다. 그 아슬아슬한 자태가 보호 본능이 아닌 가학성을 부추겼다. 저러다 픽 기절이라도 해 준다면, 그땐 진짜 밑도 끝도 없이 아랫도리가 설 것 같았다.

"아, 행여나 병문안 갈 생각은 마요. 예쁜 머리채 휘어잡히고 싶지 않으면……. 뭐, 아무튼 난 그 문제에 있어선 한수연 씨 편이에요. 전에 사건 남자가 게이인 게 뭐 한수연 씨 탓인가? 한수연 씨한테 만족 못 하고 남자 찾아 떠난 게이가 문제지. 아. 물론 이건 두 분이 이미 끝난 관계라는 전제하에."

산뜻하게 미소 지은 지호가 제 책상에서 서류 몇 가지를 가지고 와 테이블 위에 내려놓았다.

"자, 이제 본론. 정신 차리시고."

지호는 멍하니 앉은 수연의 얼굴 앞에다 대고 손가락을 튕겨서 딱딱 소리를 내 주의를 환기시켰다.

"이건 알음알음 진행되고 있는 우리 회사 명예퇴직 소개 자료. 특별히 최고 대우 조건으로 뽑아 왔으니 가져가서 읽어 보시고. 곧 도지헌 상무 신제품 언팩 행사 참석차 미국 출장 예정돼 있죠? 출장 후에 개인 휴가 며칠 붙여서 쓴다고 들었는데. 그럼 꽤 오래 자릴 비우니까, 그때 조용히 나가는 게 여러모로 깔끔할 것 같은데. 어때요?"

그래야 도지헌 그 새끼 기분이 제일 더러울 것 같은데, 어때요?

상상만으로도 숨이 벅차오른다. 넋이 빠져서 대답할 기색조차 없는 수연을 바라보며 지호는 차오르는 흥분을 애써 가라앉히고 연극적으로 한숨을 푹 내쉬었다.

"그리고 이건 별도로 위로금 차원에서 준비했어요."

지호는 서류철 밑에 깔려 있던 봉투를 맨 위로 올려 꺼냈다. 여전히 넋이 나간 수연의 얼굴 앞에 봉투를 휘휘 흔들자, 수연은 퍼뜩 어깨를 굳히며 입술을 깨물었다.

위로금……. 위로…….

무엇을? 왜?

금방이라도 피가 배어 나올 듯이 여린 입술이 수연의 치아 아래에 거칠게 짓눌렸다. 정신을 차리기 위해 제 따귀라도 올려붙이고 싶었다.

"퇴직금은 합법적으로 계좌로 입금될 거고, 이건 계좌로 입금하기엔 곤란한 구석이 있어서."

"성의 표시는 감사……하지만, 합법적인 금액만 받겠습니다."

수연은 또 한 번 입술을 깨물었다. 내가 뭘…… 왜 감사해야 되지? 핏기 어린 입술과 역시 붉어진 수연의 눈가를 지호의 시선이 집착적으로 더듬었다. 수연은 창백해진 손을 맞잡고 연신 쥐었다 폈다.

"말씀 다 끝나셨으면, 나가 봐도 될까요?"

"그래요. 아, 몇 가지 세부적 문제 논의하려면 몇 번 더 연락 갈 거예요."

그 자리를 어떻게 나왔는지 모르게, 집무실 나섰을 때 수연의 손에는 서류철 하나가 쥐어져 있었다. 그리고 눈앞에 싸늘한 얼굴의 미주가 서 있었다.

"미주야……."

"……너, 아주 발칙한 애더라?"

"뭐……?"

"회사 일에 목숨을 다 바칠 것처럼 요란하게 굴더니. 어떻게 직속 상사 랑……. 너 같은 애 때문에 비서라는 직업에 회의감이 들 정도야."

지호에게 온갖 모욕적인 소리와 멸시 어린 시선을 받고도 죽을 듯이 참아 온 눈물이 기어이 수연의 눈에 가득 차올랐다.

"너란 애를 친구라고 여겼던 게 억울하다. 넌 쪽팔리지도 않아?"

미주의 입술이 호전적으로 비틀리며 차가운 말을 마구 쏟아 냈다. 늘 나긋하 게 휘어지며 웃던 미주의 눈에 혐오가 가득했다. 결국 봇물 터지듯 눈물이 흘 러내려 수연의 볼을 엉망으로 적셨다.

"어쩜 그렇게 눈 하나도 깜빡 안 하고. 지는 하나도 관심 없는 척…… 내숭 을 떨 수 있는지 솔직히 좀 소름 돋을 정도야."

수연의 여린 어깨가 사시나무 떨리듯 흔들리자 미주가 눈살을 찌푸렸다. 터 진 입으로 변명 한마디 못 하면서, 이 순간에도 가늘게 바들거리며 보호 본능 을 자극하는 모습을 질시 어린 눈으로 노려본 미주가 참았던 말을 뱉었다.

"너 내가 도지헌 상무…… 이것저것 물어볼 때 되게 재밌었겠다? 난 그런 줄도 모르고—"

그때, 달칵하는 소리와 함께 지호가 문을 열고 몸을 내미는 바람에 미주가 격하게 내뱉던 말을 멈췄다. 미간을 찌푸린 지호가 신경질적으로 말했다.

"문 대리. 시끄러워요. 그 문제, 보안 유지하세요. 함부로 나불거리지 말고. 한수연 씨는 이만 가 봐요."

□ ◆ □

"오늘 이만 퇴근하고 병원 가 봐요. 요 며칠 계속 안 좋아 보이는데."

수연이 며칠째 복통에 시달려 배를 부여잡고 다니자, 점심 무렵 오찬 일정으 로 집무실을 나서던 지헌이 몸을 돌려 다시 돌아와서 말했다.

"네? 아뇨. 괜찮아요."

"어차피 나 오찬 끝나고 바로 외부 일정이라 여기서 따로 챙길 것도 없잖아요. 퇴근해요. 병원 꼭 가 보시고."

"병원 가 볼 정도는 아니에요. 약…… 먹으면 괜찮아요."

"……혹시 PMS인가?"

"네?"

수연이 다소 날카롭게 되물었다. 약간 신경질적인 반응에 머쓱해진 지헌은 제 귀를 슬쩍 만지며 말했다. 고민 끝에 꺼낸 말인데…….

"할 때쯤, 되지 않았어요? 지난달 이쯤이었던 것 같아서."

지헌의 말에 수연은 그제야 정말 생리할 때가 다가오고 있음을 깨달았다. 이 와중에 생리까지 강림하실 시기라니. 수연의 몸은 주인의 의지와 상관없이 차근차근 완벽하게 비참해질 준비를 해 가고 있었다.

"별걸 다 기억하시네요."

수연은 지헌의 시선을 외면하며 차갑게 대답했다.

아……. 생리하면 섹스 못 하니까?

울컥하고 못난 마음이 순간적으로 튀어나올 뻔했다. 그러니까 요즘…… 계속 이런 상태였다. 어차피 입 밖으로 꺼내지도 못할 초라한 비아냥 따위에 결국 또다시 서글프고 비참해지는 것은 자신뿐이라는 것을 충분히 알고 있음에도 수연은 도무지 멈출 수가 없었다.

"스트레스받으시는 일 많으세요? 신경성 위염입니다. 직장인들이 흔하게 겪는 질병이니 너무 걱정 마시고요. 당분간 죽 같은 거 드시고 약 잘 챙겨 먹으세요."

모니터 속 차트에 시선을 고정한 채 의사가 대본을 읊듯 심드렁하게 말했다. 딱히 놀라울 일도 아니었다. 더 이상 놀라울 일도 없고 더 이상 추락할 곳도 없는, 이미 바닥을 뒹구는 중이었으니. 굳이 대단한 의사 자격증이 없어도 손쉽게 진단 내릴 수 있는 신경 상태였다.

수연은 권태로운 표정의 의사에게 담담하게 인사하곤 진료실을 나섰다. 처방전을 받아 나온 수연은 잠시 머뭇거리다가 같은 건물의 치과로 향했다. 결국 지헌의 말대로 조퇴를 감행한 건 복통보다는 갑자기 심해진 치통 때문이었다. 통 잠을 이루지 못해 거머리처럼 관자놀이에 달라붙은 두통까지 더해져, 간단한 진통제로는 해결이 되지 않았다.

치과에 접수를 하고 대기실에 앉은 수연이 길게 한숨을 내쉬었다. 사실 한숨조차도 편하게 내쉬지 못한 날들이었다. 직장인들이 흔하게 겪는 갖가지 질병들이 갑자기 우르르 수연의 몸에 깃든 것을 제외하고는 꽤 잘 견디고 있다고 생각했다.

한숨도 견디고. 몸의 아픔도 견디고. 갑자기 마구 소리를 지르거나 물건을 내동댕이치면서 깽판을 치고 싶은 낯선 충동들도 제법 잘 견디고 있다. 대신 출퇴근길에 고개를 푹 숙인 채 어깨를 옹송그리고 걸었다. 수연은 틈만 나면 강박적으로 사내 게시판을 염탐했다. 언제라도 한수연이라는 제 이름 세 글자와 불륜, 섹파 따위의 글자가 함께 모니터에 새겨지는 망상에 시달리는 것도 어느새 익숙해졌다.

지헌의 앞에 선 수연은 더욱 입꼬리를 해맑게 올려서 웃었다. 그러다가 울컥 감정이 치솟아 허겁지겁 갈무리해 넣기도 했다. 이렇듯 일관성이 떨어지는 예민한 태도를 보이니, 지헌이 대뜸 PMS 타령을 하는 것도 무리는 아니었다.

수연은 소파에 몸을 깊게 묻으며 피식 웃었다. 몰랐다면…… 여전히 아무것도 모르는 바보 천치 한수연이었다면. 무려 섹스 파트너의 생리 주기까지 세심하게 파악하는 섬세함에 또 한 번 심장이 철렁 발바닥까지 치고 올라왔을지 모른다. 아니. 분명 그랬겠지.

'곧 있으면 결혼할 놈이…… 결혼 상대 여성이랑 얼마 전에 그 자선 행사장에서도 만나서 정겹게 이야기 나누는 걸 내가 분명히 봤는데. 뒤로는 섹스 파트너가 따로 있다…….'

도지호 상무에게 들켰을지 모른다는 예상은 충분히 했다. 하지만 그가 쏟아

낸 말은 차마 예상하지 못한 상황이라, 방어할 틈도 없이 고스란히 맞아야 했다.

결혼이라니. 그 자선 행사장에서라니. 나는 그런 것도 모르고…… 철없이 기대하고. 그런 나를 제멋대로 마음껏 기만하면서 그곳에서 나를 안고……. 그런 상대를 만나고 와서 아무렇지 않게 내게 키스하고…….

불현듯 치솟는 울렁거림에 수연은 눈을 감고 생각을 환기시켰다. 다시 그 크루즈선에 타 있는 기분이었다. 그 거대한 배가 좌우로 마구 흔들거려서 속이 뒤집어지는 기분.

도지헌이 제멋대로인 남자라는 건 애당초 알고 있었다. 섹스 파트너……. 그것도 애초에 동의한 일이니 무엇으로 불리든 억울할 일 없는 노릇이다. 무미건조해야 마땅한 관계에 축축한 마음이 스며 버린 건 그를 탓할 수 없는, 스스로가 자초한 일이라는 것도 잘 알고 있다.

하지만 단연코…… 상간녀의 역할을 자처한 적은 없다. 그러니까 나를 그렇게…… 아무것도 모르는 백치처럼 어리둥절, 맥없이 거기 앉아서 그런 굴욕적인 소릴 듣게 하면 안 되는 거잖아.

'이 관계가 끝났을 때에도…… 제게 해가 되는 일은…….'
'끝나면 끝인 거지 무슨 해씩이나.'

첫 단추부터 잘못 끼운 관계가 아름답게 끝나기를 바라다니, 나도 참……. 자조 섞인 코웃음이 흘러나왔다.

한수연 씨, 들어오세요. 접수대에서 불린 제 이름에 수연은 소파에 푹푹 눌어붙은 몸을 힘겹게 일으켜 세웠다.

"사랑니 쪽에 염증이 났네요."

치과 의사의 말에 수연이 '사랑니요?' 하고 되물었으나, 입이 기구로 고정되어 있는 상태라 이상한 소리만 흘러나왔다. 의사는 용케 알아들었는지 고개를 끄덕였다.

"사랑니 난 거 몰랐어요? 네 개 다 났네요. 모양은 나쁘지 않은데 지금처럼 염증 생기기 쉬우니까 빼도 되고. 내키지 않으면 염증약으로 잠재워도 됩니다. 환자 본인 선택이에요.”

잠시 고민한 수연은 발치를 선택했다. 얼마 후 수연이 입 한쪽에 거즈를 물고 치과를 나왔다. 1층의 약국에서 내과와 치과에서 각각 받은 처방전을 내밀었다. 두통, 치통, 복통……. 트리플 크라운에, 조만간 생리통까지 하면 쿼드로플 달성이네. 실없는 생각에 약을 기다리며 수연이 킥킥 웃었다.

약을 받은 수연은 그 자리에서 치과 약을 펼쳤다. 아직 마취가 덜 풀려 아무것도 느껴지지 않지만, 발치는 처음이라 조금 겁이 났다. 수연은 치과에서 준 발치 후 주의 사항 유인물을 꺼내어 읽어 보았다. 차례로 유인물의 내용을 읽어 나가는 수연의 눈길이 어느 한 문장에 멈추었다.

「사랑니를 발치한 빈 공간에 잇몸 뼈와 살이 채워져 완전히 아무는 데에는 한 달에서 두 달 정도가 소요됩니다.」

사랑니가 나온지도 몰랐다. 대체 언제……. 치통을 느낀 것도 요 근래 처음이라 언제 어느 시점에 사랑니가 삐죽 올라왔는지 짐작이 가지 않았다. 기억을 곱씹던 수연은 피식 실소했다. 언제 그게 내 잇몸에 솟아났는지 알면 뭐가 달라지나? 이렇게 간단하게 뽑아 버리고, 텅 빈 구멍이 겨우 두 달이면 완전히 메워진다니……. 사랑니 그거 별거 아니네.

생이빨을 뽑아내도 이만큼밖에 안 아픈데 이보다 아플 일이 뭐가 있어. 호기롭게 웃으며 수연은 약국을 나섰다.

□ ◆ □

핸드폰 진동 소리가 울리는 방 안, 이불 속에서 가느다란 손이 쑥 나와서 핸드폰을 집어 들었다. 발신자를 확인한 수연은 핸드폰이 혼자 울리도록 내버려 두고 우선 입에 물고 있던 거즈를 뱉어 냈다. 발치 후 두 시간 동안 물고 있으라고 했는데, 이미 세 시간이나 지나 있었다. 수연은 부엌으로 가 진통제를 먹은 다음 다시 전화를 걸었다.

— 병원 다녀왔어요?

"네."

사사로운 질문에 불쑥 짜증이 솟았지만 지금껏 그래 왔듯 수연은 잘 참아 넘기고 담담하게 대답했다.

— 뭐래요?

"그냥……. 별거 아니래요."

— 목소리가 왜 그래요? 아직도 아파요?

거즈도 빼고 마취도 이미 풀렸지만 여전히 이물감이 남아 있어 어물거리는 수연의 발음이 이상했던지 지헌이 물어 왔다.

"아뇨. 오늘 발치했어요. 사랑니."

— 사랑니?

수화기 너머로 지헌이 낮게 웃는 소리가 들렸다. 왜 웃지? 사랑니가 우습나? 생각이 또 삐뚤게 뻗어 나갔다.

— 죽 먹어야겠네. 사다 줄게요. 이제 막 끝났으니까 가는 데 한 시간 정도 걸릴 거야.

"아뇨. 괜찮아요. 알아서 챙겨 먹을게요. 쉬세요."

— 내가 아는 한수연은 혼자 알아서 안 챙겨 먹을 사람인데.

날…… 알긴 뭘 얼마나 알아. 당신이 나에 대해서 뭘 안다고.

진통제를 삼킨 게 무색하게 또다시 지끈거리는 두통에 수연은 습관적으로 관자놀이를 짚으며 피곤하단 투로 대답했다.

"배달시키면 돼요. 오늘은 아파서 쉬고 싶어요."

— 그럼 잠깐 얼굴 보러 갈게. 쉬고 있어요.

하아.

수연은 마음속으로 한숨을 깊게 내쉬었다.

아무것도 모르게 할 작정이었다. 그래서 수연은 지금 이 순간에도 한숨이란 격렬한 욕구를 용케 잘 참아 내었다.

떠나는 그 순간까지 전혀 눈치채지 못하게……, 하나도 알지 못하는 백치로 만들어 놓고 갈 생각이다. 그래서 지헌이 그 순간을 맞닥뜨렸을 때, 적어도 아무것도 하지 못하는 바보가 된 무력감을 느끼게 하는 게 지금 수연이 세울 수 있는 초라하고 볼품없는, 유일한 계획이었다.

그래 봤자 내가 느낀 감정의 발끝에도 미치지 않겠지만.

"……그냥 상무님 댁에서 봐요. 시간 맞춰서 갈게요."

이 집엔 한 발자국도 들이고 싶지 않았다. 사실 이 집이 수연에게도 그다지 큰 의미를 가지는 것도 아니지만, 그냥 그렇게 하고 싶었다. 손에 쥔 게 얼마 많지 않아서……, 등 뒤로 숨겨 놓고 빼앗기고 싶지 않은 게 그다지 남아 있지 않아서. 이거라도 기필코 사수하는 게 수연이 얼마 남지 않은 알량한 자존심을 챙기는 방법이었다.

전화가 끊어진 핸드폰을 침대 위에 아무렇게나 던져 버리고 수연은 가방 속 지갑을 꺼내 깊숙이 보관하고 있던 까만색 카드를 꺼냈다. 지헌으로부터 건네 받은 이후로 한 번도 쓰지 않고 지갑 안에 그대로 잠들어 있던 것이다.

쓰라고 준 건데 뭐가 그렇게 주저돼서 안 써……. 웃겨. 그동안 하고 다닌 짓은 얼마나 지저분한지도 모르고, 애먼 구석에서 결벽을 떨었다니.

'한수연 씨 남자랑 동거도 했던데. 심지어 양다리인지 뭔지 자세한 사정이야 모르겠지만, 그 남자 쪽에선 한수연 씨랑 안 헤어졌다고 주장하던데…….'

정제민이 불러일으킨 나비 효과라고 해야 할지. 제민이 자발적으로 생성 중이라던 열애설이 떠올랐다. 사내 게시판을 염탐하는 것과 마찬가지로 수연은 매일 강박적으로 포털 사이트의 메인 연예 뉴스를 살폈다. 그러나 그 절박하고 두려운 마음이 갑자기 허무하게 사그라지고 헛웃음만 하염없이 흘러나왔다.

어쩌다가 일이 이렇게 된 거지?

수연은 이 상황이 정말…… 웃겼다.

"흐으으."

분명 웃고 있는데, 수연의 벌어진 입술 새로 무너진 울음소리가 새어 나왔다. 손에 쥔 번쩍거리는 카드 위로 굵은 눈물이 후두둑 떨어졌다.

□　◆　□

15,800원.

정말 별거 아니네. 택시 기사가 건넨 영수증에 찍힌 소박한 금액을 내려다보며 생각했다. 수연은 건네받은 까만색 카드와 영수증을 가방 안에 던져 넣고 택시 문을 닫았다.

집 안으로 들어서니 지헌이 먼저 도착해 있었다. 도착한 지 얼마 되지 않았는지 옷도 갈아입지 않은 채 지헌은 주방에서 수연을 맞았다. 슈트 상의와 타이가 아일랜드 식탁 위에 아무렇게나 던져져 있었다. 셔츠 앞섶의 단추를 느슨하게 풀어 내리던 지헌이 집 안으로 들어선 수연을 발견하고 물었다.

"왔어요?"

"네."

지헌은 잠시 수연의 얼굴을 가만히 응시했다. 수연이 아일랜드 식탁 위에 가방을 내려놓는데, 불쑥 다가온 지헌이 수연의 얼굴을 양손으로 감싸 올렸다. 볼을 감싸는 손아귀의 힘은 미미했고 지헌은 웃음을 겨우 참는 표정이었다.

이유는 충분히 짐작이 갔다. 아까 수연이 집을 나서기 직전 거울을 봤을 때 발치한 쪽의 볼이 확연히 부어올라 있었다. 여기 오는 동안에도 종종 지끈거렸으니 지금쯤 더욱 흉하게 부풀어 올라 있겠지.

"왜요. 이빨 뽑은 사람 처음 보세요?"

"이빨 뽑은 한수연은 처음 보는 거라."

지헌이 감싸 쥔 손 아래의 살결에서 미미한 열감이 느껴졌다. 손을 떼고 자세히 바라보자 수연은 옆으로 고개를 돌려 시선을 피했다.

지헌이 수연의 턱 아래를 잡고 살짝 돌려세우자 다시 시야에 들어온 수연의 한쪽 턱이 도토리를 잔뜩 모은 다람쥐 볼처럼 툭 튀어나와 있었다. 수연은 불만스럽게 입술을 옴짝거리고 미간을 찌푸렸다. 한 마리의 성미 사나운 햄스터 같은 모습에 결국 지헌은 애써 참아 온 웃음을 터뜨렸다.

"너무 귀여운데?"

"……놀리지 마세요. 이래서 오늘 그냥 쉬겠다고 한 건데. 상무님 정말 어지간히 눈치가 없네요."

"키스하고 싶은데."

지헌이 고개를 숙여 수연에게 짧게 입을 맞추고, 입술을 마주 댄 채 말했다. 입술이 살짝살짝 맞부딪혔다.

"안 될까? 아파요?"

"안 돼요. 아직 얼굴 한쪽이 다 얼얼해요. 지끈거리고."

수연은 얼굴을 뒤로 물리며 경계 태세로 말했다. 가까스로 입술은 피했으나 수연이 더 이상 도망가지 못하게 지헌은 수연의 허리에 팔을 느슨히 두르고 끌어당겼다.

"내가 한수연 씨 본 이래로…… 오늘 이 얼굴이 제일 예쁜 것 같은데."

지헌은 수연의 완벽하게 불균형을 이룬 양쪽 볼을 노골적으로 번갈아 보면서 말했다.

"기념하게 사진 한 장 찍어도 될까?"

"싫어요."

수연이 못마땅한 표정으로 지헌의 가슴을 밀어 냈지만 지헌은 도리어 수연의 몸을 가까이 당겨 머리 위에 턱을 척 얹었다.

"이왕 찍는 김에 회사 사진도 그걸로 바꾸고. 지금 사진은 영…… 한수연 실물을 못 담은 것 같던데."

지금 회사 인트라넷에 등록된 수연의 사진은 입사 지원할 때 제출했던 것이다. 사진은 자기가 전문이라며 제민의 손에 이끌려 간 어느 스튜디오에서 촬영한 사진이었다. 주로 배우나 탤런트들의 프로필 사진을 전문으로 하는, 꽤 비싼 값을 지불하고 찍은 증명사진이었다. 연예인처럼 과하게 수정을 해 놓은 바람에 조금 다른 사람처럼 보이기는 하지만……. 반짝반짝 빛나는 시절의 한수연을 예쁘게 담은 사진.

수연이 아무런 대답도 하지 않자, 머리카락에 입을 맞추던 지헌은 상체를 뒤로 물리고 수연의 얼굴을 살폈다. 불퉁한 얼굴. 동그랗게 부풀어 오른 볼. 수연의 파리한 얼굴을 들여다보고 있자니, 지헌은 문득 수연이 부쩍 수척해졌다는 사실을 알아차렸다.

요 며칠 사이 수연이 배를 부여잡고 미간을 찌푸리는 모습이 몇 번 지헌의 눈에 띄었다. 더구나 종종 예민한 반응을 보일 때가 있기에 가만히 생각해 봤더니 지난달 이맘때쯤 생리 중이라고 했던 게 떠올라서 넌지시 물었더니 수연이 벌컥 신경질을 냈다. 생리 때문에 겪는 증상도 아니라면, 위염 같은 게 의심되는데 몸도 좋지 않은 와중에 발치까지 했으니 아무렴……. 지헌은 수연의 머리카락을 천천히 쓸어 올리며 물었다.

"많이 아파요?"

수연은 고개만 주억거렸다. 지헌은 화난 다람쥐 같은 얼굴을 하고 있는 수연을 이끌어 식탁에 앉혔다. 그러곤 '죽' 보다는 '전복' 에 집중하도록 특별히 주문한 전복죽을 사기그릇에 덜고 따뜻하게 데워서 수연이 앉은 식탁 위에 내려놓았다. 함께 주문해 포장해 온 일회용기에 들어 있는 반찬들도 차례로 꺼냈다. 제집 주방 집기에는 관심도가 0에 달하는 지헌이 반찬 접시를 찾느라 찬장을 몇 번 뒤적인 끝에 식탁 위에 그럴듯한 한 상을 차려 냈다.

"그거 다 먹어요."

무기력하게 숟가락질을 하는 수연에게 지헌이 말했다. 지헌의 말에 수연은 흡사 냉면 그릇만 한 크기의 그릇에 든 전복죽을 황망하게 내려다보았다.

"그거 다 먹으면 상 줄 테니까."

"상이요? 무슨 상?"

"한수연이 엄청 좋아하는 거. 더 이상 묻지 말고 다 먹고 말해요."

궁금증은 일었지만, 냉면 그릇을 가득 채운 전복죽을 비우기란 불가능했다. 수연이 반도 채 비우지 못하고 한숨을 푹푹 내쉬자 지헌은 피식 웃으며 숟가락을 가지고 왔다.

"……먹지 마요. 제가 먹던 거잖아요."

"뭐 어때. 맨날 물고 빠는 사이에 음식 공유가 뭐 대수라고."

나머지를 지헌이 다 해치우고는, 짐짓 태연하게 말했다.

"다 먹었으니까 약속대로 착한 한수연한테는 상을 줘야지."

지헌이 냉동실 문을 열어서 포장된 용기를 꺼내 왔다.

"자, 한수연 씨가 좋아하는 팥빙수."

수연과의 통화를 마치고, 발치를 했다는 말에 알아보니 발치 후에 붓기를 가라앉히는 데엔 시원한 것을 섭취하는 게 도움이 된다기에 사 온 것이었다. 일부러 특정 가게에 들러 사 오느라 지헌은 퇴근길을 빙 돌아왔다.

"저번에 문미주 씨랑 먹었다는 곳에서 사 온 거예요. 일인 일 빙수 했다면서."

지헌은 단단히 포장된 용기를 풀어내면서 수연을 흘끗 보았다. 기대와는 달리, 별달리 반색하는 기색이 없었다. 오히려 기분이 더 가라앉은 듯 풀이 죽은 얼굴이었다.

문미주.

곱씹고 곱씹었던 그날의 여러 기억 중 오히려 단 한 번도 되뇌지 않았던 기억이 화살같이 날아와 수연의 가슴에 턱 꽂혔다. 도지호 상무가 쏟아 낸 처참한 말들은 되새기고 되새기다 못해 뇌리에 깊숙이 박혀 이제는 꿈에서도 그날로 돌아간 듯 생생하게 재연되곤 한다. 여전히 어깨를 응송그리고 그 낮은 소파에 앉아 있던 그날로…….

'너, 아주 발칙한 애더라?'

'너 같은 애 때문에 비서라는 직업에 회의감이 들 정도야.'

회상하지 않았다고 한들, 차마 잊히지 않았다. 가슴 아픈 말을 쏘아붙이던 미주를 수연은 원망조차 할 수 없었다. 도리어 미주가 내뱉은 말이 하나도 틀리지가 않아, 뼈가 부서지고 바스러져 살만 남은 채 휘청휘청 살아가는 기분이었다.

얼굴에 어두운 그림자가 전혀 없이 높은 음색의 목소리로 늘 깔깔거리고 웃으며 거침없이 먼저 손을 내밀어 준 미주를…… 좋아했다. 의식했던 것보다도 아주 많이 미주를 좋아한 것 같다. 그래서 그 차가운 돌아섬에 쌓아 온 마음이 무너지고 딛고 선 바닥이 뻥 뚫려 바닥보다 더 낮은 아래로…… 또 아래로 끊임없이 떨어지고 있는 기분이었다.

입안의 여린 살을 깨물고 깨물어 비릿한 피가 혓바닥을 적실 때까지 도지호 상무 앞에서 기어코 참았던 눈물이 미주의 일격에는 결국 왈칵 쏟아져 내렸다. 막아 볼 방도 없이, 고장 난 수도꼭지처럼 눈물을 뿜어내는 눈을 손등으로 비비며 수연은 어떻게 제 사무실로 돌아왔는지도 모르게 미주에게서 도망쳐 나왔다.

"미안한데 나, 안 먹고 싶어요. 다음에, 이따가 먹을게요."

포장을 풀던 지헌은 손을 멈추고 수연의 울적한 얼굴을 응시했다.

볼에 닿는 차가운 감촉에 문득 잠에서 깨어난 수연이 눈을 떴다. 불 꺼진 방 안이 창을 통해 들어온 달빛을 받아 어슴푸레하게 보였다. 고개를 옆쪽으로 돌리니, 수연의 볼에 얼음주머니를 대고 있던 지헌이 주머니를 살짝 떼어 내며 말했다.

"아, 깼어요? 미안."

수연이 자는 동안 얼음주머니를 계속 갈아 주었는지 침대 너머 협탁 위에 주머니 두어 개가 던져져 있었다. 지헌은 다시 얼음주머니를 수연의 부풀어 오른 볼에 얹었다. 너무 차갑지 않도록 도톰한 손수건을 덧대고, 볼에 대고 있다가 종종 붙였다 떼는 손길이 세심했다.

"이제 괜찮아요. 고마워요."

수연이 고개를 잘게 흔들자 지헌은 얼음주머니를 치우고 수연의 볼을 쓰다듬었다. 차가운 기운이 느껴지는 볼의 붓기가 아까보다 훨씬 가라앉아 있었다.

"내일은 회사 나오지 말고 쉬어요. 올해 연차 하나도 안 썼던데. 부하 직원 부려 먹느라 휴가도 안 보내 준다고 인사과에서 욕먹었어. 나."

지헌은 수연의 머리카락을 쓸어 넘기고 드러난 귓바퀴에 입을 쪽 맞췄다.

"……그럴게요."

"나도 내일 출근하지 말까?"

지헌이 벽을 향해 누운 수연의 몸을 끌어당겨 품 안에 가두고 말했다.

"내일 신제품 런칭 관련 회의 있으시잖아요. 다른 건 다 취소 가능해도 그건 안 돼요."

"재미없긴."

지헌이 나직하게 웃는 소리가 맞붙은 등을 통해 웅웅 울렸다. 천천히 오르내리는 그의 단단한 가슴도 느껴졌다. 얽혀 든 다리가 수연의 다리 사이를 벌리고 들어와 묵직하게 짓눌렀다.

"아직도 아파요?"

"……네."

"안 아프게 해 줄게."

야릇한 속삭임과 함께 지헌의 손이 티셔츠를 들추고 들어왔다. 지헌은 등 뒤에서 수연의 어깨에 자잘하게 입을 맞추며, 허리선을 더듬다가 가슴을 부드럽게 그러쥐었다. 한가득 움켜쥔 채로 지헌은 수연의 뒷덜미에 붉은 흔적을 만들고 그 위를 또다시 덧그리듯 혀를 미끄러뜨렸다. 지헌은 하체를 수연에게 더 가까이 가져다 붙이며 움찔거리는 다리를 얽어맸다.

엄지로 유두를 둥그렇게 문질러 자극하자 순식간에 빳빳하게 곤두섰다. 그 변화를 손끝으로 기민하게 느끼는 동시에 발기한 페니스를 수연의 엉덩이 사이에 맞춰 꾹꾹 짓누르자, 수연의 입술 사이로 더운 숨이 터졌다. 그럼에도 여전히 꿋꿋하게 벽을 보고 누워 있는 수연의 빨갛게 달아오른 귓불을 남김없이 빨아 삼키며 지헌은 손을 아래로 미끄러뜨렸다.

수연의 옷가지가 차례로 바닥으로 떨어졌다. 지헌은 제자리를 찾아가듯 망설임 없이 손가락을 밀어 넣어 흠뻑 젖은 음부를 갈랐다.

□ ◆ □

지헌은 한쪽 어깨에 걸쳐 올리고 있던 수연의 다리를 침대 위에 내려놓았다. 흠뻑 젖은 손가락과 손바닥에까지 흥건히 흘러 있는 애액을 침대 시트에 아무렇게나 닦아 내고 협탁 쪽으로 손을 뻗었다. 콘돔을 씌우는 손길에 조급함이 묻어났다.

최근 며칠째 수연이 이 핑계 저 핑계를 대 가며 집으로 오는 것을 피해 다닌 탓에 거의 일주일 만이었다. 아니, 그 이상 된 것 같기도 했다.

영 비실거리면서 다니는 모습에 아픈 티가 역력해서 무리해서 안을 생각은 없었다. 푹 쉬라고 일찍 퇴근시켜 놨더니 갑자기 웬 발치까지 감행했다기에 뭐라도 든든히 먹여야겠다는 생각이었다. 피곤하고 귀찮아하는 기색이 역력했는데 지헌이 기어이 수연을 집으로 불렀던 것은 그 때문이었다.

그런데 결국 아픈 몸을 눕혀 놓고 제멋대로 흥분해서 물건을 세우고 있는 꼴이라니…… 자기 비하를 담은 짙은 조소가 지헌의 입술에서 흘러나왔지만, 이미 터질 듯 부풀어 있는 그의 것은 이성의 제어를 저만치 벗어나 있었다.

성급한 손길이 자꾸 비켜나 평소보다 콘돔을 더디게 씌운 지헌이 무릎으로 침대를 짚으며 수연에게 다가갔다. 이미 한번 절정을 맞아 몸을 달싹거리며 애액을 쏟아 낸 다리 사이가 흥건히 젖은 수연은 여전히 고집스럽게 옆으로 돌아누워 있었다. 지헌은 수연의 시선이 멍하니 닿아 있는 벽을 흘끗 바라봤다.

"저 그림 맘에 들어요?"

지헌의 말에 멀거니 벽을 보고 있던 수연이 눈을 돌려 지헌과 시선을 마주쳤다. 여린 얼굴에 지친 기색이 역력했다.

"온종일 저것만 보고 있잖아. 이제 나 좀 봐 주지?"

수연은 다시 눈을 돌려 이제껏 시선을 고정하고 있던 벽 쪽을 바라보았다. 그림은 두 사람이 이 방에서 처음 몸을 섞었던 그날 이후 쭉 똑같이 걸려 있던 것이었다. 수연으로서는 의미라든가 가치를 잘 알지 못하는, 그저 장식품 중 하나일 뿐이었다. 딱히 그걸 보고 있었던 것도 아니지만 군이 해명할 필요도 느끼지 못했다.

지헌은 수연의 어깨에 입을 맞추며 옆으로 누운 수연을 그대로 둔 채 다리 하나만 위로 구부려 올렸다. 기역 자로 굽혀진 흰 허벅지와 종아리를 느릿하게 쓸어내렸다. 가벼운 손길이 스칠 때마다 수연의 매끈한 다리가 움찔거렸다.

지헌은 고개를 살짝 옆으로 기울이고 시선을 내렸다. 물기를 머금은 질구가 둔부 아래로 아슬아슬하게 드러났다. 허벅지를 움켜쥐고 잡아 올리자 다물어져 있던 음순이 수줍게 벌어지며 선홍빛 점막이 설핏 내비쳤다.

아랫배에 올라붙은 페니스를 잡아 선단을 질구에 끼우듯 맞춘 지헌은 잠시 숨을 골랐다. 곤한 몸에 무리가 가지 않게 최대한 느리게 삽입하는 것만이 그가 지금으로서 차릴 수 있는 최대한의 이성이었다.

지헌은 허리를 느리게 움직여 천천히 밀어 넣었다. 굵다란 성기가 좁은 내벽을 넓히며 느릿느릿 진입했다. 반도 채 들어가기 전에, 이미 빠듯하게 다문 안쪽이 페니스를 끊어 먹을 듯 바르작거리며 조여들었다. 쫀득한 속살이 두꺼운 기둥을 찰지게 감싸 왔다.

지헌은 굵은 핏대가 돋아난 이마 위로 흘러내린 머리카락을 천천히 쓸어 넘겼다. 짐짓 여유로워 보이는 그 동작을 행하는 손등에도 굵은 핏줄이 불거져 있었다. 다른 한 손으론 수연의 허벅지를 쓰다듬었다.

"후우······."

거칠게 한 번에 박아 넣고 싶은 본능과 배려하고 싶은 이성이 무수히 싸운 끝에, 천천히, 들어갈 수 있는 데까지 수연의 안에 몸을 깊숙이 묻은 지헌은 한숨 같은 신음을 나직하게 흘렸다. 잃어버렸던 퍼즐의 나머지 한 조각을 기어이 맞춘 것 같은 순간의 쾌감에 몸이 저렸다. 몸서리쳐질 만큼 깊은 충만감.

"한수연."

지헌이 상체를 굽혀 내리며 말했다. 수연으로부터 네, 하는 미미하고 열의 없는 대답이 돌아왔다.

"한수연······ 나 봐."

지헌은 수연의 헝클어진 머리칼을 쓸어 넘기고 부은 볼을 매만졌다. 옅은 열감이 느껴지기는 했지만 발치 때문인지 섹스의 여파인지 구분할 수 없을 만치 미미했다. 약간의 안도감을 느끼며, 지헌은 수연의 관자놀이에 가볍게 입을 맞췄다. 제 입술이 닿았던 자리를 손가락으로 더듬는 지헌의 입에서 나지막한 목소리가 한숨처럼 흘러나왔다.

"하루 종일 네 생각만 한 거 알아? 네 생각 하다 보면 난 반쯤 미친놈이 돼. 누가 내 속을 들여다볼 수 있다면 아마 완전히 미친놈이라고 생각할 거야. 이렇게 미친 듯이 널 안고 싶은 게 정상인지 잘 모르겠어."

스스로도 갈피를 잃은 감정에 대한 실토는 차라리 독백에 가까웠다. 시선이 마주친 수연의 눈동자가 한없이 흔들거렸다. 물기를 머금어 반짝거리는 눈동자와 마주한 순간, 목구멍이 턱 조여들면서 숨이 막혔다.

뒤통수를 둔기로 얻어맞은 기분에 잠시간 멍하니 멈춰 있던 지헌은 뒤늦게 허리를 뒤로 물리며 당혹감이 스민 목소리를 뱉었다.

"아파? 아파서 그래?"

수연의 안에서 몸을 빼낸 지헌은 수연을 조심스럽게 돌려 침대 위에 바로 눕혔다. 이제 꽤 붓기가 가라앉아 균형을 되찾은 수연의 양쪽 볼을 번갈아 가며 살핀 지헌이 손을 뻗어 수연의 이마를 덮자, 수연은 고개를 설레설레 저으며 지헌의 손을 붙잡아 내렸다.

"아니. 괜찮아요. 그냥…… 계속해요."

아니. 괜찮지 않아.

그날 이후로 지금껏 갖가지 핑계를 대어 가며 관계를 피해 왔었다. 도저히 지금의 너절하고 복잡한 기분으로는 아무렇지 않게 그와 몸을 섞을 수 없을 것 같았다. 하지만 이런 마음 또한 그로부터 숨겨야 했고, 철저히 숨기고 싶은 마음 또한 간절했다.

그래서 그 초라하고도 유일한 자신의 계획이 성공할 수 있다면. 아무것도 모르는 바보가 되어 버린 무력한 기분을 손톱만큼이라도 되갚아 줄 수 있다면…….

그가 알아서 지레짐작한 대로 생리 중이라는 핑계라도 대었으면 좋았을 것을. 그것조차도 욱하는 마음에 곧바로 아니라고 이실직고해 버린 오전의 멍청한 스스로를 탓하며, 그가 만지는 대로 내버려 두었다.

참으로 우스웠다. 허접하기 짝이 없는 계략을 세워 놓고 제 몸을 미끼 삼아 던지고 있다는 사실이. 그럼에도 불구하고, 도지헌 이 사람이 자신에게 속아 넘어가길 간절히 염원하면서.

"계속해 줘요."

수연은 물기 어린 눈동자를 눈꺼풀 아래에 숨기고 지헌의 어깨를 움켜쥐었다. 커다란 몸을 제 쪽으로 끌어당기자 지헌은 머뭇거리다가 마지못해 수연의 위로 덮치듯 상체를 숙였다. 지헌이 수연의 목덜미에 내쉬는 숨이 몹시 짙고 뜨거웠다. 수연은 울듯이 웃으며 지헌을 더 세게 부둥켜안았다.

수연은 지헌의 목에 팔을 걸고 힘을 주어 끌어안았다. 딱 맞는 공간에 수납되어진 듯 꽉 껴안은 그의 품이 눈물 나게 따뜻하고 단단했다. 마치 이 품 안에 숨어 있을 수만 있다면 그 어떤 거친 풍파가 덮쳐 와도 막아 줄 것같이 든든한……, 서글프고 멍청한 착각을 불러일으켰다. 아무것도 모르는 백치만이 할 수 있는, 그런 한심한 착각.

"넣어 줘요. 빨리."

다시금 몸이 겹쳐졌다. 딱딱한 페니스가 음부에 턱턱 닿았다. 수연은 다리를 벌려 지헌의 허리를 감았다. 겹쳐진 발목 아래 탄탄한 그의 엉덩이를 힘주어 누르자, 지헌이 나지막하게 억눌린 신음을 내뱉었다. 뭉툭한 귀두가 질구 주변을 척척 치대며 금방이라도 침범해 들어올 것처럼 뜨겁게 비벼지자, 젖은 아래가 금세 달아올라 조르듯 뻐끔거렸다.

참으로 쉬운 일이다. 수없이 그와 몸을 섞으며 그가 주는 자극에 익숙해진 몸은 조금의 접촉에도 손쉽게 달아오르고 철없이 흥분한다. 깊게 숨만 들이마셔도 폐부에 들어차는 지헌의 묵직한 체향만으로도 온몸이 절정에 이른 듯 저릿거렸다.

그러니까 별거 아니야.

질구를 지분거리던 뜨거운 성기가 기어코 다물어진 입구를 벌리며 천천히 머리를 들이밀었다. 수연은 그의 엉덩이에 겹쳐 올린 발에 더욱 힘을 주어 제 쪽으로 끌어당겼다.

지헌의 입술 사이에서 터져 나온 더운 숨이 산산이 부서졌다. 나지막한 신음과 함께 지헌은 천천히 허리를 움직여 더 깊숙이, 터질 것처럼 밀려들었다. 눈물 나도록 배려심 깊은 몸짓으로. 느릿하게. 다정하게.

"으읍……"

목구멍을 옥죄며 급격히 치밀어 오른 견디기 힘든 기운에 수연은 다급하게 제 입을 틀어막았다. 속이 울렁거렸다.

눈을 내리감아 온통 어둡기만 한 수연의 시야에 흰 빛이 점멸하며 뇌리를 때렸다. 이제 와 정말로 상간녀가 된 자신의 너절하고 볼품없는 모습을 직시한 기분이었다.

지헌의 엉덩이를 힘주어 누르고 있던 수연의 다리가 맥없이 벌어졌다. 거대한 누군가가 수연의 발목을 잡아채 허공에 짤짤 흔들어 대는 것처럼 속이 뒤집어졌다. 다시 그곳이었다. 거대한 배가 좌우로 마구 흔들거려서 속이 울렁거리는 기분이 엄습했다.

느리게 허리 짓을 하던 지헌은 갑작스러운 수연의 이상 반응에 벼락 맞은 듯 멈추어 섰다. 놀라서 잠시 멍해진 찰나가 지나가자, 지헌은 급히 몸을 물리고 일어섰다.

제 아래에 깔려 있던 수연은 손등으로 입을 틀어막은 채 목구멍에 무언가 걸린 듯 괴로운 표정이었다. 마치 숨 쉬는 법을 잊어버린 듯 밀랍처럼 창백해진 얼굴로 위태롭게 헐떡였다. 일그러진 눈가에 금세 눈물이 맺혔다.

"안 되겠다."

무의식중에 혼잣말을 흘리며 지헌은 다급하게 수연을 들쳐 안았다. 잰 발걸음이 욕실을 향하는 동안에도 지헌의 품 안에서 수연은 양손으로 입을 틀어막은 채 괴로운 듯 버둥거렸다.

"이제 괜찮아요. 그만해요."

욕실 바닥에 주저앉아 연이어 헛구역질을 하던 수연은 제 등을 두드리던 지헌의 손을 힘없이 밀어 내며 말했다. 당장이라도 게워 낼 것 같은 기운이 치밀었지만 실제로 나오는 건 없었다.

지헌은 이제 수연의 등허리를 부드럽게 쓸어내렸다. 불룩 튀어나온 날개뼈 사이에서 시작해 척추를 따라 느릿하게 쓰다듬었다.

"발치 때문에 이러는 건 아닐 테고. 오늘 내과는 안 가 봤어요? 요새 배 아픈 것 같아 보이던데."

"갔었어요."

"의사가 뭐라는데."

"그냥 위염…… 직장인들 많이들 겪는 위염이래요. 약 먹으면 나을 거라는데. 치과 약 때문에…… 위염약으로 받은 걸 아직 안 먹었더니 그런가 봐요."

지헌은 힘없이 얘기하는 수연을 가만히 바라보다가 긴 한숨을 푹 내쉬었다.

"미안해. 아무래도 하면 안 되는 거였는데. 무리하게 해서."

수연은 떨구고 있던 고개를 들어 올렸다. 연속된 헛구역질로 핏발이 서고 물기가 어린 눈동자가 지헌을 빤히 응시했다. 지헌은 또 한 번 한숨을 길게 내뱉고 수연의 머리통을 끌어당겨 뺨에 입술을 맞춘 후 바닥에 나앉아 있던 수연을 조심히 일으켜 세웠다.

욕조 끄트머리에 수연을 걸터앉힌 지헌은 수건을 적셔서 수연의 얼굴을 꼼꼼히 닦아 주었다. 지헌이 움직일 때마다 수연은 말간 눈으로 시선을 옮겨 그를 따라갔다.

"이상해. 아프니까 되게 다정해졌네요."

"어?"

"저한테 왜 이렇게 다정하게 구세요?"

수연의 담담한 말이 지헌의 귓가에 따갑게 와 박혔다. 그동안 왜 그렇게 무정하게 굴었어요? 라고 질책하는 것처럼.

뒤통수를 손바닥으로 턱 처맞은 기분에 잠시 멈칫한 지헌이 여상한 투로 말했다.

"그것도 미안. 안 아파도 쭉 다정하게 굴어 볼 테니까 좀 봐주지? 등신같이 굴었던 과거는 좀 잊어 주면 고맙겠는데."

"……더 말해 봐요. 나한테 또 미안한 거 있는지."

"이렇게 아픈지 모르고. 기어이 불러낸 것도 미안하고."

"또요. 계속 얘기해 봐요."

수연이 덤덤한 말투로 채근하자, 지헌은 나지막하게 웃으며 몸을 돌려 새로운 수건을 서랍장에서 꺼내면서 말했다.

"그동안 나한테 맺힌 거 많았나 보네. 하나하나 다 나열하려면 오늘 날 새워야 하니까. 다음에. 너 쉬어야 돼."

다음에.

수연은 그 말을 조용히 되뇌었다. 다음에…….

왈칵, 가슴이 답답하게 옥죄어 들었다. 뜨겁게 달군 돌덩이를 콱 집어삼킨 것처럼 목구멍이 따끔따끔하고 묵직했다.

"……아프니까 좋네요. 상무님한테 사과도 다 받아 보고. 동정심 자극한 걸로 이렇게 친절해지실 줄 알았으면 진작 아픈 척해 봤을 텐데."

수연은 뜨거워진 목구멍으로 마른침을 꿀꺽 삼켜 넘기고 말했다. 빈정거리는 말과는 달리 수연의 목소리는 자못 울적했다. 원망하는 기색 없이 그저 나직하게 읊조리는 말에, 지헌은 수연을 고요한 눈으로 가만히 응시했다.

"약간 그런 건가? 불쌍한 게 상무님의 뭔가를 자극하는 거예요. 예를 들면 성적 취향 같은 거……."

지헌이 피식 웃었다.

"내 취향이 그런 거였으면, 지금 내 침대 위엔 한수연이 아니라 오늘 내가 회의에서 샅샅이 발라 드리고 온 머리 벗겨진 홍 부장이 발가벗고 누워 있어야 했을 텐데."

지헌은 수연의 곁에 나란히 앉았다.

"그러니까 비약은 그만하시고. 함부로 아프지 마. 수연아. 응?"

짧게 입술을 부딪쳐 온 것에 정신이 쏠린 사이, 따뜻한 물에 적신 수건이 수연의 허벅지 위를 부드럽게 닦았다.

"뭐, 뭐예요. 그냥 내가 할게요."

당황한 수연은 버둥거리며 욕조 끄트머리에 앉아 있던 몸을 벌떡 일으켜 세웠다. 그런 수연의 허리를 그대로 당겨 가 고정시키고는 지헌은 수연의 양다리 사이에 무릎을 턱 끼워 넣었다.

"너 지금 아프잖아. 내가 해 줄게."

"그래도. 이 정도는 제가 할 수 있어요. 이게 더 이상해……."

"뭐가 더 이상해. 어차피 처음도 아닌데. 내가 네 여기 닦아 주는 거."

"네? 그게 무슨……. 거짓말이죠?"

"거짓말일 거 같아? 맨날 하고 나서 픽 쓰러져 잠들었다가 일어났을 땐 뽀송해져 있다는 거 자각 못 했어?"

지헌이 나직하게 웃는 소리에 수연은 말문이 턱 틀어막힌 입술을 벙긋거렸다. 한두 번도 아니고 여러 번……. 자신이 뻗어 버린 사이 그가 뒤처리를 해 줬다는 충격적인 사실을 접한 수연이 쇼크에 빠져 있는 사이, 지헌은 착실하게 제 할 일을 계속했다.

얼마간 벌어진 다리 사이로 따뜻한 수건을 넣어 흥건했던 애액이 반쯤 말라붙은 음부를 조심스럽게 닦는 손길이 처음이 아니라고 한 지헌의 말처럼 사뭇 익숙하고 자연스럽기까지 했다. 그러니까 그 성의 있는 손길이…… 지헌이 한 말이 절대 허세나, 수연을 놀리기 위해 적당히 던진 거짓말이 아님을 증명하고 있었다.

"가만히 있어, 수연아. 쓸데없이 힘쓰지 말고. 응? 착하지."

성의가 넘치다 못해 기어이 안쪽까지 수건이 스윽 파고드는 것을 뒤늦게 인식한 수연이 기겁하고 펄쩍 뛰어오르듯 반응하자, 허리를 더 단단히 잡아 쥔 지헌이 달래듯 말했다. 마치 교육 안 된 망아지를 달래는 듯한 단호하고도 다정한 말투였다.

"……그리고 갑자기 왜 수연아, 수연아 하세요. 듣기 어색해요. 차라리 한 실장이라고 부르는 게 낫겠어요."

"왜? 난 마음에 드는데. 네가 적응해. 수연아."

만족스러울 때까지 말끔히 닦아 낸 지헌은 마른 수건으로 남은 물기까지 완벽하게 제거하고 나서야 수연을 놓아주었다.

"다 됐다. 이제 가서 자."

진통제를 삼킨 수연은 금세 잠에 빠져들었다. 침대맡에 앉아 잠이 드는 수연을 지켜보던 지헌은 조심히 침실을 빠져나갔다.

소파에 기대앉아 얼마간 미국 회사와 관련한 통화를 하고 태블릿을 집어 들어 갤러리 업무를 보다 보니 두어 시간이 금세 지나 있었다. 지헌은 다소 뻑뻑해진 눈가를 지그시 눌렀다. 소파에 등을 깊숙이 묻고 고개를 뒤로 젖히자, 여전히 피곤이 가시지 않은 눈에 천장의 흰 조명이 들어왔다. 정작 시야에 어른거리는 건 이상 반응을 보이던 수연이었다.

배를 부여잡고 인상을 찌푸리던 한수연. 멍하니 초점이 사라진 눈으로 먼 산을 보는 한수연. 갑자기 헛구역질을 하면서 얼굴을 일그러뜨리고 괴로워하던 한수연.

단순히 위염 때문이라면 차라리 다행일 것 같은 느낌이 불쑥 지헌의 의식을 잠식했다. 지헌은 태블릿으로 캘린더를 켜 곰곰이 생각에 잠겼다. 지난달, 지지난달까지 거슬러 올라가 기억을 훑던 지헌은 이게 웬 망상이냐는 생각에까지 미치자 피식 실소를 흘리며 태블릿을 옆으로 던져 버렸다.

소파 팔걸이에 걸친 지헌의 손끝이 탁탁 소파의 겉면을 규칙적으로 두드렸다. 기억에 따르면 주기는 확실하다. 피임에 소홀히 한 적은 결코 없지만, 어차피 콘돔의 피임 효과가 100%인 것도 아니니 간과할 수만은 없다. 게다가 마음에 걸리는 케이스가 몇 건 떠올랐다. 같이 씻자고 어르고 달래서 데리고 들어간 욕실에 수연을 세워 놓고 결국 발정이 나서, 젖은 손으로 젖은 물건에 콘돔을 씌우다 보니 몇 번 찢어 먹어서 바꿔 끼우긴 했지만…… 그때 혹시라도.

지헌은 망상에 불과하다 여기면서도 진지하게 기억을 더듬으며 손바닥으로 느릿하게 얼굴을 쓸어내렸다. 불현듯 소파에서 몸을 일으킨 지헌은 아일랜드 식탁에 세워 놓은 약봉지를 잡아채서 불 밝힌 다이닝 룸의 식탁에 앉았다.

심각한 망상종자의 앞서간 생각에 불과할지언정, 미리 조심해서 나쁠 것은 없다. 제 머릿속에서 드라마틱하게 펼쳐지는 망상에 어처구니가 없어서 실소와 조소를 번갈아 흘리던 지헌은 금세 다시 진지해진 얼굴로 되돌아갔다. 연신 급격한 태세 전환을 해 가면서 지헌은 약봉지에 적힌 약의 이름을 일일이 검색하며 혹시라도 모를 상황에 대비해야 할 필요성이 있을지 확인하기 시작했다.

□ ◆ □

"이번 신제품 런칭 출장 후에 개인 휴가 사용하신다고요, 상무님."

경영기획실 스태프 그룹 마 부장은 흐르는 식은땀을 물수건으로 훔치고 머리를 쥐어짜 대화 소재를 만들어 냈다. 마 부장의 눈물겨운 노력에도 불구하고 지나치게 짧은 예, 하는 대답이 되돌아오고 또다시 정적이었다.

"아니 그게. 아무리 우리 회사 최근 모토가 워크 스마트이긴 하지만. 상무님께서 직접 이렇게 통 큰 연차 사용을 본보기로 보여 주시니 다들 경이로워하는 반응입니다."

다소 과하게 아부를 담은 단어 선택에도 지헌은 그렇습니까, 심드렁한 반응을 끝으로 다른 쪽으로 시선을 돌려 버렸다. 마 부장은 원망스러운 시선을 겨우 억누르고 이 난데없는 회식을 추진한 경영기획실 직속 비서의 어여쁘기 그지없는 얼굴 쪽으로 눈길을 돌렸다.

회식 문화를 대놓고 싫어하는 최고 상사 덕분에 경영기획실 스태프 그룹은 도지헌 상무 취임 이래 공식적 회식이 뚝 끊겨 버린 상태였다. 그러던 와중에 그의 장기 부재를 하루 앞둔 날 비서가 회식을 잡기에 상무님으로부터 무언가 언질이 있었나 싶었지만, 여전히 쌀쌀맞은 태도로 회식 분위기를 아작 내는 것을 보니 아리송하기만 했다.

다행히 그 순간 주문했던 소고기들이 줄줄이 입장하면서 룸 안의 냉각되던 분위기에 숨통이 트였다.

"한 대리님도 한 잔 받으세요. 아! 그러고 보니 우리 한 대리님 오시고 나서도 회식 한번을 못 했…… 큼큼…… 아니. 아무튼."

수연의 옆자리에 앉은 유 대리가 너스레를 떨며 수연의 잔에 소주를 따라 주었다.

"이렇게 회사 바깥에서 뵈니까 오늘따라 더 아름다우시네요. 한 대리님, 어떻게 술은 좀 하시는 편—"

"쓸데없는 외모 평가는 엄연한 성희롱입니다."

지헌의 냉랭한 목소리가 유 대리의 말을 중간에 뚝 끊었다. 헤벌쭉 웃던 얼굴 그대로 유 대리가 얼어붙었다. 지헌은 그런 유 대리의 멍청한 얼굴을 물끄러미 응시했다. 딱히 질책하는 표정은 아니었다. 쓸데없는 소리를 지껄인 미물을 바라보는 한심함이 깃든 눈길이었다.

지헌의 차가운 시선에 잠시간 굳어 있던 유 대리는 뒤늦게 허둥거리며 수연에게 고개를 깊게 숙였다.

"죄, 죄송합니다. 결코 그런 의도는 아니었는데. 앞으로 주의하겠습니다. 한 대리님. 불쾌하셨다면 죄송합니다."

"아, 아뇨. 괜찮습니다."

수연이 창백해진 낯으로 손사래를 쳤다. 회식 자리의 모두가 숨도 제대로 내쉬지 못하고 눈을 내리깔았다. 정작 찬물을 끼얹은 장본인인 지헌만 아무렇지 않은 표정이었다. 점점 더 불편해지는 회식 자리의 분위기를 환기시켜 보고자 마 부장이 테이블을 스윽 훑어보며 슬그머니 잔을 들어 올렸다.

"자. 그럼 우리 신제품 런칭의 성공과 도지헌 상무님의 무사 귀환을 위하여 한 잔……."

그 순간 마 부장의 말을 끊어 먹으며 삑 하고 종업원 호출 벨이 울렸다. 뭐야. 누가 눈치 없이 그룹장 건배 제의를 끊어 먹어? 마 부장이 시선을 휘휘 돌리며 범인을 색출하는 와중에 종업원이 문을 열고 들어왔다.

"뭐 필요한 거 있으세요?"

"음료수. 탄산수 같은 거 있습니까?"

무슨 고깃집에서 탄산수를 찾어……. 종업원이 진상 손님을 대하는 얼굴로 무표정한 지헌에게 말했다.

"죄송하지만 음료는 사이다, 콜라만 있습니다."

잠시 정적이 흘렀다.

"⋯⋯제가 사 올게요."

짧은 정적을 깨고 수연이 자리에서 일어났다. 갑자기 난데없이 탄산수 타령이라니⋯⋯. 신박하게도 아랫사람 괴롭힌다는 표정을 한 채 멍하니 지헌을 바라보던 유 대리도 뒤늦게 후다닥 일어났다.

"아, 한 대리님. 앉아 계세요. 제가 사 올게요."

"아뇨. 괜찮아요. 대리님 앉아서 드세요."

"아. 저 잠깐 전화 걸 일이 있어서. 나간 김에 사 오겠습니다."

헐레벌떡 나가서 탄산수 서너 병을 사 온 유 대리가 유리컵에 탄산수를 따라 지헌에게 건넸다.

"고마워요."

웬일로 눈을 마주치고 고맙단 인사를 보내는 지헌의 잘생긴 얼굴에 잠시 굳어진 유 대리의 몸이 곧이어 이어진 상황에 더욱 놀라 경직되었다. 지헌의 기다란 팔이 테이블 위로 스스럼없이 쭈욱 뻗어 갔다.

대각선 맞은편에 앉은 수연의 앞에 탁 하는 맑은 소리와 함께 탄산수의 기포가 퐁퐁 터지는 유리컵이 놓였다. 시선을 수연에게 고정한 채 거칠 것 없는 태연한 목소리로 지헌이 말했다.

"술 마시지 마시고."

아무런 말도 오가지 못하고 눈만 도록도록 굴리며 이게 무슨 상황인지 파악하는 데 바빠진 주변의 시선들이 수연에게 따갑게 와 부딪쳤다. 잠시 놀란 마음에 멍해졌던 수연은 얼른 지헌에게 묵례하곤 변명의 말을 늘어놓았다.

"⋯⋯아, 감사합니다. 상무님. 제가 얼마 전에 발치를 해서요. 반차 쓰고 간 거라, 사유를 말씀드린 걸⋯⋯ 이렇게 기억하실 줄은 몰랐는데. 감사합니다⋯⋯."

당혹스러운 마음에 거듭 감사 인사를 내뱉은 것도 인지하지 못한 채 수연은 테이블 아래로 손을 내려 옷자락을 움켜쥐었다.

회사 사람들 이목 신경 쓰는 거 뻔히 알면서, 어떻게 이렇게 조심성 없이…… . 제멋대로인 남자라는 것은 알았지만 이렇게까지 사람을 우습게 만들어 버릴 줄은 몰랐다.

아하하, 어색한 웃음들과 함께 대화의 주제가 수연의 발치에서 그룹원들의 휴가 계획으로 어물쩍 넘어갔다. 줄곧 수연을 향한 지헌의 시선은 움직일 줄 몰랐다.

회식이 어떻게 흘러간지도 모르게 끝났다.

마지막 날. 되도록이면 지헌과 단둘이 보내고 싶지 않은 기분에 어울리지 않는 꾀를 부려서 회식을 잡았는데 오히려 제 꾀에 제가 넘어간 꼴이었다. 지헌의 주시하는 시선을 느끼며 꾸역꾸역 음식을 입에 넣은 바람에 체할 것 같았다. 대리 기사가 도착하자 지헌이 말했다.

"타요. 태워다 줄게요."

"네? 아니. 저는…… 그냥 버스 타고 가도…… ."

"타."

따로 가겠다고 말해 봐야 통하지 않을 것 같은 단호한 얼굴을 잠시 올려다본 수연은 체념하듯 차에 올랐다. 수연이 대리 기사에게 제집 주소를 불러 주고 경유를 부탁했다. 차가 출발함과 동시에 수연의 손가락 사이로 커다란 손이 얽혀 들었다.

수연의 몸이 멈칫 굳었지만 그 이상의 움직임은 없었다. 그저 손을 깍지 낀 채로 가만히, 그렇게 있다가 지헌은 이따금 수연의 손등을 엄지로 길게 쓰다듬었다. 수연은 집에 가서 소화제를 먹어야겠다는 생각을 했다.

"나 없는 동안, 뭐 특별한 계획 같은 거 없어요?"

갑작스러운 지헌의 질문에 수연의 눈동자가 한없이 흔들렸다. 수연은 자신의 목소리가 부디 침착하게 들리길 바라며 시선을 정면에 고정한 채로 대답했다.

"아뇨. 특별한 계획은…… . 그냥 똑같이 출근하고…… 퇴근해야죠."

"재미없긴."

피식 웃는 소리와 함께 지헌이 말했다.

"귀찮게 하는 상사도 없으니까 대충 출근만 해요. 밤엔 푹 쉬고."

"네. 그러려고요."

"일상 보고는, 가끔 해 주면 좋고."

"네?"

시선이 마주쳤다. 놀란 건지 동그래진 눈을 보고 픽 웃음을 지은 지헌은 다시 시선을 앞으로 돌리며 말했다.

"전화하면 받기나 해요."

□　◆　□

— 목적지에 도착했습니다.

내비게이션의 알림음과 함께 차가 수연의 집 앞에 부드럽게 멈춰 섰다.

"데려다주셔서 감사합니다. 그럼…… 이만 가 볼게요. 조심히…… 다녀오세요."

"가요."

꽤나 건조한 대답이 귓가에 와 박혔다. 그와 동시에 얽혀 있던 손이 스르르 풀려났다. 차에서 내려선 수연은 바깥의 공기를 폐 속 깊이 들이마시고 잠시 숨을 고른 후 발걸음을 옮겼다.

한 발, 두 발, 다섯 발자국쯤 걸었을 때까지도 우웅 하는 나지막한 엔진음이 잔잔하게 들렸다. 온 신경이 등 뒤에 쏠려 있었기에 알 수 있었다. 아직…….

탁.

차 문이 열리고 닫히는 소리가 들렸다. 수연은 발걸음을 멈추지 않았다. 느긋한, 절대 서두르지 않는 구둣발 소리가 수연을 쫓았다. 기어이 붙잡힐 만큼까지 가까이 따라잡혔을 때 수연은 눈을 질끈 내리감았다. 동시에 예측한 것과 똑같이 너무나도 따스한 품 안으로 일순 빨려 들어가듯 지헌의 체온이 등 뒤를 덮쳤다.

"한 번을 안 돌아보지?"

서운함 따위 묻어 있지 않은, 오히려 약간 웃는 듯한 말투로 지헌이 속삭였다. 억센 팔이 수연의 허리를 세게 끌어안았다. 지헌은 수연의 머리카락에 얼굴을 푹 묻은 채 귓가에 나직하게 말했다.

"내일이면 3주 넘게 못 보는데 아무렇지도 않아?"

"……완전히 못 보는 것도 아닌데요, 뭐…….."

"냉정하긴."

수연은 제 허리를 끌어안은 지헌의 손등 위에 조심스럽게 손을 겹쳤다. 지헌의 나머지 손이 기다렸다는 듯 그 위를 다시 덮었다. 지헌은 수연의 가슴 바로 아래에 두른 팔에 힘을 주며 말했다.

"무슨 일 있는 거 아니지?"

수연은 조심히 마른침을 꿀꺽 삼켰다. 너무 다급하지도 너무 느리지도 않게 심혈을 기울여 짧은 대답을 뱉었다. 쉰 듯한 목소리가 흘러나왔다.

"……네."

"무슨 일 있으면, 나한테 말해요. 혼자 싸매고 고민하지 말고."

"…….."

"무슨 일이든. 혼자 끙끙대지 마."

"……아무 일 없어요. 없을 거고요…….."

불안감을 숨기고 작게 읊조렸다. 수연은 뒤쪽으로 설핏 고개를 돌렸다. 등 뒤에서 빠듯하게 껴안은 품을 놓아주지 않은 채로 지헌의 고개가 기울어졌다.

입술이 부딪혔다. 서로의 손이 겹쳐진 것처럼 따뜻한 입술이 겹치고 혀가 밀려들었다. 멍하니 벌어진 수연의 입술을 물고 잘근거리듯 깨물었다.

……당신은 대체 날 뭐라고 생각하는 거야.

머릿속이 소란했다. 웅웅거리는 벌레 한 마리가 머릿속을 헤집는 것처럼 내면의 나약한 자아가 시끄럽게 떠들어 댔다. 지금이라도 말해. 따져 물어. 당신은 대체 뭐냐고. 나는 대체 당신한테 뭐냐고.

그러나 긴 키스가 끝날 때까지 결국 수연은 아무런 말도 할 수 없었다. 그저 버겁기만 한 노곤함이 온몸을 잠식했다. 더 이상 아무 생각도 하지 않고 포근한 침대 속으로 기어 들어가 까무룩 잠들고 싶었다. 수연은 무거운 눈꺼풀을 느리게 감았다 떴다.

수연을 돌려세운 지헌은 가만히 내려다보다가 수연의 머리카락을 부드럽게 쓸어 넘겼다. 그러곤 수연의 뺨을 양손으로 감싸 쥐고 다시 한번 짧게 입술을 맞추었다.

"다녀올게."

눈을 마주친 채로 지헌이 말했다. 수연은 어떤 대답이든 뱉으려고 입술을 떼었지만 아무런 말도 나오지 않았다. 목이 졸린 듯 목구멍이 죄어들었다. 숨이 막혔다. 무언가 뜨거운 게 뱃속을 마구 할퀴고 헤집어 대다가 바깥으로 쏟아져 나올 것만 같은데 숨구멍이 틀어막혀 점점 숨이 가빠졌다.

수연의 어깨를 툭툭 두드린 지헌은 느릿하게 몸을 돌려세웠다. 수연을 따라 잡을 때와 전혀 다르지 않은 느긋하고 서두르지 않는 여유로운 걸음걸이로 멀어져 갔다. 이윽고 지헌의 근사한 뒷모습이 차 뒷좌석으로 사라졌다. 잠시간의 머뭇거림도 없이, 차는 웅 하는 엔진음과 함께 부드럽게 출발했다.

태연하게 다정한 말과 행동을 쏟아부어 놓고 아무럴 것 없다는 듯……

어둠 속에서 지헌의 차가 골목을 돌아 완전히 시야에서 사라졌을 때에야, 수연은 그 자리에 풀썩 무너지듯 주저앉았다. 무슨 웅덩이가 있었는지 바닥에 주저앉은 엉덩이가 질펀하게 젖어 들었지만 그런 것 따위는 아무런 상관도 없었다. 어깨에 걸려 있던 가방은 어느새 바닥에 나뒹굴었다.

근처를 어슬렁거리던 길고양이가 냐옹— 하고 우는 소리에 억눌린 울음소리가 섞여 들었다. 얼굴을 가린 두 손 아래 턱끝에서 눈물이 뚝뚝 떨어져 내렸다. 수연은 이내 어린아이처럼 엉엉 소리 내어 울고 말았다. 달 밝은 밤 아래 숨길 수 없는 눈물이었다.

11

샤워 가운의 앞섶을 여미며 욕실에서 걸어 나온 지헌은 태블릿을 집어 들다가 지잉 울리는 진동 소리에 시선을 옆으로 돌렸다. 금세 조용해진 핸드폰을 손에 쥐고 방 한구석의 리클라이닝 체어에 몸을 묻었다. 쌓여 있는 문자 리스트의 가장 위에 위치한, 소소한 금액이 찍힌 결제 문자에 지헌이 픽 웃음을 터뜨렸다.

[2,300원 우람핫도그]

카드를 억지로 쥐여 줘 놓고 까맣게 잊어버린 지 오랜데, 언제부터인가 종종 결제 문자가 들어오기 시작했다. 무슨 심경의 변화가 있어서인지는 모르겠으나, 어쨌든 얼굴도 못 보고 떨어져 있는 마당에 뭘 하고 다니나 훔쳐보고 상상할 수 있게 흔적을 흘려 주는 결제 문자가 내심 반가웠다. 그 위로 역시나 고만고만한 구매 내역들을 올려 본 지헌은 잠시 고민하다가 통화 버튼을 눌렀다.
— ……네, 상무님.
신호음이 한참이나 이어진 끝에 들려오는 가라앉은 목소리에 지헌은 느슨하게 쥐고 있던 핸드폰을 고쳐 잡았다.

미국에 오고 처음 거는 전화니, 일주일 만인가?

입을 열었지만 무슨 말을 해야 할지 사뭇 막막했다. 어째서 이런 기분이 드는 건지 알 수 없었다. 목구멍에 가시가 걸린 듯 불편한 느낌을 지우려 시헌은 마른침을 삼키고 입을 열었다.

"핫도그 사 먹었어요?"

이 와중에 튀어나온 말이 고작 핫도그라니.

지헌은 미간을 구기며 이마를 문질렀다. 역시나 황당한지, 전화 건너편에서도 한참 동안 아무 말이 없었다. 일주일 만에 전화해서는 핫도그 타령이나 하고 있으니……. 한심한 자신의 꼴에 지헌은 실소를 지었다. 잘 지냈느냐 물으려던 찰나에 수연이 말했다.

— 계속 문자 받아 보고 있으셨던 거예요? 마음대로 쓰라고 준 건 줄 알았는데. 좀 치사하네요.

"나 없는 동안 뭐 하고 다니나 그런 걸로 곱씹고 있으니까. 너무 치사하게 생각하지 말아요."

— ……그렇게 궁금했으면 전화를 하셨겠죠.

"전화 안 해서 서운했어요?"

불퉁하게 볼을 부풀린 표정이 상상되어 지헌은 입꼬리를 말아 올리며 의자에 깊게 몸을 기댔다. 의자 팔걸이의 매끄러운 가죽을 느릿느릿 문지르며 핸드폰을 귀에 가까이 대고 수연의 목소리를 기다렸다.

— 아뇨. 상무님 마음대로 하시는 게 뭐 하루 이틀인가요. 예전에나 서운했지 지금은 적응이 되어서요.

"내가 나빴네. 그치?"

전화기 너머로 아무 말도 없었다. 지헌은 의자에 깊숙이 묻었던 몸을 고쳐 앉았다. 수연의 숨소리마저 세세하게 들릴 정도로 핸드폰에서 흘러나오는 미미한 소리에도 신경이 곤두섰다.

"매일 전화할까?"

— 아뇨. 바쁘신데 애쓰지 마세요. 시간도…… 안 맞고요.

"그러고 보니까 오늘 출근 안 했어요?"

결제 문자를 보고 불쑥 전화를 건 것도 그래서였다. 한국 시간으론 점심시간을 앞두고 한창 회사에 있을 시간에 웬 핫도그. 생각이 거기에 미치자 한심하게도 또 웃음이 나왔다. 핫도그라니. 핫도그를 먹는 한수연이라니.

왜 이렇게 귀여운 짓만 골라서 하는 건지.

— ……네. 연차 썼어요.

"잘했어요. 몸은?"

— ……좋아요.

애매한 대답에 지헌이 구체적으로 물었다. 지헌은 어느새 의자의 팔걸이를 꽉 움켜쥐고 있었다.

"사랑니 뺀 곳은?"

— 저번주에 실밥도 뽑고…… 이제 아무렇지도 않아요. 아직 구멍은 뻥 뚫려 있지만.

"위염은?"

— 그게 이상하게…… 상무님 출장 가시고 싹 사라졌어요.

"내가 문제였네."

지헌이 큭큭 웃었다.

— 아마도…….

전화기 너머에서도 작게 웃는 소리가 나지막하게 들렸다. 날카롭게 곤두섰던 신경이 한순간에 흔적도 없이 녹아 흐물거렸다.

지헌은 리클라이닝 체어의 기울어진 등받이에 느슨하게 몸을 기댔다. 작은 웃음소리에 귓가가 간지러웠다. 지헌은 무의식적으로 제 귓바퀴를 슥 문질렀다. 미지근한 체온이 손끝을 달궜다.

"꾀병이었네."

— 그랬나 봐요.

사실 가장 궁금한 것 한 가지가 더 혀끝을 맴돌았지만 쉽사리 입이 떨어지지 않았다.

통화 종료 버튼을 누른 수연은 긴 한숨을 내쉬었다. 무슨 생각으로 그 카드를 꾸역꾸역 긁고 다니는지 제 스스로도 이해가 되지 않았는데⋯⋯. 핸드폰 안에 뜬 '도지헌 상무님'이라는 여섯 글자를 보는 순간 깨달았다. 그가 무언가 알아주길 바라고 하는 유치한 바람에서 비롯된 행동이었음을. 그리고 그런 스스로에게 진절머리가 났다.

무슨 생각이야, 한수연.

그가 갔다.

그가 가고 위염이 씻은 듯이 멎은 것도 사실이다. 사랑니를 뽑은 자리엔 여전히 검은 구멍이 남았지만 한두 달 후면 살이 차올라 흔적도 남기지 않고 사라질 것이다.

퇴사를 하고 전셋집을 뺐다. 그렇지 않아도 월세로 전향할 예정이었다며 집주인은 수연의 갑작스러운 이사 소식을 오히려 반겼다. 모든 것이 일사천리로 순조롭게 흘러간다. 마치 잠시 이탈되었던 이상 경로를 원래 궤도로 돌려놓으려는 듯이.

그러니까 다시 질척거릴 필요도 없다. 모든 건 제자리를 찾아가는 중이니까.

툭.

핫도그에 매달려 있던 케첩이 바닥으로 뚝 떨어졌다. 통화를 하는 동안 왠지 입맛이 떨어져 반도 채 먹지 않은 핫도그가 이젠 더 이상 먹음직스러워 보이지 않았다. 핫도그를 쥔 손을 몸 옆으로 힘없이 떨어뜨리고 수연은 느릿느릿 발걸음을 옮겼다.

집 앞에 다다르자, 길가에 세워져 있던 세단의 조수석에서 누군가 내려섰다. 제 쪽을 바라보는 노골적인 시선을 느낀 수연이 돌아보았다. 다가오는 남자의 얼굴을 확인하고 수연의 얼굴이 멈칫 굳어졌다.

"한 대리님. 잘 지냈어요?"

박 실장이 수연에게 어색하게 입꼬리를 올리고 인사했다. 수연은 세단의 뒷좌석을 흘끗 바라보았으나 선팅이 짙어 안이 보이지 않았다.

도지호 상무의 집무실에 불려 갔던 날, 비서실에는 미주뿐이었지만 박 실장이 이 일을 모를 거라곤 생각하지 않았다. 말도 안 되게 빠른 속도로 진행된 수연의 퇴사 처리도 아마 그쪽에서 도맡았을 것이다. 그럴 거라곤 생각했지만……. 이렇게 직접 얼굴을 다시 마주하게 될 줄은 몰랐는데……. 저도 민망한 듯 머리를 긁적이면서 수연의 눈치를 살피는 박 실장의 모습이 못 견디게 불편했다.

"잠깐 시간 좀 내 주실래요? 도지호 상무님께서 계속 기다리셨는데."

박 실장이 뒷좌석 문을 열었다. 그 안의 그림자 속에 기다랗고 어두운 인영이 보였다. 지호는 수연이 앉기를 기다리듯 이미 안쪽 깊숙한 곳으로 옮겨 앉아 있었다. 수연은 잠시 주변을 살폈으나 휴지통 같은 건 보이지 않기에 어쩔 수 없이 핫도그를 손에 쥔 채로 차에 올라탔다.

"어서 와요. 한수연 씨. 박 실장님. 그건 위에 올려놔 주세요."

지호의 눈짓에 박 실장은 앞좌석에 놓여 있던 케이크 상자를 들고 수연의 집 쪽으로 사라졌다. 수연이 그 뒷모습을 좇자, 지호가 설명을 이었다.

"아. 빈손으로 오긴 뭐해서. 한수연 씨 좋아할 것 같은 걸로 고심해서 사 왔습니다. 요즘 꽤 인기 있다는 케이크 가게라던데."

"……여긴 왜 오셨어요? 말씀하신 대로 해 드렸는데요."

"아, 그렇게 말하는 거 들으니까 죄책감이 밀려드네요. 뭐. 사실 그것 때문에 왔습니다. 아무래도 좀 억울한 부분도 있을 텐데. 이제 뭐 할 거예요? 괜찮으면 내가 도와줄 수 있는 부분이 있는지—"

"아뇨. 사양하겠습니다."

단호하게 거절한 수연이 차게 식은 핫도그를 한 입 깨물어 먹었다. 더 이상 듣고 싶지도 않다는 듯한 반응에 지호는 웃음이 터지려는 걸 꾹 참아 삼켰다.

"퇴직금 그거 해 봤자 얼마 되지도 않고. 결국은 이직이 제일 나을 텐데, 그럭저럭 괜찮은 곳으로 몇 군데 추천해 줄 수 있어요."

"아뇨. 괜찮습니다. 그럴 필요 없으시고. 전 알아서 잘 살 거니까 신경 쓰지 마세요. 그럼."

수연이 고개를 까딱이는 순간, 핫도그에서 케첩이 뚝 떨어져 시트 위에 방울졌다. 잠시 당혹스러운 표정으로 내려다보던 수연은 알아서 닦겠지 넘겨 버리곤 서둘러 차에서 내려섰다.

바깥에서 서성이던 박 실장에게 눈인사를 남기고 집에 올라가니 현관문 앞에 케이크 상자가 놓여 있었다. 대수롭지 않게 집어 드는데 케이크치고 몹시 묵직했다. 현관에 들어서자마자 선반에 상자를 내려놓고 안을 열어 보자 오만 원짜리 지폐 다발들이 수연을 놀리듯이 반겼다. 황당해서 헛웃음을 터뜨리는데 기다렸다는 듯 문자 소리가 울렸다.

[수표는 여러모로 불편할 것 같아서요. 이번에도 물론 거절해도 괜찮지만, 그럼 다음번엔 내가 아니라 큰어머니가 돈 싸 들고 갈 겁니다.]

그다지 길지도 않은 문자를 몇 번이나 반복해 읽은 수연은 신경질적으로 핸드폰을 소파 위로 던져 버렸다. 어쩜 이다지도 고전적인 방법으로 사람을 들쑤시는지. 기분을 곤두박질치게 하는 데 이것만큼 효과적인 방법도 없을 것 같다. 그러니 이렇듯 사람 치우는 방법 중에 클래식으로 자리 잡은 게 분명했다.

사기까지 쳐 가며 현금 다발을 들고 와 드밀면서 받아 달라고 난리인데 못 받을 것도 없다. 생각해 보니 그 카드를 쓰는 거랑 크게 다를 것도 없었다. 고작 핫도그나 사 먹던 거에 비하면 금액이 천지 차이지만…… 알 게 뭐람.

수연은 소파 위의 핸드폰을 깔아뭉개고 풀썩 주저앉으며 체념처럼 긴 한숨을 내쉬었다. 두 손을 들어 푸석거리는 마른 얼굴을 완전히 가려 버렸다. 무엇보다…… 윤희연 여사를 맞닥뜨리는 것만은 피하고 싶었다.

'고귀하디고귀한 아들내미가 비서랑 섹스 파트너인 것도 기가 막히는 노릇인데 심지어 게이랑 10년 가까이 동거한 여자다? 거품 물고 쓰러지실 법하지…….'

퇴사와 함께 어느 정도는 마무리되었다고 생각했다. 다시는 볼 일 없을 테니. 그래서 쿡쿡 찌르는 위염도, 두통도 사라졌을 테지.

적막에 휩싸인 집 안에는 수연의 거칠어진 숨소리만 가득했다. 울컥울컥 치솟아 오르는 무언가를 누르기 위해 숨을 가다듬던 수연은 집 안을 우울하게 채운 적막을 지우기 위해 소파 위에 아무렇게나 던져 놓았던 리모컨을 집어 들었다.

— 배우 정제민 씨의 열애설이 연일 포털 사이트를 뜨겁게 달구고 있는데요. 저희 연예가티브이에서 소속사 인터뷰를 진행하였습니다.

연예 프로그램이 재방송되고 있던 티브이에서 제민의 이름이 흘러나오고 있었다. 수연이 손안에 쥐고 있던 리모컨이 툭 떨어져 수연의 무릎을 때리고 맥없이 바닥으로 떨어졌다. 제민의 열애설 기사와 그에 실린 사진이 티브이 화면에 송출되고 있었다. 수연의 턱이 스르르 떨어지며 입이 벌어졌다.

퇴사 후 주변과 단절된 생활을 한 이후로 수연은 매일 포털 사이트의 연예 뉴스를 염탐하는 것도 그만두었다. 티브이 안의 사진에는 모자이크가 되어 있었지만 한눈에 자신의 얼굴임을 알아볼 수 있었다.

— 정제민 씨는 국내 굴지의 대기업에 근무 중인 비연예인인 미모의 재원과 8년째 연애 중으로…… 진지한 관계를 이어 가고 있다는 보도입니다. ……소속사에서는 정제민 씨의 여자 친구가 일반인이므로 과도한 추측과 신상 털기는 자제해 주기를 당부…….

"하하…… 하……."

수연의 벌어진 입술 사이에서 허탈한 웃음소리가 흘러나왔다. 정말이지 이 상황이 비현실적인 장난처럼 느껴졌다. 아니면 이렇게까지 한꺼번에 몰려와 벼랑 끝까지 몰아갈 이유는 없는 것 같았다.

한참 동안 경기를 일으키듯 산발적인 웃음을 터뜨리던 수연은 이윽고 바닥에 떨어진 리모컨을 집어 들었다. 시끄럽게 떠들어 대던 티브이를 꺼 버린 수연은 가라앉은 기분을 떨쳐 내기 위해 벌떡 몸을 일으켰다. 캐리어를 가져와 꼭 필요한 것들만 고심하여 가방에 던져 넣기 시작했다. 짐을 싸는 데 몰두했던 수연은 잠시 화장실에 갔다가 나와선 소파 위의 핸드폰을 집어 들었다.

"대체 얼마 만에 하는 거야……."

생리 주기를 기록하는 앱을 켜 보니 시작 예정일을 훨씬 지나 있었다. 보통은 꽤 정확한 주기를 유지하지만, 얼마 전까지 위염에 두통에, 이래저래 스트레스로 몸 컨디션이 저조하면서 생리까지 엄청 늦어졌다는 것을 수연은 생리가 시작하고 나서야 실감했다.

수연은 앱의 오늘 날짜에 생리 시작을 기록하고는 핸드폰을 쥔 손을 툭 내려놓았다. 습관처럼 긴 한숨이 흘러나왔다. 이사 준비며 여러모로 바쁜 와중에 하필 생리가 시작되었다니 반갑지만은 않지만, 정말로 모든 게 순조롭게 제자리를 찾아가는 중이라는 하나의 반증이라고 생각하니 나름대로 긍정적인 신호처럼 여겨졌다.

그때, 핸드폰 소리에 화면을 확인한 수연의 얼굴이 눈에 띄게 굳어졌다. 수연은 눈을 깜빡거리며 방금 수신된 문자를 한참이나 응시했다.

[수연아. 나야. 미주. 마지막으로 봤을 때 내가 너한테 했던 행동을 생각하면 이렇게 문자를 보내는 것도 염치없는 거란 걸 알지만, 너무 후회돼서 연락했어. 그때 내가 감정이 격해져서 말이 심했어. 진심으로 사과하고 싶은데 우리 만나면 안 될까?]

뻥 뚫린 가슴속에 스산한 바람이 불었다. 기분 탓인지 몸을 훑어 내리는 한기에 수연은 저도 모르게 어깨를 떨었다.

도지호 상무의 집무실에서 마지막 대면을 끝으로 퇴사하기까지 몇 번 멀찍이서 미주를 마주쳤다. 그때마다 미주는 시선을 피했고, 수연은 철렁 가라앉는 심장을 느끼며 몸을 숨기기 바빴다.

체한 것처럼 목구멍에 무언가 야금야금 차올랐다. 눈가가 뜨끈해지는 걸 보니 눈물이 나려는 모양인데, 지금 자신이 슬픈 것인지, 기쁜 것인지 가늠할 수 없었다. 그저 피곤함에 눈꺼풀이 묵직하게 내리 감겼다. 몇 번이고 고민하던 수연은 이내 전화번호를 수신 차단 하고 핸드폰을 소파 위에 내려놓았다.

□　◆　□

독일 브랜드의 자동차 매장 옆을 지나던 지헌은 잠시 발걸음을 멈춰 세웠다. 출장 기간 동안 지헌의 수행을 맡은 도성전자 미국 법인의 레이먼 리도 뒤늦게 지헌이 뒤처진 것을 발견하고 가던 걸음을 멈췄다.

신제품 언팩 행사가 성공적으로 마무리되고 사실 오늘은 지헌의 개인 일정에 따라붙은 참이었다. 지헌은 그럴 필요 없다며 가볍게 거절했지만, 장차 그룹 회장이 될지도 모르는 인물이니 잘 보여 둬서 나쁠 것 없기에 한사코 따라나섰다. 레이먼은 오던 길을 돌아가 지헌이 무표정한 얼굴로 들여다보고 있는 쇼윈도 안으로 시선을 옮겼다.

도성그룹의 노회장이 자동차 수집광이라는 소문은 미국 법인에도 이미 파다했다. 그 피를 물려받은 황태손이니 취미가 다르지 않은가 보지? 별 대수롭지 않게 여기며 레이먼은 습관적으로 손목시계를 흘끗 확인한 후 다시 쇼윈도 안의 신차를 바라보았다.

반지르르 차체에 흐르는 광택과 곡선이 유려하게 꽤나 잘빠진 차였다. 그러나 정작 지헌의 시선이 머물러 있는 곳은 그 차 옆으로 구석에 밀린 듯 댕강 세워져 있는 작은 유모차였다. 지헌을 따라 그것에 시선을 옮긴 레이먼이 별 뜻 없이 말했다.

『이 브랜드에서 유모차도 만드는지 몰랐네요.』

레이먼의 말에 지헌은 쇼윈도에서 시선을 떼고 흘끗 그를 쳐다봤다. 그러곤 짧은 말과 함께 언제 멈추었냐는 듯 다시 발걸음을 돌렸다.

『가시죠.』

지헌 역시 몰랐던 바였다. 아무 생각 없이 그 옆을 지나치다, 여느 사람과 마찬가지로 저런 것도 만드나 보군, 하고 여상히 생각했던 것까지는 아무럴 것도 없었다. 그러다 갑자기 의식이 점프하듯 한국에 있는 수연에게로 급격히 이어지는 것부터는 문제랄 수 있었다. 한심한 망상종자가 아닐 수 없다.

실낱같은 의심 한 조각이 시간이 지날수록 몸집을 불려 이젠 거의 기정사실에 이른 확신처럼 여겨지고 있었다. 역시 미친놈다운 맥락 없는 상상에 불과하단 걸 알지만 이젠 지헌의 얼굴에서 왕왕 터져 나오던 허탈한 실소 대신 미간에 짙은 실금이 그어졌다. 지헌의 그런 얼굴을 살피고 그의 심기가 급격히 불편해졌다 판단했는지, 레이먼이 슬금슬금 눈치를 보는 게 느껴졌지만 관심 없었다.

이상하리만치 마음이 조급해졌다.

□　◆　□

지헌이 메일과 전화로 갤러리 운영에 지속적으로 개입해 왔지만, 사실 미술 작품을 실제로 보는 것과 매체를 통해 확인하는 것은 천지 차이와 같기에 어느 정도는 현지의 안목에 맡길 수밖에 없다.

총 세 개의 층으로 구성된 갤러리를 종횡하며 최근 매입한 것들을 위주로 작품을 살핀 지헌은 이윽고 4층에 별도로 마련된 오너 룸에 들어가 짙은 청록빛의 패브릭 소파에 깊게 몸을 묻었다.

곧이어 부관장이 찻잔을 올린 트레이를 들고 들어섰다. 백금발과 흰머리가 묘하게 섞인 중장년의 부관장은 긴 다리를 사선으로 꼬고 소파에 기대앉은 채 관자놀이를 지그시 누르고 있는 지헌을 흘끗 살피고 그 앞에 잔을 내려놓았다.

『피곤해 보이시네요. 오랜만에 오셔서 처리할 일이 많으시죠? 며칠 전 도성 신제품 언팩 행사 영상 봤어요. 성공을 빌게요.』

자신과는 상관없는 말을 들은 양 지헌은 무심한 얼굴로 고개를 까딱이곤 꼬고 있던 다리를 풀어내고 커피 잔을 집어 들었다. 한동안 말없이 커피를 마시던 지헌이 소서 위에 커피 잔을 내려놓으며 말했다.

『1분기 수익도 오히려 상승했고 최근 매입한 작품들을 보니 더 이상 내 간섭이 불필요한 수준인 것 같은데. 슬슬 난 손 뗄까 해요. 이제 그 직함 떼시고 얼른 이름 올리세요.」

지현이 한국으로 간 이후 갤러리의 관장직은 여전히 공석 상태였다. 커피를 홀짝이던 부관장이 눈만 들어 지현을 바라보았다.

「급하게 생각하실 것 없어요. 제 생각엔 적어도 1, 2년은 지금 상태로 가는 것도 나쁘지 않을 것 같아요.」

「당분간은 한국에서 지낼 생각이에요.」

부관장은 손에 쥐고 있던 잔을 테이블에 내려놓았다. 의외의 말이었다. 그녀는 여전히 아무런 표정도 떠오르지 않은 지현의 얼굴을 자세히 살폈으나 별다른 감정을 찾아볼 수 없는, 평소와 같은 표정일 뿐이었다.

「그곳에서의 일이 잘 풀리셨나 보네요.」

무감하기만 했던 지현의 얼굴에 설핏 미소가 감돌았다. 실소 같기도 하고 자조 같기도 했지만 눈치채기 어려울 만큼의 진실된 웃음이 섞여 있었다.

지현은 다시 커피 잔을 입가로 가져가 한 모금 마시고 낮게 읊조렸다.

「글쎄요.」

「뜻은 잘 알겠습니다. 천천히 정리 작업 들어가면서 계속 보고드릴게요. 그보다 지금은 몇 가지 조언이 필요해요.」

부관장이 두꺼운 서류를 들고 와선 첫 장을 넘기며 몸을 앞으로 기울였다. 지현도 커피 잔을 옆으로 치우고 그녀가 내민 서류로 시선을 옮겼다.

업무 대화가 끝나 갈 무렵, 무의식중에 식은 커피를 입에 삼킨 부관장은 몸을 일으켜 새 주전자를 들고 돌아왔다. 지현의 앞에도 뜨거운 커피를 다시 놓아 주자, 그가 지나가듯 가볍게 물었다.

「여자들은 보통 뭘 좋아하죠?」

잠시 멈칫했던 부관장은 천천히 고개를 들고 제 아들뻘인 남자의 잘생기고도 무심한 얼굴을 바라보았다. 갤러리의 젊은 오너인 그와 알고 지낸 지 햇수로 7년이 넘었지만, 단 한 번도 여자와 어울리는 법이 없어 한때는 이 바닥에서

게이라는 오해를 샀던 남자였다. 하지만 그녀는 그가 남자라면 옷깃만 스쳐도 치를 떨고 헛구역질을 애써 참는 모습을 몇 번이고 목격했다.

『좋아할 만한 선물이…….』

그저 자기 자신을 너무 사랑해서 남한테는 일말의 관심도 없는 엄청난 나르시시스트이거나, 혹은 아주 철저히 뒷구멍에서 몰래 연애를 하는 폐쇄적인 타입이려니 생각했다. 그런데 대체 저 연애라고는 글로도 못 배운 사람이나 뱉을 만한 일차원적인 질문이라니……. 그녀의 입꼬리에 서서히 미소가 감돌았다. 갑자기 갤러리에서 왜 손을 떼겠다는 건지 의아했는데…….

『그런 거군요.』

『…….』

부관장의 만면에 미소가 더욱 짙어지자, 지헌은 눈을 아래로 내리뜨고 말없이 커피를 마셨다.

『보통은 다이아몬드죠. 클래식은 영원하니까요.』

고민하듯 턱을 문지르는 그녀의 손가락에서 무게 때문에 옆으로 살짝 돌아간 다이아 반지가 반짝거렸다.

『아! 그게 너무 뻔하다면, 요즘 여기서 인기인 부티크가 있어요. 쟐녹느 수석 디자이너가 개인적으로 운영하는 곳인데 100% 예약으로 커스텀 주문 받고 디자인해서 판매하는 곳이에요. 지금 예약하면 2년 후에나 주문을 넣을 수 있죠.』

부관장이 제 무릎을 탁 치며, 고상하기만 했던 지금까지와는 사뭇 다른 약간의 흥분이 느껴지는 목소리로 말했다.

『근데 마침 제가 예약해 놓은 약속이 오늘 저녁이고, 원하신다면 기꺼이 양보해 드릴 수 있어요. 아주 특별한 선물을 원하신다면요.』

다정하게 웃는 그녀의 눈가에 깊은 주름이 패었다.

□　◆　□

안내하는 직원을 따라 룸으로 들어가는 길에 이어진 매장 안에는 제품을 입혀 놓은 마네킹 같은 건 찾아볼 수 없었다. 부티크라는 느낌보다는 화원처럼 꾸며져 있었다. 룸 안에는 스케치한 디자인들이 액자에 담겨 걸려 있었다.

『어떤 걸 원하시나요? 레퍼런스가 필요하면 이 태블릿을 참고하시고, 미리 찾아본 사진 같은 게 있으시면 의견을 반영하는 데 도움이 됩니다.』

직원이 화려한 드레스 사진이 잔뜩 나열된 태블릿의 방향을 지헌 쪽으로 돌려 내밀었다. 오히려 지헌보다 더 상기된 표정의 부관장이 태블릿을 대신 받아 들고 웨딩드레스 섹션을 클릭해 확대하는 모습에서 그녀의 앞서 나감이 물씬 느껴졌다.

지헌은 소파 등받이에 등을 기대고 스케치 디자인을 슥 훑어보며 말했다.

『블라우스 정도면 괜찮을 것 같네요.』

주로 시상식 드레스나 웨딩드레스를 취급하기 때문에 약간 당혹한 직원은 프로다운 미소로 속내를 감추고 태블릿에서 몇 가지 블라우스 샘플을 열었다. 지헌은 역시 다소 실망한 얼굴의 부관장에게 디자인 선택을 부탁하고는 한 가지를 덧붙였다.

『단추에 다이아몬드 박아 줘요.』

블라우스 단추에 다이아라니, 몹시 실용성이 떨어지는 주문이 아닐 수 없지만 어차피 실용적인 옷을 디자인하는 상점도 아니기에 직원은 개의치 않았다. 오히려 영업 이익이 올라가는 희소식이기에 직원이 낯빛을 나긋하게 밝히며 태블릿의 보석 섹션을 내보였다. 보통은 드레스에 화려함을 더하기 위해 추가하는 보석류들의 사진이 다양했다.

『크기와 모양은 어떤 걸로 하시겠어요?』

『크면 클수록 좋습니다.』

『너무 크면 단추가 무거워지기 때문에 처질 수 있어서 미적 감각이 떨어질 가능성이······.』

『미적 감각이 떨어지지 않는 선에서 알아서 해 주면 될 것 같네요.』

『네. 그럼 시안과 견적은 별도로 송부드리도록 하겠습니다. 확인하시고 별도의 추가 의견이 없으시면 제작에 들어갑니다.』

직원은 고객 주문서를 작성하며 흘끗 눈을 들어 지헌을 바라봤다. 견적에 개의치 않고 이런 주문을 넣는 재력은 둘째 치더라도, 동양인답지 않게 뛰어난 피지컬에 다소 어둑한 룸 안의 조명을 홀로 받는 것처럼 빛나는 얼굴까지……. 처음으로 동양인 남자에게 사랑을 느끼는 순간이었다.

눈이 마주치자 지헌은 예의상의 짧은 미소를 입가에 지었다. 심장이 쿵 조여드는 느낌에 직원은 허둥지둥 시선을 피해 주문서를 내려다봤다. 주문서 위에는 자신이 언제 그려 놓았는지 모를 지렁이 같은 글씨들이 어지러이 널려 있었다.

지헌이 테이블 위의 커피에 손을 뻗어 한 모금 마셨다. 그것을 곁눈질하던 직원의 시야에 그가 맛없다는 듯 인상을 왈칵 구기는 모습이 들어왔다. 좀 예민해 보이지만 그마저도 잘생겼다.

『한국으로 배송 가능합니까?』

지헌은 커피 잔을 테이블에 툭 내려놓으며 물었다.

『물론입니다. 여기 주소 적어 주시겠어요?』

직원은 주문서 위에 글씨를 적는 지헌의 내리뜬 속눈썹을 멍하니 응시했다. 저런 남자라면, 장거리 연애도 불사하겠어……. 장거리 연애에 부정적이었던 자신의 견해를 대폭 수정하는 순간이었다.

□　◆　□

— 전화기가 꺼져 있어 소리샘으로 연결됩니다.

본격적인 휴가철을 앞둔 인천공항은 여행객과 마중 나온 인파들로 혼잡했다. 너른 보폭으로 입국장을 빠져나오던 지헌은 어깨와 귀 사이에 끼고 있던 핸드폰을 내려 잠시 동안 화면을 응시하다가 슈트 안주머니에 집어넣었다.

"안녕하세요. 상무님. 잘 다녀오셨습니까?"

게이트로 나가자 차 근처에서 서성이던 김 기사가 곧장 지헌을 발견하곤 몸을 깊게 숙여 인사했다. 뒷문을 달아 준 김 기사는 트렁크에 짐을 싣고 차를 빙 돌아 운전석에 올라탔다.

"한 실장은……."

차가 부드럽게 출발하던 찰나, 평소답지 않게 말 뒤꼬리를 생략한 지헌의 질문 같지 않은 질문에 김 기사가 백미러에 힐끗 시선을 두고 대답했다.

"오늘 상무님 픽업 일정만 전달받아서 한 대리님은 따로 연락 없었는데, 혹시 바로 다음 일정 있으십니까?"

지헌은 대답 대신 무언가 생각에 잠긴 듯한 시선을 먼 곳에 두고 미간을 찌푸렸다. 슬그머니 차를 출발시키며 김 기사가 조심스레 되물었다.

"저……. 상무님, 집으로 바로 모시면 될까요?"

"……아뇨."

뒷좌석에서 흘러나온 꽉 잠긴 목소리에 김 기사는 조용히 뒷말을 기다렸다. 꽤 긴 시간 정적이 이어졌다. 백미러를 통해 김 기사와 지헌의 눈이 마주쳤다. 김 기사가 저도 모르게 허둥거리며 재빨리 시선을 피했다.

"……그러시죠. 집으로 가 주세요."

다시 흘끗 살핀 백미러 속의 지헌은 어느새 평소와 다를 바 없는 무신경한 얼굴로 돌아와 있었다. 잠시 거기에서 혼란한 기색을 엿보았던 김 기사는 제 착각이었다 여기며 전방으로 눈길을 돌렸다.

지헌은 빠르게 스쳐 지나는 차창 밖으로 얼굴을 돌렸다. 며칠 전부터인가, 전화기가 꺼져 있다는 소리만 몇 번째 들었는지. 충동적으로 수연의 집으로 가자는 말이 나오려다 뒤늦게 입을 다물었다. 어처구니없게도…… 그는 주소를 모른다.

한수연이 어디 사는지. 어떻게 사는지. 지금껏 그다지 관심 둔 적 없었다는 사실이, 어쩐지 그의 뒤통수를 세게 후려친 기분이었다.

내비게이션 기록을 뒤지면 나올 테지만, 꼴사나운 모습이 아닐 수 없는 데다 김 기사를 달고 가는 것도 그다지 좋은 생각은 아니었다. 뭣 때문에 이렇게까지 꽉 막히게 구는지 가슴이 답답했다. 혼자 싸매는 성격이란 건 충분히 잘 알았지만…….

지헌은 운무가 잔뜩 낀 회색빛 바다를 별 뜻 없이 응시했다. 정신 나간 의처증 환자처럼 굴고 있다는 생각에 입술 사이로 실소가 픽 흘러나왔다.

어차피 내일이면 한수연은 그를 기다리고 있을 것이다. 지독하게도 맛없는 커피를 정성껏 내리고 뿌듯한 얼굴로 눈꼬리를 곱게 접으면서.

□　◆　□

엘리베이터를 내려 긴 다리로 사무실을 향해 걷는 여유로운 구둣발 소리가 나직하게 울렸다. 카드 키를 체크하는 지헌의 매끄러운 입매에 엷은 미소가 스몄다. 무의식적으로 문고리를 쥐는 손에 힘이 들어가 커다란 손등에 핏줄이 불거졌다.

묵직한 철제문을 가볍게 잡아 열자, 희미한 커피 향기가 먼저 새어 나오며 그를 반겼다.

"……."

"……아! 오셨습니까. 상무님."

비서실 책상에 앉아 있던 박 실장이 의자에서 엉거주춤 엉덩이를 떼고 일어서며 인사했다.

"저는 오늘부터 상무님을 모시게 된 박대기 차장입니다. 박 실장이라고 불러 주십쇼. 아시다시피, 제조센터장님 비서실에…… 있었습니다."

책상에서 벗어나 주춤주춤 다가오며 자기소개를 하는 박 실장의 웃는 얼굴에 식은땀이 미미하게 배어 나왔다. 박 실장이 우물쭈물하는 말을 끝으로 이어진 잠시간의 정적은 문이 닫히고 잠금장치가 철컥 돌아가는 소리에 의해 깨어졌다.

지헌은 아무 말 없이 설명해 보라는 눈으로 박 실장을 가만히 응시했다.

"아. 저. 그게……."

'이런저런 일 여럿이 알아 봐야 좋을 거 없고. 지금으로선 박 실장님이 그쪽 자리에 제일 적임자로 보이네요.'

자신을 사지로 내몬 악독한 전 상사를 원망해 봤자 제 신세가 달라지는 건 없다는 걸 아는 박 실장은 눈을 한 번 질끈 감았다 뜨고 빠르게 마음을 다잡았다.

"상무님 출장 가 계시는 동안 전임자인 한수연 대리가 일신상의 사유로 퇴사했습니다."

박 실장은 축축해진 제 손을 한 번 쥐었다 펴며 제 앞의 야차 같은 얼굴을 하고 선 새로운 상사의 안위를 살폈다. 아무리 봐도 허우대만 심하게 훌륭한 썩은 동아줄처럼 보였다.

어디까지, 얼마나 설명해야 할지. 자신이 여기서 어떤 포지션을 취해야 할지. 박 실장이 어지러이 상황을 가늠하는 사이, 그의 입술만 뚫어지게 바라보던 지헌은 일순 몸을 돌리고 성큼성큼 빠른 발걸음으로 집무실 안으로 들어가 버렸다.

커다란 나무 문이 벼락 소리처럼 쾅 닫히고 나서야 박 실장은 무너지듯 책상 의자에 주저앉았다.

"하아……. 내가 왜 이렇게 조마조마해야 되는 건데……."

목이 죄어 오는 느낌에 박 실장은 바르게 매어 있던 넥타이를 적당히 잡아내렸다. 물색없이 다리를 덜덜 떨면서, 모니터 화면 이곳저곳을 의미 없이 클릭하던 박 실장은 갑자기 울린 전화 소리에 튕겨져 오르듯 엉덩이를 들썩거렸다. 그는 큼큼 두어 번 목소리를 가다듬고 수화기를 집어 들었다.

"네. 경영기획실 박—"

— 데리고 와요. 그게 오늘 박 실장님이 할 일입니다.

많은 게 생략된 단출한 명령이었지만 누구를, 무엇을 뜻하는지 되물을 필요 없이 그의 지시는 명확했다.

"예? ……예!"

허둥지둥 전화를 끊고 핸드폰에서 전화번호를 검색하는 박 실장의 손끝이 바르르 떨렸다. 최대한의 침착함을 쥐어짜 통화 버튼을 누르고 핸드폰을 귀에 가져다 대었다.

— 전화기가 꺼져 있으니⋯⋯.

신호음 대신 흘러나오는 절망적인 안내 멘트에 핸드폰을 쥔 손을 툭 떨어뜨렸다. 박 실장은 이제 더 이상 앉아 있을 수조차 없도록 불안해진 엉덩이를 엉거주춤 의자에서 떼고 자리에서 일어났다.

□ ◆ □

— 집에 아무도 없고 인기척도 없어서, 확인해 보니 이사 간 지 며칠 되었다고 합니다. 주변에 어디로 갔는지 안다는 사람도⋯⋯ 아직까지는 없고요⋯⋯.

"⋯⋯그래서요."

— 아. 네. 저⋯⋯ 더, 더 확인해 보고 다시 연락드리겠습니다. 상무님.

더듬거리는 박 실장의 대답을 흘려들으며 지헌은 핸드폰을 책상 위에 던지듯 내려놓았다. 집무실은 또다시 고요한 적막에 휩싸였다. 지헌은 깍지 낀 상태로 책상 위에 얹은 제 손을 내려다보았다.

왜.

한수연 주변을 둘러싼 위화감을 눈치채지 못한 건 아니었다. 이상하다고 여겼고⋯⋯. 좋지 않은 몸 상태와 예민한 태도, 생리가 미뤄진다는 사실에 눈이 팔려서 혼자 망상을 펼치고 한심을 떨었다. 근데 그게 왜.

설사 원치 않는 임신을 했다손 치더라도 그게 이렇게 말도 없이 자취를 감출 사안인가? 왜?

지헌은 아주 느릿한 몸짓으로 손의 깍지를 풀고 핸드폰을 집어 들었다. 번호를 찾아 통화 버튼을 누르고 세 번의 신호음이 이어진 후 전화가 연결되자 곧바로 본론을 전달했다.

"사람을 좀 찾아 줘야겠어요."

지헌의 지시 사항을 한참 조용히 듣고 있던 상대편이 잠시 머뭇거리는 기색과 함께 말했다.

— 아. 기존에 정제민 관련해서 전달드린 사항 있었는데, 혹시 확인하셨습니까? 지금 말씀하시는 분과도 관련 있는 내용인 걸로 판단되는데…….

"아뇨. 못 봤습니다. 무슨 내용이죠?"

— 아. 지금 바로 다시 송부해 드리겠습니다. 확인하시고 다시 연락 주십시오.

쌓여 있는 메일 더미 속에서 제목만 보고 대수롭지 않게 넘겼던 게 기억났다. 정제민에 관해선 팔로우만 지시해 둔 상태였지 바쁜 와중에 그쪽에 나누어 줄 일말의 관심조차 없었다. 지헌은 곧이어 들어온 메일을 열어 확인했다.

"씨발……."

재전송된 메일의 원래 날짜는 이미 3주 전이었고, 온 에어 되기 전 입수한 스캔들 기사엔 어설픈 모자이크가 된 사진이 들어박혀 있었다. 누가 봐도 당사자 중 누군가가 직접 제출한 걸로 보이는 사적인 사진이 증거랍시고.

뭐 이런 개같은…….

허접한 모자이크는 한수연을 아는 사람이라면, 가령 회사 사람들 정도라면…… 충분히 고개를 갸웃거릴 만큼 딱히 얼굴을 가릴 의지도 없어 보였다. 지헌은 스캔들 기사 안에서 모자이크 너머, 환하게 웃고 있는 수연의 얼굴을 응시했다. 수연은 말갛게도 웃고 있었다.

가슴에 뜨거운 게 차올랐다. 용솟음치는 무언가를 참아 누르는 지헌의 가슴팍이 느리게 오르내렸다. 빙빙 맴돌던 게 역류해 기도를 타고 느릿느릿 올랐다.

지헌의 목울대의 움직임이 눈에 띄게 도드라졌다. 목구멍에 뜨거운 돌덩이가 턱 걸린 것처럼 가늘고 더운 숨이 겨우 잇새로 새어 나왔다.

"뭐야. 박 실장은 어디 가고 왜 밖에 아무도 없어?"

예고도 노크도 없이 문을 벌컥 열고 들어온 지호가 뒤쪽의 사무실을 턱짓하며 지헌을 향해 물었다. 지호의 비서가 집무실 바깥에서 두 사람을 향해 허리를 숙여 인사하곤 슬그머니 문을 닫았다.

대답 없이 가만히 눈만 돌려 바라보는 지헌의 얼굴을 빤히 마주 보며 지호가 피식 입꼬리를 말아 올렸다.

"얼굴 구경하려고 왔는데…… 볼만하네. 원래 살던 동네 물 좀 먹고 와서 그런지 잘생긴 얼굴이 더 폈네? 맛있는 것 좀 많이 주워 먹고 다녔나 봐?"

지 여자는 어떻게 말라 가는 줄도 모르고.

지호는 뒷말을 속으로 삼키고 씨익 웃었다. 지헌의 계속된 무시에도 그는 유유히 걸어와 소파에 늘어지듯 앉았다.

"아아. 여긴 손님한테 차도 안 내주나? 목마른데."

지호는 능청스럽게 말하며 지헌을 흘끗 살폈다. 들어왔을 때 제 이마를 매만지고 있던 손을 책상 위에 길게 내려뜨린 지헌은 고요한 눈빛으로 지호를 꿰뚫을 듯 직시했다.

"이리 와서 좀 앉지?"

지호의 제안에도 지헌은 아무런 반응이 없었다. 지호는 어깨를 으쓱 추켜올렸다. 가까이 앉아 있어 봤자 갑자기 미쳐서 달려들지 모른다 생각하니 어느 정도 거리를 두는 것도 나쁘지 않았다.

창문을 등지고 앉은 지헌의 얼굴에 그림자가 져 어둑했다. 지호는 그제야 그가 집무실 안에 조명조차 켜지 않고 앉아 있음을 알았다.

지호는 갑자기 목이 타는 감각에 마른침을 꿀꺽 삼키고 큼 하고 헛기침을 내뱉었다. 이유 없이 턱이 뻐근한 느낌이 들어 손을 들어 턱선을 문지르다 보니 언젠가 저 무식하게 큰 손아귀에 턱을 틀어잡혔던 끔찍한 기억 때문이란 걸 불현듯 깨달았다.

낮고 스산한 목소리가 지호의 귓등을 때렸다.

"……한수연한테. 뭐라고 지껄였어?"

소파 등받이에 팔을 길게 펼치고 기대던 지호가 고개를 홱 돌렸다.

'어떻게 알았지? 박 실장이 그새 촉새처럼 떠들었나?'

지호는 다시 한번 거리를 확인하듯 창가의 지헌을 일별했다. 지헌은 여전히 일말의 움직임도 없었다. 깊게 침잠한 눈동자와 눈이 마주쳤다.

당연히 도지헌이 알게 되리라는 것은 예측했고 그랬으니 박 실장을 이곳에 붙인 것이었다. 그런데 그럼에도 불구하고, 차가운 김이 푸스스 올라오는 것처럼 고요히 앉아 저를 노려보는 흔들림 없는 눈을 보니 지호의 뒷덜미에 솜털이 곤두서고 팔뚝에 우르르 소름이 돋았다.

"지호야. 도지호."

짐짓 다정하게 지호의 이름을 부르는 지헌의 목소리가 오히려 음산하게 들렸다.

"뭐라고 네 멋대로 지껄였는지, 말해 봐."

지호는 소파 등받이를 짚은 팔에 힘을 줬다. 여차하면 바깥으로 냅다 뛸 생각이었다.

"별로 지껄인 거 없어. 워낙 오래돼서 기억도 잘 안 나고……."

그렇게 하면 잊고 있던 기억이 생각나기라도 한다는 듯 지호는 이마를 연극적으로 매만졌다. 그러곤 흘끗 곁눈질을 하다가 심상치 않은 분위기에 다급하게 말을 이었다.

"너도 켕기는 게 있으니까 대충 눈치챈 거 아냐? 네가 켕기는 만큼만 딱 내가 짚어 줬을 뿐이야. 그것도 내가 다 회사랑 네 생각 해서 그런 거지, 무슨 억하심정이 있어서 그랬겠냐? 그러게 회사 바깥에 여자도 많은데 그런 데서 조용히 찾아서 적당히 데리고 놀지. 직속 부하랑 그렇게 벗고 뒹굴면 되냐? 곧 결혼도 한다는 놈이."

"누가. 내가?"

지헌의 눈썹이 치켜 올라갔다.

"너지 그럼 누구야. 큰어머닌 요새 하루가 멀다 하고 그 국무총리네 딸이랑 만난다던데? 그러니까 너도 그때 자선 행사 날 만나서 사이좋게 시시덕거린 거 아냐?"

지헌이 커다란 손을 벌려 양 관자놀이를 짚었다. 그 예사로운 반응에 지호는 불현듯 깨달았다. 저놈은 지 결혼 상대 얼굴도 모르는 놈이다…….

"아무튼 보기랑은 다르게 너무 소문이 안 좋은 여자야. 그쪽이랑 사실혼 관계라고 주장하는 놈도 있던데, 양다리야? 뭐 그럼 사각 관계야 뭐야. 지저분하다. 지저분해."

지헌은 관자놀이에서 손을 내리고 지호를 직시했다. 극도로 감정을 절제한 언뜻 무표정해 보이는 얼굴이 오히려 으스스했다. 어금니를 꽉 다문 지헌의 턱이 꿈틀거렸다.

"너 설마 그 여자 진지하게 만났어? 그럼 미리 말을 하지 그랬어. 네가 그 결혼 접고 그쪽으로 탈선한다고 했으면, 나야 쌍수 들고 환영이지. 근데 둘 다 잡고 안 놓으니까 그 여자가 홀랑 튄 거 아냐⋯⋯."

지호는 가볍게 한숨을 폭 내쉬고 어깨를 으쓱 추켜올렸다.

"나한테 화풀이하지 말고 좀 잘해 주지 그랬어. 네가 믿을 만한 놈이었으면 그렇게 말도 없이 토꼈겠어? 평소에 사탕발림도 좀 해 주고 그래야 여자가 안심을 하지. 쯧."

지호가 혀를 크게 차고 안쓰럽다는 듯 말을 이었다.

"대충 계열사로 옮겨 주려고 했는데 그런 것도 다 마다하고 아주 질린 것 같던데."

"네가 뭔데 나대."

깊게 침잠한 지헌의 목소리에 지호는 이제 당분간 몸을 사려야 할 순간임을 직감하고 무릎을 짚고 일어섰다. 그러는 와중에도 지호의 입이 쉴 새 없이 나불거렸다.

"그래도 먹고살 만큼은 찔러 줬으니까 너무 걱정하진 말고. 그쪽에서도 아주 손해 보는 장사는 아니었을⋯⋯ 으윽!"

냉담하게 군은 지헌의 얼굴이 순식간에 가까워진다고 생각했을 때에는 이미 그의 억센 손아귀에 멱살을 틀어잡힌 후였다. 지호는 거의 공중으로 딸려 올라가듯 목을 옥죄는 힘에 다급하게 지헌의 팔뚝을 붙잡았지만 소용없었다. 공기를 가르는 소리에 이어 퍽 하는 파열음과 함께 지호가 테이블 위로 널브러졌다.

얼굴 한쪽을 울리는 얼얼한 통증에 지호의 의식이 잠시 흐릿해졌다. 그 잠깐 사이에 어디서 몽둥이라도 들고 와서 휘두른 게 아닌가 의심될 정도로, 맨주먹으로 맞았다곤 믿기 어려운 충격이었다.

"너, 너⋯⋯ 제정신이야?"

지호가 감각이 무뎌진 턱을 부여잡고 지헌을 향해 핏발 선 눈을 흡떴다. 입술이 터졌는지, 찌릿한 통증과 함께 혀끝에 비릿한 피 맛이 느껴졌다.

"너 이걸 내가 혼자 한 일이라고 생각해? 내가 아는 걸 회장님은 모르고 큰어머니는 모를 것 같아? 큰어머닌 당장 회사 쫓아오겠다고 난리였어."

지호는 신경질적으로 입술 끝에 맺힌 핏자국을 손등으로 훔치며 몸을 일으켰다.

"놔두면 최소한 머리채는 잡을 기세였는데. 그나마 내가 한수연 씨 입장 생각해서 너희 어머니랑 얼굴 부딪치지 않게, 예의 차리는 선에서 정리해 준 걸 고맙게 여기는 게 맞지 않겠냐?"

사실 지호는 도지헌과 그 비서의 스캔들을 일으켜 논의되고 있던 정략결혼을 파투 낼 생각이었다. 하지만 그가 그 사실을 알게 된 후 얼마 지나지 않아도 회장에게까지 소식이 닿았고, 도 회장은 제 집안에서 시끄러운 스캔들이 흘러 나가는 것을 그냥 둘 위인이 아니었으니. 어떻게든 한수연은 조용히 정리될 여자였다. 그 과정에서 지호는 차라리 도 회장의 신임을 얻기 위해 집안의 해결사 역할을 자처한 것이다.

물론 차분한 여자의 얼굴이 사색으로 물드는 것을 지척에서 지켜본 것은 말도 못 할 즐거움이었다. 사적인 만족을 채우고자 필요 이상 깊이 관여한 것은 사실이지만, 적어도 한수연 그 여자의 처지에선 윤희연 여사를 상대하는 것보다는 제가 나선 게 훨씬 나았을 것이다.

"잘됐네."

지헌은 낮게 중얼거리며 건성으로 어깨를 으쓱였다. 지호는 제 말을 제대로 들은 게 맞나 하는 의심 섞인 눈빛으로 그를 응시했다.

"뭐? 그게 무슨—"

"노인이랑 여자는 안 때려도 내가 넌 때릴 거니까."

악 하는 비명이 터질 새도 없이 이미 얼얼했던 턱 위로 끔찍한 충격이 내려앉았다.

"쥐새끼처럼 들쑤시고 다녔으면, 끝까지 쥐새끼처럼 숨어서 내 눈에 띄지 말았어야지."

지헌은 테이블 위로 넘어진 지호의 몸을 다시 일으켜 세우며 냉랭하게 읊조렸다. 아무래도 관절에 문제가 생긴 것 같은 턱을 움켜잡고 신음을 내뱉던 지호는 저를 휘어잡는 손길을 피해 팔다리를 허우적거렸지만 이내 또 다른 타격음이 귓가를 때렸다.

"제정신이냐고? 네가 보기엔 내가 어떤 것 같아. 응?"

귓가에 입을 바짝 붙이고 속삭이는 다정하게 꾸민 목소리에 머리끝이 쭈뼛 솟았다. 머릿속에 경고음이 울렸다. 이 새끼 완전히 미쳤어. 도망가야 해.

지호는 멱살을 움켜쥔 손아귀에서 벗어나려 발버둥 치며 죽기 살기로 소리를 내질렀다. 심상치 않은 소란에 집무실 밖에서 어찌해야 할 바를 모르고 허둥거리던 그의 비서가 그제야 집무실 문을 열고 달려 들어왔다.

"상무님! 진정하세요! 상무님!"

ㅁ ◆ ㅁ

"어디로 갔는지는 모르죠. 뭐 이 근처로 이사할 생각이었으면 나한테 매물을 찾았겠지만 그런 것도 아닌 것 보면 어디 다른 동네로 갔겠죠?"

"아……. 네. 저…… 집 안을 좀 보려고 하는데 괜찮을까요?"

"예. 어차피 월세 줄 자리라 집 보는 건 괜찮은데 지금 도배랑 이것저것 새로 한다고 안이 좀 어수선할 거예요."

"그건 상관없습니다. 비밀번호만 알려 주시면 알아서 보고 오겠습니다."

박 실장은 부동산 문을 열고 나왔다. 가로등 아래 서서 양손을 바지 주머니에 찔러 넣고 먼 곳에 시선을 둔 지헌이 보였다. 지헌의 얼굴에 가로등 불빛이 내려앉아 높은 콧대 옆으로 어둑한 그림자가 드리워졌다.

인기척을 느낀 지헌은 고개를 박 실장에게 향한 채로 말했다.

"담배 있습니까?"

"아뇨. 담배 끊은 지 오래라……. 아, 사 올 테니 먼저 올라가 계십시오."

박 실장은 급한 구둣발 소리를 남기고 멀어져 갔다. 지헌은 습관적으로 머리를 쓸어 올리고 지금껏 계속 뚫어져라 바라본 그 집을 향해 느릿한 발걸음을 옮겼다.

끼익—

약간의 쇳소리와 함께 문을 열고 들어선 집엔 어수선한 분위기가 감돌았다. 현관 입구에 공사 자재들이 늘어서 있었다. 지헌은 커다란 자재를 발로 스윽 밀어 내고 안으로 들어갔다.

집 안 곳곳에도 자재들만 몇 개 놓여 있을 뿐 텅 비어 있었다. 그곳에서 한수연이 살았던 흔적 따윈 전혀 찾아볼 수 없었다. 지헌은 썰렁한 집 안을 눈으로 훑었다.

이곳에서 잠을 자고 밥을 먹고 티브이를 보는 한수연. 부랴부랴 출근 준비를 하고, 하루 종일 시달린 몸을 누이는 한수연. 부엌에서 종종거리며 과자를 굽는 한수연을 그려 보다가 지헌은 피식 웃음을 흘렸다. 아무런 의미도 없는 헛짓거리에 불과했다. 그는 그런 모습을 한 번도 본 적이 없으니까.

지헌은 몸을 돌리고 거실을 가로질러 창가로 다가갔다. 칠흑 같은 어둠이 내려앉은 창밖으로 자신이 서서 이곳을 올려다보던 가로등 자리가 보였다. 마지막으로 수연을 품에 안았던 자리이기도 했다.

'무슨 일 있는 거 아니지?'

'아무 일 없어요. 없을 거고요.'

'다녀올게.'

허탈한 웃음소리가 지헌의 다물어진 입술 사이로 바람 빠지듯 흘러나왔다. 빠듯하게 껴안은 품 안의 미지근한 체온, 겹쳐 잡은 손, 부드럽게 뭉개지는 입술과 그 안에서 미미하게 흘러나오는 달달한 숨까지 모든 게 생생하기만 하다.

지헌은 답답하게 꽉 막힌 속에서 무언가를 토해 내듯 긴 한숨을 내뱉었다. 그리고 절박하게 쫓듯 다시 깊게 숨을 들이마셨다. 한수연이 남기고 간 미약한 냄새나마 게걸스럽게 주워 삼키려 폐부를 부풀렸으나, 코를 찌르는 건 희미한 페인트 냄새뿐이었다.

□ ◆ □

[부산에서 행적을 발견해 내려와 있습니다. 서울 집 비운 이후로 해운대에 있는 오성호텔에 5일간 머무른 걸로 보이는데 그 후로는 아직……. 우선 부산 쪽을 찾아보고 연락드리겠습니다.]

지헌의 눈썹이 꿈틀 치켜 올라갔다. 핸드폰을 내던지듯 책상 위에 내려놓은 지헌의 미간에 깊게 금이 패었다. 몇 주가 지나도록 고작 한수연의 털끝 하나 찾아내지 못한 거지 같은 상황에 실낱같이 전해진 희소식임에도 불구하고……. 부산? 위화감이 들었다.

한수연의 입에서 부산이란 지명이 한 번이라도 나온 적이 있었던가. 강박적으로 기억을 헤집어 대던 지헌은 이내 실없는 웃음을 터뜨렸다.

무언가 소소한 말이 흘러나오던 수연의 입술을 잡아 물고 빨아 삼키기 바쁜 병신 같은 제 모습만 연이어 떠오를 뿐이다. 매일같이 그 몸을 붙들고 제 욕심만 채우기 급급해서……. 그 여자가 가고 싶은 곳, 갖고 싶은 것, 하고 싶은 게 뭔지. 아무것도 모르는 병신 새끼만 혼자 멍청하게 앉아 있다.

지헌은 규칙적으로 툭툭툭 책상 위를 두드리던 손가락을 뻗어 수화기를 집어 들었다. 신호음이 두 번 울리고 전화기를 내려놓았다.

늦어.

집무실 문을 열고 들어오던 박 실장은 미간을 구긴 채 자신을 노려보는 형형한 안광을 마주하고 짧게 숨을 들이켰다. 뒤늦게 달음박질을 치는 박 실장의 인영에 종종걸음으로 또박또박 걸어 들어오는 수연의 가느다란 실루엣이 겹쳐졌다.

언제나 그랬듯 단정한 옷차림에 구불구불 굽이치는 긴 머리카락, 점점 가까워지는 달콤하고 향긋한 한수연의 냄새. 그 영원 같던 순간.

그러나 곧 지헌이 눈을 찌푸리는 순간 그 유령 같은 환영마저도 회색빛 안개 속으로 사라져 버렸다.

허겁지겁 책상 곁으로 다가온 박 실장은 저도 모르게 캑 하고 목 막힌 헛기침을 내뱉었다. 지헌은 온통 매캐한 담배 연기 속에 유유히 휩싸여 있었다. 그의 기다란 손가락 끝에는 여전히 타다 만 장초가 하나 끼워져 그 끝에서 가늘게 연기를 흘리고 있었다.

"저어…… 상무님. 죄송하지만, 건물 내 흡연 금지인 거…… 아시죠? 저희 회사 전체가 금연 사업장……."

"내가 모를 것 같아요?"

아무렇지도 않은 표정으로 눈만 스윽 들어 박 실장을 일별한 지헌은 제 손가락의 장초를 매끄러운 입술 사이에 넣고 느리게 빨아들였다. 그 모습을 홀린 듯 멍하니 바라보던 박 실장이 한숨 같은 탄식을 흘렸다. 10년도 훨씬 전에 끊었던 담배가 미친 듯이 당길 정도로 맛있게 피우는 지헌의 모습에 박 실장은 더 이상 그를 타박할 의지도 잃었다.

아마도 티브이 매체에서 담배 피우는 장면 송출을 금지시킨 게 바로 이런 이유 때문이지 않을까. 요즘 저렇게 담배에 미친 사람처럼 피워 대는데도 전혀 어둑해진 기색이 없는 붉은 입술이 살짝 벌어지며 담배 끝을 잘근 깨무는 모습에 박 실장은 꿀꺽 마른침을 삼켰다.

"정제민. 데려와요."

멍해진 낯으로 네? 하고 되물은 박 실장이 곧 고개를 도리질 치고는 홀린 정신을 주워 챙겼다.

"알겠습니다. 상무님."

살그머니 집무실 문을 닫고 나온 박 실장은 참았던 숨을 길게 내쉬었다. 도지호 상무 밑에 있을 적에도 대면한 적이 있기에 정제민을 찾아 데려오는 것은 어렵지 않으나, 금방이라도 폭발하기 직전의 폭탄처럼 보이는 제 상사를 보니 마음이 무거웠다.

그의 줄을 덥석 붙잡기에는 허우대만 심하게 훌륭한 썩은 동아줄로 보이는 건 여전했으나, 그 와중에 흠잡을 구석 없이 완벽하게 업무를 처리하는 능력치를 보면 지헌에 대해 쉽게 부정적 평가를 내리기 애매했다.

회사 일 하는 틈틈이 미친놈처럼 굴면서 개인 사업까지 빈틈없이 챙기는 걸로 보아, 보통 도른자가 아니라는 생각과는 별개로 절로 경외심이 치솟아 지헌의 앞에선 자동으로 혓바닥이 굳어서 더듬거리며 어깨가 안으로 굽어졌다.

결국 박 실장은 가볍게 어깨를 으쓱이고 의자에 주저앉아 핸드폰 주소록을 뒤지기 시작했다.

"아니. 여긴 뭔데 사람을 맘대로 오라 가라. 어이가 없네? 부를 거면 차라도 보내 주든가. 교통비는 처리해 주나?"

박 실장의 뒤를 따라 집무실에 들어오던 제민이 책상에 앉은 지헌을 보고 눈을 크게 떴다.

"어? 그쪽은…… 예전에 그…… 술집에서…… 나 후려쳤던!"

눈매를 가늘게 좁히고 제민을 응시하던 지헌이 손가락 사이의 담배를 비벼 끄고 천천히 의자에서 일어났다. 끝을 모르고 올라가는 시선에 제민은 왠지 약이 올라 입술을 삐죽였다.

"앉아."

제민은 박 실장이 놓고 나간 커피를 홀짝이며 소파 쪽으로 다가오는 지헌을 흘끗거렸다. 짙은 향수 냄새와 뒤섞인 담배 냄새가 훅 끼쳐 왔다. 지헌은 슈트 단추를 풀어 양옆으로 젖히며 소파에 앉았다. 그 그림 같은 모습을 잠시 넋을 잃고 바라본 제민은 헛기침과 함께 커피 잔을 내려놓았다.

"멋대로 남의 사진 도용해서 언론사에 뿌려 놓으신 분이 밤에 발 뻗고 잠은 잘 주무시고?"

제민은 고개를 핵 들어 지헌을 바라봤다. 지헌은 별다른 표정의 변화 없이 제민을 직시한 채 제 손등을 매만지고 있었다. 제민은 순간 빠르게 뛰기 시작한 심장을 가라앉히려 숨을 깊게 내쉬었다.

수연이 항의를 해 올 가능성을 배제하진 않았으나, 눈앞의 문제를 제기하고 있는 놈은 어차피 당사자도 아니니 되레 쫄 필요 없었다. 제민은 스스로를 다독이며 고개를 휘저어 주변을 살폈다.

"그건 제삼자가 왈가왈부할 사안은 아닌 것 같은데. 수연인 어디 있어요? 그 얘기 하자고 부른 거면 당사자가 와야지. 웬……."

제민은 지헌의 덩치를 위아래로 훑었다. 제민의 말을 끝으로 잠시 적막이 감돌았다. 지헌은 눈알을 이리저리 굴리는 제민의 멍청한 얼굴을 물끄러미 응시했다.

이 새낀 한수연이 사라진 것조차 모른다.

……그것에 자신이 안도하고 있다는 사실에 뱃속이 싸하게 울렁거렸다. 졸렬하고 한심하기 짝이 없어 입맛이 씁쓸하게 탔다. 금세 담배가 고팠다.

반사적으로 안주머니에 들어간 지헌의 손에서 끌려 나온 건 빈 담뱃갑이었다. 지헌은 신경질적으로 그것을 구겨 버리곤 다리를 길게 꼬며 등받이에 몸을 느슨하게 기댔다.

"부산 가 봤나?"

"……에?"

"한수연이랑 부산 가 봤어?"

뜬금없는 질문에 황당하다는 표정을 짓던 제민은 눈을 가늘게 뜨며 의심스럽다는 듯 물었다.

"그딴 걸 왜 묻는데요?"

글쎄. 그딴 걸 왜 물었을까.

지헌은 자조적으로 되뇌었다.

아무것도 모르는 병신 새끼인데, 아무거나 물은 게 뭐.

지헌이 피식 실소를 터뜨렸다. 한수연이 사람 등신 만드는 데에 일가견이 있다는 걸 너무 한참 잊고 있었다. 그렇다고 사람을 이렇게까지 상병신으로 만들어 놓고 내뺄 줄은…….

"한수연 한국 오기 전에 덴마크에서 살던 집 주소 기억해?"

"에?"

또 한 번 멍청한 소리를 내뱉는 제민을 뚫어지게 바라보는 지헌의 얼굴에는 어느새 어떠한 웃음의 기색도 사라져 있었다.

"기억하는 게 여러모로 좋을 거야."

낮게 울리는 스산한 목소리에 덩달아 황당한 표정을 얼굴에서 지운 제민은 마른침을 꿀꺽 삼켰다.

"그…… 그걸 여태 어떻게 기억해요? 거의 10년 가까이 지났는데. 아니. 그리고 아까부터 왜 다짜고짜 반말을……."

"흐음. 아쉽게 됐네."

지헌은 눈을 내리깔고 홍얼거리듯 읊조렸다. 제민은 지헌이 자신의 턱을 느릿하게 문지르는 걸 멍하니 바라보았다. 그딴 걸 왜 묻는지에 대한 의구심과 반항심은 까맣게 잊고 왠지 모르게 초조함에 휩싸인 제민이 더듬거리듯 말을 덧붙였다.

"도…… 동네 정도는 기억하죠."

한참을 주절거린 제민이 문밖으로 사라지자 집무실엔 정적이 무겁게 가라앉았다. 멍청한 얼굴로 두서없이 내뱉은 말들이 영양가 있는 소리인지 아닌지는 이제부터 알아보면 될 일이다.

지헌은 습관적으로 담배를 찾아 슈트 안주머니에 손을 집어넣었다. 손끝에 텅 빈 주머니만 만져졌다.

"씨발……."

낮게 욕설을 짓씹고는 핸드폰을 집어 들었다. 지헌은 소파 팔걸이의 부드러운 가죽을 의미 없이 매만지며 전화기 너머에 차갑게 지시했다.

"정제민, 그동안 쌓아 둔 거 다 내보내요. 사진은 언론사에, 영상은 SNS랑 커뮤니티에. 네. 출처는 알아서 처리하시고."

잠시 먼 곳에 시선을 두고 말을 멈춘 지헌은 다시 천천히 입술을 뗐다.

"그리고 덴마크로도 사람 보내요. 오덴세라는 도시부터 뒤져 봐요."

□　◆　□

계단가에 나타난 커다란 인영에 김 기사가 달음박질쳐 가까이 다가갔다. 설핏 휘청이는 지헌을 얼른 부축하자 그가 금세 몸을 똑바로 세우고 김 기사의 손을 밀어 냈다.

"괜찮습니다."

왠지 모르게 위태로워 보이는 모습에 찝찝한 기분이 들어 지헌의 개인적인 술자리임에도 굳이 주변에서 기다렸던 김 기사였다. 지헌이 차에 오르고 뒷좌석 문을 닫은 김 기사가 고개를 설레설레 저었다.

지헌에게서 전에 없이 술 냄새가 진동을 하는 걸 보니 기다리길 잘했다는 생각이 들었다. 그럼에도 불구하고 평소처럼 더할 나위 없이 깔끔한 걸음걸이로 척척 잘만 걸어가는 걸 보면 괜한 오지랖을 부렸나 싶기도 하지만…….

"상무님. 오늘도 호텔로 모실까요?"

김 기사가 비상 깜박이 버튼을 눌러 끄며 뒷좌석을 향해 넌지시 물었다. 요즘 계속 호텔에 머물기는 하지만 확인차 던진 습관적인 질문이었다.

"……아뇨. 집으로 가시죠."

지헌은 한참 후에야 깊게 침잠해 꽉 잠긴 목소리로 말했다. 김 기사가 흘깃 백미러를 살피자, 지헌은 좌석 시트에 깊게 몸을 기대고 눈을 감고 있었다.

"도착했습니다. 상무님."

김 기사의 목소리에 지헌은 감고 있던 눈을 느리게 떴다.

"수고하셨습니다."

"네. 조심히 들어가십쇼."

우우웅, 엘리베이터가 내는 소리가 유난히 크게 울렸다. 엘리베이터 문이 열리고 집 안으로 들어서기 직전 지헌은 크게 숨을 들이쉬었다.

한 달 만인가.

한수연이 뒤통수를 거하게 치고 사라진 후로 집을 버리다시피 하고 호텔에서 지냈다. 집주인이 오지 않아도 도우미 아주머니가 부지런히 쓸고 닦고 환기시킨 집 안에 한수연의 냄새가 남아 있을 리 만무했다.

그럼에도 불구하고 지푸라기라도 붙잡듯 깊이 숨을 마시며 냄새를 쫓던 지헌은 피식 실소를 터뜨렸다. 그 허무한 웃음소리를 끝으로 또다시 적막에 싸인 집 안으로 지헌은 허탈하게 머리를 가로저으며 저벅저벅 걸어 들어갔다.

회사에서만으로도 충분히 병신 같은 환영에 시달렸다.

박 실장이 커피 잔을 달그락거리면서 들어올 땐, 소리를 내지 않으려 숨죽이고 사뿐사뿐 걸어오는 한수연이.

집무실 문이 덜컥 열릴 땐, 슬그머니 문을 밀어 열고 머리통만 쏘옥 집어넣어 조심스럽게 그를 부르던 한수연이. 상무님, 하고 부르던 그 나직한 목소리가.

퇴근길에 무의식적으로 비서실에 앉은 인영을 향해 한 실장…… 하고 나긋하게 부르기도 여러 번. 뒤늦게 찬물을 뒤집어쓴 기분으로 돌아보니 얼굴이 울룩불룩하게 굳어진 박 실장의 표정이 꽤 볼만했다.

집에서까지 환상에 홀려 지내다간 정신 이상자가 될 것 같았다. 뭐 이미 충분히 정신이 나갔으니 별 의미 없는 몸부림이지.

지헌은 흠잡을 데 없이 깨끗이 정리된 거실에 들어섰다. 소파 테이블 위에 커다란 상자가 보였다. 대수롭지 않게 옆을 지나치던 지헌이 불현듯 멈춰 섰다. 노려보듯 한참을 내려다보던 지헌은 소파에 앉아서 천천히 상자를 열었다.

"……."

지헌이 상자 안에 손을 넣어 무신경하게 들어 올리자, 어둑한 간접 조명뿐인 어둠 속에서도 눈부시게 하얀빛을 반사하는 다이아몬드가 주르륵 박힌 블라우스의 옷자락이 촤르르 늘어졌다.

"큭……."

참다못한 실소가 터져 나왔다. 잘난 척 거기 앉아 이걸 주문하던 멍청한 자신의 모습이 떠올랐다. 한수연이 그때 무슨 생각으로 살근거리고 돌아다니는 줄도 모르고…….

흔들리는 손아귀 아래에 꽉 움켜쥔 블라우스의 다이아몬드가 지헌을 놀리듯 찬란하게 반짝거렸다.

그 여자가 뭘 좋아하는지, 아무것도 모르는 병신 새끼가…….

지헌은 손에 쥔 블라우스를 상자 안에 아무렇게나 던져 버리고 소파에서 일어났다. 벌컥 와인 룸의 문을 잡아 여는 지헌의 손에 핏줄이 잔뜩 불거졌다. 지헌은 비틀거리는 발걸음으로 양주 진열장으로 다가가 초록색으로 영롱하게 빛나는 압생트의 주둥이를 신경질적으로 잡아챘다.

선반을 더듬거리다가 유리컵 몇 개가 바닥으로 굴러떨어져 파열음을 내며 산산조각 났다. 지헌은 그 난장판에 눈길도 주지 않고 돌아서서 유리잔에 독주를 따르고 한 번에 들이켰다. 식도가 타들어 가듯 뜨겁게 작열했다.

손등으로 입가를 훔치는 지헌의 눈에 냉장고의 투명 문 안쪽에서 그를 비웃는 것처럼 주르륵 늘어선 막걸리들이 들어왔다. 도우미 아주머니의 성실함에 미친 듯이 짜증이 치솟아 올랐다.

지헌은 손을 뻗어 냉장고 문을 열었다. 그가 불쑥 손에 움켜쥔 먹걸리병 하나를 제외한 나머지가 우르르 쏟아져 바닥에 나뒹굴었다. 지헌은 깊게 생각할 새 없이 손안에 쥔 것을 되는대로 아무렇게나 집어 던졌다.

텅—

둔한 소리와 함께 와인 룸의 통유리창에 부딪쳐 병이 툭 터지며 허연 액체가 유리 벽을 적시고 흘러내렸다. 지헌의 날카롭게 핏발이 선 눈이 서서히 가늘어졌다. 벌겋게 열 오른 눈시울은 참담하게 꿈틀거렸다.

흰 액체가 흘러내려 희끗희끗해진 유리창 너머로 한수연이 보였다. 수연이…… 그러니까 그를 이렇게 겨우 숨만 쉬는 병신으로 만들어 놓고 사라진 한수연이 거기 있었다.

'이 집에서 여기가 제일 좋아요. 여기만 딱 떼어서 우리 집에 가져다 놓으면 좋을 것 같아.'

'그냥 여기서 살면 되잖아. 뭘 번거롭게.'

'미쳤나 봐. 진짜……'

소파에 늘어지게 가로누워서 정원에 늘어선 정원수를 발끝으로 가리키며 저 나무는 이름이 뭐냐고 물어 대던 술 취한 한수연.

그의 어깨에 기대서 나지막한 콧소리를 흥얼거리던 한수연. 금세 새빨개진 귓바퀴를 잡아 깨물면 간지럽다고 몸을 움츠리며 잔웃음을 터뜨리던 한수연.

푸른 핏줄이 가르는 흰 목덜미. 길게 팬 배꼽. 가느다랗고 매끈한 종아리. 톡 튀어나온 복사뼈. 발바닥에 난 점 하나까지 생생한데……. 대체 넌…….

처참하게 일그러진 지헌의 얼굴이 곧 커다란 손 아래로 가리어졌다. 손바닥 아래 붉게 달아오른 눈시울을 가르고 눈물이 한 줄기 길을 그리며 떨어졌다.

□　◆　□

문희는 현관을 들어서다 눈 아래 놓여 있는 구두 한 켤레를 오랜만에 발견하고 반가움에 낯빛을 밝혔다. 벌써 한 달 넘게 집주인이 집에서 생활을 하지 않아, 매일 유통 기한이 지난 음식 따위나 치우고 이미 먼지 한 톨 없는 깨끗한 바닥을 닦고 또 닦아야 했다. 일이 없어 편하기는 했지만, 이러다가 혹시라도 이 좋은 직장을 잃게 될까 걱정이 깊어지던 참이었다.

직장을 잃지 않게 되었다는 기쁨에 도취되어 문희는 기이할 정도로 적막한 집 안으로 종종걸음을 내디뎠다. 그 바쁜 발걸음은 거실에 다다를 무렵에야 눈에 띄게 느려졌다. 집 안에 이상한 위화감이 감돌았다. 싸한 직감에 사로잡혀 고개를 휘휘 젓던 문희가 손에 들고 있던 가방을 털썩 떨어뜨렸다.

"아니. 대체 이게 무슨……."

더듬더듬 걷던 발걸음이 기어이 멈춰 서고 다리에 힘이 풀린 문희가 털썩, 바닥에 떨어진 가방만큼이나 큰 소리를 내며 맥없이 주저앉았다.

와인 룸의 한쪽 진열장이 완전히 허물어져 난장판이 되어 있었다. 강화 유리로 된 통유리창에 믿기지 않게도 거미줄같이 얼기설기 온통 금이 가 있었다. 온갖 날카로운 파편들이 마구잡이로 뒤섞인 바닥에 시뻘건 피가 낭자했다.

태어나 처음 보는 끔찍한 광경 한가운데에 커다랗고 너른 등이 한 치의 움직임도 없이 엎어져 있었다.

12

"아아. 주말엔 꼭 커튼 사 와야지."

방에서 느적느적 걸어 나오며 수연은 팔을 쭉 뻗어 올리고 늘어지게 기지개를 켰다. 8월의 덴마크는 해가 길어 새벽 5시부터 이미 어스름하게 주변이 밝아지기 시작한다.

쇼핑은 한꺼번에 해치우고 싶은 마음에 미루다 보니 아침마다 침대로 들이치는 햇살을 피해 머리통을 이불 속에 묻고 뒹굴거리느라 새벽부터 잠을 설치기 일쑤였다. 그야말로 오랜만에 느끼는 덴마크의 여름이었다.

수연은 티브이와 2인용 소파가 덩그러니 놓인 거실을 지나쳐 갔다. 덴마크의 렌트 하우스는 대부분 기본적인 가전과 가구를 포함하고 있기 때문에 별걱정 없이 홀연히 짐을 꾸릴 수 있었다. 옷장의 대다수를 차지하던 정장은 더 이상 입을 일 없을 것 같아서 한 번에 싸 들고 가 기부하고 나머지는 미련 없이 버렸다.

일부러 32인치 확장형 캐리어를 샀는데 얼마 없는 옷가지와 도착하자마자 쓸 법한 생필품을 담고 나니 오히려 자리가 남았다. 수년간의 한국 생활을 접고 돌아가는 사람의 짐치고는 참으로 단출했다. 그리 무겁지 않아 통통거리며 손에 끌려오는 캐리어의 무게가 오히려 홀가분하게 느껴져 달가웠다.

부엌으로 들어가자마자 수연은 눈을 반쯤 감은 채로 커피를 내렸다. 역시 이른 아침 같지 않은 강한 햇살이 부엌까지 새어 들어 자꾸 하품이 나왔다. 임시 거처처럼만 보이는 썰렁한 집 안의 다른 구역에 비해 부엌만큼은 생활의 흔적이 눈에 띄었다.

큰마음 먹고 아주 값비싼 에스프레소 머신을 샀고, 예전부터 종종 살까 말까 고민하다가 그냥 잊어버렸던 샌드위치 메이커도 샀다. 생각보다 큰 지출이었지만, 앞으로 이곳에서 오래오래 쓸 거니까 괜찮았다.

수연은 진하게 내린 커피를 한 모금 마신 뒤 냉장고 문을 열고 허리를 굽혔다. 눈에 보이는 대로 툭툭 꺼내 놓은 후 아일랜드 식탁에 선 채로 식빵을 굽고, 팔뚝만 한 치즈를 꺼내어 두껍게 썰어서 식빵 위에 척 올렸다. 블루베리 몇 알을 씻어서 꾸덕한 요거트 위에 던져 올리곤 트레이에 한꺼번에 담아서 식탁에 앉았다.

의무감에 아무거나 겨우 집어 먹던 얼마 전에 비하면, 이곳에 온 후론 식욕이 흘러넘쳤다. 언제는 무얼 위한 단식 투쟁인지도 모르게 목구멍에 잠금장치가 꽉 잠긴 것처럼 아무것도 넘어가지가 않더니……. 수연은 입을 크게 벌리고 치즈 올린 빵을 한 입 베어 물었다.

적막이 싫어서 틀어 놓은 티브이의 채널을 이리저리 돌리다가 리모컨을 툭 내려놓은 수연은 습관적으로 핸드폰을 집어 들었다. 별생각 없이 핸드폰 화면을 넘기며 요거트를 떠서 입에 넣던 수연의 시선이 어느 한 지점에서 멈췄다.

「배우 정제민 또다시 핑크빛 열애설」

기어이 수연과의 사진을 실은 열애설이 터졌던 것은 수연이 한국을 떠나오기 직전의 일이었다. 누가 봐도 제 얼굴인 게 훤히 유추 가능한 어설픈 모자이크가 처리된 사진에 어처구니가 없고 화도 치밀어 올랐다. 끝까지 자신을 이용해 먹는 제민에게 넌덜머리가 났다. 마음 같아선 득달같이 쫓아가서 멱살잡이를 하고, 제민의 일방적인 주장을 기사화한 언론사에 항의를 하고 싶었지만…… 마음뿐이었다.

수연에게는 그것을 실천에 옮길 만큼의 체력도, 정신적 여유도 남아 있지 않았다. 이제 곧 덴마크로 가면 어차피 자신과는 하등 관계없는 일이었기에 체념하듯 그냥 내버려 두고 떠나왔다. 더 이상 얽히기 귀찮았던 게 제일 큰 이유였다.

그게 이제 겨우 한 달 남짓 지났을 뿐인데 또다시 열애설이라니……. 별생각 없이 기사 제목을 클릭한 수연의 눈이 약간 커졌다. 공공연하고 암묵적인 뜻을 내포하는 '핑크빛'이라는 단어가 아이러니하게도, 스캔들 기사에 포함된 사진엔 누가 봐도 건장한 남성 둘의 모습이 찍혀 있었다. 그중엔 모텔의 가림천을 열고 나오는 노골적인 사진도 섞여 있었다.

"……하."

수연과의 전 연인 관계까지 방패 삼아 가며 정제민이 그렇게 아득바득 감추려고 했던 것이 무색하게 결국 이렇게……. 실소와 한숨이 섞인 소리가 수연의 입에서 흘러나왔다.

왠지 모르게 약간은 입맛이 썼지만 그뿐이었다. 이젠 아무런 감흥도 주지 않는다. 수연은 담담한 얼굴로 핸드폰 화면의 뒤로 가기를 눌렀다. 불현듯 또 다른 기사의 머리 글귀가 수연의 눈길을 사로잡았다.

「하반기 약혼을 앞둔 도성그룹 3세, 과연 후계 구도는 어떻게 될까?」

수연의 잠잠한 표정에 동요의 잔재가 스쳤다. 허공에 뜬 손가락이 가느다랗게 떨렸다. 잔잔한 파동이 일기 시작하는 마음을 가다듬으려 숨을 길게 들이마시고 천천히 내쉬었다. 느릿하게 눈을 감았다 뜬 수연은 다시금 평온해진 얼굴로 손가락을 움직였다.

지금껏 별생각 없이 계속 한국 포털 사이트로 지정되어 있던 인터넷 메인 화면을 다른 걸로 변경하고 핸드폰을 내려놓았다. 수연은 요거트를 휘휘 휘저어 바닥에 깔린 블루베리를 찾아 입에 넣었다.

수연은 치즈 얹은 빵을 두 손으로 잡고 앙 베어 물어 꼭꼭 씹었다. 사랑니가 남긴 뻥 뚫린 자리는 어느새 단단하게 살이 차올라, 이젠 정말 아무렇지도 않았다. 아무렇지도.

그나마 평생에 단 한 번이라는 사실이 다행스러웠다. 다시는 그렇게 아플 일 없을 테니⋯⋯.

□ ◆ □

『운(unn)!』

자신의 덴마크 이름을 부르는 소리에 자전거의 자물쇠를 풀던 수연은 소리가 난 쪽을 돌아보았다. 아파트 1층 테라스에 선 남자가 한 손엔 커피 잔을 든 채 수연을 향해 손을 흔들었다.

『안녕. 라스.』

『응. 좋은 아침이네.』

라스가 큰 몸을 구부려 테라스 난간에 기대며 말했다. 라스의 움직임에 따라 헐벗은 상체의 근육이 불거졌다.

햇빛에 대한 집착증이 광적인 덴마크인들은 여름이면 저렇게 태닝에 열을 올리곤 한다. 익숙한 광경임이 분명하나, 수년간 덴마크를 떠나 있었던 수연으로서는 동시에 몹시 어색하기도 했다. 수연은 슬그머니 시선을 돌리고 자전거 안장에 올라탔다.

『오늘 첫 출근?』

『어.』

오늘은 수연이 호숫가에 있는 레스토랑에 처음으로 출근하는 날이었다. 한국에서의 비서 경력은 이곳에선 아무런 힘을 발휘하지 못했다. 그나마 수연이 덴마크어가 가능하기에 생각보다는 금방 일을 구할 수 있었다. 같은 아파트에 사는 라스의 소개 덕분이기도 했다.

『지금 출근하는 거야? 아직 이르지 않아?』

라스가 고개를 갸웃 기울이며 물었다. 움직임에 따라 오전 햇살을 받은 금발이 반짝거렸다. 레스토랑은 11시에 오픈하는 브런치 전문 식당이라 아직 출근 시간까지는 한참 남아 있었다. 수연이 한쪽 발을 페달에 올린 채로 대답했다.

『아아. 지금은 그냥 산책하러 가는 길.』

『그래. 산책 잘 다녀오고, 이따 가게에서 봐.』

『응. 좋은 하루 보내.』

인근의 식료품 가게를 운영하는 라스는 수연이 일하게 된 곳에도 납품을 위해 하루에 한 번씩 들른다고 했다. 수연은 라스를 향해 손을 흔들고 발을 굴러 자전거를 출발시켰다.

아파트 입구에 있는 인공 모래밭에선 라스처럼 상체를 헐벗은 남자 몇 명이 발리볼을 하고 있었다. 역시 태닝에 진심인 사람들이었다.

수연은 느릿느릿 그 옆을 지나치며 지금의 계절이 여름임에 약간의 안도를 했다. 다소 낯선 광경들이지만, 자신이 한국이 아닌 완전히 다른 곳에 와 있다는 사실만큼은 확실히 느껴졌으니까.

그래서인지, 지난 한국에서의 일들이 가끔은 정말 꿈처럼 느껴졌다. 얼마간은 두근거리기도, 미소 짓기도, 소리 내어 웃기도 했지만 종래에는 눈물지었던 그런 꿈. 그렇다면 그것은 악몽이었을까?

잠시 생각에 잠겼던 수연은 이내 고개를 가로젓고 머릿속에서 덧없는 상념을 몰아냈다. 정수리에 쏟아지는 눈부신 햇살과 코끝을 스치는 따뜻한 바람에 수연은 살며시 미소 지었다. 역시 여름이라 다행이었다. 더군다나, 해가 귀한 겨울의 덴마크는 지나치게 우울하다.

겨울엔 따뜻한 나라에 가 있을까. 그리스라든가. 나 돈도 많은데…….

실없는 생각에 수연이 픽 웃으면서 페달을 힘주어 눌렀다. 힘차게 발을 구르자 미지근한 바람이 수연의 양 볼을 스쳤다.

잘 닦인 자전거 도로를 따라 20분 남짓 달리자, 도심 전경 사이로 햇살이 반짝이는 호수가 나타났다. 시가지에서 호수로 이어진 큰길 입구 쪽에 수연이 일하기로 한 레스토랑이 있었다. 물론 아직 오픈 전인 가게는 겹문으로 둘러 닫혀 있었다.

수연은 그곳을 지나쳐 호숫가 둘레로 펼쳐진 돌길을 달렸다. 오돌토돌한 돌길 위를 구르는 바퀴가 통통 작게 흔들렸다.

호수를 반 바퀴 정도 돌아 완전히 반대편에 가까워질 무렵 수연은 페달에서 발을 떼고 자전거에서 내려섰다. 손잡이를 붙잡고 천천히 걷는 수연의 발아래 돌들이 부딪히는 소리가 바스락거렸다.

시선의 끝에 고즈넉하게 모여 있는 몇 개의 주택이 나타나자 수연의 입가에 미소가 지어졌다. 어쩜 저렇게 하나도 달라지지 않았는지. 비슷비슷하게 생긴 주택들 사이에 수연이 기억하는 모습에서 전혀 변하지 않은, 소담한 1층짜리 집이 보였다.

소중한 추억과 살아생전 가장 끔찍한 기억을 동시에 간직한 옛날 집을 물끄러미 응시하는 수연의 표정은 담담했다. 이 길을 돌며 산책을 하는 게 어느새 매일의 루틴이 되어 있었다.

도망치듯 떠났던 것치고는, 그것을 마주하는 게 그다지 고통스럽지 않았다. 오히려 약간은 반갑고, 뭉클했다.

한수연이라는 사람이 온전히 소속되어 있던 공간. 그런 유일한 장소가 여전히 이곳에 남아 있다는 게 이상하게 위안이 되었다.

수연이 다소 낡은 붉은 지붕을 바라보고 있을 때, 집의 현관문이 열리고 안에서 나이 든 여자가 걸어 나왔다. 수연은 그녀의 눈에 띄지 않도록 저도 모르게 멈춰 섰던 발걸음을 서둘러 옮겼다.

▢　◆　▢

고요한 병동의 고요를 깨는 구둣발 소리에 조바심이 물씬 묻어났다. 밀랍 인형처럼 허옇게 굳은 얼굴의 희연의 눈치를 연신 살피며, 박 실장은 지금까지의 경과를 보고했다.

"많이 놀라셨을 텐데, 검사 결과 몸에 큰 이상은 없으시다고 합니다. 너무 염려하지 마십소. 사모님."

처음 연락을 받고 잠시 숨이 멎을 뻔한 것은 박 실장도 마찬가지였다. 졸지에 직속 상사 초상을 치러야 하나, 싶은 순간이었다.

바닥에 온통 시뻘겋게 흥건한 액체를 보고 지헌이 죽었거나, 아니면 죽기 직전의 상태로 판단한 도우미 아주머니가 119는 물론 112에도 동시다발적인 신고 정신을 발휘하는 바람에 박 실장은 경찰로부터 첫 연락을 받았다. 덕분에 경찰서에 죽치고 상주하는 기자 몇 명에게도 소식이 흘러 나가 회사 커뮤니케이션팀까지 난리가 난 상태였다.

불행 중 다행인 것은 현장을 영락없이 참혹한 형사 사건 따위가 벌어진 장소로 보이게 만들었던 사방의 시뻘건 액체가 사실은 지헌이 흘린 피가 아니라 바닥에 쏟아진 와인이었다는 사실이었다. 와인 룸의 한쪽 면이 완전히 무너져 와인렉에 수납되어 있던 와인병이 대부분 깨져 버렸으니. 사실 그만큼의 피를 사람이 모두 흘렸다면 지금쯤 박 실장은 병원 VVIP 병동이 아닌 지하 장례식장을 서성이고 있었을 것이다.

"다행히 외상은 크게 없으신데, 요즘 통 식사를 제대로 안 하신 데다 심각한 수면 부족 상태에…… 어제는 과도한 혈중 알코올 농도까지 겹쳐서……. 말하자면, 쇼크 상태로 쓰러지신 걸로 보인다고 합니다."

두 사람이 다급하게 걸어가는 병원 복도 중간에 아까 잠깐 본 커뮤니케이션팀 직원 한 명이 핸드폰을 붙들고 누군가와 격하게 통화 중이었다. 무슨 일로 경찰이 도성전자 황태손의 집에 들락거린 건지, 눈이 벌게져서 달려들고 있을 기자들을 상대해야 할 그들에겐 오늘이 결코 쉽지 않은 하루가 될 터였다.

병실 앞에 도착한 박 실장은 제 뒤쪽의 희연을 흘끗 살핀 후 병실 문을 조심히 열었다. 그 위급한 와중에도 곱게 화장을 하여 나이를 가늠하기 어려운 희연의 붉어진 눈시울이 일순 꿈틀거렸다.

"사…… 상무님! 깨어나셨어요?"

희미한 조명이 켜진 병실 침대맡에 지헌이 상체를 기대고 앉아 있었다. 병원

보다는 고급 호텔 객실 같은 분위기의 VVIP 병실 안에서 지헌은 환자복을 입었다는 사실만 제외하면 그저 잠에서 깨어난 사람처럼 나른한 얼굴이었다. 입은 사람으로 하여금 단숨에 초췌하고 궁상맞게 보이도록 만드는 퍼런 환자복조차도 지헌의 너른 어깨와 도드라진 가슴 근육 위에 얹어지니 일부러 골라 걸친 것처럼 근사하기만 했다.

박 실장은 허둥지둥 달려가서 곧바로 의료진 호출 버튼을 눌렀다. 의료진이 와서 지헌을 살피는 동안 희연은 멀찍이 떨어진 소파에 앉아 있었다.

상태 확인을 마친 의료진이 모두 물러나고 나서야, 희연이 침대 쪽으로 다가왔다. 소중한 아들의 털끝 하나라도 상하진 않았는지 지헌의 머리끝부터 발끝까지를 샅샅이 살피는 희연의 눈동자가 불안감으로 번뜩였다.

피딱지가 난 입술을 제외하고는 아들의 잘생긴 얼굴만큼은 생채기 없이 무사함에 안도하는 것도 잠시, 시선이 심상치 않게 붕대가 둘둘 감긴 손에 닿았다. 희연의 눈가가 삽시간에 붉어지며 왈칵 구겨졌다.

지헌은 희연의 시선을 따라 눈을 아래로 내렸다. 붕대 끝에 그새 피가 설핏 배어 나왔음에도, 링거를 통해 투여된 진통제 덕분에 아무런 아픔도 느껴지지 않았다.

지독한 수면 부족으로 최근의 기억은 늘 혼몽하기만 했다. 술을 마시지 않아도 마찬가지였다. 기억이 뚝뚝 끊겨서 어느 순간에는 회의실에 앉아 아무렇지 않게 떠들고 있고, 또 어느 순간에는 초조함에 미친 듯이 담배를 빨고 있었다.

그 와중에도 어제의 기억만큼은 선명했다. 통유리창 너머로 자신을 놀리듯이 환하게 웃고 있는 수연의 환영을 지우려 손에 잡히는 대로 아무거나 집어 던졌다. 와르르 벽이 무너지는 것처럼 요란한 소리가 나고 순식간에 발아래가 난장판으로 변했다. 병신같이 키득거리는 웃음소리가 귓전을 웅웅 울렸다.

손에 쥔 것은 어느 순간부턴 깨진 병이 되고 손바닥이 아작 나는데도 지헌은 멈추지 않았다. 전면 창의 강화 유리에 점점이 금이 가 더 이상 그 너머가 보이지 않을 만큼 흐려질 때까지.

그 한심한 꼬락서니의 결과물을 이렇게 온 동네에 전시하고픈 마음은 없었지만, 그마저도 지헌은 이제 아무런 상관도 없었다. 지헌이 쇳소리가 섞인 깊게 잠긴 목소리로 여상하게 말했다.

"뭐 하러 오셨어요. 쪽팔리게."

희연은 고개를 홱 들어 지헌의 얼굴을 바라보았다. 늘 고상하고 우아한 언사만 내뱉던 아들의 입에서 흘러나온 질 낮은 단어에 희연의 눈초리가 사나워졌다. 희연의 불편한 기색을 읽은 박 실장이 눈치 좋게 두 사람을 남기고 병실 바깥으로 나갔다.

"지헌이 너…… 이게 대체 무슨 짓이야."

"……."

"경찰까지 다녀갔다는 소리 듣고 엄마 진짜 무슨 일 생긴 줄 알고 기절할 뻔했어. 근데 뭐? 밥도 안 먹고 잠을 안 자? 만취해서 손이 그 꼴이 나도록 집을 다 때려 부숴?"

"……."

"……너 설마…… 그 비서 여자애 때문에 이러는 거야?"

지헌은 고요한 눈으로 희연을 응시했다. 미간이 잔뜩 찌푸려진 희연의 눈동자가 지진이라도 난 것처럼 거세게 요동치고 있었다.

"너 그 일로 지호한테 주먹다짐까지 했다는 거 들었을 때, 그래도 흘러가겠거니 했어. 지호 걔네가 너 고소하겠다느니 어쩌니, 난리 치는 거 어떻게 잠재운 줄 알아? 이번 일로 회장님이 그쪽에 떼어 준 게 얼마나 큰 줄 알면 너 지금 이러면 안 돼!"

착한 아들에게 배신이라도 당했다는 얼굴로 입술을 사리무는 희연을 보니 지헌은 목덜미가 뜨끈해지는 걸 느꼈다.

그건 분노나 불쾌감 따위가 아니었다.

한수연이 제 가족이라는 경박한 인간들한테 무슨 일을 당하고 다니는지도 모르고, 모든 게 순조롭게 흘러간다는 멍청한 낙관에 빠져서 허우적거린 그때의 그 병신 새끼가 저라는 사실이 견딜 수 없게 한심했다.

"어머니."

짐짓 다정하게 부르는 지헌의 나직한 목소리에 희연이 의자를 당겨 와 무너지듯 주저앉으며 울분 섞인 목소리를 왈칵 뱉었다.

"지헌이 너 정말 엄마한테 이러는 거 아니야. 엄마가 너한테 바라는 건 딱 하나뿐인 거 아는 애가 지금…… 어? 내가 뭘 위해서 지금껏─"

"그 소문 말이에요."

"……소문?"

"저 미국에 있을 때, 어머니가 진상 규명해서 퍼뜨린 것들 고소한다고 변호사 사무실 들락거리게 했던 그 소문이요."

"……."

"그거 진짜예요."

"……뭐?"

희연의 얼굴이 단박에 허옇게 질렸다. 지헌은 그것을 무감한 얼굴로 응시하며 말했다.

'큰어머닌 요새 하루가 멀다 하고 그 국무총리네 딸이랑 만난다던데?'

"그러니까 어머니가 꿈꾸는 그런 일은 절대 안 일어나요."

희연의 하염없이 흔들리는 눈동자가 충격으로 멀겋게 물들며 순식간에 초점이 흐려졌다.

'내 아들이 고자라니……. 오, 주여…….'

희연은 입술을 쉴 새 없이 달싹거릴 뿐 말문이 막혀서 그 어떤 말도 꺼내지 못했다. 단숨에 십수 년은 늙어 버린 것 같은 자잘한 주름살들이 희연의 눈가에 새겨졌다.

"어머니가 방금 '비서 여자애'라고 낮잡아 부른 사람이, 사실은 어머니가 놓쳐 버린 유일한 희망이라는 말이에요."

핏줄이라면 사족을 못 쓰는 노인네가 후사도 못 보는 놈한테 후계 자리를 줄 리는 만무하니까.

이상한 표정으로 얼굴을 꿈틀거리는 희연을 물끄러미 응시하던 지헌은 흘러나오는 실소를 삼켰다. 여자를 바라보기만 하는 것만으로 속이 뒤집어지던, 유약한 정신에서 야기된 이상 증세는 사라진 지 오래였다. 그러니까 바로 그 한수연 덕분에.

"아…… 아니야. 벼…… 병원 가면 될 일이야. 그게 뭐 별거라고……. 요즘 그게 뭐 그렇게 큰 문제인 줄 아니? 그래도 다 애 낳고 잘만 살아……."

뒤늦게 희연은 목이 졸린 듯한 표정으로 지푸라기라도 쥐어뜯듯 두서없이 중얼거렸다. 지헌은 이번에야말로 입술 밖으로 실소를 피식 내뱉었다.

얼굴도 기억나지 않는 정략혼 상대와 결혼을 하고, 섹스를 하고, 애를 줄줄이 낳는 상상을 하는 것 정도로는 더 이상 구역질이 치밀거나 하지 않는다. 그건 서고 말고의 문제가 아니었다.

그러니까 처음부터 왜. 어째서 유일하게 한수연이.

저도 모르게 시선을 좇고 거머리처럼 달라붙어서 그 여자 앞에만 서면 미친 놈처럼 반응했던 그 이유를…… 그 감정을 자각조차 하지 못하고 등신 같은 소리나 지껄였던 병신 새끼가 문제였다.

"내가 그, 한수연 아니면 안 돼요."

지헌의 피딱지가 엉긴 매끄러운 입술 사이에선 더 이상 실소조차 나오지 않았다. 완벽하게 균형을 되찾은 입꼬리, 피로감과 초조함이 어느새 모조리 사라진 지헌의 얼굴에서 환자의 기색은 더 이상 찾아볼 수 없었다. 여전히 약간의 핏발이 서 있는 눈 외에는…….

희연의 입술이 가늘게 떨렸다. 마주 본 아들의 얼굴이 몹시 낯설었다. 미국으로 떠나보낸 이후로는 한 번도 뭐 하나 가지고 싶다고 원하는 법 없던 아들. 아직도 어딘가 고장 나 있는 게 아닐까 하는 걱정이 일다가도 애써 고개를 가로저었다. 부족한 거 없이 뭐든 다 갖고 있으니 그럴 수 있다고 생각했다.

이래도 흥, 저래도 흥, 무심한 얼굴을 해서는 속내를 알 수 없어 제 속으로 낳았음에도 언제나 어려웠던 아들이었다. 그의 흔들림 없는 갈색 눈동자가 희연을 직시했다.

"그러니까 어머니가 포기하세요."

통고하듯 말을 마친 지헌은 팔뚝에 꽂힌 주삿바늘을 잡아채 스스럼없이 우드득 뽑아냈다.

"너 뭐 하는 거야! 그걸 왜!"

"가 볼 데가 있어요."

"어딜 간다고 그래. 지금! 오늘 입원했는데 가긴 어딜 가!"

"뻔한 걸 뭘 물으세요."

"지헌이 너! 너 진짜 이럴 거야? 너 엄마 쓰러지는 거 보고 싶어서 이래?"

"안 그래도 갑자기 얼굴이 많이 상하셨는데. 쓰러지실 거면 미리 여기 누워서 쓰러지세요. 번거롭게 왔다 갔다 하지 마시고."

시트를 벌리고 일어난 지헌은 방금까지 제가 누워 있던 널찍한 환자 침대를 눈짓하며 희연에게 말했다. 특유의 유유자적한 걸음걸이로 옷장을 향하는 지헌의 뒷모습이 왠지 모를 확신에 차 있었다.

□ ◆ □

『운! 네가 만든 과자, 벌써 다 팔렸어. 아까 학생들이 몰려와서 왕창 시키면서 얘기하는 거 들어 보니까, 네가 만든 과자 맛있고 예쁘다고 근처에 소문나서 먹어 보러 온 거라고 하더라. 인기 있을 줄 알았다니깐.』

레스토랑 주인인 아네트가 홀에 서빙을 하고 돌아와서는 수연을 향해 엄지를 들어 보였다. 커피를 내리고 있던 수연은 마주 보며 기쁘게 미소 지었다.

저녁 5시면 영업을 종료하는 레스토랑 때문에 퇴근하고 나면 저녁 시간이 너무나도 길었다. 시간이 많으니 허튼 생각에 잠기는 일이 많은 것이 수연은 영 달갑지 않았다. 그리하여 여가 시간 죽이기의 일환으로 시작한 일이었다.

집에 있는 오븐은 낡고 크기가 작아서 과자를 굽기에 적당하지 않았다. 수연은 아네트에게 영업이 끝난 후 레스토랑 오븐을 써도 되냐고 조심스럽게 물었고, 그렇게 만든 과자를 보여 주니 조금씩 팔아 보자는 아네트의 제안에 따라 판매를 시작한 지 이제 겨우 2주째였다.

역시 K-과자의 인기란······.

수연은 완벽하게 하트가 그려진 라테를 내려 보며 만족스럽게 고개를 끄덕였다. 대체로 투박하고 담백하기만 한 덴마크 디저트계에서 한국의 혼이 깃든 과자가 팔리지 않을 리 없었다.

수연이 커피를 테이블에 서빙하고 돌아오니, 이제 막 라스가 가게 문을 열고 들어오는 중이었다. 그는 어깨에 커다란 밀가루 포대와 원두 포대 따위를 가볍게 들쳐 메고 다가오며 빙그레 웃었다.

『안녕.』

『안녕. 하나 줘.』

『아니야. 무거워.』

손을 내미는 수연을 사양하고 가볍게 지나친 라스는 가게 안쪽에 물건들을 내려놓고 아네트의 뺨에 얼굴을 기울였다.

『오늘은 가지가 좋아서 가져왔어.』

『응. 고마워. 내일은 설탕 좀 가져다줄래? 얼마 안 남았어.』

안쪽에서 돌아 나온 라스는 어질러진 계산대를 정리하던 수연에게 다가와 큰 키를 숙이며 고개를 기울였다. 수연은 자연스럽게 뺨을 내밀었다. 양 뺨에 따스한 체온이 번갈아 닿을 때마다 쪽쪽 귀여운 소리가 났다. 덴마크에선 딱히 필수적인 것은 아니지만, 프랑스 혼혈인 라스가 관습처럼 건네는 비쥬 인사엔 어느새 익숙해졌다.

딸랑.

그와 동시에 가게 문이 열리고 종소리가 맑게 울렸다. 수연은 반사적으로 문을 향해 고개를 돌리며 인사했다.

『어서 오세······요······.』

청량하게 퍼진 수연의 인사말이 조그맣게 사그라졌다. 제 쪽으로 몸을 기울이고 있던 라스가 허리를 곧게 펴는 게 느껴졌다.

『운······?』

라스가 의아함이 깃든 목소리로 수연을 불렀지만, 먹먹해진 귓가로 들어온 청각 신호는 뇌까지 제대로 전달되지 않았다. 수연은 여전히 명한 시선으로 문간을 바라보았다.

눈이라도 벅벅 비벼서 자신이 지금 보고 있는 게 현실이 맞나 확인하고플 정도로, 말도 안 되는 인영이 그곳에 서 있었다.

만약에. 만에 하나라도 도지헌⋯⋯ 그 사람을 다시 만난다면 어떤 모습일까 생각해 본 적이 있다. 하지만 수연은 아무리 생각해 보아도, 아무것도 떠오르지 않았다. 분명 다시 만날 리 없을 거라고 여겼으니까.

그런데 지헌은 너무나도 그다운, 더할 나위 없이 여유롭고 조금은 오만해 보이는 근사한 얼굴로 함부로 다시 나타나 수연에게 말했다.

"잘도 이런 촌구석에 숨어 있었네."

"⋯⋯."

"응? 수연아."

처음 듣는 언어에 라스가 고개를 갸웃거렸다. 수연은 그저 명하니 입을 벌리고 서 있었다.

"그런 줄도 모르고 한국만 쎄빠지게 뒤지느라. 늦었네."

"상무님이⋯⋯ 왜 여기⋯⋯."

눈앞의 믿기 어려운 광경에 한 타이밍 늦은 명한 목소리가 수연의 입에서 흘러나왔다.

"그래도 이렇게 뻔하게 나고 자란 동네로 숨어든 건. 나보고 찾아 달라는 거잖아. 그치? 수연아."

지헌이 어렴풋하게 미소 지었다. 여유가 넘치던 얼굴과는 달리 어딘가 초조하고 아파 보이는, 비틀린 미소였다.

"많이 기다렸어?"

전혀 예상치 못했던 지헌의 등장에 정신이 팔려 있는 사이, 수연의 한 걸음 앞까지 성큼 다가온 지헌은 속삭이듯 나지막이 말했다. 그와 동시에 그다지도 잊으려고 노력했지만 너무도 자주 불현듯 수연의 코끝을 맴돌았던 지헌의 향수 냄새가 훅 끼쳐 왔다.

시원하고 촉촉한 숲의 냄새. 그리고 그 끝에 따라붙은 아릿한 담배 향에 수연은 설핏 미간을 찌푸렸다.

"……일하는 곳이에요. 끝나고 얘기해요. 나가 주세요."

침묵이 섞인 목소리가 건조하게 튀어나왔다. 가까이에서 올려다본 지헌의 눈에는 미세하게 핏발이 서 있었다. 수연은 그것에 달라붙은 시선을 애써 떼어 내고 몸을 돌렸다.

"그렇게 말해 놓고 도망치려고? 내가 수연이 너를 어떻게 믿겠어."

수연의 옷자락을 붙잡는 미미한 힘이 느껴졌다. 수연은 고개를 내려 제 손목 아래로 늘어진 소맷자락을 쥔 커다란 손을 바라보았다.

"도망 안 가요. 내가 여기서 도망을 왜 가. 그러니까 나가요. 나중에 얘기해—"

"나 손님으로 온 거잖아. 무슨 레스토랑이 손님을 이렇게 문전 박대 해. 뭐 좀 먹으면서 기다리지 뭐."

수연은 작게 한숨을 내쉬면서 카운터 뒤쪽에 서서 숨죽이고 두 사람을 지켜보는 아네트와 라스를 흘끗 살폈다. 무슨 대화인지 내용은 못 알아듣지만 심상치 않은 분위기를 느꼈는지, 수연의 시선이 그쪽을 향하자 아네트가 어깨를 흠칫하고는 딴청을 부렸다. 수연은 팔을 붙잡은 미미한 힘을 털어 내고는 말없이 홀 쪽으로 향했다.

"바깥 테이블에 앉아도 되나?"

가게 구석에 있는 테이블로 향하는 수연의 뒤통수에 대고 지헌이 뻔뻔하도록 태연하게 말했다.

그래. 바깥이 더 눈에 안 띄고 좋겠네.

레스토랑의 야외 테이블은 호숫가를 향해 나 있었다. 수연은 호숫가 쪽으로 난 가게 문을 열고 나갔다. 수연이 문을 잡아 줄 줄 알고 바지 주머니에 양손을 꿴 채 유유히 뒤따라오던 지헌은 제 앞에서 스르렁 닫히는 문을 막기 위해 뒤늦게 손을 꺼냈다. 황급히 손을 뻗어 막자, 문에 달린 종이 요란스럽게 딸랑거렸다.

수연은 점심시간이 한참 지난 시간이라 텅 빈 테라스석 중 가장 구석으로 지헌을 안내했다.

"그렇게 입은 것도 잘 어울리네."

의자에 앉은 지헌은 허리춤 아래로 앞치마를 두른 수연을 물끄러미 바라보며 말했다. 딱히 유니폼이 없는 곳이라 수연은 헐렁한 스트라이프 티셔츠를 입고 있었다. 지헌이 지금껏 한 번도 보지 못한 수연의 캐주얼한 차림이었다.

그에 비해 지헌은 드레스 셔츠에 슈트 바지를 입고 있어 당장 회사에 출근해도 손색없을 모습이었다. 그래서 더 믿기 어렵고 이상해 보였다. 이곳에 그가 와 있다는 게……. 수연은 말없이 메뉴판을 내밀었다.

"아무거나 알아서 갖다줘. 나 오늘 아무것도 안 먹었어."

해가 중천에 떴다가 가라앉은 지가 언젠데.

수연은 마지막으로 그를 봤을 때보다 약간 살이 내린 듯한 지헌의 턱선으로 시선을 옮겼다. 수연의 눈길이 닿은 것을 느낀 지헌은 제 턱을 느릿하게 매만졌다.

그래서 그게 뭐.

수연은 눈을 느리게 감았다 뜬 후 메뉴판을 접어 옆구리에 끼우고 돌아섰다. 딸랑. 문에 달린 종소리가 울릴 때까지 뒤통수에 따라붙는 집요한 시선이 따가웠다.

□　◆　□

『윽! 그러다 피 나겠어. 입술 좀 그만 깨물어.』

아네트가 수연의 팔을 살짝 치며 타박했다. 그제야 자신이 멍하니 입술을 잘근잘근 씹고 있었다는 것을 자각한 수연은 손을 올려 제 입술을 매만졌다. 지금껏 무의식중에 실컷 괴롭힘을 당했던 입술에서 희미한 열감이 느껴졌다.

『이거. 바깥 테이블에 갖다주고 와. 아니면 내가 갈까?』

아네트가 트레이를 수연에게 넌지시 내밀었다.

『아뇨. 주세요.』

딸랑.

종소리가 울리자 호숫가 먼 곳을 넌지시 응시하고 있던 지헌의 시선이 수연을 향했다. 눈이 마주치자 지헌의 눈꼬리가 느슨해지며 희미하게 미소 지었다. 다만 그 그림 같은 모습은 뿌연 회색빛 안개에 싸여 묘연하고 침침하기만 했다.

수연은 천천히 회색 너구리 굴 속으로 다가갔다. 테라스석은 흡연이 가능하긴 하지만, 이렇게까지 작정하고 담배를 피우는 손님은 없었다. 얼마나 피워 댔기에 야외 테이블에 이렇게 연기가…….

지헌은 손가락 사이에 끼워 뒀던 장초를 비벼 껐다. 지헌의 테이블 위에 늘 어놓은 접시 안의 음식은 손을 대지 않은 새것처럼 보였다. 수연은 테이블 위에 커피 잔을 내려놓으며 말했다.

"다 드신 거예요?"

"응. 잘 마실게."

지헌은 선선한 대답과 함께 커피 잔의 손잡이를 제 쪽으로 돌렸다. 손도 안 댄 그릇을 회수해 가면 속상해할 아네트 생각에 수연은 따지듯 날 선 목소리로 지헌에게 물었다.

"입에 안 맞으세요? 이렇게 손도 안 댈 거면 왜 시키셨어요? 만든 사람이 이거 보면—"

"미안. 혼자 먹으려니까 외로워서."

지헌은 어깨를 으쓱 들어 올렸다. 입꼬리의 희미한 미소가 명백히 짙어졌다. 말문이 막힌 수연은 눈살을 찌푸렸다.

"담배는 대체 언제부터 피운 거예요?"

"네가 나 버리고 도망갔을 때부터."

기가 막힌 수연이 입술을 벙긋거렸다. 입에서 마구잡이로 튀어나오려 하는 날카로운 감정의 편린들이 수연의 목구멍을 따끔하게 할퀴었다.

그 와중에 유유자적하게 커피 잔을 들고 우아한 몸짓으로 입가에 기울이는 지헌을 가만히 응시하며 수연은 잠시 숨을 골랐다. 한결 맑아지긴 했지만 여전히 눈을 침침하게 하는 담배 연기에 수연은 미간을 좁히며 눈앞을 손으로 휘휘 저었다.

"어유……. 담배 냄새……."

지독해. 혼잣말과 함께 수연은 긴 한숨을 내쉬었다. 지헌이 커피 잔을 달각 내려놓았다. 마주 보는 지헌의 눈동자가 선명한 당혹감으로 물들어 있었다.

"……지독해?"

"그럼 이렇게 피워 대는데 향기로울 줄 알았어요?"

"……몇 시에 끝나?"

"5시요."

"그때 다시 올게."

지헌은 의자를 뒤로 밀며 자리에서 일어났다. 갑자기 추켜 올라간 시선에 수연은 저도 모르게 한 걸음 뒤로 물러섰다. 지헌은 멀어진 수연에게 다가서는 대신, 장난스럽게 입꼬리를 올리고 말했다.

"도망갈 생각 마. 알았지?"

ㅁ ◆ ㅁ

아네트는 영업 종료 후에도 미적미적 홀을 청소하며 서성이는 수연의 등을 떠밀며 퇴근을 종용했다. 내내 궁금한 게 많은 얼굴이었지만 아네트는 수연에게 별달리 캐묻지 않았다.

『오늘도 수고 많았어. 얼른 들어가.』

『네. 내일 봬요.』

떨떠름한 표정으로 인사를 남긴 수연은 가방을 챙겨 메고 가게 밖으로 나왔다. 가게를 나서자 지헌이 주차 공간에 세워 놓은 차에 등을 기대고 서 있었다. 수연은 자신의 자전거를 매어 놓은 쪽으로 걸어갔다. 자전거의 자물쇠를 풀기 위해 허리를 숙인 수연은 익숙한 향수 냄새가 가까워지는 것을 느꼈다. 바닥에 깔린 돌들이 지헌의 발아래에서 자박자박 소리를 냈다.

수연은 천천히 허리를 펴고 고개를 돌렸다. 지헌은 끝에 살짝 물기가 어린 머리카락을 느릿하게 쓸어 올리며 다가왔다.

"차에 타. 그건 주고. 뒤에 싣게."

"아뇨. 그럴 거 없어요. 그냥 여기서 말해요."

"여기서?"

수연은 풀어낸 자물쇠를 가방에 던져 넣었다. 지헌의 못마땅한 시선이 자전거 옆을 빠르게 훑는 게 보였다. 가게의 뒷문과 이어진 곳에는 커다란 쓰레기통이 줄지어 늘어서 있었다.

"그냥 타지? 가면서 얘기해. 집에 데려다줄게."

영업이 끝난 식당의 뒷문. 이곳만큼 그와 대화를 나누기에 적당한 곳은 없다. 수연은 그 이상의 성의 있는 장소를 지헌에게 내어 줄 여유가 없었다.

"싫다니까요. 여기서 얘기하는 게 싫으면, 그냥 가세요."

수연은 자전거의 손잡이를 움켜잡고 킥 스탠드를 뒤로 젖혔다.

"그래. 그게 좋으면 그렇게 해."

고집 센 골칫덩이를 달래듯 부드러운 목소리였다. 수연은 날카로워진 눈초리로 지헌을 올려다보았다.

"아뇨. 아무래도 그냥 가시는 게 좋겠어요. 전 대체 상무님이 여기 왜 온 건지 도무지 이해가 안 돼요."

지헌이 고개를 살며시 기울이며 선선하게 말했다.

"이해가 안 돼? 난 이제 너무 잘 알겠는데."

"이상한 소리 하지 말고…… 제발 그냥 가세요. 저는 상무님이랑 이렇게 얘기하는 거, 마주 보고 있는 거, 다 버겁고 지겨워요."

수연의 눈시울엔 어느새 깊은 피로감의 잔재가 피어올라 있었다.

"말끝마다 그 상무님 소리 좀 그만하지 그래. 나 이제 상무 아닌데."

"……무슨 소리예요. 그게."

"이제 곧 잘리겠지. 오늘로 무단결근한 지 일주일쯤 됐으니까."

지헌은 어깨를 가볍게 으쓱거렸다. 수연이 지끈거리기 시작한 이마를 짚었다.

"제정신이에요?"

"수연이 네 앞에선 제정신인 척하려고 지금 무지 노력하는 중인데…… 돌아 버린 건 어쩔 수 없이 티가 나나 봐."

"대체 갑자기 왜 여기 와서 이래요. 상무님 결혼하시잖아요. 이래도 되는 거예요?"

수연이 이마를 짚었던 손을 신경질적으로 내리며 지헌을 노려보았다. 지헌의 무심한 눈꼬리가 설핏 아래를 향했다.

"결혼은 안 해. 그리고 그러면 안 됐다는 것도 알아."

수연의 동공이 미미하게 흔들렸다. 자전거 손잡이를 쥔 손에 힘이 꾹 들어갔다.

"귀찮아서 내버려 뒀어. 아무나 아무렇게나 떠들게 내버려 둬서…… 네가 그걸 듣고 아파했잖아. 너한테 믿음 한 톨 심어 주지 않은 게 바로 나니까."

수연은 탁하게 흐려진 눈을 들어 지헌을 올려다보았다. 지헌의 눈은 수연을 흔들림 없이 직시했다.

"처음엔 네가 왜 말도 없이 그렇게 가 버렸는지 이해할 수가 없었어. 날 병신 만들고 내뺐다는 생각에 당장 널 잡아 오지 않으면 돌아 버릴 것 같았어. 미친놈처럼 널 찾아서, 찾으면 다신 멋대로 도망가지 못하게 가둬야겠다고 생각했지."

지헌의 매끄럽고 남자다운 눈썹이 괴로운 모양새로 꿈틀거렸다. 그걸 물끄러미 올려다보는 것은 몹시 기이한 감정을 불러일으켰다. 그건 수연이 한 번도 보지 못한 지헌의 얼굴이었다. 금방이라도 왈칵 무너질 것 같은 위태로움이 만면에 일렁거렸다.

"널 찾았고…… 지금 내 앞에 이렇게 멀쩡하게, 나 없이도 잘 지내는 널 두고도 난 그런 비틀린 생각을 해. 내 집에서, 우리 둘이서만 놀 때 우리 꽤 괜찮지 않았나……. 그런 생각 말이야."

지헌은 커다란 손을 들어 올려 얼굴을 쓸며 연거푸 마른세수를 했다.

"그래서 어디든 아무도 없는 곳에 널 두고 내가 주는 걸로 입고 먹고. 나만 보고. 나만 생각하면서 내 품에서 잠들게 하고 싶어. ……그런 미친놈이 나야."

손 아래로 드러난 지헌의 얼굴이 매우 지쳐 보였다. 지헌은 자조적인 미소를 지었다.

"이 정도면 꽤 일관성 있게 미친 거지. 너한테 필요했던 건 이딴 돌아 버린 놈이 아니라, 온갖 지저분한 내 주변으로부터의 '보호' 였을 텐데."

핏발이 선 갈색 눈동자가 수연을 꿰뚫을 듯 응시했다. 지헌의 눈시울이 선연하게 울렁거렸다.

"너 혼자 그걸 감당하게 만들어서 미안해."

이상한 일이었다. 무척이나 무감하고 건조하게 흘러나오는 목소리인데 수연의 귓가를 몹시 절절하게 파고들었다.

지헌은 목에 깊숙이 박힌 가시 같은 걸 힘겹게 내뱉듯 천천히 말을 이었다.

"그것만 생각하면…… 스스로가 너무 한심한 머저리 같아서 견딜 수가 없어. 그러니까 네가 다 버리고 도망갔어도 난 할 말이 없지. 터진 입으로 담배나 빨고."

지헌이 벌린 입술 사이에서 나직한 실소가 새어 나왔다. 자책과 책망으로 점철된 낮은 한숨이 뒤를 이었다.

수연은 알 수 없는 기분에 사로잡혀 먹먹해진 얼굴을 들었다. 말간 눈동자가 갈피를 잡지 못하고 한없이 흔들거렸다.

"그래서 난 네가 뭘 어떻게 했어도 널 원망하지 못해. 나한텐 그럴 권리가 없지……."

지헌은 수연의 어깨 아래로 구불구불하게 늘어진 긴 머리카락의 끝을 조심히 감아쥐었다. 머리카락과 연결된 곳이 찌릿거렸다. 수연은 지헌의 손을 탁 쳐 내고 냉랭한 얼굴로 시선을 옆으로 돌렸다.

이제 와서 그게 다 무슨 소용이야.

"저는…… 상무님이 지금 무슨 말을 하는 건지 모르겠어요."

"상무 아니라니까."

지헌이 가볍게 웃었다. 지헌은 자신의 손을 쳐 낸 수연의 손을 조심스럽게 감싸고 천천히 끌어당겼다.

이윽고 수연의 손등에 따뜻하고 말랑한 것이 가만히 와 닿았다. 손등에 입을 맞춘 지헌의 내리뜬 속눈썹이 어슴푸레하게 드리워졌다.

꾹꾹 눌러서 깊숙한 곳까지 처박아 놓았던 무언가가 뱃속에서 부글부글 끓어올랐다. 수연은 점점 차오르는 숨을 버겁게 헐떡거렸다.

조용하고 안온한 생활, 평화로운 일상에 수연은 겨우 한 가닥의 나실나실 얇고 볼품없는 뿌리를 애써 뻗어 내리는 중이었다. 그런데 이렇듯 금방이라도 자진해서 뽑힐 것처럼 송두리째 흔들거리는 꼴이라니…… 또다시 자신을 잃어버릴 것만 같은 예감에 머리끝부터 두려움이 엄습했다.

"……이거 놔요."

손을 핵 빼낸 수연이 손목에 차고 있던 투박한 팔찌가 지헌의 뺨에 가느다란 생채기를 남겼다. 수연은 놀라서 커진 눈으로 반사적으로 손을 뻗었다. 그러나 그것은 결국 지헌에게 닿지 못하고 멈칫 허공에 멈춰 섰다.

수연은 여전히 고단했다. 지헌을 둘러싼 사람들, 그의 배경, 그를 향한 자신의 마음까지도, 모든 게 버겁기만 했다. 지헌의 화려한 삶은 너무 먼 곳에 있고, 수연이 간절하게 바라는 조용하고 안온한 일상은 그곳에 없다.

격정적인 감정에 휩싸여 머리부터 발끝까지 꽁꽁 묶인 채로 무얼 해야 할지 모르는 무력한 상태가 되어 대책 없이 흔들리는 것은 일생에 한 번이면 족했다. 어리석은 짓을 반복할 힘조차 남아 있지 않을 만큼 수연은 너무 피곤했다.

"……미안해요."

수연은 지헌의 매끄러운 뺨에 생긴 가느다란 실금을 바라보며 말했다. 지헌은 아무런 아픔도 느끼지 못한 것처럼 무감한 표정이었다.

"괜찮아. 별거 아냐."

"아뇨. 그거 말고요. 이런 거 하지 마세요."

수연은 지헌의 입술이 닿았던 손등을 제 손으로 감싸며 가렸다. 착각이란 걸 알지만, 그가 닿았던 곳이 불에 덴 듯 뜨거웠다.

수연은 급하게 몸을 돌려세웠다. 조급하게 발걸음을 옮겨 지헌의 옆을 지나친 수연의 뒤통수를 심술이 질척하게 묻은 지헌의 목소리가 날아와 쿡 찔렀다.

"……근데 그 새끼 뭐야?"

의아한 얼굴의 수연은 자전거 손잡이를 잡은 채 얼굴만 비스듬히 돌려 지헌을 바라봤다. 지헌은 한 걸음 성큼 걸어 수연의 코앞으로 다가왔다.

"그 덩치 커다란 놈 말이야."

여기에 덩치 커다란 놈이 저 말고 또 누가 있다고……. 잠시 흐리멍덩한 표정을 짓던 수연은 일순 눈살을 찌푸렸다. 설마…….

"양다리 걸치지 말지?"

지헌이 고개를 살짝 기울였다. 머리카락이 매끄러운 이마 위로 흘러내렸다. 장난스럽게 비틀린 입매와는 달리 지헌의 눈초리는 수연을 흔들림 없이 직시했다.

수연은 기가 막혀서 헛웃음을 터뜨렸다. 자기 맘대로 여기까지 쫓아와서 사람을 기겁하게 하고는 저런 말을 아무렇게나…….

얼굴이 발갛게 달아오른 수연이 뾰족해진 눈초리를 흘기며 말했다.

"상무님 진짜 어이없고 한심한 거 알아요?"

"응. 네 앞에만 서면 내가 이래. 그리고 몇 번을 말해야 알아들어. 수연아. 나 이제 상무 아니라니까."

회사를 때려치운 걸 칭찬이라도 해 달라는 양 지헌은 몇 번이고 강조했다. 그런다고 자기가 도성그룹 회장 장손인 게 달라지냐고……. 수연은 입술을 꽉 깨물었다.

"그러니까 더 그냥 가세요. 전 상무님 배경에 혹해서 상무님이랑 잔 건데……. 이제 그런 것도 없다고 하니까 정말 별로예요."

"생각보다 세속적이네. 괜찮아. 나랑 비슷하니까. 나도 돈 많은 거 좋아해."

"그런 말이 아니라……."

"그리고 내가 도성그룹 도지헌을 그만뒀다고 해서 하루아침에 빈털터리가 되는 건 아니야. 사실 그렇게 되기가 더 어려운 일이지. 도성그룹 회장을 산 채로 끌어내리고 내가 그 자리에 엉덩이를 밀어 넣는 것보다, 내 통장 잔고가 빈곤해지는 게 더 어려운 상황이거든."

갑자기 지헌이 왜 이런 얘길 하고 있고, 자신은 왜 그걸 열심히 듣고 있는 건지 수연은 정신이 아득해졌다. 그러니까, 저 제멋대로인 남자한테 속절없이 휘둘린다는 게 바로 이런 상황이었다. 무슨 말을 듣고 있는 건지 잘 모르는 인지부조화 상태로 저도 모르게 설득되고 있는 상황······.

"수연이 네가 내 비서였으니까, 내 자산 상황은 잘 알잖아?"

"그게 지금 저랑 무슨 상관이에요."

"모르겠어? 아부하는 거잖아."

"무슨 아부······."

"돈으로라도 꼬셔 보려고. 나 돈 많으니까 나 좀 봐 달라고."

묘하게 논리적인 것처럼 말하지만 무논리로 일관된 흐름으로 결국 도달한 결론이라는 게······. 수연은 몹시 무겁게 느껴지는 눈꺼풀을 감았다 떴다. 확신에 찬 갈색 눈동자가 들이찼다.

"······내가 너 좋아해. 수연아."

짐짓 오만해 보이기까지 한 고요한 얼굴로 내뱉는 고백. 선연하고 낯선 감각이 수연의 등줄기를 훑어 내렸다. 숨을 멈춘 수연의 눈꺼풀이 파르르 떨렸다.

"너도 나 좋아하잖아. 아니라고 하지 마."

지헌의 눈동자 안에 한차례 너절한 격정이 휘몰아쳤다. 그 안엔 불안과 초조 따위의, 그와는 절대 어울리지 않으리라 여긴 유약한 감정들이 뒤섞여 있었다.

거기서 가까스로 시선을 떼어 낸 수연은 자전거 페달에 발을 올렸다.

"아뇨. 함부로 확신하지 마세요."

그러곤 도망치듯 발을 굴렸다. 자전거 바퀴 아래 돌이 부딪히는 소리가 요란했다. 무의식중에 돌아본 그 자리에 지헌은 가만히 서서 멀어지는 수연을 하염없이 바라볼 뿐이었다.

□ ◆ □

수연은 저녁 식사로 가지를 잔뜩 넣은 그라탕을 만들었다. 오늘의 가지가 유난히 싱싱하다며 라스가 레스토랑에 왕창 가져다준 것을 퇴근할 때 아네트가 몇 개 챙겨 수연의 가방 안에 쑤셔 넣어 줬기 때문이었다.

수연은 길쭉하게 자른 가지를 그릇에 가지런히 눕히고 새우, 버섯, 구운 야채와 토마토소스를 번갈아 쌓은 후 치즈를 솔솔 뿌렸다. 티브이 채널을 이것저 것 돌리다 보니 오븐에서 띵 하고 식사의 시작을 알리는 소리가 울렸다.

와인글라스에 와인을 따라 놓고 식탁에 앉은 수연은 그라탕에서 피어오르는 먹음직스러운 냄새를 깊게 들이켜 만끽하고 와인 잔을 들어 입부터 축였다.

"하아……."

정성껏 만든 음식을 앞두고 수연의 입에서 어울리지 않는 긴 한숨이 흘러나왔다. 이곳에 온 후로 가장 길게 느껴지는 하루였다. 마치 몇 달 전 잔뜩 당겨진 줄 위에서 아슬아슬하게 줄타기하듯 매일 불안정하게 긴장의 날을 세우고 지냈던 그때로 돌아간 듯한 기분…….

하루가 길게 느껴지는 건, 기본적으로는 저녁 8시임에도 아직 해가 지지 않아 여전히 낮처럼 밝은 덴마크의 여름 탓이긴 하지만. 오늘이 유난히 길게 느껴지는 건 그 무엇도 아닌, 말도 안 되게 제 앞에 나타난 지헌 때문임에는 의심의 여지가 없었다.

'내가 너 좋아해, 수연아.'

가슴이 두근거리고 온몸이 죄어드는 감각을 부정할 순 없다. 그러나 그뿐이다. 그뿐이어야 했다. 애써 찾은 평온을 내팽개치고 유혹에 나약한 불나방처럼 유해한 불길 속으로 훌쩍 날아들 이유는 없으니까.

결국 수연은 그라탕 위의 치즈가 딱딱하게 굳어지고 나서야 느지막이 포크를 손에 쥐어 들었다. 식어 버린 음식을 차근차근 입에 넣고 와인 잔을 비운 수연은 설거지를 마치고 열어 둔 창문을 닫기 위해 창가로 다가갔다.

"……!"

노을이 진 길가에 가로등의 그림자가 가로지르고 그곳에 지헌이 서 있었다.

아니. 대체 언제부터…….

수연은 줄곧 올려다보고 있던 지헌과 눈이 마주친 것 같은 착각이 들었다. 곧이어 지헌이 수연을 향해 여유롭게 손을 흔들어 보였다. 그러니까 그건 착각이 아니었다.

놀라서 굳어진 수연의 미간에 실금이 그어졌다. 지헌의 표정이 꼭 웃는 것처럼 보였다. 여전히 한 손의 손바닥은 수연을 향하고, 나머지 손에는 느슨하게 담배를 끼워 든 채.

탁.

큰 소리를 내며 창문을 닫은 수연은 몸을 홱 돌려세웠다. 집 안의 조명을 반사한 창문 속에 이상한 표정을 한 자신의 얼굴이 어스름하게 비쳤다.

불현듯 커피 잔을 기울이던 유려한 입매가 떠올랐다. 날이 선 턱선과 먼 곳을 응시하던 시선까지.

'혼자 먹으려니까 외로워서'

일부러 그런 말을 흘려 놓고는, 시위하듯이 집 앞에 혼자 하염없이 서 있다니. 무슨 이런 유치하고 자학적인…….

수연은 제 얼굴이 어른어른 반사되는 창문을 성난 눈초리로 흘겼다.

내가 신경이라도 쓸 줄 알고? 굶어 죽든 말든……. 애초에 하루쯤 굶는다고 죽을 리도 만무하잖아.

수연은 발을 쿵쿵 구르며 창문가를 벗어났다. 여전히 집 안에 어렴풋하게 남은 그라탕 냄새가 갑자기 몹시 불쾌하게 느껴졌다. 수연은 거실의 수납장 위에 향초를 피워 놓고는 방문을 쾅 닫고 들어가 버렸다.

역시 커튼을 미리 샀어야 했다. 게으름은 늘 이런 식으로 뒤늦게 복수를 행해 사람을 곤란하게 한다.

커튼 없이 반짝거리는 창문을 수연은 몇 번이고 노려보았고, 몇 번은 다가가서 내려다봤다. 그리고 그때마다 여전히 그 자리에 지헌이 있었다.

수연은 찌뿌둥한 어깨를 툭툭 두드리며 현관을 나섰다. 의식적으로 한곳만을 주시한 채 자전거를 세워 둔 곳으로 걸어갔다. 자물쇠를 풀기 위해 허리를 숙이니 우두둑 근육인지 뼈인지 모를 곳에서 이상한 소리가 났다. 집 렌트에 포함된 낡은 싱글 침대는 매트리스의 쿠션이 엉망인데 그 와중에 잠까지 설쳤으니 몸이 성상일 리 없었다.

『윤!』

저를 부르는 소리에 수연이 고개를 돌리니 오늘도 테라스에 기대선 라스가 인사를 건넸다. 평소와 똑같이 상체를 가림 없이 드러내고 있는데, 수연은 평소와 달리 흠칫 놀라며 괜스레 주변을 두리번거렸다.

라스에게 아침 인사를 건네고 자전거를 끌고 걷다가 수연은 결국 방향을 돌렸다. 이미 해가 반짝 난 아침이고 당연히 가로등 아래는 비어 있었다. 지헌의 기다란 손가락 사이에서 가느다랗게 담배 연기가 피어오르는 것을 몇 번이나 보았는데, 어떻게 된 일인지 그 주변 바닥은 먼지 한 톨 없이 깨끗했다. 마치 꿈이라도 꾼 듯.

그게 꿈이라면 아주 지독한 흉몽이라는 생각을 끝으로 수연은 그것을 머릿속에서 밀어내고 페달에 올린 발에 힘을 주었다.

자전거가 호숫가 자갈길 위를 달리는 소리 사이로 조금 더 요란하게 돌 부서지는 소리가 끼어들었다. 흘긋 돌아본 수연의 시야에 뒤에서 천천히 다가오는 차 한 대가 보였다. 수연은 방향을 틀어 자갈길 옆쪽으로 붙으며 차가 지나갈 길을 터 줬다.

고요한 엔진 소리와 함께 느릿하게 움직인 차는 수연이 정확히 운전석의 직선 방향에 놓이게 되었을 때 완전히 멈춰 섰다. 짙은 선팅으로 안이 보이지 않던 유리창이 스르르 내려갔다.

"안녕."

늦은 밤까지 짠한 장면을 연출하며 이상한 죄책감을 자극하던 비양심적인 연극배우는 어디로 가고, 여느 때와 같이 여유롭고 느긋한 얼굴로 지헌이 태연자약한 인사를 건넸다.

"……."

"아침 운동 해?"

지헌의 매끈한 뺨에 가느다란 생채기가 실금처럼 가로질러 있었다. 수연의 미간이 왈칵 구겨졌다.

"지금 뭐 하시는 거예요?"

"나? 보다시피. 드라이브. 촌구석이긴 해도 꽤 예쁘네. 여기."

지헌이 맑은 공기를 만끽하듯 숨을 깊게 들이쉬었다. 흰 반팔 티셔츠를 입어 두드러진 상체의 근육이 느릿하지만 선명하게 오르내렸다.

"하……. 그럼 계속 드라이브하세요. 멈춰 서서 길 막지 마시고."

"안 탈래?"

지헌은 짧게 고개를 까닥였다. 그러곤 순식간에 만면에 짠한 연극배우의 얼굴을 소환시키고 낮게 가라앉은 목소리로 말했다.

"나 혼자라 외로운데."

또 울컥, 무언가 치솟았다. 수연은 뜨겁게 부글거리는 것을 애써 꿀꺽 삼키고 삐그덕거리는 고개를 정면으로 돌렸다. 잠시 지면에 디디고 있던 수연의 발이 다시 페달을 밟았다.

"자전거 잘 타네."

자전거의 속도에 맞춰 지헌이 탄 차도 느릿느릿 움직였다. 얼마나 절묘하게 조절하는지 수연과 운전석이 일직선으로 맞춰진 각도가 한 치의 오차도 없이 유지되었다.

"대체로 올라타는 거에 소질이 있나 봐."

"……."

"내 위에 올라타는 것도 잘하잖아. 아. 그건 잘한다기보다는 좋아한다고 봐야 하나."

수연은 결국 그 자리에 벌컥 멈춰 섰다. 당연히 차도 멈춰 섰다. 널찍한 운전석을 꽉 채우고 앉은 지헌은 회상에 잠긴 듯 시선을 멀찍이 두고 나직하게 읊조렸다.

"아아. 좋아하니까 잘하게 된 거구나. 사실 이제 와서 말하지만 처음엔 좀……."

"미치셨어요, 정말?"

지헌의 말을 중간에 끊어 먹으며 수연이 날카롭게 쏴붙였다. 이 남자에게 이런 에너지조차 소모하지 않겠다고 결심한 게 하루도 채 되지 않았는데, 저딴 것도 말이라고 늘어놓는데 도무지 참을 수가…….

"농담이야. 자꾸 상대도 안 해 주니까 삐딱해지네. 정식으로 사과하고 싶은데 잠깐 탈래?"

지헌은 제 가슴에 손을 얹고 수연 쪽으로 상체를 기울이며 말했다. 자동차 앞 유리를 통해 들어온 햇살이 지헌의 옆얼굴 위에서 눈부시게 부서졌다.

문득 이는 어지럼증에 수연은 손 하나를 들어 이마를 짚었다. 지헌은 매끄럽게 입술을 기울이며 미소 지었다.

오늘도 예쁘네.

지헌이 소리 없이 입 모양으로만 말했다.

수연은 길게 한숨을 내쉬고 이어폰을 꺼내어 귀에 하나씩 끼워 넣었다. 그러곤 곧바로 자전거를 출발시켰다.

ㅁ ◆ ㅁ

『운. 이거 레귤러 손님 갖다주고 올래?』

아네트가 트레이를 수연에게 내밀며 말했다. 그 후로 지헌은 처음 자리 잡았던 호숫가로 난 테라스석 구석 자리를 완전히 차지했다. 무슨 모종의 거래가 있었는지 아네트는 그 테이블의 서빙을 수연에게 일임했다. 은근히 미소 짓는 아네트의 음흉한 얼굴을 보니 그 의심은 더욱 짙어졌다.

『……그 손님 단거 안 좋아해요. 음식 낭비야. 넣어 둬요.』

수연은 가볍게 한숨을 내쉬고 말했다. 지헌에게 내주기엔 수연이 만든 과자가 아까웠다. 요즘 더욱 인기가 높아져 공급이 수요를 따라가지 못하는 지경인데, 과자를 좋아하지도 않고 쓸데없는 소리만 내뱉는 얄미운 입 앞에 소중한 과자를 제공할 이유가 전혀 없었다.

과자가 품절되었다는 소식에 꼬리가 축 처진 강아지 같은 표정을 짓던 어제의 여자 손님의 시무룩해진 얼굴이 다시금 떠올랐다. 오늘 또 올 수도 있으니…….

『그래? 그럼 뭘 좋아하지? 커피나 한 잔 더 내줄까?』

아네트가 테라스석이 있는 방향을 힐끔거렸다. 연신 터져 나오는 한숨을 삼키고 수연이 말했다.

『아네트. 미안해요.』

『뭐가?』

『테라스석 손님이요. 여러모로 신경 쓰이게 해서.』

『무슨 소리야. 난 너무 좋은데? 카드 맡기고 아무거나 알아서 내주고 맘대로 긁으라는 손님 싫다 할 가게 주인이 어디 있어?』

아네트는 계산대에 끼워 둔 카드를 익살스럽게 흔들었다.

『그리고 난 이 기회를 십분 활용할 거야. 이미 이번 달 최고 매출 찍었어.』

줄줄 이어지는 기다란 영수증 뭉치를 꺼내어 사랑스럽다는 손짓으로 툭툭 치는 아네트의 얼굴은 정말 만족스러워 보였다.

그래. 한 명이라도 행복하면 됐지.

수연이 초연한 표정으로 고개를 끄덕였다.

그때, 가게 문이 열리는 소리와 함께 품에 식료품을 잔뜩 든 라스가 쾌활하게 웃으며 성큼 안으로 들어왔다. 가게 뒤에 짐을 내려놓고 온 라스는 아네트에게 인사를 건네고 수연에게 다가왔다.

라스가 입은 티셔츠의 목 아래가 살짝 땀으로 젖어 있었다. 헤이, 짧은 부름과 함께 라스는 수연에게 고개를 기울였다. 반사적으로 내민 수연의 뺨에 수염이 난 살갗의 까슬한 감촉이 와 닿았다.

땡땡땡—

직원을 부르는 종소리가 요란하게 귓전을 때렸다. 멈칫 굳어진 수연이 눈만 돌려 소리가 울린 쪽을 바라보았다. 난간에 가려 종을 두드린 사람의 모습은 보이지 않았다.

『응. 뭐 해. 나가 봐.』

금방이라도 웃음이 뿜어져 나올 것 같은, 터지기 직전의 풍선 같은 표정의 아네트가 수연에게 테라스석을 눈짓했다. 얼굴에 더운 기운이 몰린 수연은 잠시 멈춰서 숨을 차분하게 가다듬고 호숫가로 난 문을 활짝 열었다.

여름의 더운 열기를 머금은 미지근한 바람이 수연의 뺨을 스치고 지나갔다. 숨넘어갈 듯 떠들썩하게 종을 흔들어 댄 손님은 테라스 어디에도 없었다. 대신 우아하게 긴 다리를 옆으로 꼬아 내리고 오만한 모양새로 눈썹을 기울인 지헌이 수연을 보고 빙긋 미소 지었다.

"부르셨어요. 뭐 필요하세요?"

"저 새낀 뭔데 다짜고짜 얼굴을 내밀고 지랄이야."

고상하게 미소 짓는 미려한 입술 사이에서 흘러나오는 상스러운 단어의 괴리에 수연은 얼굴을 찌푸렸다.

"하여간 입만 열면……."

"뭐냐고. 내가 묻잖아. 수연아."

짐짓 온화하기까지 한 웃는 얼굴로 지헌은 조급하게 수연의 대답을 종용했다.

"뭐긴 뭐예요. 인사 몰라요? 뭘 그런 거 가지고……. 상무님도 미국 생활 좀 하셨잖아요."

"내 기억에서 내가 얼굴 맞대고 비비댄 사람은 수연이 너뿐인데. 미국에서

도 지딴 걸 인사랍시고 들이대는 발랑 까진 망종은 본 적이 없어."

망종이라니……. 늘 하던 방식으로 인사 좀 했을 뿐인 사람이 듣기엔 가혹한 평가였다. 게다가 그 와중에 너뿐이니 뭐니 하는 말도 안 되는 수작이라니.

휘말리지 않으려 애쓰면서도 수연은 저도 모르게 더듬거리며 입을 열었다.

"무, 무슨……. 그리고 라스는 어머니가 프랑스인이에요. 그래서 라스한테는 비쥬가 당연한 거예요. 이렇게 소란 떨 일이 전혀—"

지헌의 입술이 못마땅한 모양새로 비틀어졌다. 테라스 천장의 그림자가 드리워진 지헌의 미간에 실금이 깊게 패었다.

"라스. 라스. 잘만 부르면서 난 왜 아직도 상무님인데?"

또 그 얘기야?

지헌에게 집요한 구석이 있다는 건 진작 알았기 때문에 불러 달라는 대로 부른다고 하늘이 무너질 건 없지만, 그렇게 하지 않은 건 특별한 이유랄 것도 없었다. 수연은 자신이 왜 이곳에서까지 지헌에게 기꺼이 사소한 설명을 해 드려야 하는지 모르겠지만 그럼에도 마음을 다잡고 조곤조곤 말했다.

"그건 처음부터 저한텐 상무님이 상무님이었으니까……. 이제 와서 다르게 부르기가 어색하잖아요. 그리고 제가 굳이 상무님을 무언가로 불러야 할 이유도 이제 딱히 없고요."

"나 이제 상무 아니라고 몇 번 말해. 수연이 너 붙잡으려고 다 관두고 왔잖아. 혹시 내 이름 잊어버렸어? 그럼 다시 말해 줄게. 내 이름은 도지헌—"

맥락 없이 유려하게 흘러가며 무논리로 점철된 대화의 기술에 통째로 휘둘리고 있다는 사실을 그만 인정해야 했다. 수연은 눈을 질끈 감고 지헌을 잠재우기 위해 다급하게 말했다.

"도지헌 씨. 알겠어요. 알겠으니까……."

갑자기 조용해진 주변에 수연이 다시 눈을 떴다. 지헌이 해석하기 어려운 이상한 표정으로 수연을 바라보고 있었다. 허무한 웃음과 허탈한 체념, 그리고 자괴감이 더해진 복잡미묘한 얼굴로…….

"왜…… 왜요."

"난 정말 답 없는 새끼인가 봐. 수연아."

지헌은 자조 섞인 한숨을 길게 내쉬고 고개를 위로 젖혔다. 희미하게 웃는 얼굴로 눈을 감고 고개를 든 지헌의 얼굴에 천장의 그림자가 더 짙게 드리워졌다. 선명하게 도드라진 목울대가 느릿하게 오르내렸다.

수연은 본능적으로 마른침을 삼켰다. 지헌이 나직하게 읊조렸다.

"넌 고작 내 이름이나 불렀는데……."

난 섰어.

뒷말을 생략한 지헌은 눈을 반짝 뜨고 고개를 내렸다. 지헌이 하체를 집어넣고 앉은 테이블 아래가 눈에 보이는 것도 아닌데, 수연은 그만 눈을 질끈 내리감았다.

ㅁ ◆ ㅁ

『있잖아. 한국말로 말하는 거 참 듣기 좋다. 꼭 노래 부르는 것같이 들려.』

아네트가 가슴 앞에 두 손을 맞잡으며 말했다. 아네트가 듣는 한국말이라곤 지헌과 수연이 투닥거리는 대화일 뿐인데, 노랫소리라니…….

지헌이 레스토랑에 카드를 맡긴 이후 아네트는 모로 가도 지헌에 대한 긍정 평가를 내리는 경향이 있었다. 물론 된소리 발음이 많은 덴마크어에 비하면 어쩌면 뭐 그렇게 들릴 법도 하지만…….

『근데 저 테라스 손님은 매일 그렇게 뭘 하는 거야?』

『글쎄…….』

수연도 궁금한 바였다.

아니. 내가 그걸 궁금해할 필요는 없지.

수연은 커다란 맥주잔에 얼음을 가득 채우고 테라스로 향했다. 지헌은 오후의 햇살에 눈부시게 반짝이는 호수를 바라보고 있었다. 조용하고 평화로운 그림을 깨는 건 연신 테이블을 툭툭툭 두드리고 있는 지헌의 기다란 손가락이었다.

"여기요. 주문하신, 가게에서 제일 큰 잔에 가득 채운 얼음이요."

"응. 고마워."

"……얼음을 왜 이렇게 많이 드세요?"

벌써 얼음만 세 잔째 지헌에게 제공한 참이었다. 그새 지헌은 각 얼음 하나를 입에 물었다. 지헌의 입안에서 얼음 부서지는 소리가 청량하게 울렸다.

"금연 중이라 입이 심심해."

"금연이요?"

"응. 담배 대신 빨 게 없으니까 얼음이라도 빠는 거지."

왠지 음란하게 들리는 지헌의 설명에 수연이 진저리 치는 표정을 짓자, 지헌은 선선한 웃음을 터뜨렸다.

"그러게 애초에 담배를 왜 피워서……."

"맨날 물고 빨던 사람이 하루아침에 도망을 갔는데 그럼 어떡해? 빨 게 없는데 담배라도 빨아야지."

이쯤 되면 일부러 음란한 쪽으로 말하는 게 분명했다. 수연이 여지없이 몸을 돌리자, 지헌은 긴 팔을 뻗어 금세 수연의 옷자락을 붙잡아 세웠다.

"알았어. 가지 마. 말 예쁘게 할 테니까."

하나도 아쉬울 거 없단 오만한 표정으로 저런 절절한 목소리는 어떻게 내는 건지. 한차례 맥이 풀린 수연이 다시 몸을 돌리자, 지헌은 옆자리의 의자를 빼며 말했다.

"잠깐 앉을래?"

"아뇨. 일하는 중이에요."

"손님도 없는데."

지헌은 텅 빈 테라스를 스윽 훑어보았다. 수연은 큼, 하고 헛기침을 내뱉고 지헌의 테이블 위에 올려진 노트북을 가리켰다.

"근데 맨날 뭐 하시는 거예요?"

보통 핸드폰이나 태블릿 정도를 들여다보던 지헌은 언젠가부터 노트북까지 들고 와 본격적으로 레스토랑에 똬리를 틀었다.

"돈 벌지. 수연이 네가 돈 많은 남자 좋아한다고 했으니까. 여기서 돈이 더 많아지면 네가 날 좀 돌아봐 주지 않을까…… 전전긍긍하면서. 허튼짓인가?"

지헌은 피식 웃으며 어깨를 으쓱거렸다. 정말 이곳이 제 회사라고 여기기라도 하는 건지, 무슨 이유에선지 지헌은 매일같이 레스토랑에 출근 도장을 찍으며 꼭 근사한 옷차림을 고수했다.

아침마다 하는 수연의 산책 길에도 늘 나타나곤 하는데 그때 지헌의 티셔츠 차림은 비교적 퍽 편해 보였다. 물론 편해 보인다 해서 근사해 보이지 않는 건 아닌 게 수연에게는 부차적인 문제였지만…….

"이러지 말고. 얼른 돌아가세요. 이러다 정말 회사에서 잘리면……."

"수연이 네가 같이 간다고 하면."

"……."

흔들림 없는 갈색 눈동자가 꿰뚫듯 수연을 직시했다. 수연은 지헌의 선명한 시선을 피하며 입을 굳게 다물었다. 잠시간의 정적이 두 사람 사이에 낮게 가라앉았다. 그 적막을 깨운 건 아무렇지 않게 이어 가는 지헌의 태연한 목소리였다.

"내일은 코펜하겐에 일이 있어서 다녀올 거야. 여긴 못 오니까 기다리지 마."

수연은 누가 물어봤나, 하는 무덤덤한 표정으로 지헌을 바라보았다. 머쓱하라고 일부러 지어낸 얼굴임에도 오히려 지헌은 웃음을 터뜨렸다.

"난 말없이 사라지는 거 질색이라. 수연이 네가 나 기다리는 것도 싫고."

"……."

"내가 겪어 봐서 그 기분 잘 알거든. 그거 아주 별로야."

말이나 못 하면…….

수연은 그다지 자신에게 유리하지 않은 쪽으로 이어지는 흐름에 이만 대화의 끝을 고하는 의미로 한숨을 폭 내쉬었다. 그것을 기민하게 알아챈 지헌은 테이블 위로 웬 종이를 꺼내어 수연에게 내밀었다.

"여기 사인 하나 해 주고 가."

수연은 종이 맨 위에 '고소 위임장'이라고 적힌 것을 흘끗 확인하고 되물었다.

"이게 뭔데요?"

"거기 쓰여 있잖아. 고소 위임장."

"누구를 고소하는데요?"

"뻔한 걸 왜 물어."

지헌은 종이를 톡톡 두드렸다. 수연이 사인을 해야 할 자리를 제외하면 이미 작성이 완료되어 있는 서류의 내용을 자세히 읽어 보니, 피고소인명에 정제민의 이름이 박혀 있었다.

"그러니까 이걸 왜……?"

"허위 사실을 유포했으니까 명예 훼손, 헛소리를 온라인상에 퍼다 날랐으니까 정보 통신망 이용 촉진 및 정보 보호 등에 관한 법률 위반, 제멋대로 수연이네 사진 갖다 썼으니까 초상권 침해. 어디서 개도 안 웃을 모자이크를 해 놓고 눈 가리고 지랄을 해 댔으니까 이건 어떻게든 끌고 갈 거야."

수연은 뒤늦게 그가 제민이 셀프로 일으킨 스캔들을 겨냥하고 있음을 깨달았다.

"저는……. 이렇게까지 할 생각 없어요. 어차피 그건 한국에서의 일이고. 난 이제 거기 없으니까 상관없어요. 뭐라고 떠들든……."

"내가 상관있어, 수연아."

"아뇨. 이건 상무님이랑은 상관없는 일이에요. 난 귀찮은 일 벌이고 싶지 않아요."

"넌 귀찮을 일 없어. 내가 알아서 할게. 네가 감수해야 할 유일한 귀찮음은 여기 이 만년필을 들고 이곳에 네 이름 세 글자를 적어 주는 거야."

지헌은 오랜만에 보는 그의 반짝거리는 한정판 만년필을 스윽 꺼내어 수연에게 내밀었다.

"그치만. 걘 이미……. 얼마 전에 다른 스캔들 기사도 뜬 거 봤어요. 제가 굳이 이렇게까지 안 해도 어차피 고달플 거예요."

"그건 그 새끼가 질질 흘리고 다니면서 스스로 자초한 거고. 이건 별개의 문제야."

수연이 여전히 머뭇거리자 지헌의 손이 뻗어 와 수연의 손가락 사이사이를

446

벌렸다. 눈 깜빡하는 사이에 반짝거리는 만년필이 수연의 손가락 사이에 끼워져 있었다.

"네가 당한 거에 내가 아무것도 손쓰지 못했다는 게, 날 아주 병신처럼 만들었어. 난 적어도 수습이라도 할 기회를 너한테 구걸하고 있는 거야."

수연의 손가락을 가볍게 스친 지헌의 손이 담백하게 멀어져 갔다. 그렇게 멀어져 간 지헌의 손은 그의 얼굴을 가렸다. 지헌은 마른세수를 하며 나직하게 말했다.

"물론 난 너한테 아무것도 강요하지 못해. 단지 그냥 계속 병신인 채로 영원히 이 거지 같은 기분을 곱씹겠지."

지헌의 낮은 읊조림을 들으며, 수연은 그 순간 우습게도 아네트의 말을 떠올렸다. 그러니까 노래 부르는 것같이 들린다는 게 이런 걸 말하는 걸까······.

"수연이 너한테 감히 개소리 지껄여 댄 도지호한텐 1년이든 2년이든, 얼마간의 시간이 필요하든 갚아 줄 생각이야. 물론 가장 빠르고 효과적인 방법은 내가 당장 도성에 자리 틀고 앉는 거겠지만."

일순 무감한 얼굴의 지헌의 턱이 붉어져 꿈틀거렸다.

"난 네 옆에 있으면서 내가 쓸 수 있는 방법을 찾을 거야."

두 사람의 시선이 얽혀 들었다. 수연은 긴 한숨을 내쉬었다. 물론 돌이켜 볼 필요도 없이 괴로운 기억임에는 분명했다.

당시엔 까마득한 절망과 분노, 배신감으로 점철되어 수연은 제대로 된 사고조차 할 수 없었다. 그저 지금의 선택이 그것으로부터 벗어나기 위한 유일한 길 같았다.

그때, 다른 선택을 했으면 어떻게 되었을까. 많은 게 달라졌을까?

아니. 믿음과 확신이 부족한 관계에서 이어질 결과는 그 끝이 조금 빠르거나 늦게 찾아오는 정도의 차이일 뿐이다.

만약 그랬다면, 타의가 아닌 자의에 의해 어느 정도는 건조하고 깔끔한 끝을 맞이했을 수도······.

자신이 그때 느꼈던 그 까마득한 감각에 그는 여전히 헤매고 있을 뿐. 드높은 자존심에 상처를 입었고, 도지헌 이 남자는 지금 타의에 의해 빼앗긴 걸 다시 움켜쥐려는 것에 집착하고 있다. 그래. 집착.

이런 걸로나마 해소가 된다면, 하는 마음으로 수연은 지친 음성을 뱉었다.

"마음대로 하세요."

수연은 체념하듯 만년필을 쥔 손에 힘을 주어 글자를 써 내렸다. 그것을 물끄러미 내려다보던 지헌이 문득 깨달았다는 듯 말했다.

"근데 아까 또 상무님이라고 했지."

"하……. 또 그 얘기예요? 상무님이……! 그런 이상한 반응을 보이는데 어떻게 그 이름을 또 불러요. 내가."

수연이 이를 꽉 물고 말하는 바람에 군데군데 발음이 뭉개졌다.

"계속 불러 줘야 애도 좀 무뎌지지. 그럼 언젠가는 자연스럽게 받아들이겠지."

애라니……. 뭐 다른 인격체라도 품고 계세요……?

수연은 눈을 흘기며 만년필을 탁 소리 나게 내려놓고 자리에서 일어났다.

□　◆　□

이른 아침의 호숫가에 선데이 마켓이 열렸다. 길가에 직접 만든 음식과 꽃, 골동품 등을 파는 임시 천막들이 즐비했다. 산책 길을 뛰어다니는 아이들이 많았다. 수연은 자전거 위에서 내려와 손잡이를 잡고 걷기 시작했다.

수연은 갓 구운 빵을 파는 곳에서 샌드위치와 커피를 사 근처 잔디밭에 셔츠를 펼치고 앉았다. 깔깔거리는 아이들의 웃음소리에 수연의 입꼬리가 곱게 올라갔다. 뺨을 스치는 바람에 언뜻 서늘한 기운이 감돌았다. 이렇게 여름이 끝나간다.

'수연이 네가 같이 간다고 하면.'

수연은 낮게 한숨을 내쉬었다. 반쯤 먹다 만 샌드위치를 종이로 감싸 옆에 내려놓고 호수로 시선을 돌렸다. 잔잔한 물결 위로 눈부시게 부서지는 금색 햇빛이 찬란했다.

'물론 가장 빠르고 효과적인 방법은 내가 당장 도성에 자리 틀고 앉는 거겠지만.'

한국으로 돌아갈 생각은 전혀 없다. 이렇게 평화로운 일상을 두고 내가 왜…….

케이크 상자에 쑤셔 박히듯 가득 차 강제로 수연에게 굴러 들어왔던 거금이 불쑥 떠올랐다. 울컥 뜨거운 게 속에서 치솟아 올랐다. 수연은 무릎을 세우고 그 안에 얼굴을 묻었다.

어차피 그 집안에서 나온 돈이니까, 돌려줘야겠어. 그리고 이제 그만 돌아가라고 해야지…….

수연은 엉덩이를 툭툭 털고 자리에서 일어났다. 자전거를 세워 둔 쪽으로 가니 아이들이 유난히 깔깔거리며 모여 있었다. 햇살을 반사해 무지개색으로 반짝이는 비눗방울이 하늘을 둥둥 떠다녔다. 너무 평화롭고 안온한 광경에 불쑥 이유 모를 눈물이 차올랐다. 뜨거워진 눈시울이 금세 붉어졌다.

"바보 아냐. 진짜……."

수연은 실없는 웃음을 하하, 흘리며 산책 길을 터덜터덜 걸었다.

『오늘은 왜 안 오지?』

시무룩한 얼굴의 아네트가 가게 현관과 테라스를 번갈아 바라보며 말했다. 오늘은 못 올 거라고 했다는 말을 전하는 대신 수연은 어깨를 으쓱하고 음식을 얹은 트레이를 들고 홀로 향했다. 누굴 기다릴 겨를 따윈 없는, 일주일 중 가장 바쁜 일요일이었다.

13

수연은 결국 다 비우지 못한 라자냐 그릇을 식탁 위에서 치웠다. 부엌을 정리하고 거실 소파에 털썩 앉아 티브이를 켜기 위해 리모컨을 집어 드는데 티브이의 검은 화면이 일순 번쩍였다. 초저녁부터 웬일로 많은 비가 내리고 있었다. 우산 쓸 일이 그리 많지 않은 덴마크에선 흔치 않은 장대비에 천둥 번개까지 치다니.

"진짜 여름이 끝났나 보네."

수연은 커튼을 치기 위해 소파에서 일어나 창가로 다가갔다. 지난주 휴일에 미뤘던 쇼핑을 했다. 자전거에 아슬아슬하게 싣고 와 드디어 달아 놓은 것이었다. 또 어느새 불쑥 나타나선 집까지 차로 옮겨 주겠다는 지헌을 거절한 것은 말할 것도 없고…….

수연이 하늘하늘한 커튼 자락을 잡는 순간, 번개가 번뜩이며 사위가 밝아졌다. 별생각 없이 창밖을 향했던 수연의 눈이 커다래졌다.

지겹게도 긴 해가 아직 지지 않았지만 먹구름에 가려 유난히 어두운 하늘 아래, 어스름하게 밝힌 가로등 밑에 익숙한 인영이 보였다. 커튼 자락에서 스스르 떨어진 손이 수연의 이마를 감싸 쥐었다.

"하……. 진짜 뭐 하는 거야."

처음 지헌이 이곳에 나타났던 날, 밤늦게까지 가로등 밑에 서 있던 이후로는 이런 일은 없었다. 한 번 더 그렇게 대책 없이 서 있었다면 단단히 경고할 생각이었다.

"대체 언제부터……."

너무 어두워 잘 보이진 않지만, 이렇게 쏟아지는 비 아래에선 잠깐만 서 있어도 푹 젖어 버릴 게 분명했다. 창가에 선 수연이 보이지 않는지 지헌은 아무런 반응도 없이 가만히 서 있었다. 비를 맞고 있다는 사실을 인지하기는 하는 건지, 아무렇지 않게 한 손은 바지 주머니에 넣고 나머지 손으론 뭔가를 움켜잡고 있었다. 수연은 어둑한 실루엣을 잠시 노려보다가 신경질적으로 커튼을 드리웠다.

□　◆　□

지헌은 물기에 젖은 머리카락을 천천히 쓸어 넘겼다. 속눈썹에 매달려 있던 빗물이 뚝 떨어졌다. 높은 콧대를 따라서 물방울이 또르륵 굴러떨어졌다. 피식 실소를 터뜨린 매끄러운 입술 또한 투명하게 젖어 있었다.

뭘 하고 있는 건지 모르는 한낱 멍청한 머저리가 된 기분이지만, 그럼에도 그다지 나쁜 기분은 아니었다.

희미한 실소를 머금었던 지헌의 입술에 어느덧 미소가 짙어졌다. 끝이 선명하게 올라간 입술이 조금 벌어졌다. 지헌은 쏟아지는 빗줄기 아래에 화가 잔뜩 난 얼굴의 수연을 응시했다. 타박타박 가까워지는 발걸음에도 짜증이 묻어났다. 튀는 빗줄기 사이로, 심장이 두근두근 격하게 날뛰었다.

"수연아."

한수연이라는 실체를 눈앞에 두고 그 이름을 부를 수 있다는 게 감격스러웠다. 고작 이름 하나 부르는 것으로 이렇게까지 가슴이 지끈거릴 수 있다니.

"지금 뭐 하는 거예요. 정말! 상무님 원래 이렇게 미련한 사람이었어요? 안 어울리게 대체 왜 이래요!"

비에 푹 젖었으면서도, 더할 나위 없이 평소와 똑같은 태연한 얼굴로 지헌이 고개를 옆으로 기울였다.

"오늘 널 못 봤잖아."

"……뭐라고요?"

지헌의 턱끝에서 빗줄기가 투두둑 떨어졌다. 수연은 서둘러 손에 챙겨 온 우산을 내밀었다. 지헌은 그것을 물끄러미 바라만 볼 뿐이었다. 여전히 온몸으로 비를 맞으며.

"오늘 못 봐서, 집에 잘 있는지만 보고 가려고 했어."

"집에 불 켜져 있는 거 봤을 거잖아요. 그럼 가야지, 왜 이런 비를 다 맞고 서 있어요! 진짜…… 미치셨어요?"

"네가 이렇게 나왔잖아."

"……네?"

"조금만 더 있으면 네가 이렇게 나올 것 같았어."

말문이 막힌 수연은 눈을 꾹 감았다 떴다. 그사이에도 쉴 새 없이 쏟아지는 빗줄기가 지헌의 매끄러운 얼굴선을 따라 흘러내렸다. 지헌이 입은 드레스 셔츠는 여지없이 푹 젖어 몸에 달라붙어 있었다.

수연은 서둘러 자신이 들고 있던 우산을 지헌의 머리 위로 기울였다. 두 사람 사이의 거리가 겨우 한 걸음을 남기고 좁혀졌다. 지헌의 몸에 철썩 들러붙은 셔츠 아래 드러난 선연한 살색이…… 몹시 추워 보였다.

"옛날 생각 나지 않아?"

"……?"

의아한 얼굴의 수연을 직시하며, 지헌은 젖은 입술을 기울여 씨익 웃었다.

"그땐 수연이 네가 물에 빠진 생쥐 꼴이었는데. 처지가 뒤바뀌었네."

'……한수연. 추워 보여, 너.'

하…….

짧은 탄식이 수연의 입에서 새어 나왔다. 못마땅하게 올라가 있던 수연의 눈초리가 맥없이 내려앉았다.

"미쳤나 봐. 진짜……."

"응. 이제 그만 인정해. 나 미쳤으니까."

우산 아래 가로로 들이치는 빗줄기에 수연의 어깨가 점점 젖어 들었다. 그 부분에 짧은 시선을 옮긴 지헌이 나직하게 읊조렸다.

"수연아. 추운데. 나……."

□ ◆ □

수연은 지하의 공용 런드리 룸을 바쁘게 오갔다. 젖은 옷가지들을 세탁기 안에 던지고 동전을 넣고 버튼을 조작하자 요란한 소리를 내며 세탁기가 돌아가기 시작했다.

빈 빨래 바구니를 옆구리에 끼우고 서둘러 집으로 돌아온 수연은 소파에 앉아 있는 지헌을 보고 입을 멍하니 벌렸다.

"아니. 왜……."

샤워를 마친 지헌은 맨몸으로 아래에 수건 한 장만 두르고 앉아 젖은 서류를 테이블 위에 꺼내고 있었다.

"옷 드렸는데 왜 벗고 있어요."

허술하게 허리에 두른 수건은 지헌이 조심성 없이 아무렇게나 앉아 있는 바람에 느슨하게 벌어져 있었다. 그 덕에 두껍고 탄탄한 허벅지가 여지없이 드러난 것은 물론이거니와, 조금 더 은밀히 감춰야 할 몸의 일부가 민망하게도 흘러나와 있었다.

"작아."

집에 남자가 입을 만한 옷은 없어서 그나마 헐렁한 티셔츠와 트레이닝 바지를 건네주었는데……. 지헌은 그 옷을 입었던 자신의 모습이 다시금 생각난 듯 눈살을 찌푸렸다.

"그딴 걸 입고 네 앞에 서느니, 차라리 벗는 게 낫지."

볼품없이 몸에 쫙 달라붙는 것은 말할 것도 없이 필요 이상으로 알록달록한 색까지. 그딴 걸 잠시나마 제 몸에 걸치고 거울을 들여다보았다는 수치심에 지헌의 눈썹이 못마땅한 모양새로 꿈틀거렸다.

"그걸 왜 상무님이 결정해요. 내 집에선 나체 금지예요."

나체 좋아하는 줄 알았는데……. 지헌이 혼잣말인 것처럼 나지막하게 읊조렸다.

수연은 얼른 조금 더 큰 수건을 집어 들고 지헌의 허리춤에 던졌다. 반사적으로 날아오는 수건을 잡아 든 지헌은 잠시 자신의 아래쪽으로 시선을 내렸다가 다시 올리고 씨익 웃었다.

"봤어?"

"……."

수연은 눈매를 가늘게 좁히고 지헌을 흘겨보았다. 뻔뻔한 작태를 보아 하니 아까 그게 저절로 흘러나온 게 아니라, 일부러 눈에 띄라고 흘린 걸 수도 있겠다는 의심이 솟았기 때문이었다.

"나라고 좋아서 이러고 있는 줄 알아? 꽁꽁 싸매고 있는 사람 앞에서 혼자 홀랑 벗고 있는 게 얼마나 수치스러운지 알아?"

"……."

"혹시 동참할 생각 없어?"

장난스럽게 묻는 지헌을 무시하고, 수연은 테이블 위에 한 장씩 올려진 서류를 흘끗 내려다보았다.

"그건 뭐예요?"

"계약서."

일 때문에 코펜하겐에 다녀오겠다고 했던 지헌의 말이 떠올랐다. 중요한 서류가 젖은 거면 어떡하나, 걱정스러운 표정으로 수연이 테이블 위를 살폈다.

"블록체인 소프트웨어 사업이 유럽 시장에서 어느 정도 성장한 상태라, 유럽 지사를 어디에 둘지 고민하던 중이었어. 사실 헤드쿼터는 독일에 둘 생각이었지만 코펜하겐도 그리 나쁜 선택은 아니지."

무슨 반응을 보여야 할지. 수연은 등허리를 꼿꼿하게 세운 채 눈만 느리게 깜빡거렸다. 지헌이 그중에 한 뭉치를 손에 집으며 말했다.

"자. 이건 선물이야. 다 젖었지만 내용은 유효하니까."

의외의 말에 수연이 눈을 동그랗게 떴다. 지헌은 조심스러운 손길로 수연의 옷자락을 잡아당겼다. 커다란 수건으로 단정하게 덮인 아래를 재차 확인하고 수연은 마지못해 지헌의 옆자리에 털썩 앉았다.

"집 샀어. 수연이 네가 갖고 싶어 하는 것 같길래."

"네? 집이라니……. 무슨 집……."

"맨날 가서 하염없이 훔쳐보잖아. 호숫가에 있는, 허접하게 생긴 붉은색 지붕 집."

수연의 눈동자가 정처 없이 흔들렸다. 깊은 동굴을 울리듯 낮고 깊은 목소리가 속삭였다.

"난 거기서 너랑 같이 살고 싶어. 수연아."

소중한 추억과 끔찍한 기억이 함께 깃든 곳. 수연이 한때 깊게 뿌리내리고 살았던, 세상에 유일한 나의 집.

"그치만……. 상무님은……."

"네가 싫다고 하면, 난 그냥 지금처럼 네 옆에 계속 어슬렁거리고 서성거릴 거야. 말했잖아. 난 너한테 아무것도 강요하지 못해."

지헌의 손가락이 수연의 눈가를 느릿하게 훔쳤다.

"그래도 난 계속 여기 있을 거야. 그러니까 가라고 하지 마."

지헌의 손끝에 물기가 묻어났다. 수연은 그제야 그게 제 눈 아래로 떨어진 눈물임을 알았다. 수연은 경직되었던 어깨를 떨어뜨리고 허무하게 미소 지었다.

"……헛돈 쓰셔서 어떡해요. 전 이 집 못 들어가요. 그 안에서 부모님이 돌아가셨거든요. 살해……당하셨어요."

울면서 웃는 수연을 마주 보는 지헌의 얼굴에 보기 드문 당황의 빛이 스며들었다.

"작은 도시라 떠들썩하게 소문이 나서…… 그리고 나서 한동안 집도 안 팔렸어요. 결국 헐값에 겨우 팔렸었던 건데…….'

"……."

"계약할 때 못 들으셨어요? 주택 사기 당하신 것 같은데."

시세보다 많이 쳐줬는데……. 지헌은 헛기침을 한 번 내뱉고는 다시금 태연한 얼굴로 말했다.

"그래도 영 헛돈 쓴 건 아니야. 여기 살던 사람들 조만간 신고할 생각이었다던데. 계속 집 앞에 서성거리는 어설픈 스토커……. 스토커 의심 받을 필요 없으니까, 이제 마음껏 훔쳐보든가."

수연이 픽 웃음 지었다. 그제야 완연한 여유를 되찾은 얼굴의 지헌은 수연을 마주 보고 미소 지었다.

"저건 뭐예요. 또."

수연은 테이블 끄트머리에 있는 구겨진 종이봉투를 가리켰다. 비에 볼품없이 젖어 구겨지고 찢겨 제 기능을 잃은 봉투 안으로 동글동글한 게 언뜻 비쳤다.

"아. 이거. 먹을래?"

아무렇지 않게 손을 뻗은 지헌은 봉투 안의 납작한 복숭아를 하나 꺼내 수연에게 내밀었다.

"아까 오래간만에 한국에 있는 집 관리인이랑 통화를 했거든. 웃긴 게, 제일 먼저 급하게 하는 말이 복숭아를 수확했다는 거더라고. 내가 어지간하게도 정원사를 협박했었거든. 복숭아 내놓으라고."

수연은 멍한 얼굴로 저도 모르게 지헌이 내민 납작복숭아를 손에 받았다.

"그래서 정원사가 기를 쓰고 키워서 열매를 맺었는데. 따 먹을 사람이 없어져서. 결국 애먼 사람 배 속으로 들어갔대."

집의 어두운 한구석을 응시한 채 중얼거린 지헌은 피식 실소를 흘리고 얼굴을 돌렸다. 지헌은 수연의 손에서 가늘게 떨리는 납작복숭아를 내려다보았다.

"그 생각이 나서……. 근데 여긴 이렇게 생긴 것밖에 안 팔더라고. 이런 것도 좋아해?"

바람이 선선하게 불던 한옥의 테라스, 그곳에서 나긋하게 속삭이던 지헌의 목소리가 떠올랐다.

'한 달쯤 지나면 복숭아 몇 알쯤은 날 거예요. 좋아한다고 했잖아.'
'이 집은 여름이 제일 예쁠 거야. 어때, 기대되지 않아요?'

수연은 복숭아를 쥔 손에 힘을 꾹 주었다. 가늘던 떨림이 서서히 멈췄다.
"도지헌 씨는 대체……. 사람이 왜 그래요?"
눈물이 가득 찬 수연의 눈동자가 지헌을 응시했다. 갑작스럽게 터져 나온 수연의 원망 섞인 목소리에 지헌의 얼굴이 설핏 굳어졌다.
"당신이 뭔데. 왜 맨날 나를 이렇게……!"
신경질적인 목소리를 내뱉는 수연의 눈꼬리에서 눈물이 뚜루룩 떨어졌다. 수연은 손에 쥐고 있던 복숭아를 아무렇게나 내던져 버렸다. 그것은 시헌의 맨 가슴팍을 퍽 때리고 바닥으로 데구루루 굴러떨어졌다.
"이딴 게 다 뭐라고……. 그냥 가라는 내 말은 듣지도 않고……."
왜 이제 와서 이래. 왜!
멀쩡하게 잘 살고 있는 사람을 왜 또 와서 이렇게 뒤흔들어……!
수연의 고운 미간이 왈칵 구겨졌다. 말간 눈물이 또 한차례 후드득 떨어졌다.
"당신같이 제멋대로인 남자한테……. 맨날 흔들리는 거……. 너무 짜증 나……."
격하게 오르내리는 수연의 어깨를 커다란 손이 달래듯 감싸 쥐었다. 수연은 가쁜 숨을 헐떡거렸다.
"흔들려? 흔들리면 좋은 거지 왜 짜증 나."
수연은 지헌의 손을 탁 쳐 내고 두 손으로 얼굴을 가렸다.
"놔요! 정말……. 너무 한심해. 내가 이러려고 여기……. 그렇게 허겁지겁 도망친 줄 알아……."
수연의 어깨가 숨 가쁘게 들썩거렸다. 얼굴을 가린 두 손이 바르르 떨렸다.

왈칵 구겨진 수연의 얼굴에서 쉴 새 없이 흘러나오는 눈물에 지헌은 어찌해야 할 바 모르는, 무력하고 생경한 감각에 휩싸였다.

집을 사 줘도 그냥 피식 웃고 말더니, 고작 복숭아에…….

지헌은 수연의 턱 아래로 뚝뚝 떨어지는 눈물을 엄지로 연신 훔쳐 닦았다. 초조함으로 막막해진 손놀림이 투명한 눈물을 섬기듯 조심스러웠다.

"수연아. 수연아."

지헌은 부드럽게 달래듯 수연을 어르며, 애처롭게 휘청거리는 수연의 몸을 당겨 안았다. 조심스럽게 끌어안는 지헌의 품 안에서 벗어나려 수연이 애써 버둥거렸지만, 지헌은 수연의 등허리를 감싼 팔에 더욱 힘주어 당겼다.

얼마 만에 품에 안는 수연의 몸인지……. 무언가 뜨거운 것이 속에서 울컥 치솟았다. 너무나도 움켜쥐고 싶어 절박하고 간절했던, 멋대로 쥐었다간 또다시 눈앞에서 사라져 버릴까 망설이고 주저했던……. 수없이 손을 내밀었다가 자신의 빈손만 움켜쥐었던…….

온몸을 적시는 익숙한 수연의 체향에 지헌은 오래 참았던 숨을 내쉬듯 긴 한숨과 함께 폐부 깊숙이 그 달콤한 냄새를 허겁지겁 집어삼켰다.

"울지 마."

서럽게 들썩거리는 수연의 몸을 끌어안은 지헌은 수연의 머리카락에 쉼 없이 입을 맞췄다. 짧게 입술을 붙였다 떼어 내며 울지 마, 응? 지헌은 연신 속삭였다.

어린아이처럼 신경질을 부리며 눈물을 망울망울 떨어뜨리던 수연의 움직임이 점차 잦아들었다. 수연은 지헌의 품 안에 빠듯하게 끌어안긴 채 울음기가 남은 가라앉은 목소리로 나지막하게 말했다.

"한국에…… 돌아가기 싫어요."

"응. 가지 말자. 난 여기 꽤 마음에 들어."

"그치만……. 당신은 가야 하잖아. 당신은……."

오랜 시간 그만 바라보고 살아왔을 그의 어머니. 또한 그를 둘러싼 수많은 버거운 사람들과 배경을……. 외면할 수 없는 현실을 당신은 왜…….

"아니. 수연아. 난 여기 있을 거야. 네 옆에."

흔들림 없는 갈색 눈동자가 고집스럽게 수연을 직시했다. 그 시선은 천천히 수연의 눈에서 코, 그 아래로 내려가 입술에 머물렀다.

"받아들여."

미세하게 꿈틀거리던 지헌의 눈초리가 일순 느슨해지며, 도저히 참지 못하겠다는 듯 왈칵 가까워졌다. 빠르게 다가와 입술만 지그시 붙이고 꾸욱 누르는 서툰 입맞춤. 그 이상 파고들고픈 격정적인 욕망을 겨우 내리누르고, 조심스럽게 자신의 온기를 남긴 찰나와 같은 입맞춤은 금세 다시 멀어졌다.

불안한 눈빛으로 수연의 반응을 가늠하듯 얼굴 구석구석을 살핀 지헌이 응? 하고 되물으며 수연의 몸을 끌어당겼다. 지헌은 가볍게 들어 올린 수연을 조급하게 제 허벅지 위에 올라앉혔다.

"뭐야……. 이건 또 언제 이렇게……."

수연은 발갛게 부은 눈초리를 찡그리며 시선을 아래로 내렸다. 앞섶의 노골적인 기세에 맥이 탁 풀려서 수연이 허탈한 얼굴로 지헌을 올려다보았다. 지헌은 자조 섞인 웃음을 내쉬었다.

"네가 날 불렀잖아."

수연은 질렸다는 표정으로 지헌을 바라보았다.

"그렇다고 매번 이렇게……."

"미칠 것 같은데 어떡해."

"아니. 그러니까 대체 이름 부르는 게 뭐라고……."

수연의 말소리가 천천히 잦아들었다. 뜨거운 숨이 코앞까지 다가와 있었다. 마주친 시선이 너무나도 뜨거웠다. 한계에 도달한 욕망이 금방이라도 쏟아져 나올 듯 지헌의 두 눈에 일렁거렸다. 그 안에 온전히 가득 찬 수연이 있었다.

서로의 콧등이 부딪쳤다. 지그시 비비다가 아주 약간 멀어졌다. 무언가에 목이 틀어잡힌 듯 꽉 잠긴 목소리로 지헌은 낮게 속삭였다.

"……해도 돼?"

"……그런 거 언제부터……."

물어봤다고…….

반쯤 흘러나온 수연의 말은 지헌의 입안으로 삼켜졌다.

격정적으로 겹쳐진 입술은 서로를 물고 애타게 갈구했다. 뿌리까지 혀를 감고 서로의 숨을 삼키고 입술에 닿는 모든 걸 급하게 비비고 문댔다. 말캉한 입술을 빨다가 지헌은 고개를 기울여 더욱 깊게 혀를 넣었다.

잠시 떨어진 사이 수연의 입술 새로 뜨거운 신음이 터져 나왔다. 수연은 지헌의 목에 두 팔을 감고 세게 매달렸다. 그것을 신호로 지헌은 수연의 엉덩이를 단단히 받치고 불쑥 일어났다.

이성적인 조절의 영역을 넘어간 격한 힘의 반동으로 튕겨져 오른 수연의 몸을 지헌이 빈틈없이 끌어안았다. 여전히 입술을 맞부딪친 채로 지헌이 성큼성큼 큰 보폭을 내디뎠다. 그의 다리 아래로 수건이 스르륵 허물 벗듯 허물어졌다.

걸을 때마다 뭉개지듯 비벼지는 그의 단단한 몸과 뜨거운 체온에 이미 한 몸이 된 것처럼 온몸이 저릿하게 조여들었다. 수연은 지헌의 허리에 다리를 감아 올리고 힘주어 부둥켜안았다. 수연의 눈꼬리에 매달려 있던 눈물의 잔재가 긴 길을 그렸다. 어느새 수연의 눈물로 젖어 든 지헌의 어깨에 수연은 뺨을 비볐다.

지헌은 수연의 엉덩이를 받친 손의 힘만으로 수연의 몸을 가볍게 안아 든 채, 나머지 한 손은 수연의 등줄기를 성급하게 매만졌다. 수연이 몸을 움찔거리며 더 세게 매달리자, 뜨거운 것을 뒤집어쓴 듯 일시에 하체에 피가 몰렸다. 지헌은 잠시 멈춰 섰던 발로 닫혀 있던 침실 문을 조급하게 걷어찼다.

임시 거처처럼 보이는 삭막한 방 안에는 아주 조그마한 싱글 침대 하나만 덩그러니 놓여 있었다. 지헌의 너른 보폭으로는 한 걸음이면 충분한 침대까지의 거리가 몹시 멀게만 느껴졌다.

어느새 수연의 티셔츠 아래로 파고든 손길이 그 안을 마구 헤집었다. 그러나 지헌이 수연을 침대에 내려놓는 모습만큼은 다급한 몸짓과는 사뭇 모순되도록 매우 조심스러웠다. 그러곤 그 잠깐의 떨어짐도 못 견디겠다는 듯 지헌은 거의 동시에 수연의 몸 위에 올라타며 상체를 숙였다. 갑자기 두 사람이 무너지듯 내려앉자, 낡은 싱글 침대가 비명을 내지르듯 삐그덕, 쇳소리를 냈다.

지헌은 개의치 않고 수연의 티셔츠를 벗겨 올렸다. 브래지어를 풀어내는 동안

460

수연의 손이 아래를 파고들어 왔다. 수연은 이미 한 오라기 걸치지 않은 나신 상태의 지헌의 몸을 혼몽하게 풀린 눈으로 훑으며 본능적으로 손을 쓸어 올렸다.

터질 듯 부푼 성기를 길게 스쳐 올라간 손가락이 기둥을 버겁게 움켜쥐었다. 지헌은 무의식중에 터져 나오는 욕설을 짓씹듯 입술을 세게 깨물고 수연의 입술을 찾아 급하게 고개를 기울였다.

입을 크게 벌리고 혀를 감으며 지헌이 허리를 쳐올리자, 수연은 성기를 쓸어 올리던 것도 스르륵 멈추고 가쁘게 키스를 받았다. 입술을 맞붙인 채로 지헌은 허리를 기울여 수연의 바지와 속옷을 한 번에 끌어 내렸다.

츕 하는 소리를 내며 떨어진 지헌의 입술이 수연의 턱끝을 여러 번 지분거렸다. 가느다란 목줄기를 따라 짧은 입맞춤이 연이어 이어졌다. 도드라진 쇄골을 따라 배회하던 입술은 이내 흰 가슴을 가득 베어 물었다.

하윽, 수연이 허리를 뒤틀며 신음을 흘렸다. 눈앞에 두고도 믿지 못하겠다는 듯 수연의 온몸을 샅샅이 빨고 핥으며 짚어 내려가던 지헌의 입술이 수연의 배꼽 아래에 닿았다.

"흐윽……. 아니. 빨리……."

수연은 제 다리 사이에 얼굴을 처박은 지헌의 머리카락을 움켜잡아 올리며 밭은 숨을 뱉었다. 잠시 눈을 들어 수연을 살피는 지헌의 눈시울이 흥분으로 붉게 달아올라 있었다. 지독하게 야한 그 눈빛에 이미 잔뜩 젖은 곳이 울컥 조여들었다. 다시 아래로 향하는 지헌의 머리카락을 쥔 손에 힘을 주어 수연은 그의 얼굴을 끌어 올렸다. 넘실대는 흥분으로 나른하게 풀린 두 눈을 마주 보고 나직하게 속삭였다.

"넣어 줘요……. 지금. 바로……."

지헌의 붉어진 눈가가 꿈틀거렸다. 그의 매끈한 이마엔 흥분의 기색을 감추지 못한 핏대가 불거져 올랐다. 수연의 두 눈을 꿰뚫을 듯 마주 보며 지헌이 뜨겁게 파고들었다. 좁은 질구를 굵다란 성기가 빠듯하게 벌리고 들어오는 선연한 감각에 눈앞이 아찔하게 타올랐다. 발가락이 곱아들고 온몸이 저릿했다.

끝까지 밀려든 지헌이 뜨거운 수연의 안을 꾸욱 짓누르며 자신을 새겼다. 몹시 절박한 기분으로.

홍분으로 짙게 빛나는 눈 안에 눈물이 맺힌 수연의 두 눈이 가득 담겼다. 지헌은 낮게 가라앉은 목소리로 말했다.

"······널 안아도 안아도 부족해."

지헌의 미려한 눈썹이 괴로운 모양새로 찌푸려졌다.

"널 계속 안으면 괜찮아질 줄 알았어. 병신같이······. 그게 어디에서 온 감정인지도 모르고."

지헌은 죄를 고하듯 읊조렸다. 목이 졸린 듯 억눌린 목소리로. 목구멍에 걸려 있던 해묵은 감정을 토해 내듯 지헌이 나직하게 속삭였다.

"사랑해. 수연아."

몸을 달구는 감각에 가물가물했던 수연의 눈이 멈칫 굳어졌다. 알 수 없는 윙윙거리는 소리가 귓가를 맴돌았다. 심장이 비정상적으로 빠르게 두근거렸다. 온몸에 피가 자르르 끓어오르고 머릿속은 아무런 사고도 하지 못한 채 일순 멍해졌다. 수연은 힘없이 입술을 달싹였다.

"나는······."

바싹 마른 목구멍을 긁으며 나온 수연의 목소리가 서서히 잦아들었다. 무슨 말이든 해야 하는데, 간단한 단어조차 알지 못하는 어린아이가 되어 버린 양 머릿속이 새하얗게 점멸한 백지상태였다.

쉬이, 지헌은 아이를 어르듯 수연의 귓가에 입술을 오므리고 작은 소리를 냈다.

"넌 더 생각해 봐. 내가 잘할 테니까."

지헌은 수연의 눈가에 입을 맞췄다. 눈물이 잦아들고 발갛게 달아오른 살갗에 말강한 입술이 연이어 와 닿았다.

"······좋아해요."

왈칵 쏟아 내듯 수연은 입속을 맴돌던 말을 꺼냈다. 지헌은 입맞춤을 멈추고 수연을 가만히 내려다보았다. 그 눈빛이 애틋하고 따뜻해서, 이유 없이 가슴이 미어졌다.

"나······ 도지헌 씨를······."

정말 믿을 수 없을 만치 일관성 있게……. 단지 그 부름으로 수연의 안을 가득 채운 성기가 내벽을 밀어내듯 더욱 부풀어 올랐다.

그러니까 대체 이름 부르는 게 뭐라고…… 매번 이러냐고…….

결국 작게 웃음을 터뜨린 수연의 입술에 약간은 머쓱한 웃음을 머금은 지헌의 입술이 겹쳐졌다. 장난스럽게 지분거리던 키스는 어느 순간 다시 농도 짙은 키스로 이어졌다.

서로의 입술을 맞붙인 상태로 지헌은 허리를 뒤로 물렸다가 천천히 움직임을 시작했다. 낡은 침대의 프레임이 애처롭게 삐거덕거렸다.

□　◆　□

몸을 일으킬 작은 힘마저 모두 소진한 수연은 몸이 불쑥 돌려지는 것을 느꼈다. 침대에 등을 붙이고 있던 수연의 몸은 어느새 위아래가 뒤바뀌어 지헌의 위에 올려진 채였다. 수연은 그의 가슴에 귀를 대고 가만히 엎드려서 지헌의 쿵쿵 울리는 심장 소리를 들었다.

"근데 부산엔 왜 갔어?"

지헌은 자신의 몸 위에 엎드린 채 늘어진 수연의 등허리부터 엉덩이를 연신 쓰다듬다가 불쑥 물었다. 수연은 잠시 멍한 얼굴로 눈을 깜빡거렸다.

"네가 서울 집 정리하고 부산에 갔단 소리가 있어서. 거기서 찾느라 여기 오는 게 늦어졌어."

"아아……."

"그것만 아니었으면 널 더 일찍 찾았을 텐데."

"그냥…… 불꽃놀이 보러 갔어요."

덴마크로 떠날 날을 남겨 놓고 어중간하게 남은 시간에, 마침 광안리에서 불꽃 축제를 한다는 걸 알게 되어 다녀온 거였는데. 애꿎은 부산에서 자신을 찾아 헤맸다니 약간 민망해진 수연이 중얼거렸다. 지헌도 그 대답이 꽤 허무했는지 바람 빠지는 소리를 내며 웃었다.

"일부러 내가 너 못 찾게 함정 판 건 아니란 거지……."

음울하게 축 처진 지헌의 목소리에 수연이 변명하듯 다급하게 대답했다.

"그렇게까지는……."

또 한 번 피식 웃은 지헌이 갑자기 몸을 뒤척이며 물었다.

"한 번 더 할까?"

"……."

"한 번만 더 해."

수연은 지헌의 몸 위에 기대었던 상체를 살짝 들어 아연실색한 얼굴로 지헌의 얼굴과 그새 의기양양하게 기립해 있는 곳을 번갈아 힐끗거렸다.

"아니. 대체 어느 포인트에서…… 이게 또 이렇게……."

"네가 날 그 정도로 미워한 건 아니라는 포인트?"

수연은 고개를 설레설레 저었다.

"안 돼요."

"힘들면 그냥 누워만 있어."

"그게 문제가 아니라……. 한 번만 더 했다가는 이 침대 진짜 무너질 것 같아서 그래요……."

"무너지면 고쳐 줄게."

"뭐야. 궁상맞게……."

사 주는 것도 아니고……. 어울리지 않는 궁상스러운 지헌의 발언에 수연이 눈살을 가늘게 찌푸렸다. 지헌은 아랑곳 않고 제 의견을 피력했다.

"난 이 침대 맘에 들어. 섹스할 때 삐걱거리는 소리가 야해. 더 흥분돼."

"으……. 변태."

수연은 질색하는 표정을 지으며 지헌의 위에서 몸을 일으켜 세웠다. 그러나 곧바로 허리를 감아쥐는 억센 팔에 의해 그다지 의미 없이 지헌의 몸 위로 다시 내려앉고 말았다.

"변태라니. 나같이 정숙한 남자가 또 어디 있다고."

"정숙이라니……. 미치셨어요?"

도지헌과 정숙이라니, 태어나 들은 말 중 가장 어울리지 않는 조합의 단어를 되뇌던 수연은 급하게 몸을 끌어당기는 힘에 꺄, 하는 소리와 함께 침대 위로 파묻히듯 가라앉았다. 낡은 침대가 또다시 비명을 지르기 시작했다.

□　◆　□

"확인했어요."

핸드폰을 어깨 사이에 끼운 지헌이 무릎 위에 올린 태블릿에 시선을 고정한 채 서류를 읽어 내리다가 어느 지점에서 멈췄다. 내년 초 결혼을 앞둔 도지호의 혼전 건강 검진 결과 보고서가 당사자에게 전달되기도 전에 지헌의 태블릿 위에 띄워져 있었다.

「정상 정자 수 0%」

— 무정자증은 폐쇄성과 비폐쇄성으로 나뉘는데, 도지호 상무님 같은 경우는 정자의 통로에는 아무런 이상이 없는데 정자의 형성 과정에 문제가 있는 비폐쇄성에 해당합니다.

지헌은 아무런 표정도 떠오르지 않은 무감한 얼굴로 핸드폰 너머에 짤막한 질문을 던졌다.

"치료 가능성은 있습니까?"

— 현재로서 근본적인 치료는 어렵고, 다만 임신을 위해서는 고환에서 정상적인 정자 생성을 하는 부위가 있는지 찾아내 채취하여 미세 수정을 시도해 볼 수는 있습니다. 성공률은 정상 정자 생성 부위가 있는지에 온전히 달려 있기 때문에 뭐라 말씀드리기가 어렵습니다.

품위 있게 완벽한 일자를 이룬 지헌의 입매에서는 어떠한 감정의 기색도 읽을 수 없었다. 잠시 태블릿의 끄트머리를 느릿하게 문지르며 생각에 잠겼던 지헌이 이윽고 입을 열었다.

"알겠습니다. 우선 결혼식 진행 전까지는 홀드해 놓는 것으로 하죠. 팔로우 계속해 주세요."

통화를 종료한 지헌은 핸드폰을 슈트 안주머니에 집어넣고 아주 잠시간 도지호의 얼굴을 떠올렸다. 건강 검진 결과를 받아 보고 그 흰 낯빛이 더 창백해질 모습도.

사실 지헌이 기다리는 게 이런 종류의 것은 아니었다. 확실히 이용해 먹을 수 있는 패로써 자금 증식 행위 따위의 편법의 흔적을 기대했다. 물론 전혀 없는 것은 아니었으나 활용하기 마땅치 않을 만큼 소소한 수준에 그치는 걸로 봐서는 나름대로 경영에 진심인 모양이었다.

어쨌든 나쁜 소식은 아니었다. 막다른 길에 몰린 후사 문제를 타개하기 위해 도종윤 사장이나 지호 측에서 어떻게 나올는지를 지켜보는 것은 사소하게나마 즐거울 일이 될 터이니.

지호는 지난가을과 겨울의 경계에 정략혼의 초석을 다지는 약혼식을 성대하게 치렀다. 지헌이 약혼식에도 참석하지 않자, 아예 의절을 할 작정이냐며 꼭지가 뒤집힌 윤희연 여사가 덴마크까지 날아온 일이 있었다.

희연은 코펜하겐의 특급 호텔에 명목상 극진하게 모셔졌으나, 실제로는 반쯤 감금당한 상태로 수연을 만나고 싶다는 주장을 펼쳤으나 무시로 일관하는 지헌의 태도에 지쳐 아무런 성과도 얻지 못한 채 한국으로 돌아갔다. 덴마크의 심심하고도 평화로운 전경을 며칠 관광한 것에만 작은 만족을 느끼고.

지헌은 여전히 지호의 건강 검진 결과 보고서가 띄워진 태블릿의 화면을 끄고 옆 좌석에 툭 내려놓았다. 지호의 뒤에 꼬리를 심어 둔 건 딱히 도성그룹에 뜻이 있어서는 아니었다. 다만, 당한 만큼 갚아 준다는 정도의 미미한 열정이랄까. 막상 당한 당사자인 수연은 더 이상 그다지 신경 쓰지 않는 눈치지만.

지헌의 사업은 코펜하겐에 헤드쿼터와 프랑크푸르트에 지사를 세운 이후 급성장을 기록하여 매일 코펜하겐으로 출근을 해야 하는 지경에 이르렀다. 주 3일 정도만 직접 출근하고 나머지는 메일이나 전화 따위로 업무를 해결하고 수연과 붙어 있을 음험한 계획을 세웠던 지헌으로서는 그다지 달갑지만은 않은 상황이었다.

　지헌은 느릿한 몸짓으로 팔을 비틀어 손목의 시계를 확인했다. 그의 입매에 느슨한 미소가 피어올랐다. 지헌은 무의식중에 엄지로 자신의 입술을 매만지며 차창 바깥으로 고개를 돌렸다.

　창밖으로 보이는 풍경은 온통 하얗게 눈에 뒤덮여 있었다. 그 덕에 지헌이 탄 차 역시 느릿하게 주행 중이었다. 마침 화려한 금색 조명으로 장식된 시청 앞을 지나던 차가 신호등에서 잠시 멈추어 섰다. 시청 앞 광장의 크리스마스 마켓에는 화이트 크리스마스를 맞은 사람들이 한껏 들뜬 분위기에 상기된 얼굴로 광장을 채우고 있었다. 무감하게 그것을 바라보던 지헌의 입꼬리가 미세하게 올라갔다.

　어느 나라든 크리스마스라는 것만으로 이유 없이 흥분하는 사람들이 있다. 한때 지헌으로서는 전혀 이해할 수 없었고 다만 사업 수완으로써 적극적으로 활용할 뿐이었다. 갤러리의 운영에 있어서 연말은 그야말로 대목이라 할 수 있고, 크리스마스에는 평소보다 대범하게 지갑을 여는 사람들이 많았으니.

　그렇게 시니컬한 시각으로 크리스마스를 바라보던 그조차도 올해의 이날만큼은 그 사람들과 다르지 않게 기다려 왔다는 사실이 지헌의 입술 끝에 약간의 자조를 담은 실소를 자아냈다.

　지헌은 스스로도 어이가 없을 만큼 수연을 기분 좋게 하는 일에, 그래서 어떻게 하면 그 아름다운 얼굴에 말간 웃음이 흐드러지게 할지 궁리하는 것에 점점 더 많은 시간을 할애하고 있었다. 그렇게 사용하는 시간조차 전혀 아깝지 않다는 점에서 그것은 이미 그의 이성적인 제어의 영역을 벗어난 일이었다.

　『도착했습니다.』

　이윽고 지헌이 탄 차는 호숫가의 레스토랑 주차장에 멈춰 섰다. 지헌은 운전기사에게 잠시 대기를 지시하고 차에서 내렸다. 오후 4시면 해가 지는 덴마크의 겨울, 마감 시간을 앞둔 레스토랑은 이미 깜깜한 어둠에 잠겨 있었다. 레스토랑에서 흘러나오는 흐릿한 불빛만이 어둑한 호숫가 자갈길을 밝히고 있었다.

　오후에 펑펑 쏟아지던 눈발은 다소 잦아들었지만 여전히 소담스럽게 폴폴

내리고 있었다. 지헌이 주차장에서 레스토랑 입구로 이어지는 길을 걷는 잠깐 사이에 슈트 위에 걸친 진회색 캐시미어 코트 위로 흰 눈이 내려앉았다.

지헌은 입구가 시작되는 데크에서 걸음을 멈추었다. 기다렸다는 듯이 그와 동시에 레스토랑 문이 열리는 것을 알리는 종소리가 딸랑 울려 퍼졌다. 그 종소리가 귓가를 간지럽히자 심장 부근이 지끈거리기 시작했다.

안을 향해 밝게 인사를 건넨 수연이 갑작스러운 추위에 몸을 한껏 웅크린 채 걸어 나왔다. 이내 길의 끝에 선 지헌을 발견한 수연의 눈꼬리가 사르르 휘어졌다.

지헌의 입가에서 하얀 김이 새어 나왔다. 단지 한나절 못 보았을 뿐인데 어이없을 정도로 벅찬 감각에 단전이 울렁거렸다. 멀쩡하게, 아니 적어도 멀쩡한 척하며 잘 살아가던 남자를 반쯤 돌아 버리게 만들어 놓고, 그걸 아는지 모르는지 수연은 환하게도 미소 지었다.

타박타박, 나무 데크를 밟으며 다가오는 수연의 발소리가 가까워질수록 쿵쿵 심장이 제멋대로 날뛰었다. 지헌은 팔에 걸치고 있던 비쿠냐 블랑켓을 펼치며 수연에게 얼른 오라는 듯 눈짓했다. 수연이 가까이 오자 그는 익숙하게 블랑켓을 둘러 수연의 몸통을 꼼꼼히 감았다. 늘 그래 왔다는 듯 매우 일상적이면서 지극한 태도로.

수연은 목 끝까지 감싸는 부드럽고 따뜻한 비쿠냐 털의 감촉에 고개를 기울이며 말했다.

"괜찮은데……. 차도 바로 코앞에 있는데 뭘……."

"추워. 감기 걸려."

불면 날아갈까 쥐면 깨질까, 해가 짧아진 겨울이 덴마크에 찾아오자 지헌의 극성이 더욱 심해졌다. 특히 다른 사람이 있는 앞에서 저 당당한 얼굴로 당연하다 식으로 극성스러운 과보호를 떨어 댈 때면 민망함에 낯을 붉히는 건 오로지 수연뿐이었다. 지금은 그나마 주변이 온통 까맣고 어두운 것을 위안 삼아 수연은 지헌이 바람 한 점 들이칠까 애지중지 수연의 몸을 감싸는 것을 가만히 받았다.

"근데 못 보던 거네요."

"샀어. 한정판."

블랭킷으로 둘둘 감싼 수연을 제 코트 자락을 열어 한 번 더 감싸 안은 지헌이 수연의 몸을 거의 들어 올릴 듯이 등허리를 둘러 안고 걸음을 옮겼다. 지헌의 옆구리에 끼워진 모양새로 수연은 발맞춰 걸으며 놀리듯이 말했다.

"가만 보면 한정판 이런 거에 되게 혹하는 것 같아."

"그건 내 직업병 같은 거야. 희소가치가 높은 거에만 손가락이 반응해."

여전히 미국의 갤러리에서 온전히 지헌을 놓아주지 않아 반쯤 운영에 관여하는 상태였다. 가끔 태블릿을 끼고 앉은 지헌의 무릎을 베고 누워 있던 수연이 충동적으로 느낌이 온다며 콕콕 집어 주었던 미술 작품은 구매하는 족족 망했다는 후문이다.

"그러니까 내가 수연이 너한테만 반응하는 것도 일종의 직업병이라고 할 수 있지."

웃음기를 머금은 낮은 목소리가 수연의 귓가에 속삭였다. 뭐야, 썰렁해. 타박하는 수연의 입매에도 선연한 미소가 떠올랐다. 곱게 접어지는 눈꼬리에서 장난스럽게 찡긋거리는 코, 환하게 웃고 있는 입술로 천천히 내려간 지헌의 시선이 붙박인 듯 그곳에 멈췄다. 누가 뭐랄 것도 없이 서로의 입술이 겹쳐진 것은 바로 그때였다.

애벌레처럼 블랭킷에 둘둘 싸인 수연의 몸을 코트 안에 담아 제 품에 안은 지헌은 수연의 부드러운 머리카락을 매만지며 고개의 각도를 기울여 혀를 더 깊이 밀어 넣었다.

다섯 발자국도 채 떨어지지 않은 곳에 차를 주차한 채 대기 중이던 운전기사는 앞 유리로 쏟아지는 상사의 애정 행각에 더 이상 못 봐 주겠다는 식으로 두 눈을 질끈 내리감았다.

□　◆　□

호수 반 바퀴를 천천히 빙 돌아간 차가 불이 훤히 밝혀진 공간 앞에 멈춰 섰다. 그곳에는 사람 키만 한 모닥불이 타닥타닥 타오르고, 그 옆으로는 커다란 가제보가 세워져 있었다. 차에서 내린 지헌은 또다시 애지중지하는 애벌레가 된 수연을 품에 안고 가제보의 가림막을 열어 안으로 들어갔다.

가제보 안엔 스토브가 타고 있어 훈기가 가득했다. 수연이 둘둘 풀어낸 블랑켓을 받아 의자에 아무렇게나 던져 걸친 지헌은 수연의 옆으로 가까이 의자를 당겨 주었다. 코트를 벗은 지헌은 한쪽에 준비된 와인을 따며 피식 웃었다.

고작 정원에 밥상 좀 차리라 했다고 별짓을 다 한다며 늙은 노인네를 비아냥거리던 놈이……. 지헌은 자신이 기획한 대로 고스란히 구현해 놓은 부하 직원의 노고를 조용히 치하하며 잔에 와인을 따랐다.

수연은 지헌의 옆으로 다가와 도울 게 없는지 서성거리며 넌지시 말했다.

"아네트가 되게 궁금해하던데……."

"앉아 있어."

"네. 근데 아네트는 아마 아직 레스토랑에 있을 텐데……."

말을 빙빙 돌리는 수연이 무슨 말을 하고 싶은지는 뻔했다. 지헌은 짐짓 모르는 척 무표정한 얼굴로 와인 잔을 수연에게 건넸다. 반사적으로 잔을 건네받은 수연이 의자에 앉으며 한 번 더 말을 해 볼까 하는 얼굴로 머뭇거렸다. 살살 눈치를 살피는 모습에 피식 웃음이 터진 지헌이 수연의 곁에 앉으며 말했다.

"신년에 한 번 더 할까? 그때 불러. 오늘은 나랑 둘이 있어."

"정말요? 그럼…… 라스도 불러도 돼요?"

지헌의 미간에 금세 실금이 그어졌다. 그 망할 놈의 라스.

'그놈의 라스 타령 좀 그만하지?'

'내가 언제 또. 무슨 타령까지 했다고 그래요? 설마 라스한테 질투해요? 당신이? 도지헌 씨가?'

눈을 똥그랗게 뜨고 웃음기가 가득한 채 놀리듯 바라보던 수연의 얼굴이 불쑥 떠올랐다.

'어, 질투해.'

지헌이 선선하게 인정하자, 수연이 입을 크게 벌리고 잠시 숨을 멈췄다.

'라스…… 몇 살인 줄 알아요?'
'알 게 뭐야.'
'라스 스물세 살이에요. 완전 어린애.'
'뭐?'

그땐 지헌도 다소 당황했다. 미국 생활도 했으니 함부로 상대의 나이를 가늠하지 않는 편이긴 하지만, 적어도 수연의 또래 정도일 거라고 생각했는데…….

'머리도 벗겨졌던데……? 그게 어떻게 스물셋이야.'
'남의 헤어라인 가지고 그러면 안 되죠…….'

나이를 알게 된 이후로는 예전만큼의 불호는 아닐지언정, 그렇다고 한 번에 손바닥 뒤집듯 라스라는 놈이 사랑스러워질 리는 없다. 하지만 수연이 이곳에 얼마 없는 주변 사람에게 꽤나 마음을 많이 내주고 있다는 사실을 알기에 지헌으로서는 마냥 무시가 되는 것도 아니었다. 그 마음을 오로지 저한테만 줬으면 하는 게 솔직한 심정이지만. 지헌은 체념조의 실소와 함께 말했다.
"마음대로 해. 수연아."
수연이 빙긋이 미소 지으며, 지헌의 어깨에 얼굴을 기댔다.
"고마워요."
지헌은 수연의 등 쪽으로 팔을 둘러 가까이 끌어당기며 수연의 머리카락에 입을 맞추었다.
정확히 예정된 시간에 펑 하는 요란한 소리와 함께 눈앞이 밝게 점멸했다. 지헌의 부하 직원이 진지하게 준비한 불꽃놀이는 꽤나 본격적인 모양새로 밤하늘을 밝혔다.

갑작스럽게 터진 큰 소리에 반사적으로 어깨를 움찔한 수연은 생각보다 더 거창한 불꽃의 규모에 놀라 동그랗게 커진 눈으로 지헌을 올려다보았다.

"그냥 우리 둘이 하는 불꽃놀이에, 뭘 이렇게까지……."

손에 쥐면 불꽃이 우수수 떨어지는 기다란 막대기를 들고 휘휘 돌리며 호숫 가를 뛰어다니던, 어린 수연이 연말에 아빠와 함께 즐기던 그 추억 속의 불꽃 놀이와는 거리가 몹시 멀었다. 이 정도면 수연이 지헌에게 추억 속의 불꽃놀이 를 이야기해 주었을 때 제대로 듣고 있지 않았던 게 아닐까…… 싶을 정도로 과하게 화려했다.

약간의 황당함과 감동, 놀람으로 뒤섞인 수연의 눈망울에 선연한 색색으로 물든 불꽃놀이가 반사되었다. 수연은 눈앞에서 터지는 불꽃과 희미한 미소를 지 은 채 불꽃이 아닌 수연만을 응시하고 있는 지헌의 얼굴을 번갈아 바라보았다.

불꽃의 화려한 오색 빛깔이 지헌의 매끄러운 얼굴에 일렁거렸다. 불빛의 아 름다움에 취한 듯 수연의 눈시울이 혼몽하게 풀렸다. 느슨하게 기대 오는 수연 의 몸을 가까이 끌어당긴 지헌은 수연의 코와 눈썹에 연이어 짧은 입맞춤을 쏟 아부었다.

가벼운 입술의 감촉은 어느덧 수연의 말캉한 입술로 이어졌다. 자연스럽게 벌어지는 입술을 벌리고 들어가자, 가슴이 빠듯하게 미어지도록 향기로운 수연 의 냄새가 폐부 깊숙이 가득 차올랐다. 지헌은 그 자리에 자신을 새기듯이 혀 를 꾹꾹 짓누르고 뭉개뜨리며 입술을 빨아 삼키고 숨을 나누었다.

수연의 젖은 입술이 산소를 찾아 가쁘게 벌어지자 지헌은 벌어진 아랫입술 을 가만히 물었다. 살살 깨물고 느릿느릿 빨아들이다가 가볍게 입술을 마주친 채로 지헌이 나지막하게 말했다.

"결혼할까?"

금빛 불꽃이 넘실거리는 수연의 눈이 크게 떠졌다. 지헌은 안주머니에서 붉 은색 상자를 꺼내어 달칵 열어 안이 보이도록 돌려 수연에게 내밀었다. 가치 높은 미술 작품을 고르는 지헌의 안목을 십분 발휘하여 희소가치와 클래식함을

472

두루 갖춘 다이아 반지가 찬란하게 반짝였다.

"결혼해 줘. 수연아."

달싹거리는 수연의 입술에 따스한 입술이 나직하게 부딪혔다. 응? 낮게 채근하는 말소리가 간지러웠다.

"자…… 잠깐만요……."

당혹감으로 물든 눈으로 지헌을 올려다보는 수연의 눈 아래가 발갛게 달아올라 있었다.

"예상 못 했어? 둔하네."

지헌은 한 치의 대비도 못 했다는 듯 놀란 수연의 얼굴이 귀여워 손을 뻗어 붉어진 뺨을 쓰다듬었다.

"오늘 이렇게 요란 떠는 거 보고 눈치챌 줄 알았는데."

"요란법석, 떠들썩한 게 하루 이틀이었어야지 눈치를 채죠. 그러니까 좀 평범하게 데이트하면 안 되냐고요……."

수연이 눈을 가늘게 뜨고 지헌을 새침하게 흘겼다. 그냥 데이트라고 해서 나갔다가 정신을 차려 보면 갑자기 몰디브행 비행기에 앉아 있는, 혼미한 종류의 일을 여러 번 겪다 보니 수연은 이제 웬만한 수준의 데이트엔 놀라지 않게 되어 버린 것이다. 그랬기에 오늘의 요란한 불꽃놀이를 보고도 그 이상의 것이 기다리고 있으리란 건 전혀 예상치 못했다.

"그래도…… 결혼은 조금 이르지 않아요?"

여전히 뚜껑이 열린 채 수연을 향해 영롱한 빛을 내뿜는 다이아 반지를 심란하게 내려다보며 수연이 조심스럽게 말했다.

"이르지 않아. 난 수연이 네가 나 버리고 도망갔을 때부터 계획했어. 결혼으로 내 옆에 묶어 놔야겠다고."

지헌이 짐짓 울적한 표정을 지어내자, 수연은 '갑자기 왜 또 도망 얘기를…….' 하고 눈을 흘기다가 다시 망설이는 얼굴로 돌아와 머뭇거렸다.

"우리 만난 지 1년도 안 되었는데……."

"더 생각해 볼래? 그래. 그럼 이건 그냥 크리스마스 선물이니까 받아."

당황한 수연을 선선한 태도로 달랜 지헌은 대수롭지 않게 상자 안에서 반지를 꺼내었다. 앗 하는 사이에, 굵직한 크기와 무게로 휘황찬란한 다이아 반지가 수연의 손가락 위에 자리 잡고 있었다.

"잠깐만요. 어떻게 이런 걸 그냥 크리스마스 선물로 받아요."

"설마 그럼 다음에 프러포즈할 때 재사용할까? 재수 옴 붙어서 안 돼. 다음엔 수연이 네가 거절 못 하게 더 크고 비싼 걸로……."

더욱 희소하고 가치 높은 다이아를 찾아내어 수연의 손에 쥐어 주겠다는 의지로 번들거리는 지헌의 눈동자는 가히 집착광적인 면모를 뽐냈다. 그 안에서 의심 불가한 진심을 발견한 수연이 다급하게 지헌을 불러 세웠다.

"지헌 씨. 지헌 씨."

수연은 양손으로 지헌의 얼굴을 잡아 자신을 마주 보게 돌렸다. 잠시 다이아몬드 생각에 흐려졌던 지헌의 눈동자가 초점을 되찾고 갈색 동공 안에 수연을 담았다.

"……좋아요."

수연은 깊게 숨을 들이마시고 큰 결심을 선언하듯 말했다.

"해요 우리. 결혼."

수연의 목소리가 가느다랗게 떨렸다. 지헌의 턱을 감싼 손가락에서도 가녀린 떨림이 느껴졌다. 지헌은 손을 들어 수연의 손 위에 겹쳤다. 확신에 찬 지헌의 커다란 손 아래에서 가느다란 떨림도 어느덧 서서히 멈추었다. 지헌은 수연의 손목을 붙잡아 흰 손목 안쪽의 부드러운 살갗에 쪽쪽 입을 맞췄다.

"고마워. 수연아."

입맞춤은 손바닥 안까지 간지럽게 이어졌다. 수연은 자신의 손바닥에 얼굴을 기대고 느릿하게 비비는 지헌의 얼굴을 가만히 응시했다.

비록 성질은 나쁘지만 한 사람에게만큼은 맹목적이고 충성스러운, 커다란 덩치로 애교 부리는……. 애완견 같은 걸 키워 본 적은 없지만 아마도 이런 느낌이 아닐까. 수연은 왠지 문득 드는 그런 실없는 생각에 작게 웃음을 터뜨렸다.

속눈썹이 드리워지게 눈을 내리감고 수연의 손바닥에 뺨을 비비적거리던 지헌이 수연의 웃음소리에 눈을 반짝 떴다. 고요하게 가라앉은 깊은 호수 같은 갈색 눈과 시선이 마주치자, 웃음소리가 잦아들었다.

아……. 아무래도 난 이 얼굴에 너무 약해…….

이유 모를 자괴감에 휩싸인 수연의 눈꼬리가 점점 아래를 향했다. 수연의 생각이 훤히 보인다는 듯, 한일자로 다물어져 있던 지헌의 입꼬리가 스르륵 올라갔다. 웃음기가 스민 입술이 수연의 붉은 입술을 집어삼켰다. 깊은 호수에 그대로 빨려 들어가는 느낌에 몸을 맡긴 채 수연은 눈을 내리감았다.

불꽃놀이 내내 이어진 긴 키스로 나른하게 늘어진 수연은 지헌의 품 안에 갇힌 채 그의 가슴에 가만히 얼굴을 기대었다. 수연이 손으로 살며시 짚은 지헌의 가슴팍 안쪽에서 진동이 느껴졌다.

"전화 오나 봐요."

"됐어."

"받아 봐요. 계속 오는데. 중요한 전화일 수도 있잖아."

수연을 품에 당겨 안은 채 핸드폰을 꺼내 화면을 확인한 지헌은 수신 거절을 누른 후 옆의 테이블에 아무렇게나 내던졌다. 그것으로 시선이 따라간 수연의 얼굴은 어느새 지헌의 손아귀에 붙잡혀 돌려지고 또다시 격렬한 키스가 시작되었다.

□　◆　□

『오늘은 어디로 모실까요?』

두 사람이 뒷좌석에 올라타자 운전기사가 물었다. 수연은 반사적으로 차창 밖으로 시선을 옮겼다. 그곳엔 한창 공사 중인 현장의 가림막이 설치되어 있었다.

수연의 추억과 끔찍한 기억이 혼재한 호숫가 집은 한창 리모델링을 진행 중이었다. 리모델링이라고 하기엔 다소 어폐가 있는 게, 아예 부수고 집을 다시 세우는 수준이었다. 설계 단계에서 지헌은 인근의 집 두 채를 더 사들였다.

아무리 그래도 멀쩡히 잘 살던 사람들 집을 그렇게 마구 사들여도 되냐 묻는 수연에게 지헌은 어깨를 으쓱였다. 수연의 질문이 이해가 되지 않는 듯 무감한 얼굴로.

'시세 세 배 불렀더니 너도나도 팔겠다 하던데. 그 사람들은 돈 벌어 좋고, 우린 좀 넓게 살 수 있는데. 뭐가 문제지?'

지헌은 수연의 등허리에 감은 손에 힘을 주어 제 쪽으로 가까이 끌어당기며 운전석을 향해 대답했다.

『호텔로요.』

리모델링이 한창인 고로, 두 사람은 지헌의 호텔과 수연의 집을 번갈아 오가며 생활했다. 그나마도 겨울에 접어들고 나서는 호텔에 머무는 날이 대부분이었다. 난방 시설이라고는 벽에 붙은 라디에이터뿐인 렌트 집은 수연이 감기에 걸릴 수 있다는 지헌의 주장으로 아주 가끔 이벤트성으로 방문하게 되었다. 지헌이 '그 야한 싱글 침대'를 그리워할 때쯤에나 이따금씩······.

□ ◆ □

품에 안은 수연의 숨소리가 규칙적으로 변하고 나서야, 지헌은 수연의 몸을 침대 위에 조심히 누이고 침실을 나섰다. 거실의 소파에 몸을 묻은 지헌이 테이블 위에서 알람으로 반짝거리는 핸드폰을 집어 들었다. 핸드폰을 어깨와 귀 사이에 끼우고 눈 앞머리를 꾸욱 누르는 몸짓에서 피곤이 묻어났다.

— 회장님께서 입원하신 지 오랜데 찾아뵙지 않으셔서 심기가 매우 불편하신 상태입니다. 상태가 경한 것도 아니라, 아무쪼록 빠른 시일 내에 한국에 들어와 주십사······.

지헌은 눈에 손을 올린 상태에서 피식 실소했다. 그 노인네가 정말 아파서 입원을 한 거라면 한국의 언론부터가 이렇게 조용할 리 없었다.

— 저······. 그게······. 그, 한수연 씨와 두 분이 함께 오시라는 전언입니다. 한번 만나 보시고 긍정적으로 검토해 보시겠다는 뜻을 밝히셨습니다.

문득 도지호의 건강 검진 결과 보고서를 미리 받아 본 게 저뿐만은 아닐 수도 있겠다는 생각이 지헌의 머리를 스쳤다. 갑자기 이렇게 질척이며 귀찮게 불러 대는 타이밍이 묘하게 겹치는 게 심히 의심스러웠다. 더 이상 들어 줄 생각이 사라진 지헌은 냉정하게 통보했다.

"앞으로 도 회장님 소식은 전할 거 없습니다. 돌아가시면, 그때 장례식장엔 가겠다고 전하든가."

단호한 통고로 통화를 마친 지헌이 핸드폰을 테이블에 내려놓는데 찰칵하고 문 닫히는 소리가 들렸다. 돌아보니 어느새 수연이 침실에서 나와 소파로 다가오고 있었다.

"시끄러워서 깼어?"

"아뇨. 잠결에 눈 떴는데 옆에 아무도 없어서."

"미안. 들어가자."

"……저기. 회장님…… 편찮으세요?"

"신경 쓸 거 없어. 꾀병이야."

지헌은 수연의 몸을 침실 쪽으로 돌려세웠다. 수연은 지헌의 가슴팍을 짚어 멈춰 세우며 그를 가만히 올려다보았다.

"나이도 있으신데 가볍게 여길 일이 아닌 것 같아요."

"안 봐도 뻔해. 그 성질 괴팍한―"

……노인네.

수연의 말간 눈동자에 선한 걱정스러운 기색에 지헌은 뒷말을 가까스로 속으로 삼켰다.

수연은 잠깐의 망설임 끝에 고개를 들어 지헌과 시선을 마주하고 입을 열었다.

"찾아뵙는 게 좋겠어요."

"됐어. 안 가."

"가요. 나랑 같이."

수연은 큰 결심이 선 얼굴로 지헌을 응시했다. 지헌은 단호하게 고개를 저었다.

"난 싫어. 수연이 너 한국 가는 거 싫어하잖아."

"싫어하는 거 아녜요. 한때는 좀 무서웠던 건 사실이지만. 이젠 정말 아무렇지도 않아."

수연은 지헌의 허리를 끌어당겨 몸을 붙이고 그의 허리에 팔을 둘렀다. 등허리의 단단한 근육을 부드럽게 쓰다듬자, 일시에 긴장으로 경직되는 게 느껴졌다. 그 사소한 몸짓에도 가슴이 저릿했다.

"난 정말 괜찮으니까. 그때 일 이제 너무 마음 쓰지 말아요."

수연은 자신이 한국을 떠나오기 직전 겪었던 일을 지헌이 계속 마음에 두고 있다는 사실에 대해 말하고 있었다. 제민이 일으킨 스캔들과 관련한 고소가 아직 진행 중이란 것을 수연도 어렴풋이 알고 있다. 지헌은 자기가 알아서 할 테니 신경 쓰지 말라는 말로 단호하게 일축했으나 가끔씩 그가 통화하는 것을 멀찍이 듣는 것으로 알 수 있었다.

소송까지 넘어가고 싶지 않다는 제민 측에서 합의를 요청했으나 합의금 조율이 이뤄지지 않은 상태였다. 두 번의 요란한 스캔들로 더 이상 한국에서의 배우 활동이 어려워진 제민이 빈털터리가 되었다는 사정을 들어 합의금을 대폭 낮춰 주기를 읍소하고 있었다.

수연은 회사 일로도 충분히 바쁜 지헌이 그런 일에 시간을 빼앗기는 것이 싫었다. 그럼에도 여태 그렇게 하도록 둔 건, 지헌이 소송 건으로 제민을 옥죄는 일을 순수하게 즐기는 것처럼 보이기 때문이었다. 하지만 도지호 상무의 일은 또 다른 문제였다. 그들은 가족이니까. 수연은 지헌이 이제 그 일로부터 조금 편해졌으면 했다.

수연이 차분하게 웃는 얼굴로 지헌과 눈을 마주쳤다.

"무엇보다…… 나도 노력하고 싶어요. 우리 관계에 있어서 매번 지헌 씨만 애썼으니까."

부드럽게 휘어지는 수연의 눈꼬리. 어르듯 속삭이는 목소리에, 왈칵 심장이 움켜잡힌 듯 숨이 멎었다. 지헌의 가슴팍이 느릿하게 오르내렸다.

"수연이 넌 지금 이대로도 충분해. 네가 노력해야 할 일 따위 없어. 넌 그냥

478

네가 하고 싶은 것만 하면 돼."

"이게 내가 하고 싶은 거예요. 내가 그동안 비겁했잖아요. 지헌 씨 가족들을…… 외면하기만 했으니까."

"네가 내 주변인들을 감당해야 할 이유 없어. 오히려 그건 내 약점이야."

네가 날 떠나게 만들었던.

"단지 가족이라는 이유로 너랑 나 사이에 주제넘게 끼어든 사람들을, 보기 싫은데 억지로 만나고 품어 줄 이유가 없다는 말이야. 난 네가 그렇게 하는 거 보기 싫어."

지헌은 굳은 얼굴로 단호하게 시선을 돌렸다.

"나 봐 봐요. 응?"

수연은 양손으로 지헌의 뻣뻣하게 굳은 얼굴을 잡아 부드럽게 쓰다듬으며 자신을 보게 했다. 따뜻한 목소리가 달래듯 지헌의 귓가를 간질였다.

"이거 보여요?"

수연이 자신의 왼손 약지에 끼워진 반지를 살짝 손짓했다.

"상황에 떠밀려서 하는 소리 아니에요. 아까 이 반지가 내 손에 끼워질 때 생각했어요."

"……."

"우리가 결혼하면, 언젠가는 아기가 생길 수도 있잖아요. 그런데 난 우리 아기한테 가족이 많았으면 좋겠어요. 할머니도 있고, 할아버지도 있고. 친척들도 아주 많고."

"……."

"나는 할아버지, 할머니가 안 계셔서 그게 늘 부러웠어."

"세상엔 없는 게 나은 조부모도 있어. 인성 싹 난 도지호가 결코 좋은 친척이 되지 못할 거란 건 말할 것도 없고."

"싫어하든 좋아하든, 우리 아기가 선택할 수 있게 선택권이 있었으면 좋겠어요."

"……."

"네?"

짧은 되물음과 함께 수연은 발뒤꿈치를 들어 지헌의 입술에 짧게 입을 맞췄다. 흔들림 없는 수연의 눈을 바라보며 지헌이 낮게 한숨지었다.

"그러니까 우리 그렇게 해요. 응?"

수연은 지헌의 양어깨를 짚으며 다시 한번 몸을 올려 지헌에게 입을 맞췄다. 앙큼한 행동에 헛웃음을 터뜨린 지헌은 가까이 다가온 수연의 입술을 단숨에 잡아 물었다. 강하게 밀려드는 지헌에 수연은 눈을 내리감고 지헌의 목에 팔을 감았다. 서로의 입술을 빨며 잠시 틈이 벌어지는 사이사이에 수연이 물었다.

"대답은······."

"그래. 그렇게 원하신다면."

입술을 맞부딪친 채 지헌이 대답했다. 수연은 환하게 웃으며 지헌의 목에 더 세게 매달렸다.

수연의 발뒤꿈치가 다시 바닥에 닿았을 때엔 붉게 부풀어 오른 입술 사이로 연신 가쁜 숨이 흘러나오고 있었다. 그녀의 젖은 입술을 엄지로 스윽 훑으며 지헌이 은근한 말투로 물었다.

"피곤해?"

지헌의 커다란 손이 수연의 허리를 감으며 끌어당겼다. 훌쩍 끌려간 하체가 맞부딪히자, 여지없이 단단하게 발기한 성기가 수연의 아랫배를 꾹꾹 찌르며 제 존재감을 과시했다. 수연이 지헌의 시선을 피해 눈을 내리깔며 당혹감이 스민 목소리를 뱉었다.

"왜······ 왜요."

"알면서 뭘 물어. 아까부터 힐끔거리는 거 봤는데."

"내가 언제!"

지헌이 고개를 숙여 수연의 귓가를 지분거리며 은밀하게 속삭였다.

"한 번만 더 하고 잘까."

"······아까 많이 했잖아요."

"오늘 크리스마스잖아."

"아까도 그 얘기 했잖아."

"사람 이렇게 달궈 놓고 내빼기야? 잠 못 자게 만들어 놨으면 일말의 책임을 져야지."

"난 달군 적 없어요. 잘래. 피곤해."

"괜찮아. 넌 누워서 느끼기만 해. 힘쓰는 건 내가 다 할 거니까."

지헌의 가슴팍을 밀어 내던 수연은 꺅, 하는 비명과 함께 허공으로 불쑥 들어 올려졌다. 수연의 엉덩이를 가볍게 받쳐 든 지헌은 수연에게 입술을 겹치며 발걸음을 옮겼다.

너른 보폭이 침실까지 이어지는 동안 지헌은 수연의 입술에 쪼는 듯한 짧은 입맞춤을 퍼부었다. 지헌이 장난스러운 몸짓으로 수연을 침대 위로 떨어뜨렸다. 푹신한 침대 시트에 빨려 들어가듯 등이 닿는 것과 동시에 묵직한 무게감이 수연을 덮쳐 왔다.

"그 침대는 잘 있나?"

"무슨 침대?"

"우리가 섹스할 때 지가 더 시끄럽게 떠드는 그 침대."

수연이 질린 듯한 표정으로 지헌을 흘기자, 지헌이 수연의 목덜미에 얼굴을 묻고 키득거렸다. 그의 장난 섞인 웃음소리가 피부를 통해 울려 퍼졌다.

"내일은 그 집에 가서 잘까?"

"내일 날씨 더 추워진다던데……."

"그럼 침대만 호텔로 옮겨 올까 봐. 가끔 그리워."

지헌의 손이 수연의 티셔츠 아래를 파고들었다. 욕심껏 움직이는 손짓에 따라 들썩거리는 티셔츠와 정말 그 침대가 그립기라도 하다는 듯 아릿한 상념에 빠진 표정을 짓는 지헌의 얼굴을 번갈아 바라보며 수연이 샐쭉하게 타박했다.

"도지헌 씨 이럴 땐 진짜 좀 변태 같은 거 알아요?"

"응. 그리고 네가 이런 변태를 좋아한다는 것도."

지헌이 불쑥 상체를 일으켜 세우곤 수연의 티셔츠를 단번에 벗겨서 침대 아래로 아무렇게나 내동댕이쳤다. 차가운 밤공기가 맨살에 내려앉자 오소소 잘게 소름이 일어났다. 이내 따뜻한 입술이 다가와 소름이 일어난 가슴의 여린 살갗을 머금었다.

곧게 뻗은 쇄골에서, 톡 튀어나온 어깨뼈, 명치까지 이어져 지분거리던 입맞춤은 수연의 배꼽 위를 맴돌다가 서서히 내려가 아랫배를 간질였다. 어느새 더운 숨을 색색 내뱉는 수연의 얼굴을 흘끗 확인한 지헌은 낭창한 허벅지를 쓰다듬어 적당히 벌리며 상체를 세웠다.

수연의 속살에 입을 맞추고 휘젓던 나긋한 태도와는 달리 바지춤을 풀어 내리는 손길에는 조급함이 묻어났다. 빠른 속도로 콘돔을 씌운 지헌은 기둥을 잡고 질구에 귀두를 맞붙이고 각도를 맞춘 후 상체를 내렸다. 뜨겁게 밀려드는 지헌에 수연이 본능적으로 턱을 치켜들며 눈썹을 찌푸리자, 지헌이 움직임을 멈추고 물었다.

"아파? 내가 좀 급해서."

수연은 고개를 가로저으며 지헌의 몸을 당겨 안았다. 한가득 들어차는 넓은 등을 힘주어 부둥켜안자 짙어진 자극에 지헌이 나지막한 신음을 흘렸다. 그가 내는 소리가 가슴이 미어지도록 좋았다.

"아니. 좋아요."

나직한 속삭임을 끝으로 이내 아득하게 밀려들었다. 안아도 안아도 부족하다는 듯 어딘가 절실하고 성마른 몸짓으로.

덴마크의 겨울밤은 길기만 했다.

— *Fin*

소파에 깊게 몸을 기댄 지헌은 지그시 눈가를 누르던 손으로 머리를 쓸어 넘겼다. 나른한 손짓에 따라 부드럽게 손가락 사이를 빠져나간 머리카락이 반듯한 이마 위로 그림처럼 흐트러졌다. 달칵, 하는 문소리와 함께 나직한 구둣발 소리가 또박또박 가까워졌다.

지헌은 테이블에 조심스럽게 커피 잔을 내려놓는 여자에게 고개를 까딱이며 예의상의 미소를 지었다. 그녀는 설핏 얼굴을 붉히며 다급히 시선을 내리깔았다. 그러곤 다가올 때와 마찬가지로 숨죽인 발걸음으로 조심스럽게 멀어졌다. 이윽고 방에 혼자 남게 된 지헌은 손을 뻗어 커피 잔을 집어 들었다.

착해 빠진 수연의 뜻에 따라 도 회장의 병문안을 하러 가기로 한 후, 한국으로의 임시 귀국을 앞두고 정리해 둬야 할 회사 일이 많아 쉴 새 없이 바쁜 나날이었다.

새벽 비행기를 타고 프랑크푸르트 지사로 날아오자마자 연이은 회의와 투자자와의 만남이 빈틈없이 이어졌고, 해가 짧은 유럽의 겨울 창밖에 핑크빛 석양이 어스름하게 물들 때쯤에야 겨우 커피 한잔 마실 여유가 생긴 참이었다.

느릿하게 커피 잔을 입가에 기울이는 지헌의 시선은 늦은 오후의 햇살로 붉게 잠식된 공간에 의미 없이 고정되어 있었으나, 사실 그의 의식은 몇 시간 지나지 않은 기억을 회상하듯 되뇌고 있었다.

다소 무리하게 짠 일정이었다. 비서는 2박 3일의 일정을 권유했지만, 지헌은 쳐 낼 건 쳐 내고 휴식 시간은 최소화하여 1박 2일 일정으로 조정하기를 고집했다. 그 때문에 몹시 이른 비행기 시간에 맞추기 위해서 그는 수연이 곤히 잠든 새벽에 침대를 벗어나야 했다.

지헌이 조심스럽게 시트를 거둬 내고 침대에서 일어나자 평소엔 업어 가도 모를 만큼, 심지어 여기저기 몸을 치대고 주물럭거려도 모를 만큼 깊게 잠드는 수연이 그를 마중하겠단 굳은 의지로 반짝 눈을 떴다.

'더 자.'
'가는 거 보고 자면 돼요.'

수연은 잠에 취한 몽롱한 눈을 비비면서 상체를 일으켰다. 그런 그녀의 몸을 지그시 눌러 원위치로 돌려놓으며 지헌은 베개 위에 다시 놓이게 된 수연의 머리 위로 고개를 기울였다. 부드러운 머리카락 위에 짧게 입을 맞추자, 미지근한 햇살 아래 드러누운 고양이처럼 나른하게 몸을 늘어뜨린 수연이 배시시 미소 지었다.

그 모습에 언뜻 허탈해 보이는 웃음을 지은 지헌은 수연의 어깨를 힘 있게 꾹 움켜쥐었다가 놓고는 침대에 걸터앉아 있던 몸을 일으켰다.

'괜히 깨서 돌아다녀 봐야 방해만 되니까, 그냥 자.'

방해란 말에 수연이 흐릿하게 뜨고 있던 눈을 동그랗게 키우며 뜻을 묻는 표정을 짓자, 지헌이 입꼬리를 장난스러운 모양새로 들어 올렸다.

'시간도 없는데, 하고 싶어지잖아.'

여전한 재주였다. 어떤 화두를 던지든 결국 같은 결론으로 이르는 음란하기 짝이 없는 재주……. 그런 사람한테 뭘 물은 내가 잘못이지. 사뭇 지겹다는 듯 수연이 고개를 설레설레 저으며 새침하게 눈을 흘기자 지헌은 더욱 짓궂은 표정을 지으며 능청스럽게 침대에 다시 걸터앉았다.

'아니면 그냥 가지 말까? 나랑 하루 종일 놀아.'
'말도 안 되는 소리 하지 말아요.'
'나 하나 없다고 제대로 안 돌아갈 회사면 언제가 됐든 조만간 망할 텐데, 이참에 빨리 접는 게 낫지.'
'얼른 가서 준비해요.'

고작 하루 떨어지는 일정의 출장을 핑계로 삼으며 지난밤 이런저런 야한 짓을 서슴없이 요구해 놓고는. 수연은 다시금 슬그머니 엉덩이를 붙이고 앉는 지헌의 등을 힘껏 밀어 침대 바깥으로 몰아냈다. 등을 떠미는 수연의 대단치 않은 힘에 밀려나면서 낮게 키득거리던 그의 웃음소리가 새벽녘의 방 안에 나직하게 울렸다.

달칵—
지헌은 손에 쥐고 있던 커피 잔을 내려놓으며 짧게 숨을 내쉬었다. 고작 한 나절도 지나지 않은 일을 잠시 회상했을 뿐인데 아주 오래된, 몹시 그리운 과거를 떠올린 것처럼 가슴이 묵직하게 가라앉았다.
"미친놈."
나직한 혼잣말이 흘러나왔다. 지헌은 무의식중에 목을 답답하게 옥죄는 타이의 매듭을 느슨하게 잡아당기며 자조 섞인 실소를 터뜨렸다.
주인 찾아 헤매는 개새끼처럼 빌빌거리다가 덴마크까지 아득바득 쫓아와 수연을 다시 찾은 이후로, 매일 껌딱지처럼 질척거리며 그녀의 곁에 찰싹 달라붙어 있었다. 생각해 보니 이곳에 오게 된 후로 수연과 하루 이상 떨어지는 게 처음이었다. 아니. 정확히 말하자면 처음일 예정이지. 새벽에 집을 나선 후로 하루도 채 지나지 않았으니까.

출장 일정은 아직 한창이고 하루는 족히 더 지나야 다시 돌아가 수연을 볼 수 있는데. 꼴사납게 혼자 얼빠진 웃음을 짓다가 갑자기 가슴이 저미다니. 그야말로 분리 불안을 겪는 어린애, 아니 주인에게 버림받을까 두려운 개새끼가 따로 없었다.

그런 제 모습이 스스로도 황당하기 짝이 없지만, 더 어처구니가 없는 건 이젠 자제해 보려는 이성조차 남아 있지 않다는 점이었다. 하루 이상 못 보게 된다는 생각만으로 지금 이렇게 기분이 한없이 가라앉는다는 사실에, 지헌은 새삼스럽지만 약간의 당혹감마저 느꼈다.

애초에 2박 3일의 일정을 무리하게 하루 줄이라고 지시했을 때부터 그의 비서는 만면에 의아함을 감추지 못하고 의문을 고스란히 드러냈다. 그 거창한 이유가 고작 이런 분리 불안 증세에서 기인했음을 알게 된다면 '뭐 이런 병신이 내 상사라니…….' 하는 불경한 깨달음이 떠오를 비서의 낯이 어렵지 않게 예상되었다.

그럼에도 불구하고 이런 머저리 같은 얼빠진 모습을 주변인에게 이제 와 그다지 숨길 마음도 들지 않는다는 점에서 증세의 심각성을 자각하게 되는 것이다.

머릿속에서 한심하게 뒤엉킨 생각과는 다르게, 긴 다리를 비스듬하게 꼬고 널찍한 소파에 나른하게 기대앉은 지헌의 모습은 여유롭고 기품 있는 평소와 크게 다르지 않았다. 다만 머리부터 발끝까지 완벽하고 반듯하게 갖춘 옷매무새에서 단 하나 예외적으로 느슨하게 흐트러진 타이의 모양만 그의 작은 동요를 내비칠 따름이었다.

지헌은 또 한 번 실없는 웃음을 내뱉으며 습관적으로 팔을 비틀어 손목시계를 확인했다. 오후 5시를 조금 넘긴 시간을 나타낸 다이얼 판보다 먼저 그의 눈에 들어온 것은 시계의 메탈 스트랩 아래에 꼬인 듯 걸린 팔찌였다. 빈틈없이 차려입은 그의 옷차림과는 사뭇 어울리지 않는 이질적인 느낌의.

특이하게 매듭지어진 그것은 얼마 전 수연이 레스토랑 단골손님한테 배웠다며 만들어 온 실팔찌였다. 작고 다채로운 모양의 과자 따위는 곧잘 만들어 내면서 그 귀여운 손재주는 오븐 앞에서만 발휘되는 건지, 실을 만지작거리는 데는 형편없는 손재주였다.

처음 수연의 가느다란 손목에 걸려 있는 붉은색 실을 보았을 땐, 그 허접한 건 어디서 난 거냐고 장난스레 놀려 대는 실수를 저질렀다. 크게 실망한 표정의 수연이 슬쩍 그의 몫이라며 색깔만 다른 검은색 실팔찌를 내밀었을 땐 지헌도 퍽 당혹스러웠다.

속죄하는 의미로 대뜸 손목에 낀 실팔찌가 빈말로라도 예쁘다는 말은 나오지 않았지만, 유치하기 짝이 없는 허술한 실팔찌를 나란히 나눠 낀 것이 그다지 나쁜 기분은 아니었다. 아니. 오히려 볼 때마다 싱거운 웃음이 새어 나와 곤란할 지경이었다.

경제적, 미적 가치는 판단 불가한 수준에 그치지만 그 희소성만큼은 몹시 뛰어나다는 점에서 그의 취향에 어느 정도 부합하는 것만큼은 분명했다. 뱃속 어딘가를 간지럽게 하는 그 한 줄의 실을 천천히 매만지자, 자연스레 그와 똑같은 팔찌를 한 부러질 듯이 가는 손목이 떠올랐다.

그가 보답으로서 선물한 물방울 모양의 레드 다이아몬드가 엮인 브레이슬릿은 그 하얗고 가느다란 손목을 가로지르는 붉은 실과 그럭저럭 잘 어울렸다. 수연은 고맙다는 말의 끝 언저리에 그의 물욕과 지나친 낭비에 대한 타박을 한마디 덧붙였지만, 지헌에게는 아무런 타격감도 남기지 않은 채 그의 귓등을 스치고 지날 뿐이었다.

선물을 고를 때의 작은 설렘, 그것을 건넬 때 미미하게 붉어지는 수연의 복숭앗빛 뺨, 그리고 그의 높은 안목으로 고른 선물이 그녀의 아름다운 몸 어디에 걸쳐지든 지불한 비용 이상의 높은 효용을 발휘하기에. 근래의 지헌은 수연에게 줄 선물을 고르는 일에 몰두하는 것으로 그의 수집욕을 해소하고 있었다.

피식 웃음 지은 지헌은 소맷단을 가지런히 정리하곤 슈트 안주머니에서 핸드폰을 꺼냈다. 오늘은 일주일 중 유일하게 레스토랑이 문을 닫는 요일이라 그다지 오래지 않은 신호음 끝에 핸드폰 너머로 듣기 좋은 음색이 흘러나왔다.

— 네.

"뭐 해?"

— 외출 준비해요. 저녁 식사 초대받아서.

그래 봤자 또 아네트네 집이겠지.

입술 끝을 삐뚜름하게 들어 올린 지헌은 새어 나오는 웃음을 이 사이로 억누르며 물었다.

"어디 가는데?"

— 레스토랑에요.

예상을 벗어난 대답에 지헌의 수려한 입매에 스며 있던 잔잔한 웃음기가 다소 사그라들었다.

"레스토랑? 왜 집으로 안 가고?"

지헌은 두 사람이 머무는 호텔에서 그리 멀지 않은 거리에 위치한 아네트의 집을 떠올렸다. 그에 비해 호숫가의 레스토랑은 걸어갈 수 없는 거리에 있었다.

날씨가 좋을 때는 자전거를 이용하도록 두었지만, 늦가을에 접어든 무렵부터는 감기에 걸릴 수 있다는 이유를 들어 매일 수연의 출퇴근 시간에 맞춰 차를 대기시켜 놓았다.

수연의 외출 시간에 맞춰 호텔 앞에 기사를 불러 놔야겠다는 생각을 하며 지헌은 시계를 흘끗 확인했다. 그러지 않았다가는 이 날씨에 자전거를 타고 가겠다는 위험천만한 시도를 할지 모르니.

도시 자체가 크지 않은 데다 비교적 높은 대중교통 비용 때문에 자전거는 오덴세의 시민들에게 가장 사랑받는 교통수단이다. 도시 구석구석 잘 닦인 자전거 도로가 뻗어 있지 않은 곳이 없으며, 그것은 칼바람이 콧등을 에는 겨울에도 마찬가지였지만, 지헌은 그저 그들을 안전 불감증으로 치부했다. 한겨울에 자전거라니. 그는 마치 못 들을 말을 들은 것처럼 단호하게 고개를 가로저었다. 그가 지속적으로 주입시킨 세뇌에 가까운 염려 어린 권고로 수연은 더 이상 겨울에 자전거를 타고 출근하겠다는 허튼 주장을 펼치지 않았지만, 감시의 눈초리가 멀어진 틈을 타 위험한 일탈을 시도할지도 모를 일이다.

마음 같아서는 자전거도 아예 처분해 버리고 전담 기사를 하나 붙여 주고 싶기도 하지만, 수연이 그리 탐탁지 않아 하는 데다가 사실 무엇보다 내심 그는 자전거를 탄 수연을 좋아했다. 어서 겨울이 지나고 날씨가 풀려 자전거에 올라탄 그녀의 모습을 볼 수 있는 날이 부쩍 기다려질 정도로.

자전거 페달에 발을 올리고 처음 잠깐은 아슬아슬하게 비틀거리며 보는 사람으로 하여금 한껏 마음 졸이게 하다가, 이내 중심을 잡고 밝게 웃음 지으며 그를 향해 손을 흔들어 보이는 수연의 모습이란.

그때의 수연의 긴 머리카락을 흩날리게 하던 가벼운 바람, 나비 날개처럼 너울거리는 손 아래 소맷자락의 나풀거림, 충만한 행복감에 젖어 미소 짓는 그의 입가를 스치는 미지근한 공기와 옅은 꽃 내음까지. 무엇 하나 잊을 수 없는 순간이었다.

그리고 그 순간의 위력은 수연의 자전거가 호숫가의 돌길 위를 달릴 때 더욱 고조되곤 했다. 울퉁불퉁한 돌길을 달리는 자전거 위에서 통통거리며 튕기는 그 엉덩이를 보고 있노라면…….

이런 미친 새끼.

걷잡을 수 없게 멀찌감치 흘러가는 그의 의식을 알 리 없는 수연이 담담한 목소리로 핸드폰 너머에서 말을 이었다.

— 프랑스에 사는 라스 형이 왔대요. 집은 여럿이 모이기엔 너무 좁기도 하고 번거로우니까 레스토랑에서 보자고 하네요.

습관적으로 머리카락을 쓸어 올리는 지헌의 미간에 단숨에 짙은 실금이 그어졌다.

또 그 망할 놈의 라스.

"라스 형이 프랑스에서 오든 아프리카에서 오든, 무슨 상관이라고 또 모여서 파티야."

걸핏하면 모여서 먹고 마시기를 좋아하는 유럽 정서에 전혀 맞지 않는 괜한 트집이라는 걸 알지만, 냉랭하게 튀어 나간 목소리와 함께 지헌의 눈썹이 심술 굿게 치켜 올라갔다.

매번 불만스럽게 투덜거리면서도 오늘도 역시 그녀의 외출 시간에 맞춰 순순히 기사를 대기시켜 놓을 거라는 것을 아는 수연은 익숙하다는 듯 그저 나직하게 웃을 뿐이었다.

그의 정수리에 사뿐히 앉아 관조하는 듯한 여유로운 웃음소리가 마치 머저리가 된 듯한 기분이 들게 했지만, 입술 사이로 흘러 나가는 유치한 언사는 고삐가 풀린 것처럼 멈출 줄 몰랐다.

"그 형이란 건 프랑스에서 왔단 핑계로 또 다짜고짜 얼굴부터 들이대는 거 아냐?"

지헌은 더욱 눈살을 찌푸리며, 그려 놓은 듯 잘생긴 얼굴과는 사뭇 어울리지 않는 투기 어린 불만을 제기했다.

그는 스케줄이 허락하는 한에서 늘 수연의 곁에 껌딱지처럼 붙어 있었으므로, 그녀의 사교 모임에 당연하다는 듯 함께하는 횟수가 거듭되었고 어느덧 라스는 수연에게만은 예외적으로 양 뺨을 부딪치는 비쥬 인사를 생략했다. 습관적으로 몸을 기울이기 무섭게 죽일 듯이 노려보는 시선의 의미를 모를 수 없었으므로.

— 사상이 불순한 건 예전부터 알았는데, 이제 보니까 좀 촌스럽기까지 한 것 같아요. 그냥 인사법일 뿐인데.

엷은 웃음기가 스민 수연의 목소리엔 그를 놀리는 기색이 역력했다.

다른 누구도 아닌 도지헌한테 촌스럽다는 평이라니, 가당치도 않은 말에 어처구니가 없었지만, 이왕 바닥을 보인 이상 그에겐 더 이상 거리낄 것도 없었다.

"난 싫어. 내 거 누가 건드는 건 질색이야."

— 그렇게 대놓고 싫은 티를 내니까 라스도 이젠 안 하잖아요. 라스가 지헌

씨한테 비쥬 할 때 지헌 씨 얼굴 진짜 웃겼는데…….

그때를 회상하듯 작게 키득거리는 수연의 목소리에 지헌의 머릿속에도 다시 되새기고 싶지 않은 그 끔찍한 순간이 불현듯 떠올랐다. 커다란 덩치가 대뜸 코앞까지 가까워져서는 거절할 새도 없이 뺨에 부딪히던 그 까칠한 촉감이라니. 거기에 귓가에 속삭이는 것처럼 쪽 하고 입으로 내는 소름 끼치는 소리까지.

지헌은 스르륵 맥없이 손안을 빠져나가는 핸드폰을 다급히 고쳐 잡으며 짧게 진저리를 쳤다.

— 아, 근데 이건 비밀인데…… 아직 내 직감에 불과하지만 아무래도 라스가…….

또 그 망할 라스에 관한 이야기라면 지헌의 관심 영역에서 멀찌감치 비켜난 이야기일 게 분명함에도 무슨 대단한 비밀이라도 논하듯 수연의 목소리가 한껏 은밀해졌다. 그거에 또 실없이 웃음이 나왔다.

어쩐지 수연과 전화 통화를 할 때면 롤러코스터를 타듯 기분이 고저를 절제 없이 오갔다.

— 아네트를 좋아하는 것 같아요.

약간 고양된 것처럼 들리는 수연의 목소리에 쿵, 하고 묵직하게 심장이 내려앉았다. 지헌은 한 타이밍 뒤늦게 되물었다.

"뭐?"

— 라스가 아네트를 좋아하는 것 같다고요. 아네트 볼 때 눈빛도 그렇고…… 자꾸 이런저런 핑계 만들어서 모이자고 하는 것도 그렇고, 아무튼 내 느낌이 그래.

그 덩치 큰 북극곰처럼 생긴 놈이 수연보다 다섯 살이나 어린 애송이란 걸 알게 된 후로는 그저 주변에 얼쩡거리는 어린애로 취급했는데. 그놈의 눈빛이 수상하다면 더 이상 여유 있게 두고 볼 문제가 아니었다.

저도 사람이라면 눈이 달려 있을 텐데 매일같이 붙어 다니는 와중에 누가 봐도 사랑에 빠지지 않을 수 없는 사랑스러운 수연을 곁에 두고 불순한 마음을 가지지 않을 리 없었다. 아네트를 보는 눈빛이 이상하다면, 수연이 미처 눈치채지 못하는 사이에 수연에게도 그 더러운 눈빛을 보냈을 게 분명했다.

— 아네트는 연하는 사귀어 본 적도 없고 사귈 생각도 없다고는 하지만 사람일은 어떻게 될지 모르는 거잖아요. 지헌 씨랑 나만 보더라도······.

어떻게 대꾸했는지도 모르게 수연과의 전화 통화를 마친 지헌은 즉시 비서를 불러들였다.

□　◆　□

잠결에 느껴지는 한기에 수연은 작은 웅얼거림과 함께 몸을 움츠렸다. 콧등위에서 미끄러지던 한기는 이제 움츠러뜨린 어깨 위로 흘러내렸다.

"음······."

아주 오래간만에 홀로 침대에 든 날이었다. 전날 친구들과의 자리에서 평소보다 다소 많은 양의 와인을 들이켜 의식이 몽롱한 와중에도 혼자라는 사실이 이상할 정도로 낯설게 느껴져 오랫동안 뒤척거리다 잠이 들었던 수연이었다.

그런데 혼자여야 할 침대 위에서 느껴지는 이질적인 감각에 수연은 잠기운으로 무거운 눈꺼풀을 불쑥 들어 올렸다. 약간의 물기가 매달린 머리카락이 눈앞에서 흔들거리며 코끝을 간지럽혔다.

"지헌 씨?"

수연은 여전히 잠에 취해 멍한 얼굴로 확인하듯 그를 불렀다. 그 부름에 지헌은 더욱 깊숙이 얼굴을 파묻었다. 동시에 몹시 차가운 커다란 손이 수연의 얇은 티셔츠 아래를 들추고 들어왔다.

"아······."

안락하고 포근한 침대 안을 순식간에 헤집고 들어온 차가운 체온에 수연이 작게 몸을 떨었다. 낮게 가라앉은 체온과는 대비되는 뜨겁고 습한 숨결이 그녀의 목덜미를 덮혔다.

"차갑지. 미안."

"지헌 씨 몸이 왜 이렇게……."

"샤워했어."

"근데 왜 이렇게 차가워요. 설마 찬물에 했어요?"

"……응."

"감기 걸리면 어떡하려고……."

"영 가라앉지가 않아서."

저녁에야 돌아오기로 되어 있던 지헌이었다. 그가 갑자기 눈앞에 있다는 사실이 믿기지 않아 수연은 여전히 멍했다. 그런 그녀의 입술에 시선을 고정한 채 지헌이 낮게 중얼거렸다.

"좀 도와줄래?"

그저 정신없이 흘러간 출장이었다. 피할 수 없는 일정은 오후 늦게로 당겨와 최대한 해결하고 그 외의 적당히 넘길 만한 일정은 비서에게 일임한 후 자정을 넘긴 시각 홀로 비행기를 타고 돌아왔다.

다분히 미친놈스러운 짓이 아닐 수 없지만, 언제부턴가 자신이 한수연한테 미쳐 있다는 사실을 인정하고 나니, 이후로 그는 어떤 얼빠진 짓을 감행하는 데 있어서 한 점의 스스럼도, 망설임도 없었다.

뻔뻔하고 고고한 낯으로 오늘 밤 당장 돌아가야겠다고 통고하는 상사의 일언지하에 비서는 무슨 대단한 큰일이라도 벌어졌구나, 넘겨짚고 아무런 반박 없이 가장 빠른 시간으로 비행시간을 조정하는 충심과 기특한 능력을 발휘했지만.

"환장하는 줄 알았어."

"웃……. 잠깐. 지헌 씨."

"보고 싶어서."

큰일이란 것은 이런 것이었다. 그야말로 환장할 뻔했다.

한수연을 보고 싶어서. 안고 싶어서.

전혀 예상치 못한 그의 등장과 갑작스러운 습격에 놀라 굳어 있는 수연의 어깨를 침대 위에 부드럽게 짓누르며 지헌의 입술이 따뜻한 살결을 미끄러져 내려갔다. 이 사이에 속옷 끈을 문 지헌은 여전히 혼란한 기색이 완연한 수연의 눈과 시선을 마주한 채로 고개를 움직여 단숨에 그녀를 발가벗겼다.

"내 생각 안 했어?"

무엇이 그를 또 저렇게 만들었는지, 한 가닥 퓐트가 나간 듯 그의 눈동자가 색정적으로 빛나고 있었다. 수연은 그저 다급하게 고개를 끄덕거렸다.

대체로 신사적이고 배려 깊은 태도는 침대에 오르기 전 모두 내던져 버리는 그인지라 이제 어느 정도는 익숙해졌지만, 어쩐지 저렇게 눈의 초점이 살짝 흐려진 날에는…….

그녀의 코끝을 스치는 바람 한 점, 발길에 걸리는 돌부리 하나에도 지극한 염려와 유난스러운 과보호를 일삼는 남자와 동일 인물이라고 보기 어려울 만큼 사나운 기운이 지헌의 숨결에 넘실거렸다.

"혼자 만졌어?"

지헌은 입술이 닿을 듯 말 듯 가까워진 거리에서 은밀하게 속삭였다. 그녀에게 빈틈없이 몸을 딱 붙인 채 꾹꾹 눌러 대는 몸짓에는 함의하고 있는 목적이 뚜렷했다.

수연은 어느새 그녀와 비슷한 온도까지 체온을 회복한 그의 커다란 등을 가까이 끌어안으며 고개를 가로저었다.

"정말?"

낮게 흥얼거리는 목소리가 수연의 귓바퀴를 적셨다. 홧홧하게 몰려드는 뜨거운 기운에 수연은 어깨를 움츠러뜨리며 눈을 깜빡거렸다.

"난 만졌어."

그는 수연의 귓바퀴에서 이어진 목줄기를 따라, 목에서 어깨로 이어지는 움푹 들어간 골짜기에 혀를 할짝거렸다. 빈틈없이 맞붙어 있는 두 사람 사이를 가르고 내려간 그의 손은 어느새 다리 사이로 미끄러졌다. 아아, 더운 숨이 터졌다.

"혼자 아무리 만져도 해결이 안 돼."

귓가에 입술을 붙이고 속삭이는 낮은 목소리에 온몸의 솜털이 곤두서고 소름이 돋았다. 그의 손끝이 음순을 가르고 젖은 질구를 지분거린다. 그는 손가락에 물기를 잔뜩 펴 바르고는 금세 음핵을 찾아내 손가락을 느른하고 둥글게 굴렸다.

"그러니까……."

지헌이 말을 끝마치길 기다릴 새 없이 수연은 그의 목덜미를 끌어당기며 입술을 겹쳤다. 나직한 목소리가 잦아든 입술 사이로 뜨겁고 달콤한 숨결이 느껴졌다. 한데 얽힌 숨이 이내 둘 사이를 경계 없이 오갔다.

그가 줄기처럼 얇은 혀를 세게 빨아 당기자, 수연은 앓는 듯한 한숨을 흘리며 몸을 비틀었다. 그녀의 안에 들어온 기다란 손가락이 내벽을 꾸욱 짓누르는 것도 함께였다. 으응, 목 안에서 울리는 신음이 오갈 데 없이 흩어진다.

어느새 두 개로 늘어난 손가락은 뜨거운 안쪽을 제멋대로 비비고 문질러 댔다. 그는 손가락을 넣어 놓은 채로 손의 방향을 바꿨다. 손바닥을 위로 향한 채 빠르게 쳐올리자, 수연이 그의 목에 매달리며 헐떡였다.

"아흐읏!"

탁탁탁, 젖은 살이 부딪히는 소리와 함께 맑은 액체가 마구 튀어 올랐다. 납작한 배가 위로 들리며 바들바들 떨렸다. 빠르게 도달한 절정의 문턱에서 수연이 할 수 있는 건 그의 어깨를 긁어내리는 것뿐이었다.

이윽고 지헌은 낭창하게 벌어진 허벅지를 길게 쓸며 내려가 무릎 안쪽을 잡아 올렸다. 격렬한 애무에 분수처럼 쏟아진 애액으로 흠뻑 젖은 음부가 속절없이 활짝 드러났다. 절정의 여운이 가시지 않은 질구가 움찔거리는 게 보였다. 구멍에 귀두를 끼우듯 맞춘 그가 그녀의 허벅지를 거칠게 짓누르며 순식간에 수연의 안을 잠식해 들어갔다.

아……. 턱끝을 치켜올린 수연의 입가에 맑은 타액이 흘러내렸다. 지헌은 그마저 기꺼이 빨아 삼키며 더욱 깊숙이 성기를 박아 넣었다.

꿈인 걸까.

약간은 갑작스럽게. 그저 그가 안을 가득 채운 것만으로도 가벼운 절정에 오른 수연은 떨리는 눈꺼풀을 느리게 들어 올렸다.

시선을 사로잡는 눈동자를 가만히 마주 보았다. 그 안에 도사린 노골적인 욕망에 목이 틀어막힌 듯 숨이 가빠 왔다.

커다란 손이 수연의 아랫배를 다정하게 어루만졌다. 터럭 한 오라기 없이 뽀얀 음부는 소름 돋을 만치 부드러웠다. 지헌은 그녀의 납작한 아랫배를 지그시 누르며 느린 삽입을 반복했다.

"수연아. 한수연."

꽉 잠긴 목소리가 뱃속을 울렸다. 그의 음성에 배인 성마른 욕구에 반응하듯 수연이 작게 몸을 떨며 안을 조여 왔다. 지헌은 살짝 쳐든 수연의 턱끝에 입술을 짧게 짧게 부딪치며 느릿하게 허리를 쳐올렸다.

"꿈, 아니죠?"

수연이 밭은 신음을 삼키며 단단한 그의 어깨를 움켜잡자 지헌은 피식 실소를 지었다. 어깨에 얹은 손등에서부터 그림같이 이어진 팔을 따라 조곤조곤 입을 맞춘다.

"혼자 이렇게 야한 꿈도 꾸고, 변태네. 한수연."

수연은 성급한 침입자를 향해 억울한 얼굴로 눈을 흘기며 반박했다.

"누가 누구더러 변태…… . 읏."

새초롬하게 뜬 그녀의 눈가에 장난기를 머금은 따스한 입술이 연신 부딪쳐 왔다.

지독하게 야하고 매력적인 얼굴을 한 짓궂은 남자의 단단한 등허리가 수려한 선을 그리며 굽어졌다. 그러곤 곧장 거칠고 빠른 움직임을 시작했다.

그의 침입은, 아침 햇살이 희뿌연 한겨울의 안개를 뚫고 커튼 사이를 파고들 때까지 계속되었다.

□ ◆ □

"그러니까, 고작 그런 이유로 갑자기 일정까지 모조리 바꿔서 새벽 비행기를 타고. 심지어 그 시간에 직접 운전까지 해서 돌아왔다는 거예요?"

반쯤 젖힌 커튼 사이로 흘러 들어온 기분 좋은 아침의 햇살이 여전히 옅은 홍조가 가시지 않은 수연의 매끄러운 뺨 위에 어른어른 부서졌다. 새벽녘부터 이어진 갑작스럽고 길었던 정사의 여파가 남은 그 발간 장밋빛 피부 위에 뿌려진 빛줄기를 덧그리듯 지헌의 손길이 그 위를 가볍게 쓸었다.

지금이야말로 그가 가장 좋아하는 순간이었다. 하루의 시작을 알리는 눈부신 햇살의 금색 빛깔이 수연의 말간 민낯 위를 아른거릴 때. 그가 그것을 단 한 줌도 놓치지 않고 마주 보는 이 순간.

역시 조금 등신 같고 변덕스러워 보였을지언정 일정을 변경해 돌아오길 잘했다는, 새삼스러운 자찬으로 그는 퍽 만족스러워졌다.

수연은 도무지 이해할 수가 없다는 듯 눈살을 가늘게 찌푸렸다. 지헌은 건성으로 고개를 까딱이며 대수롭지 않다는 투로 짧게 시인했다.

"응."

내가 지금 이렇게 널 보고 있는데, 그것을 위해 감수한 얼빠진 짓 따위야 무엇이 큰 문제냐는 듯 당당하고도 뻔뻔한 와중에 기품을 잃지 않는 고고한 얼굴로.

지헌은 싱긋 미소 지으며, 무릎 위에 얹어 놓은 트레이 위의 식기 중 수연이 좋아하는 바닐라빈 요플레를 한 스푼 떠서 그녀의 입가로 가져갔다. 그 아무렇지 않은 태도에 항의하듯 수연이 고개를 모로 돌리며 거부했다.

"고작 하루…… 그 짓 못 하는 걸 못 견뎌서……?"

그 짓이라니.

단어를 골라도 뭐 저렇게 귀엽고 꼴리는 걸.

"발정 났나 보지."

지헌은 주변 누군가 키우는 짐승 따위에 대해 논하는 것처럼 무감하기 짝이 없는 얼굴로 자신의 신체 상태를 결론지었다. 여전히 수연의 입가 바로 앞에 스푼을 대기시켜 놓은 채로.

"도지헌 씨가 무슨 개예요?"

인내심 있게 입술을 두드리는 스푼에 결국 입을 벌려 요플레를 한 입 머금은 수연이 어이없다는 얼굴로 눈을 흘겼다. 지헌은 긍정도, 부정도 하지 않고 그저 요플레를 한 스푼 더 떠서 수연의 입에 넣어 주며 나른한 미소를 지었다.

발정 난 개 취급을 당해도 만족스러운 아침이다. 오랜만에 미친놈처럼 날뛴 섹스로 온몸의 근육은 흡족할 정도로 개운했고, 그런 미친놈을 자비롭게 품어 주느라 노곤하게 늘어진 수연은 작은 아기 새처럼 그가 먹여 주는 대로 따박따 박 입을 벌리고 있으니.

"라우리드센 씨는 무슨 죄예요. 전직 비서로서 이제 와서 하는 말이지만 지 헌 씨 진짜 모시기 까다로운 최악의 상사 타입인데, 상냥하게 대해 주진 못할 망정 자기 일 비서한테 내팽개치고 혼자 이렇게 와 버리면."

그러다 악덕 고용주라고 냅다 버리고 도망가면 어쩌려고 그래요. 수연은 담 담한 목소리로 중얼거리며 트레이 위의 디저트 식기를 턱짓으로 가리켰다.

"수연이 네가 그런 것까지 걱정할 필요 없어."

지헌은 그녀가 가리킨 덴마크식 라즈베리 푸딩인 뢰드그뢰드를 한 스푼 떠 내밀며 수연의 비서 걱정을 일축했다.

그는 출장지에 남아 몇 가지 일정을 처리하고 있을 그의 비서를 잠시 떠올렸 으나 그건 지헌에게 아무런 죄의식도 불러일으키지 못했다. 그의 비서는 원래 일정대로 오늘 밤 비행기로 복귀할 테고, 그 말인즉 오늘 하루 아무런 방해도 받지 않고 수연의 옆에 달라붙어 있을 수 있다는 사실만이 그에겐 유의미한 것 이었다.

물론 여전히 방해꾼은 존재했다.

곧 있을 한국 방문 때문에 이미 수연의 자리를 대신할 레스토랑 직원을 구했 다 들었건만, 수연은 여전히 근면하고 성실하게 출근을 계속했다. 아마 특별한 일이 없는 한 출국 전날까지도 이어질 것이다.

그놈의 책임감과 착해 빠진 성격.

"오늘도 11시에 나가?"

"네. 나 커피."

수연은 사슴같이 선한 눈망울로 트레이 위의 커피 잔을 눈짓했다. 마치 한낱

종 부리듯 당연한 태도. 지헌은 헝클어진 수연의 머리카락을 부드러운 손길로 쓸어 주곤 가지런히 정리된 머릿결 위에 짧게 입 맞추고 침대맡에서 일어났다.

"식었어. 새로 가져올게."

그런고로 그는 오늘 지겨운 레스토랑 한편에 앉아 수연의 주변을 전전하는 날파리들의 상태를 탐색하는 데 하루를 소비할 예정이다.

□　◆　□

그는 이따금, 근래에 들어선 부쩍 자주 그런 생각을 한다. 그의 세상에 그리고 그녀의 세상에 다른 등장인물 따윈 필요 없이 서로 한 사람만이 유일하게, 오롯이 존재했으면 좋겠다는 그런 허황되고 약간은 한심한 생각을.

아니. 어쩌면 그의 세상은 이미 한수연이란 존재로 가득 차 버렸으니, 그것은 오로지 저 또한 그녀의 세상을 자신만이 온전하게 차지하고 싶은 채워지지 않는 갈망에 불과했다.

『운. 조만간 이곳에서 볼 수 없다는 게 사실이에요? 저 새로운 직원이 당신을 대신해서 들어온 거라는 얘길 들었는데.』

『네. 당분간은요.』

『이제 내가 이곳에 매일 점심을 먹으러 올 이유가 사라진다는 얘기군요.』

『그런 얘기 마세요. 제가 이곳에서 일하기 전부터 오래도록 단골이셨잖아요.』

지헌은 불만스러운 얼굴로 턱을 괴고 앉은 채, 볼 때마다 어이가 없을 정도로 깜찍한 에이프런을 허리에 두르고 그림같이 웃는 얼굴을 그가 아닌 다른 남자에게 향한 채 도란도란 이야기를 나누는 수연의 옆모습을 노려보고 있었다.

그 남자라 함은 머리통에서 희게 세지 않은 머리칼을 찾아보기 어려울 정도로 완전한 백발의 늙수그레한 단골 노인이라는 사실은 그에게 아무런 위안도 되지 않았다. 당장이라도 테이블 밖으로 튕겨져 나올 것처럼 수연을 향해 기울어진 노인의 상체를 봐선 늙었어도 보는 눈은 제대로 박힌 것 같고, 늙은 눈알에 이글거리는 열성적인 무언가가 지헌의 분노를 유발시켰다.

주문만 하면 될 일이지 무슨 혓바닥이 저리 긴지, 한참을 주절거리던 노신사는 근사한 콧수염을 쓰다듬으며 껄껄 웃음을 터뜨렸다. 수연은 마냥 상냥한 얼굴로 환하게 마주 웃었다. 당연한 수순으로 지헌의 눈썹이 못마땅한 모양새로 휘어졌다.

순진해 빠져서는…….

당장이라도 잡아채서 이딴 소꿉장난 같은 일은 때려치우라고 윽박지르고 싶은 충동을 가까스로 억누른 지헌은 흠잡을 데 없이 점잖은 태도로 테이블 위의 종을 울렸다.

"뭐 필요한 거 있으세요?"

그에게 다가온 수연은 깜찍하게도 다른 손님 대하듯 사무적인 미소를 띤 채 물었다. 지헌의 시선은 천천히 흘러내려 수연이 허리에 두른 에이프런에서 멈추었다.

저건 퇴근할 때 챙겨 오라고 해야겠다는 생각이 들었다. 수연이 이런 손바닥만 한 가게에서 개미 눈물만 한 시급을 받으며 저런 노인네의 투정이나 받아 주어야 한다는 사실은 도무지 마음에 들지 않지만, 에이프런을 두른 모습만큼은 마음에 들었다.

오늘 밤에 침대 위에서 입혀 봐야겠다는 생각도. 물론 에이프런만.

"……손님?"

대답 없이 음험한 눈길을 빛내는 지헌에게 수연이 재차 물었다.

손님이라니. 저랑 상황극이라도 해 보자는 의미인 건지. 지헌의 입꼬리가 삐뚜름하게 올라갔다. 눈자위에는 다분한 장난기가 서렸다.

"키스."

"네?"

"필요한 게 뭐냐고 물었잖아."

당황한 얼굴로 되묻던 수연은 이내 픽, 하고 헛웃음을 터뜨렸다. 그러곤 비스듬하게 턱을 괸 채 나른한 눈빛으로 올려다보는 지헌의 한쪽 뺨을 톡톡 두드렸다. 참을성 부족한 짐승 한 마리를 달래듯 다독거리는 수연의 자연스러운 손길에 지헌은 금세 흡족한 얼굴로 그녀의 작은 손바닥 위에 제 뺨을 비볐다.

"여기선 곤란하니까 퇴근할 때까지 참아 봐요."

"그럼 얼음물이나 한 잔 가져다주든가."

"알았어요."

수연의 손을 가까이 당겨 와 손바닥의 부드러운 살 위에 짧게 입을 맞추며 지헌이 음흉하게 속삭였다.

"빨고 싶은 건 따로 있는데, 여기선 못 빨게 하니까 난 그냥 얼음이나 빨아야지."

진저리 치듯 손바닥을 뒤로 물리고 미간을 가늘게 좁힌 수연의 양 뺨에 옅은 홍조가 어렸다.

"자꾸 그런 말로 분위기 흐리면 쫓아낼 거예요."

"나 같은 단골 멋대로 쫓아냈다간 사장한테 혼날걸."

틀린 말은 아니었다. 한때 지헌의 카드 덕분에 매출 상승 효과를 톡톡히 본 아네트는 그가 회사 일이 바빠지면서 레스토랑에 오는 횟수가 뜸해지자 그 누구보다 그의 부재를 아쉬워했다. 더군다나 한국말을 알아들을 리 없는 아네트는 미풍양속을 해치는 지헌의 발언에도 그저 흐뭇한 얼굴을 한 채 오랜만에 방문한 감사한 고객을 향해 애정 어린 눈길을 보냈다.

『윈!』

그때 잠시 레스토랑 입구가 소란해지는가 싶더니 라스가 그의 형과 함께 가게 안으로 들어왔다. 그는 아네트에게 다가가 다정한 뺨 인사를 건네곤 곧장 수연에게 다가오다가 그 옆의 지헌을 발견하곤 적당한 거리에 멈춰 서서 어색하게 손을 들어 보였다.

『어젠 잘 들어갔지? 우린 점심 먹으러 왔어.』

수연은 그들을 반갑게 맞이한 후 라스의 형에게 지헌을 소개했다.

『이쪽은 내 약혼자예요. 지헌 씨. 인사해요. 이쪽은 내가 어제 얘기한 라스형…….』

수연의 소개에 지헌은 자리에서 일어나 완벽한 비즈니스적 미소를 띤 얼굴로 응대했다. 다만 머릿속으론 방금 수연이 언급한, 그의 귓바퀴를 녹여 버릴 뻔한 달콤한 단어를 되뇌었다.

약혼자.

지난 크리스마스 때의 청혼 이후, 결혼과 관련하여 구체적으로 진행된 것은 아무것도 없었다. 당장 한국에의 방문을 앞두고 일정 조율과 회사 일 등 부차적인 문제로 바쁘기도 했거니와. 마치 지금처럼 그녀의 '약혼자'라는 자리에 흠뻑 도취되어 있었으므로 서두를 이유를 찾지 못했다.

그를 소개할 때의 그 속살거리는 목소리, '피앙세'라고 발음할 때의 달싹거리는 입술의 움직임, 짧게 마주치는 시선에서 느껴지는 아릿한 감정과 그의 가슴팍을 가볍게 짚어 내리는 애정 어린 손짓까지, 무엇 하나 도취되지 않을 수 없는 아찔한 감각을 이루어 냈다.

머리끝이 삐죽 솟고 심장이 저릿했다.

사소한 부름 하나에 어떻게 사람이 이렇게까지 급격한 흥분감을 느낄 수 있는지, 새삼스러운 경탄에 젖은 채 지헌은 온화한 미소로 눈앞의 라스 형제를 굽어보았다.

그의 시선은 상대가 눈치채지 못할 만큼 빠르게 그들의 헤어라인을 훑었다. 짧은 시선을 갈무리한 지헌의 얼굴에 어린 가식적인 따스한 미소가 이내 더욱 짙어졌다.

외전 2

— 승객 여러분, 인천에 오신 것을 환영합니다. 우리 비행기는 조금 전 대한
민국 인천국제공항에 안전하게 착륙하였습니다. 비행기가 완전히 멈추고……

"괜찮아?"

기내 방송이 시작되기 무섭게, 동굴을 울리듯 낮게 잠긴 목소리가 수연의 귓
가를 간지럽혔다. 제 쪽으로 상체를 기울인 지헌의 걱정스러운 얼굴에 수연은
가벼운 실소를 터뜨렸다.

"몇 번째인지 알아요?"

"응?"

"괜찮다는데 대체 몇 번을 묻는 거야……."

그의 염려와는 달리, 열 시간을 훌쩍 넘는 비행시간에도 불구하고 수연의 컨
디션은 상쾌함을 넘어서 약간 들떠 있기까지 했다.

덴마크에 갈 때의 그 닭장 같은 복작복작한 좌석과는 달리 널찍한 좌석은 완
전히 눕혀지기까지 해, 오히려 렌트 하우스에서의 그 낡은 침대보다 훨씬 편안
했으며 수시로 제공되는 기내식은 나오는 족족 훌륭했다.

수연은 생애 처음 타 보는 퍼스트 클래스의 황홀한 서비스에 몹시 흥분해서 삼시 세끼는 물론 간식까지 꼼꼼히 챙기며 비행기 안에서의 시간이 어떻게 지나가는 줄 모를 정도였는데, 그때마다 지헌은 그런 수연이 귀여워서 가만히 둘 수 없다는 둥 그 널찍한 좌석을 넘어 수연의 사리까지 침범하려 들어 나중에는 다급하게 가림막을 올려 차단해야 했다.

"그런 지헌 씨야말로 얼굴이……."

오히려 걱정해야 할 쪽이 누군데. 수연은 다소 파리해진 지헌의 뺨을 살짝 쓰다듬어 주었다.

완벽한 비행을 즐긴 수연과는 달리, 지헌은 원체 잠자리에 예민한 편이라 비행 내내 단 한숨도 못 자 잘생긴 얼굴이 옅은 피곤에 젖어 있었다. 창백해진 뺨과 약간 붉어진 눈가가 다른 사람의 눈엔 오히려 우수에 찬 모습처럼 보였지만 사실은 그저 수면 부족 상태였다.

하. 지헌은 짧은 한숨을 내쉬었다. 장거리 비행은 언제나 피곤과 짜증을 유발한다. 그나마 잠이 오지 않는 동안 옆자리의 수연이 새근새근 잠든 모습을 한없이 지켜볼 수 있었다는 점만이 유일한 위로이자 성과였다.

"볼품없어?"

손바닥으로 자신의 뺨을 쓸어내린 지헌은 짜증 섞인 손짓으로 머리칼을 쓸어 넘겼다. 제가 가진 것 중에 수연이 좋아하는 게 잘난 낯짝과 봐 줄 만한 몸뚱어리, 차고 넘치는 돈 정도뿐인데 그중에 가장 중요한 낯짝이 상해서는 곤란하다.

게다가 장거리 비행까지 해 가며 한국에 와서 고작 꾀병으로 입원 중인 꼬장꼬장한 노인네를 만나러 가야 한다는 사실이 짜증스러워 자꾸 숨겨 놓은 더러운 성질머리가 튀어나오려 했다.

"아니. 좀 피곤해 보이긴 하는데. 그래도 예뻐요."

수연은 애정 어린 손길로 지헌의 귓불과 귓바퀴를 어루만졌다. 듬직하고 단단한 체격과는 어울리지 않게 그는 환경의 변화에 은근히 민감했다. 한때 비서로서 그를 모시던 때에는 그런 점이 살짝 못마땅하고 퍽 피곤하다고 생각했지만 이젠 그 의외성이 귀여워 보이기만 했다.

손끝 아래에 뭉개지는 말랑한 살이 금세 빨갛게 달아오르며 더운 열감이 느껴지자 수연은 웃음을 터뜨렸다. 지헌은 곤란한 듯 기쁜 표정으로 열 오른 자신의 귓불을 만지작거렸다.

"수연아. 거기 그렇게 만지지 마."

"내가 어떻게 했다고 얼굴까지 빨개져요?"

"네가 야하게 만졌잖아."

"그럴 리가. 기분 탓이겠죠."

"사람 달궈 놓고 맨날 내 탓이지."

금세 기분이 좋아졌는지 지헌은 은근히 묻어 있던 짜증은 온데간데없이 사라진 얼굴로 수연의 허리를 제 쪽으로 끌어당겼다. 그러곤 그녀의 관자놀이에 짧게 입을 맞추며 다정하게 속삭였다.

"같이 와 줘서 고마워."

◻ ◆ ◻

김 기사는 약속된 장소에 차를 대기시킨 채 차 바깥으로 나와 불안한 발걸음으로 서성였다. 얼마 만에 다시 모시게 되는 옛 상사인지, 다소 긴장감이 몰려와 몇 번이나 크게 심호흡을 했다. 그때마다 그의 입에선 하얀 입김이 피어올랐다.

어느덧 멀리서부터 존재감을 자랑하는 커다란 지헌의 체격이 김 기사의 시야에 들어왔다. 저 키에 저 덩치, 바라보는 것만으로 절로 주눅 들게 하는 태생적인 고압적 분위기는 몇 달 만에 보아도 한눈에 알아볼 수 있었다.

지헌의 이마 위로 머리칼이 자연스럽게 흘러내려 있었다. 늘 한 가닥의 흐트러짐도 없이 쓸어 넘겨 빈틈없이 유지하던 헤어스타일은 몇 달 사이 약간 달라졌지만, 그 아래 여전히 필요 이상으로 잘생긴 얼굴은 그 누구도 아닌 옛 상사의 것이 틀림없었다.

몸가짐을 바르게 하여 그를 맞이할 준비를 하던 김 기사의 눈이 불현듯 동그 랗게 커졌다. 지헌이 거의 옆구리에 끼운 모양새로 끌어안은 채 함께 가까워지 는 수연을 뒤늦게 발견했기 때문이었다.

김 기사가 수연의 존재를 한 번에 알아보지 못한 건 그녀를 전체적으로 둘둘 감고 있는 커다란 블랭킷과 그런 그녀를 외부로부터 숨기듯 지헌이 그의 코트 깃 안으로 깊숙이 감싸 안고 있었기 때문이었다. 언뜻 봐서는 거의 공중에 매 달린 것처럼 지헌의 품에 끌어안겨 있어 딱히 스스로 걸을 필요조차 없어 보일 정도였다.

두 사람의 모습이 가까워질수록 김 기사의 턱은 점점 더 아래로 떨어져 더 이상 벌어질 수 없을 만큼 벌어졌다.

사실 어느 정도의 짐작은 있었다. 도지헌 상무의 갑작스러운 휴직 사유에 대 해선 철저히 대외비로 부쳐졌지만, 그를 지척에서 모셨던 운전기사로서 어쩔 수 없이 보고 들은 게 있었으니.

그의 비서가 사라지고 난 후 폭발하기 직전의 위험물처럼 그를 둘러싼 공기 의 날 선 분위기라든가, 그녀를 찾아오란 전화 통화, 그 목소리는 당장이라도 잡아 죽일 듯이 고양됐지만 애끓는 절절한 눈빛 같은 것에서. 그리고 하루하루 묘하게 무너지던 위태로운 모습에서 느껴지던 어렴풋한 짐작만이 있었다. 그런 데 막상 두 사람의 모습을 실제로 마주하니 정신적 충격은 더욱 컸다.

금방이라도 하나로 합쳐질 것처럼 딱 달라붙어 있는 두 사람의 모습에 마치 봐선 안 될 장면을 몰래 훔쳐보기라도 한 것처럼 심장이 철렁 떨어지는 기분이 었다. 김 기사는 안절부절못하는 얼굴로 불안하게 떨리는 두 손을 맞잡고 마른 침을 꿀꺽 삼켰다.

그때, 한겨울의 칼바람이 휘몰아치며 지헌의 코트 자락이 크게 휘날리고 그 의 이마 위에 흘러내려 있던 머리카락이 바람에 헝클어졌다. 그러자 그의 코트 깃 안에서 스르륵 빠져나온 수연이 손을 들어 지헌의 헝클어진 머리카락을 차 분하게 쓰다듬었다.

왠지 모르게 그 장면을 넋 놓고 바라보던 김 기사는 한발 늦게 정신을 차리곤 허둥지둥 시선을 돌렸다.

지헌의 흐트러진 머리카락을 쓸어 올린 수연은 겨울바람에 금세 차가워진 그의 뺨을 엄지로 매만졌다.

"차가워졌어. 그러게 따뜻하게 좀 입으라니까."

"따뜻하게 입었어."

"이런 거 말고 더 따뜻한 거 많잖아요. 바람 막을 수 있게 털 달린 모자도 붙어 있고 앞뒤로 빵빵한 거."

수연은 그의 캐시미어 코트 깃을 톡톡 두드렸다. 한창 칼바람이 무섭게 몰아치던 덴마크에서조차 지헌은 겨울 내내 늘 코트 차림을 고수했다.

추위가 극심한 날엔 코트 위에라도 패딩을 덧입는 게 어떠냐, 꾸준히 잔소리나 회유를 해 보았으나 그의 대단한 패션 철학은 철옹성과 같았다. 물론 그의 두툼한 체격을 돋보이게 하는 근사한 코트 차림이 보기 좋은 것은 부정할 수 없는 사실이지만.

"그런 아둔하게 생긴 걸 걸치느니 얼어 죽고 말지."

그는 패딩을 두고 이런 식으로 후려치며 본인의 코트 차림을 옹호했다. 그런 주제에 수연으로선 이름도 잘 모르는 다양한 브랜드와 갖가지 디자인의 여성 패딩을 끊임없이 사들여 드레스 룸에 채워 놓으니 일관성이라곤 찾아볼 수 없는 패션 철학이었다.

"그럼 왜 자꾸 여자 건 사서 옷장에 넣어 놓는 거예요. 왜 나더런 아둔하게 생긴 거 입으라고 맘대로 사다 놓는 건데?"

"그거랑 그건 엄연히 다르지."

"다르긴 뭐가 달라……."

"내가 이 덩치로 고작 추위에 벌벌거리면 쪽팔린 거고. 수연이 넌 작잖아."

"……."

"작으니까 따뜻하게 입어야지. 그리고 넌 툭하면 감기 걸리니까."

그의 앞에선 성인 여성 평균 키를 가뿐히 상회하는 170센티인 수연의 키는 늘 무색해졌다. 지헌은 제 품에 쏙 들어오고도 남는 수연을 한없이 작고 연약하며 위태로운 존재로 여겨, 불면 날아갈까 쥐면 깨질까 심지어는 너무 작아 자칫 눈에 띄지 않아 자전거에 치이는 불상사가 일어날까 봐 염려하는 지경이었으니.

"그리고…… 잘 어울리니까. 내 안목 알잖아."

지헌은 장난스러운 미소와 함께 수연의 허리를 끌어당겨 앗, 하고 벌어진 입가에 짧게 입을 맞추었다.

기어이 그 낯 뜨거운 장면을 목도하고 만 김 기사는 이번에야말로 정말 봐선 안 되는 장면을 보고 말았다는 경악에 휩싸였다.

저런 얼굴의 도지헌 상무라니. 사랑에 빠졌다고밖에는 설명할 수 없는, 사랑에 빠져 거의 익사 직전인 도 상무라니.

김 기사는 도무지 믿기 어려운 광경에 두 눈을 비비고 다시 들여다보고픈 충동을 가까스로 억누르곤 다급히 시선을 내리깔았다.

"아. 김 기사님."

"예? 예."

"잘 지내셨어요? 오랜만에 뵈어요."

어색하게 굳은 얼굴로 서 있는 김 기사를 먼저 발견한 수연은 제 허리에 줄기처럼 둘러진 지헌의 팔을 풀어 멀찍이 떼어 내곤 김 기사에게 인사를 건넸다. 조심스러운 인사말을 꺼낸 수연의 입술 끝이 미세하게 경련했다. 눈이 마주치자 김 기사는 미묘하게 웃는 표정으로 뒷머리를 긁적였다.

한국에 왔다는 실감이 순식간에 수연의 의식을 무겁게 잠식했다. 함께 같은 상사를 모시던 직장 동료의 위치에서, 지금은 그 상사의 옆자리에 연인으로 서 있는 자신을 향해 보내는 호기심 어린 시선에 손끝이 작게 떨려 왔다.

이건 겨우 시작에 불과했다. 벌써부터 이러는 주제에 어디서 난 용기로 그의 가족을 만나 보겠다고 자신만만했던 건지. 자신의 유약함이 한심하기도 하고 약간의 주눅이 들었다.

그런 찰나의 동요를 알아차린 것처럼, 떨리는 손을 잡아 오는 크고 따뜻한 손이 있었다. 수연은 자신의 손을 꽉 움켜쥔 지헌의 손과 그의 얼굴을 번갈아 응시했다. 어느새 손의 떨림은 다독거리듯 꽉 죄어 오는 체온 안에서 흔적 없이 잦아들었다.

"네. 저야 늘 똑같죠. ……잘 지내셨죠?"

예전처럼 한 대리님으로 불러야 할지…… 사실은 질로 사모님이란 단어가 튀어나오려고 했지만, 너무 앞서 나가는 거면 곤란할 테니. 김 기사는 호칭은 대충 얼버무리곤 얼른 두 사람에게 달려가 짐을 넘겨받은 후 뒷좌석 문을 열었다.

"어디로 모실까요?"

"피곤하니까 집에 가서 쉬어. 난 잠깐 병원 가서 얼굴만 보이고 올게."

"같이 가요. 비행기에서 잘 쉬어서 하나도 안 피곤해요."

"입국하자마자 무리하면 병나. 어차피 조만간 퇴원하실 테니 나중에 따로 자리 잡으면 그때 나와."

"이럴 시간에 그냥 빨리 가서 인사드리고 우리 얼른 집에 가요. 그냥 같이 있고 싶어서 그래요."

"……병원으로 부탁합니다. 김 기사님."

짧은 실랑이 끝에 두 사람을 태운 차는 공항에서부터 이어지는 대교를 빠르게 달리기 시작했다. 여전히 그의 손에 단단히 틀어잡힌 손에선 더 이상 불안한 떨림은 느껴지지 않았다. 하나로 얽힌 손을 내려다본 수연의 입술엔 어느새 편안한 미소가 어렸다.

"예뻐."

지헌은 병원 엘리베이터 안 거울 앞에서 잔뜩 긴장한 수연의 귓가에 입술을 가까이 붙이고 낮게 속삭였다. 거울 안에서 시선이 마주치자 지헌이 피식 미소 지었으나, 수연은 도무지 마주 웃을 수가 없었다.

인천을 빠져나온 차가 서울에 진입하고 병원에 가까워질수록 쿵쿵 거세게 뛰기 시작한 심장은 이제 걷잡을 수 없이 빠르게 고동치고 있었다. 무슨 정신으로 차에서 내렸는지도 기억나지 않고 정신을 차려 보니 VIP 병동 엘리베이터 안이었다.

거울 속 얼굴이 괜스레 초췌해 보였다. 컨디션은 나쁘지 않았지만 장시간 비행 후 바로 왔으니 아무래도 붓고 생기가 바싹 빠져나간 듯 피곤해 보이는 얼굴이 몹시 신경 쓰였다. 역시 그의 말대로, 따로 날을 정한 후 만반의 준비를 다 하고 나왔어야 했을까.

의식의 흐름을 깨는 엘리베이터 소리와 함께 문이 열리자, 지헌은 몸을 옆으로 비켜 세우며 수연에게 눈짓했다. 엉겁결에 엘리베이터에서 내리자마자 강한 힘이 뒤에서 끌어안듯 수연을 돌려세웠다.

어느새 마주 보게 된 자세의 지헌이 상체를 굽혀 수연의 콧등에 자신의 콧날을 느리게 비볐다. 순간 시선을 돌려 병원 복도를 살피자, 자신에게 집중하라는 듯 지헌은 수연의 허리를 붙잡아 제 쪽으로 강하게 끌어당겼다.

"나 봐."

미리 전달받은 카드 키로 체크해야 들어올 수 있었던 만큼, VIP 병동의 복도는 지나다니는 이 없이 고요했다. 그저 낮게 가라앉은 지헌의 목소리만이 마음에 잔상을 남기듯 나직하게 울렸다.

"네가 싫으면 안 하는 거야. 애쓰지 말고. 네가 노력하는 것도 싫어. 그냥 하고 싶은 것만 해."

"……."

"우리 그냥 집에 갈까?"

어느새 다정해진 말투로 응? 하고 물으며 지헌은 수연에게 짧게 입술을 부딪쳤다.

"아뇨……. 그냥 조금 긴장했을 뿐이에요. 싫은 거 아니야."

어지간히 굳은 표정을 하고 있었는지. 수연은 애써 얼굴 근육을 이완시키며 가까스로 웃는 얼굴을 지어 보였다.

"그래? 긴장 풀어."

긴장을 풀어 주려는 의도라는 듯 다시금 부딪혀 온 입술이 이내 조금 더 깊숙이 파고들었다. 등허리에 둘러진 커다란 손이 위치를 고쳐 잡는 게 느껴졌다. 그냥 두었다간 혀가 얽혀 들 기세라 수연은 지헌의 어깨를 살짝 밀어 내며 그의 입술을 피해 고개를 돌렸다.

"왜?"

"회장님 뵈러 가는 길이잖아요. 그리고 여기 병원이고."

"그래서."

"집안 어른 뵈러 가기 직전에 이러기엔 좀 불경하지 않나……. 게다가 여기 병원인데."

생명을 다루는 경건한 공간에서의 불경한 행위는 곤란하다는 듯 미간을 좁힌 짐짓 엄숙해 보이는 표정도 귀엽기 짝이 없었다. 이런 꽉 막힌 도덕관념을 지닌 주제에. 돌이켜 생각해 보면 이런 겁 많은 한수연이, 언제 어디서든 붙어먹을 생각으로만 가득 차서 미친놈처럼 달려들던 과거의 자신을 용케 받아 주었단 사실이 놀라울 따름이다.

어지간히 내가 좋았나 보지.

결국, 저 좋은 쪽으로 결론지은 지헌은 만족스러운 미소를 지은 채 신사적인 태도로 수연의 등허리에 살며시 손을 짚었다. 물론 지금도 언제 어디서든 붙어먹을 생각만으로 꽉 차 있는 미친놈인 것은 크게 달라지지 않았지만, 적어도 때와 장소를 가리는 정도는 되었다.

"그럼 갈까?"

VIP 병동 가장 높은 층에는 단 하나의 병실만이 있었다. 여느 호텔의 스위트룸이나 레지던스처럼 거실과 방이 분리된 병실의 문을 열고 들어서자, 도재호 회장이 킹사이즈 침대 위에 등을 기대고 앉아 책을 읽고 있었다. 그는 문소리에 흘끗 눈을 들어 시선을 보내더니 걸치고 있던 안경을 벗어서 침대 위에 내려놓았다.

"왔구나. 앉아라."

두 사람의 등장에 전혀 놀라는 기색이 없었다. 비행 스케줄과 공항에서부터의 행적까지 하나도 빠짐없이 보고받았을 테니 당연한 반응이었다.

몇 달 만에 대면하게 된 도 회장은 노년의 나이에도 건장한 체격과 녹슬지 않은 날 선 눈빛, 얼굴의 혈색마저 여전했다. 노인 같지 않은 두툼한 몸에 입은 환자복과 그 위에 걸친 잿빛 카디건만 아니었다면, 지금 그가 있는 이곳이 병원이라는 것이 믿기 어려울 정도의 그림이었다.

잘도 저런 건강한 몸으로 이 갑갑한 병원에 입원해 있었단 말이지.

아무리 VIP 병실이 넓다 한들, 도 회장 본인의 저택에 비하면 쥐구멍만 한 규모였다. 무슨 꿍꿍이로 이런 자작극을 벌이는지는 뻔해도, 결국 목표했던 대로 지헌을 이곳으로 불러들이는 데 성공했다는 점에서 도 회장의 수완은 인정할 법했다. 물론 착해 빠진 수연만 아니었다면 영영 올 일 없었겠지만.

"앉아. 수연아. 아시겠지만 저희 공항에서 바로 온 겁니다. 잠깐 인사나 하러 온 거니 오래 붙잡지 마세요."

도 회장의 말이 길어질까 미리 경계심을 세우는 지헌을 제지하듯 그의 손을 꾸욱 짚어 내린 수연이 재호를 향해 예의 바르게 묵례했다. 막상 재호를 대면하니 기절할 것만 같던 긴장감이 오히려 다소 잦아들었다. 그다지 아픈 사람 같아 보이진 않지만, 몸에 걸치고 있는 퍼런 환자복이 그의 위압적인 분위기를 조금은 상쇄시켜 주는 듯했다.

"안녕하세요. 회장님. 한수연이라고 합니다."

"그래. 먼 길 오느라 고생 많았는데 이렇게 보니까 반갑네. 내가 말 편하게 해도 되겠지?"

"그럼요. 길게 입원 중이시라고 말씀 들었는데 늦게 찾아뵙게 돼서 죄송합니다. 몸은 좀 괜찮으세요?"

"몸이야 내 나이가 들었으니 여기저기 고장 나는 게 당연한 일이지만."

도 회장은 어떠한 호오도 드러내지 않은 무감한 얼굴로 수연을 바라보다가 일순 날카롭게 변한 눈빛을 지헌에게 보냈다.

"하늘 아래 아쉬운 거, 무서운 거 하나 없이 사는 줄만 알았던 네 녀석이 죽고 못 사는 아가씨가 있다기에, 내 누구인지 얼굴이나 보자고 그렇게 기다렸는데 도통 감감무소식이더니 겨울이 다 지나가서야 이렇게 보여 주는구나.”

수연이 도 회장과 의례적인 첫인사를 나누기 무섭게, 그간 도 회장의 연락을 무참히 무시해 온 지헌에게 날카로운 대화의 화살이 날아왔다.

“바빴습니다.”

“그래. 그렇게 바빠서 할애비 죽으면 장례식에서나 보자고 그랬던 게냐.”

“그런 말까지 일일이 전달할 줄은 몰랐네요. 대충 뜻만 전하면 될 일이지. 눈치를 상실했나.”

“한심한 놈! 어떤 멍청한 놈이 실속도 챙기기 전에 대뜸 할애비부터 죽으라고 고사를 지내! 누구 좋으라고.”

도 회장이 버럭 목소리를 높이며 혀를 쯧 차자 침대 위에 놓여 있던 그의 안경이 들썩거렸다. 재호는 이윽고 제 무릎 위 책 사이에 끼워 뒀던 미색 봉투를 꺼내 내밀었다. 지헌이 그것을 받으려는 일말의 제스처도 없이 빤히 바라만 보자, 민망해진 수연이 엉겁결에 그것을 받아 들었다.

“내 좋은 날 몇 개 잡아 놨다. 그중에 두 사람 마음에 드는 날로 정해서 식 올리거라.”

도 회장의 눈짓에 떠밀리듯 수연은 손에 받아 든 봉투를 열고 안에 든 두툼한 종이를 꺼냈다. 종이엔 당장 이번 달부터 월별로 하루씩의 날짜가 적혀 있었다. 가장 먼 날짜라고 해 봤자 겨우 4개월 남짓 남은 날이었다.

두바이에 세계에서 가장 높은 빌딩을 건설해 주가를 천정부지로 올린 도성물산은 경쟁사 대비 현저히 짧은 건설 기간을 내세워 수주를 따냈는데 이는 도 회장의 불같은 성정을 드러낸 것이다. 그런 도 회장의 기준에 4개월이면 결혼은 물론 어쩌면 애도 낳을 수 있는 넉넉한 시간이었다.

수연은 손안의 종이 위에 적힌 몇 개의 숫자를 현실감 없이 바라보았다. 사실 두 사람 사이를 격렬하게 반대할 거로 생각해 잔뜩 긴장한 상태였던 것에 비하면 예상외의 긍정적인 반응이었다.

너무 예상 밖이라 다행이라는 생각보다는 머릿속이 멍하니 멈추었다. 그와는 이미 결혼을 약속한 사이이고 이젠 지헌을 자신의 약혼자라고 소개하는 것에 익숙해지긴 했지만, 코앞으로 다가온 날짜에 맞춰 결혼식을 해치워야 한다고 생각하면 눈앞이 캄캄했다.

"그리고 지헌이 넌 이제 그만 복직하거라. 애먼 데 힘 빼서 남 좋은 일 시키지 말고 그룹을 위해서 일해."

지헌은 남 좋으라고 일을 한 적이라곤 일평생 단 한 번도 없었지만, 굳이 정정할 필요를 느끼지 못했다. 도 회장의 요지는 한국으로 들어와 살라는 것이다. 그는 재호의 입에서 '실속'이라는 단어가 흘러나온 이후 줄곧 거기에 생각이 집중되어 있었다.

"글쎄요. 저흰 지금 이대로가 좋아서요. 꼭 결혼을 해야 하는지도 모르겠고."

지헌은 심드렁한 태도로 대꾸했다. 수연이 흘끗 눈을 돌려 지헌을 바라보니, 그가 무릎 위에서 수연의 손을 쥐고 있던 손아귀에 힘을 꾹 주는 게 느껴졌다. 매우 태연해 보이지만, 무언갈 꾸미는 얼굴이었다. 이내 수연도 덩달아 해맑게 미소 지었다.

병실엔 잠시 어색한 정적이 내려앉았다. 제 앞에 앉아 그림같이 미소 짓는 두 사람을 응시하던 도 회장이 참다못해 자신의 패를 내보였다.

"내 지분의 반, 너 주마."

줄 거면 다 주지 반은 뭐야……. 하지만 사실 그 반이라 함은, 도종윤 사장과 도지호 부자의 지분을 합친 숫자보다 많은 양이었다. 게다가 지헌이 기존에 갖고 있던 것에 더하면, 그가 그룹 총수인 도 회장보다 많은 지분을 소유하게 되는 것이다.

아주 나쁜 제안은 아니었다. 어차피 하기로 약속한 결혼인데 축의금을 거하게 받는다고 생각하면…….

지헌의 생각을 짐작한 듯 도 회장이 말을 이었다.

"그리고 나머지 반은 내 첫 증손주한테 증여할 거다."

농담의 기색이라곤 찾아볼 수 없는 재호의 진지한 얼굴에 지헌은 무심결에 실소를 터뜨렸다. 이 정도면 거의 핏줄에 미친 노인이 틀림없다. 증손주라니.

도 회장이 지헌을 손자라고 해서 단 한 번이라도 따뜻하게 대해 준 적이 있던가. 그가 기억하는 한에서는 없다. 사랑해 줄 줄도 모르면서 어째서 제 핏줄에는 이다지도 연연하는 건지.

핏줄을 둘러싼 돈과 권력의 흐름. 사랑 없는 결혼을 선택해 일평생 그것을 좇으며 스스로뿐만 아니라 제 아들까지 좀먹어 온 그의 어머니, 희연이 떠올랐다. 하지만 거기까지. 기분이 가라앉는다 해서 굳이 주겠단 돈을 거절할 필요는 없으니. 지헌은 성의 없이 고개를 까딱였다.

"수연이랑 상의해 보고요. 중요한 말씀 다 하신 것 같은데 저흰 이만 가 보겠습니다."

지헌의 말에 재호는 이 관계에 있어 누가 주도권을 쥐고 있는지 깨달은 눈으로 두 사람을 가만히 응시했다. 이내 공략 상대를 정했다는 듯 도 회장의 시선은 점차 수연에게 고정되었다.

"그래. 피곤할 텐데 들어가 쉬어라."

"예. 가자. 수연아. 안 피곤해? 그거 줘."

지헌은 이미 도 회장의 존재는 잊은 양 의자를 빼 주고 한낱 종이봉투의 무게가 무거울까 염려된다는 듯 수연의 손에서 그것을 빼앗아 안주머니에 아무렇게나 구겨 넣었다. 도 회장은 약간 기가 막힌 표정으로 그 꼴사나운 모습을 바라보았다. 낯간지러운 줄 모르는 지헌의 지극한 케어는 두 사람이 병실 밖으로 완전히 사라질 때까지 계속되었다.

이윽고 병실 문이 닫히고 고요해진 방 안에 홀로 남은 재호는 눈살을 찌푸리고 입꼬리를 들어 올린 복잡미묘한 얼굴로 헛웃음을 터뜨렸다.

"얼빠진 놈."

□　◆　□

"차에 먼저 가 있어."

"응?"

"여기 오늘 도지호도 입원해 있어. 잠깐 들렀다가 갈 테니까 수연이 넌 내려가 있어."

"아……. 그럼 나도 같이……."

"아냐. 니 같이 가면 도지호 그 새끼 쪽팔려서 죽으려고 할 거야. 아. 혹시 죽이고 싶어서 그러는 거면 같이 가고."

"……아네요. 그럼 차에 가 있을게요. 천천히 만나고 와요."

수연을 먼저 내려보낸 지헌은 도지호가 입원해 있는 병실로 향했다. 지난해 말 예비부부가 함께한 혼전 건강 검진에서 무정자증 진단을 받은 도지호는 오늘 오전에 미세다중 수술을 받고 병실에 누워 있다 들었다. 수정이 가능한 정자를 찾기 위해 정세관을 추출하는 수술로서 오전에 입원해 오후면 수술 결과를 듣고 퇴원이 가능한 비교적 간단한 수술이었다.

사랑 없이 이해관계로 체결된 일종의 계약과도 같은 정략결혼에서 후계 문제를 위태롭게 하는 건강상의 제약은 치명적인 문제였다. 양가는 오랜 논의 끝에 오늘 수술의 결과에 따라 결혼 여부를 결정짓기로 일보 유예 한 상태였다.

지헌이 무리하게 일정을 조정해 한국 입국 날짜를 잡고 굳이 피곤한 몸을 이끌고 공항에서 곧바로 병원에 온 것은 사실 그 때문이었다. 다소 유치한 짓거리라고 해도 상관없다. 제 정략결혼의 행방을 결론지을 수술 결과를 전전긍긍 기다리며 얼굴이 허옇게 떠 있을 도지호의 얼굴을 구경할 기회를 놓칠 순 없으니까.

지호의 병실 앞에 다다르자, 문 앞의 경호원이 지헌의 얼굴을 알아보고 짧은 묵례와 함께 문에서 몸을 비켜섰다. 뭐 대단한 수술을 했다고 병실 앞에 갖춰 놓은 삼엄한 경호 태세가 마치 블랙 코미디를 보는 듯했지만, 자칫 언론사에 정보라도 새어 나갔다가는 골치 아픈 스캔들이 될 테니 염려하는 마음은 이해가 갔다.

"……아이씨."

환자복 차림으로 침대에 누워 팔로 눈을 가리고 있던 지호는 문소리에 팔을 내려 병실 안으로 들어온 방문객의 얼굴을 확인하곤 짜증스럽게 뇌까렸다. 무려 바다 건너에서 온 손님을 대하는 태도치곤 형편없는 환대였다.

"잘 있었어?"

"왜 왔어. 시발……."

보자마자 내뱉는 거친 욕지거리에도 지헌은 아무런 타격도 받지 않은 산뜻한 얼굴로 걸어와 침대맡에 앉았다. 꼴도 보기 싫다는 듯 고개를 홱 돌리는 지호의 몸짓에 지헌은 피식 실소를 삼켰다. 역시 보러 오길 잘했지.

"예쁜 얼굴에 안 어울리게 욕은. 몸은 어때."

"죽고 싶냐? 어디에다 대고 예쁘대."

"그럴 리가. 요즘 같아선 오래 살고 싶은데."

초대도 안 했는데 굳이 찾아와선 우울한 사람 면상에 대고 저는 행복해 죽겠다는 얼굴로 지껄이는 눈치 없는 말에 지호는 기가 막힌 표정을 지었다. 새된 눈길로 지헌의 얼굴을 훑어 내리곤 이내 입술을 깨물며 다시 팔을 들어 눈을 가려 버렸다. 힘 빠진 목소리가 흘러나왔다.

"그래. 유병장수해라."

"말본새하고는. 스트레스 심한가 봐. 내가 보낸 화분 왜 안 들여놨어? 병실 바깥에 있더라. 그거 귀한 건데. 병자한테 좋은 식물이야."

"장난하냐? 들고 꺼져."

지헌은 손을 뻗어 얼굴을 죄 가리고 있는 지호의 팔을 억세게 붙잡아 끌어내렸다. 지호는 얼굴을 가린 자세를 유지하려 팔에 힘을 주고 버텼지만, 지헌의 인간 같지 않은 무지막지한 힘 앞에선 도리가 없었다. 이내 병실의 환한 조명 아래 지호의 얼굴이 훤히 드러났다.

"우냐?"

"봐 놓고 뭘 물어. 시발. 놔! 짜증 나게."

지헌에게 잡힌 팔을 거칠게 털어 내는 지호의 눈가가 붉게 달아올라 있었다. 가득 차오른 눈물을 억지로 참는 눈동자는 그새 뻘겋게 충혈되었다.

그걸 가만히 들여다보는 지헌의 표정은 쉽사리 해석하기 어려웠다. 고소해하는 표정도, 안쓰러워하는 표정도 아닌 그저 납덩이처럼 무감한 얼굴로 그가 내뱉는 목소리 역시 고저 없이 무덤덤했다.

"남자 새끼가 짜긴. 죽을병도 아니잖아? 씨 좀 없는 거 가지고 뭘 질질 짜고 있어."

있을 수도 있거든?

지호는 순간적으로 튀어 나갈 뻔한 격한 본심을 가까스로 억눌렀다. 하마터면 실오라기 같은 옅은 희망의 끈을 놓지 못하고 있단 걸 들켜서 더 비참해질 뻔했다. 지호는 손바닥으로 얼굴을 쓸어내리며 맥없이 중얼거렸다.

"……제발 꺼져라."

꺼지긴커녕, 지헌은 의자에 상체를 느슨하게 기댔다.

"오늘 실패해도 다음에 또 하면 된다던데."

"……알아."

지호는 입술 끝을 짓씹으며 이를 악물고 대답했다. 물론 오늘 수술 결과가 좋지 못하다고 해서, 영영 임신이 불가하다는 절대적인 판정은 아니었다. 지헌이 무슨 의도로 저런 말을 하는지는 모르겠으나, 저를 위로하기 위해 어쭙잖은 희망을 부여하려는 선한 시도일 리 만무했다. 우선 저 얼굴만 보아도 위로하는 얼굴과는 거리가 멀었다.

저와는 전혀 상관없는 이야기를 논하듯 한발 비켜 있는 듯한 관조적인 태도. 그것을 보고 있자니, 지호는 문득 과거의 어떤 순간이 불현듯 떠올랐다.

'너 발기 부전이라며?'

딱딱한 바위 같은 낯으로 줄곧 사람을 무시하는 도지헌을 어떻게든 들쑤시고 싶어서, 털끝만치의 반응이라도 끌어내 보고자 이죽거렸던 그때. 그런 자신의 기대를 처참히 무너뜨려 허무해지게 만들었던, 아무런 변화도 없는 무감각한 얼굴이 지금 도지헌의 얼굴과 몹시 닮아 있었다.

그래서 뭐. 왜 그딴 기억을 곱씹는 건데. 뭐 그땐 무례한 말을 해서 미안했다, 참회라도 하게?

518

지호는 스스로를 차갑게 질타하며 눈살을 찌푸렸다. 마음이 우울하고 약해지다 못해 조금 돌아 버린 것 같았다. 별의별 시답잖은 생각이 다 나고 있어…….

"하늘이 무너진 것 같은 낯짝이길래 모르는 줄 알았지."

지헌은 가볍게 어깨를 으쓱이곤 자리에서 일어났다.

"간다."

"……회장님 만났다며? 한수연 씨도 같이."

몸을 돌려 문 쪽으로 향하던 지헌은 기어들어 가듯 조용했으나 분명히 들려온 지호의 목소리에 느릿하게 발걸음을 멈추었다. 대답 대신 가만히 뒤를 돌아보자, 지호는 딴청을 부리듯 시선을 벽에 고정하고 있었다. 다시 몸을 돌려 문고리를 붙잡자 조금 더 커진 목소리가 그를 붙잡았다.

"나 너한텐 미안한 거 없어. 거리낄 것도 없고."

"……."

"근데."

"……."

"한수연 씨한텐…… 미안했다."

문고리를 잡은 손아귀에 힘이 실렸다. 미안한 짓은 죄 없는 여자에게 실컷 벌여 놓고, 번지수가 잘못된 사과에 웃음조차 나오지 않았다. 병신 같은 놈. 사과를 할 거면 차라리 돈으로 주는 도 회장이 훨씬 나았다.

지헌은 아무런 대꾸 없이 문을 열고 나갔다. 병실에 혼자 남겨진 지호는 한참의 시간이 지나서야 참았던 숨을 몰아쉬듯 기나긴 한숨을 내뱉었다. 도지헌 그 자식한테 보여 주기 싫어서 겨우 억눌러 놓았던 눈물이 찔끔 새어 나왔다.

□ ◆ □

차돌박이를 듬뿍 넣은 된장찌개가 뚝배기 안에서 보글보글 끓었다. 문희는 파와 붉은 고추를 송송 썰어 고명을 준비해 놓고 찬장 안에 들어 있는 그릇을 꺼내기 위해 발뒤꿈치를 들어 올렸다.

"웃차."

집주인의 체격을 고려해 유난히 높은 위치에 붙어 있는 찬장에 손을 뻗기 위해 문희는 한껏 뼈마디를 늘였다. 정작 집주인이 이 찬장 문을 직접 열어 본 건 과연 몇 번이나 될지. 그녀는 두 개의 국그릇을 꺼내 나란히 내려놓으며 저도 모르게 흐뭇한 미소를 지었다.

집주인이 집을 버리고 떠난 지 어언 반년 남짓, 쓸쓸하게 비어 버린 집을 쓸고 닦으며 문희는 직장을 잃게 될까 불안한 살얼음판을 걷는 매일매일을 보냈다. 여름이 끝나고 가을이 깊어지다가 겨울이 왔을 즈음엔 마음의 정리를 했다. 그런데 이게 웬일.

갑작스러운 선물처럼 집주인의 귀환 소식이 전해졌다. 심지어 혼자도 아니고 누군가와 함께라니! 처음 소식을 들은 날 문희는 너무 감격한 나머지 집을 모두 뒤집어엎고 누가 시키지도 않은 대청소를 시행했다. 그러곤 하루하루 손을 꼽아 가며 기다리던 날이 드디어 온 것이다.

윤기가 흐르는 갈비찜을 뭉근한 불 위에 올려 두고, 오동통한 전복은 손질하여 식사 직전 버터를 곁들어 따끈하게 구워 낼 준비를 마쳤다. 새로 담근 겉절이와 파김치는 소담스럽게 접시에 담아 커버로 덮어 둔 상태였다. 오랜만에 한국에 돌아온 집주인의 입맛을 홀리기 위해 온갖 솜씨와 정성을 발휘해 준비한 밥상이었다.

새삼스럽게 제 음식 맛에 반해 다시 한국에 터를 잡고 사신다면 얼마나 좋을까, 하는 생각에 빠져 있을 무렵 차고에 차가 도착했다는 알림음이 울렸다. 문희는 앞치마에 손을 닦으며 종종걸음으로 마중을 나갔다.

차고와 연결된 엘리베이터에서 내려선 수연은 만면에 반가운 기색을 숨기지 못한 채 인사하는 문희를 향해 어색하게 마주 웃었다. 지난날 수연이 이곳을 드나들 적에는 집 안에서 고용인들과 마주치지 않도록 지헌이 미리 언질을 해 두었기 때문에, 그녀가 문희를 직접 대면하게 된 것은 사실상 처음이었다.

태생적으로 남을 부리는 것에 익숙한 지헌과는 달리, 수연의 얼굴엔 삽시간에 숨기기 어려운 홍조가 떠올랐다. 남자 혼자 사는 집에 여성용 샤워 가운을 준비하여 걸어 두었을 사람, 두 사람이 집에 들어올 시간에 맞춰 김이 모락모락 피어오르는 따뜻한 밥상을 차려 놓고 솜씨 좋게 빠져나갔던 그림자 같던 사람, 심지어는 그들이 밤새 엉망으로 만들어 버렸던 침대 시트라든가 정사의 흔적을 뒤에서 조용히 처리하였을 사람이란 생각에 어쩐지 낯이 뜨거워 절로 고개가 떨궈져 아래를 향했다.

"이렇게 만나 뵙게 돼서 저는 너무 반가워요. 먼 길 오시느라 피곤하시겠어요. 식사 안 하셨다고 전달받았는데 바로 식사하시겠어요? 아까 미리 전화받고 준비해 두었는데……."

문희는 양손 가득 짐을 들고 뒤이어 올라온 김 기사로부터 나란히 짐을 받아 들며 기대하는 눈으로 물었다. 영혼을 불살라 준비한 음식들이 어떤 평가를 받을지, 몹시 열렬한 기대를 담은 눈빛이었다.

"식사는 씻고 나와서 하겠습니다."

지헌은 작게 고개를 까딱이곤 수연의 허리를 당겨 안으며 방으로 잡아끌었다.

등 뒤로 문이 닫혔다. 에스코트하듯 허리를 감싸고 있던 신사적인 손이 전혀 다른 태도를 보이며 음란한 모양새로 지분거리기 시작한 것은 그때부터였다.

"앗. 지헌 씨……. 잠깐."

수연은 불안한 시선으로 방문 쪽을 살피며 옷 안을 파고드는 손길을 다급하게 밀어 냈다. 그러나 이내 억센 줄기처럼 감겨드는 팔 안에 완전히 갇혀 버렸다. 다리가 엉켜 엉겁결에 뒷걸음질을 쳤다. 어느새 고개를 숙인 지헌은 수연의 목덜미를 깨물고 있었다.

"바깥에…… 들릴 것 같……. 읏."

키를 낮추기 위해 한껏 구부러진 등. 그 모습은 언제든 가슴을 저릿하게 만드는 이상한 힘이 있었다. 수연은 무심코 습관처럼 그 등을 나긋하게 쓰다듬었다. 더운 숨이 부드러운 살결을 간지럽혔다. 그가 깊게 숨을 들이마시자, 온몸에 소름이 돋았다.

"잠깐. 잠깐만요."

투둑 하는 작은 소리와 함께 수연이 입고 있던 니트가 두 사람이 지나간 자리에 떨어져 내렸다. 침실 안쪽의 욕실로 향하는 발걸음 아래로 옷 무덤이 이어졌다.

"비행기에서부터 참느라 힘들었어……."

지헌은 욕실 문을 열어 그 안으로 수연을 부드럽게 밀어 넣으며 음험하게 속삭였다.

"이거 봐. 난리잖아, 지금."

제 상태가 얼마나 심각한 지경인지 알아봐 달라는 듯 지헌은 뚜렷한 목적을 가지고 의도적으로 몸을 붙여 왔다.

"안쓰럽지 않아?"

어느새 속옷만을 남기고 벌거벗겨진 채, 배를 콕콕 찌르는 노골적인 존재감을 무시하기란 쉽지 않았다.

"이러면, 안 돼요. 밖에 아주머니가……."

수연은 고개를 가로저으며 자꾸 흘러나오려는 신음을 애써 억눌렀다. 미간을 좁힌 표정은 더없이 엄숙했으나, 두 뺨은 홍조로 발그레 물들어 있어 그의 경거망동을 자제시키는 사람으로서의 위엄이 다소 흐트러졌다.

"아주머니가 뭐. 그냥 같이 샤워나 하자는 거잖아."

샤워나 하자는 사람이 어째서 엉덩이는 터뜨리고 싶은 것처럼 움켜쥐는 건지. 게다가 가슴을 은근하게 주무르고 있는 다른 한 손은 또 무엇이고. 언행이 극도로 불일치하여 기가 막힐 따름이다. 그보다 수연을 더 기가 막히게 하는 건.

"아. 혹시 야한 생각 했어?"

대체 누가 누구한테.

짓궂으면서도 어째서인지 약간 기쁜 얼굴로 지헌이 속삭였다. 웃음기가 가득 밴 목소리가 욕실 안을 메아리쳤다.

"여기서 우리 두 사람 중에 누가 더 야한 생각을 했는지는…… 너무 분명하단 생각 안 해요? 정말이지…… 뻔뻔해서."

수연은 눈을 가늘게 뜨고 지헌의 하체를 턱짓으로 가리켰다. 이제 와 새삼 그런 거로 부끄러워할 거라곤 생각하지 않았지만, 지헌은 예상보다 더 뻔뻔한 얼굴이었다. 오히려 네 것도 확인해 보겠다는 듯 수연의 브래지어 안으로 손을 밀어 넣으려 들어 다급하게 쳐 내야 했다.

신경이 반쯤은 바깥에 쏠려 있던 수연은 소음을 확실히 차단하고자 욕실 문을 완전히 닫았다. 지헌은 제게 등을 보인 수연의 몸을 돌려세운 후 지그시 마주 보며 그녀의 허리를 빈틈없이 끌어안았다. 몸을 뒤척이며 여전히 작게 반항하는 수연의 귓바퀴를 그의 끈적한 목소리가 축축하게 적셨다.

"샤워하는 척하면…… 아무도 모를 거야. 수연이 너만 조용히 해 준다면."

"……모르긴 뭘 몰라요. 순 억지 아냐……."

"따지고 보면 내가 이렇게 된 것도 다 한수연, 네 탓이잖아. 나 원래 이러지 않았어. 그러니까 수연이 네가 날 망쳐 놓은 책임을 져야지."

"자기 혼자 흥분해 놓고 맨날 내 탓……."

수연이 지겹다는 듯 눈을 흘기며 냉랭한 말을 덧붙였다.

"알아서 혼자 해결하세요. 한겨울에 또 찬물로 샤워해 보시든가."

문득 얼마 전에 있었던 일이 생각나, 다시는 한겨울에 찬물로 샤워할 생각 하지 말라는 뜻으로 한 타박이었는데 지헌에겐 전혀 먹히지 않았다. 오히려 그는 수연의 말에 어떤 영감을 받은 듯 입꼬리를 장난스럽게 들어 올렸다.

"그럼 나 혼자 하는 거 볼래?"

"뭐…… 뭐라고요?"

그와 이런 짓 저런 짓을 수없이 많이 해 무뎌질 법도 한데, 아직도 음란하고 상스러운 언사에 있어서 그가 자신을 경악시킬 일이 남아 있다는 사실이 놀라울 따름이었다.

수연은 입을 떡 벌리고 지헌의 어깨를 밀어 내며 상체를 뒤로 물렸다. 그래 봤자 허리가 완전히 붙잡혀 있어 등허리가 곡선을 그리며 휘어졌을 뿐이라 그리 큰 효과는 없었지만.

"샤워부터 할까?"

지헌은 당혹감에 멍하니 굳어 있는 수연의 어깨를 툭 떠밀어 샤워 부스 안으로 밀어 넣은 후 앗 하는 사이에 물을 틀었다. 천장에 붙은 샤워기에서 물줄기가 쏟아져 내렸다. 수연은 피할 겨를도 없이 머리끝부터 발끝까지 젖어 버렸다.

이마에 달라붙은 수연의 머리카락을 다정하게 넘겨 준 후 젖은 속눈썹을 엄지로 쓸어 주는 지헌의 입술엔 얄밉기 짝이 없는 온화한 미소가 걸려 있었다.

"다 젖어 버렸네?"

얇은 레이스 브라렛과 흰색 팬티가 완전히 젖어 투명하게 변한 천 아래로 흰 살결이 적나라하게 드러났다. 그것이야말로 샤워기를 작동시킨 목적이었다는 듯 지헌은 몹시 만족스러워진 눈으로 어깨를 으쓱였다.

"어쩌지……."

물에 젖어 질척거리며 피부에 들러붙는 속옷 위를 은밀한 손길이 느릿느릿 지분거렸다. 얼굴 전체에 더운 기운이 훅 몰려들며 알 수 없는 현기증이 일었다. 수연은 무심결에 지헌의 어깨를 붙잡으며 몸을 기대었다.

지헌은 낮게 키득거리며 수연의 팔을 제 목에 둘러 단단히 붙잡을 수 있게 고정시키곤 수연의 허리 아래로 손을 내렸다.

"너무 젖어서, 벗어야겠는데."

예고도 없이 갑자기 샤워기를 틀어서 물벼락을 맞게 해 놓곤, 왜 칠칠치 못하게 속옷을 적셨냐는 듯 묘하게 책임을 전가하는 태연자약한 말투가 황당하기까지 했다. 그런데 어째서…… 몸속에 불씨를 피워 놓은 것처럼 배 속이 홧홧해지고 얼굴은 점점 더 달아오르는 건지.

"벗겨 줄게."

"……."

"다리 들어."

지헌은 젖은 속옷 끈에 손가락을 걸고 손을 내리며 명령했다. 수연의 허벅지를 스치며 내려온 속옷엔 잠시 실타래 같은 투명한 실이 이어졌다가 금세 끊어졌다. 그것을 놓치지 않고 목도한 지헌은 침음 섞인 신음을 낮게 내쉬었다. 야트막한 이성의 끈이 함께 끊어지기에, 충분한 광경이었다.

수연은 지헌이 벗겨 내린 속옷을 뺄 수 있도록 다리를 들어 주고는 장밋빛으로 붉어진 뺨을 지헌의 어깨에 기대었다. 상대적으로 낮은 그의 체온 때문인지 뜨거웠던 뺨이 시원하게 느껴져 기분이 좋았다. 뺨을 맞붙인 채로 나른하게 비비자, 강인한 손아귀에 턱이 붙잡혀 들어 올려졌다.

두 눈이 마주치기 무섭게 수연은 다시 눈을 내리감았다.

지헌에게로 빨려 들어가는 순간이었다. 그는 무섭도록 파고들었다가, 어느새 다정하게 휘감고 격정적으로 빨아 삼켰다. 이럴 때면 언젠가 그와 하나로 합쳐지는 것이 아닐까 하는 멍청한 생각마저 들었다.

그 정도로, 그와의 키스는 황홀하리만치 비현실적이었다.

"나도 다 젖었는데."

긴 키스 끝에 서로의 입술을 떼어 낸 지헌은 곤란하다는 듯 중얼거렸다. 그러곤 오만하기 짝이 없는 표정으로 수연을 향해 자신의 드로어즈를 눈짓했다.

벗겨.

말 대신 눈빛이 말하고 있었다. 그 거역할 수 없는 힘에 이끌리듯 수연은 스르륵 손을 뻗어 지헌의 드로어즈를 벗겨 내렸다. 젖은 천을 한껏 밀어 내며 서 있던 성기가 퉁 하고 튕겨져 나왔다. 곧장 하늘을 향해 발기한 그의 것은 귀두에서 흘러나온 쿠퍼액으로 기둥까지 매끄럽게 젖어 있었다.

수연은 저도 모르게 숨을 삼키고 입술 끝을 까득 깨물었다. 어째서 지헌의 앞에선 여전히 이렇듯 긴장하게 되는지, 어쩌면 그의 눈엔 이런 자신이 우스워 보일지도 모르겠단 생각이 들었지만 어쩔 수 없었다. 몸의 본능적인 반응이라 수연이 달리 어찌할 수 있는 것도 아니었으니 도리가 없었다.

"자. 그럼 이제 선택해."

"……."

아래를 향하고 있던 수연의 턱 아래를 지헌의 검지가 천천히 들어 올렸다. 지헌은 너그럽게 웃는 표정으로 수연에게 선택지를 부여했다.

"볼 거야. 할 거야."

수연은 마른침을 꿀꺽 삼켰다. 잠시 복잡하게 얽혔던 머릿속은 어느덧 차분해졌다.

"우선은 한 번 보고……. 할지 말지는 그때 가서 정하죠. 뭐."

담담한 목소리로 그의 뒤통수를 억세게 후려갈긴 듯한 발칙하기 짝이 없는 수연의 발언에 지헌은 결국 헛웃음을 터뜨렸다.

"많이 컸네. 한수연."

"다 도지헌 씨 덕분이죠."

수연은 배시시 웃으며 지헌의 손을 당겨 내렸다. 그러고는 어서 한번 해 보라는 듯 굵다란 기둥을 그의 손안에 쥐여 주었다. 호기심에 찬 말간 눈동자가 예쁘게 반짝거렸다.

□　◆　□

순수하지만은 않았던 길고 격정적인 샤워가 끝나고 달칵, 욕실 문이 열렸다. 안쪽의 뜨거웠던 열기와 함께 간지러운 웃음소리가 바깥으로 흘러나왔다.

"내가 한다고요. 간지러워! 거기 하지 마."

지헌은 커다란 수건을 둘러 수연의 몸 구석구석의 물기를 닦아 주었다. 그 손길이 장난스럽게 수연의 옆구리를 간지럽히자, 수연이 반사적으로 몸을 앞으로 푹 숙이며 웃음을 터뜨렸다. 지헌은 한껏 움츠린 수연의 어깨에 입술을 꾹꾹 찍어 누르며 키득거렸다.

"팔."

지헌의 목소리엔 여전히 웃음기가 배어 있었다. 그의 지시대로 팔을 내밀자, 지헌은 익숙하게 수연의 몸에 가운을 입혀 주곤 그녀의 긴 머리카락을 부드러운 수건으로 툭툭 두드려 머리카락 끝에 매달려 있던 물기를 제거했다. 자신의 짧은 머리카락 끝에서 헐벗은 어깨 위로 뚝뚝 떨어지는 물방울 따윈 전혀 개의치 않는 다분히 편파적인 태도였다.

지헌은 욕실 바로 앞 커다란 거울이 놓인 화장대 앞으로 수연을 이끌었다. 수연의 길고 풍성한 머리카락을 꼼꼼히 드라이해 주는 그의 손길이 몹시 자연스러웠다. 매일 해 줄 수 있는 건 아니었지만, 시간과 일정이 허락되는 한 그것은 그에게 일종의 취미가 되어 있었다. 엄밀히 말하자면 오히려 그는 그렇게 함으로써 제 몸과 마음이 부드럽게 이완되는 듯한 위안과 단순한 취미 이상의 충만감을 얻었다.

이상하리만치 기분이 좋았다. 늘 수분을 가득 머금은 윤기 있고 부드러운 머리카락을 손가락에 가득 움켜쥘 때면.

처음부터 그랬다. 지헌은 거울 속에서 자신에게 머리를 맡긴 채 노곤한 듯 눈을 감고 있는 수연을 바라보며, 제 감정에 무지한 채로 그저 마치 습관처럼 그녀의 머리카락을 제 손에 감아쥐기 바쁘던 과거의 자신을 떠올렸다. 눈앞에서 파도치듯 일렁이는 풍성한 머릿결의 잔상을 멍하니 좇던 수없이 많은 순간들도.

"음……. 아. 이제 내가 해 줄게요."

잠시 감고 있던 눈을 뜨고 멍하니 몇 번 깜빡이던 수연은 이내 정신을 차린 듯 스툴에서 몸을 일으켰다. 지금껏 수연이 앉아 있던 스툴에 앉은 지헌은 화장대의 거울 쪽을 바라보는 대신 수연을 마주 보는 자세로 몸을 돌렸다.

드라이기를 건네받은 자신을 빤히 직시하는 시선에 수연의 입에선 짧게 웃음이 터졌다. 이윽고 드라이기의 소음이 다시 시작되고 가느다란 손가락이 지헌의 머리카락을 헤집으며 부드러운 감각을 남겼다.

수연이 그리하였듯, 지헌 또한 천천히 눈을 내리감았다. 그러곤 자석에 이끌리듯, 매우 당연한 수순인 것처럼 수연의 몸을 제 쪽으로 가까이 당기며 그녀의 허리를 꼭 끌어안았다. 수연은 지헌의 다리 사이에 단단히 갇힌 채, 저에게 매달리듯 넝쿨처럼 엉켜든 지헌의 고요한 얼굴을 가만히 응시했다.

생긴 것과는 다르게 은근히 애교가 있다니까……. 그에 대한 실없는 생각을 하고 있을 무렵이었다. 은밀하게 가운을 가르고 들어온 손길이 망설임 없이 가슴을 움켜쥔 것은.

그럼 그렇지.

어쩐지 애틋하고 간질간질한 기분에 젖어 있던 수연은 삽시간에 미간을 가늘게 좁혔다. 그러나 지헌은 아랑곳하지 않고 몸을 기울여 손아귀에 쥔 부드러운 가슴을 입에 머금었다.

"……그만. 이제 나가야 돼요."

"……응."

"아무렇게나 대답하지 말고. 밖에 아주머니 기다리시잖아요."

"대충 기다리다가 지금쯤이면 눈치채고 가셨겠지."

그런 거라면 다음에 무슨 낯으로 아주머니를 뵈야 할지. 삽시간에 얼굴이 창백해진 수연의 손을 파고든 지헌의 커다란 손이 드라이기를 빼앗아 화장대 위에 내려놓았다. 걱정에 빠져 미처 의식하지 못하는 사이에 수연은 지헌의 무릎 위에 안락하게 앉혀졌다.

제게 집중하라는 듯 수연의 뺨을 톡톡 두드린 지헌이 예의 그 너그러운 표정으로 물었다.

"한 번 더 하고 먹을까. 먹고 할까."

"……."

"아님. 먹으면서 하는 것도. 난 좋은데."

수연은 기가 막힌 표정으로 입술을 달싹거릴 뿐 아무런 대답도 내지 못했다. 다시 돌아온 한국에서의 첫날은, 몹시도 고단하였다.

□ ◆ □

"가셨어. 나와."

지헌의 말에 방문 뒤에서 서성거리던 수연은 작은 한숨을 내쉬며 침실 밖으로 나왔다. 결국, 시간은 훌쩍 지나 있었고, 지헌이 언급했던 것처럼 아주머니는 심상치 않은 분위기를 눈치채고 자리를 피하셨는지 집 안은 고요하기만 했다.

이 민망한 상황에서 당장 아주머니를 대면하지 않아도 된다는 것은 다행이었지만, 언젠가 다시 마주치게 될 게 뻔하니 결국은 그저 조삼모사에 불과했다. 조금도 이 상황을 민망하거나 부끄러워하는 기색조차 없는 지헌이 신기할 따름이었다.

"앉아 있어."

수연은 지헌의 손에 이끌려 다이닝 룸으로 가 그가 빼 준 식탁 의자에 힘없이 주저앉았다. 장거리 비행 직후 초긴장 상태로 지헌의 조부를 대면한 데다 곧바로 격렬한 정사까지 연이어 이어진 탓에 모든 기운이 쇠진하여 온몸의 근육이 바르작거리고 제멋대로 움찔거렸다.

반면 지헌은 오히려 개운해 보이는 모습으로 부엌을 향했다. 그런 뒷모습을 얄미운 눈길로 흘기던 수연은 이내 자조 섞인 실소를 픽 터뜨렸다. 그의 유혹을 이기지 못해 두 번이나 해 버린 건 결국 저 자신인데 누굴 탓하겠어.

허탈하게 웃음 짓던 수연은 문득 식탁 위에 놓인 작은 쪽지를 발견해 집어 들었다.

「갈비찜, 된장찌개는 5분 정도만 데워서 드시고 전복구이는 약한 불에 앞뒤로 살짝만……」

문희가 남긴 쪽지였다. 꾹꾹 눌러쓴 글씨체에서 정성껏 준비한 음식을 가장 맛있는 상태로 선보이고 싶은 열정과 따뜻한 마음이 느껴졌다. 주절주절 자세히도 쓴 쪽지를 읽으며 수연은 저도 모르게 사르르 미소 지었다.

수연으로선 그들의 내밀한 사적인 영역을 근거리에서 케어하는 타인의 존재가 아직은 어색하고 낯설었지만, 어쩐지 그녀와 앞으로 잘 지낼 수 있을 것 같은 예감이 들었다.

미소 띤 얼굴로 쪽지를 식탁 위에 내려놓은 수연은 그제야 천천히 주위를 둘러보았다. 삼면이 통유리로 된 다이닝 룸은 정원 한쪽으로 돌출된 형태로 놓여 있었다. 유리 너머로 내려다보이는 정원에는 희끗희끗 눈이 쌓여 있는 사시사철 푸르른 침엽수가 보이고 식탁 위로는 오후의 미지근한 햇볕이 내리쬐고 있었다. 따끈따끈한 햇살에 노곤한 몸이 녹아내리는 것 같았다.

수연은 깊은 생각에 빠진 얼굴이 되어 손바닥 위에 턱을 괴었다. 이 집에 드나들며 아슬아슬한 이중생활을 이어 가던 나날들의 기억은 어딘가 비현실적인 꿈을 꾸었던 것처럼 아득하게만 느껴지는데……. 어째서인지 바로 어제까지도 이곳에서 먹고, 자고, 그와 몸을 섞으며 지내 온 것처럼 이 집의 모든 게 이상하리만치 익숙하고 아늑했다.

수연은 추억을 더듬듯 무심코 매끄러운 식탁 표면을 문질거렸다. 윤기가 반지르르 흐르는 식탁 표면을 멍하니 바라보고 있자니, 머릿속에 과거의 기억이 와르르 쏟아져 내리듯 생생하게 떠올랐다.

쿵쿵쿵 떠밀리던 몸과 식탁 표면 위를 허우적거리던 땀에 젖은 손바닥. 하나로 뒤엉킨 신음 소리와 더운 습기. 머리끝까지 차오른 흥분과 한계에 다다른 쾌락에 못 이겨 상체가 앞으로 풀썩 꺾이자, 벌주듯 그녀의 골반을 붙잡아 있는 대로 끌어당기던 우악스러운 손길이. 거칠기 짝이 없는 행위, 서러워야 마땅할 순간에 오히려 더없이 달아올라 받은 숨을 내쉬던 자신이.

'내가 지금 무슨 생각을 하는 거야…….'

수연은 상기된 뺨을 손등으로 내리누르며 벌떡 자리에서 일어났다.

기진맥진해서 축 늘어져 있는 와중에 또 이런 야한 회상이라니. 미쳤나 봐.

"앉아 있지 왜 일어나."

어느새 지헌이 가까이 다가온 것도 몰랐던 수연은 갑작스러운 그의 목소리에 화들짝 놀라 어깨를 움츠렸다. 지헌은 부엌에서 데워 온 음식들을 식탁 위에 내려놓으며 피식 웃었다.

"무슨 생각 하길래 그렇게 놀라?"

"아……. 아뇨. 그냥."

수연은 대충 얼버무리며 식탁 위에 덮여 있던 음식 커버를 치워 냈다. 그 아래엔 갖가지 김치와 소담스러운 모양새의 밑반찬들이 놓여 있었다. 그 위에 지헌이 가져온 그릇들을 놓자 이내 먹음직스러운 한 상이 차려졌다.

두 사람은 식탁에 나란히 마주 앉아 식사를 시작했다. 처음엔 몇 달 만에 맛보는 한국 음식의 맛에 감탄하고, 뒤이어 무슨 음식이든 맛깔나게 만든 아주머니의 솜씨를 칭송하는 수연의 목소리가 다이닝 룸을 나직하게 채웠다. 지헌은 희미하게 미소 띤 얼굴로 수연을 지그시 바라보며, 중간중간 수연의 젓가락이 닿는 그릇들을 조금 더 그녀의 쪽으로 밀어 주곤 했다.

"음. 아까 병원에서 말이에요."

"어."

식사가 끝나 갈 무렵, 수연은 조심스러운 주제를 꺼내 보았다.

결혼과 복직을 언급한 지헌의 조부.

사실 결혼은 큰 문제가 아니었다. 어차피 하기로 한 거였으니.

하지만 그의 복직이라면…… 곧 수연에게도 한국으로의 완전한 귀국을 의미했다. 사실 그의 가족들을 만나 보기로 결심한 시점에 이미 어느 정도 예상한 일이긴 하지만, 생각만 했던 것과 직접 귀로 듣게 된 것은 엄연히 달랐다. 더군다나 이 문제에 관해 지금껏 두 사람이 서로 진지하게 논의해 볼 기회가 없었기에 한 번쯤은 꼭 이야기해 볼 필요가 있었다.

하지만 사실 이렇게 바로 언급하려 한 건 아니었다. 충분히 시간을 갖고 그가 자신의 생각을 정리했을 즈음 넌지시 물어볼 생각이었는데……. 식탁 맞은편에 앉아서 그녀를 마주 보는 지헌의 얼굴을 바라본 순간, 어쩐지 그냥 말해도 될 것 같은 기분이 들었다. 그의 얼굴이 아무런 고민이나 근심 없이 너무나 평화롭기만 해서.

"회장님께 우리 결혼하기로 한 건 왜 말씀 안 드렸어요?"

수연의 말에, 도 회장 앞에서 딱히 결혼의 필요성을 못 느끼겠다느니 하는 맘에도 없는 소릴 지껄이며 한껏 블러핑을 해 대던 제 모습이 떠올라 다소 머쓱해진 지헌은 오히려 더욱 태연자약한 얼굴로 말했다.

"더 안달 나라고."

아무렇지 않게 툭 내뱉곤 물을 마시는 지헌에 수연은 그저 웃음만 나왔다.

"아까 봤지? 핏줄에 거의 미친 노인네—"

지헌은 잠시 수연을 흘긋 살피며 무심결에 내뱉은 격한 말을 주워 삼키곤 다시 말을 이었다.

"도지호 결혼에 문제 생기고, 우리 덴마크에 있을 때 이미 계산은 끝냈겠지. 불러들일 때부터 의도야 뻔한데. 군이 납작 엎드려서 그 의도에 맞춰 준들 좋은 패를 까 보일 리 없으니까."

지헌은 냉철한 사업가의 얼굴로 자신의 조부에 대해 말하고 있었다.

"아무튼, 내민 패가 그리 나쁜 패는 아닌 것 같은데. 수연이 네 생각은 어때?"

그가 턱을 괴며 싱긋 미소 짓자, 그의 얼굴에 감돌던 냉정한 기색은 온데간데없이 사라졌다. 갑자기 제 생각을 묻자 수연은 약간 당혹했다.

"저요? 나야 뭐……."

"내가 아까 병원에서, 너랑 상의해 보겠다고 말한 건. 전적으로 네 뜻에 따르겠다는 의미야."

일말의 흔들림도 없는 직선의 시선이 수연을 응시했다. 수연은 잠시 말을 잃고 가만히 지헌을 마주 보았다.

혈혈단신으로 훌훌 떠나면 그만인 저와는 달리 손에 쥔 것도, 어깨에 짊어진 것도 많은 그가 저 하나를 붙잡기 위해 모든 걸 뒤로하고 한국을 떠나왔을 때. 아무런 연고도 없는 덴마크에 남기로 했을 때. 그때의 그 마음의 무게, 그 묵직한 중량감이 새삼스럽게 심장을 짓눌러 거세게 욱신거렸다.

"어떻게……."

어떻게 그런 중차대한 문제가 당신한텐 아무것도 아니야. 왜 그런 중요한 걸 나한테 맡겨.

누군가 심장에 펌프질하듯 가슴이 벅차올랐다. 부끄럽게도 눈물이 쏟아질 것처럼 눈가가 뜨끈해지는 게 느껴졌다. 잠시 고개를 숙이고 숨을 고른 수연은 이윽고 아래를 향해 있던 고개를 들어 올리곤 그와 시선을 마주했다.

"우선……."

"……."

"회장님이 주신다는 그 지분의 가치가 어느 정도인지부터 좀 들어 보고요."

말간 얼굴로 혹 눈물이라도 흘리는 줄 알았는데 도리어 선선히 내뱉는 세속적인 말에 지헌은 만족스러운 웃음을 터뜨렸다. 그녀는 여전히 사람 뒤통수를 후려치는 데 일가견이 있었다.

돈 얘기에 눈을 반짝거리는 귀여운 얼굴이라니. 다소 의외적인 면모이긴 하지만, 수연의 우는 얼굴을 보는 것보단 훨씬 마음에 들었다.

게다가 지금부터 그가 설명할 지분의 가치는 절대 그녀의 기대를 실망시킬 일 없을 테니까.

□　◆　□

지분 승계 소식과 그 전제 조건을 듣게 된 윤희연 여사는 손바닥 뒤집듯 태도를 바꾸어 수연을 굴러 들어온 복덩어리 대하듯 귀히 여겼다. 아들이 도성그룹을 집어삼키는 것만이 일평생의 목표였던 그녀로서는 어쩌면 당연한 태세 전환이었다.

희연은 도 회장의 높은 뜻을 알게 된 직후부터 진심으로 수연의 존재를 감사히 여기기로 마음먹었지만, 그런 진심에도 불구하고 막상 그녀가 수연을 대면하게 된 것은 그로부터 꽤 오랜 시일이 지난 후였다.

희연이 보면 닳아 없어지기라도 하는 것처럼 저로부터 수연을 꼭꼭 숨겨 놓고 만남을 원천 차단 한 아들 녀석 때문에 희연은 기가 차고 말문이 막힐 따름이었다.

속 좁은 아들에 비하면 훨씬 관대한 수연 덕분에 두 사람의 만남이 겨우 성사되긴 했지만, 그 후에도 좀처럼 경계의 벽을 허물지 않는 지헌 때문에 희연은 수연을 자주 볼 수 없었다. 마음 같아선 한국에서 적응하느라 바쁜 와중에 결혼 준비까지 해야 하는 게 안쓰러워 그것을 핑계 삼아 친정 엄마 노릇이라도 해 주고 싶은 마음이 다분했지만, 현실에서 허락된 것은 한 달에 한두 번 함께 스파에서 관리를 받는 게 다였다.

"지헌 씨."

직원의 안내에 따라 스파 라운지 안으로 걸어 들어오는 지헌을 발견한 수연의 얼굴에 햇살 같은 미소가 번졌다. 먼저 관리가 끝난 탓에 라운지로 돌아온 수연은 하릴없는 기다림이 조금 지루해지던 참이었다.

그를 제외하곤 죄 여자들뿐인 공간에서도 전혀 주눅 들지 않은 당당한 태도로 다가온 지헌은 주변의 시선엔 개의치 않고 허리를 숙여 수연의 머리칼 위에 짧게 입을 맞추었다. 입술이 닿았던 자리를 손으로 스윽 쓰다듬으며 지헌은 수연의 옆에 앉아 긴 다리를 비스듬하게 꼬았다.

"어머니는?"

"아직 안 끝나셨나 봐요."

"같이 받는 거 아니었어?"

"전 얼굴만 해서 먼저 끝났어요."

"뭘 하길래 예비 신부보다 자기가 더 오래 걸려."

그가 불만스럽게 중얼거렸다. 그의 불충한 말투를 지적하는 것도 잊은 채 순간 수연은 다른 것에 온 신경이 쏠렸다.

예비 신부. 신부. 신부님.

처음엔 등골이 오싹해질 정도로 어색하기 짝이 없는 말이었지만, 번갯불에 콩을 굽듯 결혼 준비를 해치워 나가는 동안 어느새 퍽 익숙해진 단어였다. 하지만 충분히 무뎌졌다 한들, 지헌에게 그렇게 불리니 어쩐지 쑥스럽고 낯이 뜨거워졌다. 미묘하게 굳은 수연의 반응을 기민하게 눈치챈 지헌은 입꼬리를 장난스럽게 올리곤 짐짓 태연한 말투로 물었다.

"왜 그래. 수연아."

"……."

"얼굴 빨개졌는데."

사실 여전히 믿기지 않을 때가 있었다. 어떤 날의 꿈에서 수연은 혼자 덴마크의 좁은 집에서 홀로 눈을 떴고, 어떤 날의 꿈에선 언젠가 사랑니가 사라진 자리의 퉁퉁 부은 볼을 감싸고 울고 있었다. 그리고 잠결에 몸을 끌어안는 기척을 느끼고 눈을 떴을 땐, 눈앞에 그가 보였다.

그럴 땐 어떤 것이 꿈인지 분간하기가 어려워 한참을 눈을 깜빡거리고 나서야 이제 막 잠에서 깨어난 지헌의 모습이 눈앞에 선명해졌다. 그러니까 이 꿈같은 현실이 믿기지가 않아서.

"왜 흥분했는데?"

고작 얼굴의 옅은 홍조를 흥분의 척도로 확대하여 해석하는 저 기꺼운 얼굴과 함께하는 지금이.

"저리 가요."

"왜 부끄러워해?"

널찍한 소파의 빈자리를 두고 굳이 수연의 옆으로 바짝 당겨 앉는 지헌의 어깨를 밀쳐 내며, 수연은 붉게 달아오른 얼굴을 모로 기울여 그의 시선에서 벗어나고자 했다. 그래 봤자 그 시도는 턱 아래를 감싸 쥐어 제 쪽으로 당기는 지헌의 손아귀에 붙잡혀 허무하게 무산되었지만.

"사람들이 봐요. 저쪽으로 좀 가요."

"네가 너무 예뻐서 보는 거야. 우리가 얼마나 달라붙어 있는지와는 상관없이."

그들에게 쏠린 시선이 당연히 수연의 뛰어난 미모에서 비롯된 것이라는 확신이었다. 평일 오후 호텔 스파 라운지에 홀연히 나타난 보기 드문 체격과 수려한 낯으로 중년 여성들로부터는 흐뭇한 시선을, 비슷한 나이대의 여성들로부터는 그저 홀린 듯한 시선을 불러일으킨 장본인으로선 지극히 자기중심적인 확신.

그러니 제 탓이 아닌 남의 이목쯤이야 거리낄 게 없다는 듯, 지헌은 수연의 턱을 당겨 입술에 쪽 입을 맞추고 나서야 그녀를 놓아주었다.

"쟤가 또……."

그때, 관리를 마치고 직원의 안내에 따라 라운지로 들어서던 희연은 제 아들이 산만 한 덩치로 제 예비 신부의 옆에 찰싹 달라붙어 쪽쪽거리고 있는 낯 뜨거운 광경을 맞닥뜨리고 못 봐 주겠다는 양 시선을 돌리다가 비슷한 표정으로 그 장면을 회피하던 직원과 눈이 마주쳐 민망한 웃음을 지었다.

희연은 어쩐지 기시감을 느끼다가 이내 가볍게 실소했다. 희연이 한 달에 두어 번 수연과 만나는 날이면 어김없이 봐 오던 제 아들의 얼빠진 모습이었다.

일평생을 고상하게 살아온 제 엄마가 수연을 잡아먹기라도 할 거라고 생각하는지, 두 사람이 저를 빼고 만나게 놔두지 않으려는 사명감마저 느껴지는 지헌의 행보를 보면 괘씸함이 들다가도 결국 그게 애틋하여 가슴 한구석이 내려앉았다.

희연은 제 반려자를 옆구리에 끼우듯 끌어안고 어찌할 바를 모르는 사뭇 낯선 얼굴의 아들을 보고 나서야, 자신이 오랜 시간 눈이 멀어 저질러 온 잘못을 뒤늦게 절감했다.

사랑 없는 결혼으로 평생을 불행하게 살아와 놓고, 그것을 제 아들에게 고스란히 물려주려 한 자신의 과오를. 자신의 불행으로 뻥 뚫린 가슴의 구멍을 아들의 불행으로 메우려 한 어리석음을.

아들의 저런 행복하다 못해 나사가 풀린 얼굴을 못 볼 뻔했다는 사실을. 늘 어딘가 텅 빈 눈만 뜨고 있던 아들이 저렇게 마음으로 가득 찬 눈빛도 띌 수 있다는 사실을.

그런 생각을 하노라면, 다소간의 품위를 잃은 채 제 예비 신부의 옆에 철썩 달라붙어 있는 꼴사나운 모습에도 그저 흐뭇한 미소가 지어지는 것이다. 물론, 그 미소의 기저에는 제 아들이 곧 도성의 최대 주주가 되리라는 세속적인 만족 또한 깊게 깔려 있었다.

"지헌이 너 또 엄마 감시하러 왔니?"

"아니에요. 오늘 드레스 보러 가기로 한 날이라서요."

희연의 말에 수연이 대신 대답하자 '아, 맞다. 그랬지.' 하고 고개를 끄덕인 희연은 그녀의 앞에 다과를 내려놓는 직원에게 말했다.

"아, 이건 괜찮아요. 차만 남기고 나머진 치워 줘요. 괜히 보면 자꾸 손이 가서. 나 다이어트 중이잖아."

얼마 있으면 우리 아들 결혼식이라……. 몇 번이나 반복해 들어 귀에 박힐 지경인 정보에 직원은 상냥하게 웃는 얼굴로 테이블 위에 내려놓았던 과자를 치우고 자리를 비켰다. 희연은 다리를 꼬고 앉아 고상하게 찻잔을 기울였다.

"내가 저번에도 말했지만, 대대로 우리 도성가 결혼식을 책임진 드레스 디자이너가 따로 있는데—"

"됐어요. 저희가 알아서 해요."

지헌은 일고의 여지도 없다는 듯 희연의 말을 싹둑 잘랐다. 그의 얼굴에 완연한 성가신 기색에도 불구하고 희연은 주눅 들지 않고 말을 이었다.

"그럼 적어도 가풍에 맞는 디자인을—"

"그 고리타분한 디자인을 어디 갖다 붙여요."

지헌의 무례하기 짝이 없는 말투에 수연이 그의 허벅지를 지그시 누르는 것으로 그를 나무랐다. 지헌은 어깨를 으쓱하곤 자리에서 일어나며 말했다.

"가자."

"아아. 어머니. 그럼 저녁은—"

"알아서 하실 거야. 저희 가 볼게요."

수연이 제대로 된 인사를 남길 겨를도 없이 그녀의 허리에 줄기 감듯 팔을 감은 지헌은 고개를 까딱이는 것으로 어머니를 향한 성의 없는 인사를 남기곤 몸을 돌렸다.

"저…… 저."

싸가지 없는 놈.

희연은 절로 튀어나오려는 고상하지 못한 언사를 가까스로 입속으로 삼키며 불효자스럽기 짝이 없는 아들의 뒷모습을 흘겼다.

□ ◆ □

5월의 신부를 위한 결혼식은 도성그룹이 소유한 호텔의 별관에서 비공식으로 진행되었다. 도 회장이 건넨 봉투 안에 있던 네 개의 날짜 중 가장 멀리 있던 날이었다.

활짝 핀 꽃 장식 위로 금빛 햇살이 눈부시게 부서지는 야외 웨딩이 거행되기 가장 좋은 시즌이라는 5월의 한가운데, 고작 몇 달을 남겨 두고 호텔의 가장 좋은 날짜를 온전히 차지하기란 불가능에 가까운 일이었지만 도성가의 개혼에 불가능이란 없다.

정·재계의 내로라하는 인물들로 추리고 추린 VIP 하객에게만 공개된 식이었지만, 조 단위 증여세를 감수하며 그룹의 최대 주주로 올라선 도성그룹 장손의 결혼식에 세간의 뜨거운 관심이 집중되었다. 호텔의 인근 건물에는 짐짓 무기처럼 생긴 광각 줌 카메라를 어깨에 둘러멘 기자들이 조막만 한 장면이라도 건져 보려 눈을 번뜩이며 진을 친 지경이었다.

정원을 가득 채운 화려한 꽃 장식 사이사이에 배치된 원형 테이블은 사전에 초대받은 하객의 이름표가 금빛으로 장식되어 있었다. 대다수가 도성그룹과의 관련으로 초대된 하객들로 서로 반갑게 인사 나누곤 이내 목소리를 낮춰 베일에 싸인 신부의 가문을 가늠하는 은밀하고 저속한 대화를 소곤거렸다.

수연은 몸의 라인을 따라 물결처럼 흐르는 웨딩드레스에 별빛처럼 반짝거리는 베일을 쓴 채 신부 대기실을 찾은 반가운 손님을 맞이했다.

『운! 정말 아름다워. 동화 속 공주님 같아.』

그들의 결혼식을 축하하기 위해 멀리 덴마크에서 날아온 아네트와 라스였다. 그중에서도 라스는 태생적으로 피에 흐르는 프랑스인 특유의 로맨틱한 말로 수연을 칭송했다.

『고마워. 두 사람 모두 멀리서 여기까지 와 주느라 힘들었을 텐데 온 김에 한국 구경도 많이 하고 가. 내가 구경시켜 주면 좋을 텐데…….』

다소 쑥스러웠지만, 수연은 햇살 같은 미소로 화답하며 오랜만에 만난 친구들의 얼굴을 살폈다. 그사이 두 사람이 연인 사이로 발전하지 않았을까 내심 기대했는데, 아직 특별한 진전이 없는 것처럼 보였다.

"그 몇 달 사이에 어째 머리가……."

라스가 수연의 아름다움에 대한 끊이지 않는 찬양을 이어 가자, 설핏 미간을 구긴 지헌이 수연 쪽으로 상체를 기울이며 속삭였다. 시선이 마주치자, 그는 천연덕스럽게 라스의 헤어라인을 눈짓했다.

"신랑님! 신랑님은 여기 계시면 안 돼요! 얼른 나가세요. 하객 맞이하셔야죠!"

그때, 잠시 자리를 비웠다가 돌아온 직원이 신부 대기실에서 노닥거리는 신랑을 발견하고 부산스럽게 외쳤다. 한국말을 알아들을 리 없는 라스가 잠시 어리둥절한 표정을 짓다가 직원의 등쌀에 떠밀려 신부 대기실을 떠나는 지헌의 등 뒤에 대고 천진하게 손을 흔들었다.

차마 떨어지지 않는 발걸음으로 홀로 나온 지헌은 밀물처럼 밀려드는 하객에 금세 그림 같은 미소를 만들어 보였다. 끊임없이 이어지는 접객으로 매끄러운 미간에 다소 짜증스러운 실금이 만들어질 무렵, 친근하게 어깨를 두드리는 손길에 지헌은 고개를 돌렸다.

"결혼 축하해. 무성애자인 줄로만 알았는데 결혼까지 하고. 어머니 입이 귀에 걸리셨던데?"

"어. 도승한. 왔어?"

멀찍이서 푸른빛 한복을 곱게 차려입고 손님을 맞고 있는 윤희연 여사를 눈짓하는 남자의 주변엔 묘하게 지헌과 유사한 분위기가 흘렀다. 얼굴의 골격과 윤곽이 남성적인 직선으로 떨어지는 지헌에 비하여 다소 미색을 흘리지만, 전체적인 체격과 오만한 눈빛을 은밀하게 숨긴 남자는 지헌과는 육촌지간인, DH그룹의 도승한 전무였다.

가까운 혈연관계는 아니지만, 미국에서 같은 시기에 같은 대학 생활을 한 덕분에 한때 친밀하게 지낸 시기가 있었다.

지헌은 그의 어깨를 가볍게 두드리며 지나가듯 물었다.

"진한이는?"

"아……."

승한이 곤란하다는 듯 콧등을 찡그렸다.

"그 녀석, 도망간 여자 친구 잡으러 간다고 하면서 며칠 전에 갑자기 호주 갔어. 너한텐 결혼식 못 가서 미안하다고 전해 달라더라. 다녀와서 따로 인사하겠다고."

그의 말에 지헌은 잠시 그 동생인 진한의 얼굴을 떠올렸다. 미국에 있을 때 종종 제 형을 보러 왔던 고등학생의 앳된 얼굴이 지헌이 기억하는 그의 마지막 모습이다. 그랬기에 방금 들은 말이 사뭇 어색하게만 들렸다.

"오냐오냐 키웠더니 덩치는 산만한 게 하고 다니는 짓은 영……. 애초에 저 싫다고 도망간 여자를 잡으러 가긴 왜 잡으러 가. 안 그래?"

눈앞의 도지헌이 한때 저 싫다고 도망간 여자를 잡으러 간 역사가 있다는 사실을, 그리고 그 여자가 바로 오늘의 신부라는 것을 꿈에도 알 리 없는 승한은 제 동생을 향한 애정 어린 불만을 계속했다. 지헌은 성의 없이 고개를 까딱거리는 것으로 영혼 없는 동의를 표했다.

"그 녀석 대체 언제까지 저 좋을 대로만 하고 살려고 하는 건지 모르겠다. 회사 입사를 하긴 했는데 자기가 회사에 다닌다는 자각이 있기는 한 건지 대책 없이 다 내팽개치고 여자나 쫓아다니고. 한심해서……."

승한의 말이 계속될수록 저한테 하는 말인 양 묘한 기시감이 느껴졌지만, 지헌은 저와는 하등 상관없는 말인 것처럼 아무렇지 않은 얼굴로 입가에 희미한 미소를 띠었다. 승한은 곧 자신이 새신랑을 붙들어 놓고 쓸데없는 소리를 떠들었다는 생각에 자연스럽게 대화 주제를 바꿨다.

"아. 근데 아까 잠깐 신부 대기실에서 봤는데. 정말 미인이시던데?"

그러나 오히려 지헌의 얼굴에서 삽시간에 희미한 미소가 흔적도 없이 사라졌다. 불만스러운 목소리가 튀어나왔다.

"네가 신부 대기실엔 왜 가."

"왜긴. 궁금하니까 인사드릴 겸 잠깐 봤지."

"나도 못 들어가는데 네가 거길 왜 가. 뭐가 궁금해서."

"……뭐라는 거야."

예상치 못한 반응에 승한은 어이가 없다는 듯 웃었다. 지헌은 무어라 더 할 말이 남았다는 듯 입을 열었지만, 그때 신랑 입장 준비를 알리는 직원의 다급한 채근이 들려왔다. 다음에 다시 얘기하자는 뜻의 곱지 않은 눈길을 보내는 지헌의 곁으로 다가선 직원이 멀끔한 그의 슈트 위를 괜스레 두어 번 쓸어내리는 것으로 옷매무새를 정리해 주었다.

그때 5월의 꽃향기와 함께 반짝이는 광채가 꿈결처럼 그의 곁으로 다가왔다.

수연이 다소곳하게 손을 내밀자, 새삼스럽게 홀린 듯한 경탄의 눈빛으로 지헌은 그녀의 손을 맞잡았다. 두 사람의 앞에 정원으로 이어지는 커다란 문이 열리고 눈부신 햇살이 발아래를 비추었다.

그들은 두 손을 꼭 잡은 채 버진 로드를 걸었다.

□　◆　□

타히티 보라보라섬의 리조트, 풀 빌라의 전용 프라이빗 비치에서 마음껏 유영하고 있는 인영을 나른한 눈으로 좇던 지헌우 이윽고 낮게 웃음을 터뜨렸다. 보는 이로 하여금 충분한 만족을 느낄 만큼 수연은 신혼여행지에서의 시간을 만끽하고 있었다. 한국에서 타히티까지, 그리고 다시 보라보라섬까지 지나치게 긴 이동 시간에 불만을 토로하던 사람이 대체 누구인지 모를 정도로.

호숫가의 작은 집에서 어린 시절을 보내 온 사람답게 수연은 수영에 능했으며, 틈만 나면 스노클링 장비를 집어 들고 남태평양의 바다를 인어처럼 누볐다. 언젠가 다녀온 몰디브 여행에서 그런 수연의 기호를 진작 파악했기에 지헌은 신혼여행지를 선택하는 데에 있어 일말의 망설임도 없었다.

지난해 수연을 뒤따라 훌쩍 덴마크로 떠남으로써 그가 회사에 남긴 갑작스러운 공백은 당연하게도 별 소음 없이 잠시간의 휴직으로 처리되었지만, 그의 복직과 거의 동시에 진행한 결혼이기에 수연은 장기간의 신혼여행을 퍽 부담스러워했다. 그렇지 않아도 주식 승계로 외부의 많은 눈이 지헌에게 몰려 있는 와중에 긴 휴가 사용으로 자칫 태만하다는 평을 들을까 걱정된 모양이었다.

그동안 오덴세에서 많이 쉬었으며 적당히 여행도 다녀 보았으니, 이번엔 국내 여행으로 한 3일 정도만 다녀오는 게 어떻겠냐는 수연의 말에 지헌은 가볍게 코웃음을 쳤다. 신혼여행 중 각종 언론사에서 몰래 찍은 너의 수영복 입은 사진이 대서특필되어도 상관없겠느냐는 그의 질문에 수연은 할 말을 잃고 신혼여행 준비를 지헌에게 일임했다.

물론 수연을 몰래 찍은 사진 따위가 감히 흘러 나갈 가능성은 도성그룹이 망하지 않는 한 없을 것이다. 지헌은 자신이 늘어놓았던 말 같지도 않은 협박을 떠올리곤 피식 실소했다.

명색이 신혼여행인데 적당히 타협할 생각이 없었기에 수연을 설득하기 위해 되도 않는 소리를 지껄였지만, 돌아가면 완연한 여름이 오기 전에 가볍게 국내여행을 다녀오는 것도 나쁘지 않을 것 같았다. 수연이 말한 것처럼 한 3일 정도…… 남해라든가, 제주도라면 좋아할 게 분명할 테니.

지상 낙원이라고 불리는 남태평양의 섬에 앉아 황홀한 옥빛 바다를 앞에 두고선, 어느새 또 어떻게 하면 너를 기쁘게 할 수 있을까 고민하는 꼴이라니.

샴페인 잔을 홀짝이며 7월 정도면 괜찮지 않을까, 날짜를 가늠하던 지헌은 실없이 미소 지었다. 정작 바다 수영을 그다지 좋아하지 않는 지헌은 프라이빗 비치가 내려다보이는 풀 사이드에 비스듬히 누워 있었다. 차가운 샴페인 잔 바깥에 맺혀 있는 물방울이 또르륵 미끄러졌다.

혹 긴급한 업무 연락이 올 것을 대비해 핸드폰과 태블릿은 지척에 두었지만, 상사의 더러운 성질머리를 모르지 않는 직원들이 애쓴 덕분인지 지금까진 꽤 만족스러운 신혼여행이었다.

그는 그저 게으른 짐승처럼 늘어져 있다가, 수연이 수영을 나갈 준비를 하면 기다렸다는 듯이 다가가 꼼꼼하게 선크림을 발라 주는 것으로 적당히 사심을 채웠다. 그러곤 또 게을리 누워서 샴페인을 홀짝거리다가, 수연이 바다에서 돌아오면 커다란 수건을 들고 가 얼른 그녀의 물기를 닦아 주고. 몸에 소금기가 묻었다는 핑계로 그녀를 욕실로 이끌어 은근슬쩍 붙어먹는 것으로 거듭 사심을 채우며.

꽤……. 아니.

더할 나위 없이 완벽한 신혼여행.

먹고 싶을 때 먹고, 자고 싶을 때 자다가 시선이 마주치면 매 순간 부족하다는 듯이 서로를 탐하고 채웠다. 오늘이 어제인지, 아니면 내일인지 모를 정도로 날짜에 무뎌지고 시간에 무감각해져서. 그저 서로에게 서로만이 존재하는 때.

그렇기에 필연적으로 두 사람은 어느새 침대 위에 또다시 뒤엉켜 있는 것이었다.

"여기, 탔어."

지헌은 수연의 다리 사이에 처박고 있던 고개를 들고 키득거렸다. 남태평양의 작열하는 태양 무서운 줄 모르고 수영복만 입은 채 바다로 뛰어들더라니. 수영복의 경계선이 선명하게 남은 자리를 덧그리듯 지헌의 입술이 미끄러졌다.

"샤워할 때 봤는데, 뭐…… 난 마음에 들어요. 더 건강해 보이는 것 같기도 하고."

중간중간 짧게 신음을 흘리며 수연이 중얼거렸다. 피식 웃는 소리가 들려와 수연은 시선을 아래로 내리고 물었다.

"이상해요?"

"아니. 예뻐."

"……흐웃."

"여긴 여전히 하얀데."

얼굴을 들어 시선을 마주친 지헌의 입가가 투명하게 젖어 번들거렸다. 그는 제 입술을 스윽 핥아 올리며 야릇하게 미소 지었다.

"내일은 벗고 해 봐. 수영."

"내가 미쳤어요? 누가 보면……."

"프라이빗 비치잖아. 우리밖에 없는데 뭐 어때."

"됐어요. 변태 같은 소리 여기선 왜 안 하나 했더니……."

수연이 질색하며 눈을 흘기자, 뱀처럼 매끄럽게 그녀의 몸을 타고 올라온 지헌이 귓가에 입술을 붙이고 은밀하게 속삭였다.

"할 때가 됐는데 왜 안 하나 기다렸어?"

여기까지 와서 실망시킬 순 없지. 수연의 대답을 듣는 대신 알 수 없는 말을 중얼거린 지헌은 눈 깜짝할 사이에 수연의 몸을 가볍게 들쳐 안고 침대에서 일어났다. 꺅 하는 짧은 비명과 함께 수연이 반사적으로 그의 목을 끌어안았다. 지헌은 한 손만으로 수연의 몸을 거뜬히 받쳐 든 채 다른 한 손으로 스툴 위에 걸쳐져 있던 블랑켓을 집어 들곤 발걸음을 옮겼다.

설마.

수연은 지헌의 품에 매달려 평생을 믿고 아낌없이 사랑하기로 맹세한 남편에 대한 첫 의심이 피어오른 눈빛으로 그를 올려다보았다. 지헌이 기어이 테라스로 이어진 유리문을 열자, 의심은 곧 확신으로 바뀌었다.

"미쳤어요, 진짜? 이러고 어딜 나가요!"

"이럴 때 밖에서 해 보지 언제 해 봐. 안 그래?"

"안 돼요. 너무 민망하고 이상……!"

이상하다는 말은 결국 지헌의 입술 사이로 집어삼켜졌다. 가슴팍을 때리고 어깨를 가볍게 할퀴는 소소한 반항은 이내 키스가 짙어지자 어느새 잦아들었다.

테라스에서 내려서자 발에 푹푹 감기는 백사장의 모래 때문에 지헌의 걷는 속도는 느려졌지만, 입술 안을 파고드는 흡입은 더욱 강해졌다. 파도 소리조차 들리지 않는 고요한 프라이빗 비치엔 질척하게 살갗이 맞물렸다 떨어지는 소리와 어지러이 뒤엉킨 신음 소리만이 울려 퍼졌다.

지헌은 해변의 어느 지점에 이르러 멈춰 섰다. 풀 빌라에서 적당히 떨어져 있어 주변은 오로지 모래사장뿐인 분명한 야외이면서, 빌라에서 흘러나온 조명이 닿아 있어 서로의 뜨거워진 몸과 달뜬 얼굴을 충분히 식별할 수 있다는 점에서 그의 정확한 계산이 엿보였다.

저도 모르게 지헌의 목을 끌어안고 매달려 있던 수연은 이윽고 부드럽게 바닥에 내려지는 것을 느꼈다. 몸 아래에는 어느새 부드러운 블랑켓이 깔려 있어 모래가 달라붙는 불편도 없었다.

이 남자가 마법이라도 부리는 걸까.

무척이나 비현실적인 상황에 홀린 것처럼 수연은 나른하게 감기는 눈을 들어 제 위에 올라와 있는 지헌을 올려다보았다.

"불편한 데 있어?"

발가벗은 사람을 홀랑 들쳐 안아 바깥으로 걸어 나온 주제에 이제 와 점잖은 신사 같은 얼굴로 묻는 것에 어이없는 헛웃음이 터졌다.

"역시 막상 나와 보니까 마음에 들지?"

수연의 웃음을 또 제멋대로 해석한 지헌은 만족스럽게 미소 지으며 상체를 세웠다. 동시에 시야가 열리며 눈앞에 믿을 수 없는 광경이 펼쳐졌다.

밤하늘을 관통하는 은하수가 마치 눈이 부시다는 착각을 불러일으켰다. 태어나 처음 보는 수많은 별이 시내처럼 밤하늘에 흐르며 온통 은빛으로 물들었다.

매일 밤 침대에서만 시간을 보내는 바람에 이곳의 밤하늘이 이렇게 아름다운지 미처 몰랐던 것이다. 수연이 멍한 눈을 깜빡거리자 지헌은 피식 웃으며 양손으로 그녀의 골반을 붙잡아 끌어당겼다.

"나한테 집중해."

다소 짓궂은 목소리와 함께, 수연을 꿰뚫을 듯 그는 단숨에 안으로 파고들었다.

"별이나 보라고 발가벗겨서 데리고 나온 거 아니니까."

빠듯하게 몸을 가르며 순식간에 가득 채우는 부피감에 수연은 가볍게 절정에 올랐다. 턱을 치켜올리며 급하게 숨을 몰아쉬자, 과도한 조임에 지헌이 낮게 신음했다.

"힘 빼."

미간을 찌푸린 지헌은 수연의 콧등에 가볍게 입을 맞추며 속삭였다.

"어떻게 된 게 매번."

"그건 지헌 씨가…… 읏. 너무 크니까."

가까스로 눈을 뜨고 불만스럽게 중얼거리자, 지헌이 나지막하게 웃었다. 그에게 한껏 짓눌린 가슴에서, 그와 연결된 부분에서 몸의 울림이 고스란히 전달되었다.

"네가 작은 거야."

수연의 귓가에 야릇하게 말을 흘린 지헌은 허리를 쳐올리기 시작했다. 고요한 해변에 흥건하게 젖은 결합부에서 질척이는 소리가 울려 퍼질수록 그는 점점 더 속도를 높였다.

야외에서 이런 짓을 하리라곤 차마 상상도 하지 못했던 수연은 도무지 부끄러움을 떨칠 수가 없었다. 흘러나오는 신음 소리라도 참아 보려 입술을 깨물었지만 소용없었다.

"소리 내. 여기 우리뿐이니까."

그런 수연을 모를 리 없는 지헌이 거칠게 허리를 짓쳐 올리자, 참다못한 교성이 터졌다. 뭉툭한 귀두가 질구에 아슬아슬하게 걸릴 때까지 성기를 빼내었던 그가 단번에 뿌리 끝까지 쑤셔 넣었다. 가쁜 숨이 턱 끝까지 차올랐다. 온몸이 틀어막힌 것처럼 뜨거운 욕망이 가득 차올라 터져 버릴 것만 같았다. 수연은 저도 모르게 허리를 흔들며 지헌의 목을 끌어안았다.

"더……."

"……."

"세게……."

지헌은 순간 우뚝 움직임을 멈추었다. 거친 숨소리와 함께 작게 욕설을 짓씹는다. 그러곤 수연의 몸을 그대로 들어 올려 제 몸 위로 내려놓았다. 제 무게에 눌려 결합이 더욱 짙어지자 수연이 앓는 듯한 신음을 흘렸다. 지헌은 도리어 조급하고 사납게 허리를 쳐올렸다.

얼마나 너를 더 안아야 이 성마른 욕구가 채워질지.

이제는 그의 아내가 된 여자를 향한 끝 모를 갈증에, 너무 부드러운 나머지 녹아 사라질 것만 같은 수연의 살결에 이를 세우며 지헌은 조소했다. 도무지 채워지지 않을 목마름이란 것을 이미 알고 있으면서도. 매번 이렇게 되어 버리고 마는 것이다.

제 위에서 요망하게 흔들리는 허리를 끌어안고 깊숙이 몸을 밀어 넣는 이 순간이 마치 마지막인 것처럼. 이번에야말로 그녀를 완전히 집어삼켜 버리고 말겠다는 듯이.

그는 짐승 같은 속도로 성기를 박아 올렸다. 수연은 그에게 매달린 채 정신 없이 뒤흔들렸다. 아찔한 자극이 유성처럼 쏟아져 내린다. 섬광이 터지고 눈앞이 허옇게 점멸했다.

"수연아."

그것은 마치 의식과도 같았다. 언제부턴가.

욕망을 분출하는 순간에 지헌은 꼭 그녀를 잃어버리기라도 한 것처럼 깊게 잠긴 목소리로 수연의 이름을 불렀다.

"한수연."

사정과 함께 안쪽에 뜨거운 기운이 퍼졌다. 그와 동시에 절정을 맞은 수연의 몸이 팽팽하게 휘어졌다. 격렬한 정사로 땀에 젖은 나신 위로 밤하늘의 별들이 반사된 것처럼 반짝거렸다.

마지막 정액까지 수연의 안에 모두 쏟아부은 지헌은 나른한 신음을 내쉬었다. 그러곤 이내 무언갈 확인하듯 수연의 입가에 입술을 찍어 내렸다.

"대답해야지. 수연아."

가쁜 숨을 연신 몰아쉬던 수연은 스르륵 눈을 떠 지헌을 마주 보았다. 정사의 끝에 다다라 지헌이 그녀의 이름을 부를 때면 응응, 하고 내어 주던 대답이었다. 그런데 그 짧은 화답조차 하지 못한 것은 분명 지나치게 흥분한 탓이었다.

부끄럽고 이상하다고 말해 놓고는 어느새 덩달아 달아오른 것도 모자라 오히려 그보다 더 흥분해 버리고 말았다는 사실에 부끄러움과 작은 자괴감이 밀려들었다. 그런 수연에 아랑곳하지 않고 지헌은 그녀를 품 안에 끌어안으며 뺨이며 광대에 자잘한 키스를 퍼부었다.

"……지헌 씨."

"응."

"……좋았어요."

수연의 나지막한 목소리에 귓가를 지분거리던 입맞춤이 멎었다.

"다행이네."

그가 짓는 사뭇 뿌듯한 얼굴에 맥없는 웃음이 터졌다.

"사실 네 안에 있을 때 이미 눈치챘지만."

지헌은 장난스럽게 콧잔등을 찡그리곤 수연에게서 천천히 몸을 빼내었다. 그러고 무심결에 손을 더듬거리다가 이내 닦아 낼 것을 가져오시 않았다는 사실을 깨달았다. 그가 제 흔적으로 엉망이 된 수연의 몸을 잠시 곤란한 눈으로 내려다보다가 다정하게 속삭였다.

"들어가서 닦아 줄게. 잠깐 참아."

"……괜찮아요. 그렇게 매번 신경 쓰지 않아도……."

어쩐지 부끄러워진 수연은 다리를 오므리며 지헌의 가슴에 얼굴을 기대었다. 밤바다에서 불어오는 미지근한 바람에 뺨의 온기가 식어 갈 즈음, 수연의 가슴이며 판판한 아랫배를 만지작거리던 지헌이 문득 생각났다는 듯 말했다.

"콘돔 사업체를 하나 차릴까 봐."

"……."

무슨 소린가 싶어 가만히 올려다보자, 지헌은 밤하늘을 올려다보며 무덤덤하게 말을 이었다.

"그거 하나 있고 없고의 차이가 이렇게 커도 되나 싶어서. 애초에 '스킨레스'라는 제품명부터가 과장됐어. 차라리 내가 회사 하나 차려서 기가 막히게 착 달라붙는 거로 하나 개발해 보라고 할까."

도성그룹 도지헌이 콘돔 사업이라니, 상상만으로도 끔찍한 소리에 수연은 진저리를 쳤다. 물론 정말 사업을 차린다면 저 남자는 기어코 성공시키고 말 테지만.

"농담이죠?"

"당연히 농담이지. 더 이상 일 크게 벌일 생각 없어. 너랑 놀 시간도 부족한데."

지헌이 키득거리며 수연의 몸을 가까이 끌어당겼다. 편한 자세로 드러누운 채 수연을 제 위에 올려놓은 지헌은 그녀의 가느다란 등줄기를 따라 천천히 쓸어내렸다.

한수연이 아이를 원한다.

그리고 지헌은 그저 수연이 네가 가지고 싶다는데 내 의견이 뭐가 중요하냐는 태도였다. 그 와중에 피임을 그만두는 것은 결혼식 이후부터라고 정하는 그녀의 고지식함에 조금 웃었을 뿐이다.

신혼여행 짐 안에 무의식적으로 콘돔을 챙겨 넣을 때까지만 해도 전혀 예상하지 못했다. 이렇게 완전히 몰입하게 되어 버릴 줄은.

그 얇은 고무 하나가 사라진 것으로 완연한 생살을 가감 없이 맞댈 수 있다는 사실에서 오는 흥분뿐만이 아니었다. 그와 그녀를 조금씩 섞은 아이라는 존재를, 수연이 다른 누구도 아닌 그와 함께 가지길 원한다는 사실이 주는 벅찬 감각. 그런 수연의 안에 몸을 깊숙이 파묻고 짙은 욕망을 쏟아부어 그녀를 자신의 흔적으로 가득 채울 수 있다는 희열이 마구 뒤섞였다.

발정 난 짐승 새끼가 따로 없지.

그 새삼스러운 사실에 지헌은 나직한 실소를 터뜨렸다. 황홀하게 빛나는 밤하늘의 은하수도, 미세한 보석처럼 반짝이는 백사장도, 남태평양의 작열하는 태양도, 옥색으로 너울거리는 바다도 지헌에겐 오로지 단 하나의 의미였다. 지상 낙원이 주는 들뜬 분위기 덕분에 수연은 이곳에서 유달리 달아올랐고, 그는 이 기회와 자원을 십분 활용할 따름이다.

"찝찝해?"

지헌은 제가 쏟아 낸 정액으로 미끌거리는 수연의 허벅지를 쓰다듬었다. 음험한 손길은 길게 흘러내린 흔적을 느릿느릿 거슬러 올라갔다.

"……조금요."

"이왕 더러워진 김에."

속삭이는 목소리가 야릇한 기색을 띠었다. 수연은 불길한 듯 밤하늘을 올려다보던 눈을 돌려 지헌을 바라보았다. 그는 물 흐르듯 자연스럽게 수연의 허리를 잡아 돌리곤 어깨를 내리눌렀다.

"엎드려. 수연아."

미친 게 분명해.

저런 망측한 소리를 뻔뻔할 정도로 담백하게 늘어놓는 그냐, 시키는 대로 수치심도 잊고 엉덩이를 세운 자신이나, 누구 하나 제정신으로 이럴 수는 없었다.

수연은 뒤에서부터 제 몸을 덮치며 가슴을 움켜쥐는 지헌의 손길에 다급하게 숨을 토해 냈다. 손가락 하나가 확인하듯 아래를 오가는 게 느껴졌다. 이미 두 사람의 체액이 뒤섞여 질척한 음부를 스쳐 지나간 손은 이내 그녀의 골반을 강하게 틀어잡았다.

어느새 불덩이 같은 온도로 그의 성기가 단숨에 안을 파고들었다. 짙은 감각에 다리가 덜덜 떨리고 눈꺼풀이 파르르 경련했다. 완전히 다 들어와선 처음부터 그녀의 유달리 약한 부분을 짓쳐 올렸다. 수연은 바들거리던 손으로 바닥에 깔린 블랑켓을 움켜잡고 고개를 떨궜다.

흘러나오는 높은 교성을 막을 길이 없었다. 그는 자비 없는 속도로 미친 듯이 허리를 움직이기 시작했다. 퍽, 퍼억, 살갗을 때리는 소리가 드높아졌다. 성기가 빈틈없이 엮었다 떨어질 때마다 맑은 액체가 튀어 올랐다. 블랑켓이 엉망으로 흐트러지고 모래가 침범해 무릎 아래가 따끔거렸지만 두 사람 중 누구도 신경 쓰지 않았다.

"우리 제법 짐승 같아 보이네."

지헌이 수연의 등에 가슴을 딱 맞붙인 채로 귓가에 은밀하게 속삭였다. 안쪽이 왈칵 조여드는 게 고스란히 전해졌다. 지헌은 낮게 웃음을 터뜨리며 허리를 묵직하게 쳐올렸다.

"수연이 너도 꽤 변태인 건 말할 것도 없고."

"누가 누구한테…… 읏."

이렇게 만들어 놓은 게 누군데. 혀끝을 맴돌던 반박은 입 밖으로 흘러나오기도 전에 희미해져 버렸다. 굵다란 성기가 내벽을 긁으며 들어와 안쪽을 때릴 때마다, 쿵쿵 온몸을 뒤흔드는 견디기 어려운 쾌락에 비명 같은 교성만이 터져 나왔다.

지헌이 수연의 허벅지 하나를 움켜잡고 들어 올리자 결합이 더욱 깊어졌다. 한결 더 짐승 같아진 자세에 수연의 수치심이 짙어질수록, 그녀를 몰아붙이는 음탕한 허리 짓은 더욱 거세어졌다. 커다란 몸 아래에 깔린 채 모래 안으로 박혀 들어가는 것만 같았다. 수연이 무너질 듯 휘청거리자, 그의 다른 손이 허리에 얽혀 들어 단단히 고정시킨 탓에 마음껏 무너지는 것도 허락되지 않았다.

"그래서 우리가 잘 어울린다는 말을 하고 있는 거야. 난."

사나운 몸짓과는 달리 다정한 목소리가 꿈결처럼 달콤했다. 수연은 몹시 충동적으로 입을 열어 그를 불렀다.

"지헌 씨."

"응."

"사랑해요."

"……."

수연의 말에 그야말로 짐승처럼 치받던 움직임이 설핏 느릿해지고 잔뜩 흥분이 밴 숨소리가 귓가를 뜨겁게 적셨다. 수연은 사랑한다는 제 고백에 그가 어떤 눈빛을 하고 있는지가 궁금했다.

"얼굴…… 보여 줘요."

지헌은 수연의 턱을 잡아 제 쪽으로 돌렸다. 두 눈이 마주치고 그의 투명하게 반짝이는 눈동자 위로 별빛이 쏟아진다고 느낀 순간.

"아주 내 머리 꼭대기에서 놀지."

그는 고개를 기울여 깊게 입술을 겹쳤다.

가끔은 키스가 그 어떤 말과 행동보다 더 많은 메시지를 전할 때가 있다. 어찌할 바 모르는 것처럼 조급하게 파고드는 거칠고 성마른 키스. 늘 여유가 넘치고 모든 것을 당연하게 가져 온 남자가 내보이는 갈구 어린 열망. 고스란히 전해져 오는 그의 진심에 수연은 그저 입을 열고 뒤엉켜 오는 혀를 휘감았다.

빨고 빨리며 하나의 숨을 나누는 그들 사이로 야만적이고도 로맨틱한 신혼여행의 시간이 동화처럼 흘러갔다.

"출산 선물이다."

도 회장이 끙 하는 소리와 함께 테이블 앞으로 몸을 기울이며 품 안에서 봉투를 꺼내 내려놓았다. 묘하게 기시감이 들었다.

어디에서 봤더라.

테이블 위의 두꺼운 종이봉투를 가만히 응시하던 지헌이 피식 실소했다. 지난해 겨울, 덴마크에서 막 귀국한 지헌과 수연에게 길일이 적힌 봉투를 내밀던 재호의 모습이 겹쳐졌다.

'내 지분의 반, 너 주마.'
'그리고 나머지 반은 내 첫 증손주한테 증여할 거다.'

도 회장이 새로이 내민 종이봉투 안에 무엇이 들어 있을지는 어렵지 않게 짐작이 되었다. 지헌의 여상한 태도에 재호는 봉투 안을 확인해 보라는 눈짓을 보냈다.

"우선은 유언 공증 문서다. 적당한 시기를 봐서 사전 증여 해 주마."

아이가 태어났다. 도지헌과 한수연의 아이, 즉 도 회장의 첫 증손주가.

허니문 베이비였다.

그 아름다운 지상 낙원에서 틈만 나면 수연에게 달라붙어 떨어질 줄을 몰랐으니 놀라울 일도 아니었다. 이렇게 금방 아이가 생길 줄은 몰랐다며 수연은 당황했고, 지헌은 여유로운 태도를 고수했지만, 사실은 약간 당혹했다.

결혼하기 전 함께 받은 건강 검진에서 두 사람 모두 임신하기에 건강한 몸이라는 사실은 알았지만, 결국은 확률의 문제인데 그 확률을 이렇게 단기간에 달성할 줄은 미처 예상치 못했다.

어느 정도는 신혼의 단꿈에 젖어 있고 싶었고, 사실은 정말 임신을 하기 전에 수연이 눈치채지 못하도록 고영양 고열량 식단을 주문해 건강히 살이 오르게 할 계획이었다. 불면 날아갈 것처럼 가녀리기만 한 수연이기에. 물론 그 계획은 사전에 도우미 아주머니와 내통하여 이미 실행 단계에 있었다. 계획 외로 너무 빨리 아이가 생긴 것만이 그가 당혹한 이유였다.

도리어 지헌보다 더 흥분한 도우미 아주머니의 활약으로 수연은 열 달 동안 착실하게 건강해졌고, 지헌의 지극하고 유난스러운 과보호 속에서 임신 기간을 모두 채웠다.

한옥 정원에 하얀 목련이 핀 2월의 마지막 날, 예정일을 넘기고 나서야 두 사람은 함께 병원으로 향했다. 뭐든 아프지 않게 다 놔 달라는 지헌의 요구가 있었고 적시에 투여한 무통 주사 덕분에 약간은 몽롱한 상태에서 그리 길지 않은 진통 끝에 수연은 비로소 그녀의 아이와 만났다.

얼굴이 빨갛고 사랑스러운 삼등신을 자랑하는 아들을.

□　◆　□

"그래서, 대체 난 내 증손주 얼굴을 언제쯤 볼 수 있는 게냐?"

봉투에서 꺼낸 문서를 찬찬히 읽어 내리는 지헌을 물끄러미 지켜보던 재호가 결국 불만을 티뜨렸다. 도성그룹의 장손이 태어난 지 벌써 두 달 남짓이 지났으나, 저 못된 손자 놈이 꽁꽁 숨겨 놓고 싸고도는 바람에 얼굴 한번 보지를 못한 탓이다. 지헌은 문서에 얼굴을 고정한 채로 눈만 슬쩍 들어 재호를 바라보며 어깨를 으쓱였다.

"글쎄요. 아직 태어난 지 63일밖에 안 돼서. 신생아는 면역력이 낮은데 함부로 외부인을 만나게 할 순 없잖아요. 백일해 주사도 안 맞으셨죠?"

"그건 또 뭐야. 내 생전 처음 들어 보는……."

"민준이 얼굴 보고 싶으시면 우선 그 예방 주사부터 맞으시고 말씀하세요."

감히 전 재산을 물려준 할애비를 단순한 외부인에 병균 전파자 취급이라니. 분통이 터졌지만, 성질대로 했다간 증손주 얼굴을 정말 못 보게 될지 모르니 차라리 잘 구슬리는 편이 나았다. 재호는 공증 문서를 외울 기세로 자세히 들여다보고 있는 지헌을 괘씸한 눈초리로 쳐다보다가 한숨을 내쉬며 준비했던 것을 또하나 꺼냈다. 지헌은 이제야 관심이 생겼다는 듯 온전히 시선을 들고 물었다.

"뭐예요?"

"이건 고생한 내 손자며느리한테 주는 거다. 용인 별장이야."

용인 별장은 도 회장이 꽤 아끼는 곳으로 그가 매년 여름휴가를 보내는 장소이기도 했다. 드넓은 부지에 지어진 고성 같은 저택 두 채. 도심에서 그리 멀지 않은 거리임에도 숨이 탁 트이는 아름다운 풍광을 자랑하는 곳.

도 회장은 언젠간 이곳에서 여생을 보내겠다는 말을 종종 해 왔던 만큼, 그걸 수연에게 주겠다는 말이 꽤나 의외였다. 지헌이 테이블에 놓인 서류를 향해 손을 뻗자, 재호는 그것을 냉큼 회수하며 호통쳤다.

"이건 내 직접 전해 줘야겠다. 내가 언제까지 지겨운 네 얼굴만 이렇게 쳐다보고 있어야 해! 그렇게 계속 꼭꼭 숨겨 놓고 실속만 챙겨 갈 속셈이냐? 이 버르장머리 없는 놈 같으니."

증손자의 코빼기도 보지 못했으니, 손자며느리의 그림자조차 못 본 것은 당연했다.

"내 그동안은 네 그 면역력 타령에 어느 정도 동의해서 조용히 있었다만, 유난도 정도껏 떨어. 백일 때는 내 네가 아무리 뭐라고 해도 꼭 내 증손주랑 손주며느리 얼굴을 볼 생각이니까 그리 알아."

심지어 희연은 병원과 산후조리원까지 찾아갔으나 아들의 단호한 면회 거절에 안에는 발길도 들이지 못하고 비용만 계산하고 왔다는 후일담을 들었다. 고작 병원비 따위에 비할 수 없는 용인의 별장이라면 저 돈에 환장한 손자놈이 관심을 보일 거란 계산이었다. 역시나 재호의 예상대로 지헌은 꽤 구미가 당기는 얼굴로 못 이기는 척 말했다.

"정 그러시면 백일 때는 보여 드릴게요."

"……네가 이 할애비한테 증손주 얼굴 한번 보여 주는 거로 빌어먹을 장사치처럼 구는 거, 네 처는 아는 게냐?"

눈을 가느스름하게 뜬 재호를 향해 지헌이 싱긋 웃어 보였다.

"알 리가 있겠어요."

"……."

"뭐. 알아도 상관은 없겠지만. 수연이가 보기보다 세속적이거든요. 저랑 죽이 꽤 잘 맞아요."

지헌의 말에 재호는 퍽 질린 듯한 표정을 지었지만, 속으로는 손주며느리에 대해 알게 된 새로운 사실이 꽤 반가웠다. 그 순진해 보이는 말갛기만 한 얼굴과는 쉽게 연상이 되진 않지만 보기보다 세속적이라니, 앞으로도 제 남은 재산을 활용할 수 있겠다는 가능성이 그를 흡족하게 했다. 재호는 가볍게 손을 들어 멀찍이 서 있던 실장을 불러들여 지시했다.

"들었지? 백일에 맞춰서 호텔에 자리 준비해 두게."

두 사람이 대화하는 동안 지헌은 공증 문서가 든 봉투를 들고 소파에서 일어났다.

"이만 가 볼게요. 다음 달에 뵙겠습니다."

재호는 식사 한 끼 함께하지 않고 제 할 말 끝났으니 쪼르르 가 보겠다고 일어나 버리는 지헌이 마음에 들지 않았지만, 오늘은 소기의 목적을 달성하였으니 이만 놓아주기로 하였다.

고개를 까딱이는 것으로 자리에서 벗어난 지헌은 차고로 내려가기 위해 엘리베이터에 탔다가 무언가 떠오른 듯 차고가 아닌 3층 버튼을 눌렀다.

지난해, 지호의 첫 수술은 결과가 좋지 않았고 결국 그의 정략결혼은 파경을 맞았다. 이후에 이어진 수술에서 정자를 채취하는 데에는 성공했지만, 그는 여전히 미혼이다. 다만, 지헌의 결혼과 지분 승계, 자신의 파혼 등 일련의 일들로 한때 짙은 패배감에 빠졌던 지호는 도 회장의 신임을 얻기 위한 돌파구로써 합가를 제안하며 자발적으로 도고재에 기어들어 왔다.

어차피 적잖이 넓은 저택이기에 딱히 찾아 나서지 않는 한 서로 얼굴도 보지 않고 살 수 있는 곳이지만, 제 핏줄을 끼고 살기 좋아하는 도 회장은 꽤 만족스러워 보였으니 의미 없는 헛짓거린 아닌 모양이다.

지헌은 방문 앞에 서서 노크를 하는 것과 동시에 망설임 없이 벌컥 문을 열었다.

"아. 뭐야."

침대맡에 등을 기대고 앉아 있던 지호가 고개를 홱 돌리며, 갑작스러운 지헌의 방문에 퉁명스럽게 대꾸했다. 그의 갸름한 얼굴엔 정체를 알 수 없는 초록색 무언가가 진득하게 뒤덮여 있었다.

"뭐 해?"

"보면 몰라? 팩 하잖아."

지호는 손으로 얼굴을 가리며 신경질적으로 말했다.

"그러니까. 뭐 하는 짓이야. 눈 뜨고 못 봐 주겠다, 그거."

"씹…… 누가 너보고 봐 달랬나? 네가 노크도 안 하고 들어왔잖아."

"넌 언제 노크하고 다녔어?"

지호는 홱 하니 시트를 들추고 일어나 투덜거리며 욕실로 향했다. 세수를 하고 나온 지호의 창백한 얼굴이 반짝반짝 윤이 났다. 지호는 화장대 앞에 선 채 화장품을 차례로 바르기 시작했다. 웃음이 터질 듯한 표정으로 가만히 지켜보던 지헌이 결국 풉 하고 바람 빠지는 소리를 냈다.

"뭔데, 또."

"내일 임원 회의 때문에 팩 했어?"

"뭔 소리야."

"너 품질팀장 좋아하잖아. 회의 때 예뻐 보이고 싶어서?"

미국 박사 출신이자, 도성그룹 최연소 여성 상무가 얼마 전 새로운 품질팀장으로 임명되었다. 까칠하기 짝이 없는 여자 앞에서 도지호가 어찌나 허둥거리는지, 그의 감정을 눈치채지 않을 수 없는 노릇이었다.

"시발…… 누가 그래. 내가 고 상무 좋아한다고……."

"고 상무가 그러던데."

크림을 펴 바른 얼굴을 톡톡 두드리던 지호가 움직임을 우뚝 멈추고 고개를 확 돌렸다. 제가 모르는 사이에 도지헌이 언제 그 여자랑 친해져서 그런 얘기까지 털어놓은 건지 경계심이 잔뜩 어린 눈빛으로.

"진짜야?"

"아니."

지호가 지헌을 노려보며 조용히 욕설을 중얼거렸지만, 지헌은 입꼬리를 늘이며 빙그레 웃었다.

"맞선 사업은 잘돼 가고?"

"신경 꺼."

"넌 참 한결같아."

"뭔 개소리야."

"한결같이 멍청하단 소리야."

"왜 다짜고짜 찾아와서 시비야. 꺼져."

"너한테 배웠나 보지. 간다."

지헌이 닫고 나온 방문에 무언가 부딪히는 소리와 지호의 거친 욕설 소리가 울려 퍼졌다. 지헌의 입꼬리가 말려 올라갔다.

이 집을 나서는 길에 이렇게 상쾌한 기분은 처음이었다.

□　◆　□

타닥타닥, 흰 대리석 벽난로 안에서 장작이 타들어 갔다. 수연은 벽난로 앞에 무릎을 모으고 앉아 따뜻한 뱅쇼를 홀짝였다. 지헌은 미지근하게 데운 우유를 플라스틱 컵에 담아 한 손에 들고 나와 수연의 옆에 찰싹 달라붙어 있는 아이에게 컵을 건넸다. 뭐든 제 엄마를 따라 하기를 좋아하는 아이는 수연과 똑같은 자세로 앉아 우유를 홀짝거리기 시작했다.

집 안엔 설탕처럼 달콤한 공기가 퍼져 있었다. 덴마크식 시나몬롤인 카넬스누어를 굽는 냄새가 가득했다. 대체로 요리엔 젬병인 수연이지만, 그녀가 만드는 디저트만큼은 두 사람의 아이가 세상에서 가장 좋아하는 음식이었기에. 오븐에서 퍼진 달달한 향기에 지헌의 머리가 지끈거릴 지경임에도 그저 그의 입가엔 선명한 미소가 그려졌다.

수연이 아이의 앞에 들고 있는 핸드폰 화면 안에는 도지호가 어울리지도 않는 함박웃음을 짓고 있었다.

— 해피 뉴 이어.

아이가 방긋 웃으며 혀 짧은 소리로 화답하자, 화면 속 지호의 얼굴이 배시시 허물어졌다. 그것을 본 지헌은 어이가 없다는 듯 코웃음을 쳤다.

— 민준아, 삼촌이 우리 민준이 선물 많이 사 놨는데, 삼촌 집에는 언제 올 거야?

아이가 태어난 후 몇 달간은 본체만체하던 지호는 언제부턴가 세 사람이 도고재에 방문할 때마다 주변을 기웃거렸다. 은근슬쩍 조카에게 건네는 선물이 하나둘 늘어나더니 이제는 더 이상 저의 조카 사랑을 숨길 줄 몰랐다. 지헌에겐 통하지 않을 것을 알고는 착해 빠진 수연에게 이따금 전화를 걸어 조카 얼굴 한 번만 보여 달라고 질척거리는 것이다.

"다 마셨어?"

통화를 마치고 수연이 아이에게 다정하게 묻자, 입 주변에 하얗게 우유 흔적이 남은 아이가 고개를 크게 끄덕였다.

"그럼 이제 바깥에 나가 볼까?"

웃음이 짙게 밴 수연의 목소리와 아이가 깔깔거리는 소리가 뒤섞였다. 지헌은 손수건으로 아이의 입 주위를 깨끗이 닦아 주곤 두 사람의 손에 들려 있던 컵을 받아 들었다.

수연은 와아, 큰 소리를 지르며 마당으로 달려 나가려는 민준의 어깨 위에 얼른 망토를 걸쳐 주었다. 잠시 성가시다는 듯 어깨를 들썩거리던 아이는 수연이 놓아 주자마자 용수철처럼 빠르게 튀어 나갔다.

뒤따라 나온 지헌은 마치 수연이 아이에게 그러하였듯 커다란 블랑켓을 펼쳐 그녀의 어깨에 두르고 단단히 여몄다. 매듭을 지어 주는 동안 마주친 수연의 눈동자가 까맣게 반짝거렸다.

펑—

그때, 그야말로 땅과 하늘을 울리는 요란한 소리와 함께 금빛 불꽃이 밤하늘을 휘황찬란하게 수놓았다.

또다시 올해의 불꽃놀이가 시작되었다.

두 사람의 등 뒤로 호숫가 이층집의 외벽에 반사된 불꽃이 황홀한 빛으로 일렁거렸다. 지헌과 수연이 덴마크를 떠난 후에야 뒤늦게 완성된 호숫가의 집은 이제 그들의 겨울 별장이 되었다.

창문에 흰 김이 서리는 계절이 다가오면 아이는 덴마크로 날아갈 날을 손꼽아 기다리고, 마치 고향을 떠났던 철새들처럼 그들은 매년 이곳으로 돌아왔다. 그리고 한 해의 마지막 날이 되면, 어린 수연이 그리하였듯 어김없이 세 명의 단란한 가족을 위한 불꽃놀이가 피어오른다. 물론 그 규모는 수연이 기억하던 그것과는 달리 지나치게 화려하지만.

올해는 특별히 아이를 위한 작은 선물을 준비했다. 끝에서 자잘한 불꽃이 뿜어져 나오는 기다란 막대를 고사리 같은 손에 꽉 움켜쥔 아이가 깔깔거리며 눈 쌓인 정원을 내달렸다. 수연은 아이가 혹시라도 넘어질까 싶어 걱정스러운 눈을 하다가 이내 사르르 미소 지었다. 넘어지면 또 어때. 넘어져 봤자 소복하게 눈이 쌓인 정원일 뿐이니.

이윽고 흐뭇한 얼굴로 아이의 뛰노는 모습을 좇던 두 사람의 시선이 마주쳤다. 필연적으로, 너무도 당연하다는 듯이 지헌은 수연의 허리를 끌어당겼다. 그러곤 집요하리만치 진득하고 깊숙하게 그녀의 입술을 물고 따뜻한 숨결을 불어넣었다.

그의 뺨을 감싸 쥐는 수연의 손바닥이 따뜻하기 그지없다. 엄지로 뺨을 스윽 쓸어 올리고 새끼손가락이 귓바퀴를 스친다.

익숙한 지끈거림이 그의 심장을 왈칵 쥐어짰다. 마치 고통과도 같은 아찔한 두근거림. 지헌은 이제 그것이 무엇인지, 그것의 근원과 그 무지근한 감각을 알고 있다.

사랑.

익숙하지만 도무지 채워지지 않는 갈구.

지헌은 희미하게 미소 지으며 수연을 더욱 품 안에 가득 끌어안았다.

사랑하고, 사랑하기에.

그 앞에 무력하지만, 그것으로 비로소 온전했다.

— 외전 *Fin*